한국 서사문학 산고

韓國 敍事文學 散考

한국 서사문학 산고

韓國 敍事文學 散考

김치홍

한국학술정보㈜

|책 머리에|

　문학은 현실을 담아 하나의 삶의 유형을 만들고, 현실은 문학을 구체화하여 가치 있는 삶의 모범을 만든다. 그래서 문학은 현실을 깊숙이 투시하고 여과하여 새로운 세계를 열어주는 기능을 지니고 있다. 사회가 혼란스럽거나 안정된 상태일지라도 문학은 유기체로서 새로운 세계를 열어주며 삶의 지표를 제시했던 것이다.

　여기에 모은 글들은 문학의 이런 기능을 담당했던 그 궤적(軌跡)과 그에 대한 해석과 논리적 근거를 제시하기 위해 틈틈이 쓴 글들이다. 역사소설을 주된 관심사로 삼은 것은 역사가 삶의 흔적이고, 그 삶의 흔적에 대한 해석의 구체화가 역사소설이기 때문이다. 물론 역사가 논리적 해석이라면, 문학은 그것을 현장감이 살아 있는 서사적으로 재구한 것이라고 볼 수 있다.

　단지 문학의 해석이 정지태가 아니고 사회의 변화에 따라 유동적인 형태를 보이고 있는 것은 문학에 대한 다양한 해석을 가능케 한다. 이제는 먼 오래전의 기록이지만 이것들에 대한 새로운 해석을 시도하는 까닭은 미래에 대한 기대를 점쳐 보기 위한 것이다.

　우리가 사는 현대 사회를 디지털 시대라고 한다. 산업혁명 이후가 아날로그 시대였다면, 우리가 살고 있는 시대는, 농경사회가 산업사회로 바뀌었을 때의 사건만큼 충격적인 디지털시대를 맞고 있는 셈이다. 산업혁명 이후 서사문학은 꽃을 피웠다. 정지된 듯한 농경사회보다 역동적이고 복잡해진 사회적 환경이 '서사성'이라는 것을 활성화하게 하였고, 그 서사성은 독자들에게 관심의 대상이 되기에 충분했다. 인물과 사건이 논리적 틀에 의해 짜여진 이야기는 관심에서 흥미를 느껴 아주 재미있는 것으로 변모했다. 또 전달의 과정이 이야기꾼인 강담사(講談師))에 의해 구술되어 전달되던 것이, 문자를 이용한 책이라는 매체를 통해 광범위하게 빠른 속도로 전달되었다. 그러다가 드디어는 문자로는 전달되지만 책이라는 매체 대신에 인터넷이라는 대체 공간 매체가 생겨나면서 또 다른 변화에 직면하게 되었다.

그러나 오늘날 디지털 사회로 변모한 우리사회는 지나치게 복잡하고 다양해져서 점차 서사성을 잃어가고 감수성과 말초적인 정서만 남게 되었다. 서정성도 자연의 변화처럼 단계적으로 천천히 나타나는 것이 아니고 디지털 상태의 감성만 남게 된 것이다. 논리적인 과정, 어떤 사건이나 사물이 복잡하게 얽히고설켜 이루어지는 그 자체의 과정보다는 선택적인 것을 지향하게 된 것이다. 디지털이라고 하는 것 자체가 기존의 논리적 체계와는 다른 것이다. 디지털의 논리체계는 0, 1로 이루어진 2진법이 기본 체계이다. 그러면서 on과 off의 이분법적인 상태를 의미한다. 이것이냐 저것이냐가 아니라 그렇다와 아니다만 존재하는 공간이다. 0과 1에서 끊임없이 논리가 전개되는 상태이다. 이분법적 체계이면서 한쪽만 열려 있고, 한쪽으로는 폐쇄된 공간인 셈이다.

그러나 우리 사회가 어느 일순간에 모두가 변하지 않는 것처럼, 당장 모두가 디지털화하는 것은 아니다. 예를 들어 디지털 통신의 경우,

아날로그인 음성을 디지털화하는 것은 음성을 0, 1의 부호로 바꾸어 전송하는 과정까지이고, 그 뒤 다시 아날로그인 음성으로 바꾸는 것이다. 따라서 모두 디지털화되는 것은 아니고 어느 일정 부분 아날로그 상태로 남겨져 있다. 아날로그를 모두 담아낼 수는 없는 것이다

이것이 변화 속에서 점진적으로 수용해야 하는 남아있는 사람들의 몫이다. 이것은 마치 소설의 운명을 예언하는 것처럼 보인다. 평면적인 2차원에서 펼쳐졌던 소설의 내용이 3차원의 세계로의 변화를 꾀하고 있다.

이 책은 『한국 근대 역사소설의 사적(史的) 연구』와 짝을 이루고 있다. 고전 역사소설인 「임진록」에서부터 개화기의 역사전기문학인 『서사건국지』·『을지문덕』·『월남망국ᄉ』, 근대 역사소설로 『가실』·『목매이는 여자』·『단종애사』·『대수양』·『무영탑』등의 작품과 1920, 30년대의 역사소설에 대한 이론의 소개와, 의적소설의 결말구조의 연구는 허균의 『홍길동』과 광복직후에 발간된 박태원의 『홍길동전』, 그리고 『장길산』의 결말구조가 당대의 사회적 여건을 어떻게 해석하고 반영하고 있는지 그 관련성을 탐색하기 위한 것이다. 최명익과 이순원은 전혀 다른 동기에서 관심을 가지고 살펴본 것이다. 최명익이 1930년대 뛰어난 심리주의 소설가라는 점과 이순원은 우리 시대 잊혀져 가는 아픈 상처를 따뜻한 눈길로 보듬어 가는 것과 그것을 감칠맛 나는 이야기로 만들어낸 구성력이 돋보였기 때문이다.

능력이 모자라는 것을 알면서도 이같이 오랜 동안 설익은 글을 쓴 것은 미련함 때문이다. 그러나 이 미련함이 혹 보탬이 될까 해서 상재(上梓)를 양해했다. 언젠가 자산(紫山) 선생께서 책을 내시면서 그 서문에, "소극적인 것이라 하더라도 쉼 없이 기대가치의 체계를 이루면서 현실의 어려움을 조금씩이나마 이끌어 올리는 기능을 발휘해온 것이 사실이다. 그런 뜻에서 여기 모아진 글들이 비록 서툴기는 하나 내 스스로 찾아보고 가늠해본 기대에의 말이다."라고 쓰셨다. 감히 선생님의 학문에 비교하려는 것이 아니고, 필자의 서툴고 미련한 글쓰기에 대한 용기를 내고, 스스로 위로하기 위해 인용했을 뿐이다.

끝으로 논문을 쓰는 과정에서 늘 조언의 말씀을 해주신 김태준 교수님과 진태하 교수님, 홍문표 교수님, 그리고 신동욱 교수님께 감사를 드리며, 어려운 시기에 흔쾌히 출판을 허락해주신 채종준 사장님과 편집실 여러분께 감사를 드린다. 공부한답시고 책상머리에 앉아 게으름 부리는 것을 묵묵히 참아준 아내와 가족에게도 감사의 마음을 전하고 싶다.

2008. 1.
저 자

|목 차|

제1부

김동인의 역사소설론 연구 : 「춘원연구」를 중심으로

1. 서 론 ··· 16
2. 오만(傲慢)과 패기(覇氣) ·· 18
  (1) 기교(技巧)의 문제 ·· 23
  (2) 인물 성격론 ·· 29
3. 역사적 진실과 사실(史實) ·· 32
  (1) 물어(物語)·사화(史話)·소설 ································ 33
  (2) 역사적 진실의 수용(受用) ····································· 43
  (3) 수용의 대안(代案) ·· 47
4. 결 론 ··· 49

1930년대 역사소설론 연구
: 소론·독후감·서평·단평(短評)·논문 등을 중심으로

1. 서 론(緒 論) ·· 52
2. 논의의 단서(端緖) ··· 53
  (1) 야담(野談)의 출현 – 김진구(金振九)의 소론 ······· 57
  (2) 작자의 변(辯)에 나타난 역사소설관 ···················· 60
3. 역사소설론의 대두(臺頭) ·· 67
  (1) 정철(鄭哲)의 소론 ·· 67
  (2) 『단종애사』 독후감과 『이순신』 서평 ··················· 70
  (3) 작자의 변(辯)-벽초와 춘원 ··································· 78
4. 무성(茂盛)한 이론의 제기 ·· 80
  (1) 역사에 대한 해석을 주장한 김동인 ······················ 82
  (2) 역사와 소설에 대해 몰이해한 염상섭 ··················· 85
  (3) 역사의 우의성을 인식한 한식(韓植) ···················· 89

　(4) 구성과 방향성을 제시한 채만식 · 이병기 ························96
　(5) 역사와 문학을 통찰한 서인식(徐寅植) ·······················100
　(6) 『임꺽정』을 사회소설로 주장한 이원조(李源朝) ··············105
　(7) 현실의 우의성과 고증을 제기한 현진건 · 박종화 ············108
　(8) 풍자극을 위해 역사극을 쓴 유치진 – 기타 ·················110
5. 논의(論議)의 한계 ·······································115
6. 결　론 ···120

의적소설의 결말구조 연구
: 허균과 박태원의 『홍길동전』과 『장길산』을 중심으로

1. 작가의 욕망이 구체화된 결말 ·····························122
2. 의적소설과 역사소설 ···································125
3. 『홍길동전』과 『장길산』의 결말구조 ·······················130
　(1) 허균의 『홍길동전』의 결말구조 ·······················130
　(2) 박태원의 『홍길동전』의 결말구조 ·····················141
　(3) 황석영의 『장길산』의 결말구조 ······················159
4. 의적소설의 한계성 극복의 방안 ··························171
5. 결　론 ···177

제2부

「壬辰錄(임진록)」 연구 : 비현실적 상상을 통한 감동의 세계

   1. 서 론 ···180
   2. 불합리적 요소의 미학(美學) ·····················182
   3. 상상력과 진실성 – 감동의 근거(1) ·········187
    (1) 집권층(執權層)의 무능 비판 ···············190
    (2) 전쟁 패인의 폭로 ·····························194
    (3) 위기 극복의 음조(陰助) ·····················196
   4. 패배의식의 극복 – 감동의 근거(2) ·········200
    (1) 열등감의 극복 ·································201
    (2) 무한한 가능성의 민족 ·······················204
   5. 결 론 ···206

놀부의 현대적 의미 : 「놀부뎐」의 사회학적 접근

   1. 서 론 ···208
   2. 꿈으로부터의 해방 – 그 좌절의 현실 ·······210
   3. 놀부의 변신(變身) ·································216
    (1) 근면으로 쌓은 부(富)의 축적 ···············216
    (2) 철저한 현실주의자 ·····························219
   4. 놀부, 현대 시민의 한 원형(原型) ···········222
    (1) 윤리관의 변질 ·································223
    (2) 물질만능주의의 심화(深化) ···············226
    (3) 인간성의 타락(墮落) – 비인간화 ·········229
    (4) 비리(非理)의 팽배(澎湃) ·····················231
   5. 결 론 – 놀부를 통해서 본 작가의 의식 ···233

『**월남망국〈**』**연구** : 개화기 역사·전기 문학연구(3)

1. 서 론 ··238
2. 예비적 고찰 ···240
   (1) 사실(史實)과 사실(寫實) ···240
   (2) 장르상의 문제 ···244
3. 망국의 교훈 – 망국의 과정과 결과 ··248
   (1) 자기 반성 – 망국의 원인 ··249
   (2) 법국(法國)의 횡포 ···253
   (3) 애국지사의 활동 ···257
   (4) 구국(救國)의 가능성 ···259
4. 예언과 지평(地平)의 제시 ···263
   (1) 한국에 대한 예언 ···263
   (2) 새로운 지평의 제시 ···266
5. 결 론 ··269

제3부

최명익(崔明翊), 그 우울(憂鬱)의 미학

1. 서 론 ···272
2. 닫힌 세계에서의 무기력한 삶 ······························274
3. 끝없는 좌절과 욕망의 틀 ·····································279
4. 일상적 삶의 탁월한 통찰력 ·································284
5. 결 론 ···289

최명익(崔明翊)의 「張三李四(장삼이사)」 고(攷)

1. 서 론 ···291
2. 일상적 삶의 갈등과 화해 ·····································292
3. 익명(匿名)의 인물들 ···297
4. 뛰어난 삶에 대한 동찰력 ·····································303
5. 결 론 ···307

박태원의 『洪吉童傳(홍길동전)』 연구

1. 서 론 ···308
2. 구보(仇甫)의 『洪吉童傳(홍길동전)』의 성격 ···········310
3. 변용(變容)의 양상(樣相) ·····································315
   (1) 구 성 ···316
   (2) 인 물 ···325
   (3) 주 제 ···335
4. 변용(變容)의 원인 ···339
5. 변용의 의미 - 연산조(燕山朝)에서 길동의 한계 ·····348
6. 결 론 ···351

제 4부

견고한 도덕률에 갇힌 따뜻한 사랑의 이야기 : 이순원의 「은비령」을 중심으로

1. 들어가는 말 ……………………………………………354
2. 길 떠남과 회억(回憶)의 형식 ……………………356
3. 사랑의 싹틈과 운명적 뒤틀림 ……………………364
4. 닫힘에서 열림을 위한 에피소드 …………………367
5. 글 읽기의 즐거움 …………………………………374
6. 마무리 ………………………………………………379

일탈된 삶에서 일상성으로의 회귀
: 이순원의 「수색, 어머니 가슴속으로 흐르는 무늬」에 대하여

1. 첫머리 ………………………………………………382
2. 화투 찾기와 어머니의 입원 ………………………383
3. 없어진 흑싸리 한 장 ………………………………388
4. 어머니의 무늬 – 그 원형질(原形質)의 삶 ………392
5. 일탈된 삶에서 일상성으로의 회귀 ………………398
6. 마무리 ………………………………………………404

이은성의 소설 『동의보감』 연구 : 대중성을 중심으로

1. 서 론 …………………………………………………408
2. 대중성에 대하여 ……………………………………410
3. 대중성 획득의 필연적 요인 ………………………414
　(1) 극적 구성과 주제의식 …………………………415
　(2) 대중문화의 변모된 독자의 취향 ………………433
4. 작품의 한계성 ………………………………………446
5. 결 론 …………………………………………………449

변용된 신화의 디아스포라
: 화해와 공존, 그리고 미래에 대한 희망-황석영의 『바리데기』

1. 서 론 ……………………………………………………………………452
2. 바리공주 신화와 소설 『바리데기』 …………………………………454
3. 변용된 신화의 서사구조 ………………………………………………458
4. 용서와 화해와 공존의 디아스포라 …………………………………462
5. 결 론 - 고난의 치유자로서의 바리 ………………………………465

제 1부

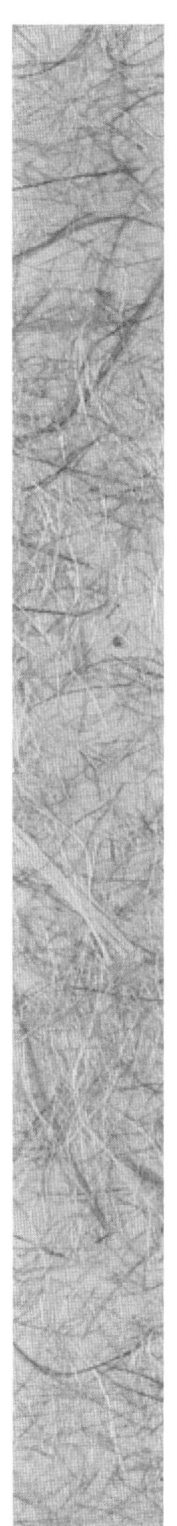

김동인의 역사소설론 연구
: 「춘원연구」를 중심으로

1. 서 론

김동인(金東仁)의 문학적 출발은 춘원(春園) 이광수(李光洙)에 대한
안티테제(anti these)로부터 시작된다. 김동인이 처음 쓴 평문인 「소설
에 대한 조선 사람의 사상(思想)을」[1]은 춘원에 대한 비판을 시도한 글
이다. 김동인이 춘원을 비판의 대상으로 삼았던 것은 당시의 문학적 환
경이 춘원의 독무대였기 때문이었을 것으로 보인다. 춘원은 「무정(無
情)」을 발표하기 전에 이미 「'문학(文學)'이란 何오」[2]라는 글을 써서
문학에 대한 일단(一端)을 피력하였고, 그 후에도 이런 계몽적인 글을

---

1) 김동인(金東仁), 「小說에 對한 朝鮮 사람의 思想을」, 『동인전집(東仁
全集)』 10권, 홍자출판사(弘字出版社), 1968. 3, 서울, p.8.(이하 『전집
(全集)』은 『동인전집(東仁全集)』임.)

2) 춘원은 『매일신보(每日申報)』에 1916년 11월 10일부터 11월 23일까지
이 글을 발표했는데 그 주요 항목을 보이면 다음과 같다.
"신구의의(新舊意義)의 상이(相異), 문학의 정의(定義), 문학과 감정
(感情), 문학의 재료, 문학과 도덕, 문학의 실효(實效), 문학과 민족성,
문학의 종류, 문학과 문(文), 문학과 문학자."

써서 문명(文名)을 날렸다. 그리고 「무정」을 연재하고 난 뒤인 26세 때부터 벌써 대가(大家)로서의 면모를 보였다.[3] 이 무렵, 김동인은 '예술은 人生의 정신'이라고 하여 문학을 계몽(啓蒙)의 수단으로 삼았던 춘원의 견해에 정면으로 반기(反旗)를 들기 시작하였다. 김동인의 이론에 의하면, 소설에서 흥미를 취할 것이 아니라, '소설의 예술적 가치, 소설의 내용의 미(美), 소설의 조화된 정도, 작자의 사상, 작자의 정신, 작자의 요구, 작자의 독창, 작중인물의 각 개성의 발휘에 따른 묘사, 심리와 동작과 언어에 대한 묘사, 작중인물의 사회에 대한 분투(奮鬪)와 활동' 등을 요구해야 한다는 것이다. 이러한 그의 소설에 대한 견해는 당시까지의 기존(旣存) 문단의 견해에 대해 반박(反駁)으로 볼 수 있는 것으로, 춘원을 비롯한 기존 견해가 문학을 효용적인 면에 중점을 두었던 것에 비해 김동인은 예술성에 기대고 있었음을 알 수 있다. 이처럼 김동인의 출현은 신문학 초기에 있어서 문학에 대한 인식의 변화에 큰 전환점이 되었다고 볼 수 있다.[4]

더욱이 계몽적인 소설을 써 문학을 도구로 삼았던 춘원의 독무대(獨舞臺)를 헤집고 들어선 그는 「창조(創造)」를 발행하여 소설이 무엇인가를 보이려고 했고, 그러한 집념은 「春園硏究(춘원연구)」라고 하는 당시로서는 방대한 논문으로 나타났다. 미완(未完)으로 끝나기[5]

---

3) 그는 『청춘(靑春)』 제12호(1918. 3)에 「懸賞小說考選餘言」이란 글을 썼는데, 여기서 李常春의 「岐路」, 金明淳의 「疑心의 少女」, 朱耀翰의 「農家」 등 세 작품의 심사결과를 評했다.

4) 구인환(丘仁煥) 敎授는, "文學은 어떤 功利的 目的을 위한 방편이 될 수 없고, 文學 그 자체를 위한 文學이 되어야 한다는 文學的 認識은 美的追求에 기울어질 危險性을 내포하면서도 「無情」의 李光洙 文學에 對한 反旗요, 文學의 올바른 자각이 아닐 수 없다"고 이에 대해서 견해를 피력한 바 있다. 구인환, 『한국근대소설연구(韓國近代小說硏究)』, 서울, 三英社, 1976, p.186.

5) 삼중당이나 홍자출판사에서 간행한 『김동인전집』에 수록된 『春園硏究』

는 하였지만, 한 작가의 작품을 세밀히 분석한 신문학의 첫 비평작업
으로 꼽을 수 있다.

많은 작품과 적지 않은 평론을 썼던 그의 문학관은 1934년부터 「삼
천리(三千里)」에 연재했던 이 「춘원연구」와 1927년 조선일보에 연재
했던 「조선근대소설고(朝鮮近代小說考)」에서 볼 수 있다.

본고(本稿)에서는 이미 논의된 바6) 있는 것과는 달리, 1929년을 분기
점으로 하여 신문소설과 대중소설을 쓰기 시작한 김동인의 면모를 고찰
함으로써, 춘원의 역사소설에 대해 비판하고 그 나름대로 새로운 관점에
서 역사소설을 썼던 이론적 근거를 살피고자 한다. 전개를 위해 일반적인
소설을 분석한 것을 살폈고, 그리고 나서 역사소설에 대한 것을 살폈다.

2. 오만(傲慢)과 패기(覇氣)

「춘원연구」에서 김동인은 한국 최초로 '대가비평(大家批評)'을 함으
로써 평소에 자신의 문학에 임하는 태도를 보였다. 그 태도가 어떠하든
지 간에 그는 한 작가의 전 작품을 – 물론 그때까지 발표된 – 대상으로

의 마지막으로 연재된 것으로 보이는 부분인 연재 14회분(삼천리 1939
년 6월) 끝에, '차호속(次號續)'이라고 한 것과, 마지막 단락에서 "이하
(以下) 변호사 허숭(許崇) 다니는 길을 밟으며 검사하여 보자"라고 한
것으로 보아 더 쓸 예정이었는데 중단되었던 것으로 보인다.
6) 『춘원연구』에 對한 검토는 다음의 논문들이 있다.
　김윤식(金允植): 「初創期文學論과 批評의 成立」, 『現代文學』 통권 217
　~218호, 1973.
　김윤식: 「30년대 韓國小說論의 樣態」, 『文學과 知性』 제5호, 1971. 가을호.
　김윤식: 「反歷史主義 指向의 과오」, 『文學思想』 제2호, 1972. 11.
　신동욱(申東旭): 「金東仁의 形式主義 批評」, 『知性』, 1972. 3.
　최금산: 「金東仁의 春園研究是非」, 『現代文學』 제245호. 1975.

하면서 그 작품에 대해 집중적인 연구를 한 것으로 스케일과 심도(深度)가 당시 비평계(批評界)에서 그 유래를 찾아보기 힘들 정도이다.7)

이 「춘원연구」는 지금까지 필자가 확인한 바로는, 1934년부터 그 다음해 1935년까지 「삼천리」에 연재된 후, 잠시 중단되었다가 1938년부터 「삼천리문학」과 「삼천리」를 오가며 연재(連載)한 것인데 모두 14회분, 15장으로 되어 있으며, 장별로 그 차례를 보이면 다음과 같다.8)

---

7) 김윤식: 「30년대 韓國小說論의 樣態」,『文學과 知性』제5호, 1971 가을, p.562.

8) 이제까지 김동인의 전집을 출판했던 홍자출판사(弘字出版社)나, 삼중당(三中堂) 모두 「춘원연구」의 목차 및 연재순서를 잘못 수록하였다. 필자가 조사한 바로는 모두 15장으로 되어 있으며, 그 연재순서는 다음과 같다. 특히 연재 제 5회분은 그 동안 두 출판사 모두 누락된 채 출판되었고, 홍자출판사판에는 순서까지도 뒤바뀌어 있었다. 연재 회수와 내용 목차를 보이면 다음과 같다. 구체적인 내용은 필자가 편저로 출판한 『김동인평론전집』(서울, 삼영사, 1987.) pp.84~177와 p.583을 참고하기 바란다.

연재 회수	발표지	발표일	제 목
1	「삼천리」	1934. ?	(1) 서언(緖言), (2) 춘원(春園) 이광수
2	〃	1934. 8	(3) 「어린 벗에게」와 「소년의 비애(悲哀)」기타
3	〃	1935. 1	(4) 「무정(無情)」과 「개척자(開拓者)」
4	〃	1935. 2	〃
5	〃	1935. 3	(5) 기미전후, (6) 「가실」이하 단편
6	〃	1935. 4	(7) 물어와 사화와 소설, (8) 「허생전」, (9) 「일설 춘향전」
7	〃	1935. 7	(10) 「재생」
8	〃	1935. 8	〃
9	「삼천리」 「삼천리문학」	1935. 9 1938. 1	(11) 「마의태자(麻衣太子)」, (12) 「무정」에서「마의태자」까지
10	〃	1938. 4	(13) 단종(端宗) 전후 역사와 문헌(文獻)
11	「삼천리」	1938. 10	(14) 「단종애사」
12	〃	1939. 1	〃
13	〃	1939. 4	(15) 흙
14	〃	1939. 6	〃

※ 9회분은 「삼천리」에 수록된 것이 「삼천리문학」에 다시 수록됨.

1. 서언(緒言)

2. 春園 李光洙

3. 「어린 벗에게」와 「少年의 悲哀」 其他

4. 「無情」과 「개척자(開拓者)」

5. 己未 前後

6. 「가실」이하 단편(短篇)

7. 物語와 史話와 小說

8. 「許生傳」

9. 「一說 春香傳」

10. 「재생(再生)」

11. 「마의태자(麻衣太子)」

12. 「無情」에서 「麻衣太子」까지

13. 端宗前後 歷史와 文獻

14. 春園의 「端宗哀史」

15. 「흙」

그러나 이 중 실상 중요한 내용을 이루고 있는 부분은, 4. 「무정」과 「개척자(開拓者)」, 8. 「재생」, 그리고 「단종애사(端宗哀史)」와 관련된 것으로 되어 있다.

이 글의 특징은 김윤식 교수와 조연현 교수가 이미 지적한[9] 바와 같이 스케일이 크고, 부정적(否定的)인 면만을 추구하여, 오류탐색(誤謬探索)에 빠졌고, 사상적인 배경이 빠진 점 등을 들 수 있다. 그러나 전반적인 것은 인상주의(印象主義) 비평과 주관비평(主觀批評)으로 일관되어 있다. 우선 그의 이런 비평방법에 근거를 이루고 있는 것이 무엇인가를 살펴보기 위해 초기에 발표한 「소설에 대한 조선인의 사상을」이란 글을 살펴보기로 한다.

그는 '참문학적 작품은 신(神)의 섭(攝)이요, 성서(聖書)'[10]라고 파악했다. 이런 근본 태도는 춘원이 문학을 사회나 민족을 改造하는 수단으로 파악했던 것과는 배치(背馳)되는 것이며, 춘원이 참소설을 「人生의 유괴자(誘拐者)」라 한 것에 대하여 큰 오산이라고 반박했다. 그

---

9) 김윤식, *Ibid.*, p.563.

　조연현, 「文學論爭考」, 『評論選集』(2), 韓國文學全集 49, 서울, 語文閣, 1970, p.85.

10) 김동인, 「소설에 대한 조선인의 사상을」, 『學之光』 18, 1918, p.45.

래서 그는 앞에서 인용했던 것처럼 소설에서 구할 것은, '소설 가운데 서 소설의 생명, 소설의 예술적 가치, 소설의 내용의 미(美), 소설의 조화된 정도(程度), 작자의 사상, 작자의 정신, 작자의 요구, 작자의 독창, 작중의 인물의 각개성(各個性)의 발휘(發揮)에 대한 묘사, 심리 와 동작과 언어에 대한 묘사, 작중의 인물의 사회에 대한 분투(奮鬪) 와 활동 등'11)이지 흥미를 구해서는 안 된다고 했다. 따라서 참소설은 독자를 타락(墮落)케 하는 것이 아니라 참인생을 알게 해 준다는 것 이다. 그러나 이 같은 초기의 소설관도 30여 년이 지난 뒤에는 다음 인용문과 같이 '문학이 오락'이라는 결론으로 변한다.

> 다만 文學이 우리에게 줄 즐거움이란 것은 卑俗치 않고 건전하 여야 할 것이며 우아(優雅)한 정서(情緒)를 길러 줄 고상한 것이어 야 한다. 이것이 보통 저속한 다른 오락물과 다른 文學의 자랑이 요, 文學의 존귀한 所以다.
> 여(余)도 한때는 문학에서 오락 이외의 오락 이상의 다른 의의를 발견하려고 노력하였다. 그러나 결론은 요컨대 역시 다른 아무 의 의도 찾아내지 못하고 결국 문학은 오락이요, 우리 人生生活에 오 락 이상의 존귀물을 찾아낼 수가 없었오.12)

이러한 결론은 그가 많은 소설을 쓰고 난 뒤에 얻어진 하나의 결론 이다. 그러나 이러한 견해는 그가 소설 자체의 독자성에 대한 자각이 되어 있지 않음을 드러낸 것이라고 비판받게 되는 다음과 같은 인용 문에서 확인되듯이, 근대소설이 무엇인지도 모르고 또 그 기능에 대 한 파악 능력이 결핍된 상태에서 진술된 것임을 알 수 있다.

---

11) *Ibid.*, p.43.
12) 김동인, 「余의 文學道 30年」, 『全集』 8권   p.317.

이제 박멸하고 改正하고 改造할 자도 다 문학자들이오. 문학자들
의 사용한 무기는 논문과 소설이오……〈中略〉……나는 「論文보다
小說을 읽어라」 하겠오. 그것은 소설이 논문-철학적이나 사회적-보
다 귀하다는 것이 아니고……〈中略〉……논문에서는 알아보기 어렵
던-아직 발달되지 못한 단순한 머리에는 一句라도 소설에서는 자
연히 머리 속에 들어와 박힌다 함이오. 小說作家의 表現하려던 哲學
思想, 社會學思想이 不知不覺 中에 독자에게 알게 된다 함이오.13)

이러한 견해는 루크레시우스(Lucrecius)의 당의설(糖衣說)과 흡사
한 것으로 교훈적인 면을 쾌락적인 면으로 유도하여, 작가가 의도한
소기의 목적을 이룰 수 있다는 것이다. 위의 글은, 한 때나마 그가 예
술지상주의적 작품을 추구했었다는 점에서 보았을 때, 즉 순예술사회
(純藝術社會)를 이룩하자고 한 그의 논리에서 본다면 어긋나는 것으
로 볼 수 있으나, 초기에는 그도 문학의 목적을 교훈적인 측면에 두
었음을 부인할 길이 없다.

그러나 그가 초기에는 절대적으로 예술지상주의자이었던 것은 잘
아는 대로다. 그래서 그는 곧 소설을 예술적으로 쓰기 위한 방법을
제시한다. 그가 제시한 소설 작법은 당시로서는 획기적인 것으로 평
가할 수 있다. 그가 「소설작법(小說作法)」14)에서 썼던 것은 저속하지
않게--물론 이 저속이란 말은 그가 말한 '통속소설'의 개념 속에서
파악되는--쓸 수 있는 방법이 제시될 수밖에 없었다. 그는 이 글에
서 구상(構想)과 문체(文體)로 나누어 설명했다. 이 외에도 '소설의
기원 및 그 역사'에 대한 간략한 해설 뒤에 전개한 글의 골격을 예시
하면 다음과 같다.

---

13) 김동인, 『學之光』, 18호 pp.45~46.

14) 김동인, 「小說作法」, 『조선문단』제28권(통권4호, 1925. 4)부터 2권 7호
   (통권10호 1925. 7)까지 4회에 걸쳐 연재함. 『全集』 8권, pp.104~120.

구상(構想): － 사건(事件), 성격(性格), 분위기(雰圍氣)

문체(文體): －
{ 일원묘사(一元描寫)
다원묘사(多元描寫)
순객관적묘사(純客觀的 描寫) }
{ 一元描寫A形式
一元描寫B形式 }

위 표에서 볼 수 있듯이 주로 소설의 형식을 기술하고 있다. 그래서 '초보적인 이 글을 제시한 점에서 형식주의 비평이 일면적 타당성을 획득하고'15) 있다고 보는 것이다. 이에 관하여는 신동욱 교수의 논문이 있으므로 생략한다.

결국 「춘원연구」는 앞의 신동욱 교수가 지적한 바와 같이 '인물 형상화와 주제와의 관련성에서 춘원문학 전반에 걸쳐 본격적인 비판을 시도하고 있으면서 한편으로는 작가론의 구실을 겸하고 있는 것'16)으로, 춘원소설 내용의 해설과 더불어 분석을 꾀한 것인데, 크게 대별(大別)한다면 기교상(技巧上)의 문제와 인물성격론(人物性格論)으로 요약할 수 있다.

(1) 기교(技巧)의 문제

김동인은 구체적으로 기교에 관해 평문(評文)을 쓴 일은 없다. 다만 다음과 같은 글이 있어 그 윤곽을 살필 수 있다.

技巧의 完全: 춘원의 전 작품을 통하여 이 〈再生〉 상편만치 기교에 있어서 완전한 자가 없다.
플롯트를 꾸미는 데 있어서 너무도 흥미 일방으로 만든 것과 취

---

15) 신동욱, *op. cit.*, p.159.

16) *Ibid.*, p.153.

급된 문제가 너무도 〈금색야차(金色夜叉)〉식이기 때문에 통속소설
의 비방을 면치 못하겠지만, 기교에 있어서는 만점이었다.
　이 소설은 하편이 쓰이기 때문에 전편을 망쳐 버렸다.[17] (加點은 필자).

　이 글은 「재생」 상편(上篇)을 평한 것으로 이 작품의 人物과 내용
을 해설하고 난 뒤에 결론으로 맺은 것이다. 그러나 그는 '비범한 내
용'이지만 '기교에 있어서는 만점'이라고 한 '기교'는 구체적으로 어떠
한 것인지 밝히지 않은 채, 위 인용문으로 끝내고 말았다. 그가 춘원
의 초기 소설 「어린 벗에게」를 평하면서 '기교와 형식'이란 항에서 소
설의 기교는 없고 다만 '형식'에 있어서는 이 소설은 현란한 '미문(美
文)' 이외는 '그다지 볼 것이 없다[18]고 하였다. 뿐만 아니라 「개척자」
는 논외로 집어 던질 수밖에 없다고 하였다. 결국 그는 「춘원연구」
처음부터 '기교와 형식'을 설명하고 있지만 그것이 어떤 것인지를 제
시하지 못하고 있다.

　그러면 과연 기교란 무엇을 두고 말한 것인가? 구인환 교수는 '김
동인의 문학적 자각은 먼저 기법적 자각으로 시작된다[19]고 했다. 김
동인이 제기한 기교란 무엇인가? 이것을 해명하기 위해서, 「재생」을
평한 10회분을 검토할 필요가 있다. 그 이유는 상편이 '기교에 있어서
만점'이었음에 비해, 하편은 있으므로 해서 오히려 전편을 망쳐버렸다
고 했기 때문이다.

　하편에서 춘원은 '이 소설 전체를 신파 비극적 결말을 맺게 하기
위하여 기제(旣製)의 코스에 억지로 인물을 끌고 다녔'고, 또한 '등장
인물들은 제 성격에 맞지 않는 코스를 가노라고 그야말로 작자의 채

---

17) 『전집』 8권, p.525.

18) *Ibid.*, p.494.

19) 구인환, *op. cit.*, p.203.

찍에 쫓겨다'[20] 니다가 소설을 망쳐버렸다는 것이 김동인의 주장이다.

또 하나 이 「재생」 하편이 '죽은' 또 하나의 '이유'는 '서술(叙述)의 혼란(混亂)'이라고 지적했다.

> 混亂된 叙述 : 감옥 안에서 尹 辯護士의 면회를 받고 도로 감방으로 돌아온 뒤의 수십 페이지는 독자로서는 도저히 갈피를 차릴 수 없는 혼란된 서술이다.[21]

여기서 '혼란된 서술'이란 심리진전의 비합리적인 상대를 두고 이른 것이다.

다음에 지적된 것은 내용 전개상 플롯에 있어서 사건 진행이 잘못되었음을 지적한 것이다.

> 판결은 내렸다. 봉구는 사형 -
> 여기서 작자의 붓은 외도로 뻗었다.
> 이 사형 판결에 대하여 봉구는 맹렬히 생의 집착을 느꼈어야 할 것이다. 일찍이 순영을 굽어보기 위하여 取引仲介店으로 달아났던 만치 凡人인 鳳九는 여기서 사랑하던 순영의 悔心까지 보았는지라, 무엇보다도 生을 가장 바랐어야 할 것이다. 하루바삐 세상에 나가서 다시 순영을 품에 안고 즐겁게 살 날을 생각하며 '살려달라' 애타게 하여야 할 것이다.
> 그러나 春園의 悲壯癖은 이 남주인공으로 하여금 비장한 코스를 밟게 하기 위하여 性格을 무시하고 외도를 밟게 하였다.[22]

이상에서 대개 살펴본 것을 요약하면 '요컨대 「재생」은 그 대단원(大團圓)에 있어서 이것을 비극적 비장미(悲壯味)를 내게 하기 위하

---

20) 『전집』 8권, p.526.
21) *Ibid.*, p.529.
22) *Ibid.*, pp.528～529.

여 작중인물을 억지로 딴 길로 끌어 들인 데에 이 작(作)의 사인(死因)이 있다[23]는 것이다. 따라서 상편이 기교에 있어서 만점이라는 것은, 이런 망쳐버린 이유가 상편에서는 보이지 않는다는 것이라고 볼 수 있다. 결국 여기서 그가 말하는 기교라는 것은 '인물과 주제와의 융합 내지 통일'[24]이 된 인물 성격론에 근거하고 있음을 알 수 있다.

그러나 앞서의 지적대로 김동인은 「춘원연구」를 쓰기 10년 전에 이미 「소설작법」에 대한 것을 쓴 바 있다. 소설을 구상하는 데 필요한 것으로 스티븐슨의 말을 인용하여 그는 다음과 같은 것을 꼽고 있다.

> 소설을 쓰는 방법은 다만 세 가지밖에는 없다. 먼저 이야기의 감(plot)을 만들어 가지고 거기 인물을 배치하는 것이 첫째, 먼저(어떤 성격을 가진) 인물을 만들어 가지고 그런 性格의 사람이면 전개될 만한 사건이나 局面을 발견하는 것이 둘째. 셋째는 어떤 분위기를 붙들어 가지고 그 분위기에 맞을 만한 국면이며 인물을 만들어 내는 것.[25]

이라고 하였다. 소설의 구성 요소를 사건, 인물(性格), 배경(분위기)으로 나누었다. 이 세 가지 중에서 하나를 붙들고서 그 나머지의 것을 보충한다는 것이 소설작법의 근본이라고 봤다. 이것은 부룩스(C. Brooks)와 워렌(R. P. Warren)이 「소설의 이해(*Understanding Fiction*)」에서 소설의 구성요소를 플롯(plot), 인물(character), 주제(theme)로 나누고, 소설 창작의 기교문제와 원칙에서 세부적으로 분위기(atmosphere), 시점(point of view), 거리(distance), 스케일(scale) 등으로 나눈 것과 유사한 면을 볼 수 있다.

---

23) *Ibid.*, p.537.
24) 신동욱, *op. cit.*, p.154.
25) 『전집』 10권, p.108.

이와 같은 그의 소설에 대한 지식은 「춘원연구」에서 척도(尺度)로
서 나타나며 그가 '기교'라는 포괄적인 용어를 사용하는 비평관 속에
잠류(潛流)한다고 볼 수 있다. 다음 몇 개의 예문을 통해 좀 더 구체
적으로 살피고자 한다.

> ㉠ 황주 김병욱의 편지라 하는 것도 소설 기술상으로 엄밀히 보자
>   면 한낱 「踏步로」에 지나지 않는다.[26]
> ㉡ 소설 〈無情〉은 그 전반부는 잘라 버리고 여기서(황주 병욱의
>   집에서 月餘의 生活 – 筆者 註) 출발하는 편이 도리어 소설가치
>   를 높이게 되지 않을른지?[27]
> ㉢ 왜 이다지도 〈獄中花〉에 구속되었는지? 여기서는 春園이 작품마다
>   즐겨서 집어넣는 인도주의며 민족주의며 또는 비장한 기분까지 집
>   어넣을 줄을 잊고 조심 조심히 전자의 발자국을 따랐다.[28]
> ㉣ 아무 성격이며 정서(情緖)며를 가지지 못한 몇 개의 인물이 마
>   치 「잠결에 듣는 옛말」과 같이 꿈틀거리다가 결말을 맺었다.[29]
> ㉤ 그것뿐 아니라 기생 월화의 「에피소오드」에 있어서도, 작자는 당
>   연히 월화를 「시대의 부산물인 비극의 주인공」으로 조상하여야
>   할 것이어늘, 정열에 넘치는 붓끝은 월화를 너무도 美化하여, 월
>   화가 신봉하고 구도덕(舊道德)을 독자에게 주장하는 듯한 느낌을
>   주는 것은, 아직 줏대를 잡지 못한 작자의 전모를 독자 앞에 스스
>   로 내어 보인 미숙한 일이다.[30]

위의 인용문은 「무정」(㉠, ㉡, ㉤)과 「일설 춘향전」(㉢), 「개척자」
(㉣)를 비평한 것이다.

---

26) 『전집』 8권, p.504.
27) Ibid., pp.502~503.
28) Ibid., p.518.
29) Ibid., p.511.
30) Ibid., p.498.

㉠의 '소설 기술상'이란 말은 사건 전개를 두고 말한 것으로, 「답보(踏步)로」가 된 이유는 '명일분(明日分)의 소설은 써야겠는데 전개 방침이 확립되지 않았'기 때문에 속임수를 쓴 것이라고 호되게 몰아세웠다.

㉡도 역시 사건 전개를 지적한 것인데 이 글은 주제와 밀접한 관계를 가지고 있는 것으로 보인다. 즉 '소설의 가치'를 높이는 것은 작품의 주제와 사건 전개가 맺고 있는 통일성이라는 그의 견해가 단적으로 나타난 것이다. 전반부를 잘라 버리고 여기서 출발하는 것이 오히려 가치를 높이는 이유가 되는 것은, '거기에는 할머니가 있고, 아버지가 있고 어머니가 있고, 오빠가 있고 올케가 있고 하여 한집안이 갖추어 있는데 그 매인(每人)이 모두 한 시대를 대표하는 성격을 가지고 있기' 때문이다. 뒤에 다시 재론하겠지만 과도기에 조선의 모습을 지닌 이 인물들은 말할 것도 없이 평면적 인물(flat character)이다.

㉢은 이해조(李海朝)의 「옥중화」에 의거해서 쓴 「일설 춘향전」이 작가의 창작성이 전혀 없는 것으로, 이광수 그 특유의 작풍(作風)까지도 배제해 버린 작품으로 지탄받고 있다. 즉 그 나름대로 소설 속에서 만들어 넣은 분위기가 없다는 것이다.

㉣은 한마디로 기교상 볼 만한 것이 하나도 없다는 것이다. 그 이유는 작품 속에는 감동도 없고 정열도 없기 때문이다. 이렇게 해서 만들어진 이 작품은 인물이나 분위기 모두를 가지지 못한 채 결말을 맺었다는 것이다. 이러한 「개척자」에 대해서 그는 '논하지 않는 편이 도리어 점잖지 않을까?'라고 되묻고 있다.

㉤의 「무정」에서 월화(月花) 에피소드는 인물과 주제와의 관계가 융합·통일되지 못했음을 지적한 것이다. 즉 이 소설의 주제가 새로운 시대화로 신도덕을 세우고 신연애관을 강조하는 것이었는데, 월화

를 미화하므로 인해서 구도덕도 찬양한 폭이 되었다는 것이다. 미화
하는 것만을 몰두했지 소설 전체의 짜임새 있는 균형을 보여주지 못
했음을 신랄하게 비판했다.

이와 같은 비판을 할 수 있는 것은, 앞에서 이미 지적한 바와 같이
소설이 가지고 있는 구성요소를 사건, 인물, 배경으로 보고 이들이 상
호 균형 있는 조화 가운데서 이루어짐을 전제한 데서 연유된다. 따라
서 그가 기교가 뛰어나다고 했을 때, 그 기교란 바로 이것을 두고 말함
이다. 하나 더 첨가한다면 사건과 분위기가 잘 조화된 인물과 주제와
의 융합 또는 통일된 것을 두고 말한 것이다. 바로 김동인 자신이 이러
한 면에 뛰어난 것을 그의 단편소설에서 보여주고 있다. 따라서 그는
춘원의 장편소설에서, 단편소설에서 일목요연하게 볼 수 있는 구성의
단일화가 이루어지지 않으므로 이 점을 자꾸 지적하게 된 것이다.

(2) 인물 성격론

「춘원연구」 전편(全篇)에 걸쳐 논의되고 있는 것은 이 인물의 성격
에 관한 것이다. 그가 인물에 관한 것을 언급한 것은 신동욱 교수의
앞서의 지적대로 주제와의 관련을 통한 인물의 성격이다. 그가 「소설
작법」에서 인물에 관해 언급한 것을 살펴보면, '이야기' 속에서의 인
물과 구별하고 있음을 볼 수 있다.

> 예전에 재미있던 모든 이야기들이 지금은, 돌아보는 사람이 없게
> 된 것은, 거기는 플롯트는 있었으나, 人物에 성격이 없었으므로, 그
> 인물이 모든 죽은 사람과 마찬가지였음에 있다.[31]

---

31) 『전집』 10권, p.111.

이러한 '인물'에 대한 파악은 '인물' 그 자체가 아니라 성격의 파악이었다. 앞서 소설의 구상을 위한 제 조건을 설명하는 과정에서 사건과 배경만 있어도 인물의 성격이 없으면 안 된다고 하고, 서로 보완적인 것이라야 한다고 한 것도 바로 이 점을 강조한 것이다. 그의 성격론은 합리주의적인 면에 근거를 두고 있다.

> 작품 속에서 활약하는 인물들도 어떤 성격과 인격을 가진 有機體이매, 아무리 그 작자라 할지라도 마음대로 그들을 처분할 수 없다. 작품 중도에서 作者가 그 작품 내에 활약하는 인물의 意志(의지)에 반하여 제 뜻대로 붓을 돌리면 거기서는 모순(矛盾)과 자가당착 (自家撞着)밖에는 남을 것이 없다.[32]

성격구현의 방법으로 대체로 객관적 묘사방법에 의존한 김동인은 이 방법을 통해 일관성이 있는 성격이 되어야 함을 강조했다. 그가 성격구현에 합리주의적인 방법을 요구했던 것은, 작중인물의 성격이 일관성만을 가지고 있을 것이 아니라, 인간적 의미와 독특성이 필요함을 전제한 것이다. 즉 보편적이어서 많은 사람이 의미 있다고 수긍할 수 있는 것이면서 일반성을 띤 인물보다는 독특한 면을 가지고 있는 하나의 개인이어야 함을 주장한 것이라고 볼 수 있다.

또 하나 그가 내세운 인물의 성격들은 주로 평면적 인물(flat character)이다. 포스터(E. M. Forster)가 「소설의 양상」(*Aspect of Novel*)에서 평면적 인물(flat character)의 장점으로 지적한 것[33]을

---

32) *Ibid.*, p.114.
33) E. M. Forster, *Aspect of Novel*, 鄭炳祖 譯, 『小說의 樣相』, 서울, 新陽社, 1959, pp.75~76. 여기에서 평면적 인물의 장점으로 지적된 것은, 등장하기만 하면 쉽게 알아볼 수 있고, 또 나중에라도 독자에 의해 쉽게 기억될 수 있게 된다는 점 등이다.

그는 요구했다. 그래서 그는 최인준(崔仁俊)의 「상투」를 다음과 같이
평했다.

> 인물과 성격에 더 많은 연구를 쌓아야 할 것이다. 인물과 성격 관
> 계에 좀더 留意하였더면 김 첨지로 하여금 이런 신파극은 면(演)케
> 하지 않았을 것이다.[34]

다음에 인용하는 예문도 마찬가지로 평면적 인물로서 일관성 있게
제시하지 못한 것을 비판한 것으로 볼 수 있다.

> 처음부터 끝까지 연달아 나오는 모순이 모두 작자가 주인공의
> 성격을 잘못 선택한 데 있다. 이러한 줏대없고 定見없고 자기의 주
> 장이 없는 인물에게 (저 곳 속담 말과 같이) 타케니보오리(竹に
> 棒) 대나무에 작대기를 접한 것 같이 超人的이며 巨人的인 사상을
> 머금게 하였으니 어찌 모순이 생기지 않으랴.[35]

「무정」이 기념비적(記念碑的)인 면을 떠나 소설로서 성공하지 못한
면을 부정적으로 비판한 이러한 면을 들춰 내서 '작자는 어찌하여 이
형식에게 있어서는 성격의 통일이라는 점을 유의하지 않았는지' 모르
겠다고 하고, '이런 때는 이렇듯 굳센 성격의 주인이 되고 어떤 때는
어린애나 일반으로 좌우되는 성격의 주인인 이 형식은 우리의 소설
상식으로는 상상치 못할 인물이다'[36]라고 극단적으로 매도하고 있다.
  이러한 비판은 「무정」뿐이 아니라고 앞에서 언급한 바이지만, 「재
생」이 망치게 된 이유가 하편 때문이라고 했는데 그 이유를 인물에서

---

34) 『전집』 10권, p.29.

35) 『전집』 8권, pp.498~499.

36) *Ibid.*, p.504.

도 찾을 수 있다.

> 하편에 있어서는 이 소설 전체를 신파 비극적 결말을 맺게 하기
> 위하여 旣製의 코스에 억지로 인물들을 끌고 다녔다. 다시 말하자
> 면 작자는 「이 인물들이면 이렇게 전개 되리라」는 필연 코스를 취
> 하지 않고 신파 비극식의 코스를 만들어 놓은 뒤에 인물들을 억지
> 로 그리로 몰아넣었다.
> 그런지라. 下篇에 있어서 등장인물들은 제 성격에 맞지 않는 코스를
> 가느라고 그야말로 작자의 채찍에 몰려서 허덕허덕 쫓겨 다닌다.37)

'이런 인물이라면 이렇게 전개되리라'는 합리적이며 등장하자마자
쉽게 파악할 수 있는 인물은 억지로 만든 데서 실패 원인을 찾았다.
인물과 주제와의 통합이 이루어지지 않고 있는 이유가 여기에 있다고
김동인은 보았고, 이것이 「춘원연구」의 가장 큰 지적 중에 하나다.

이상에서 오만(傲慢)과 패기(覇氣)로서 종횡무진으로 춘원의 작품을
'연구'한 것을 그의 소설론을 추출키 위해 살폈다. 크게 기교와 인물의 성
격으로 요약될 수 있는 이런 비판들은 뚜렷한 논리적 근거를 제시하지 못
하고 재단비평(裁斷批評)을 대가적인 입장에서 시도했다고 볼 수 있다.

3. 역사적 진실과 사실(史實)

김동인은 춘원의 역사소설 가운데 「춘원연구」가 연재될 때까지 발
표한 「허생전」(동아일보 1923~24), 「일설 춘향전」(동아일보 1925~
26), 「마의태자」(동아일보 1926~27), 「단종애사」(동아일보 1928~29),
「이순신」(동아일보 1931~32) 중에서 「이순신」을 제외한 네 작품을

---

37) *Ibid.*, p.526.

비평의 대상으로 삼았다. 이 네 작품이 「춘원연구」에서 거론된 것은 8
회분에 달하며, 그중 「단종애사」에 대해 집중적으로 다루어져 있음을
앞에서 제시한 목차를 통해 알 수 있다.[38]

그의 역사소설에 대한 관심은 바로 춘원의 작품을 검토하면서 체계
화되었고, 그것은 「춘원연구」에서 하나의 모습으로 나타났다. 그러나
그것은 춘원의 작품에 대한 안티테제(anti these)로 제시되어 있지만
사실 동곡이명(同曲異名)이다. 그가 구축한 토대는 물론 소설미학에
근거한 것이지만, 그것이 소설화되었을 때 그것은 춘원의 소설의 정
반대 쪽에 서 있었다.

여기서 그가 질서화한 역사적 진실의 세계를 조감(鳥瞰)해 본다.

(1) 물어(物語)·사화(史話)·소설

김동인은 「春園妍究(춘원연구)」에서 춘원의 작품을 '물어(物語)[39]
·史話·小說'로 분류했다.

---

38) 앞 20쪽에서 제시한 『춘원연구』 목차 참고.
　　강인숙(姜仁淑), 『韓國現代作家研究』, 서울 同和出版公社, 1971, pp.107
　　~157.
　　졸고(拙稿), 「端宗哀史와 大首陽의 거리」, 『韓國現代歷史小說의 研究』,
　　서울, 明知大學院, pp.112~117.
39) 물어(物語)는 일본문학의 양식으로 보통 '이야기'라 하지만 독특한 문
　　학양식으로 볼 수 있다. 島田謹二 外 2人 共編인 『比較文學讀本』, 일
　　본 東京, 研究社, 1973, p.55에서 佐藤春夫의 『平家物語』 解說을 보면,
　　"平家物語는 獨自의 樣式文學이며, 보통 敍事詩로 알려져 있다. 이것
　　은 歷史에서 취재되었지만 史實을 전달하기 위한 것은 아니며, 작자의
　　인생관을 시대상에 의지해서 설교가 가미되긴 했지만, 감동하도록 쓰
　　인 독특한 문학양식이다."라고 하여 특이성을 설명했다.

　　그의 작품을 대략 「物語」와 「史話」와 「小說」의 세 가지로 나눌
수가 있다. ⟨許生傳⟩과 ⟨一說春香傳⟩이 物語의 部에 들 것이요, ⟨麻
衣太子⟩와 ⟨端宗哀史⟩와 ⟨李舜臣⟩ 등이 史話의 類에 들 것이고, ⟨再
生⟩과 ⟨群像⟩과 ⟨흙⟩과 ⟨有情⟩ 등이 신문 소설의 部에 들 者이다.40)

　　그는 이렇게 분류하고 그 이유를, '그런데 이상의 11편을 왜 물어
(物語)와 사화와 신문소설의 셋으로 나누느냐 하면 그 셋이 각각 다
른 특색을 가졌기 때문'이라고 전제하고 「허생전」과 「일설 춘향전」은
「物語」라고밖에는 말할 수가 없는 종류'라고 하며 '그것은 소설로서의
조건을 갖지 못하였으니 소설이랄 수도 없는 것'일 뿐 아니라, '사화
의 부(部)에도 들 수 없는', '한 개 이야기로밖에는 분류할 수 없다'고
하고 더 이상 「物語」로 분류한 이유를 쓰지 않았다.

　　또 「마의태자」, 「단종애사」, 「이순신」은 '소설로 되기에는 너무도 사
실(史實)에 충실하여, 작자의 주관이 제거되었으며, 소설로서의 말미
(末尾)도 미비(未備)하고(史實的 末尾가 있을 뿐)' 그뿐 아니라 '사담
(史譚)으로 보기에도 어렵다'고 하였다. 그 이유는 '담(譚)으로서의 전
개가 없으니, 史話(外史)로 볼 밖에는 없다'는 것이다. 그리고 「재생」과
「군상(群像)」과 「흙」과 「유정(有情)」은 신문소설로 볼 수 있다고 했다.

　　그러나 이러한 분류 이유는 극히 막연할 뿐, 그 분류 기준이나 한
계를 분명히 하지 못하고 있다. 이제 작품을 비평한 것을 토대로 하
여 「物語」와 「史話」의 테두리를 정리하고자 한다.

① 「허생전」과 「일설 춘향전」

　　춘원의 「허생전」은 '연암(燕巖) 박지원(朴趾源)의 「열하일기(熱河日

---

40) 『전집』 8권, pp.512∼513.

記)」중 옥갑야화(玉匣夜話)의 허생(許生)의 이야기를 「物語化」한 것'
인데, 연암의 것과는 인물과 대략의 줄거리가 같을 뿐 이야기의 전개
는 모조리 춘원의 창작이라고 했다. 그러나 이야기의 전개도, 그리고
거기 담긴 사상도 모두 연암의 것과 대상부동(大相不同)한 '철두철미
재미있는 이야기일 뿐이다'라고 했다. 따라서 소설기법상으로 보아 오
히려 '이인직(李人稙)의 시기보다 훨씬 뒷걸음질 친' 것으로 「흥부놀
부전」이나 「장화홍련전」과 동궤에 놓여 질 수 있는 것'이라고 혹독하
게 비판하였다. 뿐만 아니라 거기에는 아무 진실성도 없다고 하고, 그
가 대안으로 제시한 것을 보면,

　　이러한 한 개 허황한 이야기일지라도 그 주인공인 許生의 성격
　　을 하나 창조하여 近代的 描寫에 뿌리를 두고 이야기를 만들어 나
　　아갔으면, 재미있고 문학적으로 좀더 나은 것이 되겠거늘.[41]

　'성격의 창조'와 '근대적 묘사' 이것을 바탕으로 한다면 '문학적'으로
나은 작품이 될 수 있음을 지적했다. 성격 창조의 실패는 이미 앞서
언급한 대로 평면적 인물이 주제와의 통일을 이루지 못한 것에 연유
한다. 인물의 설정도 같은 부류에서 지적하고 있다. 이 「허생전」에 있
어서 작자는 '허생을 만능의 사람으로 만들었'기 때문에 부자연스럽게
느껴진다고 했다. 예를 들면, 노련한 수부(水夫)보다 더 항해에 밝았
고, 검술에 아주 능하며, 또 허생이 제주도에 가자 제주도는 지상 낙
원으로 변한 것 등이 있고, 그러나 그는 아내도 하나 어(御)치 못했
음을 지적했다.
　이외에 '연대(年代)의 착오(錯誤)'를 세밀히 고증·비판하고 결론을
다음과 같이 맺었다.

────────────

41) *Ibid.*, p.516.

요컨대, 許生傳은 燕岩의 〈玉匣夜話〉의 一節을 뼈로 삼고, 그 위에 〈아라비안나이트〉와 〈로빈슨 크루소〉로 살을 만들고, 人道主義와 民族主義로 피를 만든 위에 古代小說型의 옷을 입힌 재미있는 -그러나 부자연한 이야기다.[42]

「일설 춘향전」은 '형(型)으로 보아서 「허생전」과 동곡(同曲)이요, 질로 보아서 이해조(李海朝)의 「춘향전」(옥중화-필자 주)의 부연(敷衍)에 지나지 못하다'는 평을 한 김동인은, 다른 작품에서 너무 춘원 특유의 인도주의라든가 민족주의라든가 하는 비장한 기분조차 집어넣을 줄을 잊고 경전(經典)처럼 이해조의 「옥중화」를 벗어나지 못한 것이라고 했다. 그래서 '한 개의 재담, 한마디 넋두리까지라도 가하지 못하고 감하지도 못했다'는 것이다. '매일신보(每日申報)에 연재하고 그 뒤 단행본으로 출판한' 이 「옥중화」는 이해조가 '광대(唱劇俳優)들을 불러다가 구술(口述)케 하고 그것을 옮겨 적'은 것이다. 결국 그는 '문화적 의미를 가진 문학운동'을 개척하려고 썼던 이 작품과 「허생전」은 이인직 이후로 뒷걸음친 것이라고 했다.

이상에서 논의된 것을 종합하면, 김동인이 이 두 작품을 物語라고 단정한 이유는, 역사적인 이야기를 쓰면서도 성격의 창조나 근대적 묘사가 이루어지지 못하고 고대소설형으로 되어 있어 재미있지만 부자연하게 만들었기 때문이라고 했다.

② 「마의태자」와 「단종애사」

「마의태자」는 차라리 「궁예전(弓裔傳)」이라고 고치든가, 반을 나눠, 각각 「마의태자」, 「궁예전」 이렇게 명명하는 것이 옳겠다고 서두에

---

42) *Ibid.*, p.518.

피력한 다음 그 이유를 다음과 같이 썼다.

이 소설이 근 700頁[페이지]나 되는 거책(巨冊)인데도 불구하고 〈麻衣太子〉에 관한 부분은 겨우 그 末尾에 수頁에 지나지 못하고 四백여 頁나 되는 대부분을 궁예(弓裔)의 이야기로 종시하였다. 아마 작자는 본시 먼저 弓裔로 시작하여 신라 말년의 어지러운 政界를 성큼성큼 소개하고 麻衣太子를 주인공으로 삼고 본편에 착수하려던 것이 서편(序篇)이 본격적으로 되고 너무 길어지므로 本篇인 部를 간략히 꾸민 모양이다.[43]

본래는 마의태자의 이야기를 쓰려던 것이 궁예(弓裔)에 지나치게 치우쳐 버리고 말았다는 것이다. 그래서 처음 서두에서부터 이것에 대해서는 '그다지 쓸 말이 없다'고 하였다. 일단 사화(史話)로 이 작품을 분류한 그는 '소설로서의 일관한 이야기의 줄기가 없고 계통이 없기 때문에 소설이 아니'라고 밝히고, 더구나 '소설적 의미의 주인공도 불분명하여 소설로서의 요소는 거지반 무시당하였기 때문에 소설로 볼 수가 없다'고 단정 지었다.

또 희극식 창극조(唱劇調)가 수없이 나와 있는 것에 대한 것과 '풍속과 제도에 있어서도 좀더 고전 색채가 나도록 창작을 하였어야 할 것'이라고 지적하였고 등장인물의 이름이 근 백 개나 나오는 것도 독자를 번거롭게 하였다고 하였다.

따라서 이 작품은 '순전히 하나의 강담(講談)'이어서 '고좌(高座)에 앉아서 부채를 부치며 이야기로서 들려 줄 정도의 글'이라고 했다.

춘원이 '다른 소설에서보다 더 많은 정성과 경건(敬虔)한 마음을 가지고 썼'[44]던 「단종애사」에 대한 김동인은 「춘원연구」총 14회분

43) *Ibid.*, p.538.
44) 이광수, 「端宗哀史에 對하여」, 『이광수전집』 제16권, 서울, 삼중당(三中

중 3회분 약 25페이지에 걸쳐 쓰고 있다. 「무정」, 「재생」과 더불어 20페이지 이상을 할애하여 「단종애사」를 집중적으로 검토했음을 알 수 있다. 성급한 결론인지 모르지만 역사소설에 대한 그의 이론 모두를 여기서 펼쳐 놓은 것이 아닌가 싶다.

그는 「단종애사」를 분석함에 있어서도 다른 작품과 마찬가지로 인물, 사건전개, 그리고 표현 등에 대하여 집중적으로 인상비평적인 방법을 견지하고 있다.

먼저 인물에 관한 것을 살피도록 한다. 여기서도 그는 다른 작품처럼,

> 작자는 이야기의 진전을 기정 「코스」에 끌어넣기 위해서는 언제든 작중인물의 성격을 무시하기를 주저하지 않는다. 더욱이 歷史物語에 있어서도 史的 「코스」를 좇아가기 위하여 작중인물의 성격이 조석으로 변하는 일이 흔하다.[45]

라고 전제하고 수양(首陽)의 경우를 지적하였다. 안평대군(安平大君)을 정배(定配)보내는 대목에서 수양(首陽)이 동생을 차마 죽일 수 없다고 하여 여러 신하들이 반대를 한다. 이 부분을 김동인은 이렇게 쓰고 있다.

> 이것은 작자의 과오로 본다. 죄가 없는 줄 마음으로 알지라도 표면으로는 유죄로 인정을 해야 할 것이다. 이 장면에 있어서 가장 독자가 의아하게 생각하는 점은 首陽의 성격변화다. 아직껏 성격으로 보자면 首陽은 목적을 위해서는 결코 수단을 가리지 않을 사람이다. 사실 首陽이 大位를 엿보는 사람이면 安平은 당연히 제거하여야 할 방해물이다. 왜 이렇듯 보호하나?[46]

堂), 1963. 2. p.74.
45) 『전집』 8권, p.544.
46) *Ibid.*, p.549.

이와 같이 지적하고, '소설상 성격의 통일이라든지 순화라든지 하는 수법을 모르는 옛날 소설가 남효온(南孝溫)의 범한 과실이 그대로 「단종애사」에도 옮아졌다'[47]고 혹평을 했다. 작품에 대한 김동인의 인물에 대한 이런 비판은 반복되지만, 주제와 인물이 융합 내지 통일되지 못한 채 혼돈을 거듭하고 있음을 지적한 것이다. 주제가 선과 악에 대한 대립 구조를 이용하였으면서도 간혹 그 정도를 벗어 있음도 또한 간과하지 않았다. 또 인물이 극단의 선(善)과 악(惡)의 대조를 이루고 있다고 하고, 악한 역의 인물은 더욱 악하여 악인의 전형(典型)으로, 선한 역의 인물은 더욱 선하여 선인의 전형으로 만들었다는 것이다. 예를 들면,

惡과 善의 대조강화는 차차 더 심하여 갔다.
왕이 首陽大君에 내리는 교서(敎書)(무론 칭찬하는 뜻이다)를 유성원(柳誠源)이가 지은 것인데, 柳는 장차 死六臣의 一人이니만치 그를 두호하기 위하여 「要點은 정인지(鄭麟趾)가 불러 준 것이라」하여 善을 자초지종으로 善으로 하려고 도(圖)하였고, 首陽에게 아첨하는 무리들을 더욱 과장하여 惡답게 하는 일방, 허유(許
詡) 같은 善人을 강화하여 許로 하여금 만좌중에서 首陽을 욕하게한다. 그러나 許詡의 英雄的 선가(善駕)임을 강조하려는 이 장면은 도리어 首陽의(욕을 먹고도 방임한) 관대한 면을 보여주기 쉽다.[48]
이 작자는 어느 작품에 있어서든 반드시 善人(주인공 혹 기타)에 대하여 한 사람 혹은 몇 사람의 惡人을 대립시킨다. 이 〈端宗哀
史〉에 있어서도 「고명편(顧命篇)」에서 벌써 지선지성(至善至聖)한 왕과 대립시키기 위하여 首陽의 가장 평범하고 무의미한 행동에까지 모두 장차 찬위를 圖한다는 암시를 보여주었고, 「失國篇」 첫머리에 한명회(韓明澮)라는 惡의 대표를 등장시켰다. 이 韓明澮를 惡의 대표로 만들기 위해서는 韓의 외모까지도 붓끝이 능히 寫出할

47) *Ibid.*, p.553.
48) *Ibid.*, p.548.

수 있는 最大 能力을 다하여 흉물로 만들어 놓았다.[49]

'표리(表裏)가 상부(相符)'한 악인을 만들어 선인(善人)과 대립시켜 놓은 것은 고대소설에서와 같은 면을 보여준다. 즉 악인이 하는 일은 악한 일로, 선인의 행동은 모두 선한 것으로 도식화(圖式化)한 것은 고대소설의 권선징악적(勸善懲惡的)인 표현과 유사하다는 것이다. 결국 이렇게 된 것은 주제에 의한 인물의 획일화와 전형화(典型化)에 의한 것으로 볼 수 있다.

다음, 사건 전개에 관한 것을 살펴보기로 한다. 그는 서술 순서의 혼란으로 필요 없는 부분이 많은 지면을 차지했는가 하면, 단종비극(端宗悲劇)을 위해 부회(附會)시킬 수 있는 것은 모두 끌어 당겨 비극적 미를 최고조에까지 이르도록 무리를 하였다[50]고 지적했다.

> 그러나 여기서부터 작자는 서술의 순서를 잃었다.
> ……〈中略〉……
> 이렇듯 서술의 순서가 바뀌어 등극한 신왕이 다시 왕자세로 되고, 승하한 선왕이 다시 왕이 되고, 과거의 왕(文宗)의 정사(情史)가 나오고, 노신들에게 세자고명(世子顧命)이 내리고, 혹은 전혀 이야기와는 관계가 없는 권양촌(權陽村)의 삽화에 5·6페이지를 허비하는 등 이 순서 바꾸인 것이 실로 제18페이지에서 비롯하여 104페이지까지 근 90페이지에 亘하였다.[51]

이것뿐만이 아니라 단종의 등극 다음에서부터 서술의 순서를 잃었음을 지적했다. 등극 바로 후에 역순행법을 써서 3년 전 세종대왕 승하(昇遐)로 옮겨졌고, 또 다시 뒷걸음 쳐서 풍덕왕후(風德王后)(소년

---

49) *Ibid.*, p.545.

50) *Ibid.*, p.553.

51) *Ibid.*, p.544.

왕의 왕후) 승하 이후로 돌아섰다가 또 문종의 초취(初娶)인 휘빈(徽
嬪) 金氏 때부터 정사(情史)를 기록하였다고 했다.

그리고 「단종애사」에서 작자는 '「이야기의 진행」에 대한 작자의 선
입견이 있기 때문에' 이야기를 '진행시키기 전에 독자가 이해할 수 없
는 부분까지 적어 넣었음'을 비판했다. 예를 들면 단종이 수양에게 선
위(禪位)나 한 것처럼 비분강개한다든가 하여, 수양의 사소한 행위도
후에 찬위를 시도할 것으로 미리 암시한 것 등을 들 수 있다.

이러한 기법상의 문제를 들춘 김동인은 '소설 구성에 있어서 몰각
할 수 없는 여러 가지 문제를 도외시'하고 단지 '어린 몸으로 마음에
없이 선위(禪位)를 하고 마지막에 가련한 최후까지 보았으니'[52] 하여
'소년왕이니 불쌍하다는 단순한 감정적인 견해로 결말을 지었기'때문
에 '인생의 일면도도 아니요, 당년의 사회상의 검토도 아니며, 단지
소년왕의 일대기일 뿐'[53] 이라고 단정지었다.

그 다음 용어나 풍속·제도 등의 표현에 관한 것을 보기로 한다.
김동인은 「단종애사」에서 고증에 관한 것을 「춘원연구」 마지막 회
(回)인 14회 '춘원의 「단종애사」'에서 쓰고 있다. 이것을 궁중용어(宮
中用語)의 使用, 풍습·제도상의 문제, 사실(史實)의 오류(誤謬) 등으
로 나누어 본다.

우선 궁중 용어의 경우, 이 작품에서 '임금과 왕비에게는 모든 지문
(地文)에 경어를 썼는데 어떤 때는 경어인지 욕인지 구별하기 힘들게
되었'을 뿐만 아니라, '정인지(鄭麟趾) 놈이……', '김종서(金宗瑞) 놈
이' 등 표현이 너무 상스럽게 되었는데 이런 것은 '전편(全篇)을 통하
여 대화며 용어가 상스럽지 않게 된 곳을 찾자면 지난(至難)(한 군데

---

52) *Ibid.*, p.554.
53) *Ibid.*, p.555.

도 없는지도 모르겠다)한 일'이라고 지적하였다.

풍속 제도상의 문제를 살펴보면, 임금이 신하와 더불어 있을 때는 승전관(承傳官)이 오는 것인데 궁녀가 나왔다든가 왕이 혼자 있는다든가 하는 것에서부터 왕이 혼자 '팽이나 돌릴까' 하는 등 이루 다 지적할 수 없다 했다. 그래서 김동인은 '이런 풍속·습관·제도상의 실수를 찾아내자면 - 아니 도리어 실수 아닌 것을 찾기가 힘들 지경'이라고 했다. 사실(史實)의 오류(誤謬)는, 이 작품이 남효온(南孝溫)의 「육신전(六臣傳)」을 현대어로 고쳐 놓은 것이어서 즉 '남씨(南氏)의 노력을 그대로 재부연(再敷衍)하고 자가(自家)의 전개를 전혀 하지 않아서 일일이 거론할 것이 없지만' 김동인의 오류탐색작업(誤謬探索作業)은 이 항에서 상당히 계속하고 있음을 볼 수 있다.

이상 두 작품을 사화(史話)로 분류한 것을 종합하면, 사실(史實)에 충실하여, 작자의 주관이 제거되었고, 소설로서의 구성단계상 결말이 없고 사실적(史實的) 말미(末尾)가 있을 뿐이며, 소설로서 일관된 이야기의 줄거리가 없을 뿐 아니라 인물의 성격도 통일되어 있지 못하고, 분명히 밝히지는 않았지만 소설의 기법상 여러 가지 문제를 도외시하였기 때문에 사화(史話)로 구분한 것으로 볼 수 있다.

위와 같이 김동인이 춘원의 역사소설을 분석비판한 것을 살펴봤다. 작품 줄거리를 해설하면서 전반적인 오류탐색(誤謬探索)에 치중한 듯한 인상을 주는, 이 글들은 주로 작중인물이 부자연스럽게 설정되었다든가, 성격 창조에 실패했음을 통매(痛罵)하고, 사건전개가 인물과 주제와의 사이에서 어색하게 되었고, 창작이라는 이름을 붙일 수 없이 史料에 의존했다고 지적했다.

(2) 역사적 진실의 수용(受容)

루카치(G. Lukács)는 「역사소설론」(*The Historical Novel*)에서 역사적 진실성(historical authenticity)은 역사상의 갈등 내지 충돌의 내면적 진실을 그려내는 것이라고 했다. 김동인은 이 갈등의 주체인 인물과 이 인물을 형상화시키는 구성을 통해서 역사적 진실성을 나타내려고 했다. 더욱이 춘원의 역사소설을 비판적인 입장에서, 문학 그 '자체의 독자성을 존중하는' 견해를 제시한 그가 '춘원의 문학관을 극복하는 대안은 상대적인 의미에서 순수주의의 지향[54]이었다. 춘원문학의 안티테제(anti-these)로 제시된 그의 대안의 실체란 과연 무엇일까? 그것은 주로 기법상에 있어서 인물과 구성의 문제로 요약된다.

춘원의 역사소설을 분석비판한 것을 토대로 하여 그가 이론적으로 제시한 것들을 살펴보기로 한다.

① 인　물

인물은 두 가지 면에서 언급되었다. 주제에 맞는 인물의 설정(設定)과 설정된 인물의 독특한 성격의 창조로 나누어 볼 수 있다.

> 이 이야기에서 작자가 주인공의 外樣에 얼마나 부주의하였는가 하는 점으로서는, 이 주인공으로 하여금 몸집이 조그맣고 식은 코를 홀작홀작 들여마시는 사람으로 만든 것부터가 어울리지 않으니, ……〈中略〉……등은 작자가 설명한 바의 주인공의 外樣과는 조화되지 않는 바이다.[55]

---

54) 신동욱, *op. cit.*, p.149.
55) 『전집』 8권, p.516.

작가는 작품 속에 필요한 인물을 설정하기 위해서는 일련의 선택을
해야 하는데 그것은 구성, 주제 그리고 작품 전체의 조화에 의해서
된다. 그래서 소설의 인물은 실제의 인물과는 달리 완전히 자유롭지
못하고 인위적인 전체의 조화에 의한 필요에 따라야 한다.56) 이런 측
면에서 보면 위의 김동인의 지적은 당연한 것이다. 그래서 인물이 유
형화(類型化)된 것을 신랄하게 비판했다.

> 노성한 작가의 붓은 악책사(惡策士)로서의 韓을 여지없이 그려내
> 어 大家로서의 필력을 자랑하였다.
> 그러나 「惡」을 너무 과장하다가 작가는 그만 자기 함정에 빠진
> 감이 없지 않다.57)

이와 같이 인물 설정의 잘못과 성격 창조의 실패가 작품 실패 이유
의 하나로 보았다. 즉 작자는 이야기의 진전을 위해 기정 「코스」에
알맞은 인물을 넣기 위해서는 언제든 작중인물의 성격을 무시하기를
주저하지 않았으며, 더욱이 「역사물어(歷史物語)」에 있어서도 작중인
물의 성격을 조석으로 변화시켰음을 지적했던 것이다.

결국 이런 그의 지적이 구체화되어 나타난 것은 「춘원연구」 발표 2년
뒤인 1939년에 그가 「처녀장편(處女長篇) 쓰던 시절」58)에서 보인다.

> 더욱이 苦心한 것은 史上人物의 성격과 특징을 주는 점이었다.
> 막연히 역사의 「이야기 줄거리」에만 붙들리어 써 나가려면, 그것은
> 꿈결에 듣는 옛말 같아서 진실성을 잃어버릴 것이다. 인물로서의

---

56) W. Kenney: 『小說分析論』(嚴定沃 譯), 이리, 圓光大學校出版局, 1980,
    p.23.
57) 『전집』 8권, p.546.
58) 『전집』 10권, p.369.

산(生)사람으로서의 그림자를 확실히 부어 넣으려면, 그 인물의 성
격과 특징이 완연히 나타나지 않으면 안 된다.[59]

그래서 그는 하등의 역사적 인물로 남을 이유가 없는 마의태자를
소설 속의 인물로 만들려면 '역사를 배경삼아 가지고, 태자의 인물과
성격과 행동 등은 순전히 작자가 창작을 하여서만 한 개의 이야기의
주인공이 될 수 있을 것'[60]이라고 했다. '작품 속의 허구의 세계를 실
제로 간주하고 있는 것처럼 소설 속의 인물들을 그 세계 속에 살고
있는 실제의 인간으로 간주된다'[61]고 했을 때 위의 인용문과 같은 지
적은 타당성을 가진다.

② 구 성

김동인은 「소설작법(小說作法)」에서 '事件'이란 항목에서 구성에 관
한 것을 설명하고 있다. 그러나 그는 춘원의 「무정」을 예로 들면서 '「무
정」을 하는 수 없이 마지막 페이지까지 읽게 된 것은 플롯트 때문이'[62]
라고 하고 사건의 흐름이 옳게 된 것은 플롯트가 살았기 때문이라고 했
다. 여기서 사건의 흐름이 물 흐르듯 했다는 것은 이 작품에 나타난 행
위(行爲)의 구조(構造)(the structure of the action)[63]이 비교적 무난
하다고 본 것이다. 그러나 그는 플롯의 단계라든가, 개념에 대하여서는
비교적 명확하게는 알지 못하고 있었다. 그는 역사소설에 있어서 구성
에 대해서는 다음과 같이 쓰고 있다.

---

59) 『전집』 10권, p.369.
60) 『전집』 8권, p.538.
61) W. Kenney, *op. cit.*, p.33.
62) 『전집』 10권, p.110.
63) C. Brooks, R. P. Warren, *Understanding Fiction*, p.80.

실재의 사실이라 할지라도 「이야기」로서의 진실성이 적으면 소
설가는 이를 추려서 소설화할 필요가 있거늘, 이 「實在치 못할 일」
까지도 再檢치를 않은 작자의 방심으로서 그 책임을 피치 못할 것
이다.[64]

이것은 「단종애사」를 추강 남효온의 「육신전」을 그대로 대본으로 한
것에 대한 질책이다. '이야기'의 구성이 분석적 구성이 아니고 다분히
진행적 구성으로 이루어져 플롯이 가지는 기교로서의 기능을 살리지
못했음을 지적하고, 또 사건을 합리적으로 전개했어야 하고 사실 그대
로 꼭 쓸 것이 아님을 지적했다. 여기서 그의 역사소설에 대한 안목(眼
目)이 춘원에 비교하여 훨씬 진보된 것이 돋보인다. 특히 「단종애사」
가 단종의 탄생에서 승하에 이르기까지의 전기(傳記)로 하나의 전설적
인 이야기일 뿐이지, 한 사건의 발단에서부터 종결까지 있는 담(譚)이
아니므로 소설은 더욱 아니라고[65] 하고 다음과 같이 종결을 지었다.

새로운 소설의 수법이라는 것을 알지도 못하는 옛날 南孝溫 같
은 사람도 역사를 소설화하여 보려 노력한 흔적이 너무도 뚜렷한
데, 어찌하여 이 작자는 단지 南氏의 노력을 그대로 再敷衍하고 自
家의 전개를 전혀 할 생각을 안 했는지?
史話의 기록자라는 書記役에서 「史家의 再生」이라는 소설역으로
躍上할 노력을 기권한 데 이 〈端宗哀史〉의 치명상이 있는 것이다.[66]

그가 플롯에 대하여 기법적인 원리니 원칙을 이해하지 못한 채, 그
나름대로의 방법이 제시되었다는 것은 그가 단편소설에서 장인적(匠
人的)인 기질을 보인 것에서 그 이유를 찾을 수 있을 것 같다.

---

64) 『전집』 8권, p.552.
65) *Ibid.*, p.577.
66) *Ibid.*, p.555.

(3) 수용의 대안(代案)

루카치(G. Lukács 1885~1971)가 1937년 모국이 아닌 모스코바에
서 처음으로 「역사소설론(*The Historical Novel*)」을 출판한 뒤, 그의
이론은 역사소설론에 있어서 새로운 지평(地平)을 열었다고 볼 수 있
다. 그에 의하면 역사소설은,

> 소설에 있어서 그러한 충돌(역사상의 갈등 또는 충돌)이란 소설
> 이 마땅히 그려내야 하는 전체 세계의 일부에 지나지 않는 것이다.
> 소설의 목표는 어떤 특정한 시대의 특정한 사회 현실(particular
> social reality)을 그 시대의 모든 독특하고 구체적인 분위기를 지
> 닌 그대로 나타내는 일이다. 그 외의 사실들은, 이러한 목표를 위
> 한, 충돌이라든가, 이러한 충돌에 등장하는 세계사적인 개인(world
> historical individuals)들이건 간에 방법에 지나지 않는다. 소설은 對
> 象의 總體(totality of objects)를 묘사하는 것인 만큼 일상생활의
> 조그마한 디테일과 사건의 구체적 시대에 들어가서 이 시대의 상
> 세한 모습을 그러한 모든 디테일의 복잡한 상호 작용을 통해 밝혀
> 내야 한다.67)

라고 설명하고 있다. 즉 역사소설은 '어떤 특정한 시대에 특정한 사회
현실을 그 시대의 모든 독특하고 구체적인 분위기를 그대로 나타내야
하며, 일상생활에서 디테일과 사건의 구체적 시대에 들어가서 상호
작용을 통한 상세한 모습을 나타내야 한다'고 했다.
  이러한 루카치(Lukács)의 이론을 좀더 실제적으로 표현한 것이 같
은 해 한국에서 발표한 「춘원연구」에서 김동인이 피력한 것이다.

---

67) G. Lukács: *The Historical Novel*, Tran. Honnah & Stanley, Mitchel,
   Boston, Beacon Press, 1963, pp.150~151.

이 世宗 直後에 생긴 端宗事變을 物語化함에 있어서는 당시의
사회상이며 왕실과 서민계급의 관계도 좀더 밝히어서 世宗聖主의
장손으로서의 端宗께 서민은 애모의 염을 바쳤기 때문에 그의 禪
位를 통곡하도록 이야기를 간단히 처리하기 전에 「그런 사변이 생
길 필연적 원인」이 있을 것을 再考하여 보아서, 史家에 대한 소설
로서의 진실성을 좀더 굳게 고정시킬 필요도 있고, 정치세력에 대
한 투쟁보다도 정치 이데올로기의 특징을 살펴볼 필요가 있다고
본다.68)

당시 사정을 집권층 위주로 그릴 것이 아니라 왕실과 서민계급을
통틀어 총체적으로, 그리고 사건도 단종을 중심으로 할 것이 아니라,
그 사건이 생길 필연적 이유까지 상세하게 밝혀야 한다는 것이다. 이
러한 김동인의 견해는 루카치의 이론과 상당히 가까운 거리에 있음을
볼 수 있다. 그러나 김동인의 이런 이론의 근거는 소설이 허구의 미
학이라는 데 있다. 실제의 사실(史實)의 구현(具現)이 아니라 예술작
품으로서의 존재가치를 찾으려 했던 것이다. 이러한 것은 그의 다음
과 같은 초기 평문(評文) 가운데서도 볼 수 있다.

第2. 歷史의 그리는 바는 한 목적(興이든 亡이든)을 향하여 일직
선으로 나가서 그 목적까지 도달시키는 것으로서, 거기는 인생이든
생활이든 그의 존재할 여유가 없고 ─ 뿐 아니라, 그것이 묘사되었다
하면 그는 역사적 가치를 잃은 것이로되 藝術品은, 거기는 인생과
생활이 있지 않으면 안 된다. ……〈中略〉……
第3. 歷史家에게는 운필(運筆)의 절대의 자유가 없으며, 예술가
에게는(모델에게 의하였든 어떻든) 절대의 자유가 있다. 따라서 거
기는 그 저작자의 主意가 활약한다. 또 이렇지 않으면 안 된다.69)

---

68) 『전집』 8, p.554.
69) 『전집』 10권, pp.17~18.

역사가 소설화하면 역사적 가치를 상실하나 예술성을 획득한다는 것은 그가 사실(史實)에 집착한다기보다는 역사적 상상력을 통해 미적인 가치의 질서를 세우려 했다는 데서 일단 춘원의 안목보다 발전한 것임을 알 수 있다. 그러나 이러한 그의 논리와는 반대로 역사적 고증을 통해 춘원의 소설을 비판했던 것은 사실(史實)과 소설과의 한계를 그 스스로 넘나들었음을 알게 해 준다.

다만, 춘원에게서 단종이나, 김동인에게서 수양을 주인공으로 할 것이 아니라, 중간자(middle of road)인 부차적 인물(minor character)을 내세워 그로 주인공을 삼았어야 작가의 '절대의 자유'가 보장되며 '저작자의 주의(主意)가 활약할' 수 있게 된다. 따라서 사실(史實)에 근거한 역사소설도 '인생의 회화(繪畵)'[70]이어야 한다고 보았다. 위의 이론은 사실상 김동인도 작품화하는 데 있어 그대로 실천할 수 없었음은 역사소설의 미적 가치의 질서를 세우는 것이 어렵다는 것을 간접적으로 보여준 것이다.

또 하나 역사의 문제를 취급함에 나타나는 사관(史觀)의 문제에 대한 언급은 전혀 없었다. 즉『단종애사』든, 수양의 등극에 따른 사건이든 이것이 조선조 전체의 역사에서 볼 때 어떤 의미를 가질 수 있느냐 하는 데는 착목(着目)하지 못했다.

4. 결 론

이상에서 김동인의 「춘원연구」에서 춘원의 역사소설을 비판했던 것을 분석하여 그의 역사소설론의 일단을 살펴보았다. 완벽(完璧)한 원

---

70) *Ibid.*, p.590.

론적 이론에 근거하지 못한 그는 작품의 분석과정에서 인상주의비평을 통해 실천비평(實踐批評 practical criticism)의 일면을 보여주고 있다.

그의 비평의 주 관심은 기교의 문제였다. 기교가 잘 되었다. 잘못되었다를 서슴없이 오만(傲慢)과 패기(覇氣)로 일도양단(一刀兩斷)의 기개를 보였던 그는 그것에 대한 구체적인 것을 설명하지 않고 있어 그가 작품에서 언급한 것을 토대로 살폈다. 또 그의 批判의 대상이 되었던 것은 인물성격론이었다. 그것은 작품에서 인물의 설정이 타당한가에서부터 주제와의 통일 내지 융합이 잘되었으며, 그 인물의 성격이 새롭게 창조되었는가에 이르기까지 자세히 분석하였음을 볼 수 있었다.

그는 춘원의 역사소설을 하나같이 작품으로 여기지 않았다. 그래서 史實에 의존했던 작품을 物語와 史話로 구분하고, 소설로서 수준 이하임을 강조했다.

그러면 그 대안으로 제시된 그의 이론은 무엇일까? 그것도 또한 인물과 구성을 통해 설명하고 있다. 즉 인물은 '막연한 역사의 이야기에 휩쓸릴 것이 아니라 인물의 성격과 특징이 완연히 나타나야 한다'고 했다. 그래서 춘원의 작품이 실패한 이유를 인물 설정의 실패와 성격 창조가 이루어지지 않은 데 치명상이 있다고 했다. 또 구성은 춘원의 작품이 사건의 시간적인 나열로 된 진행적 구성으로 되어 있다고 지적하였다.

김동인의 역사소설 자체에 대한 안목은 놀라왔으나, 다만 역시적 사건이 일개인의 사건으로, 한 시기에 있었던 사건으로 볼 것이 아니라 역사적인 흐름의 일부로 간주될 때 나타나는 사관(史觀)에 대한 논의가 있어야 함에도 언급이 없었다.

어쨌든 「춘원연구」라는 거울에 비춰진 김동인의 모습은 조금은 신식의 다른 옷을 입고 있는 춘원의 모습이었다.

앞으로 이 연구는 1930년대 역사소설론의 일부로 편입되어, 한 시기의 역사소설론을 조명하는 데 보태질 예정이다.

[국어국문학제88호, 1982, pp.79~105.

(한실 이상보 교수 정년 기념 논총, 1990, pp.529~555, 재수록)]

1930년대 역사소설론 연구
: 소론 · 독후감 · 서평 · 단평(短評) · 논문 등을 중심으로

1. 서 론(緒 論)

한 시대의 문학에 대한 가치 평가는 문학사를 기술(記述)할 때 구체화된다. 특히 통시적(通時的) 고찰(考察)을 할 때, 그 대상이 되는 작품은 이미 검증이 끝난 극히 집약적인 관형어로 평가되어 나타난다. 그러나 공시적(共時的) 입장에서 작품에 대한 가치 질서를 수립할 때 여러 각도에서 검토되는데, 그때마다 그 규거(規矩)가 되는 평자(評者)의 논거(論據)는 백가쟁명(百家爭鳴)에 의해 다양하게 나타난다. 따라서 그에 대한 결과도 상이(相異)해짐을 보게 된다. 이것은 혼란을 가져올 수도 있지만, 문학에 대한 농도 짙은 애정의 표시로 오히려 문학을 풍부하게 할 수 있는 좋은 계기가 될 수도 있다.

1930년대는 우리 문학사에서 볼 때, 풍요로운 시대로 지목될 수 있다. 1920년대서부터 이어 온 양대 논쟁이랄 수 있는 국민문학파와 KAPF의 이데올로기적 대립이 30년대 전반기까지를 장식하고 난 뒤, 우후죽순처럼 등장하는 문학론들은 물론 소설의 시대가 빚어낸 평단

(評壇)의 활기의 결과라고 볼 수 있다. 소설의 시대를 구가했던 이때에 왕성하게 쓰인 역사소설. 이에 따라 나타난 역사소설론은 30년대의 소설론이 중요한 몫을 담당하고 있다.

본고는 이 때에 일찍이 볼 수 없었던 이론의 제기로 잡다(雜多)하게 논란(論難)을 빚어낸 역사소설론을 검토하고자 하는 것이 그 목적이다. 이론의 수용을 원활하고 극명하게 하기 위해서는 거론된 작품들을 분석 비판하여 이에 적용을 구체화하는 것이 순서이겠으나, 우선 논지(論旨)만 검토하여 규거준승(規矩準繩)의 실체를 파악해 보려하였다.

전개를 위하여 1920년대 말에 있었던 야담운동에 대한 검토를 시도했고--이는 야담(野談) 곧 역사소설이라는 도식적 대응관계에서보다는 목적의 유사성 내지는 발달사적인 측면에서 원류(原流)의 일부로 파악해 보자는 막연한 일단(一端)에서 시도된 것이다.--그리고 비슷한 시기의 역사소설을 논의에 대상으로 삼았던 작자의 변(辯), 독후감, 서평과 단평(短評) 그리고 역사소설에 대한 논문 등을 검토하고 역사소설에 대한 다양한 논의를 분석하여 역사소설에 대한 인식, 창작방법론과 고증 등 다양한 견해들을 살펴보고자 한다. 역사소설에 대한 논의를 주로 검토한 글은 1930년 초후부터 1940년까지 광범위하고 무성하게 나타난 이론들을 발표된 순으로 작가에 따라 살피게 되며, 그 다음에 이 논의를 종합적으로 검토하여 한계의 폭을 가름해 보려 한다.

2. 논의의 단서(端緒)

신소설(新小說)과 「무정」 등을 통해 한국의 근대 소설은 그 자체의

미학으로서 보다 사회를 향한 톤이 높은 목소리로 문명개화를 외쳐 '너'와 '내'가 함께 구국(救國)을 담당하도록, 또는 문명개화의 기수 역할을 하도록 요구했다. 기미독립선언 이후 실제 눈에 보이는 위협적인 것은 제거하면서도 경찰력과 군병력을 강화하면서 문화정치를 표방했던 조선총독부의 외형적인 정책변화로 언론정책이 다소 완화되었다. 1920년부터 1929년까지 약 10여 년간에 발행된 잡지는 200여 종을 헤아리게 되며,[1] 또 신문도 여러 종(種)이나 된다. 이런 신문잡지의 발행에 힘입어 많은 작품이 발표되었다. 주인공의 일대기적인 고대소설적 패턴(pattern)을 보이던 장편소설이 새로운 양식(樣式)인 단편소설로 변화하는 추세를 보였다. 일례로 1920년 6월 25일 창간호를 낸 『개벽(開闢)』이 통권 72호로 1926년 8월 마지막 호를 낼 때까지 발표된 창작 단편의 수는 약 90여 편으로 그중에는 빙허(憑虛)의 주옥(珠玉)과 같은 단편인 「희생화(犧牲花)」, 「빈처(貧妻)」, 「술 권하는 사회」, 「타락자(墮落者)」, 「운수 좋은 날」, 「불」, 「사립정신병원장」 등과 염상섭(廉尙燮)의 「표본실의 청개구리」, 「암야(闇夜)」, 「제야(除夜)」 등, 나빈(羅彬)의 「뽕」, 금동(琴童)의 「전제자(專制者)」, 「명문(明文)」, 김소월의 「함박눈」 등이 수록되었다. 또 1922년부터 1930년까지 통권 100호를 낸 「조선지광(朝鮮之光)」은 매호마다 평균 3편의 단편을 게재하였다. 이런 단편소설이 잡지를 중심으로 발표되고, 신문에서는 연재소설을 게재하여 장편소설이 유지되었다.

　이러한 20년대의 전초작업은 30년대를 정신문화의 풍요로움을 누릴 수 있게 했다. 1920년대에 프로문학과 민족문학 사이에 치열한 이데올로기로 인한 공방전을 겪었지만, 그러나 오히려 이러한 논쟁은 이

---

1) 김근수(金根洙), 「문화정치표방시대(文化政治標榜時代) 전기(前期)의 잡지개관(雜誌概觀)」, 『한국잡지개관(韓國雜誌概觀) 및 호별목차(號別目次)』, 중앙대 한국학연구소(韓國學硏究所), 1973. 9. 5. p.175.

론적으로 소설론을 살찌게 할 수 있도록 일깨워 준 것으로 풀이할 수
있다.

　따라서 이러한 30년대는 한국정신사상 가장 중요한 연대 중에 하나
로 꼽을 수 있는 기간이다. 특히 이 시기에서 전통에 대한 논의와 국
어에 대한 관심이 증대되고, 실학 개념이 재정리되어 조선학이라는
개념으로 발전되며, 한국 사회의 구조적 모순에 대한 문학적 발언의
대두[2] 등을 볼 수 있게 되어 식민지 한국 현실에 대한 폭넓은 성찰
과 반성을 꾀하게 되었다.

　이런 때에 역사소설도 다른 신문소설과 같이 장편의 모습으로 신문
에 연재되고, 끝난 뒤에는 단행본으로 출간되었다. 따라서 역사소설은
전적으로 신문이나 잡지 연재에 의존하게 되었고, 이것은 당시 역사
소설의 성격을 이해하는 단서가 될 수 있다. 즉 신문 연재소설의 독
특한 성격을 가지게 된 것이다. 한편 장편의 성격을 가지지 않은 단
편은 주로 잡지에 게재되었다.

　역사소설이 그 모습을 처음 드러낸 것은 1923년 2월 12일부터 23일
까지 Y라는 필명으로 송진우(宋鎭禹)의 추천을 받은 이광수가 동아
일보에 쓴 「가실(嘉實)」로 볼 수 있다.[3] 그리고 같은 해 9월에 『백조
(白潮)』 3호에 박종화(朴鍾和)가 「목 메이는 여자(女子)」를 발표하였
다. 이들은 단편으로 쓰인 역사소설로 분류할 수 있을 것이다. 그 이
후 1923년 12월 1일부터 다음해 3월 31일까지 동아일보에 연재한 이
광수의 「허생전(許生傳)」이 첫 장편 역사소설이라고 볼 수 있다. 그

---

2) 김현, 「植民地(식민지) 시대의 문학」, 『문학과 지성』 제5호, 1971년 가
　을, 일조각(一潮閣), p.565.
3) 김동인의 작품 「燕山君(연산군)」이 1921년 발표된 것으로 『東仁全集(동
　인전집)』(弘字出版社刊) 제10권에 수록된 연보에 나타나 있으나, 연보
　작성의 신빙성 여부와 역사소설로서의 여부는 고찰의 여지가 있어 일단
　제외했다.

리고 1929년 5월 10일부터 다음해 1월 9일까지 춘원이 역시 같은 동아일보에 쓴 「마의태자(麻衣太子)」가 있고, 뒤를 이어 계속 연재되었던 「단종애사(端宗哀史)」(1928년 1월 30일~1929년 12월 11일) 등이 있다.

먼저 역사소설과는 다르지만 비슷한 것으로 인식되었던 야담의 출현을 살펴보고자 한다. 야담은 역사소설과 같이 역사에서 그 제재를 취한다는 측면에서 동질이지만 표현과정에서 차이를 드러낸다. 이것은 역사소설의 재료로서 재구성되지 못하거나, 未完의 경우가 태반이다. 논의의 여지가 있지만 본고(本稿)에서는 역사소설의 전단계(前段階)로 간주하여 먼저 살펴보고자 한다. 이런 가정은 사회적 환경에 의해 역사소설이 유행했다기보다는, 또 다른 내적 요인에서 이유를 찾으려는 데서 비롯된다.

역사소설과는 달리 1927년 무렵부터 야담이라는 고정란이 「별건곤(別乾坤)」에 생겨 그 첫 회로 김진구(金振九)가 「역대인물쾌사록(歷代人物快死錄)」을 썼다. 그 이후 「관서명물(關西名物) 김봉이(金鳳伊)」(「별건곤」 24호, 1929. 1. 2), 「김옥균(金玉均)과 제갈량(諸葛亮)」(한빛 5호, 1928. 5), 3막 사극(史劇)인 「대무대(大舞臺)의 붕괴(崩壞)」(「학생(學生)」, 4호, 1929. 7) 등을 계속 썼다. 그리고 동아일보는 1928년 2월 6일(음력 정월 대보름) 우리나라에서 최초로 '신춘야담대회(新春野談大會)'를 개최하였다.[4] 그 이후 야담을 주로 실은 「월간야담(月

---

4) 이 대회는 동아일보사와 야담사(野談社) 주최로 정월 대보름을 기해 경운동(慶雲洞) 천도교(天道敎) 기념관에서 개최했는데 그 연사와 제목은 다음과 같다.
　　・이돈화(李敦化) : 東洋風雲을 휩쓴 東學亂
　　・권덕규(權德奎) : 韓末豪傑 大院君
　　・김익환(金翊煥) : 이홍장(李鴻章)과 이등박문(伊藤博文)
　　・김진구(金振九) : 金玉均王國

刊野談)」(1934), 「야담(野談)」(1935) 등이 출간되어 그 양적 증대를
꾀하였다.

(1) 야담(野談)의 출현
─교화의 수단으로서의 역사인식 ──김진구(金振九)의 소론

야담과 역사소설이 별개의 것임은 두말할 필요가 없다. 그러나 제
재라든가 독자의 향수(享受)하는 면에서는 유사성을 발견할 수 있다.
당시의 이에 대한 견해를 「우리 조선(朝鮮)의 객관적(客觀的) 정세
(情勢)로 보아서」란 부제가 붙은 김진구의 「야담출현(野談出現)의 필
연성(必然性)」[5]에서 볼 수 있다. 그는 1927년 11월 23일을 야담연구
의 시작이었다고 쓰고[6] 야담을 '민중예술'이며 '민중오락물'이라고 규
정하고, 야담출현의 필연성을 다음과 같이 쓰고 있다.

> "남에게 誘惑(유혹)치 안코 제 精神(정신)으로만 살아오는 데는
> 무슨 方式과 어쩌한 途程(도정)을 밟아왔는가. 그것은 一日 歷史敎
> 化主義(역사교화주의)이오, 二日 歷史敎化主義이오, 三日 歷史敎化
> 主義이오, 一에서 十까지 歷史의 쯰틀을 가지고 徹頭徹尾(철두철
> 미) 民衆 敎化運動(교화운동)을 해 내려온 싸닭이다."

국가를 말할 때 국민성을 말하고, 민족을 말할 때 민족성을 말하게
되는데 우리 민족 국민에게 국민성과 민족성을 심어 주기 위해서는

이 야담대회는 1931년까지 계속 되었다.

5) 김진구, 「야담출현의 필연성」, 동아일보 1928. 2. 1~2. 6.

6) 어떤 연유에서 시작인지 알 수 없으나, 1927년 11월 23일에 천도교 기
념관에서 「金玉均王國」에 대한 야담을 하였다고 「野談運動一年回顧」
(朝鮮日報 1928. 12. 13)에 쓰고 있다.

제 정신을 가진 민족으로 만들어야 하며, 그렇게 하기 위해서는 역사를 통한 교화(教化)가 으뜸이라고 했다. 따라서 사극(史劇)이나 역사소설도 역사적 민중교화운동이라고 했다. 그 예를 일본의 경우를 들었다. 일본은 협검객(俠劍客)뿐만 아니라 호적(豪賊) 등의 일류 역사적 인물들을 '붓끝으로 그려낸 듯이 눈앞에', 보이는 것처럼 책으로, 강담으로, 연예(演藝)로, 낭화절(浪花節)로, 극(劇)으로, 영화로 만들어 강의건실(剛毅健實)한 정신양식(精神糧食)을 흡족(洽足)하게 민중에게 넣어 준다고 지적하고, 또 중국의 경우를 들어, 중국의 역사교화운동이 일본보다 훨씬 민중화되었다고 했다. 그 다음에 우리나라의 경우를 살폈다. 그러고 나서 그는 야담을 이렇게 정의하였다.

> "野談(야담)이란 중국의 說書(설서)와 일본의 講談(강담) = 그 중에 新講談(신강담)(堺利彦一派의 新運動)을 슬어다가 그 長을 取(취)하고 短(단)을 보(補)하야 그 우에 朝鮮的(조선적) 精神(정신)을 집어 너허서 絶對(절대)로 朝鮮化(조선화)시킨 그것을 創設(창설)해 놓은 것이 즉 야담 그것이다."

이렇게 정의한 그는 '야담운동 = 즉 역사적 민중교화운동'이며, 이것은 '단상(壇上)으로 지상(紙上)으로 = 이 두 가지로써 운동의 방식을 취하였다'고 하면서 조선일보에 연재되는 「계월향(桂月香)」과 동아일보의 야담대회가 그 일환임을 부기하였다. 여기까지의 그의 견해를 요약하면, 야담은 민중교화운동으로 당시의 민족정신이 말살되어 가는 때에 민족의 뿌리를 찾아 민족정신을 일깨우게 할 수 있는 것이라고 보고, 일본과 중국이 이를 통해 민족정신을 깨우치고 있음을 지적했다. 그리고 정사(正史)보다 야사가 더 진실됨을 이렇게 쓰고 있다.

"얼핏 直覺的(직각적)으로 생각할 적에 正史라는데 迷惑(미혹)
하기 쉽고, 野史라면 賤待視(천대시)하기 쉬우나 封建(봉건) 時에
잇서서 帝王(제왕)을 中心으로 한 모든 特類群(특유군)들이 자기
네의 온갖 罪惡을 掩蔽(엄폐)해 노코 그네의 歷史를 美化하고 연장
(延長)해 노흔, 그리고 大衆과는 何等의 交涉(교섭)이 업시 自己네
의 享福(향복)과 行樂(행락)을 자랑해 노흔 것이 正史이며 모든 억
압(抑壓)과 忌諱(기휘)의 눈을 숨어서 정말 民衆의 意思와 그네의
實蹟(실적)을 적어 노흔 것이 卽 野史인즉 史的 考察(고찰)로 보아
서 이것이 가장 忌諱(기휘) 업시 露骨化(노골화)된 正史일 것이다.
다시 말하면 野史라는 것은 民衆史라는 것을 意味하는 것이다."

민중교화방법으로 역사를 통해 일깨우는 것을 택할 때, 어째서 정
사(正史)인 실록보다는 야사인 야담을 택하게 되는가 하는 문제를 해
결하기 위한 답변으로 진술한 것이다.

정사에 대한 이런 부정적인 반응은 야사가 민중 교화의 수단인 야
담의 가치를 한껏 높여 주는 결과가 되었다. 또는 종래에 있었던 야
담과는 다른 것임을 명백히 하려고 노력하였으나 교화의 가치유무 이
외는 가름할 아무런 근거가 없었다. 야담의 출현에 있어서 객관적 정
세라는 것은 우리 민족이 민족성을 상실하고 일제의 압제하에서 저항
하는 것이 마땅한 도리임을 전제로 내세웠을 때 가능하며, 사대(事大)
에서 눈을 떠 우리 고유의 것을 지키기 위한 또 하나의 방편(方便)이
라고 볼 수 있다.

그는 1928년 2월에 앞서와 같은 글을 쓰고, 1년 동안 적극 노력한
결과를 같은 해 12월에 회고의 글에서 썼다.[7] 5회에 걸쳐 연재된 글
의 첫머리에 창설(創設) 당초(當初)에 이렇게 될 줄을 알았더라면 애

---

7) 김진구, 「野談運動(야담운동) 1년 回顧(회고)」, 조선일보 1928. 12. 9
~12. 16.

초에 그만둘 것을 그랬다는 후회까지도 난 때가 있었다고 그 고충을 쓰고 있다. 그리고 야담에 대한 대중의 이해 부족을 지적하고 정사와 야사의 차이를 다시 설명하였다. 그러나 그가 1927년 11월 13일과 20일 2차에 걸쳐 강연을 한 결과 많은 호응을 얻기도 했다고 술회하면서, 이 야담운동이 '우리 사회에서도 역사를 민중화 식히는 그 무슨 운동이 잇섯스면, 반드시 잇서야겟다는 것을 절실히 늣겨 오던 차'에 실현되었음을 밝혔고, 고대보다 근대사를 중심으로 이야기 한 까닭에 지방에서는 못하도록 방해를 받았다고 고백하였다. 여기서 두 가지 간과할 수 없는 사실은 야담이 민족의식 고취(鼓吹)를 위해 일제(日帝)의 침략과 관련되는 근대사에 중점을 둔 것과 그 기미를 안 일제의 방해로 어려움을 겪은 민족 저항 운동의 하나라는 사실이다. 조금은 불분명하지만, 보다 설득력 있고 공감을 줄 수 있는 것은 당대의 사건이거나 바로 앞 시대의 사건을 다루는 것이고, 그것에 대해 더 큰 관심을 불러일으키게 하는 것은 당시의 상황과 직접 관련되는 일들이라는 것을 이해했던 까닭에 근대사가 이야기에 중심이 되었던 것이다. 이와 같은 야담운동은 제재만 다른 시대로 옮겨졌을 뿐 비슷한 면이 나타난다.

(2) 작자의 변(辯)에 나타난 역사소설관

김진구의 야담운동이 세시될 무렵과 비슷한 시기에 소선일보와 동아일보에는 장편 역사소설인 벽초(碧初) 홍명희(洪命熹)의 「임꺽정(林巨正)」(1928. 11. 21.)과 춘원의 「단종애사(端宗哀史)」(1928. 11. 30)를 각각 싣기 시작하였다. 30년대 역사소설론의 주요 대상이 되었던 이 두 작품이 비슷한 시기에 우연히 연재되었다고 보기에는 어려

운 어떤 사정이 개재된 듯이 보인다. 즉 야담운동이 전개되면서, 이에
대한 호응도와 관심도를 간파한 신문사에서 의도적으로 새로운 역사
소설을 시도하지 않았겠는가 의구심을 갖게 한다. 우선 춘원의 경우,
매일신보(每日申報)에 「무정」을 발표하고 난 뒤, 그 인기도를 능가할
수 있는 작품을 내 놓지 못했다. 「허생전(許生傳)」과 「마의태자」에서
별로 좋은 반응을 얻지 못한 그는 「마의태자」 연재 뒤 2년쯤 공백기
를 둔 뒤에야 「단종애사」를 쓰기 시작했던 것이다. 우선 연재가 시작
되기 전인 1928년 11월 24일자 「작자(作者)의 말」[8]에서 그가 밝힌
것을 보면,

> "더구나 조선인의 마음, 조선인의 장처와 단처가 이 사건에서와
> 같이 분명한 선과 색채의 극단한 대조를 가지고 드러난 것은 역사
> 전폭을 떨어도 다시 없을 것이다.
> 나는 나의 부족한 몸의 힘과 마음의 힘이 허하는 대로 조선 역
> 사의 축도요, 조선인의 성격의 산 그림인 단종대왕 사건을 그려 보
> 려 한다.
> 이 사실에 드러난 인정과 의리 — 그렇다. 인정과 의리는 이 사실
> 의 중심이다 — 는 세월이 지나고 시대가 변한다고 낡아질 것이 아
> 니라고 믿는다."

열심히 쓰려고 최선의 노력을 다하겠다면서 왕성한 의욕을 보인 이
글에서 그는, 사건 자체가 극단의 대조를 가지고 있어 극적 구성 요
소가 잘 겸비된 사건을 통해 조선 역사의 축도이며, 조선인의 성격의
산 그림인 단종의 이야기를 쓰려고 했음을 솔직하게 털어 놓았다. 그
러나 이 사건이 어떠한 면으로 보아서 조선 역사의 축도가 되며, 조
선인의 성격의 산 그림이 되는지에 대해서는 해명이 없다. 다만 이

---

8) 이광수, 「「단종애사」 작자의 말」, 동아일보 1928. 11. 24.

사건에서 볼 수 있는 권력투쟁이라는 피비린내 나는 역사의 현장이 축도가 되며, 인정과 배반, 의리 등등이 조선인의 성격의 일부분으로 생각하고 있었던 것으로 추측할 뿐이다.

그는 이 소설을 쓰는 동기를, '육신의 충분의 열은 만고의 꺼짐이 없이 조선 백성의 정신사 속에 살 것이요, 단종대왕의 비참한 운명은 영원히 세계 인류의 눈물을 자아내는 비극의 제목이 될 것'이라고 밝힌 것으로 보아 단종이라는 인물이 겪은 사건에 집착하여 다분히 교훈적인 교시(敎示)로서 이 작품을 썼던 것임에 틀림이 없다.

춘원의 소설 대부분은 인물 중심의 소설이다. 역사소설의 경우도 마찬가지다. 「가실」(1923), 「허생전」(1923), 「마의태자」(1926), 「단종애사」(1928), 「이순신」(1931) 등이 이 무렵에 쓴 인물 중심의 역사소설이다.

이와 같은 것을 보아서도 알 수 있듯이 그는 인물을 중심으로 역사적 사건을 조명했기 때문에 그 인물을 중심으로 한 사건이 전체적인 역사의 흐름 가운데 어떤 맥락으로 유지될 수 있는가 하는 면은 보이지 않고 있다. 따라서 그의 역사소설에서는 역사적 사명감이라든가 또는 역사관을 바탕으로 한 역사의식을 찾아볼 수 없다. 다만 역사적인 자료-그것이 정사든 야사든-를 근거로 그 특유의 민족의식 고취에 심혈을 기울여 썼던 것이다. 그의 진술 몇을 보면,

"내가 소설을 쓰는 근본(根本) 動機도 여기 있다. 民族意識・民族愛의 高潮(고조)・民族 運動의 記錄・檢閱官(검열관)이 許(허)하는 限度의 民族運動의 讚美(찬미), 만일 할 수만 있다면 煽動(선동), 이것은 과거에만 나의 主義가 되었을 뿐 아니라 아마도 나의 一生을 通한 것이라고 믿는다."[9]

---

9) 이광수, 「余(여)의 作家的 態度」, 『東光(동광)』 1931. 4.

"許生이 史的 人物인지 또는 架空的(가공적) 人物인지 나는 모른다. 그러나 許生이 우리 民族의 性格의 어떤 方面과 傳統的·民族的 理想의 어떤 方面을 代表하는 點으로 그는 어디까지든지 實在的 人物이다.

나의 唯一한 義務는 그의 奇想天外(기상천외)의 모든 행동과 事業과 그의 大海와 같은 胸宇(흉우)를 가장 충실하게 기록함에 있다."10)

"지금 내가 쓰는 根據(근거)는 그 正史와 野史의 두 가지인데, 그러기에 아모쪼록 作者의 幻想(환상)을 빼고 歷史上에 나오는 事件 그대로, 또 實在人物 그대로 文學上에 再現(재현)시키기에 애쓰는 터이외다."11)

"그러므로 소설 「李舜臣(이순신)」에서 내가 그리려는 李舜臣은 이 忠義(충의)로운 人格입니다. 나는 나의 想像으로 創造하려는 생각이 없읍니다. 古記錄에 나타난 그의 人格을 내 能力껏 具體化하려는 것이 이 소설의 目的입니다."12)

이와 같은 인용문을 종합하면, 그는 민족의지를 고취하기 위해 그에 값할 수 있는 역사상의 인물을 찾아 주인공으로 삼고, 그 인물이 전개시키는 사건의 현장을 추적하는 위치에 서 있었던 것이다. 그가 민족주의적인 색채를 짙게 풍기면서 역사소설을 썼던 이유를 작품이 아닌 글에서 찾을 수 있다. 그는 '朝鮮史(조선사)의 민중화가 繁要(긴요)한 문제'라고 전제하고, 그 이유를 학교에서도 조선사를 배울 기회가 드물기 때문에 이제는 민족적 자아의식을 각성하여야 할 때임을 밝혔다.13) 그리고 이어서,

---

10) 이광수, 「「許生傳」 作者의 말」, 『동아일보』 1923. 10. 28.

11) 이광수, 「「端宗哀史」에 對하여」, 『삼천리』 1929. 6, p.43. 이 내용과 비슷한 것을 또 쓴 일이 있는데, 「革命家(혁명가)의 아내」와 某家庭(모가정)(『三千里』, 1930. 5)에, "그리고 史實에 忠實한 것으로는 「端宗哀史」를 들었다. 「端宗哀史」 속에 나오는 人物은 그때 朝廷과 民間에 起居하던 人物이었고 史實도 宮廷秘事(궁정비사)에 忠實한 바가 많았었다."

12) 이광수, 「「李舜臣」 作者의 말」, 『東亞日報』, 1931. 5. 30.

"朝鮮史의 民衆化에 關(관)하여는 나는 20年 前부터 뜻을 두었고,
또 六堂 崔南善(최남선)氏의 재촉과 激勵(격려)도 여러 번 받았었
으나, 자리잡지 못한 내 一生인데다가 本來 史眼(사안)이 없는 내여
서 겨우 〈麻衣太子〉, 〈端宗哀史〉의 소설 두 篇을 지을 뿐이었다."

춘원의 이와 같은 고백이 그대로 작품에 나타났으며, 이와 같은 고
백이 그의 역사소설의 전부라고 할 수 있다.

한편 「단종애사」보다 10여 일 먼저 쓰기 시작하여 우여곡절 끝에
完刊을 보지 못한 「林巨正」[14]이 있다. 벽초(碧初) 홍명희는 다분히
흥미 있는 글을 쓰려고 한 것이 목적이었다. 그래서 그는 스스로 고
백하기를,

"新聞社에서 宣傳하여 주는 모양으로 「아렉산 · 쮸마」의 巖窟王
(암굴왕)가치 나의 小說의 波瀾曲折(파란곡절)이 만코 쏘 奇拔(기
발)하여 萬人의 興味를 모을 수 있는 것인지?"[15]

라고 하여, 당시 3대 신문인 동아, 조선, 중외(中外)(이 신문에는 독견
(獨鵑) 최상덕(崔象德)의 「淨化(정화)」가 연재되고 있었다.) 등에 연재
하던 작가들은 연재 과정에서의 자신의 견해를 「삼천리」에 글을 써서 피

---

13) 이광수, 「朝鮮史話集(조선사화집)」-李殷相(이은상)氏의 近著(근저)를
讀(독)하고-東亞日報 1931. 3. 30

14) 벽초의 「林巨正」은 처음에 「林巨正傳」이라 하여 석영(夕影) 안석주
(安碩柱)의 삽화로 『조선일보』에 1928. 11. 21~29. 5. 20까지 1차 연
재되었고, 32. 12. 1~34. 9. 4까지 2차로 연재되다가 1937. 12. 12~
1939. 3. 11까지 동지에 다시 연재될 때는 「林巨正」으로 제목을 바꾸
었고, 「朝光(조광)」(1940. 10)에 1회를 연재한 후, 조선일보사에서 전
집으로 간행되었으며 그 후, 1948에 乙酉文化社에서 全集으로 간행하
던 도중 중지되었다.

15) 벽초, 「朝鮮日報의 「林巨正傳」에 대하여」, 『삼천리』 1호, 1929. 6, p.42.

로움을 밝혔는데, 벽초는 이 글에서 자신이 지칭한 흥미라고 하는 것을,

> "림꺽정이란, 넷날 封建社會에서 가장 학대 밧든 白丁階級(백정
> 계급)의 한 人物이 아니엇습니까. 그가 가슴에 차 넘치는 階級的
> ○○의 불씰을 품고 그째 社會에 대하여 ○○를 듣는 것만 하여도
> 얼마나 壯(장)한 快擧(쾌거)엿습니까?"

라고 한 것으로 보아 흥미라는 것은 바로 쾌거였다. '자기가 앞장서서
통쾌(痛快)하게 의적(義賊) 모양으로 활약(活躍)한 것' 바로 이것이
흥미 있는 소설을 쓰기 위해 그가 택한 인물이었다. 그는 구체적으로
알려져 있지 않은 인물을 통해 그의 폭넓은 상상력을 발휘할 수 있는
영역을 넓혔던 것이다. 즉 역사서에도 거의 나타나 있지 않은 인물을
등장시켜 놓음으로써 사건 그 자체에 얽매이지 않고, 개인에 중점을
두고 인물의 기질, 숨겨진 인생의 근원을 밝혀내는 데 치중할 수 있
다. 따라서 그 등장인물의 특성과 운명을 폭넓게 묘사하며 이 대상들
을 복잡한 관계 속에서도 자유스럽게 독자의 공감을 얻을 수 있는 길
을 택했던 것이다.

이러한 방법은 춘원의 창작 방식과 큰 차이를 보인다. 춘원이 주로
잘 알려진 사건과 인물을 작품화하여 그 스스로가 창작력을 넓게 발
휘할 수 없는 한계에 묶여 버린 것과는 대조적이다. 이런 벽초의 작
품화 과정에는 어려움이 많이 도사려 있다.

> "다만 그분의 史蹟이 그러케 昭詳(소상)하게 남어 잇지 아니하
> 여 想像으로 스토리를 이어 나아가야 될 境遇(경우)가 만습니다만
> 은 歷史的 史實인 바에는 그 年代에 置重(치중)하여 거이 年代順
> 에 갓갑게 事件 展開에 지금 까지 努力하여 왔습니다. 그래서 爲先
> 120回 싸지는 林巨正을 싸고 도는 그째 社會의 雰圍氣(분위기)를

傳하기에 消費(소비)하엿는데 이제부터는 정말 림꺽정이가 나타나
게 됩니다."

역사적 재구(再構)의 언어화에 있어서 지배계층뿐만 아니라 피지배
계층까지도 그려내어 한 시대를 재현하려는 것이 그의 노력의 전부이
다. 여기서 춘원과의 차이를 볼 수 있다. 춘원은 주인공이 속해 있는
지배계층만을 다루어 한 시대의 반쪽만을 재현한 것이다.

이제까지의 논의에서 김진구가 야담운동을 전개했던 의도나, 춘원
과 벽초가 역사소설을 쓰게 된 의도와 방법 등을 살펴봤다. 여기서
이 시대의 역사소설에 대한 이해를 집약(集約)해 볼 수 있다. 김진구
나 춘원은 역사의 민중화에 초점을 맞추었고, 그것은 민족의식을 고
취하려는 의도를 배경에 깐 것이었다. 그러나 벽초는 민족어와 조선
조적 풍속사를 소설적으로 발전시켰다[16]는 평가를 받을 만큼 역사문
학이 갖는 본래의 모습을 보여주고 있다. 따라서 이런 그의 창작 결
과는 김남천(金南天)이 장편소설을 분류하는 데서 채만식(蔡萬植)의
「濁流(탁류)」, 「天下太平春」, 이기영(李箕永)의 「新開地(신개지)」, 「春
年(춘년)」 등과 더불어 순문학으로 가름하게 되었다.[17]

따라서 논의의 始發 段階에서 창작 동기의 두 가지 면이 노출되어
있음을 확인할 수 있다. 하나는 국사보급 운동의 일환으로 흥미 유발
을 통해 역사에 대한 새로운 인식을 꾀하려고 야담 운동을 전개하였
던 것과 결국 야담과 같은 꼴이 되었지만 좀더 소설다운 형식을 취했
던 역사소설이 있다. 또 하나는 앞의 역사소설과는 전혀 다른 모습으
로 한 시대의 독특한 모습을 총체적으로 묘사하려 했던 좀더 나은 역
사소설을 볼 수 있다. 이러한 것이 평론가나 문학연구가에 의해 노정

---

16) 김윤식(金允植), 『한국근대문예비평사연구』, 한얼문고, 1973. p.562.
17) 김남천(金南天)), 「長篇小說界」(昭和 14年度 朝鮮文藝年鑑), 人文社, p.11ff

(露呈)된 것이 아니라 작가 자신이 스스로 말함으로써 극명하게 드러
난 것이다.

3. 역사소설론의 대두(擡頭)

1928년 「임꺽정」과 「단종애사」가 연재되면서 역사소설에 대한 관심
도는 눈에 띄게 달라졌다. 특히 「단종애사」가 거의 끝날 무렵 동아일
보에서는 「단종애사」 독후감 모집을 하였고,[18] 연재가 끝나자 곧 이
어 학예면에 고정란을 두고 독후감을 게재하였다.[19] 또 「단종애사」가
연재되는 동안 춘원의 역사소설을 중점적으로 다룬 평문(評文)이 정
철(鄭哲)에 의해 발표되었다.

이 항에서는 1928년부터 1933년까지에 나타난 것으로 이 단평과
「단종애사」와 관련된 쟁점, 그리고 작자의 변(辯) 등을 살펴보기로
한다.

(1) 정철(鄭哲)의 소론(小論)

정철(鄭哲)[20]은 조선일보(1929. 11. 12~14)에 「歷史小說에 關하여」[21]

---

18) 동아일보에서는 1929년 11월 6. 7. 11일에 걸쳐 독후감 모집 광고를
   게재하였다.
19) 「단종애사 독후감」란을 두었는데 12월 14일부터 게재된 이 난의 투고
   요령을, "長短은 隨意(수의)로 할 수 잇스나 아모조록 葉書(엽서) 一
   枚에 쓰실 程度가 조켓습니다." 하였는데 투고된 것은 漢詩·시조·隨
   筆·短評 등이 있으며, 대부분이 익명으로 되어 있다.
20) 정철(鄭哲)은 鄭蘆風(정노풍)이란 筆名으로 「辨證(변증)의 世界와 情
   感及 想像의 世界」(朝鮮日報 1928년 1월 27일)에 쓰면서 비평 활동을
   시작했다.

란 글을 3회에 걸쳐 게재하였다. 이것이 최초의 역사소설에 대한 본격적인 평문(評文)이 될 것이다. 그는 이 글을 쓰면서 논의의 대상으로 춘원의 「마의태자」와 「허생전」을 택하였는데 주로 언급된 부분은, ① 묘사와 제재, ② 역사관의 결핍, ③ 우의성(寓意性)의 결여(缺如) 등이다. 그는 역사소설이 안고 있는 문제를 일본에서 대중작가들이 쓰는 통속성과 같은 것이 문제가 아니라 내용이라고 전제하고, 「마의태자」의 경우, 그것은 '물맑은 水彩畵(수채화)'와 같다면서 이 작품은 '희미한 線이 浮沈(부침)할 쑨니고 무엇을 쏙집어 내 주는 탐탁한 맛이 적다'고 하였다. 그 이유 중에 하나는 '上篇에 있어서 主人公은 弓裔(궁예)요, 麻衣太子는 그림자도 볼 수가 업슴에도 不狗하고 「麻衣太子」의 上篇'으로 해 놓아 '小說 「麻衣太子」로 하야금 意味업시 冗漫(용만)케 만들쑨만 아니라 作者의 苦心까지 水泡로 도라가고 말엇다'라면서 上下를 따로 떼어 「弓裔」와 「麻衣太子」로 해야 할 것이라고 하였다.

그 다음 역사소설의 취재에 관한 것으로 춘원이 즐겨 취하는 것은 '征服的(정복적) 전쟁이나 지배적 葛藤(갈등)'이라고 단정하고 그렇게 된 이유는 '과거의 역사적 문헌의 기술 그 자체가 그리하얏든' 까닭이라고 밝힌 후에 그의 소설이 가지고 있는 단점을 다음과 같이 지적했다.

"그러나 그러타고 우리는 여기에 잇서도 그 時代의 民衆과 아울러 그들의 生活을 無視할 필요는 조곰도 업는 것이다. 毋論(무론) 王權의 爭奪(쟁탈)로부터 이러나는 權謀述數(권모술수)의 記錄이나 쏘는 宮中 蕩皇(탕황)의 淫事(음사) 가튼 記錄을 것처서 制作된 小說에 잇서서도 作者의 藝術的 素質에 싸라 該當(해당)한 小說의 形式을 갓초아 文藝化 할 수 잇는 것이로되, 우리 時代的 苦悶(고민)이 要求하는 小說이 될 수는 到底(도저)히 업는 것이다."

---

21) 정철, 「歷史小說에 關하여」, 朝鮮日報 1929. 11. 12~14.

그 시대 민중과 그들의 삶이 무시되는 것이 아니라, 그들의 총체적
인 삶을 그려내야 한다. 또 당대의 시대적 고민을 해소시키기 위한
것이 되어서는 안 되며, 적어도 예술이어야 하고 소설이어야 한다는
것이다. 소설이 사건 중심으로만 구성될 것이 아니라 소설의 형식을
갖추어야 함을 지적했다. 사건 그 자체에 흥미를 느끼고, 거기에 모든
관심을 집중시킬 것이 아니라 그 사건이 갖는 역사적 의미가 생생하
게 살아날 수 있어야 한다는 것이다. 그래서 그는,

> "우리는 支配階級과의 相關關係에서 理解하며 情感하며 想像하
> 지 못하고 오직 皮相的 描寫에 쓰치는 小說에 잇서서는 우리 時代
> 에 移入되는 힘 있는 그 무엇을 어들 수 업는 것이다."

라고 하여 투철(透徹)한 역사의식을 가지지 않고는 안 되며, 그것이
현재의 역사로서 역사가 이해되어야 한다는 측면에서 크로체(B.
Croce)가 "모든 역사적 판단에 기초를 이루는 것은 실천적 요구이기
때문에 모든 역사에는 현대의 역사라는 성격이 부여된다"[22]라고 한
말을 연상케 한다. 과거의 역사는 현대 역사의 연장선 위에 놓여지고,
과거의 역사를 제재로 한 역사소설은 현재의 상황의 알레고리(allegory)
로서 그 의미를 갖는 것이다.

그는 또 신문소설이 갖는 구성의 불균형을 지적하고 單行本으로 출
간될 때는 그것이 어느 정도 재정리해야 할 것이라고 했다.

> "新聞의 連載小說이 連載되어 가는데 싸라 事件의 進展이 豫期
> (예기)하얏든 機構(기구)와 버그러져 버려 主題를 써난 別物(별
> 물)이 數도 업는 일은 아니다. 그러나 적어도 한 卷의 單行本으로

---

22) B. Croce, *History as the history of liberty*, 「Philosophy · Poetry · History」
   tran. Cecil Sprigge, Oxford Uni. Press, London, p.549.

> 出版하는 機會(기회)에 잇서서는 그 形式을 整理(정리)해 놋는 것
> 이 作家的 良心에 빗추어 可當한 일이요. 그럼으로 또 그 作品의
> 價値를 完成에 가차웁게 할 수도 잇는 것이다."

이런 지적은 모든 신문 연재소설에 해당하는 것으로, 이런 면이 여실히 드러난 것이 「마의태자」이며, 이 작품은 완성 여부가 의심스럽다고 하였다.[23]

역사소설에 대한 최초의 평문으로서, 춘원의 「허생전」과 「마의태자」를 대상으로 한 이 글은 소설을 썼던 춘원보다 훨씬 뛰어난 역사인식과 작가로서의 역사에 대한 자세를 지적한 면을 엿볼 수 있다. 특히 소설에서 취급해야 될 제재의 범위와 그에 대한 묘사의 문제, 역사관에 대한 결핍 등을 지적했는데, 역사소설의 융성에 있어서 간과할 수 없는 현실에 대한 역사적 우의성(寓意性)을 명확히 인식하지는 못하였다.

(2) 『단종애사』 독후감과 『이순신』 서평

앞서 언급한 대로 동아일보는 「단종애사」가 끝나자 이미 모집광고에 의해 투고된 독후감을 게재하였다. 이 독후감에는 한시(漢詩)·시조·수필·단평 등으로 나눌 수 있는데, 본고에서는 논란의 대상이 되었던 익명의 글 한 편과 그에 대한 반박문(反駁文)을 검토해 보고, 그리고 그 외의 서평을 보도록 하겠다.

KSM이란 이니셜(initial)로 쓰인 독후감[24]은 다른 글보다는 제법

---

23) 이러한 견해는 후에 김동인이 「춘원연구」에서 지적했던 것과 동일하다. 拙稿, 「김동인의 역사소설론 연구」, 『국어국문학』제88호, 1982. 12, pp.79~105 참고.

24) K. S. M, 「단종애사」 독후감, 동아일보, 1929. 12. 28.

긴 5단짜리로, 「단종애사」의 인물을 중심으로 한 소감이 전부를 이루고 있지만 그중에 인물의 성격에 대한 견해가 드러난 것으로 특히 예를 든 중, 황보인(皇甫仁)에 관한 것을 보면,

　"領相(영상) 皇甫仁(황보인)의 無能은 更論(갱론)치 말고 前後 行事의 矛盾(모순)을 指摘하야 볼진대, 首陽大君의 詭計인 줄 알고도 君父의 命이라 하야 詣闕함은 儒敎에 中毒된 當時의 일이라 姑捨하고 「奔競」討論時 首陽의 一喝下에 戰戰兢兢하야 唯唯聽命하든 皇甫仁(황보인) 好好爺(호호야)가 及其也 靖難時(정난시) 凜然(늠연)히 死를 決하고 赴宮(부궁)할 勇氣가 잇섯슬리는 업다고 吾人은 斷定한다."

라고 인물 설정에 실패를 지적하였으면서도, 김동인이 「춘원연구」에서 지적하였던, 성격 창조에 실패하였다든지, 인물 설정의 오류라는 등 작품 구성상의 문제로 구체화시키지는 못하였다. 다만 이런 애사(哀史)의 결과가 유교로 말미암은 것임을 지적하고, 이것이 '권모술수와 賄賂(회뢰)로 결합된 支那史(지나사)를 그대로 모방한 小支那를 만들었다고 한탄했다. 그리고 춘원의 「단종애사」가 「民族改造論(민족개조론)」의 연장선 위에 놓여 있음을 밝혔다.

　"筆者는 春園先生의 民族改造論을 보고 「端宗哀史」를 볼 째에 春園先生의 眞意를 알 수 잇섯다. 論文으로 書치 못하고 表現치 못한 바를 소설을 通하야 보혀 주고 늣기게 하자 함이 아닌가 한다."

　1922년 5월 「開闢(개벽)」에 개제되었던 상당히 많은 분량의 「민족개조론」은 전통적인 우리 주체의식을 부정 내지는 무시하고 있어, 신문학 유입 이후 즉 개화기로 지칭되던 시기 이후에 있어서 민족의식

고취를 위해 전통을 타기하려 했던 모습이 역력히 보이는 글이다. 당시에 부분적으로 반론을 제기하기도 했지만, 이런 글이 상당한 지지를 얻었음은 「무정」에 대한 독자의 관심을 통해서도 알 수 있다. 따라서 「단종애사」의 연재가 끝나자 글쓴이 KSM은 곧 「민족개조론」을 떠올렸던 것으로 보인다.

KSM의 독후감을 읽고 '一讀者(일독자)'가 그 반박문을 썼다.[25] 그는, 이광수가 「단종애사」에서 황보인을 비난한 부분을 KSM이 동조하고, '더욱 알지 못한 행위를 했다'고 한 다음 인용문을 비판하는 데서부터 시작한다.

> "金宗瑞, 皇甫仁 諸相(제상)의 自重自衛(자중자위)치 못함은 千古의 疑問(의문)일 것이다. 「오즉 身命을 不惜(불석)하고 正道로만 가미 君子의 可取할 道」이지마는 몸이 領相의 重職(중직)에 잇고 쌀하서 顧命(고명)의 大任이 雙肩(쌍견)에 잇는 同時에 一國의 治亂(치란)이 全혀 一身에 달려 잇는이 만치 自己 一身이 自己 個人의 所有를 멀리 써나 그 存立이 곳 幼主를 비롯하야 一國의 安危에 關係됨을 總相(총상)밋 左相(좌상)이 熟知(숙지)하얏슬 것을 想像키 不難함에도……首陽大君의 詭計(궤계)인 줄 알고도 君父의 命이라 하야 詣闕(예궐)함은 儒敎(유교)에 中毒된 當時의 일이라 姑捨(고사)하고……要컨대 本史를 通하야 感激(감격)과 憎惡(증오)嗟歎(차탄)과 忿怒(분노) 等 所感이 許多하지마는 그 中 痛切(통절)히 늣긴 바 잇스니 이는 곳 우리가 儒敎로부터 어든 「民族性의 缺陷(결함)」이 그것이다."

라고 하여 역사 해석을 둘러싼 인물의 역할을 문제 삼고 있다. 그 근원적인 문제점을 유교로 말미암은 민족성의 결함이라고 지적했다. 이에 대하여,

---

25) 一讀者, 「KCM氏의 「端宗哀史」 讀後感을 읽고」, 東亞日報 1930. 1. 11~12. 이 글에서 KCM은 KSM의 誤植(오식)으로 보임.

"K氏가 其時 우리 民族 文弱으로 首陽의 奪位(탈위)를 拒否치
못했다는 꾸지람은 千萬不可當之責(천만불가당지책)이외다. 말하자
면 그 時代의 國家는 萬姓의 國家로 하지 아니하고 君主一人의 國
家로 하엿기 째문이외다."

이렇게 반론을 시작한 '一讀者'는 국가와 민족과 정부를 구분하지
못하는 상황에서 임금=국가라고 전제하여 어찌 감히 수양(首陽)에
반대할 수 있었느냐고 되물으며, 그가 수양을 견제하지 못한 것은 우
리 민족이 문약(文弱)한 것이 아니라고 하였다. 또 황보인의 성격을
두고 민족성에 결함이 있다고 비난한 것에 대하여, '皇甫仁이가 조선
민족의 典型的(전형적)인 인물인가'라고 되물었다. 또 그는 王權(왕
권)과 臣權(신권)과의 역학관계를 왕권이 강하면 신권이 약하고, 신
권이 강하면 왕권이 약함을 지적하면서, '猛虎(맹호)가튼 英偉明遠(영
위명원)한 세종(世宗) 아래서 시키는 대로만 했던 皇甫仁(황보인) 領
相(영상)과 金左相(김좌상)은 韓權(한권) 凶奸輩(흉간배)의 눈에도
侮蔑(모멸)을 當(당)한지 오랜 後일 것'이라고 指摘(지적)한 것과, K
氏가 皇甫仁의 '前後行爲矛盾(전후행위모순)'이라고 指摘(지적)한 것
에 대하여 이상할 것이 하나도 없다는 투로 질책하였다. 또 K氏가 황
보인과 김종서가 무기력하게 넘어진 것을 '유교 때문에 생긴 文弱(문
약)이라는 말로 表示(표시)할 수 있는 缺陷(결함)이 그것'이라고 한
것에 대해 강한 반발을 보이고 있다.

세종이 즉위한 것이 조선 개국 26년밖에 안 되어 '儒(유)를 崇(숭)
하는 초기에 부과한데 어느새 조선 민족이 유교 때문에 문약해졌다는
말인가'라고 반문하고

"그저 이탈 저탈 할 것 없이 制度 그것의 탈과 機會主義가 놉하
진(官尊民卑) 그 탈이겟지요. 그럼으로 民族이 납버서 그런 것이

　　　아니며, 儒敎가 낫버서 그런 것이 아니외다."

라고 하면서 文弱해진 것은 그로부터 약 100년쯤 뒤부터로 '우리 民族
이 그러케 劣等(열등) 민족이 아니'라고 못 박았다. 그러고 나서 우리
민족은 총칼 밑에서도 능히 그 정신을 발휘하는 민족으로, '모든 것이
째가 잇기 째문에 어썬 정도까지의 약점이 나타날' 수밖에 없음이 어
쩔 수 없는 고통이라고 시인하여 운명론적인 것으로 보려 하였다. 두
사람의 견해의 벽은 KSM이 식민사관에 입각한 신사대주의적인 것이
라면, '일독자'는 민족주의적인 운명론에 빠져 있음을 볼 수 있다.

　　그 외에 이들이 논의의 대상으로 삼은 내용은 설정된 인물 행위에
대한 타당성 여부였고, 그에 대한 원인을 찾는 데서 견해의 차이를
드러냈다. 어쨌든 이러한 독자끼리의 논란이 있었다고 하는 것은 특
기할 만한 것으로 볼 수 있다.

　　서평(書評)으로 역사소설에 대한 것이 쓰인 것으로는『東光(동광)』
에서 신간소개를 했던「讀書室(독서실)」이라는 난(欄)에서 춘원의「단
종애사」와「이순신」을 소개한 것이 있다. 단행본으로 출간된 이「단종
애사」의 소개[26]는, 서평이 갖는 큰 약점인 작가와 필자와의 친분관계
로 인한 무분별한 찬사가 배제되어 있다는 것이 큰 장점으로 보인다.

　　그의 지적을 보면, 첫째 신문연재소설이 갖는 일반적인 약점인 통
속성의 문제로, 이 소설이 통속소설이라고 지적했다. '定評(정평)있는
작가의 손에서 이러케 우물쭈물 넘겨 버렸다는 것은 아까운 일'이라
고 하면서 이것을 單行本으로 출간할 때, 연재 당시에 슬적슬적 넘어
간 것을 좀더 늘여서 즉 개작을 하였더라면 좋았을 것이라고 하였다.
춘원은 주요섭의 이 부문에 대해 몹시 불쾌하게 여기며 반박을 하였

---

26) 주요섭,「通俗化의 悲哀－端宗哀史(上下兩卷)」,『東光(동광)』3권 1호
　　통권 17호, 1931. 1. p.86～87.

는데,27) 작자인 본인은 고소를 금치 못하는 것이라고 지적하고 다음
과 같이 그 이유를 설명하였다.

  "왜 그런고 하면, 通俗小說이란 興味本位의 小說이란 뜻이다. 다
시 말하면 倫理的 動機(동기)를 包含치 아니하였다는 뜻이다. 倫理
的 動機를 包含(포함)치 아니한 興味있는 소설이란 뜻으로 내 소
설이 通俗小說이라 하면 거기는 同意할 수 없다. 왜 그런고 하면
나는 讀者의 興味를 目標로 붓을 들어 본 일은 없는 까닭이다.
……〈中略〉…… 아무러나 나는 讀者를 기쁘게 하기 위해서 倫理的
動機가 없는 小說을 써 본 일이 없다는 것만 重言해 둔다."

  이러한 춘원의 반발은, 1938년 무렵 김말봉(金末峰)의 「찔레꽃」을
기폭제로 하여 한 차례 문단을 떠들썩하게 했던 통속소설론 논쟁과는
관계가 없지만, 주요섭이 근거를 제시하지 아니하고 신문연재소설이므
로 통속소설이라고 속단한 것에 대한 작가의 발언으로 주목할 만하다.
  둘째, '전편(全篇)을 통하여 주인공인 단종의 인격이 불분명한 것이
흠이다'라고 지적했다. 그 이유는 전편을 다 읽어도 주인공이 뚜렷이
머리에 나타나지 않으며, 차라리 부주인공이라고 볼 수 있는 수양대
군의 모습이 더 똑똑히 나타날 뿐이라고 했다.
  셋째는 '全篇을 통하여 紹介(소개)되는 캐릭터들이 모두 좀더 鮮明
(선명)했으면, 좋겠다'고 했다. 이것은 주인공의 성격이 불분명한 것
으로 말미암은 것인데, 이로서 '主人公以下諸助役(주인공이하제조역)'
들 전부가 산 사람이 되지 못하고 모두 생동감이 없는 그림자들이 되
었음을 지적했다.
  넷째, 역사를 배경으로 한 이 작품에서 '역사의 참 骨髓(골수)가 되
는 大衆(대중)이 움즈김, 대중의 생활, 대중의 감정과 정서를 발견할

―――――――――
27) 이광수, 「余의 作家的 態度」, 『東光』 3권 4호 통권 20호, 1931. 4.

수 없다'고 했다. 즉 다시 바꿔 말하면 총체적 역사를 구현하지 못했다는 것이다. 이러한 지적은 앞서 「단종애사」를 論及(논급)했던 글에서 이미 보아온 것이지만 역사소설에 대한 인식이 분명했던 것임은 틀림없다.

대중의 역사가 되기를 요구한 이 글에서 단종이 일관리(一官吏)에 지나지 않게 되었다고 하면서 만일 자료가 없으면 작가의 상상력을 통해 창작해야 한다고 주장했다. 그러나 더 큰 문제는 역사 속에 존재해 있는 이 사건에 대한 해석이다. 조선조 초기에 불안했던 정치의 소용돌이 속에서 세종의 덕치(德治)로 잠시 조용했던 권력 다툼이 재현되었다든가, 아니면 불안한 정국을 수습하기 위하여 어쩔 수 없는 하나의 사건으로 받아들여질 수 있을 것인가에 대한 분명한 역사관이 요구된다고 볼 수 있다.

이와 같은 서평은 비교적 객관적으로 평가된 것으로 볼 수 있으며, 또 앞서의 작가 자신의 진술이 아니고 評者에 의해 批評되었다는 점에서 중요한 면을 띤다고 볼 수 있다.

또, 'D'라는 익명으로 쓰인 「李舜臣(이순신)」에 대한 신간소개[28]는 이순신을, 명장으로서보다는 인격자로서 이상화시켰음을 지적한 것이 주 내용으로 되어 있다. 즉 첫째 당시의 色論(색론)을 초월하여 자기 맡은 임무를 충실히 하였고, 둘째 소인의 참소에도 원망하지 아니하고 순종하였다는 점이며, 셋째 그는 厚德(후덕)하여 병사·인민·상관 등을 설복시켰다는 것이다. 뿐만 아니라 智勇(지용)보다는 위의 지적한 것으로 적을 물리쳤음을 밝히고, 이는 소설가가 효과를 얻기 위하여 이런 대조의 誇張(과장)이 쓰이었음을 지적하였다. 따라서 이 「이순신」은 「이순신」만 우뚝 솟아 있고 나머지 모두는 '잘난 놈은 없

---

28) D, 「이광수 著 이순신」-〈讀書室〉新刊紹介, 『東光』4권 11호 1932. 11.

는 것 같은 감'을 주어 영웅숭배적 전형이 되어 '자연주의보다는 낭만
주의적 경향을' 띤 작품이라고 단정지었다. 물론 여기서 낭만주의라는
것은 사실 그대로를 치밀한 관찰력으로 묘사하지 않고 상상을 통해
이상적으로 썼음을 말하는 것으로 본래의 의미와는 거리가 있다. 어
쨌든 이런 이유로 그는 이 소설을 통속소설이라고 했다. 그리고 통속
소설임에도 불구하고 재미가 덜한 이유를 이렇게 적었다.

> 小說的 興味로서 論한다고 하면 우선 좀 不足하게 생각되는 것
> 은 李舜臣만이 그와 같이 英雄化 되고 그 部下의 第2의 主人公 노
> 릇을 할 만한 補佐人物(보좌인물)을 點綴(점철)하지 않은 것이다.
> 그리고 또 다음은 女主人公 또는 男女의 로맨쓰的 材料가 全혀 缺
> 如(결여)한 것이다. 하다 못해 女子 密探(밀탐)이라도 하나 잇엇드
> 면 興味가 잇엇슴즉하다."

독자의 흥미뿐만 아니라 작가가 작품을 진전시키는 데 있어서도 이
순신이 주인공으로 됨으로써 묘사와 상상의 한계가 좁아진다는 사실
을 어느 정도 인식하고 있었음을 볼 수 있다. 따라서 흥미를 고조시
킬 수 있는 인물의 등장과 사건의 전개가 어려워진다. 결국 평자는
소설적 윤색이 부족한 것이 결점이라고 단정지었다. 이러한 견해는
앞서 언급한 바 있는, 춘원이 「이순신」 작자의 말에서 밝힌 것보다는
확실하고 분명한 것이라고 볼 수 있다.
이상에서 서평에 나타난 역사소설에 대한 인식을 피상적으로 살펴
보았다. 단평이지만 짧은 글 속에서 지적한 평자의 안목은 미숙한 대
로 논리적이며 보편성을 가지고 있어 오히려 작가가 가지고 있는 소
설관보다 앞서 있음을 볼 수 있다.

(3) 작자의 변(辯)-벽초와 춘원

벽초(碧初)는 1차 중단되었다가 1932년 12월 1일부터 다시 쓰기 시작한 「林巨正傳」을 게재하기 전에 「작자의 변」을 또 썼다.[29] 그는 여기서도 사실의 복사(複寫)가 아님을 분명히 했다.

> "林巨正의 史紀는 極히 短片(단편)短片으로 떠러져 잇는 것밧게 업서서 대개는 나의 腹案(복안)으로 事件을 꾸미어 가지고 나갑니다."

역사적인 인물이지만 그에 대한 史料가 없으므로 오히려 작가의 상상력은 풍부해질 수 있는 것이고, 그것이 감동적 요소로서 충분한 구실을 할 수 있을 것이다. 그러면서 그는 순수한 우리 문학을 지향하기 위해 노력할 것을 다짐했는데 그 이유는 우리 문학의 옛것은 중국 문학의 영향을 많이 받았고, 또 당시(「임꺽정전」 집필 당시) 문학은 서구의 영향을 많이 받았음을 지적하고,

> "林巨正만은 事件이나 人物이나 描寫(묘사)로나 情調(정조)로나 보다 남에게서는 옷 한벌 빌어 입지 않고 純朝鮮(순조선) 거로 만들려고 하엿습니다. 「朝鮮情調에 一貫(일관)된 作品」 이것이 나의 目標엿습니다."

이런 그의 의도는 춘원이나 금동(琴童)과는 전혀 다른 각도에서 작품이 창작되어 있음을 암시한 것으로 볼 수 있다. 이에 대하여 작품 검토를 충분히 한 뒤에 재론되어야겠지만, 다음으로 미룬다.

---

29) 碧初, 「林巨正傳」을 쓰면서 - 長篇小說과 作者 心境」, 『三千里』 5권 8호 통권 42호, 1933. 9, pp.72~73.

김동인의 변으로는 두 가지의 짧은 글이 있다. 이 글들이 그의 역사소설을 이해하는 데 크게 도움을 주는 단서(端緖)가 되지는 못하지만, 소설을 쓰는 그의 태도를 볼 수가 있다.

우선 「「論介(논개)의 還生(환생)」을 中斷(중단)하는 까닭」을 보기로 한다.[30] 김동인은 「東光」(33호 4권 5호 1932. 5)에 「論介의 還生」을 연재하기 시작하여 36호(1932. 8)에 4회를 내고는 중단하였다. 본래 그는 이 소설을 씀에 있어서 역사적 寓意性(우의성)을 통해 과거의 역사를 현재에 '재생'시켜 현실을 비판하는 데 목적이 있었다. 그러나 그의 이런 시도는 곧 벽에 부딪쳤다.

> "본지 6월호까지는 원 플란에 의하여 썼다. 그러나 7월호 제3회에 이르면서부터 작자는 할일없이 원안을 내어 버리기로 하였다. 지금의 조선에 앉아서는 원안대로는 비록 쓴다할지라도 도저히 활자화(活字化)할 수는 없겠으므로……뿐만 아니라, 그 원인이 대략조차 지금 독자에게 말할 자유가 없느니만치 부자유한 처지이다."

결국 이런 까닭으로 그의 연재는 4회에서 끝이 나고 말았다. 작가적 양심을 고집하던 그는 무책임하게 붓을 집어던지고 말았다.

또 하나는 앞의 벽초의 글과 같이 수록되어 있는 것으로[31] 그는 사실(史實)을 작품화함에 있어서 문제가 되는 구체적 자료를 정확하게 쓰기 위해 노력하고 있음을 썼다. 역사소설이 문학작품이면서 역사 그 자체를 조작할 수 없는 것임을 분명히 하고, 세부적인 묘사에 대해 큰 관심을 보이고 있다. 따라서 고증(考證)에 심혈을 기울이고

---

30) 김동인, 「「論介의 還生」을 中斷하는 까닭」, 『東光』 4권 9호 통권 37호, 1932. 9. p.75.

31) 김동인, 「雲峴宮(운현궁)의 봄 – 長篇小說과 作者의 心境」, 『三千里』 5권 8호 통권 42호, 1933. 9.

있었다.

이상 김동인의 두 단평(短評)에서 역사소설을 쓰는 그의 태도를 볼 수 있는데 하나는 현실에 대한 시대정신의 발현의 어려움을 역사를 통해 우의적으로 표현하려 했다는 것과 또 하나는 역사소설을 씀에 있어서 사적(史的)인 고증에 충실하게 했던 점을 찾을 수 있다.

4. 무성(茂盛)한 이론의 제기

1922년 9월 이적효(李赤曉)·이호(李浩)·김홍파(金紅波)·김두수 (金斗洙)·최승일(崔承一)·심대섭(沈大燮)·김승팔(金承八)·송영 (宋影) 등이 염군사(焰群社)를 조직하여 최초로 프로문화단체를 만들고, 1923년에는 김기진(金基鎭)·박영희(朴英熙)·안석주(安碩柱)·이익상(李益相)·김복진(金復鎭)·연학년(延鶴年) 등이 PASKYULA를 조직하여 계급문학론(階級文學論)을 전개하였다. 1925년 8월 두 단체가 합하여 KAPF를 결성하였고, 이 계급문학론은 『開闢(개벽)』을 중심으로 문학론을 발표하면서 본격적인 활동으로 나타났다. 한편 이들과 반대되는 입장에 서 있던 대부분의 사람들은 「朝鮮文壇(조선문단)」에 집결하였는데 이들은 이른바 민족주의 진영의 사람들로 KAPF와 논쟁을 벌였다.[32] 특히 KAPF는 그들 내부의 모순과 프로문학의 移植過程(이식과정)에서 認識錯誤(인식착오)로 논쟁이 계속되었는데, 1926년 표현방법의 문제인 내용과 형식에 대한 논쟁, 27년에는 제1차

---

32) 이 논쟁은 1925년 2월 『開闢(개벽)』(제56호)의 특집으로 階級文學是非論(계급문학시비론)이 팔봉(八峯), 회월(懷月), 석송(石松), 월탄(月灘) 등의 프로측 문인과, 횡보(橫步), 나빈(羅彬), 춘원(春園), 금동(琴童) 등이 참가하면서 시작되었다.

방향전환과 함께 계급적 혁명을 위한 구체적 의식을 강요했던 目的意識論(목적의식론), 그리고 예술의 독자성을 주장했던 아나키스트(Anarchist)들과의 논쟁. 31년의 2차 방향전환에 이은 대중화론, 그리고 농민문학론. 33년에는 사회주의적 리얼리즘이 논의된 창작방법론 등으로 이어졌다. 한편 자체 내부 혹은 제3자가 끼어들기도 한 이들의 논쟁 외에 기성문단과의 충돌도 계속되었으며, 25년에 계급문학 시비론을 계기로, 26년에는 국민문학파와의 논쟁, 27년에는 절충파와의 논쟁, 그리고 30년대 초에 벌어진 해외 문학파와의 논쟁 등이 있다.

1935년 5월 KAPF가 해산되기는 했지만 그들에 의한 문학론의 전개는 계속된다. 1930년대 초기 시작되는 휴머니즘 문학 논쟁은 1938년 임화(林和)의 「휴머니즘 論爭(논쟁)의 總決算(총결산)(朝光(조광) 4-4, 1938. 4)」까지 계속되었고, 또 임화가 「曇天下(담천하)의 詩壇(시단) 一年」(『新東亞』 5-12, 1935. 12)에서 김기림(金起林)의 시를 비판하면서 터진 모더니즘과 技巧主義文學論(기교주의문학론)의 논쟁은 우리 시단을 온통 떠들썩하게 했다. 그리고 주지주의문학론이 1935년을 전후로 하여 가톨릭문학론에 불을 댕겼고, 김남천(金南天)에 의해 1937년 告發文學論(고발문학론)이 제기되기도 하였으며, 뒤이어 김환태(金煥泰)에 의해 제기되어진 印象主義批判論爭(인상주의비판논쟁), 1935 전후에 일어난 古典論(고전론)과 신세대론 등이 속속 그 뒤를 이어 1930년대를 풍부한 문학론의 시대로 만들었다.

역사소설에 대한 논의도 점차 심화되고 그 논의의 폭도 넓어졌다. 1,2회 연재되는 단평(短評)에서 10여회까지 되는 비평문(批評文)으로 점차 확장되는 경향을 보이고 있다. 특히 1934년에 김동인의 「歷史와 事實과 判斷과 史料에 對한 作者의 立場을 論함」이란 글을 발표하면서 역사소설론에 대한 이론이 무성해지기 시작하였다. 여기서는 이런 글을 논자별로 살펴보고자 한다.

(1) 역사에 대한 해석을 주장한 김동인(金東仁)

김동인은 앞서 언급한 대로 「역사와 事實과 判斷과 史料에 對한 作者의 立場을 [33]을 8회에 걸쳐 「朝鮮中央日報」에 발표했다.

김동인은 「春園硏究」에서 春園의 역사소설을 비판하여 그 분야에 당시로서는 獨步的인 존재였다. 「春園硏究」에 나타난 그의 역사소설론은 이미 피력한 바 있어,[34] 본 항에서는 앞서의 글을 중심으로 살펴보려 한다.

그에게 있어서 역사소설에 대한 철두철미한 대전제는 史料에 대한 作者의 立場으로 역사상의 '事實' 그 자체는 후세인이 보지 못했으니 굽힐 수 없는 것으로, 前代 史家의 기록을 신뢰할 수밖에는 도리가 없지만 그 판단까지도 전대 사가에게 구속될 필요가 없다는 것이다. 이 것은 랑케(Langke)의 역사이론에 있어서 골자를 이루는 '역사, 그것이 진정 어떠하였는가(wie es eigentlich gewessen)'라는 입장과 동궤(同軌)에 놓여 있는 것이라고 볼 수 있다. 사실(史實) 그 자체를 변조하거나 날조한다는 것은 도저히 있을 수 없는 일이지만 史實 그 자체에 대한 판단과 그것을 통한 해석은 얼마든지 달라질 수 있다는 것이다. 따라서 역사가들에게 있어서 사실이라는 것은 처리과정에 지나지 않는다. 그래서 역사란 역사가와 史實 사이의 상호작용의 부단한 과정이며, 현재와 과거와의 사이에 끊임없는 대화라고 할 수 있다.[35]

---

33) 김동인, 「歷史와 事實과 判斷과 史料에 對한 作者의 立場을 論함」, 朝鮮中央日報, 1934. 10. 14~10. 24.

34) 김치홍, 「김동인의 역사소설론 연구」, 『國語國文學』 제88호, 1982. 12 參照. 본 책 제1부에 수록됨

곧 역사란 해석을 의미하게 된다. 이러한 역사관에 비교적 가깝게 접근한 김동인은 '歷史的 事實은 그대로 받아들인다 하여도 판단까지 古人에게 구속될 의무는 없다'고 하고 춘원의 「단종애사」에 대하여,

> "春園의 「端宗哀史」는 옛날 史書에 나타난 「事實」과 「判斷」을 보고 그냥 踏襲(답습)하야 現代語로 곤쳐 노흔데 不過하다. 거긔는 春園의 「判斷(판단)」이 업고 春園의 「主觀」이 업다.
> 여긔서 「事實」과 「判斷」과의 문제가 벌려지는 것이다. 옛날의 記錄을 보아서 「矛盾性(모순성)」을 發見할 때에는 우리는 우리의 「判斷力」으로서 이 矛盾性을 除去(제거)하지 안흘 수가 업다."

고 하였다. 이렇게 역사에 대한 해석이 판단에 따라 달라질 수 있음을 인식한 그는 단종을 둘러싸고 일어난 사건을 그 나름대로 해석하게 된다. 그 자신이 자신의 해석이 타당함을 입증하기 위해 이렇게 해석의 태도를 제시한다. 예를 들어 안평대군(安平大君)의 등장에 대하여, 安平이 선비·무사들을 모으는 기괴한 행동이 史家들의 눈에는 '수양(首陽)을 대항하기 위해서'라는 호의적 판단을 내리지만은 악의로 볼 때에는 반역의 예비행동이라고 볼 수도 있다고 하면서 동정적 판단과 비동정적(非同情的) 판단의 차이가 생김을 지적하였다. 그래서 그는,

> "이러한 判斷에서 出發한다면 史書에서 나타난 事實은 모두가 한번 뒤집히워 버린다. ……〈中略〉…… 가튼 歷史的 史實을 가지고라도 判斷만 달리하면 이러케 볼 수가 잇는 것이다.
> 사실은 사실 - 판단은 판단 - 우리는 判斷에 까지 過去의 國家에서 拘束될 필요는 없다."

고 판단의 권리를 명백히 한 뒤에 그 판단을 가름하는 요인을 그 사람

---

35) E. H. Carr, *What is history*, 吉玄謨 譯, 『역사란 무엇인가?』, 探究堂, p.19.

이 현재 처해 있는 처지와 환경에 따라 얼마든지 달라질 수 있음을 강조했다. 그래서 그는 '判斷이라는 것은 主觀의 産物이요, 主觀이라는 것은 各 個人이 가질 수 있는 特權'이라고 하고, '한 가지의 事實을 報告하는 두 사람의 報告가 各各 다른 것은 이 主觀이 다르기 때문'이라고 했다. 그리고 주관이라고 하는 것은 출생과 성장과 환경과 교양이 모두 합쳐져서 그 사람의 성격을 만들고, 그 성격이 주관을 낳게 하고 그 주관이 판단을 낳는다고 하였다. 그는 단지 사관(史視)이라는 말은 쓰지 않았지만 사관의 중요성을 강조하고 있었다. 이와 같은 전제를 하고 난 뒤에 그는 5회에 걸쳐 단종사건의 해석이 달라질 수 있음을 그 나름대로 자세히 썼다. 후에 그는 이런 자신의 견해를 토대로 「大首陽(대수양)」을 쓰게 된다.36) 꽤 많은 분량인 이 글에서 그는 단종을 둘러싸고 일어난 이 사건이 단순한 권력투쟁이나 世祖登極過程(세조등극과정)으로 해석하지 않고 조선 500여 년 중 전기 60여 년이 전체의 역사에서 볼 때 어떠한 맥락에서 이해할 것인가를 알고 전체의 흐름 속에서 그것을 해석하려고 노력하였다. 그래서 그는,

"端宗時代의 그 크나큰 悲劇의 遠因은 벌서 李太祖開國初에 씨가 뿌려 졌다. 王位 繼承(계승)에 關하야 分明한 順位를 작정하지 안흔 것이 李朝 五百年을 통하야 만코 만흔 悲劇을 자아내인 그 遠因이였다."

이렇게 쓰고 난 뒤 태조부터 세종에 이르기까지 왕위 계승사실을 언급하였다. 그리고 기존의 사료 자체가 모순된 점을 지적하고 당위성과 보편성에 의거 수양의 입장에서 이해했음을 볼 수 있다.37)

---

36) 「大首陽(대수양)」은 『朝光』 7권 2호 통권 64호(1941. 2)부터 74호. 1941년 12월까지 11회에 걸쳐 연재되었다.

결국 춘원이 단종의 입장에 서서 역사를 판단 해석했던 것에서, 반대로 김동인은 수양대군의 위치에서 그 나름대로의 판단과 해석을 시도했던 것이다. 그러나 김동인은 춘원이 기존 해석을 토대로 했음에 비해 새롭게 했던 것에 주목할 필요가 있다. 비단 이것이 반역사주의에 빠지는 점이 있더라도 바로 김동인의 역사소설관의 장점이라고 볼수 있다.

(2) 역사와 소설에 대해 몰이해 한 염상섭(廉尙涉)

염상섭은 1934년 역사소설에 대한 글을 「每日申報(매일신보)」, 「文藝時感(문예시감)」에 두 편을 5회에 걸쳐 썼다.[38]

먼저 「歷史小說時代(역사소설시대)」는 회월(懷月) 朴英熙의 「朝鮮文化의 再認識」을 읽고 난 뒤 자신의 견해를 피력한 것이다. 그는 조선에서 역사소설의 발생을 민족문학운동의 연장선에서 이해했다. 즉 서구문명의 심취(心醉)시대에서 '自國文化의 옹호와 재건설'이란 쪽으로 시각의 이동이 생겼을 때 가장 '朝鮮的'인 것을 추구하는 것으로 나타난 경향을 지니고 있는 것이 역사소설이라고 보았다. 그러나 이런 경향이 주도하는 것은 작가가 아니고 대중이라는 데서 다른 논자들과 차이를 보이고 있다. 즉 '이것은 전문적 역사가나 소설가가 역사를 通俗的으로 대중에게 보급시키려는 노력에서 나온 것이라기보다 대중이 이것을 요구하는 데서 출발한 것'이라고 본 것이다. 역사에 대한 지식욕과 흥미가 청춘남녀 사이에 대두한 까닭으로 역사소설이 쓰

---

37) 이러한 그의 해석은 작품 「大首陽」에 그대로 적용되어 있다.
　　김치홍, 「김동인의 大首陽 研究」, 『明知語文學』 제9호, 1977 참조.
38) 염상섭, 「歷史小說 時代」, 每日申報, 1934. 12. 20～22.
　　염상섭, 「小說과 歷史」, 每日申報, 1934. 12. 23～24.

인 것이며, 이것은 역사지식의 결핍(缺乏)을 젊은 층에서 느끼고 있었기 때문이라고 하여,

> "이러한 것은 朝鮮의 特殊事情이어서 다른 나라 文壇에 比하야
> 朝鮮에는 歷史小說이 더 發達된 要因을 가젓고 또 歷史小說 時代
> 라는 한 時期가 오지나 안흘가 하는 생각도 드는 것이다."

라고 하였다. 결국 그가 글의 제목을 역사소설시대라 한 것은 여기에서 기인한다. 이런 결과로 역사소설이 연재되면, '그날그날 慰安(위안)을 얻는 동시에 지식욕을 채우는 일석이조'의 소득을 얻을 수 있다고 본 것이다. 그러나 여기서 염상섭은 위안을 얻는다고 하는 것이 구체적으로 무엇을 의미하는지는 밝히지 않았으나 현실적인 패배를 역사에서 위안을 받는 것으로 볼 수 있다.

또 이 글에는 그는 현대에 와서 역사가 재미없게 된 것을 다음과 같이 지적하였다.

> "예전에는 역사가 大衆에게 매우 滋味(자미) 잇는 것이엇섯고
> 滋味(자미) 잇기 때문에 누구나 널리 읽엇지마는 專門的 學者의
> 손에 넘어가서 所謂 科學的 硏究를 하게 되어서부터는 興味를 減
> 殺(감쇄)하는 同時에 어려워졋다. 그리하여 普及(보급)을 沮害(저
> 해)하얏스니 歷史는 아모쪼록 興味잇서 널리 읽히도록 하여야 할
> 것이라고 한다."

따라서 역사소설가가 역사를 전문가의 손에서 받아서 '興味있는 이야기로 단장(丹粧)을 시켜 내 놓는 일이 무의의(無意義)한 일이 아니라'고 하였다. 그는 역사소설이 문학적 흥미 외에 지식욕을 보충시키는 것임을 분명히 했다.

이런 소박한 견해에서 출발한 그는, 작가가 사실에서 골자만을 뽑아서 자유로운 상상력 속에서 작품을 구성하거나 시대적 배경을 차용하여 가공적 인물과 사건을 배치(配置) 결구(結構)해서는 안 된다고 경고하고 있다. 결국 본격적 역사소설은 해박한 역사지식을 가진 작가가 인물과 사건과 시대적 풍물 습속에 대한 연구고증이 정확하게 되도록 하여야 한다고 했다. 후대의 풍속지로서, 과거의 풍속지로서 가치를 구유하여야 한다는 것이다. 이런 까닭으로 금후의 역사소설에 대한 기대가 큼을 역설하였다.

그 다음 「小說과 歷史」에서 그는 소설과 역사와의 관계를 규명하기 위해서라기보다는 共通點을 찾으려 노력하였다. 우선 그가 본 소설과 역사의 공통점은,

"歷史와 소설은 一은 史實에 立脚(입각)하고 一은 現實에 卽한 空想의 産物인 點에서 相異點을 發見하면서도 쪽가티 人生과 生活을 土臺로 하고 그 眞實性을 具有함에 優劣(우열)이 업는 點으로 보아 쪽가티 人生의 縮圖(축도)라 할 것이다."

이와 같은 견해가 소설의 경우는 무리 없이 받아들여질 수 있을지 몰라도 역사에 대한 것은 많은 이론의 여지가 있다. 역사를 사료(史料)에 의한 재구(再構)로 본 이런 견해는 역사는 현재의 역사로서 새롭게 해석되어져야 한다는 카(E. H. Carr)의 역사이론과 거리가 있음을 보게 된다.

또 하나는 '역사가 소설과 같이 공상(空想)의 산물이 아닐지라도 상상력에 의지한다는 측면에서 또한 공통점을 볼 수 있다'고 하였다. 그러나 이 경우도 전자와 마찬가지로 역사에 대한 견해가 첨예화되어 있지 않음을 보여준다. 다만, 역사의 연구가 과학적 수단에 의해 이루

어지면서 흥미를 상실했기 때문에 예술적으로 표현되어야 한다는 것
은 상당히 설득력이 있다.

그리고 세 번째는,

> "歷史는 旣往의 事實과 人物을 對象으로 하는 것이요, 小說은 現
> 實의 人生 問題를 空想的으로 얽어서 俱體化하고 眞實化하는 點에
> 잇서 相異(상이)가 생기는 것이지마는 그 對象이 되는 事件과 人
> 物과 背景을 科學的으로 抽象的(추상적) 眞理를 發見하고 哲學的
> 으로 解釋(해석)하며 藝術的으로 表現하는 三段的 經過(경과)에
> 잇서서는 兩者가 全然 同一하다고 볼 수 잇다."

사료(史料)에 의해 구성된 사건과 인물·배경이 구체화되어 역사의
가설로 나타난 것과, 소설에서 플롯을 이루는 사건, 인물, 배경이 이
루어지는 과정이 공통성을 띄고 있다고 본 것이다. 이러한데 착목(着
目)한 것은 문학과 역사가 서로 먼 거리에 떨어져 있는 것이 아니고,
아주 가까운 사이에 있음을 인식한 것이라고 할 수 있다.

그러나 위와 같은 견해에도 불구하고 역사를 문학과 혼동한 것이
보인다. 특히 역사소설과 역사를, 그것도 더 낫고 못함의 분명한 기준
을 제시할 수 없음에도 다음과 같이 쓰고 있다.

> "前者는 (영웅의 전기를 소설화한 것 - 필자 주) 傳記 作家나 歷
> 史家가 文藝家에 接近(접근)한 一例요, 後는 (「戰爭과 平和」- 筆者
> 註) 小說家의 歷史小說이 史上의 實在나 史家의 記述보다도 壓倒
> 的(압도적) 效果와 感銘(감명)을 주는 一例이니 歷史는 藝術的 表
> 現을 要하는 것 - 卽, 科學과 藝術의 混血兒라는 意見이 더욱 妥當
> (타당)함을 알 수 잇슬까 한다."

이 인용문에서 보듯 전기를 역사로 간주했고, 역사소설이 역사보다

낫다는 것은 오해인 듯하며, 또 역사를 역사소설처럼 써야 한다는 -
역사는 예술적 표현을 要한다는 - 것은 역사와 역사소설을 혼동한 듯
하다.

그가 이러한 글을 쓴 것은 문학과 역사의 거리를 좁히려는 의도와
역사소설에 대한 폭넓은 이해를 꾀하려는 아량에서 출발했던 것으로
보인다. 그러나 역사와 역사소설을 구분할 수 없는 마무리 글은 앞에
서 여러 차례에 걸쳐 제시한 견해를 무산시켜 버리고 말았다.

(3) 역사의 우의성(寓意性)을 인식한 한식(韓植)

한 식(韓 植)에 대한 자료는 소개된 것이 없어 잘 알 수 없으나,
알려진 바로는 1927년 동경에서 같은 유학생이었던 조중곤(趙重滾) · 김
두용(金斗鎔) · 홍효민(洪曉民) · 이북만(李北滿) 등과 같이 「第三戰線
(제3전선)」을 냈고,[39] 귀국 후에는 1936년부터 사회주의 문학 평론
활동을 한 평론가였던 것으로 알려진 정도이다. 그가 쓴 역사소설에
관한 논문은 그 자신이 쓴 많은 평문에 비해 몇 편 되지 않는다. 필
자는 그의 평문 중에서 「文學上의 歷史的 題材」와 「歷史文學 再認識
의 必要」를 살펴보기로 하겠다.

「文學上의 歷史的 題材」[40]는 '그 待望(대망)되는 이유와 의의의 解
明(해명)'이란 부제를 달고 조선일보에 연재된 것으로, 춘원이나 벽초,
그리고 김동인에 대해 앞에서의 연구자들과 다른 측면에서 살피고 있
다. 춘원이 역사의 민중화를 꾀하기 위한 수단으로 역사소설을 썼고,

---

39) 김윤식, 『한국근대문예비평사 연구』, 한얼문고, 1973. 2, p.41, p.204ff.

40) 韓植, 「文學上의 歷史的 題材」-그 待望되는 理由와 意義와 解明, 朝
鮮日報, 1937. 8. 29~9. 1.

벽초는 사회상의 문학적 재현을, 김동인은 역사소설의 기법에 관한
것과 역사에 대한 새로운 해석과 판단에 관한 것을 주장 또는 시도했
다고 본다면, 한식은 전적으로 우의성에 초점을 맞추고 있음을 볼 수
있는데 이는 다분히 일본의 역사소설론에 영향인 것처럼 보인다.41)

> "東京文壇에 잇서서, 그들이 現代物을 쓰는 때에 逢着(봉착)하는
> 非常한 不便과 不自由를 痛感(통감)함으로써 얼마만큼 조금이라도
> 自由로 쓸 수 잇는 過去에서 取材(취재)해야 겠다는 것은 無理한
> 일이 아니며 理解할 수가 잇는 것이다."

곧 현실적으로 '무엇을 쓰는가'라는 물음에 직면했을 때, 작가가 그
역량을 충분히 발휘하기 어려운 상황에 처해 있으면 불편과 부자유로
부터 탈출하기 위해 역사소설을 선택할 수밖에 없음을 지적했다. 그
러나, 동경문단을 근거로 해서 조선의 문단을 진단한 배경이나, 또 동
경문단이 어떤 이유로 이와 같은 선택을 해야 했는지 그 쪽의 사정을
알 수 없다. 어쨌든 그는 당시 조선의 작가들의 태도를 못마땅하게
여겨 '今日에 있어서처럼 현실의 진실을 追求(추구)'하며 그를 거리낌
없이 아무 두려움이 없이 자유대로 표현할 수 없는 시대가 없음에도
불구하고, '작가의 대부분이 의연히 현실의 皮相(피상)만을 愛撫(애
무)하며' 한결같이 '平坦(평탄)하고 低調(저조)한 牧場(목장) 리아리

---

41) 일본에서는 1915년 전후에 역사 문학에 대한 논의기 잠시 활발했디기
다시 1930년부터 대두되기 시작하였다. 예를 들면, 「歷史文學の方向」(佐
木狷介・思想 1930. 3), 「歷史劇の場合」(村山知義・劇場 1930. 5), 「歷
史と現實の文學」(岩上順一・早稻田文學 1935. 1), 「歷史小說の問題」(德
永直・東京朝日 1932. 5. 26~30), 「最近の所謂 歷史小說の問題によせて
(高瀨五郞・「ワオタリイ日本文學 1933. 1), 歷史文學の問題」(唐木順三
思想 1933. 5), 歷史小說硏究(片岡良一・日本文學講座 11권, 改造社) 등
많은 글이 있다(「歷史文學論」, 尾崎秀樹, 勁草書房, 1976, pp.384~385.

즘의 문학박게 못 생산하고 잇는 형편'이라고 공박했다. 그래서 그는
작가들에게 '緊急(긴급)히 해야 될 것이 報告文學과 歷史文學이라'고
하며 '보담 젊은 作家들에게는 보고문학을, 보담 경험이 잇고 역사 지
식이 풍부한 能熟(능숙)한 작가들에게는 역사문학을 開拓(개척)해 주
기'를 촉구하였다. 보고문학이라고 하는 것은 고발문학으로 현실을 잇
는 그대로 묘사하여 제시하는 것으로 인식하여 제안한 것으로, 젊은
작가와 능숙한 작가의 역할을 구분하여 현재의 고루한 문학적 현실을
타개하자는 것이었다. 그가 이와 같이 제시한 그 이유는,

> "今日과 가튼 現代的 現實性의 眞實한 追求와 描寫(묘사)의 困
> 難(곤란)과 그에 따른 隨筆化의 傾向(경향), 平坦한 리아리즘 테마
> 의 枯渴(고갈), 스토리의 貧弱, 이와 가튼 境地(경지)로부터 자기
> 를 更生(갱생)시키며 蘇生(소생)하기 위해서는 現在의 시츄에이숀
> 과 類似(유사)한 時代의 人間과 事件을 描寫하며, 歷史的 테마를
> 取扱(취급)하는 것은 至極히 當然하며 필요한 일이라 할 것이다."

라고 하여 1935년 프로문학이 결렬된 이후 '무엇을'이라는 주제론보다
는 '어떻게'라는 기교주의로 문단이 변화된 것을 지적하였다. 따라서
현실성을 참되게 추구하고 묘사하려는 고발문학의 퇴보와 그로 인한
'무엇을'이라는 소재의 고갈(枯渴)과 스토리의 빈약함으로 말미암아
소설은 신변잡기식의 수필화(隨筆化) 경향으로 빠져 버렸다고 비판한
끝에 새로운 돌파구로서 제시된 것이 역사문학이라고 인식했던 것으
로 볼 수 있다. 소재의 빈곤에 빠졌을 때 그 돌파구로써 역사문학을
대안으로 제시한 것이다. 그러나 역사문학이 안일한 제재의 고갈 상
태에서 해방을 위해 쓰여서는 안 됨을 경계하고 있다. 그리고 역사에
대한 올바른 판단력을 갖추어야 함을 다음과 같이 썼다.

"그러나 여기서 注意하지 않으면 안 될 것은 그와 가튼 眞實한
意味에 잇서의 歷史文學을 取扱하며 그 過去의 테마에서도 그 眞
正한 姿勢를 捕捉(포착)할야면 반드시 그에 對한 銳敏(예민)한 批
判力, 歷史觀 卽, 過去의 人間及 事件을 選擇하여 取扱하는 作者의
똑바른 눈을 가지지 안흐면 안 될 것이다."

이와 같이 작가의 역사적 안목과 사료의 판단력, 작가의 예리한 직
관을 통해 역사를 취사선택하는 안목이 있어야 하며 이것이 작품의
전체적인 골격을 잘 이루어야 한다고 지적하였다.
한 식(韓 植)의 또 하나의 글은 「歷史文學의 再認識의 必要」[42]인데 비
슷한 시기에 쓰인 것으로 앞의 글을 좀더 구체화한 것이라고 볼 수 있다.
역사문학이 아주 부족하다고 전제하고 그렇게 된 이유를 '진보적
리얼리스트들이 문학적 테마의 분야로서 역사문학을 택했음'을 지적
하였다. 역사적 사실을 소재로 하여 쉽게 써 나가려는 즉 야담식으로
인물과 사건만을 전달하려는 태도를 경고하고, 역사문학을 평가하는
데 어려움이 있음을 솔직히 시인하고, 그 하나로 문학사를 연구하는
사람에 의해 문학사에서 평가 받을 수 있는 작품이 나와야 한다고 역
설했다. 그리고 위대한 작가들은 역사적 변혁기에 이르렀을 때 뛰어
난 역사문학을 창작했으며, 그 예로 푸시킨을 들고, 그가 국민 문학의
지도자였던 것은 그의 작품 「대위 딸」·「에프게니 오네킨」 등을 지적
하여서 그 이유를 설명하였다. 그리고 세계적 추세가 망명 작가들의
역사문학이 증대되고 있음을 예거하고 왜 망명 작가들은 역사문학을
쓰는가 하는 이유를 만(H. Mann)의 말을 인용하여,

---

42) 한식, 「歷史文學의 再認識의 必要」-現役 作家에게 보내는 覺書, 東亞
日報, 1937. 10. 3~7.

"하인릿히 망은 「何故로 亡命作家들은 歷史的 主題를 즐겨 取材
하나」라는 질문에 對答하여서 「그에서부터 眞實을 빼여내기 爲하
여, 現代를 理解하기 爲하여 未來에 對하여 絶望하지 안키 위하야」
라고 말하고 잇다."

라고 인용하여 쓰고, 역사의 밀림으로 도망치듯 쓰는 사람에 대하여 '포
이트 왕카'의 말을 빌려, '나는 조금이라도 良心에 부끄러움이 없이 나
의 역사소설에서는 현대소설과 같은 태도와 내용'을 통해 리얼하게
쓰고 있음을 지적하고, 역사소설이 '현대문학과 같은 尖銳(첨예)한 비
판적 에쓰푸리를 가지는 것이며, 현대 우리들에게 휴머니즘의 始發
(시발)로서의 위대한 내용을 기처 주는 새로운 문학이 될 수 있다'고
하였다. 역사소설이 역사의 기록이 아니라 휴머니즘을 발휘할 수 있
는 새로운 문학임을 역설했다.

  그런데도 불구하고 우리나라에서 역사문학이 미흡한 이유를 첫째,
현대소설의 基盤(기반)이 없고, 둘째, 민족문학으로서의 확고한 기초
가 없고, 셋째, 작가들의 뚜렷한 역사관이 확립되지 않았으며, 넷째
지나치게 외국 문학의 영향을 받아 문학적 주체성을 확립하지 못한
점 등을 들고 있다. 이러한 그의 지적은 역사소설에 대한 예리한 진
단으로 앞서의 글보다는 실제의 문제에 상당히 접근해 갔음을 볼 수
있다. 그는 이런 결과로 작가는 역사소설을 하나의 유행처럼 쓰려고
하고, 그래서 피상적 리얼리즘 붓대를 휘두르면서 저널리즘과 野合
(야합)하고 있음을 지적하여,

"쩌나리슴으로부터 여러 가지 비위에 맞는 作品을 請託(청탁)받
으므로써 그 生産에 忽忙(총망)하여 지는 것이니, 그 當然한 結果
로서 素材가 平凡하며 모랄의 劃一化를 招來(초래)하며 테마의 되
푸리가 發生한 것이다."

라고 하였다. 그리고 앞의 글에서와 같이 개인적인 수필화 경향과 그로 인한 저질화를 맹렬히 비난하고, 바로 이 글의 부제인 '現役 作家에게 보내는 覺書'가 의미하는 것이 여기에 있는 것임을 분명히 했다. 그리고 난 다음에 역사문학이 갖는 의의를 다음과 같이 제시하여 그 나름대로 역사문학관을 분명히 하였다.

> "그리하야 沈滯期(침체기)의 우리 文學에 活氣를 띄우며 更生케 하자는 意味로써도 歷史文學의 義意는 切實한 것이 잇지 안흐면 안 될 것이다. 바야흐로 時代는 하나의 歷史的 時代로서의 再認識과 未來에 對한 識見(식견)을 밝게 가져야 합니다."

라고 밝혔다. 그리고 우리의 역사소설이 민족주의적인 면에서 창작되기를 촉구하였다. 그는 어느 민족이든지 민족문학을 창시(創始)할 때는 자국(自國)의 역사에서 문학을 취해 창작함으로써 국민문학이라고 일컫게 된다고 하고 우리 민족은 우리의 역사보다는 중국의 역사를 더욱 칭송했고, 오히려 우리의 역사를 멸시하여 왔음을 지적하면서 주체적인 역사관을 가지고 써야 함을 강조하였다. 그리고 당시에 춘향전(春香傳)·심청전(沈淸傳)·구운몽(九雲夢) 등의 고대 소설들이 넓은 독자를 가지고 있는 것은 복고적(復古的)인 풍조나 저급한 속문(俗文)만을 좋아해서가 아니라고 하고, '오히려 독자 가운데 대부분이 무의지적이나마 자기의 역사를 알려 하며 이것은 자기네들의 과거에 더욱 흥미를 가지는 潛在意識(잠재의식)의 表徵(표징)'이라고 했다. 또 그는 '역사적 테마의 문학상의 取材(취재)가 고대 風俗小說(풍속소설)의 현대화, 歌劇(가극) 등에 대한 일반 민중의 비상한 흥미의 이유를 찾지 않으면 안 될 것이라고 믿는다'고 하여 현재에 살고 있는 우리들은 현재와 같은 混沌(혼돈)된 역사적 시기에 있어서 자기라는 것을 반성하여 보며 자기 자신의 과거를 돌아보는 역사적 자각을 가지는 것은 自然(자연)한 심정의 하나라고 하였다. 그리고 그는 이제까지의 작가들이 復古的(복고적)인 영웅의 奇談(기담)에 의한 로맨틱한 공상으로 만족하여 刺戟(자극)받으려 하는 독자와 野合하려는 경향이 있음을 비난하고, 이제부터는 사적(史的) 취재(取材)에만 골몰하지 말고 우리의 참된 역사를 작품에서 보여주어야 할 것이 작가의 사명이라고 했다. 그래서 우리의 역사를 분명한 형태로 수립하여 호머의 일리아드와 오디세이에 필적할 만한 국민문학을 가져야겠다고 주장하였다. 이를테면 모든 면에서 다른 민족에게 뒤질 것이 없는 우리 민족이 민족문학으로 일컬을 수 있는 작품이 없음을 지적하고, 그 중에도 춘원의 「麻衣太子(마의태자)」·「단종애사」·「이순신」·「異次頓(이차돈)의 死(사)」 등을 빛나는 역사소설이라고 하며, 선각자다운 작품이라고 평했다. 그러나 실제의 작품을 읽고 분석을 통한 결론으로 예거한 것이라고 보기 어려우며 다만 작품이 있다는 것으로 만족하고 있는 것으로 보인다.

이상 두 편의 글에서 그의 역사소설에 대한 인식을 보았다. 특히 후자의 글은 그의 태도를 더욱 선명하게 보여준 것으로 볼 수 있다. 4회에 걸쳐 연재된 그의 기본적인 자세와 의지의 표현이 집약된 요지는 마지막에 다음과 같이 나타나 있다.

"우리 文學에 活水(활수)를 注入하며 低調平坦(저조평탄)한 스토리의 되푸리에서 脫出하는 하나의 方便으로써도 또는 所謂 野談調에 依하여 억그러지며 解決되고 있는 文學의 大衆化와 그들의 歷史的 테마의 橫領(횡령)에 反發함으로써도 깊은 忘却(망각) 가운데 파무치엇든 우리들의 過去와 歷史의 姿態 가운데서 文學의 테마와 모랄을 求함으로써 우리 文學의 건실한 建設로써의 礎石(초석)을 세울 것을 생각하여야 한다."

이와 같이 심한 반성을 촉구한 그의 대안은 대중화와 橫領(횡령)된 역사적 테마에 반발하고 묻혔던 과거와 역사의 자세에서 문학의 테마와 모럴을 구해야 된다는 것이다. 이는 그의 문학론의 주조를 이루는 것으로, 당시 역사소설에 대한 견해로서는 폭 넓게 다룬 것이지만, 문학을 테마와 모럴 그 자체에서 가치를 추구하려 했다는 점에서 그의 인식의 限界(한계)를 볼 수 있다.

(4) 구성과 방향성을 제시한 채만식 · 이병기

개화기 삶의 모습을 후반기에 창작하여 자신의 작품 활동에 중요한 부분을 이루게[43)] 한 채만식(蔡萬植)과 민족주의적인 소명의식(召命意識)을 가지고 시조 부흥 운동을 폈던[44)] 이병기(李秉岐)의 단편적인 글을 검토해 보기로 한다.

(ㄱ) 구성상의 문제점 제기한 채만식(蔡萬植)

「祭饗(제향)날」(朝光 37. 11)이라는 희곡을 써서 역사문학에 접근해 있었던, 채만식은 「傳記와 小說의 限界性」[45)]이란 글을 동아일보 학예면에 '三月 創作槪觀'이란 면에 썼다. 이 글은 역사문학의 한 부분으로 볼 수 있는 전기에 대한 관심을 보이고 있다. 그는 3월 소설평을 하기 위해 읽은 「金硏實傳(김연실전)」(김동인)과 「失花(실화)」

---

43) 최원식(崔元植), 「蔡萬植의 歷史小說에 對하여」, 『國語國文學』 72 · 73. 1977. 4. p.261.

44) 김윤식, 「自生的 思想의 美學」, 『韓國近代文學思想』, 瑞文堂, 1974. p.70ff.

45) 채만식, 「傳記와 小說의 限界性」, 東亞日報. 1939. 3. 7.

(이상) 두 편을 개평(槪評)하였다.

3월 달에 읽은 감상이 앞부분을 차지하고 그 뒤, 두 작품에 대한 개별적인 언급을 하고 있다. 그가 「김연실전」을 평가한 것은 기법에 주안점(主眼點)을 두었으며 내용을 중심으로 한 문학성에 대한 언급은 없었다. 그는 '소설이 인생의 한 토막'임을 전제하고, '그냥 인생과 다른 것은 반듯이 고패나 매듭이 있는 것이며, 그것이 생명'이라고 한 뒤 '소설적인 그 무엇이 있어야 한다'고 하였다. 여기서 소설적인 그 무엇이라고 하는 것은 주제를 의미하는 것이지만, 그 주제를 형성하는 구성상의 문제를 의미하는 것으로 볼 수 있다. 단편 소설가로서 크게 부각되었던 김동인의 이 작품이 구성에서 실패했음을 지적한 것이다.

"무엇인가 小說的인 무엇이 잇으려니 하고 五十餘頁을 주욱 읽어 내려 갓다. 그러나 小說的인 무엇이 방금 잇을 듯 잇을 듯 하다가 그냥 승겁게 끝이 두뚝 잘려 버리고 말앗다."

라고 하면서, 그래도 '혹시나 하고 계속 읽엇스나 終乃(종내) 小說的인 클라이막스도 없고 고패나 매듭도' 없다고 하였다. 따라서 이 작품은 '그저 題號(제호) 그대로 어떤 傳記(전기)의 첫마디 한 토막'이라고 하여 혹평을 하였다. 소설과 전기는 다른 것인데 전기가 그것만으로는 소설일 수 없고 「김연실전」도 소설로서의 「김연실전」을 쓰려한 것이지 결코 전기를 쓰려 하지는 않았을 것이다. 그러나 전기적 방식과 소설적 방식의 차이는 언급하지 않았다. 다만, 소설 전편(全篇)을 치밀한 구성에 의해 이야기를 전개시키는 것에 비해, 전기는 시간적 순서에 따라 생활의 일대기를 중심으로 기록되는 것임을 염두에 두었다는 것만을 극히 단편적인 글을 통해 짐작할 뿐이다.

그리고 이상(李箱)의 「失花(실화)」는 이상(李箱)에 대한 感想(감상)을 적고 있을 뿐이다.

(ㄴ) 역사소설의 방향성을 제시한 이병기(李秉岐)

「時調란 무엇인고」(동아일보, 1926. 11. 24~12. 13)에서 시작된 가람 이병기(李秉岐)의 시조부흥 운동은 시조를 통한 국학운동으로 전개된다. 이러한 작업에 몰두하던 그가 역사문학에 관한 글을 써서, 1930년대 말 특히 역사문학에 대한 논의가 활발한 때에 역사문학에 대한 전반적인 문제를 검토하였다. 그는 이 글에서 역사문학에 대한 定義(정의)를, '역사적 문학'이라 하고 역사소설 같은 것이 있다고 하고 역사와 문학의 차이를 설명하였다. 그리고 역사소설에 대한 독자의 반응을 다음과 같이 지적하여 당시에 역사소설이 안고 있는 문제점을 제시하였다.[46]

"하나는 무슨 케케묵은 骨董(골동)과 같은 것이다. 안흐면 取材에 窮塞(궁색)하거나 創作熱이 墮落(타락)되거나 하여 이런 材料의 덕이나 보아 엄벌정하자는 것이라 하기도 하고, 또 하나는 스스로 저의 過去를 그리워 하고 알려 하는 마음으로 難澁(난삽)하고 乾燥(건조)한 正史의 記錄보다 平易하고 興味잇는 이런 作品을 조하하고 그 事實을 史實 이상으로 맡으려 하는 이도 있다."

그는 역사문학의 문제점의 하나인 창작력의 역부족을 역사적 소재에서 찾으려 하는 것과 역사에 대한 향수를 충족시키기 위한 것에 그 원인이 있음을 밝혔다. 역사소설을 소설에 대한 창작력이 저하된 작

---

46) 李秉岐, 「歷史文學과 正史 - 歷史小說에 나타난 事實과 歷史에 나타난 史實과의 差異」, 〈散文文學의 再檢討 其四〉, 東亞日報, 1939. 3. 28~30.

가들이 소설가로서 명맥을 유지하기 위해 쉽고 편하게 접할 수 있는 역사에서 소재를 취해 쓰는데 문제가 있으며, 야담류와 같은 옛날이 야기를 좋아하였던 사람들의 취향에 의존했음을 지적한 것이다. 그리고 이같이 전제한 것은 역사소설을 쓰는 사람에 대하여 否定的(부정적)인 면과 긍정적인 면을 보이고 있기 때문이다.

그는 역사를 우리 인생에 있어서 가장 충실한 기록인 시간의 연속체(連續體)로 파악했다. 따라서 참인생을 파악하기 위해서는 역사를 알아야 하며, 전문가뿐만 아니라 누구나 알아 둘 필요가 있다고 했다. 더욱이 작가는 '남다른 炯眼(형안)과 靈感(영감)을 가지고 인생을 알뜰히 관찰하고, 특히 개성이 있고, 창의가 있고, 발견이 있는 바를 남에게 알리어야 하므로 말할 것도 없다.'고 단언했다. 따라서 그 題材(제재)를 역사적 사실에서 취한 역사소설은 상상만으로 될 것이 아님을 분명히 했다. 이는 역사에 대한 해석이 전제됨을 지적한 것으로 역사적 안목 즉 사관(史觀)의 중요성을 설파(說破)했다. 그러나 역사소설이 문학이고, 역사가 아니기 때문에 사실(史實) 그대로가 아니다. 그러므로 사료(史料)를 쓰되 예술적 효과를 나타내기 위해서는 사실(史實)에 구속을 받지 않는 것임을 단언한 것이다. 그 예로 「삼국지연의(三國志演義)」에 실린 諸葛亮(제갈량)을 「長於治平, 短於用兵(장어치평, 단어용병)」이라 하는 것은 정사(正史)와 다르며, 톨스토이의 「전쟁과 평화」에 나오는 나폴레옹은 서양사에 나오는 기사와 다른 것임을 예로 들었다. 다만 역사적 사건이나 인물을 가지고 지은 역사소설의 제재나 역사적 사실은 사실에 의한 만큼 사실(史實)답게 쓰여야 한다고 했다. 그는 결국 역사소설이 안고 있는 허구(虛構)와 사실(史實)의 한계를 분명히 하려 했던 것이다.

또 그는 역사해석의 문제도 긍정적으로 처리했다. 역사소설이 사실

(史實)과 다르다고 하여 거짓이 되는 것이 아니고, 역사에 기록된 인물이나 사건을 달리 볼 수 있음을 지적하였다. 역사해석의 차이는 오히려 작가의 남다른 발견과 창의(創意)라고 하고, 다만 경계해야 될 것은 역사적 사실답게 인물, 배경, 인정, 풍속, 관습 등의 역사적 현실 생활을 벗어날 수 없음을 명심해야 할 것이라고 하여 고증(考證)의 중요함을 지적하기도 했다. 따라서 역사해석의 차이가 '黃眞伊(황진이)가 뾰족구두를 신고 핸드빽을 들었다든가 許生(허생)이가 양복을 입고 자동차를 타고 다닌다든가' 해서는 안 됨은 두말할 것도 없다고 역설했다.

이와 같은 역사소설에 대한 폭넓게 문제점을 통찰하고 지적하여, 이전에 수많은 논의를 정리 제시함으로서 기존에 논의했던 견해보다 한 발짝 앞서 역사소설이 걸어야 할 새로운 지평(地平)을 열었다고 볼 수 있다.

(5) 역사와 문학을 통찰한 서인식(徐寅植)

지성에 대한 비판에서 출발하여 문학에서 지성론에 대한 논의를 제기함으로써 지성론이 일반화되도록 한 서인식(徐寅植)[47]은 고전론(古典論)에 대한 비판을 거쳐 전통론에 이르기까지 많은 논문을 발표했는데, 그 중에는 독일의 역사철학에 근거를 둔 문학론도 여러 편 있다. 본 고(稿)에서는 역사문학과 관련된 2편의 글[48]을 종합적으로

---

47) 서인식(徐寅植), 「知性의 背景 - 그 歷史性과 自然性과의 再認識」, 조선일보, 1937. 11. 10~11. 23. 후에 「知性의 自然性과 歷史性」으로 고쳐 『歷史와 文化』(경성, 학예사, 1939. pp.9~56)에 수록했음.

48) 서인식이 쓴 歷史와 文學에 對한 글은 「歷史와 文學」(文章 1권 8호, 1939. 9)과 「께오리·루가츠 歷史文學論 解說」(人文評論 제2호, 1939. 11)이 있다.

분석하여 보고자 한다.

그는 우선 역사와 문학과의 관계를 발달사적인 측면에서 고찰하면서, 역사가 곧 문학이고 문학이 곧 역사였으며 이것은 兩者가 모두 각 민족의 신화와 전설을 제재로 한 까닭이라고 하였다.[49] 이것이 현대에 와서 분화하였어도 그 본질적인 관련을 맺고 있는 것으로 파악한 그는 그 이유를 역사와 문학은 역사를 개념적(槪念的)으로 구성하는 것이 아니고, 한결 같이 역사의 구체적 경과를 서술(敍述) 또는 묘사(描寫)하는 것이기 때문이라고 하였다. 따라서 역사와 문학의 주기능이 서술과 묘사에 있음을 설명하고, 이어 역사인식과 문학인식의 동일성을 다음과 같이 기술하고 있다.

첫째, 역사인식과 문학인식은 그 대상의 성질을 같이하고 있다. 즉 역사와 문학은 인식의 대상을 자연과 같은 죽은 물건이 아니고 인간이라는 산 물건이다. 더욱이 인간을 대상으로 한다 하더라도 구체적 인간의 그 어떠한 추상적인 면을 취급하는 것이 아니고, 전체 인간(Ganzmensch)의 구체적 연관을 문제로 삼는다는 것이다. 예를 들면 나폴레옹을 취급하는 사가(史家)와 작가는 경제적 주체나 법률적 주체로서의 나폴레옹을 문제 삼는 것이 아니라 인간으로서의 전면(全面)을 문제 삼는다는 것이다.

둘째, 대상에 대한 태도에 관한 것으로 역사가나 작가는 자신이 직접 그 대상의 내면에 들어가서 그 대상과 공생(共生 mit-leben)하고 공감(共感)하는 이해의 경지에 도달해야 한다. 따라서 사가(史家)나 작가는 역사상에 나타난 실재적 인물을 취급할 때에 그들의 독특한 감정과 의욕을 추체험(追體驗)할 능력[상상력]을 갖지 못한다면 그들의 개성에 대한 구체적 이해에 도달할 수 없으며 따라서 그들의 산

---

49) 서인식, 「歷史와 文學」, 文章 1권 8호 1939. 9, p.44.

인간으로서의 전진상(全眞相)을 살릴 수 없다는 것이다.

셋째, 앞에서와 같이 역사와 문학의 인식이 개성의 이해를 토대로 한 만큼 當者의 역사관과 세계관에 제약되지 않을 수 없다. 즉 이해하는 주체가 역사와 세계를 어떻게 해석하느냐 하는 주관적인 사상문제와 깊은 연관을 가지는 것이다. 그러면 인간의 본질을 전면적으로 이해할 수 있는 방법은 무엇인가? 그것은 역사사회의 법칙적 인식을 기초로 하고서만 가능하다. 즉 역사사회의 법칙적 인식을 기초로 하였을 때 사회적이고 유형적(類型的)인 존재로서의 인간을 옳게 파악할 수 있다. 여기서 유형적 인간이란 개성에 반대되는 것이 아니고 하나의 끈에 있는 양끝과 같은 관계이다. 그래서 현실의 역사는 개인이면서도 또한 한 시대정신을 대표하는 영웅과 천재를 휘어잡고 발전하여 왔으며, 역사문학을 창작하는 작자나 역사를 서술하는 사가(史家)로 여항(閭巷)에 수두룩한 장삼이사(張三李四)를 그리는 것이 아니라 그러한 개인적 보편적인 개성을 그리는 것이 된다.

이상과 같이 역사와 문학과의 연관을 살펴본 그는 결론으로 역사문학이 안고 있는 문제들을 제재와 실재적 인물과 모럴의 문제 등으로 나누어 고찰하였다. 첫째, 제재(題材)의 선택은 일상적 우연적인 인물과 사건을 취급하기보다는 한 시대와 본질적인 것, 필연적인 것에 관여하는 역사적 인물과 사건을 취급해야 하며, 둘째 제재로서 취급되는 인물은 가공이 아닌 실재적 인물에서 빌려 와야 한다. 셋째 작가의 역사관에 대한 문제와 관련하여 모럴의 문제를 들 수 있다. 더구나 일반적인 역사관 문제가 아니고 객관적 진실성을 가진 역사관, 즉 과학적 사유(思惟)에 의하여 구성된 통일적인 역사상을 반영하는 역사관이 문제될 수 있다.

이러한 역사소설에 대한 그의 견해는 거의 같은 시기에 쓰인 루카치(G. Lukacs)의 『역사소설론(*Der historische Roman*)』을 약간 수정하여 해설한 것에서 나타난다. 그것은 아마도 독일 철학을 전공했던 서인식이 루카치의 『역사소설론』의 일부를 보았기 때문인 것으로 보인다. 그러나 야담과 역사소설의 차이를 막연하게만 구분했던 당시에 이런 이론의 제시는 상당히 고무적이었으리라고 본다.

『文章(문장)』에 수록된 「名著解說(명저해설)」의 일환으로 쓰인 「께오리·루카츠 歷史文學論 解說」은, 앞에서 언급한 『역사소설론(Der historische Roman)』중에서, 제1장인 '역사소설의 고전적 형식(The Classical Form of the Historical Novel)'을 요약하고 해설한 것[50]으로 되어 있다.

루카치의 『역사소설론』은 1937년 9월에 모스코바에서 간행되었다. 그런데 불과 2년 뒤에 그것이 서인식에 의해 최초로 우리나라에 소개되었던 것이다. 유럽에서 직수입 되기보다는 일본을 거쳐 윤색되고, 중역되어 유입되는 것이 다반사였던 시기에 직접 소개했을 것으로 보여, 그 의미가 자못 크다. 그러나 그 이후 그의 이론이 폭넓은 검토를 통한 논란의 단서를 제공했거나 혹은 어떤 형태로 수용이 되었는지는 확인할 수 없다.

다만 이 글에서 그는 해설을 통해 월터 스코트(W. Scott)의 역사소설인 『웨이버리(Waverley)』를 예로 들면서 창작경향에 있어서 스토리 운용과 인물 선택의 독특한 방법을 설명하였다. 우선 그는 스코트의 소설의 주인공이 모두 영국의 평범한 귀족이었음을 지적하였다. 이 평범한 인물을 테느(H. Taine)와 발자크(H. Balzak)는 비난을 했

---

50) 서인식 자신이 이렇게 썼지만, 사실은 제1장 중에서 제1절인 '역사소설의 발흥을 위한 사회적·역사적 조건(Social and historical conditions for the rise of the historical novel)'부분만을 요약했다. 그리고 나머지는 제1장 전체를 해설했다.

지만 루카치는 오히려 이 평범한 주인공으로 구성된 소설에서 문학사
에 새로운 전기를 마련한 스코트의 서사시적 재능이 나타났다고 했음
을 쓰면서 다음과 같이 그 이유를 밝혔다.

> "敍事的(서사적) 性格을 가진 作品에서는 主要人物은 우리의 同
> 感을 자아낼 만한 程度(정도)의 인물이면 그만이지 만일 그 程度
> 를 넘어서 人間의 個性이 事件을 壓倒(압도)하는 程度까지 가게
> 되면 돌오혀 우리의 注意를 豊富하고 多樣한 歷史的 情景에서 빼
> 앗기 쉽기 때문이다."

그는 서사시(敍事詩)의 주인공은 생활이고 인간이 아니라는 벨린스
키(V. C. Belinsky)의 말을 인용하면서 개성이 사건을 압도해 버리면
서사시적 성격이 파괴된다고 하였다. 그러나 그의 이런 진술은 앞의
글에서 역사문학의 인물은 실재적 인물이 되지 않으면 안 된다고 주
장한 것에서 상당히 변화를 보인 것으로 볼 수 있다. 앞글에서 그는
인물이 시대에 용해되어 그 시대를 침투(浸透)＝관통(貫通)하는 개성
적 일반적인 데에까지 형상화되어야 한다고 주장하면서 꼭 실재 인물
이어야 함을 강조했었다.

이러한 논의는 역사문학의 성격을 가늠하는 것으로 루카치의 방식
대로 이해된다면 역사에서 유명도가 높은 인물일수록 작가의 창작능
력이 감쇄되고, 인물을 중심으로 해서 사건이 압도되어 한 시대의 총
체적 모습을 구현하기 어렵기 때문이다. 따라서 스코트의 소설에서
보이는 대로 '한 시대한 成層(성층)의 의욕을 體顯(체현)한 指導的
인물들은 主로 副次的(부차적) 인물로서 등장하지 않을 수 없었던 것'
이다. 이렇게 함으로써 '사회의 諸勢力(제세력)의 輿論(여론)과 이해
를 대표하는 인물들이 부차적 인물로 등장하여 葛藤(갈등)과 離合(이

느 정도는 이해하고 있었던 것으로 보인다. 특히 이 작품의 구성 (plot)이 프랑스 사실주의 소설과는 거리가 먼 원명청(元明淸)의 소설 적 구성을 가지고 있다고 한 것으로 보아 서구소설에만 침윤되어 있 지 않음을 알 수 있다. 그러나 프랑스 자연주의 소설은 '膠柱鼓瑟(교 주고슬)'라 하고, 元明淸을 '自由自在'한 것으로 인식한 그 이상은 아 니었다. 다만, 서구의 소설이 성격 중심인 데 비하여 동양의 것은 사 건 중심이라고 한 것은 동서양의 문학의 큰 줄기를 이해하려 한 흔적 이라고 볼 수 있다.

그러나 그의 탁견(卓見)은, 루카치의 이론대로라면 중도적 인물(中 道的 人物 middle road) 또는 부차적 인물(副次的 人物 minor character) 을 인식한 것이다. 작가가 그 나름대로의 상상력을 발휘하여 작가적 역량을 드러낼 수 있는 인물을 그는 '작품 뒤에 숨어서 처리하지 못 하고 발전시키지 못할 문제를 해결하는 책사적(策士的)인 *存在*'라고 하였다. 작가는 '서림'이라는 인물로 顯現(현현)하였다고 지적하였다. 이 책사적 존재인 서림은 사건의 발생과 발전과 소멸이 인과관계에 의해 진행될 때 중요한 구실을 하게 된다.

따라서 이 「임꺽정전」은 문학사적인 면에서 특기할 만한 작품이지 만 이 작품에서의 '인상적인 느낌은 이제까지 정확한 寫實主義的 作 品의 枯淡(고담)한 맛'이라고 하였다.

서구 소설의 개념을 전제로 하고 살펴본 이 글은 한 작품에 대한 본격 비평이라고 보기는 어렵다. 더구나 연재가 끝나지도 않은 작품 을 대상으로 했기 때문에 총체적으로 깊이 있게 연구될 수 없는 처지 에서 이루어진 것이 결함이다. 그러나 이보다도 결정적인 것은 그 스 스로 고백했듯이 역사관의 무지와 역사소설에 대한 인식부족이 폭넓 은 고찰을 할 수 없게 했다.

(7) 현실의 우의성과 고증 문제를 제기한
현진건 · 박종화

　시국적인 엄정한 통제로부터 타개와 도피를 위해 조선적인 것으로
방향전환을 시도했던 많은 작가들은 역사문학으로 현실적 패배를 극
복하려 했다.53) 역사소설로 방향을 전환한 작가들인 현진건(玄鎭健)
과 박종화(朴鍾和)는 이에 대한 평문까지도 썼다.

　우선 현진건의 글부터 검토하기로 한다. 그는 「歷史小說 問題」54)를
편집장에게 보내는 편지 형식으로 썼다. 그는 이 글에서 역사소설이
라는 용어의 개념을 '과거에 소재의 무대를 가진 소설'이라고 단서를
붙이고 역사소설의 창작 동기와 그것이 지향해야 될 것들을 쓰고 있
다. 그는 창작 동기를,

　　"나는 歷史的 史實이 作品으로 나타나기까지 作者의 態度를 따
　라 大別하여 두 가지 經路(경로)를 밟는다고 생각합니다.
　　그 하나는 作者가 虛心坦懷(허심탄회)로 歷史를 耽讀翫昧(탐독
　완매)하다가 偶然(우연)히 心琴(심금)을 울리는 史實을 發見하고
　作品을 비껴내는 境遇입니다. 이런 境遇는 史實 自體가 主題를 提
　供(제공)하고 作者의 感懷(감회)를 자아내는 것이니, 純粹(순수)한
　歷史文學 作品이 大槪는 이 經路를 밟지 않는가 생각합니다. ……
　〈中略〉……
　　또 하나는 作者가 主題는 벌써 作定이 되었으나 現代에 取材하
　기로 거북한 점이 있다든지 또는 現代로는 그 主題를 살려낼 眞實
　性을 다칠 念慮(염려)가 있다든지 하는 境遇에 主題에 適當한 史
　實을 찾아내어 얽어 놓는 境遇입니다."

53) 김윤식, 『한국근대문예비평사연구』, p.349.
54) 현진건(玄鎭健), 「歷史小說問題」, 『문장』 제10호, 1939. 11, pp.126~129.

라고 하여 두 가지로 나누고, 두 번째의 경우에서 웅편(雄篇) 걸저 (傑著)가 더 많다고 썼다. 그리고 역사소설이 史實을 위한 소설이 아 니고 소설을 위한 사실인 이상 제2의 경우를 중시해야 한다고 했는데 그 이유는 과거가 '현재에 가지지 못한, 구(求)하지 못한 진실성을 띄 었기 때문에 더 현실적'이어서, '현재의 사실에서 취재한 것보담 더 맥(脈)이 뛰고 피가 흐르는 현실을 줄 수 있다'고 하였다. 현실 상황 을 역사의 알레고리(allegory)로서 표현한다는 데 그 큰 장점이 있음 을 인식한 것이다. 이런 그의 발언은 비평가가 아닌 작가의 입장에서 쓰였음에 주목할 만하다. 작가의 시대정신을 바탕으로 한 현실 인식 이 실제의 경험을 통해서 나온 것으로 간주할 수 있기 때문이다. 그 리고 이렇게 함으로써 자칫 역사소설이 비현실적이 되고, 현실도피라 는 비판을 받을 수 있는 데서 벗어날 수 있다고 했다.

　월탄(月灘) 박종화(朴鍾和)는 「歷史小說과 考證」[55]에서 고증의 문 제를 제기했다. 이것은 작가로서 그 자신이 안고 있는 문제점을 해결 하기 위해 쓴 것으로 볼 수 있다. 그의 고증의 의미는 다음 한마디에 함축되어 있다.

　　"작자가 어떠한 한 개 方便으로 對像의 題材(제재)를 이곳에 取
　　했을뿐 普通小說과 아무 달은, 理論과 秘法(비법)이 있을 리 없다."

　그가 말하는 考證(고증)은 '農民文學이 農村의 生活 樣相(양상)을, 海洋小說이 바다의 情景을 그리듯이, 歷史小說은 歷史 속에 生活樣相 을 그리듯 하는 것'이라고 했다. 따라서 그는 '小說家는 歷史家가 찾 아내려 하는 苦心(고심) 焦燥(초조)하는 史學的 考證을 必要로 하지

---

55) 박종화(朴鍾和), 「歷史小說과 考證」, 『文章』 제2권 8호, 1940. 10. pp.136
　　～141.

않고', '소설은 언제나 그 社會의 生活과 風俗이 必要'하다고 했다. 그
래서 그때그때의 시대적 분위기를 파악하면 그만이라고 했다. 따라서
역사소설가는 '될 수 있는 한 고대와 근세를 통틀어 시대 풍속과 생
활 양상 또는 문물제도(文物制度)에 이르기까지 파고 들어가 한 덩어
리 분위기 속에 휩싸여 지지 않고는 얼른 붓을 잡을 수 없는 것'이라
고 하였다. 결국 그가 말하는 고증이란 역사적 사건 현장의 역사적
진위(眞僞)나 학설보다는 그 당시 사회의 생활이나 풍속에 대한 것으
로 역사적 실재(實在)를 현실로 복원하는 것임을 알 수 있다. 따라서
역사소설에서 고증이 중요한 문제의 대상이 됨을 역설했던 것이다.

(8) 풍자극을 위해 역사극 쓴 유치진(柳致眞) - 기타

다음에는 짧은 평문과 칼럼(column), 그리고 신간평에 나타난 것을
보기로 한다.

이 중 가장 주목을 끄는 것이 유치진(柳致眞)의 「歷史劇과 諷刺文
學(풍자문학)」이다.[56] 그는 작가이면서도 「1931년 世界劇團의 動態 -
最近 十年間의 日本의 新劇運動」(朝鮮日報, 1931. 11. 12~12. 2) 이래
로 많은 평문을 써 세계연극의 소개와 극문학 이론적 정립에 힘썼다.

역사극에 대한 이 글은 극작가로서 그의 창작활동에 큰 전환점이
되며, 당시의 역사적 상황 속에서 대처해야 될 큰 문제이었다. 그는
현실적으로 현대극을 쓸 수 있는 형편이 놋됐을 때, 그 놀파구로서
택한 것이 이 역사극이었던 것이다. 다음과 같은 글은 이러한 그의
태도의 일단으로 주목해야 할 것이다.

---

56) 유치진(柳致眞), 「歷史劇과 諷刺劇(풍자극) - 作家와 評論家의 意見 遞傳」,
    조선일보, 1935. 8. 27.

"만일 歷史的 事實을 빌려서 過去를 批判한다면 어느 程度까지 너그러운 待接을 바둘 줄 생각합니다. 그러나 우리가 테마를 「過去」에서 求한다고 그것을 決코 「現在」와 無關聯 한 것은 아닐 것입니다. 過去란 언제든지 現在와 連한 것입니다. 우리가 過去를 말하는 것은 드듸어 그것은 現在를 말하는 것이오, 現在를 批判하는 것일 겁니다."

이와 같이 과거의 비판이 단순한 과거가 아니고 과거의 상황과 같은 현재에 대한 비판임을 명백히 했다. 앞에서 여러 논자들이 언급했던 것처럼 현실 비판을 위한 우의적인 것임을 지적했다.

그는 또 역사극을 쓰는 한편으로 '역사적 사실 내지 현대적 생활을 빌린 풍자극(諷刺劇)을 쓰고 싶다'고 하면서, 역사극을 풍자극으로 쓰는 것이 '시대적 憂鬱(우울)을 피하는 叡智(예지)'라고 했다. 그리고 역사극을 쓰는 두 가지 방식을 제시하였는데 하나는 '외국 현대극의 형식'을 차용하는 것과 창극(唱劇)의 형식을 차용하는 것으로 나누었다. 특기할 것은 창극이 연극의 한 형식으로 풍자성이 크다는 것을 인식하고 풍자극의 하나로 시도해 볼 수 있다는 데까지 생각이 이르렀다는 것이다.

1935년경부터 400자 전후의 촌평(寸評)이 각 신문의 학예면에 나타났다. 이 중 조선일보에 「鍊金機」(연금기)라는 난(欄)이 1937년 8월 18일부터 보인다. 처음 「元态生(원자생)」이란 글에서부터 시작된 이 난은 최재서(崔載瑞)가 이름을 밝히고 집필하였었다. 이 난에 「歷史小說」[57]에 獨角生(독각생)[58]이란 筆名으로 실렸다.

---

57) 獨角生(독각생), 「歷史小說」, 朝鮮日報, 1937. 9. 19.

58) 이 「獨角生」이란 筆名은 누구의 것인지 알 수 없으나 이 칼럼에는 柏木兒(백목아)란 筆名으로 썼던, 이원조(李源朝)와 石耕牛(석경우)란 號를 썼던 최재서(崔載瑞), 그리고 巴朋生(파붕생) 등의 필자가 있었다.

이 글은 역사소설이 리얼리즘의 척도(尺度) 아래서 얼마만한 가치를 지닐 수 있는가 하는 문제와 그것이 당시 조선 같은 현실에서 어떤 특수 의식을 가질 수 있겠는가 하는 질문에서부터 시작한다. 그러나 이 글의 중심은 역사소설의 가치를 새롭게 인식하는 것조차도 복고주의라고 하는 것에 대한 비판에 있다. 역사소설이 야담이나 만담식(漫談式)으로 변해버린 것이 외적인 조건에 있고, 그로 말미암아 의도가 있는 작품은 써 놓고나 볼 수밖에 없는 현실에서 돌파구를 찾으려는 몸부림으로 볼 수 있다.

신간평으로 정지용(鄭芝溶)[59]과 박진(朴進)[60]의 글이 있다.

정지용(鄭芝溶)은, 신문소설이 독자의 흥미를 추구하는 것과 야합함으로써 의식 있는 독자로 하여금 소설과 멀어지도록 한다면서, 소설은 재미있으면서도 심전(心田)을 기를 만한 양식이 되어야 한다고 했다. 그리고 나서 「錦衫(금삼)의 피」에 대하여 다음과 같이 했다.

"첫째, 그 錯雜(착잡)한 史實에 얼마나 밝히 가닥을 푸러 갓스며 當時의 社會 各層을 通하야 用語와 風習에 대하야 얼마나 綿密(면밀)한 調査(조사)가 잇섯던 것이며 宮室(궁실) 史家와 市井村家(시정촌가)까지의 跪法操作授受擧止(궤법조작수수거지)에 對하야 얼마나 昭昭(소소)한 見聞을 보여준 것이며 더욱이 文章에 잇서서는 漢文에 醉(취)해 떠러젓거나 洋學에 쏠린 者들의 손도 대어보지 못할 그야말로 東西新舊의 敎養에서 비즐 發한 朝鮮 글이 當然히 갈 길을 指針(지침)으로 보여준 것이겟스며 燕山朝를 中心으로 하야 그 前後의 무뚝뚝한 史實을 낙음 낙음한 小說로 꾸미자니간 自然히 보태고 덜고 한 것도 잇겟스나 조금도 不自然함과 억지가 보이지 않을 뿐 아니라……"

---

59) 정지용(鄭芝溶), 「月灘 朴鍾和 著 歷史小說 「錦衫(금삼)의 피」〈新刊評〉」, 조선일보 1938. 12. 18.

60) 박진(朴進), 「玄鎭健 著 無影塔(무영탑)」, 『문장』 제11호, 1939. 12.

그는 사건의 내용이 재미있고, 사회적 풍습이 잘 묘사되었으며, 문장이 한글로 잘 쓰여졌을 뿐만 아니라 역사를 소설로 잘 알도록 했기 때문에 읽고 난 뒤에 고개가 수그려졌다고 했다. 그가 최선의 역사소설이 갖추어야 될 요건을 잘 구비하였다는 것이다. 그러나 최선의 요건이 무엇인지는 구체적으로 밝히지 않았다. 이러한 역사소설의 인식이 대체로의 상식이었다고 볼 수 있다. 다만 역사와 역사소설을 구분 못하는 부류의 논자들이 중구난방(衆口難防)이었던 당시 상황이고 보면, 역사소설에 대한 의식은 분명했던 것으로 볼 수 있다.

또 이 작품에서 유형적인 인물들이 사건에 휘말리어 있었으면서도 인생 대도(大道)를 어떻게 해결했는가 하는 것을 잘 보여줬다고 했다. 그리고 비단 이 작품에 한한 것은 아니지만, 문학작품은 사건 중심의 소설이 가지는 흥미의 요소와 보편적인 삶의 방식을 제시하여야 하며, 그것은 마치 고전소설에서 흔히 볼 수 있는 권선징악적 요소가 있음을, 반드시 있어야 한다는 것을 피력하기도 했다.

박진(朴進)은 「無影塔(무영탑)」의 줄거리를 소개한 뒤 이 소설에서 예술가의 진지한 자태와 阿斯女(아사녀)의 정절(貞節), 웅대(雄大)한 구상과 박력(迫力)있는 문장, 그리고 이들을 통한 예술적 감동이 전편에 도도(滔滔)히 흐른다고 하였다. 여기서도 정지용(鄭芝溶)이 지적했던 것과 유사함을 볼 수 있다.

마지막으로 외국의 이론 소개가 스크랩(scrap)된 것을 볼 수 있다.[61] 발췌 번역된 이 글은 짧막한 글이지만, 역사소설에 대한 이론이 漸高(점고)되던 이 시기에 외국의 이론을 소개하려는 의도에서 게재된 것으로 보인다.

---

61) 우라지빌·웨드레, 「小說과 歷史」(scraps), 『문장』 제12권(2권 1호), 1940. 1, pp.120~121.

역사와 역사소설과의 구분을 다룬 이 글은 1차 세계 대전 이후 公衆(공중)의 요구와 간행자의 이해에 의해, 역사 연구의 堆積(퇴적)한 재료가 독자에게 容易(용이)히 同化(동화)되는 문학적인 형태로 된 것이 역사적 소설처럼 보이나 이것은 '역사적 지식이 소설적 상상력에서 분리되지 않은 「월터어 스코트」의 소설과' 구분되어야 한다고 했다. 그래서 역사소설은 소설이요, 동시에 역사이지만 소설적 역사는 소설도 아니고 역사도 아니라고 하였다. 그 이유는 그것이 항상 가볍고 유쾌하기는 하지만 그러나 진리는 없는 문학형식이라고 단정지었다. 이런 글의 소개는 역사소설에 대한 뚜렷한 자각이 없이 만담식으로 쓰던 작가들에 대한 반성을 촉구하기 위한 것으로 보인다. 더욱이 마지막에 쓴 다음과 같은 글은 이를 강조한 것으로 보인다.

"그것은(小說的 歷史・필자 주) 歷史家가 苦心하여 回復한 人間과 地上의 眞理도, 또 藝術作品만이 가지는 더 높은 種類의 眞理도 지니고 있지 않다."

역사소설이 소설적 역사처럼 역사를 이해하기 위한 방편이면서 역사에 대한 해석도 없이 써서는 안 될 것임을 천명했다.

이상에서 1930년 초경부터 1940년까지에 있었던 역사소설에 대한 논의를 살폈다. 주로 역사와 역사소설의 구분을 통한 역사소설에 대한 개념정의와 표현에 대한 문제, 작가의 역사인식인 사관(史觀)에 대한 문제나 역사의 해석에 대한 것, 특히 야담류와의 구별에 관한 것, 역사문학의 필요성 등 비교적 광범위한 문제들이 논의의 대상이 되었다.

이러한 논의는 여타의 많은 소설론들과 더불어 그 어느 시기보다도 이 시대의 문학을 빛나게 했던 것으로 보이며, 더욱이 직접적이든 일본을 통해서든 외국의 역사문학이론까지 소개하여 폭 넓은 논의를 통해 이해를 시도했던 것은 특기할 일이다.

5. 논의(論議)의 한계

왜 이 시기에 와서 역사소설이 무성(茂盛)하게 많이 쓰였고, 그에 대한 논의가 활발하게 이루어졌는가? 이에 대한 검토는 문학 외적인 사정과 내적인 필연성에 의해 여러 가지로 진단될 수 있으리라고 본다. 우선 다채로운 관심의 확산[62]이 이루어졌던 1930년대는 처음 몇 해 동안 20년대를 열병을 앓듯 하게 한 계급주의 문학의 온상인 조선 프로레타리아예술동맹인 KAPF가 퇴조함과 동시에 반작용으로 나타났던 민족주의 문학도 쇠잔(衰殘)해지고 만다. 문학의 이데올로기화가 퇴조한 뒤인 이 때에서부터 문학적 현상은 다원화되기 시작하였다. 이 중 관심의 방향을 수직화함으로써 나타난 역사소설이 있다. 보다 정확하게 말하면 역사소설이 급작스럽게 팽창되었던 시기라고 볼 수 있다. 이 시기에 와서 갑작스럽게 나타난 역사문학의 팽창은 역사주의 문화적 현상의 생성에 있어서 몇 개의 필연적 요인을 가지고 있다. 이것을 당시의 몇 개의 글에서 찾아보면,

"만일 歷史的 事實을 빌려서 過去를 批判한다면 어느 程度까지 너그러운 待接을 바들 생각을 합니다."[63]
"作者가 虛心坦懷로 歷史를 耽讀翫味하다가 偶然히 心琴을 울리는 史實을 발견하고 作品을 비쳐내는 경우입니다. ……〈中略〉…… 또 하나로 作者가 主題는 벌써 作定이 되었으나 現代에 取材하기도 거북한 點이 있다든지 또는 現代로는 그 主題를 살려 낼 眞實

---

62) 이재선(李在銑), 『韓國現代小說史(한국현대소설사)』, 弘盛社, 1979. 2, p.313.
63) 유치진, op. cit.

性을 다칠 念慮가 있다든지 하는 境遇에 그 主題에 적당한 史實을 찾아내어 얽어 놓는 境遇입니다."[64]

"今日과 가튼 現代的 現實性의 眞實한 追求와 描寫의 困難과 그에 따른 雜筆化의 傾向, 平坦한 리아리즘 테마의 枯渴, 스토리의 貧弱, 이와 가튼 處地로부터 自己를 更生시키며 蘇生하기 위해서는 現在의 시추에이숀과 類似한 時代의 人間과 事件을 描寫하며 歷史的 테마를 取扱하는 것은 至極히 當然하며 必要한 일이라고 할 것이다."[65]

"어린 그분의 史紀는 朝廷에서 編纂한 國史 속에서 그렇게 소상하지 못하나 野史로 내려오는 것에는 正確한 것이 만습니다. 지금 내가 쓰는 根據는 그 正史와 野史의 두 가지인데 그러기에 아모쪼록 作者의 想像을 쎄고 歷史上에 나오는 事件 그대로 또 實在人物 그대로 文學上에 再現식히기에 애쓰는 터이외다."[66]

이상 몇 개의 인용문에서 볼 수 있듯이 역사소설을 썼던 동기는 강화된 식민지 사회의 통제에서 현실적 패배를 극복하기 위한 돌파구로서 역사소설을 택한 동랑(東朗) 유치진과 월탄(月灘) 박종화, 복고적인 고완취미(古翫趣味)에 국사보급운동, 그 경향적(傾向的) 목적론을 취한 정철(鄭哲)과 서인식(徐寅植), 현실인식의 우의적인 수단으로 택한 대부분의 경우, 민족의식을 고취하기 위한 수단으로 역사문학을 통한 역사의 재인식을 추구했던 춘원, 순수하게 역사문학을 역사의 판단과 해석을 통해 해야 한다고 주장했던 김동인과 염상섭-이들 가운데 김동인은 물론 반역사적인 측면에 이르기까지 했지만-또 민족문학 건설을 위해서 역사문학의 필요성을 주장했던 한식(韓植) 등으로 나눌 수 있다. 역사소설의 발생을 민족주의, 산업화 및 혁명의 시대에 한 결과로 규정하지만,[67] 유치진의 솔직한 진술에서 볼 수 있듯

---

64) 현진건, op. cit. pp.128~129.

65) 한식, 「文學上의 歷史的 題材」, 朝鮮日朝, 1937. 8. 29.

66) 이광수, 『東亞日報의 「端宗哀史」에 對하여」, 三千里 제1호, 1929. 6.

이 현실의 제약과 억압에서 벗어난 경향이 짙다. 유치진은 그의 「소」가 검열(檢閱)에서 통과되지 못하였을 때, '여긔에 對해서 一個 劇作家로서 나는 어떻게 나가야 하며 어떤 態度를 取해야 할 것인가'라고 묻고, 그 대답으로 택한 것이 역사문학과 풍자문학이라고 했다. 이것은 비단 유치진 혼자만이 안고 있는 문제점이 아니라 그 시대에 살았던 거의 모든 작가들의 고민이었을 것이다. 그러나 이러한 고민이 실제에 유치진처럼 와 닿았을 때는 또 다른 어려움을 겪어야 했다. 다음과 같은 진술은 그 고민의 심각성이 짙어 기대의 지평선이 안개 속에 놓여 있음을 실감케 해 준다.

"다만 作家들의 大部分이 依然히 現實의 皮相만을 愛撫하며 한결 갓은 平坦하고 低調한 牧場리아리즘의 文學박게 못 生産하고 잇는 形便이다.[68]

"最近 갑작이 盛行하는 우리 文壇의 所謂 「歷史小說」이라는 것 亦是 文學活動의 延長이 아니라, 似而非文學의 通俗小說의 亞流인 것은 저윽이 섭섭하다. 歷史的 事實의 數量만 羅列하여 놓았지 하나도 倫理的 必然이 업시 沒常識하기는 通俗小說의 따위다. 아니 過去의 歷史的 取材로써 製作되었다는 理由로 「歷史小說」이라는 項目을 지어 小說의 部類에 넣은 것이지, 옳게 말하면 小說의 外形을 빌어 記述된 野史에 不過하는 것이 많다. 文學의 創造라고 하는 것은 決斷코 素材의 蓄積뿐만 아니며 또한 그것의 機械的 聯結만도 아니다."[69]

이와 같은 지적은 역사소설에 대한 기대와 그 결과에 대한 혹독한

---

67) Arrom Fleishman, *The English Historical Novel*, The Johns Hopkins Press, 1971, p.17.

68) 유치진, op. cit.

69) 안회남(安懷南), 「通俗小說의 理論的 檢討」, 『文章』 제2권 9호, 1940. 11, p.153.

비판으로 볼 수 있다. 이 당시의 역사문학이 지향해야 할 당연한 이상과 실제 봉착했던 현실과의 괴리가 큰 문제로 남는 것임을 지적한 것으로 볼 수 있다. 그래서 당대의 대중소설과 영합함으로써 과거를 도로 찾는다는 명분 아래 멜로 드라마적 형태로 역사적 사실성이 재구되는 경향70)으로 탈바꿈해 가고 있었다는 비판을 받게 되었던 것이다.

1930년대에 역사소설이 급작스럽게 팽창한 것은 이와 같이 내적인 요인도 있지만 일본 문단에서의 영향도 간과할 수 없다.71) 이런 면에서 개화기 시대의 민족주의적인 견지에서 지대한 관심을 보였던 것과는 약간의 차이를 보이고 있다. 더구나 개화기의 대부분 역사문학의 작가는 민족주의적인 색조가 짙은 역사가들에 의해 이루어져 소설 미학적인 면에 있어서는 1930년대보다 창작태도에서 볼 때, 큰 차이를 발견할 수 있다. 1930년대의 작가들은 역사와 문학을 구분하여 사실성과 예술성에 대해 선명하게 인식하고 있어 적어도 소설미학에서 예술성의 문제를 터득하고 있었다. 그러면 이와 같이 역사소설론을 피력했던 논객들의 논의의 한계는 어디에 있었을까? 그들은 역사소설의 개념을 통해 사실(史實)과 예술을 구분했고, 이것으로써 역사소설의 지향점을 모색했다. 좀더 실제에 접근하여 묘사에 있어서 보편적인 인물에 의한 사건에 記述이 아니라 개성적인 인물의 삶과 그 시대의 생활과 풍속을 그려야 한다는 사실, 그리고 우의적(寓意的) 방법에 대한 현실 인식이 되어야 한다는 점을 들고 있다. 특히 작가의 역사관이 크게 문제되는 것임을 예외 없이 들고 있었다. 다만 루카치식으로 말했을 때, 역사의 인식이 수직적인 면과 수평적인 면에서 함께 총체적으로 인식되어야 함을 논의했어야 되리라고 본다. 그랬을 때 역사소설은 사건의 나열이나 인물의 선악의 대결이 흑백 논리에서 벗

---

70) 이재선, *op. cit.*, p.390.

71) 註 10) 참조.

어나 자유로울 수 있고, 그럼으로써 비논리의 틈을 막을 수 있을 것
이다. 역사의 해석이 역사를 대하는 사람에 따라 달라질 수 있다는
것을 인식했으면서도, 진전을 보이지 못했던 그들은 역사를 새롭게
해석해야 된다는 카(E. H. Carr)의 역사인식의 방법을 논의의 대상으
로 삼았어야 했다. 그러나 역사의 예술화에 있어서 金東仁을 비롯한
논자들이 지적한, 문학이 역사가 아니기 때문에 역사에 구애되지 않
고 작가의 판단에 근거해야 한다는 식의 진술은 상당한 위험성을 내
포하고 있다. 역사를 판단하거나 해석하는 데 있어서 작가의 인생관
과 세계관은 한 시대에 대한 의미감각과 방향감각이 역사가와 본질적
으로 동일한 성격을 가져야 하는데, 자신들의 인생관을 하나의 세계
관으로 전개시키지 못하고 자신의 상상 속에만 머물러 있을 때 필연
적으로 봉착하는 것이 대중 취향적인 상태에 머물고 그로 말미암아
반역사적 성격으로 나타나게 된다. 더구나 역사적 성격과 의미 및 그
방향에 대하여 전혀 무관해 질 때 더욱 심하다.[72] 따라서 한 시대인
들이 지향하는 바가 다 같이 공감되고 있는 사람일수록, 또 자각된
한 민족에서일수록 시인이나 극작가나 소설가의 상상력에서는 자의적
인 면이 그 시대의 진정한 전체 사상을 통해 더욱 감소되어야 할 것
이다. 실제 이것이 작품화되는 과정에서 구성의 경우 대부분이 역사
상의 영웅이나 이에 값하는 인물로 주인공을 삼아 작품 전개의 부자
유함을 간파하고 기법상의 문제로 제기할 만했었다.

  그리고 마지막으로 역사문학이 지향해야 할 것에 대한 논의로 시대
의식을 깊이 인식했어야 했다. 이미 논의된 대중성 그 자체도 경계해
야 되겠지만 시대의식이 없는 창작 행위가 가져오는 결과로 자신을 포
함한 대중들이 상황의 타성에 빠져버린다는 것을 지적했어야 했다. 따

---

72) 이상신(李相信), 「歷史와 文學과의 관계」, 李相信 編, 『文學과 歷史』,
    民音社, 1982. 4. 10. p.37ff.

라서 문학이 모든 시기의 인간들에게 무엇이 위대하고 가치가 있으며 또한 무엇이 잔혹한 것인가를 간파하는 일은 항상 역사의 상황이 제시하고 만들어 내는 여러 가지 요소 및 변수들과 함께 인간성을 분석한 채, 또 그러한 요소를 통해 심화된 안목에서 분석될 때 가능한 것이다.

6. 결   론(結   論)

필자는 1930년대 역사소설이 팽배하고 그에 따른 역사소설론이 무성한 이유를 문학 내적인 요인에서 찾으려 했다. 이것은 환경적 요인에 의해 도식적으로 파악하여 外的인 사정으로 말미암은 현실 동기에 의한 것이라고 한 지적에 대한 반론이라기보다는 이에 대하여 좀더 정확에 가까운 것을 찾으려는 시도였다.

이 글은 1930년대의 역사소설론에 대한 글들을 분석한 것으로, 주로 소론(小論)과 독후감, 서평, 작자의 변(辯)과 단평(短評) 등 여러 논자(論者)들의 글을 중심으로 살피고 그 논의의 문제점과 한계를 찾아 봤다. 먼저 야담에 대한 것이 전제된 이 글은 주로 이제까지 「임꺽정」과 「단종애사」가 연재되면서 본격적으로 논의되었던 역사소설에 대한 이론을 살펴보았다. 특히 정철(鄭哲)의 소론은 역사소설론으로 처음 보이는 글로서 야담식 소설관에서 상당히 진일보했음을 볼 수 있다. 또 독후감과 서평에서도 난평이시만 역사소설에 대한 인식을 볼 수 있었다. 특히 「단종애사」 독후감의 모집과 그의 게재로 인해 독후감이 여러 장르로 나타났으며, 거기에서 보이는 독자들의 평문은 비전문인으로서의 소설관을 엿볼 수 있게 되는 유일한 단서가 된다. 또 이때에 나타난 작자의 변은 1920년대 말에 보였던 작자 자신의 견해의 피력보다 별로 달라진 것이 없었다. 그러나 어쩔 수 없이 나타나게 되는 30년대 역사소설이 현실비판이 허용되지 않는 상태에서 우의적 방법으로 제시하려 했던 작자의 의도를 찾아볼 수 있다. 이것은 시대적 상황을 배경으로 하지 않고는 해석상의 차이를 보일 뿐만 아니라 역사소설이 통속화의 길을 걷게 될 것이라는 우려를 낳게 한다.

우리의 근대 역사소설은 민족교화 운동의 일환으로 시작된 야담운동과 함께 나타났고, 이것은 민족의 역사를 찾는 작업인 국학운동(國學運動)과 같은 시기에 나타나 그와도 상호 연락을 맺고 진전되었다. 이 이후에 나타난 역사소설에 대한 관심의 양적 증대현상, 이에 따른 작가들의 견해표명, 특히 춘원·벽초·금동의 각기 다른 창작 동기와 태도, 그리고 평자들이 제시한 역사문학이 지향해야 될 기대의 지평선의 제시 등 이런 것들이 역사소설론을 무성하게 만들었다.

특히 현실의 패배를 극복하기 위해 역사소설을 택한 부류, 역사문학을 순수하게 역사를 판단하고 해석하여야 한다고 주장하여 반역사주의적인 경향을 보인 금동, 민족문학건설의 방편으로 역사소설을 쓰기를 주장했던 한식(韓植) 등의 이론은 이 시대의 논의를 예각화하였다.

이런 역사소설론은 통속소설론이라든가, 세태소설론, 농촌소설론, 신문소설론 등과 함께 1930년대의 소설론을 풍부하게 한 것으로 서로 연관을 가지고 포괄적으로 고찰하여야 할 것이다.

본고는, 단지 이와 같은 작업이 소설사를 폭넓게 이해할 수 있다는 가능성과 당위성의 결과로 쓰인 것이며, 1930년대 소설론을 총체적으로 파악하는 데 일조(一助)가 되기 위해 시도된 것이다.

[1930년대 역사소설론 연구(Ⅰ),명지어문학 제15호, 1983, pp.71~97.
1930년대 역사소설론 연구(Ⅱ),명지어문학 제16호, 1984, pp.95~131.]

의적소설의 결말구조 연구
: 허균과 박태원의 『홍길동전』과 『장길산』을 중심으로

1. 작가의 욕망이 구체화된 결말

김현은 소설이 '소설가의 욕망의 존재론이 읽는 사람의 욕망의 윤리학과 만나는 것[1]'이라고 말했다. 소설가의 욕망이라는 것은 작가 자신이 구현하고자 하는 세계, 즉 현실을 통해서 이룩하려는 세계를 표현하고자 하는 작가의 의도인 것이다. 그래서 그는 '소설 속의 사건이 현실의 것을 그대로 베낀 것이 아니라 변형시킨 것'이라고 하면서 그 변형이 해석에 가까운 의미를 갖는다고 했다. 사건을 어떤 형태로든지 해석하고 변형하여 의미를 부여하고 전달할 수 있다는 것이다. 이 변형의 과정, 즉 해석의 과정에서 작가의 욕망이 작용하여 소설은 '세계를 욕망하는 자의 변형된 세계'라는 것이다. 소설 속에는 세 개의 욕망이 들끓고 있는데, 하나는 소설가 자신의 욕망이고, 또 하나는 소설 속의 주인공의 욕망이며, 나머지는 독자의 욕망이다. 이 욕망이

---

1) 김현, 「소설은 왜 읽는가?」, 『김현문학전집』7권, 서울, 문학과지성사, 1992, p.220.

모두 꿈틀거린다고 해도 결국 소설 속의 세계는 처음부터 작가의 욕
망에 따라 변형된 세계이다. 소설은 작가의 욕망이 만들어낸 세계를
구체적으로 보여준 것이다. 이 작가의 욕망과 주인공의 욕망은 끊임
없이 부딪쳐서 갈등을 빚게 되고 독자는 그 결과를 보고 욕망에 반응
하게 된다. 대개의 경우는 작가의 욕망과 인물의 욕망이 순조롭게 진
행될 수도 있지만, 끊임없이 경쟁관계를 유발할 수도 있다. 만일 이때
작가의 욕망이 작품을 지배하여 작가의 의도로 나타나게 되면 작위적
인 면이 그대로 노출되어 부자연스럽게 나타나기도 한다. 그렇지 않
고 작가의 의도와 관계없이 인물의 행동이 나타나면, 작가 자신이 더
이상 인물을 지배할 수 없다. 일찍이 김동인은 작가의 욕망이 작품을
지배할 수 없음을 다음과 같이 고백한 바 있다.

> "나는 이전 어떤 작품에서, 사건과 인물과 배경의 구안(構案)이
> 전부 끝난 뒤에 그 작(作)의 여주인공의 자살로서 결말을 맺기로
> 하고, 붓을 잡은 일이 있다. 어떤 잡지에 2회에 나누어 발표를 한
> 것인데 제 1회에 벌써 여주인공의 자살과 및 그 방법이며, 장소까
> 지 암시하여 놓았다. 그러나 제2회째 정확히 그 사건을 그려 나아
> 가는데 따라서, 처음에 '자살은 너무 잔혹치 않나' 하는 생각이 났
> 다. 붓이 진척(進陟)되자 그 생각은 차차 더하여, 마침내 나는 그
> 주인공을 죽이지 못하였다.
>   또 하나 그 비슷한 경험으로 --- 나는 〈마음이 옅은 자〉의 주인
> 공의 아내와 아들을 결코 죽일 생각은 없었다. 그러나 어찌할까,
> 그 모자를 죽이지 않으면 결코 단원(團圓)이 되지 않은 것을, 사실
> 나는, 그 때 눈물을 머금고 그 모자를 죽였다.
>   작품 속에서 활동하는 인물들도 어떤 성격과 인격을 가진 유기
> 체이며 아무리 그 작자라 할지라도 마음대로 그들을 처분할 수 없
> 다. 작품 중간에서 작자가 그 작품 내에 활동하는 인물에 반하여,
> 제 뜻대로 붓을 돌리면 거기서는 모순과 자가당착밖에는 남을 것
> 이 없다."[2]

작가의 욕망이 인물의 욕망과 갈등을 초래했을 때, 작가의 욕망대로 되지 못했음을 솔직하게 고백한 것이다. 작가의 의도인 욕망이 인물의 운명을 지배하면, 그의 그 유명한 인형조종술(人形操縱術)에 닿게 된다.

작가의 욕망과 작품 속의 인물들의 욕망이 투쟁하는 팽팽한 긴장감 속에서 독자는 숨죽이며, 자신의 욕망은 은밀하게 숨겨 놓은 채로 작품을 읽게 되는 것이다. 그래서 김현은 다음과 같이 결론을 정리했다.

> "소설은 소설가의 욕망의 존재론이 읽는 사람의 욕망의 윤리학과 만나는 자리이다. 모든 예술 중에서, 소설은 가장 재미있게, 내가 사는 세계는 살 만한 세계인가 아닌가를 반성하게 한다. 일상성에 매몰된 의식에 그 반성은 채찍과도 같은 역량을 맡아 한다. 이 세계는 과연 살 만한 세계인가. 우리는 그런 질문을 던지기 위해 소설을 읽는다."[3]

독자는 자신의 의식 속에 내재해 있는 윤리적 가치관을 바탕으로 소설가의 욕망의 존재론에 의한 의도를 추적하면서, 재미를 느끼게 된다. 뿐만 아니라, 독자는 소설을 통해 일상적 삶에서 무의식적으로 행동했던 삶의 양식이 바른 것인가를 반성하게 된다. 그래서 독자는 '이 세계는 과연 살만한 세계인가'라고 묻게 되고, 그 물음에는 우리의 삶과 관련된 개인과 사회적인 모든 형식과 행동 양식이 정당하며, 바른 도덕적 가치관과 세계관 혹은 인생관을 가지고 있는 것인가를 반성하고 스스로 확인할 수 있는 계기를 만들어 주는 것이 소설이라는 것이다.

이 논문은 허균(許均 1569~1618)의 『홍길동전』과, 허균의 『홍길동

---

2) 김동인, 「소설작법(小說作法)」, 『조선문단(朝鮮文壇)』(1925. 4~7), 『김동인전집』제6권, 서울, 삼중당, 1976, p.218.

3) 김현, *Ibid.*, p. 220.

전』을 원래 작가의 욕망을 변형시킨 세계로서 원전(原典)과 다르게 재구성한 박태원(朴泰源 1909~1986)의 『홍길동전』[4], 그리고 약간의 사료를 근거로 재구성한 황석영(黃晳暎 1943~)의 『장길산』을 토대로 작가의 욕망이 어떻게 반영되었는지 결말구조를 통해서 살펴보고자 한다. 두 사람이 쓴 『홍길동전』의 경우는 작가의 욕망이 투영된 관점의 차이가 어떤 의미와 효과를 주는지를 두 작품에서 구체적으로 파악할 수 있을 것으로 보인다.

특히 의적소설로 가름할 수 있는 이들 작품의 결말부분을 분석하여, 의적소설의 한계성과 그 대안찾기에 하나로 살펴보고자 한다. 이 작품들을 많은 연구자들이 의적소설로 전제하였지만, 필자는 역사소설일 수도 있다고 보고, 역사소설의 결말의 한 문제점을 찾고 대안을 모색하기 위한 대안으로 작품들을 분석해 봤다. 작품 전체보다 결말부분에서의 작가의 욕망이 그 한계성을 극복하기 위해 어떤 양상을 보이고 있는가를 살펴보고자 한다.

2. 의적소설과 역사소설

의적(義賊)은 말 그대로 부자(富者)들이나 권력자들의 의롭지 못한 재물을 훔쳐다가 가난한 사람을 도와주는 도둑을 일컫는 말이다. 이들은 언제나 출몰하는 것이 아니고, 특별한 사회적 요건이 형성되었을 때 나타난다. 의적이 나타날 수밖에 없는 사회적 이유는 굶주림이 심하거나, 포악한 수령의 수탈(收奪)이 심하다든가 하여 민중들의 불평과 불만이 비등하는 경우이다. 그리고 사회에 광범위하게 퍼져 있

---

4) 박태원, 『홍길동전(洪吉童傳)』, 서울, 조선금융협동조합연합회, 1947,

는 불만적 요소는 대개 사회경제구조나,5) 정치구조에서도 그 원인을 찾을 수 있다. 이 경우 개인적인 원한 관계보다는 사회적으로 광범위하게 형성된 불만이 공감대를 형성하여 하나의 세력으로 결집되었을 때 나타나는 것이 일반적이다. 의적 활동은 빈궁화가 심화되고, 경제적 위기가 닥쳐오는 시기에 만연하는 경향이 있다는 것이다. 이런 시기에 나타난 의적의 성향을 홉스보옴(E. J. Hobsbawm)은 다음과 같이 정리했다.

> "의적(social banditry)에 대한 요점은 다음과 같다. 그들은 영주와 국가에 의해서 범죄자로 간주되고 있는 농민 무법자(outlaw)이지만, 농민사회 가운데 머물며 사람들에 의해서 영웅, 전사(戰士), 복수자, 정의를 위해 싸우는 사람, 또는 해방의 지도자로까지 생각되고 있고, 어느 경우에든 칭찬하고 원조하고, 지지해 주어야 할 사람으로 생각되고 있다. 일반 농민과 반도(叛徒)·무법자·강도의 이러한 관계가 의적을 흥미 있고 의미 깊은 것으로 만든다."6)

통치권자에게는 무법자이지만, 농민사회에서는 의로운 사람의 정도를 넘어서 해방의 지도자로까지 추앙될 수 있는 사람이 의적이다. 농촌 사회에서 이들이 이렇게 긍정적으로 인식된 것은 정기적인 기근으로 빈궁화가 심화되고 경제적 위기가 닥쳐오는 시기이고 권력계층의 횡포가 예상되는 시기에 나타나는 경향이 있다. 또 정도나 심각성이 고조되면 산발적으로 비적단(匪賊團)까지 출현하게 되었다.

> "비적단의 만연은 굶어죽기보다는 필요한 것을 무력으로 얻으려고 하는 강건한 남자가 단순히 늘었다는 사실 이상을 나타내는 것

---

5) E.J. 홉스보옴, 황의방역, 『의적(義賊)의 사회사』, 서울, 한길사, 1978, p.15.
6) *Ibid.*, p.10.

이다. 그것은 사회 전체의 와해(瓦解), 새로운 계급과 사회구조의
발전, 생활양식의 파괴에 대한 공동체 내지 민중 전체의 저항 등을
반영하는 것일 수도 있다. 중국 역사에서 '천명(天命)'이 다한 것처
럼 우발적인 힘 때문이 아니고 어떤 왕조의 몰락과 새로운 왕조의
발생을 알리며, 상당히 장기적인 역사의 주기에 종말이 다가왔음을
예견하는 사회적 붕괴를 반영하는 것일 수도 있다. 이러한 시기에
비적단은 농민혁명과 같은 중요한 사회운동의 선봉일 수도 있고,
그에 수반하는 경우도 있다."[7]

　비적단은 의적의 역할이 묵시적으로 용인되는 사회적 인식이 광범
위하게 형성되어 모방의 형태를 띠거나, 궁핍한 생활이 정상적으로
이루어질 수 없는 대기근(大饑饉)의 상황이 되었을 때 나타나며, 특
히 사회적인 구조가 이상적 상태를 지향할 수 없는 지배체제라고 인
식했을 때는 다발적으로 나타나게 되며, 이것은 정치적 변화까지 불
러 올 수 있다.

　따라서 비적이 범죄자가 되느냐 또는 혁명가가 되느냐하는 것은 사
회적 혼란의 상태에서 스스로 어느 한쪽을 선택하느냐에 따라 결정된
다. 만일 혁명을 선택하게 되면 어떻게 될까? 이미 보았듯이 의적은
봉기의 선구자 내지는 잠재적 가담자는 아니라 하여도 사회적 저항의
한 현상으로써 혁명에 대한 당위성이나 정당성을 가지게 된다. 따라
서 비적이 혁명가가 되려면, 의적의 범주에 들어야 하는데, 애초부터
목표가 분명하지 않은 처지에서는 수용하기 어려운 부분이다. 왜냐하
면 의적은 보통의 범죄의 지하 사회와는 확연히 다른데, 지하 사회는
하나의 반사회(反社會 anti-society)이며, '곧은' 세계의 여러 가치나
전통이나 체제를 뒤집는 '왜곡된' 세계로 존재하고 있기 때문이다. 그
러므로 혁명가를 선택하게 되면 곧은 세계를 지향해야 한다. 혁명적

---

7) *Ibid.*, p.18.

세계도 또한 '곧은' 세계이다. 단 반사회적인 범죄까지도 애국심이나 혁명정신의 앙양에 접근할 수 있는 특별한 격동기에는 달라질 수 있다. 그러므로 진짜 지하 사회에 있어 혁명이란 범죄를 위한 아주 좋은 기회에 지나지 않는다.[8]

의적이 사회 혁명을 위한 이념이나 강령을 가지고 있을지라도, 그들은 잘못된 것을 고치고, 부정한 것을 바르게 하며 악행을 행한 자들에게 복수하고, 그 다음에는 일반적으로 사람과 사람 사이, 특히 부자와 빈자, 강자와 약자 사이에 올바르고 공정한 관계에 대한 일반적인 기준을 적용하려고 한다. 따라서 이들은 급격한 체제의 변화를 요구하는 것이 아니고, 삶을 향유할 수 있는 최소한의 생존권을 보장받는 것이 목적이다. 부자가 가난한 자를 착취하지 않고, 힘 있는 권력자가 힘없는 백성을 억누르지 않는다면, 기존의 체제를 인정하고, 순응하는 것을 부정하지 않는다. 이런 의미에서 의적은 개선을 시도하려는 것이지, 혁명을 목표로 한 것은 아니다.

경우에 따라서 의적이 사회적 목표를 진정한 혁명운동으로 전환시키려 한다면 두 가지의 사정이 있다. 첫째는 그 목표가 전통의 질서를 혼란시키고 파괴하는 세력에 대하여 전통적 질서 전체에 의한 저항의 상징이거나 또는 첨병(尖兵)이 되는 경우이다. 그들은 사직(社稷)을 지키기 위해 일어섰다기보다는 오래되고 좋은 사회의 이상을 위해서 일어선 것이다.[9] 둘째는 농민 사회에 내재해 있는 이상 세계에 대한 꿈꾸기이다. 봉건 사회에서 착취, 억압, 굴종을 인간생활의 규범으로서

---

8) *Ibid.*, p.129.
9) '오래되고 좋은'은 법왕이나 국왕과 성스런 신앙의 이름으로 일어선 자코뱅(Jacobins)이나, 외국에 대해 일어선 나폴리왕국의 의적이 '오래되고 좋은 교회'와 '오래되고 좋은 국왕'을 이상으로 삼은 것을 의미한다.(*Ibid.*, p.23~24)

받아들이고 있는 사람들조차도 그러한 것이 없는 세계, 즉 평등, 박애, 자유의 세계, 악이 전혀 없는 새로운 세계를 꿈꾸기 때문이다.

우리 소설 중에는 의적소설이 많다. 그 의적소설이 역사소설은 아니다. 의적소설이 어떤 구체적인 역사를 바탕으로 했을 때는 역사소설일 수 있으나, 역사의 구체성이 결여되면 역사소설일 수는 없다. 의적소설은 구체적인 역사적 배경이 필수적이지 않아도 된다면, 역사소설은 반드시 역사에 근거를 둔 소설이다. 의적소설은 역사를 의적이 일어나야 하는 필연적 배경으로만 필요할 뿐이지, 그 역사는 사건과의 필연성이 없다. 이를테면 허균의 『홍길동전』에서 시대적 배경이 세종대왕 때로 되어 있지만, 역사적으로 보면 당시는 민란이나 도둑의 무리가 들끓어 의적이 나타날 만한 시기는 아니다. 세종 당시는 적어도 조선조 27대 임금 중에서 선정을 베풀었던 시대일 것이다. 따라서 의적소설로 『홍길동전』은 가능하지만 역사소설로는 역사적 구체성이 결여된 것이다. 의적 소설이 역사소설로의 승화는 구체적인 역사로 형상화 되었을 때만이 가능하다. 이야기를 위한 가상의 배경으로 존재하는 역사가 아니고, 구체적으로 형상화된 시간적 배경이 필수적으로 제시되어야 한다. 일지매가 하나의 동화나 의적소설을 뛰어넘어 역사소설이 되기 위해서는 일지매가 살았던 시대가 확실한 근거로서 제시되어야 한다. 조선조 '어느' 시대에 있었던 이야기는 구체성이 결여되지만 고우영의 만화처럼 중종 때의 인물이 되면 구체적 역사가 살아날 토대가 된다[10]. 따라서 일지매가 출현할 수밖에 없었던 사회적인 환경이 제시될 수 있다. 일지매는 의적이다. 비록 가공의 인물이 의적 활동을 하여 그것이 하나의 사회 혁명으로 승화되는 과정

---

10) 만화가 고우영은 일지매 탄생 때 버려진 일지매를 구한 남자에게 감사장을 주는데 여기에 연도를 1612년으로 표기하고 있다.(1권 16페이지 참조) 따라서 작자가 의도한 시대적 배경은 1612년으로 설정한 것이다.

을 구체적 역사 속에서 목격할 수 있어야 역사소설일 수 있다.

3. 『홍길동전』과 『장길산』의 결말구조

소설에서 결말은 작품을 마무리 짓기 위한 형식적 단계로, 절정에서 이어진 사건들이 카타르시스를 유발하여 독자에게 오랜 감동과 여운을 맛보게 한다. 결말은 소설이 그 토대로 삼고 있는 대립, 갈등들을 마침내 끝내는 단계인 것이다. 대립, 갈등이란 바로 소유와 무소유, 진실과 허위, 자유와 억압, 실패와 성공, 허무의 유혹과 인간의 가능성에 대한 믿음, 행복과 고통, 죽음과 사랑 혹은 부활 사이의 갈등을 말한다. 절정에서 해소의 실마리가 드러난 대립과 갈등이 비로소 마무리를 짓는 해결의 단계에 접어든 것이다.

대개 소설의 끝에서 작가는 흔히 독자인 우리들에게 자기가 구축한 세계를 해석하는 열쇠를 건네주거나 아니면 돌연한 급선회를 통해서 열쇠를 은폐하거나 혹은 플롯을 한걸음 진전시키면서 작가 자신은 슬며시 뒤로 물러나 버리는 쪽을 선택하기도 한다.

이제 앞서 제시한 허균의 『홍길동전』, 허균의 작품을 변용한 박태원의 『홍길동전』, 그리고 황석영의 『장길산』, 이 세 작품의 결말구조를 살펴보면서 작가가 선택한 결말이 갖는 의미를 탐색해 보고자 한다.

(1) 허균의 『홍길동전』의 결말구조

『홍길동전』의 결말부분은 홍길동이 병조판서를 제수한 뒤 사직하고 율도국(硉島國)으로 떠나가는 데서부터로 볼 수 있다. 길동이 팔도에

서 출현하여 탐관오리를 징치하자, 각도에서는 장계(狀啓)를 올리게
된다. 이로 인해 길동의 문제는 국가적인 문제로 확대되어, 국가의 중
대사로 다루어지게 된다. 마침내 어전회의에서 길동의 아버지 홍판서
와 형인 인형(仁衡)을 인질 아닌 인질로 이용한다. 즉 길동의 이복형
(異腹兄)인 인형(仁衡)을 경상감사(慶尙監司)에 임명하여 길동이를
체포하도록 한 것이다. 길동이를 체포하기 위한 수단으로 관습화 된
유교적 윤리관을 이용한 것으로 볼 수 있다. 이에 길동이 스스로 자
수하여, 체포되어 한양으로 압송되었다. 그러나 한양에 도착하자, 8도
각각에서 길동이 압송되어 황당해졌고, 그나마 다 초인(草人)으로 변
하였다. 그리고는 길동이 한양성내에 병조판서에 제수해 줄 것을 요
구하는 방(傍)을 써서 붙이자 조정은 고민 끝에 이를 수락하고 입궐
할 때 죽이기로 계책을 세운다. 그러나 길동은 공중으로 날라들어 와
서 알현(謁見)하고 임명된 병조판서직을 사직(辭職)한다. 벼슬을 받
았다가 바로 사직한 것은 신분이 더 이상 서자(庶子)가 아님을 의미
한다. 제도상으로 불가능한 신분의 변동을 길동이 저항을 통해 이룬
것이다. 개인적인 소망이 이루어진 것이다. 결국 길동의 출현은 사회
의 변화나 개혁을 위한 의적행위로 지속된 것이 아니고 자신의 신분
을 바꾸기 위한 하나의 과정이었던 셈이다. 사회적 변화를 통한 사회
제도의 개혁을 기대했던 독자들의 기대에까지는 이르지 못한 것이다.
이에 대해서 '민중의 의지가 주인공 홍길동의 영웅적 투쟁을 통해서
관철되는 것으로 표현되고 있는데 여기에 작자가 부여한 주제는 '인
격의 실현'이고, '인간에게 가해진 무리한 봉건적 제약에 맞서 사람이
라는 인격을 주장하고 그 사회적 실현을 위해서 투쟁한 것이 홍길동
전에 주제인 것'[11]이라고 해석한 것은『홍길동전』의 주제를 확대해석

---

11) 임형택, 「홍길동전의 신고찰」(하),『창작과비평』제43호, 서울, 창작과비평

한 것으로 본 결과라고 할 수 있을 것이다.

그러나 의적소설의 관점에서 볼 때, 탐관오리의 징치를 봉건제도가 안고 있는 폭력성에 대한 저항이라는 의미로 해석할 수 있다. 따라서 주제는 권력의 횡포가 없는 선정(善政)의 포부라고 볼 수 있다. 신분의 변동은 하위 개념으로 이해할 수 있다.

활빈당이 되어 탐관오리를 징치한 것은 결국 적서차별의 한을 풀기 위한 방편이었던 것이다. 한(恨)을 푼 길동이 도적 떼를 거느리고 남경(南京)으로 가다가 제도(諸島)라는 섬에 이르러 율도국(硉島國)이 살만한 땅인가를 살펴보고 군사를 조련한 뒤에, 율도국을 쳐서 근거지로 삼고 왕이 되었다. 기존의 제도를 개혁하여 새로운 제도의 국가를 이룬 것이 아니고 새로운 삶의 터를 찾아가서 선정을 베푼 것이다. 따라서 제도의 개혁은 없고 어진 정치를 베푸는 것으로 한계를 보이고 있다.

대단원에 이르는 과정에서 작가의 욕망은 어떻게 표현되었을까? 이를 확인하기 위해서는 작가가 살았던 당대를 살펴보아야 할 것이다. 작가에게 영향을 미칠 수 있었던 모든 사회적 환경을 비롯한 주변적 요건들을 살펴봄으로써 정신적 세계를 엿볼 수 있다. 우선 작가인 허균이 살았던 당대와 그의 주변 환경을 살펴보기로 한다.

허균(許均 1569~1618)은 선조 2년에 태어나 광해군 10년에 역적으로 처형되었다. 이로 보면 대체로 허균이 살았던 시기는 선조와 광해군 전반기에 해당한다. 이 기간의 조선 사회는 임진왜란를 전후로 각각 20년을 늘인 시기이다. 선조는 즉위하자 이황(李滉), 이이(李珥) 등 많은 인재를 등용하여 국정쇄신에 노력하였으며, 『근사록(近思錄)』, 『유선록(儒先錄)』등 전적을 간행하여 유학을 장려하였다. 한편 조광조(趙光祖)

에게 증직(贈職)을 하는 등 억울하게 화(禍)를 입은 선비들을 신원(伸冤)하였으며, 남곤(南袞) 등의 관직을 추탈(追奪)하여 민심을 수습하였다. 그러나 선조 8년(1575년)이후 계속되는 당쟁으로 이이(李珥)의 조정책도 실패로 돌아가고, 마침내 동서분당(東西分黨)과 동인(東人)의 남북분당 등 치열한 당쟁의 소용돌이 속에서 정치기강이 무너져 치정(治定)의 방향을 바로잡지 못하였다. 거기에 북변에서는 1583년과 1587년 두 차례에 걸쳐 야인(野人)이 침입하였고, 남쪽에서는 왜세가 위협적으로 팽창하였다. 이에 조정에서는 통신사 황윤길(黃允吉)·김성일(金誠一)을 왜국에 보내어 사정을 살피게 하였으나, 당파를 달리하는 두 사람의 보고가 상반되어 국방 대책을 세우지 못하고 허송하다가 임진왜란을 당하게 되었다. 선조는 불리해진 전세로 신의주까지 피난하여야 하는 시련을 겪었고, 비록 왜군을 물리치기는 하였으나, 7년에 걸친 전화(戰禍)로 전 국토는 유린(蹂躪)되고 국가재정은 파탄 직전에 이르게 된다. 그러나 전후 복구할 겨를도 없이 다시 당쟁에 휘말리어 재위 41년 만에 광해군에게 양위하였다. 광해군은 선조의 둘째 아들로 즉위부터 순탄하지 않았다. 즉위 초에는 이원익(李元翼)을 등용하여 초당파적 정책을 펼쳐 당쟁을 종식시키려 하였으나, 정인홍(鄭仁弘)의 반대로 뜻을 이루지 못한 이 후 계속되는 당쟁에 휘말리었다.

특히 임진왜란은 7년간의 전란으로 전쟁터였던 조선이 입은 피해는 대단한 것이었다. 인구의 감소와 대대적인 유민(流民), 그리고 농지의 참담한 황폐화는 농민의 생활을 비참하게 만들었는데, 난후 전국의 경작면적은 종전의 3분의 1에도 못 미쳤으며, 왜군의 피해를 가장 많이 받은 경상도의 경우는 겨우 6분의 1에 불과하였다. 이 외에 기근과 질병이 만연하여 농민의 참상은 이루 말할 수 없었다. 국가의 재정 역시 악화되었고 조세의 파악 근거인 호적(戶籍)과 양안(量案)마

저 소실되어 버렸다. 또한 사회적으로는 신분제의 해이(解弛)가 두드
러지게 나타났다. 전쟁 초에 노비들에 의해서 노비문서가 소각됨으로
써 조선신분제의 기반인 노비층에 대한 파악이 불가능해졌다. 또 전
쟁 중에는 재정 조달의 방편으로 납속책(納粟策)이 시행되어 신분에
관계없이 수직(授職)하거나 면천(免賤)시켜 주었던 것이다. 한편 혼
란한 사회와 민심의 흉흉함을 틈타 이몽학(李夢學)의 난 등 사방에서
일어나는 민란과 함께 시행된 속오군(束伍軍)제도, 공명첩(空名帖)의
발행 등은 조선의 엄격했던 신분제도가 붕괴되는 데에 커다란 영향을
미치게 하였다.12)

한편 15세기 이후 견고한 기반을 구축한 지방의 사림들이 끊임없이
정계진출을 시도하면서 세력을 확대하는 동안에, 지배계급인 훈척들
은 분열하여, 정계의 주류로 정착하게 되었다. 이로 인해 훈척계열(勳
戚系列)과 사림세력(士林勢力)이 대립하게 되었다. 그 후 득세한 사
림내부에서의 분열이 일어나 붕당(朋黨)을 이루어 대립하는 상황이
전개 되었다. 임란의 시작에서부터 붕당의 연장선에서 형성된 당쟁은
임란이 끝난 뒤에도 달라지지 않아, 국토가 황폐화된 백성은 도탄에
빠졌으며, 위정자들의 급선무는 전란으로 인한 문물의 파괴, 재력의
탕진을 복구하는 것이었다.

이러한 어려운 시대에 20대 전반기를 보낸 허균은 가정적으로도 큰
어려움을 겪었다. 12세 때에 아버지 허엽(許曄)을 여의고, 20세 때에
그를 가장 아끼던 중형(仲兄) 봉(篈)이, 22세 때에는 누이인 난설헌
이 타계하여 정신적으로 불행을 겪는다. 임진왜란 직전인 1589년(선
조 22)에 생원이 되고, 임진왜란 중인 1593년 24세 때 부인과 첫 아
들을 잃었고, 그 다음 해인 1594년 정시문과에 급제, 검열(檢閱) · 세

---

12) 변태섭, 『한국사통론』, 서울 삼영사, 1990, p.335.

자시강원설서(世子侍講院說書)를 지냈다. 1597년 문과중시에 장원급
제, 이듬해 황해도 도사(都事)가 되었다가 서울 기생을 끌어들였다는
모함으로 탄핵을 받아 파직되었다. 뒤에 춘추관기주관(春秋館記注
官)·형조정랑(刑曹正郞)을 지내고 1602년 사예(司藝)·사복시정(司
僕寺正)을 거쳐 전적(典籍)·수안군수(遂安郡守)를 역임하였다.

1606년 원접사(遠接使) 종사관(從事官)이 되어 명나라 사신 주지번
(朱之蕃)을 영접하여 명문장으로 명성을 떨쳤다. 1610년(광해군 2)
진주부사(陳奏副使)로 명나라에 가서 한국 최초의 천주교 신도가 되
었고, 천주교 12단(端)을 얻어왔다. 같은 해 시관(試官)이 되었으나
친척을 참방(參榜)했다는 탄핵을 받고 파직 후 태인(泰仁)에서 창작
에 전념하다가 1613년 계축옥사(癸丑獄事) 때 평소 친교가 있던 서얼
(庶孼) 출신 서양갑(徐羊甲)·박응서(朴應犀) 등이 처형되자, 신변의
불안을 느꼈던 듯, 권신 이이첨(李爾瞻)등 대북파에 접근하여 예조참
의·호조참의·승문원부제조(承文院副提調)를 지냈다. 1617년 폐모론
(廢母論)을 주장하는 등 대북파의 일원으로 왕의 신임을 얻었다. 같
은 해 좌참찬(左參贊)으로 승진하였으나, 광해군 폭정에 항거하여 이
듬해 하인준(河仁俊)·김개(金闓)·김우성(金宇成) 등과 반란을 계획
하다가 탄로되어 50세인 1618년 가산이 적몰(籍沒)되고 참형되었다.

그는 일찍이 서류(庶流)를 부당하게 차별 대우하는 사회제도를 반
대하였다. 그에게 시를 가르쳤던 손곡(蓀谷) 이달(李達)이 그가 삼당
(三唐) 시인에 한 사람으로 탁월한 재능을 가지고도 서얼(庶孼)이라
는 제약 때문에 일생을 불우하게 마친 것을 보고, 사회적 모순을 발
견하게 된다. 이것이 계기가 되어 서류 출신 문인들과 어울리게 되었
으며, 이로 말미암아 끝내 반역아(反逆兒)가 되어 비참한 최후를 맞
게 되었다.

결국 허균은 시대적으로 임진왜란이라는 거대한 파도를 겪으면서 세상살이의 어려움을 경험하게 된다. 그의 초년은 유복한 생활을 하였으나, 12세부터 24세까지에 많은 불행을 겪었다. 가장 민감한 나이일 때, 부친과 형님, 누이, 아내와 장남을 잃었다. 남부러울 것이 없이 자라다가 성년이 되는 초입에서 가장 가까운 사람들을 잃었고 전쟁이라는 엄청난 시련을 겪음으로써 정신적 충격을 받게 되었다. 이런 가정적인 환경이 영향을 주었던 것으로 보이는 것이 벼슬살이다. 그는 수차에 걸친 타의에 의한 파직과 유배는 성격이나 정신적 측면에서 비롯된 것으로 보인다. 또 하나 그의 삶에 영향을 미친 것으로는 교우관계이다. 그는 항상 약자의 편에 서서 그들을 옹호하고 불우한 사람들과 벗하며, 그들을 동정하다가 끝내 피해를 입었다는 사실이다. 그에게 시를 가르쳤던 손곡(蓀谷) 이달(李達)과, 당대에 걸출(傑出)한 문인이었으나 불우했던 권필(權韠), 이안눌(李安訥), 조위한(趙緯韓), 허주(許��), 이재영(李再榮) 등이 그들이다.[13]

이 작품에서 작가의 욕망은 그가 관심을 가지고 있었던 사회적 모순에 대한 인식이 구체화 되어 나타난 것으로 보인다. 그 사회적 모순은 서얼에 대한 차별이 극심하다는 것으로 깊은 고뇌가 있었을 것으로 보인다. 앞에서 언급한 이달(李達)을 비롯한 평소에 절친했던 서양갑(徐羊甲)·박응서(朴應犀) 등이 모두 서얼(庶孼) 출신이라는 사실을 통해서 그의 불만은 적지 않았을 것으로 보인다.

실제로 작품에서 사건의 기본축은 길동이 집을 나감으로써 모든 문제가 발생하게 된다. 서자인 길동에 대한 집안에서의 차별이 집을 나가게 되는 직접적인 동기가 된 것이다. 적서차별로 집을 나간 길동이 활빈당의 두령이 된 것은 개인적인 욕망이 보편적인 가치관으로 눈을

---

13) 소재영, 「허균의 생애와 문학」, 『허균 연구』, 서울, 새문사, 1992. pp. II-4~9.

뜬 것으로 해석할 수 있다. 그러나 개인의 불만인 적서차별을 근원적으로 해결할 의도는 드러나지 않는다. 다시 바꾸어 말하면, 개인적인 불만이 탐관오리나, 재산을 축적한 해인사 승려를 징치하여 사회의 구조적인 불만을 해결하는 것으로 바뀌어 나타난 것이다. 집을 나간 것은 적서차별이라는 사회적인 제도의 틀에서의 일탈(逸脫)을 의미하는 것으로 바르고 살 만한 세계로의 변화를 추구하는 구체적 행위의 시초가 된다. 또 사회제도에서 일탈은 현실 사회세계와 유리(遊離)된 '석문(石門)'을 경계로, 다른 세계인 '도적의 굴혈(掘穴)'에서 이루어진다. 현실에서 도모할 수 없는 새로운 세계에 대한 모색이 이루어지는 공간이 도적의 굴혈인 셈이다. 이 공간에서 길동이 두령인 '장군(將軍)'이 된 것은 '천근이나 되는 돌'을 든 것만으로 도적들로부터 공인이 된 것이 아니라, '홍판서의 천첩소생 홍길동'이라는 사회적 배경도 작용했음을 짐작할 수 있다. 양반은 아니지만 판서인 양반의 혈통을 지니고 있다는 것과, 천첩소생이어서 양반 사회에서 내쳐진 신분이어서, 양반도 아니고 상인도 아닌 경계인(境界人)으로서 사회로부터 소외된 존재라는 점, 이 두 측면에서 도적들과 상이성과 유사성을 가질 수 있었다. 그러나 수천 명 도적의 집단인 활빈당의 두령이 되어 해인사와 함경감영을 쳐서 재물을 빼앗아 백성들에게 나눠주어 선정(善政)을 베풀어 백성이 잘 사는 사회를 건설하려는 포부를 보여주고 있지만, 체제를 전복하여 나라의 제도를 바로잡는 것도, 혁명을 일으켜 새로운 나라를 세우는 것도 불가능함을 인식하고 그 대안을 제시한 것이 율도국인 셈이다. 비록 활빈당이 역성혁명(易姓革命)을 할 만큼 강력한 추진 요건은 갖추지 못했지만, 당대의 현실을 개혁해야 한다는 당위성은 인식하고 있음을 볼 수 있다.

허균은 명문에서 태어나 뛰어난 글재주로 일찍 과거에 급제하여 순

조로운 관직 생활을 하였으면서도, 이단(異端)을 숭상하고 당시 사회
제도에서 어긋나는 행동을 해서 여러 번 파직을 당했다. 권신(權臣)
의 일원으로서 지위를 확보하는데 수단을 가리지 않았으면서도 하층
민의 반란에 가담했으며, 마침내 그 주동자가 되어 처형당하였던14)
허균은 비록 자신이 살고 그 사회적 기본틀은 깨지 못했지만 율도국
이라는 대안을 만들었던 것이다. 그러나 사회적인 변혁의 필요성을
활빈당을 통해 구체화 시켰으나, 그 활빈당이 체제의 변화를 시도할
만큼의 역량도 없었으므로 율도국에서의 선정을 베푸는 것 이외의 어
떤 다른 대안을 제시할 수가 없었던 것이다.

　주인공 길동이의 욕망은 무엇이었을까? 작가의 욕망은 빈부의 차별
이 없고, 권력의 횡포도 없는 사회를 구현하는 것이라고 한다면, 인물
의 욕망은 차별이 없고 권력의 횡포가 없는 삶이라고 할 수 있다. 그
러나 인물의 욕망인 적서차별이 없는 사회적 문제는 해결하지 못했다.
길동이의 가출은 그의 욕망을 실현하기 위한 첫번째 시도이다. 집안
에서 천출의 소생으로 천대받는 한스러운 삶에서 생명의 위협을 느꼈
을 때, 그는 자신을 해하려던 사람들을 죽이고 집을 나선 것이다. 길
동의 욕망은 이 한스러운 삶을 벗어나는 것으로 집으로부터의 탈출로
해결할 수 없는 것이다. 이미 사회적 제도는 천출인 그가 어디에 가
든지 그 신분적 제약을 벗어버릴 수는 없게 되어 있었던 것이다. 그
래서 결국 그는 아웃사이더의 집단인 활빈당의 두령이 된 것이다. 그
러나 활빈당 역시 사회적 제도를 해체, 재구성할 역량을 가지고 있지
않았다. 해결의 방법은 고착화된 제도를 역이용하는 것이다. 절대 권
력자인 임금을 압박해서 그로부터 양반의 신분을 인정받는 것이다.
병조판서를 제수해달라고 한 요구의 목적은 바로 이 양반으로 신분의

---

14) 조동일, 『한국문학사상사 시론』, 서울, 지식산업사, 1979. p.170.

이동을 꾀하기 위한 수단인 셈이다. 길동은 결국 활빈당을 이용하여 그의 신분 상승의 목적을 이룬 셈이다.

　"신이 전하를 밧드러 만셰를 뫼올가 ㅎ오나 쳔비쇼생이라, 문(文)으로 옥당(玉堂)의 막히옵고 무(武)로 선쳔(宣薦)의 막힐지라, 이러므로 ᄉ방(四方)의 오유(遨遊)ㅎ와 관부(官府)와 작폐(作弊)하고 됴졍(朝廷)의 득죄(得罪)ㅎ오믄 뎐하(殿下)ㅣ 아로시게 ㅎ오미려니 신의 쇼원을 푸러쥬옵시니 젼하를 하직ㅎ고 됴션을 떠나가오니, 복망(伏望) 젼하ᄂ 만슈무강ㅎ쇼셔"15)

　임금을 배알하고 말한 이 내용은 병조판서를 제수 받고 난 후와, 조선을 떠나기 전에 상주(上奏)한 내용이다. 천비소생인 자신의 신분 문제를 해결하고 거기에 깊이 감동하지만, 자신 외에 제도상 신분의 제약을 받는 많은 백성들이나 친교를 나누었던 사람들에 대한 해결은 염두에 두지 않았던 것으로 보인다.

　길동은 활빈당의 두령이 되어 해인사와 함경감영을 쳐서 재물을 빼앗아 백성들에게 나눠주고 병조판서에 제수되어 자신의 신분 문제는 해결했으나, 그를 따르던 활빈당의 무리들이나 그의 지지세력들이었던 피지배계층인 서자(庶子)들을 양반으로, 양인(良人)을 양반으로 신분을 바꿔 줄 수 있는 제도의 개혁은 시도하지도 못했다.

　임진왜란 발발 직후 노비들에 의해서 노비문서가 소각됨으로써 조선시대 신분제의 기반인 노비층에 대한 파악이 불가능해져서, 사회적으로는 신분제의 해이(解弛)가 두드러지게 나타났다. 그뿐만 아니라 전쟁 중에는 재정을 조달하기 위한 방편으로 납속책(納粟策)이 시행되면서 신분에 관계없이 수직(授職)하거나 면천(免賤)시켜 주었던 것

---

15) 장지영(張志暎) 주석(註釋), 『洪吉童傳·沈淸傳』, 서울, 정음사(正音社), 1964, p.58~59

이다. 그런데도 작품에서는 자신의 소원인 천비소생으로서의 한을 풀기 위해서 심력을 기울였지만, 도적들의 신분에 대한 것은 언급조차도 하지 않았다.

이런 한계는 허균 자신이 양반출신이라는 점에서 볼 때 그 한계를 뛰어넘는 것은 어려운 일이었을 것으로 보인다. 자신과 교유했던 사람들의 심정을 십분 이해한다 해도 그 자신이 조선시대의 유교적인 법도와 사회적 제도에 익숙해져 있었으므로, 개인적인 차원에서의 쉬운 문제 해결 방식을 취할 수밖에 없었을 것으로 보인다.

허균은 자신의 삶의 역정과 관련해서, 사회적인 변혁의 필요성을 『홍길동전』의 활빈당을 통해 구체화 시켰으나, 그 활빈당이 정치 체제의 변화를 시도할 만큼의 역량도 없었으므로, 율도국에서의 선정(善政)을 베푸는 것을 대안으로 제시할 수밖에 없었던 것이다. 그러나 시대적인 조류로 보았을 때 충분히 신분의 해체를 언급할 수 있었음에도 신분문제는 길동 자신의 신분에만 국한시켰던 것으로 보인다. 자신이 한이 맺힌 천비소생만을 해결의 대상으로 보았고, 도적들의 신분문제는 자신이 세운 율도국에서 자신이 해결했을 뿐, 조선에서 해결은 시도하지 않았다. 이런 측면에서 보면, 『홍길동전』은 봉건적 모순에 대한 민중의 저항을 그린 작품이고, 민중의 의지가 주인공 홍길동의 영웅적 투쟁을 통해서 관철되는 것으로 표현되고 있는데 여기에 작자가 부여한 주제는 '인격의 실현'이라고도 볼 수 있는 것이다.[16] 인간에게 가해진 무리한 봉건적 제약에 맞서 사람이라는 인격을 주장하고 그 사회적 실현을 위해서 투쟁한 것이 홍길동전에 주제가 될 수 있다는 것이라든가,『홍길동전』은 신분을 중시하던 조선조 양반관료 사회에서 신분의 결함이 있는 한 유능한 인간이 모든 사회적 제약에 맞서 투쟁하면서 승리를 통하여

---

16) 임형택, *Ibid.*, p.134.

자신의 이상을 실현시키는 모습을 보여주는 작품이라고 보아서 주인공
의 반항과 투쟁을 통해 당초에 가졌던 공리주의적(功利主義的) 이상을
실현하는 것이 작품의 주제라고 하는 것도 수긍할 수 있다.[17] 결국 율
도국은 작가와 인물의 욕망이 빚어낸 결과물이고, 대안인 셈이다.

(2) 박태원의 『홍길동전』의 결말구조

박태원의 『홍길동전』은 〈조선금융협동조합연합회(朝鮮金融協同組合
聯合會)〉에서 1947년 11월 15일 초판을 내고 2년 뒤인 1949년 2월 15일
재판을 발행한 단행본이다. 조선금융협동조합연합회에서는 이 작품 이
외에도, '협동문고'라는 이름으로 모두 4부로 나누어 출판했는데, 제1부
는 학술이고, 제2부는 농민계몽, 제3부가 고전, 제4부는 민중 예술편으
로 나뉘어졌다. 그 중 제4부 민중예술편에 채만식(蔡萬植)의 『허생전
(許生傳)』, 김영석(金永錫)의 『이춘풍전(李春風傳)』, 이명선(李明
善)의 『홍경래전(洪景來傳)』 등이 선정, 발행되었다.

허균의 『홍길동전』을 변용(變用)한 이 작품에서, 박태원은 원작이
작품의 배경을 세종대왕 당시로 되어 있는 것을 연산군 때로 바꾸어
작품의 배경의 논리적 근거를 확보하려고 시도하였다.[18] 박태원이나

---

17) 서대석, 「허균 문학의 연구사적 비판」, 『허균 연구』, 서울, 새문사, 1992, p.
Ⅱ-43.

18) 박태원은 '책끝에'에서, 다음과 같이 기록했다.
  "이미 읽으셨으면 다 아시려니와, 나의 홍길동전은 이와는 이야기가
  매우 다르다. 나는 우선 시대(時代)부터 고쳐 잡았다.
  홍길동과 그의 활빈당(活貧黨)이 눈부신 활약을 하고, 그들의 활약
  이 충분히 뜻있는 것이기 위하여는 아무래도 어두운 시절, 어지러운
  세상이어야만 하겠다. 이조(李朝)에 있어, 드물게 보는 영명(英明)한
  군주(君主)로, 〈해동요순(海東堯舜)〉의 일커름까지 받는 세종대왕(世
  宗大王) 재위 년간에 이러한 일이 있었다 하여서는, 모처럼의 홍길동

허균의 작품이나 둘 다 역사적 실제 인물인 홍길동(洪吉同)[19]이 살았던 당시가 아니고 세종과 연산군 당시로 작품의 배경을 바꾸어 역사를 배경으로만 이용한 것이다. 원작의 배경인 태평성대로 일컬어지던 세종 당시가 역적이 난무하는 난세(亂世)로 설정되어서는 안 될 것이기 때문이다. 따라서 작가는 홍길동이 이미 독자에게 알려진 역할을 할 수 있는 무대의 공간을 선택하는데 가장 그럴듯한 시대가 연산군 당시라고 인식한 것이다.

박태원의 『홍길동전』의 내용은 원전과 좀 다르다.[20] 17세인 길동은 모화정으로 활을 쏘러 나갔다가 임사홍의 아들이 자신을 멸시하는 말을 들었고, 아버지의 부도덕한 행위를 알게 되자 집을 나간다. 유모가 살고 있는 경상도 선산(善山)으로 간 길동은 음전이라는 불우한 여자가 채홍사로 잡혀가다가 자살한 것에 충격을 받고 선산에 머물고 있던 선비 조생원과 의기가 투합되어 함께 토끼벼루로 들어가 활빈당이 되어, 해인사, 함경감영 등 전국에 걸쳐 탐관오리를 습격한다. 토포사 이흡을 만나 시국을 논하고, 임금이 길동을 잡기 위해 그의 형을 이용하지만 길동은 거사를 계획한다. 결국 이는 중종반정으로 이어져서 소설은 끝난다. 그러나 중종반정으로 이어지는 대단원 대목에서 길동

이도 한갓 요망스러운 작란꾼에 지나지 않을 것이다.

이리하여 나는 역사 위에 있어 가장 어둡고 어지러웁고 또 추악하던 인군 연산(燕山)의 시절을 빌기로 하였다.

연산은 내 자신이 실로 사갈(蛇蝎)처럼, 구수(仇讎)처럼 미워하는 인물이다. 그의 가지가지의 학정(虐政)과 추행(醜行)을 이 작품 속에서 들추어 내며, 나는 심히 흥분하고 또 분개하였던 것이다." (박태원, 『홍길동전』, p.175)

19) 燕山君日記나 中宗實錄에 의하면, 실제 인물은 '洪吉童'이 아니라 '洪吉同'으로 되어 있다.

20) 이에 대한 자세한 것은, 김치홍, 「박태원의 「洪吉童傳」 연구」, 『語文學論叢(淸凡陳泰夏敎授華甲紀念論叢)』, 1997, pp.1477~1512.를 참고할 것

은 전면에서 나타나지 않고, 반정에 참여한 역사적 인물들로만 채웠다. 별개의 사건이 된 것이다.

연산의 학정이 이어지고, 더 이상 참기 어려운 지경에 이르렀을 때, 종루(鐘樓) 기둥에 한 장의 방문이 붙었는데, "무도한 인군을 죽이는 도리는, 자고로 그 예가 있는 것이니, 모든 백성은 우리 의병을 따르거라" 는 것이었다. 이어 중종 반정으로 이어진다. 연산의 학정을 반정을 통해 바꾼 것이다. 그러나 길동이나 활빈당이 이 사건과 아무런 역사적 연결고리를 가질 수가 없어 의적소설로도, 역사소설도 의미를 가질 수가 없게 되었다. 의적이 역사적 사건에 전면에서 그 역할을 수행해야 하는데, 박태원의 『홍길동전』의 대단원에서는 의적의 역할이 실종되었다. 역사소설도 마찬가지이다. 중종반정을 역사적 배경으로 이용하였으나 중종반정에 관여한 구체적이고 역사적인 인물과의 연관이 전혀 이루어지지 않았다.

박태원이 고쳐 쓴 『홍길동전』에서 작가의 욕망은 무엇일까? 이것을 해명하기 위해서는 박태원이 '협동문고(協同文庫)'라는 이름으로 기획출판에 가담해서 『홍길동전』을 간행하게 된 연유를 살펴보아야 할 것이다. 먼저 출판사는 왜 이런 '협동문고'라는 출판물을 기획했을까? 출판사측은 이에 대해 「協同文庫 刊行의 辭」[21]

---

20) 「協同文庫 刊行의 辭」의 내용을 보이면 다음과 같다.

"우리들은 우리나라를 오랜 문화를 가진 나라라고 자랑하고 있습니다. 그런데 現實에 있어서는 우리나라는 文盲이 많기로 有名한 文化後進國입니다. 一部 文化人의 對話를 옆에 앉은 無識한 大衆은 外國말처럼 못아러 듣는 딱한 現狀에 있습니다.

百姓을 夢昧한 채로 내버려둔 것은 封建的인 王朝專制政治로 始終한 朝鮮에 있어서 特權階級者만이 自己네가 享有하고 있는 그 特權을 오래 持續獨占하려는 心思에서 나온 惡辣한 政策으로서 이러한 因襲에 젖은 無智한 大衆은 여긔 對해 不幸을 느끼면서도, 오히려 當然한 것으로 생각할만치 줄곳 그늘속에 사라왔으니 反旗를 드러볼 念도 못내는데 이 不合理한를 맨 뒤에 덧붙였다.

글의 내용을 검토해 보면, 광복 직후, 세상이 바뀌어 새조선을 이룩하기 위해 무지한 문맹인 대중의 문화 수준을 높이고 이런 서책을 통해 문화 민족으로서의 자격을 갖추게 하기 위해서 이 책을 낸다고 밝히고 있다. 즉 권력층의 독점물인 서책(書冊)을 대중에게 보급하는 것, 다시 바꾸어 말하면 '書冊의 大衆化'를 시도하기 위한 것이 이 책의 발간 목적이라는 것이다.

여기서 '書冊의 大衆化'에 대하여 좀 살펴보아야 되겠다. 이 '書冊의

惡弊가 곳처질 理가 있었습니까.

　世界의 新思潮가 우리의 鐵壁같은 깊은 꿈을 깨트리고 겨우 新文化運動이 擡頭되려 할 무렵, 우리들은 악착한 日帝의 奴隸 生活로 드러가 朝鮮文化自體가 뿌리 채 뽑혀지는 危急한 地境에 허매였으니 朝鮮的인 新文化運動이란 싹도 터보지 못하고 다시 封建的인 暗黑時代로 드러가 大衆의 愚昧를 열기는 커녕 文盲의 病身만 그대로 느러갔습니다.

　그러나 世上은 바뀌여, 萬人의 智慧와 力量을 가치기우려 政治도 의론하고 産業이며 經濟도 建設하야 民主主義 새 朝鮮을 이룩해야 할 때가 된 것입니다. 無智한 文盲이 모히며 튼튼한 새 나라를 세우려는 것은 砂上에 樓閣을 세우려는 게나 다름없이 虛妄한 노릇이요, 무엇보다 앞서 우리의 文化水準을 높이자는 까닭이 여기 있는 것입니다. 特權者는 그들의 獨占物이든 書冊을 大衆 앞에 開放해야 되고 大衆은 特權者에게서 解放된 書冊을 通하야 文化民族으로서의 資格을 가추기에 힘써야 합니다.

　그런데 아모리 書肆에, 書庫에, 充積된 좋은 書冊일지라도 그대로 開放만 해준다고 그것이 知識水準이 얕은 大衆을 즐겁게 해 주지 못하고 그들 大衆에게 곧 糧食이 되고 피와 살이 될 수는 없습니다. 學問과 藝術의 普遍化를 꾀하는 데는 먼저 書冊의 大衆化를 前提로 해야 합니다.

　農民의 啓蒙을 그 事業의 하나로 하고 있는 朝鮮金融組合聯合會가, 정말 農民의 손에서 떠나지 않을 冊, 農民에게 꼭 주고 싶은 冊을 골라내여 萬人의 手中에 드러가게 할 수 잇도록 犧牲的인 價格으로 刊行頒布하야 將來할 朝鮮文化를 爲하야 이 文庫를 世上에 내여 놓게 된 것은 애오라지 書庫나 書肆店窓에 新刊書의 種目이나 느려보자는데 있지 않은 것을 料解해 주실 줄 믿는 同時에 永遠性 있는 이 事業에 대하야 知識을 求하고 藝術을 사랑하는 讀書大衆의 公正 叱正과 不斷의 聲援을 비러 마지않는 바입니다. (박태원, *Ibid.*, pp.178~179)

大衆化'는 곧 '文化의 大衆化'를 위한 것으로, 1946년 7월을 전후 하여 문학가동맹이 조직적 차원에서 본격적으로 전개하였던 대중화 문제와 연계하여 볼 수 있을 것이다. 이런 추론은 구보와 같이 이 금융조합 연합회에서 『李春豊傳』을 낸 김영석(金永錫)이 당대 문학의 본질적 성격인 인민의 문학이 현실과 실제로 얼마만큼 괴리되었는가를 지적한 다음과 같은 글에서 확인할 수 있다.

　　"서울서도 의식 수준이 높은 모 공장의 한글을 읽을 수 있는 남녀 직공은 2백명 가까운 속에서 고리끼를 아는 사람이 하나도 없었고 이기영을 아는 사람이 12인 밖에 없었다는 사실은 문학대중화를 위한 사회적 조건이 얼마난 가혹했던가 하는 것일 게다. 2백만 가까운 조직 노동자와 4백만이 넘는 조직 농민을 앞에 둔 오늘날의 조선문학이 과연 얼마만한 독자를 가지고 있는지는 의문이 아닐 수 없다."[22]

이런 논의가 발생한 이유를 자세히 살필 필요는 없지만 그 발단이 된 것은, 1946년 들어 이승만(李承晩)을 중심으로 한 한민당이 일제 잔존 세력과 봉건지주들과 결탁하여 미군정의 비호를 받아 민주주의 민족전선에 대한 노골적인 반대투쟁을 전개하기 시작한 것으로 당시 사회 상황이 급변한 데서 비롯된 것이다. 이어 모스코바 삼상회의 직후 찬탁과 반탁으로 나뉘어진 뒤, 민군정청이 정판사 위조사건 등을 통한 각종 언론 탄압과 국대안 제정 등 파쑈진영의 이익을 대변하면서 좌익에 대한 탄압을 본격화하였다. 이에 대해 조선공산당은 미군정청에 대한 소극적 태도를 반성하고 역공세를 결의하고 선전술을 펼

---

22) 김영석, 「문화의 대중화 문제 기타」, 『신세대』 제3호, 1946.7. (임규찬, 「8·15 직후 미군정기 문학운동에서의 대중화 문제」, 이우용편저, 『해방 공간의 문학 연구』, 서울, 태학사, 1990. pp.156~157.에서 재인용)

친다. 이 선전술은 무력투쟁을 의미하는 것이 아니고 합법적인 테두리 안에서 반미반군정에 대한 대중 투쟁을 조직화하는 것이었다. 이러한 합법적 투쟁은 문학계에도 영향을 미쳐, 1946년 7월 문학가동맹에서 대중화투쟁을 조직적으로 전개했다. 이 때에 대중투쟁을 가장 구체적인 활동으로 전개한 것 중에 하나가 대중화 문제였다. 이 대중화 문제의 중심축은 창작 실천의 부진, 보급과 관련된 대중에 대한 구체적 영향력 문제, 작가의 의식 개조 문제 등이었다.23) 결국 이 '문화의 대중화'를 이룩하기 위한 하나의 방편이 '서책의 대중화'였고 그에 대한 구체적 실천이 '협동문고'의 발행이라는 것은 쉽게 짐작할 수 있을 것이다.

따라서 농민의 계몽을 그 사업의 하나로 하고 있는 〈조선금융협동조합연합회(朝鮮金融協同組合聯合會)〉가 농민의 손에서 떠나지 않을 책, 농민에게 꼭 주고 싶은 책을 골라내 출판 대상으로 삼았고, 그 중의 하나로 이 『홍길동전』을 선택한 것은 당연한 논리의 귀결인 셈이다. 위에서 김영석(金永錫)이 제기한 것은, 올바른 문맹 퇴치 운동이라든가, 대중문학 혹은 계몽문학에 대한 논의가 아니라, 인민의 문학이 실제로 대중과 밀접한 관계를 이루지 못했음을 통박하고 근로 대중층의 욕망이 어디에 있는가에 초점을 두었던 것이다. 따라서 올바른 문학과 근로 대중과의 접근 가능한 문학이란 과연 어떤 것일까 하는 것이 문제가 된다. 바로 이 점이 〈조선금융협동조합연합회〉가 이 책을 발행하게 된 이유가 무엇인가에 대한 답이 될 것이다. 문화 수준이 얕은 농민 대중을 즐겁게 하면서도 그들의 문화 수준을 높이는 데 이 『홍길동전』이 과연 적합한 것일까? 이런 논의는 근로 대중층

---

23) 임규찬, 「8·15직후 미군정기 문학운동에서의 대중화 문제」, 이우용편
    저, 『해방공간의 문학연구』, 서울, 태학사, 1990, p.156.

의 욕망이 어디에 있었는가에 대한 그들의 답변인 셈이다. 이 점은 앞에서 언급한 대로, 협동문고가 모두 4부로 나뉘어졌고, 이 중 제4부 민중 예술편에 채만식(蔡萬植)의 『허생전(許生傳)』, 김영석(金永錫) 의 『이춘풍전(李春風傳)』, 이명선(李明善)의 『홍경래전(洪景來傳)』등이 들어가 있고, 분류번호 4-4(4부 4책)로 이 『홍길동전』을 출판했다. 그 런데 이 『홍길동전』은 농민 계몽으로 분류되거나 그것이 어렵다면 고 전으로 분류돼야 마땅할 터이다. 그럼에도 불구하고 민중예술로 가름 한 까닭은 당시의 문학 작품의 기능이나 역할에 대한 인식의 차이에 서 비롯된 것으로 보인다.

김남천(金南天)은 『문학』 창간호(1946. 7.)에서 당시 일년간의 창작 계를 정리하면서, 한마디로 "작품의 경지가 한없이 저급하다"[24]고 비 난하면서, 테마설정의 비속성과 안이성, 통속적인 착상 등이 소시민성 에 사로잡혀 있다는 것을 그 이유로 들었다. 그러면서 그는 작가의 질적 향상을 위한 노력이 인민 대중의 감정을 알고 습속을 연구하고 언어를 배우고 투쟁과 고락을 함께 하는 행동과 어우러질 때, 작품의 질적 향상과 보급화가 이루어질 수 있을 것이라고 했다. 이런 논의는 더욱 광범하게 진전되어, 역사 발전의 원동력이 민중의 역사적 투쟁 가운데 있다는 확고한 계급투쟁의 시각을 바로 현실에서 취해야 함을 역설하고, 이러한 현실적 여건이 문학자 자신의 낙후성을 반성하는 계기가 됨을 대중이 가르쳐 주었다는 것이다.[25]

이런 논의의 결과로 시도된 것이 협동문고의 발행과 관련이 있을 것으로 보인다. 그 이유는 무엇일까? 이런 의문에 답을 밝히기 위해

---

24) 김남천, 「창조적 사업의 전진을 위하여」, 『문학』 창간호, 1946. 7.(이우 용, *Ibid.*, p.158에서 재인용)

25) 김남천, 「대중투쟁과 창조적 실천의 문제」, 『문학』제3호, 1947. 4.(*Ibid.*, p.158.)

서는 이 〈조선금융·협동조합연합회〉의 성격을 구명하는 것이 해명의 지름길일 것이나 굳이 발행단체의 성격을 규명할 것도 없이 위의 인용문을 통해 해명의 단서를 확보할 수 있을 것으로 보인다.

우선 위에서 언급한 「協同文庫 刊行의 辭」의 세 번째와 네 번째 단락을 통해 이 발간사의 문맥적 의미를 다음과 같이 요약할 수 있다. 1)일제로부터 벗어나 조선사적인 신문화의 건설, 2)봉건제도의 청산을 통한 문맹의 탈피, 3)민주주의 건설 등이다. 이런 견해는 1945년 12월 13일 남로당 지령에 따라 〈조선문학건설본부〉와 〈조선프로예맹〉이 합쳐진 〈조선문학동맹〉이 제시한 강령과 비슷한 면을 보인다.

이 〈조선문학동맹〉은 1946년 1월 20일 대회를 소집했는데, 이 대회에서 나타난 바 이 단체의 지향점은 다음과 같다. 첫째, 문학의 목표를 일제 잔재의 소탕, 봉건적 잔재 청산, 국수주의 배격, 진보적 민족문학 건설, 구제문학과의 제휴 등이다. 둘째, 〈조선문학가동맹〉이라는 명칭을 사용하고, 집행위원을 확정한다. 그리고 이 대회에서 내세운 것은 민족 문학이었는데 이는 그들이 내세운 큰 목표가 진보적 민주주의의 건설이었기 때문이다.[26] 여기서 봉건제도의 청산과 일제잔재의 청산, 민주주의 건설 등에서 위의 인용문과 동일하고 나머지 부분도 유사한 부분을 발견할 수 있다. 반면에 〈조선문학가동맹〉에 맞선 우익진영의 단체인 〈전조선문필가협회〉의 1946년 3월 13일의 대회는 이승만이 축사를 하는 등 정치적 성격을 띤 채 하루 만에 토론도 없이 끝나 버려 어떤 강령도 제시되지 않았다.[27]

---

26) 김윤식, 『해방공간의 문학사론』, 서울, 서울대학교 출판부, 1989, pp. 10~11.

27) 우익 문학 쪽에서 이론적인 수립에 나선 단체은 1946년 4월 4일 만들어진 〈조선청년문학가협회〉로, 이들이 내세운 강령은, 1)자주독립촉성에 문화적 헌신을 기함 2)민족문학의 세계사적 사명의 완수를 기함 3)일체의 공식적 예속적 경향을 배격하고 진정한 문학 정신을 옹호함

이로 미루어 보아 〈조선금융협동조합연합회〉에서 출간한 책들이 좌익 이데올로기를 전달하기 위한 선전 도구는 아니었는지는 몰라도 문학에 대한 그들의 이론을 전개하기 위한 구체적 작업의 일부였을 것으로 추측된다. 김윤식 교수의 지적대로 '금방 현실주의자로 변모할 수 없는' 상태에서 개작한 형태가 바로 박태원의 『홍길동전』이 아닐까? 그럼 작품을 선정한 것은 누구일까? 만일 박태원이 이 작품을 선택했다면 그 선택의 이유는 무엇일까? 혹은 박태원이 이 작품을 선택한 것이 아니고 연합회에서 선정한 것이라면, 연합회에서는 왜 이 작품을 선정했고, 그리고 이 작품을 박태원에게 맡겼을까? 그냥 우연의 일치일까? 혹시 아무 의미 없이 편집진에 있었을지도 모르는 친구의 부탁이었을까? 이런 의문들이 부질없는 것들일까? 박태원이 이 작품을 선택한 것이라면 그의 작품 활동과 관련이 있는지? 이 점은 김윤식 교수의 박태원의 글쓰기에 대한 글에서 어떤 연관성을 찾을 수 있을 것으로 보인다.

김 교수는 박태원의 작품 활동을 글쓰기와 소설쓰기로 나누어 해명하였다.[28] 그 중 글쓰기는 1939년 10월부터 『신세기』에 지나소설(支那小說)이란 이름을 덧붙인 「역수한(逆水漢)」을 발표하면서 시작되었다. 그 후 그는 1930년대 말 전면적으로 중국 고전 번역에 매달렸는데, 김 교수에 의하면, 이 중국 고전 번역은 그의 글쓰기가 나아갈 수 있는 최선의 방법이었다는 것이다. 일제 말기 탄압이 극심해진 상황에서 살아남을 수 있는 방법이었음은 말할 것도 없다. 일제 말기에 살아남은 유일한 작가로서 박태원을 꼽으면서, 김 교수는 그 이유가 중국 고전 소설 번역에 있었음을 밝혔다. 그러면서 그는, '유일하게

등이다.(김윤식, *Ibid.*, p.17.)

28) 김윤식, 「박태원론」, 『한국 현대 현실주의 소설 연구』, 서울, 문학과지성사, 1990, pp.141~172.

살아남을 수 있었다'는 것에 두 가지 의미가 포함되어 있다고 하면서, 그 하나는 친일 문학에 나아가지 않아도 되었다는 점이고, 또 하나는 창작활동을 한 것이 아니고 다만 글쓰기(번역)에 몰두함으로써 '글쓰는 자'의 임무에 충실했음을 의미한다고 했다.29) 따라서 구보의 이런 글쓰기는, 1)일제 치하에서 친일도 하지 않고, 2)붓을 꺾지도 않은 것이며, 3)또 일본어로 쓰되 친일과 전혀 관계없는 글을 쓰는, 일제치하에서 또 다른 하나의 방법을 택한 것이다.

일제 치하에서 이러한 태도를 취했던 박태원이 해방 후에 이와 같은 소설을 쓰게 된 것은 무슨 까닭이 있어서일까? 김 교수에 의하면, "해방 공간에서 '소설쓰기'란 엄격히 말해, 어느 시각에서 편드는 행위의 일종인 만큼 누구도 현실주의자(이데올로기 선택)가 아닐 수 없는데, 그 점을 전면적으로 포기한 박태원으로서는 해방 공간이 닥쳐왔다고 해서 금방 현실주의자로 변모할 수는 없었다."30) 따라서 『임진왜란』(서울신문, 1949. 1~1949. 12.)을 발표하기 전까지 그는 당분간 무방향성에 놓인 영점(零點) 지대로서의 '글쓰기'에 머물러 있을 수밖에 없었다. 이런 상황에서 쓴 것이 이 『홍길동전』이라는 추측을 할 수 있을 것이다.

위의 질문에 대한 또 하나의 해명은 해방 직후 문단 상황과 관련해서 살펴보는 데에서 찾을 수 있다. 해방직후 문단이 〈조선문학가동맹〉을 중심으로 한 좌익 작가들에 의해 주도되고 있을 때, 구보를 포함하여 김기림, 정지용, 이태준 등 구인회(九人會) 회원이자 1930년대 모더니즘 문학 전개에 주도적인 역할을 담당했던 순수 문학 계열의 작가들도 모두 〈조선문학가동맹〉에 참여하였다. 뿐만 아니라 그는

---

29) 김윤식, *Ibid.*, p.144.
30) 김윤식, *Ibid.*, p.149.

〈조선문학가동맹〉의 집행위원으로 선정되어[31], 새로운 민족 문학 건설이라는 사명을 가지고 문학의 사회적 실천을 강조하는 쪽으로 선회하였다.[32] 새로운 시대에 맞는 민족문학 건설의 확립이 그의 문학적 과제였고, 그 결과물이 일련의 역사소설임이 이미 지적된 바 있다.[33] 비록 『홍길동전』을 역사소설로 보기엔 다소 무리가 있을지라도, 봉건주의에 대한 저항의식이나 민중의식이 『춘보(春甫)』등 보다 오히려 더 구체화되어 있다는 점에서 해방 직후 그의 행적과 맞물려 있는 것이 아닌가 하는 추측을 하게 된다.

이제 위에서 살펴 본 견해에 의하면, 박태원 개인에 있어서 이 작품을 쓰게 된 이유는 해방 직후 조선문학가동맹에 관여했던 그가 작품 활동을 통해 현실에 깊게 관여하려 했지만, 『천변풍경』과 같은 작품을 썼던 모더니즘 소설의 기수인 그가 쉽게 현실주의자로 변할 수는 없었고, 다만 민족문학 건설에 참여의 한 방법으로 이를 택한 것으로 볼 수 있다. 다만 〈조선금융협동조합연합회〉에서 기획 출간한 협동문고의 필자로 왜 그를 지목했는지는 알 수가 없으나, 이미 그는 역사소설류에 해당하는 작품들을 쓴 전력이 있지 않은가? 단지 다 쓰고 난 뒤 못 마땅해 한 것은 자신의 처지로 봐서나, 문학성으로 봐서나 기대치가 개인에게도 집단에게도 못 이른 데서 기인한 것이라고 볼 수 있다. 다만 이 작품에서 문학가동맹의 이데올로기가 생경하게 드러나지 않은 것은, 구보가 집행위원이기는 했으나 적극적으로 가담하지 않았기 때문인 것으로 풀이할 수 있을 것이다. 이런 추론이 가능하다면 이 작품을 쓴 것도 의도적이기보다는 그 누구의 강권에 거절할 수 없는 어쩔 수 없는 상황에서 썼는지도 모를 일이다. 마치 그

---

31) 김윤식, 『해방 공간의 문학사론』, p.22.
32) 정현숙, 『박태원 문학연구』, 서울, 국학자료원, 1993. pp.250~252.
33) 정현숙, *Ibid.*, p.252.

가 문학가동맹에 그의 의사와 관계없이 집행위원으로 선출될 것을 예상하고 일부러 술에 만취하여 집으로 가는 도중에 다리에서 떨어져 타박상을 입고 참석하지 않은 사실[34]과 관련해서 본다면 이런 추측은 가능하리라고 본다.

박태원은 이 작품, 『홍길동전』의 개작의 의미를 어디에 두었을까? 작품이 중종반정(中宗反正)으로 그 결말이 이루어진 것으로 보아 타락한 정권의 교체를 염두에 두었던 것으로 보인다. 백성들이 고통을 당하는 것은 통치권의 무능과 횡포와 관리들의 착취라는데 초점을 두고 있다. 우선 왕을 비롯한 권력층의 부정부패를 폭로하고, 그의 시정(是正)이 정권 교체의 차원에서 이루어져야 함을 역설했다. 더구나 백성은 도탄(塗炭)에 빠져 있고, 길동의 아버지를 포함한 권신들과 지방 관리들은 온갖 횡포를 부리며 잘 살고 있음이 대조적으로 드러나고 있는 사회적 모순을 극복 청산해야 한다는 것이 구보의 이상이었을 것이다. 특히 연산의 황음(荒淫)과 폭정(暴政)이 작가의 직접적인 설명이나, 조생원과의 대화를 통해 간헐적으로 언급되어 있어 작가가 의도적으로 강조하고 있는 것에서 그 의미를 잘 알 수 있다. 작품의 시대적 배경을 세종에서 연산으로 바꾼 것도 이 연산의 폭정을 배경으로 삼기 위한 배려인 것이다. 그러나 서출(庶出)이라는 신분과 관련된 것은 사회 문제화 되는 대신 개인의 사회화에서 장애적 요소로만 제시되었다. 이것은 이 작품에서 구보가 그리려 했던 것이 중종반정에 의한 혁명적 정권의 교체를 시도하려는 것으로, 당시 사회제도의 개혁이라고 하는 본질적 문제를 비껴간 데서 확인 할 수 있다. 이것은 현대 사회에서 신분 문제가 사회의 심각한 갈등을 유발시킬 수 있는 소지(素地)가 없기 때문이라고 보여진다.

---

34) 강진호 외 공저, 『박태원 소설 연구』, 서울, 깊은샘, 1995, pp.427~428.

그리고 작품을 변용시킴으로써 전형적인 고전소설의 모습에서 탈피
했다. 현대소설로 개작하는 과정에서 사실성을 확보하고자 고전소설
에서 보여지는 비논리적이고 불합리한 요소들을 제거해 버린 것이다.
서두를, "봄! 봄! 봄이다."의 3행으로 시작함으로 해서, 원작의 "화설
됴션국 세종됴 시절의 흔 재샹이 이시니"와는 전혀 다른 현대소설적
느낌을 갖게 했다. 또한 원작에서 보여지는 전기소설적(傳奇小說的)
요소가 제거된 것도 지적할 수 있다. 호풍환우하는 초인적 능력을 가
지고 있는 길동이 힘과 활쏘기를 비롯한 약간의 무술에 탁월함을 가
지고 있을 뿐 고민하고 좌절하는 인물로 바뀌어진 것도 같은 맥락에
서 이해할 수 있다. 길동이 팔도에서 출현한다든가, 경상감영에서 잡
혀 갔다가 탈출하는 대목도 원작이 비논리적임을 들어 리얼리티의 확
보를 위해 고쳐야 됨을 지적하고 고쳐 버렸다.[35]

이와 같이 박태원은 작가 자신이 작품에 개입하여 사실성 확보에
주력하고 있다. 그러나 이를 통해 전기소설로 평가되는 것은 면했으
나, 이것이 작품의 이해를 돕는데 얼마나 큰 구실을 하며, 독자가 감
동하는데 얼마나 많은 도움을 주었는가 하는 점은 별개의 문제로 남
는다.

결국 박태원은 길동이를 통해서 봉건주의에 대한 저항의식을 고취

---

35) 다음 예문에서 확인해 보기로 한다.
   "고본『홍길동전』은, 단순히 소설로 볼 때에는 흥미가 아주 없지 않
   으나, 문헌(文獻)으로서의 가치는 별로히 없는 저술이다. 『얘기책』---,
   고대소설이라는 것이 흔히 그렇듯, 이『홍길동전』도 사실에 없는 허황
   맹랑한 수작이 너무 많다. 길동이가 둔갑법(遁甲法)을 쓰고, 축지법(縮
   地法)을 쓰고 구름을 타고서 하늘을 달리고, 초인(草人)으로 저와 똑같
   은 길동이 여덟을 만들어 팔도에 배치하고…… 나중에 율도국으로 가서
   왕이 되는 것은 그만 두고라도, 애초에 집을 나가는 동기부터 사실과는
   모두 틀리는 수작이다. 그러한 중에, 이 '해인사 사건' 하나만은 대체로
   사실과 부합한다. 대개, 이대로 믿어도 좋다."(朴泰遠, *Ibid.*, p.83.)

하고, 민중에 의한 역사의 변화를 암시하려했던 것으로 보인다. 그것은 무리하게 대단원에서 길동이를 배제하고, 중종반정의 역사적 인물을 등장시켰던 것에서 확인할 수 있다. 작가는 중종반정이라는 혁명적 정권 교체를 제시함으로써 그것이 암유하는 바가 당시의 사회제도 개혁이었음을 알 수 있게 해 준다. 그리고 부차적으로, 해방공간에서 무방향성의 영점지대로서의 글쓰기를 했고, 그 후 현실주의자로의 변화는 불가능했지만, 민족문학에 건설하기 위한 참여하는 하나의 방법으로써 이것을 택했을 것이다.

길동이의 욕망은 두 가지로 요약할 수 있다. 하나는 신분적 제약을 도저히 벗어버릴 수 없는 서출(庶出)로서 개인적인 모욕감을 '천생아재필유용(天生我材必有用)'으로 극복하려는 것이고, 또 하나는 학정(虐政)과 황음(荒淫)을 일삼는 연산군과 같은 못된 통치권자가 정사(政事)를 맡고 있는 난세와 부정부패의 전형적인 아버지 홍판서에서 연유된 현실 사회에 대한 분노를 해결하는 것이다.

따라서 개인적 욕망을 해결하기 위한 방편은 먼저 신분적 제약을 벗어버릴 수 없는 서출(庶出)로서 개인적인 모욕감을 '천생아재필유용(天生我材必有用)'으로 바꾸기 위해서는 가출을 하는 것이다. 그러나 그가 찾아간 곳은 도적의 소굴이 아니라, 유모가 살고 있는 선산(善山)이었고 거기서 조생원을 만나 의기투합한 것이 고작이다. 박태원의 길동이는 "본래 타고나기를 기골이 장대하고 여력이 과인하여, 여간 장정들은 십여명쯤 능준히 거느리는 나이는 이제 열일곱이"[36]며, "무예에 통달하였"고, 또 "칼 쓰기나 창 쓰기나 어느 것이든 모다 능하되 활 재주에 이르러서는 당대에 짝이 없는" 인물로 서술되어 있는 것이다. 이렇게 별로 달라진 것이 없는 길동이의 고민이 원작에서

---

36) 박태원, *Ibid.*, p.3.

는 "대쟝뷔 세샹의 나미 공밍(孔孟)을 본밧지 못ᄒ면 찰아리 병법(兵法)을 외와 대쟝인(大將印)을 요하(腰下)의 빗기 ᄎ고 동졍(東征) 셔벌(西伐)ᄒ여 국가의 딕공(大功)을 셰우고 일홈을 만딕(萬代)의 빗닉미 쟝부의 쾌ᄉ(快事이)라 나ᄂᆞᆫ 엇지ᄒ여 일신(一身)이 젹막(寂寞)ᄒ고 부형이 이시되 호부(呼父) 호형(呼兄)을 못ᄒ니 심쟝(心腸)이 터질지라 엇지 통한치 아니리오"[37]라고 하여 당시의 제도적인 한계를 극복할 수 없는 한 개인의 불만에서 비롯된 것으로 되어 있는 반면, 박태원의 작품에서는 당대의 권신인 임사홍(任士洪)의 자제인 임숭재(任崇載)의 거만함과 무령군(武靈君) 유자광(柳子光)의 아들이 "고작해야 오품(五品)을 못넘을 테니 재주가 아깝구나"라는 비아냥거린 것에 대한 모욕감에서 비롯된다. 이 모욕감은 서자(庶子)가 천대를 받아야 되는 이러한 사회제도로 말미암은 것을 인식하고 갈등을 겪게 된다. 더구나 "전고에 없는 황음무도(荒淫無道)한 지금 인군이 위에 오른 뒤로, 어진 신하는 혹은 내침을 받고, 혹은 죄로 몰려 죽고, 유자광, 임사홍을 비롯한 간신의 무리만 조정에 가득 찼"을 뿐만 아니라, 자신의 아버지인 홍판서도 또한 같은 부류의 인물이기에 더욱 견딜 수 없게 된다. 당시의 사회제도의 극복이 불가능한 상태에서 고민하고 좌절하던 주인공이 곧 가출하게 되는 것이다. 이것은 개인과 세계와의 대립 갈등에서 패배한 주인공이 새로운 세계를 향해 떠나는 것이다.

집을 나간 길동이 찾아간 곳은 고작 유모가 살고 있는 선산이었고, 그곳에서 그가 할 수 있는 것은 아무 것도 없다. 모욕감을 주는 자만 없을 뿐 근본 문제를 해결할 수 있는 신분의 변동은 없었다. 다만, '산 좋고 물 맑아 문학을 숭상하고 민풍(民風)이 순박(淳朴)한' 선산

---

37) 장지영, *Ibid.*, p.9.

에서 부사(府使)의 횡포를 보며 머물다가 조생원이라는 사람을 만나게 되고 그와 의기투합하게 된다.

개인적 욕망을 이루기 위해 도적의 소굴로 가게 되는 것은 개인적 모욕감이 사회적 불만으로 증폭되면서 자연스럽게 나타난다. 개인적 모욕감을 극복하려는 욕망이 사회적인 관심사와 결합되어 폭발한 것은 현실 사회에 대한 불만이 분노로 바뀌어 나타난 것이 원인이 되었다. 길동이는 선산에 있으면서, 음전(音全)이라는 여자를 보게 된다. 음전이는 전라도 녹도(鹿島)에서 와서 이모집에 기거하고 있는 고아이다. 그러던 어느 날 연산의 음학(淫虐)의 한 단면인 채홍준사(採紅駿使)와 채청사(採靑使)가 선산에 오게 되는데, 음전이가 이들에게 잡혀가는 중도에 자살하고 만다. 동병상련(同病相憐)이기도 했지만 은근히 음전이를 마음 속에 두고 있던 길동이는 그녀의 죽음을 알고 즉시 보복하려 하나 조생원의 만류로 더 큰 일을 위해 참는다. 그리고 그 날로 '산으로 들어간다.' 이와 같이 홍길동이 화적이 된 이유는 현실의 부패한 정치와 권력의 횡포에 대한 구체적인 저항 행위로 제시되어 있다.

박태원의 『홍길동전』과 원작과의 가장 큰 차이를 보여 주는 곳은 대단원 부분이다. 원작에서는 길동이 병조판서가 된 후, 율도국(硉島國)으로 가 새로운 나라를 건설하는 것으로 되어 있다. 이것은 교산(狡山)이 당시의 사회제도를 뛰어넘을 수 없는 한계로 인식한 결과로 보인다. 이와 같은 한계성을 인식한 구보는 당시의 조선 사회에서 고착화된 사회 제도의 개혁은 불가능했지만 반정을 통해 사회의 변화를 시도하는 일은 가능했었다는 점에 주목하게 된다. 따라서 결말은 다음과 같이 전개된다.

조생원과 함께 활빈당을 일으킨 지 일년 쯤 지났을 때, 길동은 "그 동안에 자기들은 가엾은 동포들을 위하여, 대체, 얼마만한 일을 하였단 말이냐? 주야로 노심초사하고, 동분서주하여 이룬 일이, 대체, 무엇이란 말이냐?"고 자문자답한다. "탐관오리를 징계하고, 그들이 가진 부정한 재물을 적지 않게 빼앗아" 나누어 주었다. 그러나 이러한 행위가 '언발에 오줌누기'임을 인식하게 된 것이다. "대체 어데에 잘못이 있었나" 심각한 고민 끝에 근본 문제를 해결하지 않고는 자신이 원하는 일을 이룰 수 없음을 깨닫게 된다.

이러한 길동의 한계는 "무도한 인군을 죽이는 도리는, 자고로, 그 예가 있는 것이니, 모든 백성은 우리 의병을 따르거라."라고 쓴 "전날 종루 기둥에 붙었던 방문이 불현듯이 떠 올"리면서 극복의 방법으로, "뿌리를 뽑자! 그렇다, 인군을 갈자! 그를 그대로 두어 두고는, 모든 일이 다 헛된 수고다!…"라고 생각하여 중종반정에 참여하게 된다. 이름 없는 민중의 한 사람으로 참여하게 되어 이제까지 주인공이던 의적 길동은 작품에서 사라지고 만다. 역사성이 결여된 인물을 구체적 역사에 접목시켰을 때 노출된 해결할 수 없는 문제를 목도하게 된 것이다. 길동의 욕망은 길동이 자신의 능력과 민중적 힘을 바탕으로 정치를 개혁하려는 것은 실패하고, 탐관오리가 없는 사회를 구현하는 것으로 귀결되고 말았다. 그러나 새로운 왕이 선정을 베풀어서 권력의 횡포가 없는 사회가 되었는지와 서출로서의 개인적 욕망이 실현되었는지의 문제는 여전히 알 수 없는 미해결의 장(章)으로 남아 있다.

박태원은 이 작품에서 작품 자체의 역사적 논리성을 확보하기 위해 원작의 세종시대를 가장 혼란스러웠던 시대로 인식한 연산군 시대로 바꾸었다. 연산군일기나 중종실록에 그 이름이 나오는 것으로 보아 연산군 당시에 실존했던 인물일지라도, 그와 관계없이 작품의 내적 질서를 이룩하는 데는 어느 정도 성공했으나, 결말 부분에서 마무리를 지을 수 없는 혼란에 빠졌다. 길동의 개인적 고민이 사회성을 얻기 위해서는 길동이 민중의 공감과 함께 행동할 수 있어야 한다. 그러나 이 대단원에서 길동은 전면의 무대에서 사라져 버리고 말았다. 구체적 역사인 중종반정에서 길동의 모습은 보이지 않는 것이다. 작가의 고민이 여기에 있었을 것이다. 중종반정에 홍길동을 어떻게 끼워 넣을 수 있을 것인가? 홍길동과 중종반정의 구체적 역사의 인물들이 동일 공간에 설 수 없다고 본 것이 역사를 왜곡하지 않는 범위 안에서의 역사소설이라고 작가가 인식한 결과이다. 『홍길동전』의 역사적 배경이 세종일 수 없다는 그의 논리에 의하면 중종반정에서 길동이 주도적 인물임을 조작하는 역사의 왜곡 또한 있을 수 없기 때문이다. 따라서 반정이 모의되는 과정에서부터 길동은 그 모습을 감추고만 것이다. 결국 박태원은 중종반정이 이루어지는 부분부터 길동이를 작품에서 제외시켰다. 길동이 다시 나타난 것은 반정이 끝난 뒤이다. 이 때의 길동은 주도적 인물이 아니라 아웃사이더가 된 것이다. 그것은 중종반정과 홍길동이 모두 서로 다른 시대에 존재했든, 같은 시대에 존재했든 서로의 인과성을 가질 수 없다면, 역사적 실체이기 때문에 비동시적 인물의 동시적 배열이 사실상 불가능한 것이다. 그것은 개인의 역사화를 시도하려다가 역사의 사유화가 불가능함을 알았기 때문이었다. 시대적 배경을 바꿈으로써 작품의 논리적 당위성은 얻었으나, 역사의 구체화는 실패하고 만 결과이다.

적어도 의적소설이 되기 위해서는 홍길동이 우두머리가 되어 관군을 격파하고 체제를 전복하거나, 그에 상응하는 주도적 세력으로 부상하여야 하는데 그렇게 되지 못했다.

(3) 황석영의 『장길산』의 결말구조[38]

『장길산(張吉山)』[39]의 결말은 제4부 역모(逆謀) 하(下), 제4장인 '종장(終章) 귀면(鬼面)'에서 마무리 된다. 묘정과 옥여 두 스님이 전국 각지의 승려를 묶고, 운부 큰 스님이 선비를 통하여 세속의 인재들을 묶으며, 한양성내에도 내응세력을 심어 병자년 3월 21일 거사를 준비하던 중에, 운부 큰 스님이 농번기를 이유로 들어 11월로 연기하도록 하였다. 구체적인 거사 계획까지 세워 날짜를 기다렸으나 동지(冬至)가 다 지나도록 미루어지다가 숙종 23년 정월 초 열흘에 고변(告變)이 먼저 터지는 바람에 한양의 관련자들이 체포되었다. 거사는 실패로 끝났지만, 그 이후 3년 동안 활빈도로 활동하였다. 임금은 장길산이 체포되지 않자, 끝내 비망기(備忘記)를 내렸으나 결국 체포하지를 못했다. 그 후에 장길산은 소문으로만 존재하게 되었다. 황석영은 장길산을 죽이지 않는 방법으로 사라진 존재로 '느끼도록' 암시하고 있다.

> "세상에 소문에는 장길산이 압록강변의 벽동 수 백리의 골짜기 안에 깊이 숨었다고도 하고, 또는 두만강의 하류 서수라의 광활한 숲과 호수 사이에 대부락을 이루어 살고 있다 하였지만, 아무도 확인하지는 못 하였다. 그러나 활빈도의 깃발은 여전히 사라지지 않았다."[40]

---

38) 이 글의 일부분을 약간 개고하여, 「『장길산』의 결말구조의 의미찾기」란 제목으로 『월간문학』(2006년 4월호 pp.226-238)에 게재한 바 있으나, 필자와의 상의없이 임의로 각주를 모두 삭제한 채로 발행하였음을 밝혀둔다.

39) 신문연재는 『한국일보』1974년 7월 11일부터 1984년 7월 5일까지 10년 동안 2,092회나 연재를 거듭한 끝에 대단원의 막을 내렸다.

40) 황석영, 『장길산』제10권, 서울, 현암사, 1984, p.433.

길산이 관군과 싸우지 않고 사라지는 이유를 작가는 활빈도에 대한 관점의 차이로 설명했다. 길산이 더 이상 거사를 계획하지 않는 이유는, 길산이 활빈에 의미를 두고 있을뿐, 집정(執政)을 통해서 세상을 바꾸는 것에 대해 부정적 시각을 가지고 있었기 때문이다. 이런 길산을 잡는 것은 불가능했을 것이다.

장길산의 결말까지 읽은 대부분의 독자들은 어딘지 황당하다는 느낌을 가지게 된다. 착취와 억압과 굴종에서 벗어나 인간다운 삶을 누릴 수 있는 세계로 개벽하기 위해 하나의 세력으로 결집했고, 그 두령이 된 장길산이 체제의 변혁을 포기한 것은 쉽게 납득할 수 있는 것이 아니다. 작가는 마무리를 누구도 예상할 수 없는 어정쩡한 형태로 끝을 맺었기 때문에 독자로서는 오히려 이것이 당혹스럽기까지 하다. 정변을 일으켜서 관군과 싸워 이긴 것도 아니고, 임꺽정처럼 관군과 싸우다가 고슴도치 모양으로 화살을 맞고 죽은 것도 아니며, 허균의 홍길동처럼 제3의 대안으로 율도로 가는 것도 아닌 상태에서 장길산은 흔적없이 사라져 버린 것이다. 독자가 기대했던 것을 배반해 버린 것이다.

창비사 개정판에는 빠졌지만, 현암사판에는 다음과 같이 되어 있었다. 그 이후 계유년부터 시작된 흥황은 기묘년까지 6년간 계속되었고, 이 때에도 장길산의 이름이 사라지지 않아 골치를 앓았다. 사방에서 장길산을 흉내내는 무리들이 들끓자, 병조판서 이세화(李世華)는 밀령을 내려, 장길산의 소문이 가장 번성하고 민심이 가라앉지 않는 지역에서 장길산을 자처하는 자를 잡아 본보기로 극형에 처하라고 지시하였다. 가장 소문이 번성한 평안도와 황해도 지역 중 평안도 평양 외곽의 순안과 황해도 자비령 인근의 봉산에서 중인환시에 본보기의 극형을 처한다는 계획이다. 봉산 은파(銀波) 장에서 알맞은 인물로

봉산탈춤을 추는 중에 취발이를 지목하고 그가 한창 춤을 추는 대목
에서 "죽여라, 장길산..."하고 쇠뭉치와 쇠도리깨로 쳐서 죽여 버린다.
그리고 끌고 다니면서 장길산이 죽었다고 소리를 질러 장길산의 죽음
을 기정사실화 한다. 이로써 장길산은 끝이 난 것이다. 즉 '길산'이 종
적을 감추자 관가에서는 가짜 '길산'을 잡아 죽이고 그에 대한 소문을
근절시키려 하지만, 오히려 그의 이야기가 하층민 사이에 널리 퍼지
고 그의 애환을 담은 탈춤이 생겨나 오래도록 지속되었다는 마지막
대목은 새로운 세계에 대한 민중의 희구와 갈망이 얼마나 뿌리 깊은
지를 암시해 주고 있다. 그러나 실제로 장길산이 죽었을 가능성도 있
지만 당시의 사람들도 현재의 독자도 아무도 그것을 믿으려 하지 않
는다. 말할 것도 없이 길산이 봉산 은파 장에서 죽은 취발이일 수는
없다. 아무리 '허우대가 크고 어깨가 따 벌어져서 그럴 듯하게 보이는'
몰골이 흡사하게 보여도 그가 장길산이 아님을 독자는 이미 다 안다.
길산이 장터에서 탈춤을 출 까닭도 없고, '대목 장날 전날 수리(首吏)
를 시켜 장길산 체포에 관한 글과 용모파기를 적어서 장터 곳곳에 방
을 내붙이도록 하였'는데 거기에 장길산이 올 리도 없다는 것까지도
독자는 다 안다.

　그러면 왜 작가는 이렇게 풍문 속에 존재하는 것으로 결말을 맺었
을까? 용화세상이 하나의 이상의 실현이라는 생각을 굳혔을 때, 길산
은 압록강변의 벽동 수 백리의 골짜기이든지 두만강의 하류 서수라의
광활한 숲과 호수로 떠나버렸다. 역모(逆謀)를 포기한 것이다. 역모를
포기하게 한 용화세상은 그에게 어떤 의미가 있는 것일까?

　장길산의 욕망은 용화세상이었다.[41] 그는 의적의 한계를 인식했다.
정묘 사월 초닷새. 입국(立國)의 뜻을 품은 이들이 구월산 오진암에

---

41) 황석영, *Ibid.*, p.429.

서 첫 모임을 갖는다. 역질(疫疾)과 흉황(凶荒)과 침학(侵虐)과 굶주림의 고통에서 백성을 구하고자 한 다짐이, 비로소 거대한 세력을 형성하여 실천으로 옮기려 한 것이다. 자비령의 장길산을 비롯한 활빈도와 금강산 운부대사를 중심한 승병세력, 해서 오계준과 인연을 맺은 무계(巫系)와 근기(近畿)지방의 여환을 중심한 미륵교도의 결속이 굳게 이루어진다.

그러나 길산은 봉기를 포기한다 왜 역모를 포기한 것일까? 이는 역모에 대한 의미가 상실되었음을 의미한다. 길산은 거사에 모든 운명을 건 것이 아니고 이제까지 추구해 왔던 것을 단지 실행에 옮기는 것일 뿐, 거사에 대해 큰 의미를 부여하지 않았다. 의적의 한계라는 것이 어떤 것인지를 알고 있었기 때문에 그 대안으로 용화세상을 이야기하게 된 것이다. 거사가 구체화되어 날짜가 정해질 단계에서 옥여가 거사 동참의사를 묻는 말에 대한 길산의 답변에서 용화세상이 바른 길임을 말한다.

> "재물과 신분의 구별이 없는 대동사상은 가장 천한 것에서 찾지 않으면 안 됩니다. 도대체 진인(眞人)이란 무엇입니까? 진인은 따로이 존재하는 있는 것이 아니라 역병에 쓰러져 가는 팔도의 백성들이 다시 살아 환호하며 춤추는 세상에서 서로 정을 주고 받으며 살아가는 모든 이가 진인이지요. 차라리 왕후장상의 씨를 새로이 만들 바에는 북관의 곳곳에 널려있는 무인지경으로 들어가 우리끼리 용화세상을 이루어 살아가는 것이 낫겠지요."42)

용화세상이 하나의 이상으로 전제되었을 때, 역모는 의미를 상실하고 말았다. 운부스님이 집정의 방도로 세상을 바꾸려 하는 것에 대한 답변이기도 한 길산의 말에서 집정의 의사가 없음을 분명히 알 수 있다.

---

42) 황석영, *loc. cit.*

인간 본성에 들어 있는 권력욕이나 지배의욕을 경계(警戒)한 길산은 집정(執政)이 아무 의미가 없는 것으로, 거사를 일으켜 새로운 정권을 세우는 것이 하나의 목표가 될 수는 있으나, 진인이 참다운 삶을 누리는 근본을 바로세우는 목표가 될 수 없음을 간파한 것이다. 인간 역사의 최대의 유혹이 바로 국가의 권력을 장악하고 그것의 무제한의 통치권(統治權 sovereignty)를 행사해 보고자 하는 욕망이었다는 것이다. 그리고 그것은 인간의 내면의 근본이 선(善)함과 악함에 관계없이 하나의 욕망인 것을 인식한 것이다. 또 그 무제한의 통치권 가운데는 아주 강력한 노예화의 힘이 숨어 있는 것이다. 통치권의 유혹에는 역사상 심히 많은 종류의 형태가 있었고, 그것은 여러 가지 모습으로 변모해 가면서 사람들을 그릇된 길로 인도했다. 큰 권력을 획득하려는 이 유혹은 그리스도가 광야에서 단호하게 거부하였던 악마의 유혹으로서, 인간의 역사를 통해서 사람에게서 떠난 적이 없었다. 고대의 동방의 여러 제국(帝國)과 로마제국과 교황청의 신정(神政)과 신성비잔틴 제국과 모스코바의 짜르제국, 제 3 로마와 피터제국과 공산국가와 제 3게르만정권, 대일본제국 등을 생각해 보면 그것은 자명한 사실이 된다. 인간은 자기의 왕국을 찾고 있고 통치권에의 꿈의 포로가 되어 있는 것이다. 따라서 보편적인 의미에서 인류가 갈망하는 것은 인류의 평등과 자유를 누릴 수 있는 세계이지만, 권력과 폭력으로 재편성된 인류의 역사는 불평등과 억압과 고통으로 왜곡된 현장만 있을 뿐이지, 평등, 자유, 진리, 사랑이든가 하는 것은 존재하지도 않았다.[43]

다시 옥여가 거사문제를 다그치면서 물었을 때, 큰스님들에 의해

---

43) 니콜라이 베르자예프, 이신 역(譯), 『노예냐 자유냐』, 서울, 도서출판 人間, 1979, p.189

터득한 것임을 밝히면서, 경문과 참선의 결과로 여염의 삶을 먼 데서 볼 수 있게 된 그는 활빈을 하려면, 땅을 모두 **빼앗아** 갈아먹는 이에게 고루 나누어 주어야 하는 것이 근본임을 깨닫게 되었다고 말한다. 따라서 겨우 양곡이나 재물 등속을 **빼앗아** 나누어 주고 지방 수령들이나 징치하는 것은 지엽 말단임을 역설한다. 그리고 근본이 서지 않으면 집정은 어느 쪽이든 마찬가지이기 때문에 세상이 바뀌지 않더라도 활빈도가 백성의 군사임을 알고 참 용화세상을 이루는 일을 끊임없이 벌일 것임을 말한다. 결국 거사에 참여하지만, 거사가 실패로 끝날 것을 대비하여 옥여에게 서수라와 백두산 인근 일대에 광활한 무인지경을 염두에 두었고, 일이 성사가 안 되더라도 각처의 유민들과 더불어 거기서 다시 시작할 것임을 옥여에게 천명하게 된다. 길산이 바라는 이와 같은 사회란 결국은 모두 다같이 사냥하고, 채집하고, 간단히 농사짓고 하면서 공동 생산 공동 소비를 했던 원시 공산사회를 꿈꾸는 것이었다.

결국 거사가 유야무야 되자 길산은 사라지고 만 것이다. 사회의 모순을 극복하고자 의지를 키우고, 그 의지를 실천하기 위해 녹림당을 조직했으며, 지배 계층에 대항하던 길산이는 더 이상 집정을 통한 이상사회의 건설을 꿈꾸는 것을 포기하고, '그들만'의 삶의 세계를 이루어 나가는 세상을 펼치기 위해 떠난 것이다.

그러나 용화세상도 구체적으로 제시할 수 없는 하나의 이상일 뿐, 현실적으로 존재할 수 없음을 다음과 같이 쓰고 있다.

"마을과 마을이 닭소리가 서로 접하여 있으며, 아름답지 않은 꽃과 과실의 나무는 말라서 없어지고 추하고 악한 것이 스스로 소멸하고, 기후는 화창하고 사시의 계절이 순조로우며 질병이 사라진 세상. 탐하는 마음과 선내는 마음, 어리석은 마음이 커지지 아니하

고 은근하며 사람마다 평등하여 모두 한 가지 뜻으로 서로를 보게
됨에 기쁘고 즐거워하며, 착한 말로 서로 오가는 뜻이 똑같아서 차
별함이 없게 되는 사람들, 서로 싸우고 죽이며 잡혀가고 옥에 갇히
고 무수한 고통을 가져왔던 부귀가 이제는 버려진 돌조각처럼 아
끼고 탐내지 않게 된 그러한 곳은, 어느 숲 속이든 산 속이든 아니
면 바다의 안개 속에 가려진 섬이든 실재하지 않았다.

　대동세상이 이루어진다는 확신을 가진 사람들의 목숨 가운데서
문득 빛나던 것이 있었으니, 스스로의 가슴 속에 이미 저러한 세계
의 실상이 생생하게 담겨졌다는 깨달음이었다.

　역에 이르기를 미제의 뜻이 해가 바다 속에 잠겨 있으므로 장차
밝게 떠오를 것을 안다 하였으매, 티끌처럼 수많은 생령들의 뜻이
어찌 이루어지지 않으랴."[44]

　한편 길산이 용화세상을 찾아 떠난 것은 얼핏 보면 길동이 율도국
으로 간 것과 같아 보이지만, 전혀 다르다. 현실정치에서 도피한 것은
같다. 그러나 길동이 찾아간 곳은 왕이 존재하고 유교적 윤리가 존재
하는 곳으로, 폭정이 있는 곳에서 선정을 펼칠 수 있는 공간으로 바
뀌었음을 볼 수 있다. 그러나 길산이 찾아간 곳은 지배체제조차 언급
이 없는, 왕후장상의 씨가 존재하지 않는 곳이다.

　작가 황석영이 선택한 결말은 역사의 오류를 범하지 않고, 활빈도
가 실현 가능성이 희박하지만 하나의 이상세계를 지향하고 있음을 보
여주고 있다. 우리의 현실 사회에 진인은 없는 것이고, 다만 우리는
그것을 꿈꾸면서 살아야 하는 존재임을 암시하고 있다. 그러나 인간
의 세계에는 문제의 영원한 해결은 있을 수 없다. 문제의 영원한 지
속만이 있을 뿐이다. 그렇지만, 영원한 지속이 있기 때문에 우리 인간
에게는 유토피아가 필연적으로 요구되는 것이다. 유토피아는 실현될
수 없는 것임에도 불구하고 그것이 실현될 수 있다는 꿈을 우리에게

---

44) 황석영, *Ibid.*, p.444.

끊임없이 불러일으킨다. 이 힘이 역사발전의 동력인 것이다.[45]

　길산이 역모를 포기한 또 하나의 이유로, 작가는 장길산을 죽이고 싶지 않았을 것이다. 장길산이 계속 '살아있는 시대'를 제시함으로써 민중들의 희망이 사라지지 않았음을 보여주려고 했을 것으로 보인다. 그것은 뒤에 덧붙인 운주사 미륵불 설화가 설명해 준다. 미래불인 미륵불은 민중의 모습을 닮은 것으로 앞으로의 삶을 제시해 줌으로써 희망을 갖게 한다. 사라지지 않는 소망, 장길산과 미륵불. 탐관오리를 징치하며, 권력의 횡포를 막아주는 백성들의 보호막인 장길산이 존재하는 시대에는 모든 백성들은 해방의 소망을 갖고 살 것이며, 또한 미륵불이 있는 한 백성들은 미래에 대한 밝은 소망을 가지고 살 것이다. 나라에 대적한 죄로 섬으로 쫓겨간 후손(마지막에 최형기가 죽으면서, 잡혀간 길산의 가족들에 대한 이야기를 해주는데 아내는 관비가 되자 혀를 물고 죽었고, 큰아들이 섬으로 끌려갔다고 일러준다. 그리고 작가는 그 후손들의 이야기를 운주사 설화에서 언급했다.)으로 관군과 맞서 싸운 노비들이 마지막 은신처로 찾아든 곳이 천불산 계곡이었다. 이 곳에서 조상들이 남겨준 '다시 일어나 해방이 되어야 한다'는 말을 듣고, 전하며 살던 그들이 천불천탑의 미륵불의 계시(啓示)를 듣고 만들지만 새벽 닭 울음소리로 중단되었다. 그들은 와불이 일어설 때를 기다리게 된 것이다. '중생의 물이 차올라 세상인 배를 띄울 때까지 와불은 구렁에 처박힌 채 기다림의 장소에 머물게 된' 것이다.

　미래를 기다린다는 것은 도모할 수 있는 기회를 엿본다는 의미도 될 수 있지만, 역사의 변화를 기대한다는 것으로도 풀이할 수 있다. 만일 후자의 의미라면, 우리 시대의 역사적 발전과정이 자유 속에서

---

45) 박호성, 『평등론』, 서울, 창작과비평사, 2002, p.404.

의 평등 구현을 최고의 이상으로 삼는 것46)과 같은 의미일 것이다. 그렇다면 장길산의 후손이 와불(臥佛)이 일어서기를 기다린다는 것은 역사의 변화를 기다린다는 것으로 이해할 수 있다.

따라서 작가는 장길산을 토포사에게 맞아 죽게 할 수는 없는 것이다. 또한 거사가 성공을 하도록 할 수도 없다. 거사가 성공한다는 것은 두 가지 측면에서 불가능하다. 그 하나는 장길산의 무리가 국가를 경영할 수 있는 시스템을 마련한다는 것이 현실적으로 불가능한 일이다. 묘정과 옥여, 운부 큰 스님이 거사 계획을 충실하게 짰다고 해도, 그것은 정권을 뒤집어 새로이 어진 임금을 모시는 일이지, 전(前) 정권의 권력구조를 그대로 승계하지 않고, 체제 자체를 개혁하여 새 판을 짠다는 것은 현실적으로 불가능한 일이기 때문이다. 이를 테면, 민주국가라든가, 입헌군주국이라든가 하는 체제로 바꾸는 일은 있을 수가 없다. 또 하나는 구체적인 역사를 바꿀 수가 없기 때문이다.47) 우리 역사에는 숙종(肅宗) 다음에 경종(景宗)으로 이어지는 조선 왕조가 있을 뿐이지, 조선 왕조가 숙종으로 끝이 나고, 바뀌어서 새로운 왕조나 국가사(國家史)가 존재한다는 사실은 기록되어 있지 않다. 따라서 거사를 일으켜 성공한 이야기를 작품화 할 수는 없는 것이다.

결말이 이렇게 된 이유를 작품 외적인 데서 찾을 수 있다 여기서 하나 집고 넘어갈 것은, 이 작품이 1974~1984년에 걸쳐 『한국 일보』에 연재된 장편 소설이라는 점이다. 이 작품이 연재되었던 시기인 1970년대는 우리나라가 군사 독재 권력에 의해 수많은 지식인과 민중들이 억압을 받았던 시대이다. 작가는 이와 유사한 역사적 배경으로

---

46) 박호성, *Ibid.*, p.393.

47) 작품에서 역사를 자의적으로 바꾸었다가 빚어진 무모함을 박태원의 『홍길동전』에서 볼 수 있다. 박태원은 시대를 연산군 때로, 역모를 중종반정으로 개작했음은 앞에서 본 바 대로이다.

17·8세기 숙종조를 설정하고, 여기에 실존 인물인 장길산을 등장시켜 결코 좌절하지 않는 민중들의 생명력을 표현함으로써 역사의 주인으로서의 민중들의 모습을 그렸던 것으로 보인다. 천민 광대 도적이 혁명가로 등장하여 모든 억눌린 자들의 소망이 되었고, 이는 천지개벽하여 새로운 세상을 만들 수 있는 하나의 동인(動因)으로 여겼다. 작가는 뛰어난 구체적 배경묘사를 위해, 작품의 배경이 된 구월산을 중심으로 서흥, 봉산, 은율, 해주 등 북한 지역의 모습을 묘사하기 위해 전라도 해남 등에 머물며 장길산을 쓰고 있던 중에 광주 민주화 항쟁을 겪게 된다. 광주 민주화 항쟁을 겪으면서 작품이 굴절되었을 것으로 보인다. 이에 대해 최원식은,

> "풍문 속에서만 요괴로 떠도는 가엾은 목숨! 왜 이런 결말에 이르렀을까? 우리는 장길산이 저 암울했던 군사독재시대에 남한 진보운동의 희망의 가탁 또는 해방의 부호였다는 점을 이해해야 한다. 또한 70년대에 광대 도적에서 혁명가로 발전한 장길산이 80년대에 관념속의 요괴로 떨어지게 된 배후에, 신군부의 등장 속에 전 민중적 희망이 참담하게 압살되었던 1980년의 집단적 추억이 자리하고 있다는 점을 기억해야 한다."[48]

70년대 광대 도적인 장길산이 세력을 규합하고 탐관오리를 징치하는 혁명가로 등장하여, 진보운동의 상징처럼 보이던 것이 1980년 신군부의 등장으로 모든 민중의 희망이 참담하게 압살되었다는 진술은 바로 역모를 포기하고 은둔지를 떠난 장길산의 변모를 두고 말한 것이라고 볼 수 있다.

잘 알려진 대로 1980년 5월 15일 서울역 시위 등 학생운동이 전국

---

48) 최원식, 「남한 진보운동의 집단적 초상」, 개정판 『장길산』10권, 서울, 창작과비평사, 2001, p.478.

적으로 확산되면서 신군부세력을 위협하자, 신군부세력은 이들을 제압하고자 1980년 5월 17일 '비상계엄 전국확대조치'를 발표했다. 집권세력은 자신들의 집권구상을 실현시키기 위하여 광범위하게 분출되는 국민들의 저항에 군사적인 폭력으로 대응하면서 민주인사에 대한 대대적인 체포와 투옥을 시작했다. 그러나 이들의 이러한 행태는 광주지역을 중심으로 한 시민들의 저항에 부딪쳤다. 시민들은 집권세력에 의해 폭도로 매도당한 채 고립된 속에서 군의 잔악한 진압과 학살에 대응하기 위한 자위수단으로 무장을 갖추고 이후 10일간의 투쟁을 전개해 나갔다. 그러나 특전사를 비롯한 군의 대대적인 폭력진압으로 민주화운동은 실패로 끝나고 말았다.

신군부는 쿠데타의 기본 원리를 잘 알고 있었고, 이를 실천에 옮긴 듯하다. 메키아벨리는 모든 제도가 일순에 바뀌는 이러한 변화는 국가의 창건작업과 거의 같은 일이라고 하면서, 국가창건과 같은 비상의 상황이 일상적인 절차에 따라 이루어지는 것은 거의 불가능함을 말했다. 대신 비상의 수단이 필요하고 이에 의해 자신의 방식에 따라 마음대로 행동할 수 있는 군주가 필요한 것이고, 이러한 의미에서 국가의 창건작업은 비상한 능력을 갖춘 어떤 한 사람에게 맡겨야 한다는 주장은 상당한 설득력을 갖게 된다고 했다.

이때 비상의 수단이란 폭력의 수단을 말한다. 이미 확립된 관습을 그대로 따르면 되는 세습군주에게 폭력의 사용은 거리가 먼 것이지만 확립된 질서를 깨고 모든 것을 새롭게 조직해야만 하는 신군주의 경우 불가피한 일이다. 이 때문에 "신군주는 잔혹하다는 명성을 피할 길이 없는 것"으로 말하는 마키아벨리는 실제 잔혹함을 바탕으로 단합과 평화를 이룩할 수 있다는 의도가 자비로움으로 시작되었지만 결과적으로는 무질서와 방종을 낳는 통치보다 전자가 훨씬 자비로운 것임을 말한다.[49] 따라서 군주는 자신이 명백한 목적만 갖는다면 잔혹하다는 평판을 거리껴 할 필요가 없다고 말한다. 잔혹성은 처단되는 극소수의 범죄자들을 다치게 하겠지만, 자비로움은 공동체 전체를 상하게 할 수도 있기 때문에 위험이 가득한 상황 속에서는 잔혹함이 그 결과에 있어서는 더 자비로울 수 있는 역설이 충분히 현실로 나타날 수 있다는 것이다. 바로 이러한 역설적 상황의 전형적인 예로 들고 있는 것이 로마냐 지방을 무력으로 통일하여 안정된 질서를 마련해 주었던 체자레 보르자였다고 했다. 메키아벨리가 지적한 이것의 또 다른 예를 광주민주화항쟁, 다른 말로 신군부의 집권과정에서 보게 된다.

실패로 끝난 민주화 운동을 보고 황석영은 절망했으리라. 민중의 항거란 거대한 군사적 무력을 지니고 있는 정부에 대해서 보잘것없는 무기력한 행위임을 확인했을 때, 그래서 권력이 폭력임을 상기하는 순간 작가는 관군과의 격전을 포기한 것으로 보인다. 현실에서의 절망이 미래에 대한 희망으로 나타나는 것은 당연한 순서일 것이다. 80년대 대표적인 운동가요인 「임을 위한 행진곡」을 황석영씨가 노랫말을 만든 것도 무관하지 않다.

> 사랑도 명예도 이름도 남김없이
> 한평생 나가자던 뜨거운 맹세
> 동지들 간데없고 깃발만 나부껴
> 새날이 올 때까지 흔들리지 마라
> 세월은 흘러가도 상처는 안다
> 깨어나서 외치는 뜨거운 함성
> 앞서서 나가니 산자여 따르라
> 앞서서 나가니 산자여 따르라.[50]

---

49) 박상섭, 『국가와 폭력』-메키아벨리의 정치사상연구, 서울대학교 출판부, 2003, pp.231~232.

'동지들 간데없고 깃발만 나부껴 새 날이 올 때까지 흔들리지 마라'는 모두가 죽거나 부상당하고 깃발만 나부끼는 참담한 현실에서 새 날을 기다리는 수밖에 없었음을 의미한다. 마치 이 노래를 장길산이 그의 군대를 거느리고 압록강변의 벽동 수 백리의 골짜기를 향해가거나, 두만강의 하류 서수라의 광활한 숲과 호수를 찾아 가면서 불렀을 것만 같다. 작가는 장길산으로 혁명을 일으킬 수 없는 상황을 현실에서 절감했고, 그 대안을 용화세상을 기대하며 은둔하는 것으로 결말을 맺은 것이다.

황석영은 장길산의 활빈도가 새로운 역사를 창조할 수 있는 집권 세력이 될 수 없는 현실적 상황이 민중의 절망으로 나타날 때, 민중의 진정한 희망은 새로운 왕조의 탄생이나, 그들 자신이 집권 세력이 되는 것이 아니라 그들만의 용화세상을 만들기 위해 새로운 세계로 떠나는 것임을 말하고 있다.

4. 의적소설의 한계성과 극복의 방안

의적소설은 권력자나 의롭지 못한 부자들의 재산을 빼앗아 억압받고 수탈당하는 가난한 사람들에게 나누어 주는 사람들을 주인공으로 삼아 쓴 소설이다. 의적소설의 주인공은 권력자들의 하수인인 관군과 싸우고 이들을 격퇴시키고 새로운 사회를 이룩한다는 것이 기본 줄거리이다. 로빈훗도 셔우드 숲에서 의적들의 두목이 되어 폭군 존왕을

---

50) 「님을 위한 행진곡」은 백기완 선생의 시 '묏비나리'를 황석영이 노랫말로 바꾼 것인데, 이를 1980년 제1회 MBC 대학가요제에서 은상을 차지한 김종률씨가 작곡을 한 것으로, 80~90년대 학생운동과 노동운동 등의 집회와 시위 현장에서 널리 불리워졌다.

내쫓고 리차드를 새로운 왕으로 옹립하는 것으로 되어 있다. 이 의적 소설은 의적이 살았던 어떤 특정의 역사를 배경으로 한다. 우리나라 의 대표적인 의적인 홍길동이 연산군과 중종 때, 임꺽정은 명종, 장길 산은 숙종 시대라는 구체적 역사에 존재했었다. 따라서 이들을 주인 공으로 삼는 의적소설은 역사소설화 되고 만다. 그러나 이들을 소설 화한 허균의 『홍길동전』과, 박태원의 『홍길동전』, 황석영의 『장길산』, 홍명희의 『임꺽정』은 그 결말구조가 다 다르다. 홍명희의 『임꺽정』은 미완으로 끝이 났지만, 기재(寄齋) 박동량(朴東亮)의 『기재잡기(寄齋 雜記)』에 의하면, 남치군이 이끄는 관군이 서림을 앞세워 추적하여 임꺽정을 사로잡아 죽이는 것으로 되어 있다. 나머지 작품에서 허균 의 『홍길동전』은 우리가 잘 아는 대로 율도국으로 도적떼를 데리고 가버렸고, 박태원의 『홍길동전』에서는 중종반정에 참여하는 것으로 되어 있지만 행적이 나타나 있지 않고, 황석영의 『장길산』은 거사를 포기하고 서수라와 백두산 일대로 활빈도를 이끌고 사라졌다. 이들 모두 의적소설로서의 결말구조가 가지는 전형성에서 다 벗어나 있다. 이제 그렇게 된 한계점을 살펴보고 대안을 제시해 보고자 한다.

허균의 『홍길동전』에서 율도국을 선택한 것은 관군과의 싸움을 포 기하고 차선책을 택한 것으로 작가의 욕망이 은폐된 것으로 볼 수 있 다. 허균이 중년 이후에 어려움을 겪으면서 주변의 인물들이 불우했 지만, 그 자신이 양반의 가치관을 벗어버릴 수는 없었다. 율도국으로 갔다고 해서 활빈당을 일으킬 때의 문제적 요소가 다 해결되었던 것 은 아니다. 자신의 문제였던 적서차별의 문제라든가, 또는 탐관오리로 말미암은 가난한 백성들의 삶의 문제라든가, 권력자의 횡포에 대한 안정적 조치 등의 문제점들이 해결되지 않은 채 떠난 것이다. 자신의 문제인 서자출신으로 제한된 신분 문제만을 해결하였을 뿐, 율도국으로 떠나기 전에 임금으로부터 선정을 약속받았다든가, 탐관오리에 대한 징치를 약속 받은 바가 전혀 없다. 다시 말하면 제도적인 변화나, 치정(治定)의 형태에 아무런 변화가 없었다. 그런데도 불구하고 활빈당을 이끌고 떠난 것이다. 활빈당이 체제의 변화를 이룩할 수 있는 역량이 없었고, 이를 뒷받침할 이념적 토대도 약했다. 작가 자신이 양반적인 질서에 익숙해져 있어 유교적 윤리관에 깊이 침윤되어 있었던 까닭에 쉽게 그 틀을 깰 수 있는 새로운 가치관이 없었다고 보아야 할 것이다. 다만 기존의 지배구조의 틀을 깰 수 없는 처지에서 새로운 이상세계를 펼쳐 보이겠다는 소망이 율도국을 향해 떠난 것이라고 볼 수 있다. 그리고 역사적 배경이 세종 때라는 것도 관군과의 전투를 합리화 시킬 수 있는 명분으로 약했다. 적어도 정부군과 대결하려면 폭군의 시대로 설정 되어야 한다.

박태원의 『홍길동전』은 우선 역사적 배경을 연산군 시대로 설정하여 그 나름대로 설득력은 있다. 그러나 중종반정과의 연계성이 매끄럽지가 않다. 중종반정에 홍길동이 가담했다는 역사적 사실이 없기 때문이다. 역사소설에서 가상의 중도적 인물을 설정하여 작품의 사실성을 구체화 할 수 있으나 홍길동을 가상의 인물을 만들 수는 없었다.

길동이의 가출은 가족간의 갈등이나, 사회 제도에 대한 개인의 감정이 동기가 되는 동시에, 당시의 제도에 대한 개인의 한계를 인식했을 때, 그 탈출구로 택한 것이라고 볼 수 있다. 그 후, 선산에서 임금을 비롯한 집권층과 지방 관리들의 학정에 대한 분노에서 정권 전복을 꿈꾸었던 것이다. 민중을 바탕으로 한 사회의 개혁보다 학정을 벗어나기 위한 하나의 방법이 거사였던 것이다. 그러나 거사의 방법으로 화적패가 되는 것이 유일한 대안은 아닐 것이다. 이렇게 본다면 의적소설이 안고 있는 본질적인 문제인, 끝없이 지속되어야 하는 구제와 '부패와의 전쟁'의 해결이 불가능한 것을 알고 있으면서, 그 대안으로 제시한 거사의 문제가 해결의 방법이 아님을 작가는 간과한 것이다.

비록 중종반정에서 길동이 주도적 역할을 하지 못하고, 그 거사에서의 모의 과정이나 참여자가 길동의 의사와 전혀 다를지라도, 거사라는 것 자체가 길동의 의사와 부합하는 것으로서 사회나 제도의 개혁이 이뤄져야 하는 당위성을 제시한 것이라고 볼 수 있다. 이 사회의 개혁은 작가가 이 작품을 썼던 당시에 시대적 명제라고 인식한 결과는 아닐까? 아니면 그 역할을 위임 받고 작품을 쓴 것일까? 당시의 여건으로 보아 '민중의 총체적 삶이 객관화된 시각에서 표현됐는가'라는 질문은 작가의 신분으로 보아 좀 어려운 요구가 아니겠는가 하는 생각이 든다. 실제로 위에서 살펴보았듯이 갈등구조가 왕-권세가를 축으로 한 하나의 집단과, 길동-조생원-음전을 또 하나의 축으로 한 집단의 갈등으로 요약될 수 있다. 이와 같은 대립구조는 민중의 총체적 삶을 구현하는 데는 역부족이다. 가해자와 피해자의 대립의 논리는 갈등이 증폭된 민중의 삶이 억압 받는 현실을 바탕으로 하는 것일 뿐, 총체성을 구현하는 데에는 적합하지 못한 것이다. 당시의 사회적 환경이라는 것은 우선 꼽을 수 있는 것이 좌우익의 대립일 텐데 이를 그대로 부르조아와 프롤레타리아의 대립이라든가, 지배 계층과 피지배 계층의 대립구조로 이해할 수는 없다. 즉 작가가 창작하던 시기인 해방 직후의 혼란스러웠던 상황을 작품 속의 시대인 연산 당시의 부패한 시대적 배경에 대입시킬 수는 없는 것이다. 다만 사회주의적 성향이 전제된 가운데 사회 전체에서 풍겨지는 민주주의나 자본주의 사회가 표방하는 것에 대한 비판적 시각이 작품에서 이와 같이 드러났을 지도 모른다는 의문은 제기할 수 있으리라.

작품 전체의 흐름으로 보았을 때, 영웅의 이야기가 탁월한 한 개인의 이야기로 바뀌어진 것을 확인할 수 있다. 그래서 화적의 떼는 만들 수 있었으나, 민중을 규합시킬 수는 없었던 것으로 보인다. 따라서 뛰어난 지모와 무술 능력을 가진 길동이, 선산으로 와서 만난 조생원과 이학봉과의 대화를 통해 연산의 폭정과 권신들의 횡포에 대한 분함과 한탄 그리고 거사를 논의하지만 실현할 수 없었던 것이다. 활빈당이 절대 권력층에 대한 저항감을 가지고 세력을 어느 정도 규합할 수는 있었지만 그 반작용을 새로운 질서로 수렴하는 데는 실패한 것[51]이다.

황석영은 『장길산』에서, 장길산이 권력과 수탈로 끝없이 지속되는 굶주림을 당하며 살아야 하는 농민을 구제하고, '부패와의 전쟁'을 계속하는 것으로는 문제를 해결하는 것이 불가능한 것을 알았다면 이 작품의 결말을 어떻게 했어야 할까? 그 결말은 몇 가지로 나누어 예상해 볼 수 있다. 우선 관군과 전투를 벌였을 때, 하나는 관군과의 전쟁을 통해서 체제를 개편하는 것으로, 관군을 싸워 이겨서 새로운 정권을 창출하는 경우이나, 우리 역사상 있어 본 일이 없다. 또 하나는 관군과 타협하여 체제 속에 들어가 개혁을 시도하는 경우로 새로운 왕을 세우고 개혁 세력으로 남는 것인데, 의적들이 국가경영의 마인드를 가질 수 있는 여건이 되어 있지 않아 이 역시 실제로는 없다. 또 관군과 전투를 벌였을 때, 패배하는 경우이다. 이것은 있을 수 있다. 그러나 이 경우는 소설의 비극적 결말이 되어버린다. 민중의 희망이 없는 세상임을 드러내서 독자의 욕망과 상충된다. 둘째로는 제3의 장소로 가는 경우로 새로운 세상을 열어가는 것이다. 이 경우도 허균

---

51) 林茂出, 「朴泰遠의 홍길동전 연구」, 『영남어문학』 제18집, 대구, 1990, p.105.

의『홍길동전』처럼 새로운 왕이 되어 다스리는 경우와 황석영의『장
길산』처럼 체제가 없이 용화세계를 열어가는 경우를 들 수 있을 것이
다. 체제의 개편이나 죽음이 적극적인 실행의 방법이라면, 새로운 세
계를 향해 떠나가는 것은 사실상 패배를 의미하는 회피인 셈이다. 그
러나 새로운 체재 개편을 시도하든, 새로운 세계를 열든 끝내 해결할
수 없는 것은 인간 내면에 존재하는 권력욕과 지배욕이다. 이것은 혁
명을 일으켜 새로운 나라를 세우는 것으로 해결할 수 있는 것이 아니
다. 권력에 대한 끝없는 욕망이 해결되지 않는 한은 권력에 의해 부
패한 세상은 또다시 되풀이 되고 만다. 장길산이 그의 무리를 이끌고
용화세계를 찾아 가는 것은 인간 내면에 도사리고 있는 권력욕을 해
결하지 않고는 근원적 문제해결이 불가능한 것임을 터득했기 때문인
것으로 풀이할 수 있다. 결국 작가의 욕망대로 장길산은 용화세상을
찾아 그의 녹림당과 함께 서수라와 백두산 일대로 사라지고 만 것이
다. 다만 민중 봉기에 앞장섰던 인물이 그림자처럼 사라지고 역사의
주체가 되지 못했다는 점에서 문제가 될 수 있다. 그러나 이러한 다
양한 결말구조 중에서 의적소설이 민중의 호응을 받을 수 있는 것은
민중의 힘이 바탕이 되어서 새로운 세계를 여는 것이다.

　용화세상을 선택한 또 하나의 의미는 작가가 인식한 권력의 폭력성
에 대한 반응이라고 볼 수 있다. 광주민주화항쟁을 겪으면서, 권력의
속성을 알았을 것이고, 활빈도의 한계 또한 몰랐을 리 없었다. 기실
용화세상을 선택했다는 것은 구체적 해결 방안이 없었던 것이라고 볼
수 있다. 언제 이루어질 수 알 수 없는 때를 기다리며 살아야 함을
언급한 것으로 사족같이 된 운주사 설화가 이를 설명해 주고 있다.

　의적소설은 결말 구조가 역사적 사실과 부합되어야 하기 때문에 역
사적 사실과 허구 사이에서 극적 결말의 설정은 작가의 운신의 폭을

옥죄게 된다. 만일 벽초가『임꺽정』을 완결시켰다면 어떻게 대단원을 정리했을까? 관군과 싸워서 죽음에 이르도록 했을까? 아니면 혁명이나 개혁을 시도했을까? 역사소설의 범주를 넘지 못한다면, 이도 쉬운 일은 아닐 것으로 보인다.

박태원의『홍길동전』은 특이하게 기존의 역사 속에 끼어 넣어 의적소설이 변질된 양상을 보여주고 있다. 민중 봉기에 앞장섰던 인물이 그림자처럼 사라지고 역사의 주체가 되지 못했다는 점에서 문제가 된다. 이러한 다양한 결말구조 중에서 의적소설이 민중의 호응을 받을 수 있도록 하는 것은 민중의 힘을 바탕으로 하여 새로운 세계를 열어야 하는 것이다.

의적소설이 성공을 거두기 위해서는 역사적 사실이 바탕이 되어야 하고, 그 바탕 위에 민중의 삶을 사실적으로 보여주면서, 민중의 거사가 거대한 역사의 흐름에서 당위성을 갖는 것이어야 한다.

5. 결 론

소설은 재미있어야 한다. 그리고 그 소설의 세계는 살만한 세계이어야 한다. 작가의 욕망의 세계이든 인물의 욕망의 세계이든 욕망이 이룩한 세계는 살만한 세계이어야 한다. 허균의『홍길동전』과, 박태원의『홍길동전』, 황석영의『장길산』은 살만한 세계를 이루려고 노력했지만 작가의 욕망이 실현되지 못하고 그 욕망에 사로잡혀 있다가 끝났다. 그것은 모두 결말구조에서 문제가 생긴 것이다. 작가의 욕망이 그렇게 만든 것이다. 허균은 자신이 살았던 유교적 울타리를 벗어날 수가 없었고, 박태원은 자신의 욕망을 실현하기 위해 역사를 변조하는 모험을 시도한 것이 화근이 되어 주인공 길동이가 없는 결말구조가 되어 버렸다. 황석영은 장길산을 죽일 수도 살릴 수도 없는 상황에서 인간의 권력에 대한 본성을 들춰내면서 절묘하게 죽지도 살지도 않는 결말구조를 만들었다.

역사 속에 살아 움직이는 의적들의 이야기는 왜 존재했는가? 민중의 여망의 일부이다. 권력에 대한 저항과 수탈에 대한 분노가 끊임없이 의적의 이야기를 확대 재생산시켰으리라. 그렇다면 앞으로도 이 같은 이야기는 제재를 달리하면서 계속 될 수 있을 것으로 보인다. 현대판 『홍길동전』이나 『장길산』이 수도 없이 있을 수 있다. 김홍신의 『인간시장』도 그 아류이다. 따라서 앞으로도 이 의적소설에 대해서는 많은 논의가 있어야 되리라고 본다.

[「'장길산'의 결말구조의 의미찾기」란 제목으로 일부를 『월간문학』(2006년 4월호 pp.226-238)에 게재, 한실 이상보박사 여든살 기림 글모음, 2006.pp831-844 재수록]

제 2 부

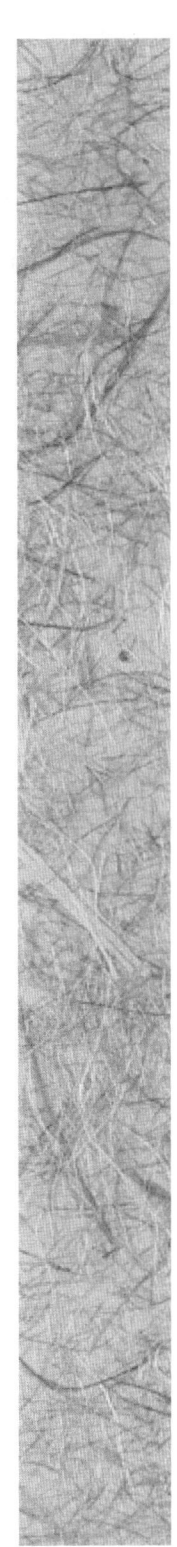

「壬辰錄(임진록)」 연구
: 비현실적 상상을 통한 감동의 세계

1. 서 론(序 論)

문학 작품에 대한 이해는 항상 절대적이고 완결된 것이 있을 수 없다. 그것은 작품을 향수(享受)하는 독자에 따라 달라질 수밖에 없기 때문이다. 따라서 독자가 서 있는 위상(位相)에 따라 관심의 진폭(振幅)이 달라지는 문학 작품이 가지고 있는 예술적 총체성의 파악은 시대에 따른 가치관의 변화와 미적 의식을 분석해 냄으로써 가능하다. 다시 바꾸어 말하면, 작품 속에 담겨 있는 가치와 진리, 그리고 숨은 의미를 발견하는 것은 그 시대의 특수성과 독자들의 수용태도를 살핌으로써 이루어진다는 것이다. 따라서 문학작품에 대한 이해는 항상 새롭게 되어 이루어질 수 있다. 더구나 특정 시기와 관련성이 큰 작품일수록 그 시대와 멀리 떨어질수록 해석이 다양하게 나타날 것이다. 따라서 인물과 줄거리로써 예술적 가치를 드러내는 소설을 획일적으로 파악한다든가 규칙성에 의해 해명한다는 것은 무의미하다. 다만 하나의 가치 질서를 구현한다는 면에서 방법의 차이를 양해할 뿐이다.

이런 의미에서 소설이 어떤 면에서 감동의 세계를 구축하여 독자로
하여금 미적 체험을 이루게 했는가를 살피는 것도 작품 연구의 하나
의 방법이라고 할 수 있다.

이런 면에서 고대소설 중 「임진록(壬辰錄)」을 살펴보고자 한다. 「임
진록」은 역사적인 사건을 작가의 상상력을 통해 드러낸 것이기 때문
에 하나의 역사소설로 볼 수 있다. 역사소설은 역사적 상상력(historical
imagination)을 통해 그 시대의 총체적인 모습을 구현하여야 한다. 그
렇게 하기 위해서는 '세계사적 인물'을 주인공으로 삼을 것이 아니라,
부차적 인물(副次的 人物 minor character)을 주인공으로 삼아야 한
다. 그러나 「임진록」은 그러하지는 않았지만, 역사적 사실(事實)에 근
거하여 소설화했다는 점에서 역사소설로 분류했을 뿐이다. 본 고(稿)
에서는 「임진록」의 감동적인 면의 원인을 살펴보려 한다. 임진왜란이
라는 대전란을 겪은 뒤에 어째서 「임진록」은 독자들에게 많이 읽혀졌
는가? 「임진록」이 많이 읽혔으리라는 것은 많은 이본(異本)[1]을 봐서
도 알 수 있겠다. 그러면 이 소설이 단순히 정신적인 승리감에 도취
하기 위해 읽혀졌겠는가? 그렇지 않으리라고 본다. 비사실적(非事實
的)인 허황된 소설을 읽고 만족감을 얻는 것은 자위행위에 불과하다.
이에 「임진록」에 숨겨져 있는 감동의 세계를 구명해 보고자 한다. 이
미 「임진록」에 관한 연구[2]가 상당히 이루어졌음에도 불구하고 이런
논의를 제기하는 것은 고대소설에 대한 연구가 또 다른 각도에서 이
루어질 수 있다는 막연한 기대를 실제로 시도해 보고자 하는 의미도
내포되어 있다. 이 글을 작성함에는 소재영(蘇在英) 교수가 이본(異
本) 연구에서 지적한[3] 바대로 민중들 사이에서 가장 널리 전승, 유행

---

1) 「임진록(壬辰錄)」의 이본(異本)연구는 소재영(蘇在英) 교수의 「壬辰
   錄 異本硏究」를 참조할 것.
2) 소재영, 『壬丙兩亂(임병양란)과 文學意識』, 서울, 한국연구원, 1980, pp.7~10.

되었던 인기 있는 설화대중본(說話大衆本) 중 하나인 「黑龍錄(흑룡록)」을 대본으로 삼고 살폈다. 이 「黑龍錄(흑룡록)」은 이경선(李慶善)님의 주석(注釋)으로 1962년 『임진록』이라는 이름으로 정음사(正音社)에서 출간되었다.

2. 불합리적 요소의 미학(美學)

티보데(Thibaudet)는 '재미있는 소설은 한 대의 상쾌한 자연(紫煙)의 즐거움을 맛보는 것에 비할 수 있다'라고 했다. 소설을 읽는 이유가 어디에 있는가를 살필 때 이런 말은 상당히 긍정적인 반응을 얻는다. 티보데는 앞의 인용된 말 다음에 '또한 그러한 여러 가지 연기는 일종의 정신적인 양식(糧食)이 되는 것'이라고 했다. 문학의 기능에 대한 논의는 상당히 오래전부터 있어 왔다. 그 문학의 기능이 어떤 것이든지 간에 작품을 읽는 행위는 어느 하나만의 목적을 위해서 이루어지지 않는다. 쾌락만을 위해서나, 교훈만을 위해서도 읽어지는 것이 아니다.

본래 소설은 '이야기'에서 감동의 근거를 찾을 수 있다. 바로 이 이야기는 소설이 가지는 가장 흥미 있는 요소이다. 이 흥미가 독자로 하여금 소설을 끝까지 읽게 만들고, 읽고 난 뒤에는 그 소설에 대해서 느끼게 해 준다. 따라서 소설은 하나의 이야기 속에서 미적 질서가 수립되는 것이고, 예술적인 총체성을 드러내는 것이라고 볼 수 있다.

우리의 고대소설의 경우, 표현상에서의 불합리적인 요소를 적지 않게 발견할 수 있다. 즉 불합리적인 요소들이 있음에도 미적 효과를

---

3) *Ibid.*, p.80.

거두고 있음을 볼 수 있다. 이를 정주동(鄭柱東) 교수는 '표현상의 모
순성'4)이라고 했다. 정 교수의 지적을 살피면 다음과 같다.

> "첫째로, 人物描寫(인물묘사)에서 좋은 점만 주어 섬기고 보니,
> 어떤 人物은 二重的 人物型이 되어 실상 그 人物의 正體를 파악할
> 수 없게 되는데……〈中略 筆者〉
> 둘째로, 古代小說에서는 地理的 舞台(무대)의 配置(배치)에 無理
> 가 많으니, 이것은 실지로 가보지 못한 作家가 상상해서 꾸민 결과
> 라 하겠다. ……〈中略〉……
> 셋째는, 時間上 모순(矛盾)이 많이 나타나고 있으니, 이는 制限
> 된 量에다 傳說的인 內容을 담고자 하는 데 무리가 생기는 것이다.
> ……〈中略〉……
> 넷째로, 여러 가지 물건을 소개하는데 지나치게 誇張羅列(과장나
> 열)하고 보매, 엉뚱한 물건까지 튀어나오는 珍劇(진극)이 벌어지는
> 수가 있으니……〈中略〉……
> 다섯째, 數量上으로도 불분명한 것이 있으니, ……〈中略〉……
> 다만 行動 中心으로 興味 中心으로 事件을 展開시키다가 보니
> 이런 모순을 저지른 것이다."

이와 같은 지적은 타당성 있게 보인다. 그러나 고대소설의 경우 이
런 여러 가지 이유로 인해서 작품으로서의 존재가치를 상실하는 것은
아니다. 고대소설의 경우 작자를 알 수 없는 것이 많고, 그 결과는 적
층문학적(積層文學的)인 성격을 가지게 되었다. 따라서 독자가 작가
군의 하나가 될 수도 있다. 만일 지적 수준이 높은 작가군에 속한 사
람들과, 감수성이 예민한 독자가 작품 속에 있는 모순성을 의식하지
않았다면 그것은 소설관의 미숙에서 온 결과라고 할 수 있을까? 그렇
지 않으리라고 본다. 모순성을 바로잡지 않아도 좋으리라고 여겼기

---

4) 정주동(鄭柱東), 『古代小說論(고대소설론)』, 서울, 형설출판사, 1966, pp.248~250.

때문일 것이다. 조선시대의 작가들이 불합리성을 용인했던 것은 그렇
게 해도 좋으리라고 여겼기 때문이다. 이 점에 대해 황패강(黃浿江)
교수는, '그들은 단순한 현실의 합리적인 재현이나 복사보다는 예술적
감동을 조작(操作)하는 데 예술의 우선권을 주었던 것'5)으로 풀이했
다. 따라서 조작은 '예술적인 감동을 촉발하는 최선의 방법이라는 확
신이 있을 때에는 현실적인 타당성을 희생하는 일도 서슴지 않는 태
도다.'6) 앞의 정 교수의 지적이 잘못된 것은 아니다. 다만 이렇게 지
적된 것이 예술적인 감동을 주는 데 얼마나 크게 기여하는가가 문제
다. 고대소설에 대한 앞에서의 문제점들을 우리의 현실적인 안목으로
보지 말고, 당대의 사람들의 입장에서 보면, 그들은 논리를 초월한 상
상의 세계 속에서 미적 감각을 추구했던 것으로 볼 수 있다. 예술이
현실이 아니고 현실이 예술 그 자체가 아님을 인식하고 있었던 것으
로 보인다. 결국 고대소설은 개성적으로 성격화된 인물을 목적이나
수단으로 한 소설이 아니고 인간의 삶에 있어서의 진실을 추구한 것
으로 논리적 차원을 넘어선 직관적(直觀的)인 인간의 본질을 통해 진
실을 추구했다고 볼 수 있다.7) 이런 면에서 본다면 정 교수의 지적보
다는 황 교수의 안목이 훨씬 놀라운 탁견(卓見)이라고 볼 수 있다.

　이런 측면에서 「임진록」에는 어떠한 불합리한 요소가 들어 있는가
를 살피기로 한다. 작품 분석에 앞서 내용의 개괄적인 것을 보고자
한다.

　(1) 왕의 꿈과 최일령의 해몽
　(2) 왜군의 침공과 동래 부사의 전사

---

5) 황패강, 『조선왕조소설연구』, 서울, 한국연구원, 1978, p.93.
6) *loc. cit.*
7) *Ibid.*, p.95.

(3) 蘇攝(소섭) 妹氏의 便紙

(4) 이순신의 싸움과 전사

(5) 신립(申立)의 전사와 鄭出男의 싸움

(6) 왕의 播遷(파천)과 關雲長(관운장)의 현현(顯現)

(7) 金德齡(김덕령)의 申述(신술)과 淸正陣(청정진) 來往

(8) 月川이 蘇攝(소섭)을 죽게 함

(9) 請兵使 柳成龍(유성룡)의 虛還(허환)

(10) 牧丹(모란)이 平秀吉(평수길)과 죽음

(11) 淸皇帝의 꿈과 李如松의 出兵

(12) 回軍 트집과 王의 통곡

(13) 金應瑞(김응서)와 姜弘葉(강홍엽)의 발탁

(14) 金守業(김수업)의 軍糧米(군량미) 헌납

(15) 李如松(이여송)이 國土에 맥을 자름

(16) 金德齡의 冤死(원사)

(17) 姜弘葉과 金應瑞의 征倭(정왜)

(18) 姜弘葉의 叛逆(반역)과 金應瑞의 自決

(19) 泗溟堂(사명당)과 降倭(항왜)

「임진록」은 내용이 풍부하고 재미있게 짜여진 작품은 아니다. 몇몇 삽화적인 부분이 흥미를 자아낼 뿐, 어느 부분에서는 요약의 흔적이 뚜렷한가 하면 앞뒤의 내용이 맞지 않는 부분도 상당수가 있다. 특히 앞뒤의 내용이 서로 어긋나는 것은 과장법에 의한 것으로 흥미를 배가(倍加)시키기 위해서이다. 예를 들면 조선 땅이 왜군에 의해 초토화되었을 때는 조선에 용맹스런 장수가 아무도 없었다. 그러나 이여송(李如松)이 조선에 왔을 때는 그가 '조선같은 偏小之國(편소지국)에 저러한 英雄豪傑(영우호걸)'이 많거든 하고 말할 정도로 변했는가 하면가 되는가 하면, 거북선은 수천 척이요, 이순신(李舜臣)은 퇴재상이 되어 있었다. 또 조선군이 승세를 타면 영웅이 많아지고 패퇴하면 명장(名將)은 하나도 없이 된다. 이런 것은 어려운 역경에 놓여 있을 때는 아주 어렵게, 위대한 인물은 더욱 위대하게, 용감스러운 것은 더욱 뛰어나게 용감한 것으로 만들어 흥미를 유발시키려 한 것으로 볼 수 있다.

그러나 죽었던 인물이 다시 나타나는 것은 작가나 전사자(轉寫者)의 오류로 봐야겠다. 예를 들면, 충청도 영동을 치고 함경도 이십육주를 쳤던 왜장 문경(文京)은 죽었는데 뒤에 청정이 죽은 후에 그가 또 다시 나온다.

"선장(鮮將) 강홍엽의 칼이 번듯하여 왜장 한 일천의 머리 떨어지고 김일관의 칼이 번듯하며 왜장 한업(韓業)의 머리 떨어지고 김승태의 칼이 번듯하며 왜장 문경의 머리 떨어지니 청정이 오장의 죽음을 보고."[8]

李如松과 淸正이 原州에서 대접전을 벌이는데 이때 亞將들의 싸움에서 文京이 죽은 것이다. 文京의 죽음을 본 淸正이 화를 참지 못하여 직접 나서 싸우다가 죽었다. 이때 전라도 쪽에 있던 倭軍이 본진으로 오지만 이미 淸正은 죽고 말았다. 이에 또 한 차례 접전이 벌어지는데,

"왜장이 일시에 달려들어 십이 합에 응서의 칼이 반공중에 번개되어 마웅태를 치니 머리 땅에 떨어지니 문경이 대경하여 크게 외어 왈".[9]

이처럼 문경(文京)은 이미 죽었는데 뒤에 문경이 다시 등장하여 뛰어나와 싸우다 사로잡히고 만다.

---

8) 이경선(李慶善) 注釋(주석), 『壬辰錄・朴氏傳』, 서울, 정음사, 1962, p.56 (以下 「壬辰錄」으로 略稱).

9) 「임진록」, p.59.

이런 것은 앞서 지적한 대로 전사과정(轉寫過程)에서 잘못된 것으로 보이며, 큰 문제는 없고 단지 싸움에 패한 왜장(倭將) 중에는 항복하여 목숨을 겨우 보전한 자가 있었음을 보이고 있을 뿐이다.

이 작품이 역사소설로서 허구의 면모를 보이고 있는 것은 사건 그자체 외에도 인물에서 볼 수 있다. 시대를 초월하여 사실(史實) 속의 인물도 인상 깊은 자들을 선택하여 재연시키고 있다. 이 인물 설정의 배경은 이미 논의된 바[10] 있어 여기서는 줄인다. 다만 전혀 허구가 아니고 어느 정도 사실(史實)적 근거를 가지고 있는 인물을 작품화한 것은 당대의 사람들로부터 민중적 영웅으로 기림을 받았다는 데에서 연유한 것이다. 특히 김응서(金應瑞)와 강홍엽(姜弘葉)의 대립관계는 당시에 큰 이목을 끌었던 것으로 보이며, 논개(論介)와 계월향(桂月香)이 월천(月川)과 모란(牧丹)으로 이름이 바뀌어 나타나 있는데, 이는 어느 지역 내에서 보편화되었던 설화나 사실(史實)을 기록한 것으로 볼 수 있다.

결국 이 작품 속에 내재해 있는 불합리적 요소들은 다분히 흥미를 배가시키어 독자들로 하여금 억눌렀던 감정을 분출시키게 하고, 타락되었던 도덕률을 강조하여 교훈적인 면을 드러내려고 한 결과로 볼 수 있다.

3. 상상력과 진실성 - 감동의 근거(1)

싸르뜨르(J. Sartre)는 문학이란 무엇인가를 묻는 질문을 구체적으

---

10) 소재영(蘇在英), *Ibid.*, pp.87~121.
임철호(林哲鎬), 『壬辰錄群 硏究』, 연세대학원, 1977.

로, 작품을 쓴다는 것은 무엇인가? 어째서 쓰는가? 누구를 위하여 쓰는가?라고 바꾸어 표현했다. 이러한 물음들은 상황을 전제로 한 것이지만 문학의 본질과 관련된 질문들로 볼 수도 있다. 그러나 이와 관련해서 독자의 입장에서는 왜 이 글을 썼는가라는 질문을 제기할 수 있다. 고 이 물음은 작가의 상상력 속에 숨어 있는 진실성을 어떻게 수용하는가에 귀착된다. 작가의 상상력은 굳이 딜타이(W. Dilthey)의 말을 빌릴 필요도 없이 심적 관계 전체와 연관되어 있다. 그래서 문학작품은 독자로 하여금 보다 높고, 보다 넓은 그리고 강대한 세계를 볼 수 있게 한다. 이에 관해 딜타이는(Dilthey)는,

> "文學作品은 再體驗을 시키면서 그에게 적합한 심적과정의 경과 속에 그의 온 資質을 활동하게 만든다. 이때 그의 활동은 음향, 율동, 감성적인 觀照性 등에 대한 기쁨에서부터 시작하고 끝에 가서는 사건을 삶의 전 진폭과의 관계에 의해서 가장 심오하게 이해하는 데에 이른다. 왜냐하면 모든 참다운 문학작품은 그것이 표현하는 현실의 斷面에서 전에 보이지 않았던 삶의 한 특성을 부각시키기 때문이다."[11]

그래서 조르지 뒤아멜(G. Duhamel)은 그의 「소설론」에서 '훌륭한 작가란 얼핏 보기에 전달 불가능한 것처럼 보이는 삶의 바로 이 부분에 대한 인식과 표현을 촉진시켜 주는 사람'[12]이라고 했다.

「임진록」의 작자는 이 작품을 통해서 이제까지 있어 온 임진왜란과 관련된 史實과 설화를 바탕으로 왜란(倭亂)을 새롭게 인식시키고 새

---

11) 딜타이(Wilhelm Dilthey), *Das Erlebnis und Die Dichtung*, 韓逸燮 譯, 『體驗과 文學』, 서울, 중앙일보사, 1979, p.46.

12) R. M. Alberes, *L'Histoire Du Roman Moderne*, 鄭智榮 譯, 『현대소설의 역사』, 서울, 중앙일보사, 1978, p.12.에서 재인용.

로운 삶의 특성을 제시했다고 볼 수 있다. 이 같은 논의를 좀더 구체화 해 보기로 하겠다. 먼저 작가는 「임진록」을 왜 썼겠는가? 이런 질문을 했을 때, 이제까지 많은 연구들은 다음과 같이 그 대답을 밝히고 있다.

"悲劇을 悲劇으로 直視(직시)하지 않고, 그 상처를 虛勢(허세)의 敵氣心(적기심)으로 가리고 精神的인 勝利를 노래하고 있는 곳에, 日本과 우리나라 兩民族의 宿命的(숙명적)으로 對克(대극)하려는 姿勢(자세)가 깃들여 있다고 할 것이다."13)

"이 軍談小說(군담소설)을 통하여 倭賊에 對한 敵氣心과 復讎心을 湧出케 하여 物質的인 傷處를 精神的으로 메꾸려 하였으며 ⋯⋯"14)

"아마 「壬辰錄」의 作者는 民族的인 義憤을 참지 못하여 現實的으로 倭賊에게 敗北하였지마는 精神的으로는 勝利하였으며, 倭賊에 對한 悲慘한 敗北를 當한 우리 民族의 敵氣心과 復讎心을 代辯하기 爲하여 「壬辰錄」을 쓰게 된 것이 아닌가 한다. 그래서 歷史的으로 敗北한 것을 文學的으로는 勝利하였다고 하였으며⋯⋯"15)

"現實的으로 敗北한 民族이 精神的으로는 勝利한 것처럼 꾸며 놓은 것이 「壬辰錄」이다. ⋯⋯요컨대, 「壬辰錄」은 封建制度 崩壞期에 있어서 全民族의 倭賊에게 對한 復讎文學이다."16)

"現實的으로 敗北한 民族이 精神的으로 勝利한 것처럼 꾸며 놓은 文學을 精神的 勝利의 文學이라고 부른다면 「壬辰錄」은 그 가

---

13) 김동욱(金東旭), 『國文學史』, 서울, 일신사, 1976, p.178.
14) 정주동, *Ibid.*, p.20.
15) 김기동, 『李朝時代小說論』, 서울, 精研社, 1969, pp.219~220.
16) 박성의(朴晟義), 『韓國古代小說史』, 서울, 日新社, 1958, pp.209~210.

장 典型的인 것이 된 것이다."[17]

이상의 것을 요약하면, 「임진록」은 첫째 정신적 승리의 文學이고, 둘째 적기심(敵氣心)과 복수(復讐)의 문학이라는 것이다. 그렇다면 이 소설이 불합리한 면이 많음에도 불구하고 감동을 주는 요소는 어디에 있겠는가? 현실적인 패배를 정신적인 승리로 바꾸는 데만 있을까? 그렇지만은 않을 것이다. 정신적인 승리의 문학은 철저한 자기 비판을 바탕으로 했을 때 가능할 것이다. 그 처참했던 대전란을 겪고 난 뒤에 쓰인 이 소설이 왜적을 패퇴시키는 데서만 만족할 수는 없다. 이런 측면에서 소재영 교수의 견해는 타당성이 있다.

　　"兩亂後 時間的 變化를 의식하면서 覺醒期(각성기)의 民衆들로
　하여금 內的인 自覺과 外的인 忿怒(분노)를 표리로 하여 形成된
　成長의 文學이요, 民族의 文學임이 증명되었다."[18]

바로 「임진록」의 좌표는 내적인 자각과 외적인 분노(忿怒)의 표출에 있다. 임란을 치르고 난 민중은 분노의 화살을 내부로 돌리고 철저한 비판을 가하고자 했을 것이며, 이러한 자아비판적 태도를 그대로 작품에 투영되었을 것으로 본다.

(1) 집권층(執權層)의 무능 비판

조선조 중기 이후의 정치적인 분열, 경제적인 파탄(破綻), 사회적 혼란을 수습 구제해야 할 책임을 지닌 집권층은 이러한 난국을 당하

---

17) 이경선(李慶善), *Ibid.*, p.218.
18) 소재영, *Ibid.*, p.264.

여서도 추호(秋毫)의 반성도 없이 오히려 더 당쟁을 격화(激化)시켰으며 권력을 탈취하기 위해서는 수단과 방법을 가리지 않았고 온갖 권모술수(權謀術數)를 다 썼다. 이 소설은 이런 지배계층의 무기력함을 여지없이 폭로함으로써 반성의 계기로 삼았다. 바로 작가의 현실 비판 안목이 나타난 것이라고 볼 수 있다.

몇몇의 예를 보면, 우선 왕권(王權)의 실추(失墜)를 들 수 있다. 왕은 나랏님이다. 지엄(至嚴)한 존재다. 하늘을 대신하여 도(道)를 행하는 자(替天行道), 즉 '天子'인 임금이 전란을 겪는 동안 인간으로서의 한없는 나약성(懦弱性)을 드러내고 말았다. 왜적이 파죽지세(破竹之勢)로 도성(都城)을 향해 쳐들어오자 왕은 군사와 백성들에게 성(城)을 굳게 지키라고 명령하고 자신은 남문을 통해 나와서 다른 곳으로 피신한다.

> "상이 망극하사 어영대장(御營大將) 최달성(崔達性)과 금위대장(禁衛大將) 백수문(白壽文)을 불러, 『성중(城中)의 백성이나 총독하여 동서남북 사대문을 굳이 지키게 하라』하시고, 남문으로 나와 갈 바를 아지 못하시더니 김원동(金元東)이 주 왈,
> 『평안도는 아즉 도적이 아니 들어왔다 하오니, 복원 전하는 그리로 가사이다.』"[19]

백성을 다스리어 평화스럽게 살게 하고 나라를 부강하게 만드는 것이 임금이 백성과 나라를 구할 치도(治道)인데, 임금이 자신의 목숨만을 위해 도피할 뿐, 위기에 처한 나라를 구할 능력이 없는 것이다. 백성들로 하여금 도성(都城)을 지키게 하고 파천(播遷)한 임금은 겨우 평안도 지방 작은 성(城)인 토곡성중(土谷城中)으로 피신하였다. 이때 평양성 부윤이 왕의 편지를 받고 토곡성으로 왔을 때, 왕이 이르기를,

---

19) 「임진록」, p.25.

"상이 반기사 용안에 용루(龍淚)를 흘리시며 탄식하여 가라사대,
『국운이 불행하여 왜적이 허여 젖치니 선조대왕(先祖大王)의 종
묘를 어찌하오리……』"[20]

여기서 작가의 날카로운 비판을 볼 수 있다. 통치능력을 상실한 국
왕, 그는 나라의 불행이 자신의 통치력 부족에서 온 것임을 깨닫지
못하고 운으로 돌리고 있는 것이다. 왕의 무기력은 여기에서 그치지
않고, 중국의 장수 이여송을 맞는 데서도 나타난다.

"이 여송이 두 번 절하고 가로되,『대왕은 뜻밖에 왜난을 당하오
니 오죽 근심하시리까. 황상의 명을 받자와 왔사오되 대왕을 보오
니 대왕의 지성(至誠)이 없사오니 아모리 생각하여도 도웁지 못하
고 그저 돌아가겠나이다.』"[21]

이쯤 되면 왕의 체면은 더 이상 돌볼 여지가 없게 되었다. 또, 왕이
옥좌에 앉아 이여송의 알현을 받는 것이 아니라, '압록강 건너 와서
탕지를 보내니 조선왕이 제신을 거느리고 백리 밖에 나와 맞고, 두
번 절하고 자리에 앉으니, 그 답례로 이여송이 두 번 절한 것'이다.
또, 이여송의 트집에 왕은 근심한 나머지 최일령의 묘책(?)대로 단에
올라가 독을 쓰고 슬프게 통곡하여 비로소 이여송의 마음을 돌려놓는
다. 이러한 비판으로 왕은 至嚴의 *存在*가 아니라 아주 무기력한 존재
임이 폭로되고 만다. 사실여부와 관계없이 이렇게 표현한 이유는 최
고통치권자에 대한 백성들의 인식에서 비롯된 것이라고 볼 수 있다.
이외에도 나라를 다스리는 것이 무계획과 졸속에 의해 이루어짐과 집
권층의 부패를 간접적으로 폭로하고 있다.

---

20) *Ibid.*, p.32.
21) *Ibid.*, p.50.

　　"상이 대노(大怒)하사 꾸짖어 왈
　　『시절(時節)이 태평(泰平)하거늘, 경은 어찌 요망(妖妄)한 말을
　　하며 인심을 요란(擾亂)케 하고, 짐(朕)의 마음을 불안케 하느뇨』
　　하시며,
　　『일령을 원찬(遠竄) 하라』 하시니."22)

　　이처럼 꿈 해몽을 잘못하여 영의정이 귀양을 갔다. 영의정은 의정
부의 최고 우두머리, 그가 왕의 마음을 불안케 했다는 죄목으로 쫓겨
난 것이다. 그러나 이 소설처럼 당시의 통치권의 행사가 제도적으로
왕의 전횡(專橫)에 의해 이루어질 수만 있는 것이 아님은 두말할 것
도 없다. 그럼에도 불구하고 이렇게 쓴 이유는 무엇일까? 후세에 대
한 교훈적 측면을 더욱 강조하기 위한 하나의 방편이라고 볼 수 있다.
　　또 집권층의 부패를 드러낸 것으로는 신립(申砬) 장군의 경우다.

　　"조령을 넘어 충청도를 치니, 이때 신립 장군(申砬 將軍)이 충청
　　도 군사를 거두어 조령산성에 유진(留陳)코져 하다가 계집의 간계
　　(奸計)에 빠져 군사를 퇴진하여 탄금대(彈琴臺)에 유진하고 기다
　　리니"23)

　　부장(副將)들과 의논하여야 될 것이 계집의 간계(奸計)에 의해 이
루어졌음은 계집이 신립(申砬)의 심중에 깊이 개재해 있음이요, 계집
에 얼이 나간 장군에게 묘책이란 있을 수 없다. 이것은 사실(史實)이
냐 아니냐는 관계없이 다만 군(軍)에 대한 불신이 집권층의 불신에서
비롯되어 나타난 것이다. 따라서 사실여하(史實如何)를 논(論)하기
전에 이런 투의 비판은 당연한 귀결이라고 볼 수 있다. 신립 이외에

---

22) *Ibid.*, p.10.
23) *Ibid.*, p.18.

도 김응서(金應瑞)와 강홍엽(姜弘葉)의 대조적 묘사를 통해 충신과
역신의 전형도 보여주고 있다. 이에 대한 것은 소재영 교수의 논고가
있으므로 줄인다.[24]

(2) 전쟁 패인의 폭로

이 소설의 집필 의도 중의 하나가 전쟁에서 참패하게 된 원인이 어
디에 있었는가 하는 반성임은 부인할 수 없는 사실이다. 그러나 이
항목에서는 그 간접적인 원인은 제외하고 직접적인 원인이 되었던 면
에 대한 반성을 살피려 한다. 우선 침입에 대한 대비책이 없었던 점
을 들 수 있다. 국가가 장래에 맞게 될 위기에 대한 암시를 감정적인
차원에서 묵살했다. 최일령의 꿈 해몽과 그로 인한 귀양이 아주 적절
한 예가 될 수 있을 것이다. '불길한 것'뿐만 아니라 좋은 일일지라도
신하가 상주하게 되면 그에 대한 객관적인 검토와 그에 따른 대비책
을 준비했어야 했다. 그러나 사실을 아뢴 결과는 '인심을 소란케 하고
짐의 마음을 불안케 한' 죄목으로 인한 귀양이었다. 이것은 정언(正
言)을 받아들이지 않고 현실적인 상태에서 만족을 느끼고 안주하려는
퇴영적인 자세라고 볼 수 있다. 이것은 귀에 거슬릴지라도 올바른 충
고라면 나라를 위해서 검토해야 하고 준비를 해야 할 것이라는 비판
의 의도도 숨어 있다고 봐야겠다.

그 다음 용병(用兵)의 실패를 들 수 있다. 그 대표적인 것이 신립
장군의 경우다. 그가 탄금대에 유진하고 있을 때,

---

24) 소재영, *Ibid.*, pp.95~99.

"청정이 조령을 넘어 신립의 진을 바라보고 대희하여 왈,

　『조선에 명장이 없음을 가히 알겠도다. 신립이 우리를 막지 아니하고 강변에 배수진을 처시니 우습다. 옛날 한신(韓信)은 배수진을 쳐서 조군(曹軍)을 파하였거니와 이제 신립이 배수진을 치고 어찌 나를 당하리오』

하고 일시에 군사를 재촉하여 짓치니 신립이 미처 손을 놀리지 못하며 십만 대병을 순식간에 함몰하고 신립이 할일 없이 하늘을 우러러 탄식하고 물에 달아들어 빠져 죽으니."[25]

이러한 결과에 대한 반성은 작가의 허구가 아니라 사실(史實)이다. 유리한 고지를 점할 수 있는 상태에서 불리한 위치를 차지하고 있다가 패망했다는 것은 마땅히 비난을 받아야 할 것이다. 더군다나 용병술에 의한 것이 아니라 '계집의 간계(奸計)'에 의해 수많은 군사가 죽고, 그 결과로 도성까지 함락되는 수모를 당했다는 것은 그 당시 민중이 분노하지 않을 수 없는 일이다. 따라서 신립은 치욕스럽게 매도되어 버리고 말았다.

이외에도 '조선 360주 중 삼백 주는 왜놈의 땅이 되고 육십 주만 남을' 때까지 모든 고을 관군은 패퇴하고 만다. 결국 많은 승리를 안겨준 대첩(大捷)이 있음에도 불구하고 신립의 경우를 택한 것은 이 소설이 단순한 흥미를 위주로 한 자위(自慰)의 문학이 아님을 말해주고 있는 것이라고 볼 수 있다.

백성들의 무능보다 나라를 다스리는 사람이 무능으로 말미암아 패한 것에서 전쟁의 패인은 찾아질 수 있는데, 통치능력에 대해 감히 능함과 능하지 못함을 공개적으로 상론할 수 없었던 상황에서 이에 대한 비판의 안목을 터득했다는 것은 개안(開眼)이라고 볼 수 있다.

---

25) 「임진록」, p.18~19.

(3) 위기 극복의 음조(陰助)

우리의 고대소설에서 흔히 볼 수 있는 것은 선인(善人)이 위기에 놓여 있을 때 이를 극복하도록 해주는 초월적인 힘을 가진 이의 음조 (陰助)다. 이 음조는 소설 속의 주인공으로 선인이며, 이상적인 인물의 힘이 한계에 이르렀을 때, 즉 극한 상황에 처해 있을 때 이를 극복하도록 하는 대리자에 의해 나타난다. 이들은 천상선관(天上仙官), 도사(道士), 노승, 산천신령(山川神靈), 조상영혼(祖上靈魂)의 화신 (化身)인 타력에 의해 직접 간접으로 작용된다.[26] 이것은 자립의 의지보다는 운명론적인 체념에 사로잡혀 있을 때 현국면을 타개해 나가는 방편이기도 하다. 국민성과 관련해서 살필 수 있는 이러한 의식의 분석은 작품을 토대로 해명할 수 있으리라고 본다.

「임진록」에 나타나는 음조(陰助)와 구원(救援)의 수호신은 삼국지 중 촉한의 무장의 한 사람인 관우(關羽)이다. 관운장에 대한 신앙은 『삼국지연의(三國志演義)』를 모본(母本)으로 한 군담소설(軍談小說)에 의한 영향이라고 보이며 우리 민족의 의식 속에 깊이 작용하고 있었던 듯하다. 이러한 관운장에 대한 숭배의 이유는,

"蜀漢(촉한)의 武將인 關羽(관우)의 神靈을 道敎의 神으로 祭祀 (제사)하는 것은 宋代부터인데, 이를 信奉(신봉)하면 戰時에 關羽 의 神靈(신령)이 出現하여 敵을 滅(멸)한다고 믿어져 支那到處(지나도처)에 이 信仰이 있었던 것이 비로소 朝鮮에도 傳來하게 된 것이며……"[27]

---

26) 정주동, *Ibid.*, p.145.

27) 이상백(李相佰), 『韓國史(近世前期篇)』, 서울, 乙酉文化社, 1962, p.532.

라고 밝히고 있다.

이 작품에서 관운장은 세 번 나타난다. 제일 처음 나타난 것은 왜장 청정(淸正)이 조선왕이 피난 간 줄 모르고 도성을 둘러싸고 항복하라고 외칠 때이다.

　　"문득 남대문으로 오색 구름이 일어나며 일 원대장이 억만대병을 거느리고 왜진을 혀쳐 우뢰같은 소래를 지르며 청정을 불러 왈 『우리 조선국 사직이 사백 년이 넉넉하거늘 너는 방자(放姿)히 천운(天運)을 모르고 불쌍한 백성만 죽여 시절을 요란케 하느뇨. 바삐 물러가라 나는 삼국적 관운장(關雲長)이라"[28]

관운장이란 말에 청정은 '황급하여 말께 날려 평안도로 행하'였다. 왕은 백성을 버리고 도망갔지만 백성들은 구원의 수호신인 관운장이 나타나 구해주듯 현실적인 기대보다는 막연한 운명론적인 기대와 왕을 비롯한 집권층에 대한 배신감 속에서 살았던 것임을 보여주고 있다.

관운장의 외침에서 보듯이 '불쌍한 백성만' 죽는 것에 대한 반감(反感)이 도사리고 있다.

두 번째 출현은 중국 황제의 꿈속에서이다. 청병(請兵)갔던 조선 사신을 보내놓고 난 황제의 꿈에 관운장이 나타나 이르기를,

　　"『소장(小將)은 삼국적 관운장(關雲長)이옵고 형님은 유현덕(劉玄德)이 환생(還生)하여 천자가 되고, 장비(張飛)는 환생하여 조선왕이 되고 소장은 미부인(糜夫人)을 모시고 조조(曹操)에 갔삽다가 무죄한 사람을 죽이므로 환생치 못하옵고, 조선 지경(地境)을 지키옵더니 지금 왜적이 조선을 덮어 거의 땅을 다 빼앗기옵고 종묘사직이 조모간에 망케 되옵고 조선왕명이 시각에 있삽거늘 형님은 어찌 청병을 아니 보내시니이까?』"[29]

_____

28) 「임진록」, p.26.

유비가 중원(中原)의 천자(天子)가 되고, 장비(張飛)가 조선의 왕이 되어, 조선과 명과의 관계는 형제의 관계로 나타나고, 그로 말미암아 출병의 명분을 마련케 된다. 또 관운장은 그 스스로가 조선의 수호신임을 자처했다. 따라서 그는 이미『삼국지연의』속의 인물로서 무장(武將)이 아닌 수호신으로서의 역할을 하고 있다.

관운장은 청정이 죽을 때, 세 번째로 출현한다. 청정이 원주에 진을 치고 있을 때, 이여송이 군대를 지휘하여 원주로 가고 그 곳에서 둘은 일대접전을 벌인다. 결국 청정은 이여송과 싸우다 기운이 쇠하여 도망친다. 이때,

> "명장 칠인이 합세하여 청정을 쫓아가며 호통하는 중에 청정이 전면을 바라보니, 억만 대병이 내달아 길을 막으며 일 원 대장이 외어 왈,
> 『망발생의(忘發生意)하여시니 어찌 천신(天神)인들 무심하랴. 청정은 닫지 말고 내 칼을 받으라』
> 하거늘, 청정이 눈을 들어 보니 일전 보던 바 관운장이라."[30]

청정은 조선 장수나 명나라 장수와 싸우는 것이 아니고 관운장과 싸우다가 지쳐 명나라 장수에게 포위되어 좌충우돌하다가 이여송의 칼에 죽고 만다. 명천검을 들고 왜군을 총지휘하던 청정의 죽음을 개인의 힘으로 이룬다는 것이 어려운 일임은 모든 사람이 대전란을 통해 너무도 잘 알고 있었으리라. 이 어려운 일을 해 낼 수 있는 인물은 조선 지경에서 수호신의 역할을 하고 있는 관운장뿐이라고 본 것이다.

그러면 왜 관운장이 조선의 수호신이 되었는가? 많은 용장(勇將)

---

29) *Ibid.*, p.47.
30) *Ibid.*, p.57~58.

중 관운장이 선택된 이유는 시대와 관련해서 가장 절실한 인물로 인정되었기 때문이다. 전란을 치루면서 민중들 사이에서는 충의(忠義)를 갖춘 영웅을 갈망하고, 높이는 경향이 고조되어 갔다. 이것은 이 무렵 많이 읽혔던『삼국지연의』에서 더욱 부각되었다. 이에 관운장은 도교적 또는 무속적 신앙에 의해 섬김을 받게 되었고, 이로 말미암아 그가 신격화된 것이다.31) 무용(武勇)과 충의를 갖춘 인물이 없을 때, 그 대안으로 몽타주(montage)된 것이 관운장이다. 이런 인물이 설정된 것은 그 시대의 백성들이 영웅을 기대하는 마음에서 비롯된 것으로도 볼 수 있다.

이제까지「임진록」에 나타난 창작의도를 살폈다. 이 작품은 역사적 사실을 근거로 한 허구의 세계를 바탕으로 한다. 많은 비사실적(非史實的) 요소는 이 소설을 재미있게 읽혀지도록 했다. '재미있는', '흥미를 가지는'이란 그 의미 속에는 반항과 비판을 수반하고 있다. 이 소설에서 감동할 수 있는 하나의 근거가 바로 이것이다. 당시의 독자들은 정사(正史)보다 연의류(演義類)나 야사를 기록한 것들을 비롯한 역사소설류를 더욱 많이 읽었다. 김만중(金萬重)의 다음과 같은 글은 이를 잘 말해 주고 있다.

  "東坡志林曰 塗巷中心小兒薄劣 其家所厭苦 輒與錢 今聚坐聽說古話 至說三國事 聞劉玄德敗 嚬蹙有出涕者 聞曹操敗 卽喜唱快 此其羅氏演義之權輿乎 今以陳壽史傳 溫公通鑑 聚象講說 人未必有出涕者 此通俗小說所以作也."

여기서 통속소설이라 함은 정사(正史)가 아닌 야사(野史) 중심의 허구의 세계를 의미하는 것이다. 그런데 여기에 가치를 두는 이유는

---

31) 소재영, *Ibid.*, p.114.

흥미와 감동이 있기 때문인 것이다. 또 연의(演義)가 흥미 있고 감동
을 주는 것은 정사(正史)가 집권세력 쪽의 체제를 옹호하는 입장에서
쓰여 많은 사실들이 비호세력에 의해 왜곡될 수 있지만, 연의(演義)
는 적나라한 사실들을 근거로 하여 또 다른 굴절이 있기 마련인데 이
는 대체로 반체제적인 입장에서 쓰일 수 있기 때문이다.

역사소설에서 독자는 묘사된 인간이나 역사상의 한 시기를 통해 자
신이나 사회에 제시된 문제를 감상하게 되는 것이다. 따라서 소설에
서 얻어지는 것은 인간적인 반응일 뿐이다.[32]

4. 패배의식의 극복 – 감동의 근거(2)

작가는 사람이 사는 세계를 믿을 수 있는 완결감을 보여주도록 묘
사하려고 한다. 이 묘사된 세계는 반드시 현실과 일치하는 것은 아니
고 다분히 상상적이고 가공적이며 상징화 되어 나타나기도 한다. 그
렇다고 하더라도 그것은 동시에 작가가 살고 있는 현실의 생활 세계
를 반영하지 않을 수 없다.[33] 또 같은 시대와 사회에 사는 작가의 경
우에도 현실적인 또는 허구적인 생활 세계에 대한 작가의 인식은 그
의 체험에 의해 달라진다. 임진란이라는 대전란을 겪은 당대의 사람
들은 물질적인 피해 이외에도 정신적인 좌절감을 극복했어야 했다.
이것은 당시에 물질적인 피해를 수습하는 일보다 더 급한 것이었다.
이런 전란으로 생긴 좌절감을 모든 국민이 극복하도록 하기 위해 쓰
인 것이 바로 「임진록」이다. 이것은 예술이 단순히 외적인 현실의 반

---

32) Alberes, *Ibid.*, p.42.

33) 김우창(金禹昌), 『地上의 尺度』, 서울, 民音社, 1981, p.141.

영뿐만이 아니고, 외적인 현실의 움직임의 통일성을 포착하여 이를 실천으로 전환할 수 있도록 하는 창조적 능력의 표현 중에 하나이 기[34] 때문이다. 임진란을 통해 드러난 집권계층의 무능과 焦土化된 국토와 그것을 인식한 헐벗은 백성들이 가지고 있는 질시와 불만과 저항과 비판 뒤에 가져야 될 희망, 과연 그것은 무엇일까? 그것은 바로 패배의식의 극복이었다.

(1) 열등감의 극복

중국에 대한 우리 민족의 열등의식은 그 뿌리가 깊었지만, 일본에 대해서는 문명국임을 자처했다. 그래서 일본을 오랑캐, 왜적(倭賊), 왜놈 등으로 불렀다. 이렇게 지칭되던 일본에 의해 국가가 만신창이 가 되자, 그 적개심과 분노는 하늘을 찌를 듯했으나, 그 밑바닥에는 일본에 대한 두려운 마음이 없지 않았다. 이러한 적개심, 분노, 그리 고 두려움을 해소시킬 수 있는 것은 일본을 보기 좋게 격퇴시키고, 그들을 속국화하는 것이었다. 그래서 「임진록」 속의 조선은 명의 도 움으로 전쟁에서 명예롭게 승리한다. 그러나 이 승리는 특별한 어느 위인에 의해서 이루어진 것이 아니고, 명신(名臣)이나 그 외의 집권 층에 의해 이루어진 것도 아니다. 전쟁 중에 발탁된 무명의 장군과 천대받던 기생, 그리고 관운장에 의해서 이루어진 것이다. 즉 다시 바 꾸어 말하면, 지체가 낮은 백성과 음조(陰助)에 의해 이루어진 것이 다. 이것을 실제 작품에서 보기로 하자.

임진란을 일으킨 일본의 주요 장군은 대장인 청정(淸正)을 비롯하 여, 소섭(蘇攝), 동경청(東京淸), 문경(文京), 부경(府京), 용마(馬龍),

---

34) *Ibid.*, p.151.

평수길(平秀吉) 등이다. 이 중 청정(淸正), 소섭(蘇攝), 평수길(平秀吉), 문경(文京) 등은 죽음을 맞아야 했다. 이들을 누가 격파했는가?

전쟁의 종국(終局)은 주요 지휘관인 장군의 죽음으로 끝난다. 따라서 왜장의 죽음에 대한 추적은 혁혁한 공훈의 주인공과 만나게 된다.

우선 청정(淸正)의 경우를 보면, 그는 조선군, 명나라 장군 이여송 그리고 관운장에 의해 죽고 만다. 이것은 조선군의 최대한 노력과 응원군의 도움 그리고 음조(陰助), 다시 바꾸어 말하면, 지상의 최대의 노력과 하늘의 도우심으로 이루어진 것이다. 결국 청정의 죽음으로 전쟁은 끝이 나고 말았다.

소섭(蘇攝)은 조선의 장군 – 그는 차라리 게릴라였다 – 과 기생의 노력으로 죽게 된다. 김응서는 소섭의 첩이 된 평양 기생 월천(月川)을 이용하여 그를 죽인다. 그리고 월천도 김응서에게 죽임을 당한다. 그 까닭은 월천이 소섭의 첩이었던 때문이라는 것이 이유였다.

평수길(平秀吉)은 진주에 웅거하고 있다가 이 고을 기생 모란(牧丹)에 의해 죽게 된다. 모란은 촉석루에서 잔치를 배설(排設)하고 평수길과 춤을 추다가 그를 안고 촉석루 난간에서 떨어져 죽는다.

조정(朝廷)과 민중이 괴리된 상태에서, 백성의 절대적인 힘으로 전쟁에서 승리를 한 것이다. 특히 월천과 모란은 당시의 소외계층인 천기(賤妓)이면서도 구국충정(救國忠情)으로 일신을 바쳐 백성들의 영웅이 되었다. 이러한 것은 보잘 것 없는 천민(賤民)일지라도 구국의 염(念)에는 한결같으며, 이들의 힘은 어떤 벼슬에 있는 사람보다 나은 것임을 나타낸 것이다.

또 이러한 면으로 말미암아 월천이 김응서를 도와 소섭을 살해하는 대목은 「임진록」 중에서 가장 흥미를 끄는 허구적 요소이다.

왜적를 격퇴한 뒤에는 또 다시 그런 비극을 겪지 않을 안전장치가

필요했다. 그렇게 하기 위해서는 일본에게서 항서(降書)를 받고 속국
화할 필요성을 절실히 느끼게 된다. 그래서 강홍엽(姜弘葉)과 김응서
가 20만의 군사를 거느리고 왜국으로 간다. 그러나 강홍섭과 김응서
는 서로 반목하여 군사를 다 잃고, 왜왕의 회유에 말려든다. 그 결과
강홍엽은 부귀영화를 누리나 김응서는 왜왕을 죽이려 하다가 오히려
잡히게 되고, 결국 강홍엽을 죽이고 자결한다. 두 사람에 의한 왜국정
벌(倭國征伐)이 실패하자 왜왕은 다시 조선을 침범하려 한다. 이에
서산대사(西山大師)는 사명당을 왜국사신(倭國使臣)으로 천거하여 그
로 하여금 항서(降書)를 받아오게 한다. 왜왕은 생불(生佛)이 온다는
말에 그를 여러 가지 방법으로 시험하고 또 죽이려 한다. 그러나 육
도삼략(六韜三略)을 통달하고 팔만대장경과 둔갑장신지술(遁甲藏身之
術)에 능통한 사명당을 당해내지 못하고 그에게 항서를 쓰고 조공(朝
貢) 받칠 것을 서약한다.

  변방의 무명장수로 난 중에 발탁되어 전쟁영웅이 된 강홍엽과 김응
서는 20만 대군을 지휘하여 일본으로 갔지만 逆臣과 忠臣 사이의 갈
등으로 결국 적지에서 죽고 말았다. 그러나 大師는 단신 건너가서 왜
왕을 굴복시키고 말았다. 이것은 인간적인 편모를 가지고 있는 전쟁
영웅과 조선조의 고질적인 파쟁이 전쟁의 승리를 가져 올 수 없고,
다만 기대할 것은 도술로 무장된 초월자의 도움이라는 것을 보이고
있다.

  왜국을 정벌하여 부자지국(父子之國)의 항서(降書)를 받은 것은 우
려되는 재침을 막기 위한 안전장치일 뿐만 아니라 피해보상으로 인피
(人皮) 삼백 장과 불알 삼 두씩의 조공까지 받게 되었음을 의미한다.

  역사적으로는 의병승을 모아 승군을 지휘하여 왜군에 저항하고, 왜장
가등청정(加藤淸正)을 울산에 있는 진중(陣中)으로 찾아가 화의담판

(和義談判)을 하였으며, 난후에는 국서(國書)를 가지고 수신사(修信使)로 건너가 덕천가강(德川家康)을 만나 강화(講和)를 맺고, 피포(被虜) 3천 명을 쇄환(刷還)케 한 사명당이 민중들의 소망에 의해 승리의 主役이 되어 허구적으로 나타난 것이다. 다만 초인적인 능력을 가진 도술을 부리는 인물을 택했다는 것은 아직 위정자를 믿지 못하는 불신의 뿌리가 깊었음을 볼 수 있다. 그러나 사명당이 일본에서 여러 가지 시험을 받는 부분이나, 그 다음에 나타나는, 사명당의 도술로 왜국이 수중(水中) 함몰되는 부분은 도술소설(道術小說)로서 압권이다.

(2) 무한한 가능성의 민족

이 작품은 현실에 대한 뼈저린 반성과 굴욕적이고 치욕스러웠던 대전란을 정신적으로 보상하고자 하는 데서 쓰인 것이라고 볼 수 있다. 율곡(栗谷)의 10만 양병론(養兵論)이 무위로 끝난 것을 꿈의 해몽으로 왜구의 침입을 예측했던 정승이 원찬(遠竄)을 당한 것으로, 일본의 정탐을 하러 갔던 서인과 동인의 엇갈린 주장이 강홍엽과 김응서의 반목으로 나타나는가 하면, 비상한 능력을 가지고 있으면서도 펴보지 못하고 억울하게 희생된 김덕령 등 사실(史實)과 허구 사이에서의 유사성을 가진 인물들의 죽음이나 몰락은 집권층이나 모든 민중이 후회와 뼈저린 반성을 해야 하는 뼈아픈 사실을 기록한 것이다.

전란이 일어나자 관군은 모조리 패퇴하고 만다.

"이 때 조선의 삼백 육십 주(洲)는 왜놈의 땅이 되고 육십 주만 남아시되 함경도 천북(天北) 군사만 남아시되 길이 막혀 왕래케 못하고 황해도 군사는 산곡으로 피난 가고 경기도 군사 팔십 명은 도성을 지키게 하고 다만 평안도 군사를 거두니 겨우 일만 명이더

라. 상이 가라사대,

『군사도 부족하거니와 장수 없으니 도적을 어찌 막으리오.』"[35]

용장(勇將)도 명신(名臣)도 없이 나라가 왜적의 수중으로 들어가고 있는 것으로 묘사되었다. 이것은 용장과 명신이 정말로 없었다기보다는, 서로 믿지 못하는 처지에서 대처할 방안을 찾지 못하고 있었던 것이다. 이럴 때에 나타난 것이 관운장의 음조(陰助)였다. 도성을 범하지 못하게 하고, 원병을 보내게 하였다. 뒤이어 무명의 장수인 김응서와 강홍엽 등이 나타난다.

"평안도 평강 땅에 사는 김응서(金應瑞)와 전라도 전주(全州) 사는 강홍엽(姜弘葉)도, 황해도 사는 김승태(金勝台)와, 함경도 사는 유홍수(柳弘守)와 강원도 사는 백철남(白鐵南)과 경기도 사는 문두황(文頭黃)이……"[36]

이들은 한결같이 소외된 지역에 사는 직위(職位) 없는 사람들이다. 유능하면서도 기존 정치체제에서 제외되었던 많은 변방의 인재들이 국난(國難)을 타개하기 위하여 민중들과 더불어 혈전을 벌였다.

또 하나의 위국충절(爲國忠節)을 보인 부류는 기녀(妓女)였다. 역시 이들도 소외당하였던 계층으로 비천(卑賤)한 신분을 가지고 있었지만, 그들은 충성만을 생각할 뿐, 개인의 명예나 사사로운 이익을 따지지 아니하고, 적장을 죽이고, 또는 죽이도록 했다. 장군 김응서가 평양 기생 월천(月川)을 통해 소섭을, 진주 기생 모란이 평수길을 죽인 것은 이미 언급한 바 있다.

그 다음은 사명당이다. 이는 다만 '조선 수토를 먹은 것'으로 봉명사

---

35) 임진록, p.33

36) *Ibid.*, p.51.

신(奉命使臣)이 되어 적지에 뛰어 든다. 그러나 보상이나 명예를 바라고 한 것은 아니다. 오히려 환국하였을 때 왕이 벼슬을 내렸으나 일주일 만에 벼슬을 내놓고 산중으로 들어가 불도에 정진하였을 따름이다.

당쟁으로 쌓였던 고질(痼疾)과 불신, 그리고 민중들의 소외의식(疏外意識)이 전란을 계기로 폭발되면서 지배계층의 무능이 더욱 노정(露呈)되자 피지배계층(被支配階層)의 불신사상은 참담(慘憺)한 패배에 방관(傍觀)하[37] 않고 나라가 위기에 처했을 때 구국의 일념으로 앞장서게 된다. 여기에 우리 민족의 무한한 가능성의 민족임을 그려내고 있다. 뿐만 아니라, 열등의식을 극복함으로써 앞으로의 새로운 가능성을 제시하고 있다고 볼 수 있다.

처절했던 전쟁에 의한 회한(悔恨)과 반성으로 새로운 세계를 열고자 했던 것에서 이 작품의 의미를 발견할 수 있다.

5. 결 론

문학의 궁극적인 목표는 진정한 가치를 창조하는 데 있다. 이 진정한 가치의 창조는 그가 몸담고 있는 사회와 작가의 뛰어난 직관력에 의해 형성된다고 볼 수 있다.

이제까지 「임진록」을 검토하면서, 이 작품에 대한 많은 논의를 근거로 하여, 역사문학이 비현실적인 세계를 다루면서도 감동을 누리는 근거를 찾아보았다. 왜 이 소설이 많이 읽혀졌겠는가? 즉 이 소설이 안고 있는 감동의 세계는 어떠한 것인가를 살피려고 노력하였다. 이

---

37) 소재영, 『壬辰錄 硏究』, 국어국문학회 편, 『古典小說硏究』, 서울, 정음사, 1979, p.273.

것이 이 작품이 가지고 있는 진정한 가치를 검토하는 하나의 단서가 되리라고 보았기 때문이다. 이렇게 살폈을 때, 많은 연구들이 복수(復讎)의 문학이라든가 정신적인 승리의 문학이라고 한 것은 표피의 일부분이고 실상은 처절하리만큼 냉혹한 자기반성의 문학임을 알 수 있다. 외적인 분노로 말미암은 내적인 자각이 이 작품을 견고하게 지탱해 주고 있다.

자기반성은 집권층의 무능을 혹독하게 비판하고, 그 결과로서의 전쟁의 패인을 폭로하는 데 이르렀고, 이로 인해 백성들의 기대는 집권층에 있었던 것이 아니라 음조(陰助)에 있었다는 것을 알 수 있다. 하나의 신앙이 통치력보다 더욱 강하게 그들을 사로잡았다.

처참한 대전란을 겪은 뒤에 실의와 열등감에 빠진 백성들을 치유하기는 어려운 일이었다. 이 패배의식을 극복하는 길은 강한 자신감과 그에 따른 감동적인 복수뿐이다. 이를 드러내기 위해 무능한 권력층에 의해 지휘되었던 관군은 패하고 무명의 장군들과 천대받은 사람들에 의해 일본은 격파된다. 이로써 일본을 이겼다는 승리감 외에 권력층의 무기력을 폭로하는 데서도 쾌감을 얻을 수 있었다. 이것은 일본을 정복하는 것과 동시에 내적으로는 권력층을 정복한 것이다. 따라서 「임진록」은 외적인 승리감과 지배계층을 공격함으로써 내적인 쾌감을 느끼게 되는 양면적인 구조를 가지고 있다. 그러나 백성들은 참담(慘憺)한 패배에 무분별하게 방관한 것이 아니라, 지배계층이 아닌 나라를 위한 충절을 지킨 것이다.

따라서 이 작품은 전쟁으로 말미암은 뼈아픈 반성과 집권층에 의지하지 않고 스스로 나라의 주인이 될 수 있다는 백성들의 의식의 변화를 가져왔다는 데서 큰 의미를 발견할 수 있다.

[명지어문학 제14호, 1982. pp.57~80.]

놀부의 현대적 의미
: 「놀부뎐」의 사회학적 접근

1. 서 론

시간의 흐름은 동일한 사물이나 사건을 새롭게 인식하도록 만들어
준다. 전시대의 무용지물이 후대에 가장 요긴한 것으로 쓰이기도 하
고, 전대의 대서특필되었던 것이 후대에 가서는 몇 줄로 간략하게 기
록되기도 한다. 마찬가지로 어느 시대에 높이 평가되었던 인물이라서
해서 전시대(全時代)에 걸쳐 두루 동일하게 인정받는 것은 아니다.

소설의 경우도 작품의 가치에 대한 평가나, 작품의 인물들에 대한 이
해도 시대에 따라 달리 해석되고 평가된다. 여기서는 우리 민족이 오랫
동안 흥미 있게 읽거나 이야기로 들어 익히 알고 있으며, 적층문학으로
많은 독자층을 형성한 판소리계 소설인『흥부뎐』의 주된 인물인 놀부
와 최인훈(崔仁勳 1936~)의 「놀부뎐」의 놀부를 비교해 보기로 한다.
두 작품에서 놀부는 시대를 달리하여 등장된 인물이어서 그 상이성은
당연하다. 현대에 살고 있는 최인훈이 새롭게 설정한 놀부의 인물됨을
비교 고찰하여 현대에 살고 있는 '우리'의 가치관과 결부시켜 보고자

한다. 소설은 어느 한 시대의 유형화된 인물이나 또는 개성적인 인물을 창조하기도 한다. 일반적으로 흥부와 놀부는 형제이며 형 놀부는 욕심이 많고 심술이 사나운 인물로, 흥부는 마음씨 착한 동생으로 이해한다. 그러나 또 다른 해석은 흥부와 놀부는 18세기에 대립되었던 두 계층의 인간을 보여준다. 즉 몰락한 양반과 축재(蓄財)로 인해 신분이 상승된 천민(賤民)의 두 부류의 사람들이다. 그러나 몰락한 양반이라고 해서 동정해야 할 필요가 없고, 축재했다고 해서 질시(疾視)해야 할 이유도 없다. 가난하면서도 착하게만 살려고 했다고 해서 동정을 하고, 천민에서 반도덕적이고 반사회적인 방법으로 재물을 획득하여 신분의 상승을 꾀했다고 놀부를 질시하는 것은 결과만을 평가한 것으로 그 과정이 묻혀진 상태에서 이해된 결과이다. 그러나 그 동안 독자들의 일반적인 해석은 형제우애나, 권선징악의 관점에서 이루어졌기 때문에 『흥부전』의 감동적 요소는 흥부가 부자가 되고 반면에 놀부가 패가망신하는 데 있다고 보겠다. 따라서 『흥부전』에서 놀부의 설정은 천민으로서 재물을 축재하여 양반 노릇을 하고 신분의 상승을 꾀하며, 서민층을 재물로 억압하려는 자로서의 의미가 있고, 이것은 '불쌍한 흥부'와 '못된 놀부'의 양극화 현상을 가중시켜 준다고 볼 수 있다. 이러한 『흥부전』을 염두에 두고 최인훈이 「私本古典」시리즈로 쓴 「놀부뎐」을 살펴보기로 한다. 이 「놀부뎐」은 결코 『흥부전』에 대한 놀부의 변명이라고 볼 수 없으며, 작가의 작품메모처럼 '놀부라는 人間像(인간상)이 근대 시민의 원형(原型)으로 간주(看做)될 수 있는 가능성'을 찾아보려는 게 이 글의 목적이다. 물론 이 글을 쓰면서 이제까지 쓰인 『흥부전』에 관한 많은 논문을 바탕으로 삼았다. 『흥부전』과 「놀부뎐」을 비교하는 데는 많은 문제점이 있다. 즉 『흥부전』은 20세기 초 방각본(坊刻本) 소설로 된 경판본이 나올 때까지, 그 변천 과정이 이야기꾼과 판소리 광대(廣大), 독자층이 창작과정에 가담한 가운데서 이루어진 적층문학(積層文學)으로, 어느 특정 개인에 의해 창작된 것이 아니다. 따라서 『흥부전』에서 그 당시의 서민의 생활 모습과 가치관 및 의식구조를 엿볼 수 있다. 이러한 『흥부전』과, 다른 시대에 개인의 창작으로 쓴 작품인 「놀부뎐」을 비교하는 데는 무리가 있다. 대중의 의식이 집약(集約)된 것과 개인의 의식에는 차이가 있기 때문이다. 그러나 작가는 한 시대의 공동체의 삶을 가장 절실히 그려내는 작업을 끊임없이 계속한다는 것을 전제할 때 이러한 무리는 감수할 수 있다고 본다.

글의 전개를 위해 단락을 나누어 경판본(京板本, 25張本)과 비교하고, 내용을 살피며, 「놀부뎐」에서 놀부는 어떤 인물로 형상화되었나를 고찰한 후, 놀부의 현대적 의미는 어디에 있는가를 살폈다.

특히 경제성장과 근대화로 인한 의지의 변화는 상당한 것으로 진단되고 있다. 그러나 이에 상응하는 인접학문에 대한 좁은 견문을 무릅쓰고 본 연구를 시도해 보고자 한다. 이 글을 씀에 원전은 「놀부뎐」의 경우 『韓國文學』(계간·1966·봄, 현암사)에 수록된 것을, 『흥부전』은 坊刻本(25張本)을 사용했다.

2. 꿈으로부터의 해방 – 그 좌절의 현실

『흥부전』은 그 당시 사회의 두 계층을 그린 사회소설이다. 그러나 단순히 가진 자와 가지지 못한 자의 두 단면을 대조시킨 것이 아니고, 하위계층에서 상승된 부류와 상위계층에서 하락된 부류의 두 계층 간의 대립으로 보인다. 즉 『흥부전』에서의 놀부의 신분은 도망간 노비 出身[1]으로 치부한 인물이고, 흥부는 몰락한 양반으로 해석할 수 있다. 따라서 흥부는 비록 몰락은 했지만 양반으로서의 체통을 잃지 않으려고, 실제 생활은 빈민의 생활로 날품팔이를 할지라도 전통적인 유교관을 지키려 했고, 양반이란 신분을 결코 포기하지 않는다. 반면에 놀부는 자신의 향상된 신분을 가지고 현실적인 면을 강조하는 생산적인 자작농이자 고리대금업자로, 그의 사고방식은 조선 후기에 대두하였던 서민부자의 모습 그대로이다.

이렇게 본다면 이 『흥부전』은 단순한 형제간의 반목(反目)으로만 볼 것이 아니라, 사회의 두 계층 간의 대립으로 보아야 할 것이다. 『흥부전』에 대한 이러한 해석은 이제까지의 형제우애나 권선징악이라는 표면적인 주제에서 벗어나, 사회 계층 간의 대립이라는 이면적(裏面的) 주제를 살펴보아야 할 필요성에서 비롯된 것이다.

이제 「놀부뎐」을 『흥부전』과 비교하여 보고 그 영향관계를 살핀 다음, 「놀부뎐」을 분석하고자 한다.

우선 단락을 나누어 『흥부전』과 비교하면 다음과 같다.

『흥부전』의 E이하의 내용은 「놀부뎐」과 서로 비교되지 않으므로 생략했다. 아래 표에서 보면 A~I는 『흥부전』에서의 두 인물을 새롭게 해석했거나 연장선 위에 올려진 것이고, J~N은 『흥부전』이 환상적인 허구로서 당시 민중의 삶의 상승을 꾀한 것에 대한 반론으로 철저한 현실을 바탕으로 쓰였다.

우선 새롭게 해석한 것을 보면,

첫째 놀부의 재산 축적은 흥부의 재산을 빼앗은 것이 아니고, 똑같이 물려받은 것을 피눈물 나는 고생으로 더욱 불리었고, 흥부는 분배

1) 임형택(林螢澤), 「흥부전의 現實性에 관한 연구」, 『文化批評』 통권4호, 서울, 亞韓學會, 1969. 12. 15, p.818.
조동일(趙東一), 「興夫傳의 兩面性」, 『계명논총』 5집, 대구, 계명대학, 1969, p.18~23.

받은 재산을 탕진했다는 것이다. 둘째 놀부는 모리배(謀利輩)가 아니라 철저한 경제행위를 했다는 것이다. 그의 재물은 남의 것을 착취했던 것이 아니고 자신의 노력의 대가로 획득한 것으로 그의 이런 재물관은 극단의 이기주의적인 이익의 추구열이 있을 뿐이다. 셋째 놀부의 심보는 반도덕적이고 반사회적이 아니고, 합리적인 경제 행위를 위해서 어쩔 수 없는 것이다. 따라서 『흥부젼』에서 놀부의 심술은 「놀부뎐」에서 선행으로 나타난다(『흥부젼』 B와 「놀부뎐」 F의 비교). 넷째 놀부가 흥부를 호령해서 내쫓은 것은 형제애가 없어서가 아니라 지극히 동생을 사랑했기 때문이다(『흥부젼』 D-ㄹ과 「놀부뎐」 G의 비교). 다섯째 놀부가 흥부의 집을 찾아 가는 것은 재물에 탐이 나서가 아니라 노력 없는 횡재가 가져오는 파멸을 예상했기 때문이다. 노력하지 아니하고 막대한 재물을 획득했다는 것은 부정한 방법으로 얻는 것이라고 생각하고 사후대책을 논의하기 위해 흥부를 찾아간 것이다.

흥 부 젼			놀 부 뎐		
단락	장행	내 용	단락	p행	내 용
A	1앞 5	虛頭	A	130下 4	Prologue. 광대글쟁이가 무고 인생해침
B	1앞13	놀부의 심술	B	131上 9	놀부의 財産 蓄積
C	1뒤 7	흥부 오막살이 집지음	C	132上 6	흥부의 身世에 對한 한탄
D	6뒤12	흥부의 가난과 고생			ㄱ. 興夫自身에 對한 恨歎
		ㄱ. 흥부의 신세타령			ㄴ. 興夫子息에 對한 恨歎
		ㄴ. 자식이 많고 먹을 것 없음	D	132下 9	흥부의 매품과 놀부의 忿怒
		ㄷ. 놀부집으로 식량 얻으러 감	E	133下16	놀부의 財物觀
		ㄹ. 놀부 호령	F	134上 4	놀부의 善行
		ㅁ. 흥부 아내 흥부를 기다림	G	134下16	흥부의 無氣力으로 인한 놀부의 苦悶
		ㅂ. 흥부 돌아옴			
		ㅅ. 흥부 품팔이 함	H	135上23	흥부의 집으로 감(흥부 부자 되었다는 소식 듣고)
		ㅇ. 매품팔이 감			
		ㅈ. 흥부와 아내의 탄식	I	135下10	흥부가 부자된 이야기를 들음
E	7뒤14	제비 구해주다	J	136下20	놀부가 事實을 追窮
		(이하 생략)	K	137 5	흥부의 事實告白
			L	137下4	寶貨의 還元과 精神을 잃음
			M	138下14	옥에서 죽음
			N	끝	Epilogue

　이외에도 더 들 수 있으나 이상으로 줄인다. 이상의 것을 종합하면 놀부를 위한 상세한 변론처럼 보인다. 그러나 이것은 『흥부전』과 「놀부뎐」의 거리이며, 이것이 곧 작가가 인식한 현실에서의 가치관의 거리라고 볼 수 있다.

　「놀부뎐」의 내용은 위에서 본 바와 같이 이 작품의 전체를 크게 둘로 나눌 수 있다. 즉 놀부와 흥부에 대한 성격묘사와 사건의 서술로 나눌 수 있는 것이다. 이 중 성격묘사는 『흥부전』을 염두에 둔 보충설명으로 볼 수 있다. 그리고 사건의 서술은 흥부가 부자된 경위의 사실과 파멸을 시간의 흐름에 따른 추보식으로 기술되어 있다. 우선 줄거리를 살피면 다음과 같다.

　어느 날 놀부는 흥부가 돈을 물 쓰듯 한다는 풍설을 들었고, 그 후 며칠 안 되어서 흥부는 파옥초가가 섰던 자리에 고대광실을 세운 벼락부자가 되었다는 말을 듣고, 놀부가 흥부의 집에 가서 본 즉 역시 듣던 대로다. 이에 놀라 심상치 않은 일이 벌어졌음을 직감하고 흥부에게 자초지종을 이르라고 한다. 이에 흥부는 강남에서 온 제비의 다리를 고쳐 주었더니, 그 다음 해에 박씨를 가져다 주어서 그것을 심었고 거기서 탐스런 박이 열렸으며, 그 안에서 온갖 보화가 다 나왔음을 말한다. 그러나 놀부는 그런 허무맹랑한 소리하지 말라고 윽박지르고, 사실대로 이르지 않으면 관가에 고발하겠다고 협박하였고, 드디어 흥부는 사실대로 고백한다. 즉 산에 나무하러 갔다가 큰 철궤(鐵櫃)를 발견하고 그것을 열어 본즉 온갖 보화가 다 들어 있어 그것을 가져 왔다는 것이다. 다 듣고 난 놀부는 한숨을 쉬며 크게 경을 칠 일이라고 하고 도로 제자리에 갖다 놓기로 한다. 둘은 철궤를 지고 본래 있던 산속에 당도했다가 숨어 있던 관원에게 잡힌다. 그 보물궤는 정세 변동이 심한 무렵에 봉고 파직한 전라감사가 숨겨두었던 것으로, 다시 복권(復權)이 되어 찾았으나 없어져서 나졸을 매복해 두었다가 놀부 형제를 잡은 것이다. 결국 이들은 옥에서 온갖 수모를 겪다가 죽고 만다.

여기서 직감적으로 이 작품이 『흥부전』의 연장선에 놓여져 있으며 상당히 현실적 감각으로 서술되었음을 볼 수 있다. 아울러 이 작품은 『흥부전』이 일장춘몽(一場春夢)에서 깨어나 차디찬 현실과 맞부딪친 것처럼 보인다.

「놀부뎐」은 『흥부전』에서 보여줬던 당시의 서민의 꿈−−즉 놀부와 같은 인간이 패가망신하고, 흥부와 같은 사람들의 신분이 상승(上昇)된−−을 일거에 제거함으로써 현실에 집착한 철저한 현실주의로 무장해야 하는 현대인의 적나라(赤裸裸)한 모습을 보여주고 있다. 이것은 바로 작가가 창조하는 현실이 환상(幻想)이 아니라, 상상의 힘인 창조에 의해서 현실을 구체적으로 형상화하는 것으로 위대한 창작 능력인 것임을 입증한 것이다. 더구나 사회적인 문제는 집단적이고 복합적인 것이므로 작가의 상상력은 무제한이 아니라 제한적일 수밖에 없고, 우리 사회의 보편적인 문제는 정치가처럼 법정이나 통계에 의하여 실시되는 것이 아니라, 작가의 예리한 관찰과 직관(直觀)에 의해 발굴(發掘)·제기되는 것이다. 서민의 기대치로서의 『흥부전』이 현실과 만났을 때, 추상적(抽象的)이고 비현실적인 것에서 탈각(脫却)되어 새로운 벽에 부딪쳐 좌초되고 만다. 놀부는 정확하게 현실을 인식하고 대처하지만 그것은 항상 부정적인 자세이다. 그가 정확한 현실 인식의 위치에서 멀어졌을 때 그는 옥에서 죽고 만다.

여기서 「놀부뎐」의 놀부와 흥부의 성격을 살펴볼 것이나 놀부는 뒤에 자세히 논급하기로 하고 흥부만 간략히 살피기로 한다.

흥부는 아주 무기력한 인간으로 나타난다. 흥부는 놀부와 똑같이

유산을 분배받았으나 마을에 게으르고 못된 잡놈 수삼 인이 작당하여
감언이설(甘言利說)로 꼬이는 수작에 논밭 마지기를 모두 잡히고 남
경 배장사로 일확천금을 꿈꾸다가 알거지가 된다. 어수룩하고 모진
마음이 없어 동네 부모가 백이며, 마을 친구가 백이며, 주변 사람들의
막말을 구별하지 못하고 모두를 진정이라고 믿는 그가 벼락부자를 꿈
꾸다 빈털터리가 된 것이다. 그리하여 그가 사는 형편은 말이 아니다.
재물이 있을 때만 친구가 있고 재물을 상실한 뒤에는 친구가 없어져
그를 돕는 사람은 아무도 없는 것이 현실인 줄을 몰랐던 것이다. 여
기다 그의 자식들은 일은 안하고 낮잠만 즐겨 자는 게으르기 짝이 없
는 인물들이었다. 무기력하고 게으른 인물의 대표적인 존재로서 분장
된 흥부는 이런 가운데서 기껏 생각해낸 일이 매품서기를 자청한 것
이다. 『흥부젼』에서 흥부는 가산을 놀부에게 다 빼앗기고 노력과 양
심적인 생활의 결과로 부자가 되었지만, 「놀부뎐」에서는 정당한 대가
(代價)가 아닌 남의 것을 도적질한 그 동기로 "성 즉 성이요, 패 즉
패요, 포도청도 포도청요, 목구멍도 포도청이라. 이래 죽으나 저래 죽
으나 죽기는 매일반이니 운수노름합시다. 공론이 맞아 그 밤으로 땅
에 묻힌 보화를 옮겨" 놓은 것이다. 이런 마음은 일확천금(一攫千金)
을 노리는 투기와 사행심(射倖心)이 만연(蔓延)되어 있는 사회의 한
단면으로 여기기에는 양심이라든가 도덕이 전혀 무시되어 있으며, 남
의 물건을 훔쳐서라도 벼락부자가 될 수만 있다면 도적질도 마다하지
않을 것처럼 보인다. 결국 흥부는 노력이 없는 횡재로 말미암아 옥에
서 죽고 만다. 이것은 현대인의 꿈의 좌절이 아니다. 설령 이것이 꿈
이라 하더라도 이것은 허황된 꿈으로 무능력하고 게으른 정도가 아니
라, 반사회적이고 부도덕한 것으로 권력과 부(富)를 획득하려는 비현
실적인 인물로 보일 수밖에 없다.

3. 놀부의 변신(變身)

「놀부뎐」에 나타난 놀부는 『흥부전』에서의 놀부와 어떻게 다른가? 단순히 『흥부전』에서 놀부를 변호 내지는 변명을 하기 위해서 또는 '물구나무 선' 흥부의 모습을 새로운 시각에서 보여주기 위해 쓰인 것이라고 간단히 지나칠 수는 없다. 민중에 의해 전승(傳承) 제작된 『흥부전』에서 그 당시의 민중이 부정적 대상으로 보았던 놀부가 「놀부뎐」에서 긍정적으로 해석될 수 있다면, 『흥부전』과 「놀부뎐」 사이에 독자의 변화된 의식의 폭이 상당히 크게 벌어져 있음을 알 수 있다. 『흥부전』이 '이조사회 말기의 농민들이 가졌던 꿈이 형상화'2)된 것이라고 본다면, 「놀부뎐」의 놀부는 현재 우리의 의지에서 꿈틀대는 욕망이 형상화된 것이라고 볼 수 있다. 여기에서는 「놀부뎐」에서 형상화된 놀부의 의식을 파악해 보고자 한다. 이 중 의식이란 말은 어떤 대상에 대한 인식과 이에 대한 정신활동을 의미하여, 간접적으로 체험된 것이든, 직접적으로 체험된 것이든 체험된 경험을 통해 나타난 가치관 또는 인생관이 이 의식에 큰 영향을 미치고 있다. 편의를 위해 『흥부전』에서 놀부를 '놀부 A', 「놀부뎐」에서 놀부를 '놀부 B'로 표기한다.

(1) 근면으로 쌓은 부(富)의 축적

놀부 B는 선친(先親)으로부터 논밭을 물려받았다. 얼마나 물려받았는지 모르지만 처음에는 자작농으로 모진 고생을 한 것 같다.

"새벽에 종달새 벗하며 저녁에 부엉이 마중하며, 우리 내외 모진

---

2) 김동욱(金東旭), 『韓國歌謠의 硏究』(續), 서울, 三友社, 1975. 9. 15, p.42.

고생 일구월심에 모질게 하였더라"[3]. (필자 주 – 띄어쓰기는 필자
가 한 것임)

　놀부는 험한 땅을 손이 갈퀴가 되도록 개간(開墾)하고 입에서 단내
가 나도록 밭에서 일을 했을 뿐만 아니라, 땔나무를 밭일 틈틈이 해
서 시오리 장길에 가지고 가서 팔아 제수(祭需)감을 사오는 등 모질
게 고생을 했다. 이런 모진 고생으로 '닷섬 논에서 일곱 섬 가웃'을
소출(所出)했다. 이외에는 그는 동네의 온갖 일을 도맡아 했다.

　　"술집에 가 술 거르기, 초상 난 집에 제복 짓기, 대사 치르는 집
　　의 그릇 닦기, 굿하는 집의 떡 만들기, 시궁발치의 오줌치기, 해빙
　　때면 나물 캐기, 봄보리를 갈아 보리 놓기, 이월 동풍에 가래질하
　　기, 삼사월에 부침질하기, 일등 전답에 무논 갈기, 이 집 저 집 돌
　　아다니며 이엉 엮기, 궂은날에는 멍석 맺기 시장갓에 나무 베기,
　　곡식 장수의 역인 서기, 각 읍 주인들의 삯길 가길."[4]

　위의 인용에 나타난 것과 같이 어떤 수단이든 부(富)를 축적할 수
있는 것이면, 주저하지 않고 했던 까닭에 그는 5년 만에 큰 부자가
된다. 그리고 그는 선친으로 받은 논밭과 온갖 어려움을 무릅쓴 근면
을 자본으로 하여 막대한 부를 획득하여 고리대금업(高利貸金業)까지
하게 된 것이다. 즉

　　"곳간에 그득하니 곡식 각도 물산이요, 문전옥답이 걸음마다 문
　　안이요, 포목주단이 기백 필이요, 원근에 놓은 빚이 수백인데 이
　　일을 어이할고"[5] (방점 – 필자)

────────────

3) 최인훈, 「놀부뎐」, 『韓國文學』(계간·1966·봄), 서울, 현암사, p.130.
　 (이하 「놀부뎐」으로 표기함.)
4) *Ibid.*, pp.130~131.

그의 경제관은 "먹는 입이 일손이오, 손마다 일이고 보면, 가난할
리 만무커늘 우엔 지각이 거꾸로 만들어서 생후 이년 여섯 달에 아직
도 젖먹이요"라고, 흥부의 자식들을 못마땅하게 여기는데서 단적으로
볼 수 있다. 여기까지로 봐서 놀부 B의 경제적 행위가 처음에는 자기
주위 환경에서의 직접 생산에 참여하는 것으로만 나타나지만, 일단
부의 축적이 이루어진 뒤에는 축적된 재물을 통해 자본을 증대시켰음
을 다음과 같은 예문을 통해 알 수 있다.

　　"모진 맘 독한 서슬 없이 놓은 빚 걷히며, 낟알을 세고 필육을
　　사리는 일 않고 광이 어찌 찰식?"6)

그러나 이런 놀부 B의 치부(致富)는 산업사회로 옮겨 가는 과정에
서 경제적 자유를 한껏 누린 원시적(原始的) 축적으로, 그는 격렬한
축적욕을 충족시키는 것이 최대의 목표였다. 그리고 놀부 B는 놀부 A
와는 달리 치부하는 과정에서 반사회적이거나 반도덕적 행위7)는 나
타나지 않는다. 놀부 B에게서도 돈벌이보다 중요한 것은 없었고, 재화
(財貨) 이상으로 가치 있는 사물은 이 세상에 존재하지 않는 것으로
여겼지만 놀부A처럼, 자기의 이익을 추구하기 위하여 '빚 갚시 계집
섹기'나 '오려논에 물 터놋키' 따위의 행위는 하지 않는다. 뿐만 아니
라 놀부 A 같이 매몰차게 흥부를 질타한다든가 하지도 않는다. 단지
놀부 B는 흥부의 바보스런 행위에 분노를 느끼지만, 그의 재물에 손
해가 온다는 것으로 인한 비인간적인 행위는 하지 않는다. 또한 그의
파멸은 무한한 이익추구열 때문에 자폭하는 것이 아니라 형제우애로

---

5) *Ibid.*, p.131

6) *Ibid.*, p.132.

7) 임형택(林螢澤), *op. cit.*, p.807.

인해 파멸한 것이다. 이것은 원작인 『흥부전』을 뒤집어 놓은 듯하다.

(2) 철저한 현실주의자

놀부 B의 근면으로 인한 부의 축적은 철저하게 현실을 바탕으로
한 상태에서 이루어진다. 허식(虛飾)을 일체 배제하고, 체면이나 명분
을 내던진 채 실(實)을 추구한다. 이것은 조선조 시대에서부터 내려
온 윤리관에 의한 권위주의의 붕괴를 시사하고 있다. 전통적인 조선
조 사회의 사상, 윤리, 법의식은 권위주의에 의해 형성된 것이다. 전
통을 전제로 했을 때, 권위에 대한 자기순응은 무조건 공순(恭順)뿐
이고, 거기에 대한 반발이란 있을 수 없었다. 특히 사대주의의 명분론
과 결부(結付)되어 모든 비판정신이 완전 봉쇄당하였다. 이런 권위주
의는 '벌열(閥閱)'의 등장으로 정점을 이룬다. 놀부는 이런 벌열(閥閱)
에 반대하여 자신의 이(利)를 추구하는 데 불필요한 것으로 인정되면
무엇이든 가차(假借)없이 없애버렸다. 이런 것은 흥부가 많은 사람을
사귀며 허물없이 지내는 것을 보고 한탄한 다음과 같은 대목에서 찾
아볼 수 있다.

> "마을 친구가 이 백이요, 네 말도 진정이오. 그 댁이 고맙구료.
> 너도 좋다. 나도 좋다. 댁의 것이 댁의 거요. 내 것이 댁의 몫이니
> 험한 세상 이 사파에 이 아니 죽일 놈인ㄱ"[8]

그래서 그는 이같이 헤픈 인정을 가진 흥부의 생활을 긍정적으로
보는 것이 아니라 부정적인 눈으로 보게 된다. 따라서 그는 자기 자
신의 행위에 타당성을 인정한다.

---

8) *Ibid.,* p.131.

"세상이 간사하여 자수성가에 제 살림하는 놈 미워라 하고 속떨 떨 사람 실없어서 속아사는 놈 옳다 하니 그 속이 번연한즉 사촌 이 논 사면 배아픈 개심사릇"[9]

자수성가에 제 살림하는 놈, 즉 놀부를 세상의 사람들이 어수룩한 면이 없어 미워하고, 못마땅하게 여기는 반면, 잘 속아주고, 제 살림 도 제대로 못하는 사람을 옳다 하는 것은 자기의 이익을 얻어내기 위 해 남까지도 서슴지 않고 해치는 사회가 일반화되었고, 그런 부류의 사람으로 말미암아 도덕이 땅에 떨어졌음을 드러낸다. 따라서 이런 사람들이 놀부 자기를 싫어하는 것은 사촌이 땅을 사면 배 아파하는 시기·질투심에서 나온 것으로 인정해 버린다. 결국 그의 눈에 비친 의식이나 실리가 없는 행위는 모두가 어리석은 것으로 나타난다.

"가련쿠나 우민들아 음흉컴컴 양반놈들 겉차림에 겉 속아서 땡 전 없고 땡 틀 없는 놈들이 돈 알기를 문둥이 발싸개 같이 보며 궁색 살림 뉘 탓인 듯하고 푼수 없는 관혼상제 패가망신을 마다 않는구ᄂ."[10]

놀부 B는 절대적 권위주의의 지배 하에서 강요되는 신분법적(身分 法的) 질서 즉 예의와 도덕에 의한 신분적, 등차적(等次的) 생활규범 마저도 부인한다. 그에게는 철저한 현실에 대한 인식, 그것이 있을 뿐 이다. 그의 철저한 현실주의적인 면은 의타심을 배격하고, 투철한 이 해타산에 바탕을 두고 있다. 그래서 놀부 B는 놀부 A와 달리 흥부가 제비다리 고쳐 주고 그 대가로 재물을 획득했다는 말을 곧이듣지 아 니 하고, 그 출처를 추궁하게 된다. 놀부 A의 경우는 비현실적인 흥

---

9) *Ibid.*, p.131.
10) *Ibid.*, p.133.

부의 말을 듣고, 그대로 행하다가 결국 자폭하고 만다. 이것은 민중의
반발이 놀부 A 즉 무한한 부를 축적하여 그들의 위에 군림한 사람에
대한 질시를 그려 낸 것이라고 볼 수 있지만, 놀부 B는 많은 민중의
희망사항이었던 놀부의 패가망신을 극복하는 것이 아니라 동경의 대
상으로 나타난다.

또 놀부 B의 이익추구에 대한 집념은 그를 배금주의자(拜金主義者)
로 만들었지만, 그는 분수 모르고 무한한 이익을 추구하지 않는다. 오
히려 자기의 분수를 모르는 사람의 부류를 '황새걸음 흉내 내다 가랑
이 찢어지는 꼴 가긍하구나' 하고 측은해 하기까지 한다. 그러나 자신
의 부에 대한 욕망은 결코 한계가 있는 것으로 보지 않는 이중적인
면을 가지고 있다. 따라서 온갖 영화를 누리며 사는 사람들에 대하여
사뭇 긍정적인 입장을 취한다.

> "세상이치 통달하여 약한 놈 때려 잡고, 강한 놈 구슬러서 호의
> 호식 거드름에 멋있게도 사는고야. 닮지 못하겠거든 혀나 빼어 물
> 노릇이지 훼방이 웬 객담인구"[11]

따라서 놀부 B가 인식한 부는 과정이 무시된 채, 획득된 것 그것이
있으므로 족할 뿐이다. 그리고 그가 자신의 축재는 모두 근면과 절약
으로 인한 것으로 보았고, 가난은 게으름과 낭비의 대가(代價)로 보
고 있다. 이 점은 『흥부전』의 흥부가 부친으로부터 양여(讓與) 받은
재산을 욕심이 많은 놀부에 의해 다 빼앗기고 내쫓겨 가난하게 된 것
과는 대조적이다. 그래서 놀부 B는 삶의 적극적인 무장은 '포악선습
인색오악을 익히는 길'임을 강조한다.

---

11) *Ibid.*, p.134.

4. 놀부, 현대 시민의 한 원형(原型)

웰렉(R. Wellek)은 "문학과 사회와의 관계에 대한 가장 평범한 연구 태도는 대부분 문학 작품을 사회적 문헌으로서, 사회현실의 모습을 반영하는 것으로 연구하는 것이며, 어떤 종류의 사회의 모습이 문학으로부터 추출(抽出)될 수 있다고 하는 것을 의심할 수는 없다."12) 고 그의 『문학의 이론 (The Theory of Literature)』에서 밝힌 바 있다. 그러나 작가가 그 시대를 정확하게 반영한다고는 볼 수 없다. 작가는 자기의 체험과 인생에 관한 총체적인 개념을 표현할 뿐이다. 따라서 드·보날(De Bonald)의 '문학은 사회의 표현이다.'라는 말도 위와 같은 양해(諒解) 아래서 가능하다. 작품에서의 인물은 의식적이든 무의식적이든 작가의 의식세계를 벗어나지 못한다. 반면에 작가의 냉철한 판단력과 정확한 직관력은 그 시대를 통찰하는 지성적 행위에 속한다고 볼 수 있다. 왕정복고 이후 파리의 생활은 발자크의 『인간희극(人間喜劇)』에서 낱낱이 파헤쳐졌고, 프루스트는 붕괴되어 가는 프랑스 귀족제도의 사회적인 면을 상세하게 추구했다. 경우에 따라서 작가는 사회의 비판의 차원을 넘어 문명비평까지 서슴지 않는다.

적층문학으로서 『흥부전』의 놀부가 당시에 비판의 대상으로서 그 존재가치를 획득했던 것이, 「놀부뎐」에서는 긍정적으로 수긍될 수 있다고 하는 것은 군중에 의해 되어졌다는 것과 개인에 의해 이루어졌다는 차이점이 있다고 할지라도 두 작품에 있어서 시대적인 가치관의 변화의 진폭이 상당히 큰 것임을 알 수 있게 해 준다. 비록 작가인 최인훈(崔仁勳) 개인의 의식구조가 사회적인 가치기준으로 받아들여지는 데는 어려움이 있겠지만 현대인의 의식고조의 일면을 관찰한 하

---

12) R. Wellek, The Theory of Literature. Peregrine Books, 1970 p.94.

나의 진단으로 볼 수는 있으리라. 그것은 신동욱(申東旭) 교수의 말 대로 한 작가의 개인적 발상이 사회적인 문제로 다루어질 수 있는 것 은 단지 독자와 동시대 동사회에 살고 있기 때문만이 아니라. 그 시 대와 사회의 공적인 문제를 형상화하여 독자의 신념과 사회적 태도에 영향을 주기 때문이다.[13)

이제 「놀부뎐」에서 드러난 놀부의 의식구조의 변화를 살펴. 현대시 민의 한 원형(原型)으로서의 모습을 보기로 한다.

(1) 윤리관의 변질

인간의 행위에 관한 여러 가지 규범이 어떤 형태로 나타났는가 하 는 물음의 답은 인간의 행위가 사회 환경과 함수관계에 놓여 있다는 데서 찾을 수 있다. 어느 것이 지고(至高)의 진(眞)에 해당하는가 하 는 문제는 곧 그 시대의 환경이 어느 것을 지고의 진으로 보게 했느 냐 하는 물음으로 바꿔 놓을 수 있다. 여기에 놀부가 질시의 대상에 서 호감의 대상으로 탈바꿈되는 요인이 있다고 보겠다. 즉 사회의 제 요건(諸要件)이 변화됨에 따라 가치관이 변하고. 이에 따라 인간의 행위도 변하게 된다. 그러면 놀부 B를 긍정적으로 바라보는 사회는 어떠한 사회인가를 그를 통해 잠정적으로 살펴보기로 한다. 이것은 곧 작가가 인식한 현실이라고 볼 수 있다.

놀부 B의 생활태도는 전통적인 의미로 동양적이라고 보기에는 어려 운 점이 있다. 이것은 우리나라가 처해 있는 과도기적 시점에서 이해되 어야 한다. 특히 근대화라는 과제를 앞에 놓고 옛날부터 내려오던 전통 적인 윤리는 이미 붕괴되고. 때를 같이하여 서양으로부터 받아들인 가

---

13) 신동욱(申東旭). 『한국현대문학론』. 서울. 박영사. 1972. 3. 20. p.55.

치관은 우리 생활에 맞지 않아 그 규범을 잃고 혼란에 빠진 데서 온 것이라고 볼 수 있다. 우선 놀부 B가 인식한 세상을 보면 다음과 같다.

> "네 사는 이 세상이 욧임금 격양가에 순임금 성댄 줄 알았더냐? 도척이가 도포입고, 관숙이가 육모방망이 잡은 말세 난셴 줄 모르는 게 악하구나"[14]
> "세상은 고해화택이요, 가난 구제는 나라도 못한다 하였는데 흥부져 사람 심사 보소. 남에게 싫은 소리없이 제 울타리 지켜질까?"[15]
> [가점은 필자]

도척(盜跖)은 중국 춘추(春秋) 전국(戰國) 시대 전국을 휩쓴 유명한 악한(惡漢)이요 도둑인데, 그가 도포(道袍)를 입었으며, 간숙(管叔)은 무왕(武王)의 아우로 무왕(武王)이 죽은 뒤 모반을 일으켜 은(殷)의 주왕(紂王)의 아들 무경(武庚)을 왕으로 섬겼던 인물이다. 그들이 사회질서를 위해 육모 방망이를 휘둘렀다는 것이다. 도척(盜跖)이 예복인 도포를 입고, 관숙(管叔)이 육모 방망이를 찬 세상. 이것이 놀부 B가 본 세상이다. 도둑질을 한 악한은 마땅히 법에 의해 심판대에 서야 할 사람인데, 오히려 높은 직책에 앉아 세상을 다스리는 세상이며, 바르고 어진 인물이 다스려야 할 정치를 도둑이 다스리는 난세(亂世)라는 것이다. 여기에는 다분히 관(官)에 대한 불신이 내포되어 있을 뿐만 아니라, 오래전부터 있어 온 탐관오리에 대한 증오감이 더욱 고조되어 있음을 암시하고 있을 뿐만 아니라, 도포를 입은 관리들이 도척과 같은 존재일 수 있음을 암시하고 있다. 결국 그는 세상이 고해(苦海)이며 화택(火宅)이라고 본 것이다. 우리 민족은 인정이

---

14) *Ibid.*, p.132.

15) *loc. cit.*

두터운 민족으로 알려졌다.[16] 그러나 놀부 B에게서는 인정미를 찾아
볼 수 없게 되었다. 이것에 대한 이유는 여러 가지로 설명될 수 있지
만, 그 중 하나로 핵가족 제도의 확대에서 비롯된 것임을 들 수 있다.
전통적인 유교 사상으로 혈연관계와 가족 윤리를 인륜의 근본으로 삼
았던 것이 핵가족 제도의 확대로 점차 이행되면서 개인주의가 싹텄다.
이에 따라 지나친 개인주의가 팽배하고, 이것은 사람들을 이기주의자
로 변신케 했다. 또 하나의 요인으로 공업화와 도시화를 들 수 있다.
이 공업화와 도시화는 지나치게 시민의 성공 욕구를 자극하여 물질적
욕망을 상승시켰고, 과열된 욕구는 과열된 경쟁을 유발케[17] 한 것이
다. 따라서 삶의 자세는 경쟁의 단계를 뛰어넘어 투쟁의 면모를 보이
게 한다. 즉

> "세상이 제맘 같던가 모진 마음 독한 심사 도사려 먹고 남
> 잡으며 사는 길도 저 죽기 십상인데……"[18]
> "남 죽이고 제 살자는 것이관대 제 욕심 옥황상제께 맡겼소
> 하니, 그 아니 우스운가?"[19]

弱肉强食에 의한 승리자만이 삶을 누리는 시대로 인식한 것이다.
따라서 무기력하고 게으르기까지 한 흥부는 生存競爭의 대열에서 제
외되는 存在로 轉落한다. 놀부 B의 적극적인 삶의 자세는 '양보와 겸
양'으로 체면을 중히 여기는 유교적인 사고에서는 용납될 수 없다. 그

---

16) 김태길(金泰吉), 『人間回復(인간회복)의 序章(서장)』, 삼성문화문고, 서
    울, 삼성문화재단, 1973. 4. 15, p.25.
17) 한완상(韓完相), 「근대화가 낳은 사회적 제문제」, 서울대학신문사 편, 『광
    복30년』, 서울, 서울대학출판부, 1977. 3. 5, p.151.
18) *Ibid.*, p.131.
19) *Ibid.*, p.133.

는 충·효·열(烈)·형제·붕우유신(朋友有信) 등 전통적인 유교적 윤리관을 부정했고 개인의 존재 의미만을 강조했다. 따라서 체면이나 양심, 혹은 외관 또는 형식을 내용과 실질보다 앞세워 중요시하는 기풍[20]은 점차 없어지고, 내용과 실질을 우위에 놓은 가치관의 변모를 볼 수 있다.

> "수염이 석자라도 먹어야 양반이요, 사서오경에 천지이치 도덕경을 통한 선비님이 벼슬하면 가렴주구에 탐관오리 정죽임은 세상 이치가 겉은 공명이요 속은 잇속이라"[21]
> "신관사또 청연에도 칭병코 발뺌한듯 이러구서야 근근부지 재물이거늘 삼강오륜을 생으로 알고 신선놀음에 도끼자루 썩는 줄 모르니 이 백성 구하기는 요순이 다 못한듯"[22]

신관사또의 청연에도 돈을 축내게 될 것이 염려되어 병을 핑계 대고 참석하지 않는다. 이 실속 있는 생활관은 유교적인 계층별 가치관이 와해(瓦解)된 데서 한층 더 가열되어 모두가 입신출세를 위한 경쟁대열에 뛰어들게 한다. 즉 목표를 달성하기 위해서는 윤리적으로 부당하더라도 이것이 효과적이고 능률적이라고 생각되면 그대로 시행하려는 능률 우선이라는 원칙을 만들게 된다. 따라서 윤리보다는 순서나 절차가 무시된다 하더라도 효과적이고 능률적인 면만을 추구하게 된다.

(2) 물질만능주의의 심화(深化)

우리의 조선조의 전통적인 가치관에 의하면, 금전이나 물질을 경원

---

20) 金泰吉, *Ibid.*, p.26.

21) *Ibid.*, p.133.

22) *loc. cit.*

하는 것이 올바른 도리로 받아들여졌다. 생활의 기본이 되는 의식주
는 필요한 범위 내에서 분수에 맞는 생계를 꾀하는 것은 당연한 것으
로 긍정되었으나, 금전이나 재물 그 자체를 본래적(本來的) 가치로서
추구하는 것은 지속한 삶의 태도로 물리침을 받았다.23) 오로지 정신
적인 측면 – 풍류·예술·학문·도덕 등 – 만을 강조하고, 이것만이 최
고의 가치로 인정했다. 그러나 산업사회로의 전환(轉換)은 이러한 기
존관념을 허물어버리고 말았다. 실제의 행동을 유발시키는 것은 금전
에 대한 욕구이다. 현대의 풍요(豊饒)한 사회에서의 경제우위는 황금
만능의 풍조를 가져왔다. 놀부 B는 물질만능주의에 아주 깊게 빠져
있음을 보게 된다.

　　"내 곡식 바라보기, 토지문서 매만지기, 엽전궤·은전함 토닥거
　　리기 계집보다 즐기는 놀부군자 예있소 세상은 한 이치다. 공자성
　　인이 글 속에 길을 찾고, 제갈 공명 중원에 천하 찾고, 백제 계백
　　은 황산벌에 의를 구했으되 놀부 이 사람이 엽전 속에 길을 보니
　　어느 것이 높다 하며 어느 것을 낮다 하랴."24)

　놀부 B의 배금사상(拜金思想)은 공자의 도와 비교된다. 놀부 B의
인생낙(人生樂)은 '대들보 낮을세라 섬으로 쌓은 낟알을 정(井)자 쌓
기, 산(山)자 쌓기 하여 채곡채곡 쌓은 곳간을 뒤짐 지고 돌아보는
것이다. 그래서 공자가 글 읽기를 계집 즐기듯 하는 놈 못 봤다고 했
지만, 그는 재산 매만지기를 계집보다 즐겨한다고 했다. 그의 배금주
의사상이 극에 이른 것은 그의 '돈타령'에서 볼 수 있다.

---

23) 김태길, *Ibid.*, p.29.
24) *Ibid.*, p.132

"앉아서도 돈이요, 누워서도 돈이요, 이리 돌려 돈이요, 저리 돌려 돈이요, 나아가서 돈이요, 들어오며 돈이요, 다리 건너며 돈이요, 밭에 가서 돈이요, 몰리면서 돈이요, 대들면서 돈이요, 비껴 놓고 돈이요, 바로 놓고 돈이요, 되로 주고 돈이요, 말로 받고 돈이요, 조득돈하면 석사라도 가애라. 오매불망 돈 생각"25)

놀부 B의 금전에 대한 집념은 '조득(朝得)돈하면, 석사(夕死)라도 가의(可矣)'라는 말로 집약(集約)된다. 『논어』 이인편(里仁篇)에 '朝聞道(조문도)하면 夕死(석사)라도 可矣(가의)'를 원용(援用)하여 쓴 것으로 정신적 가치인 공자의 도와 물질적 가치인 놀부 B의 돈이 같은 위치에서 비교되고 있는 현실을 보여 주고 있다. 그의 재물에 대한 이와 같은 생각은 인간 생활의 필요불가결한 요소로서, 재물의 획득이 조상으로부터 축적된 재물을 물려받은 것이 아니고, 그의 피눈물 나는 경영에서 궁핍한 경험을 겪은 뒤에 어렵게 얻어진 것에서 연유한다. 따라서 재물에 대한 가치는 풍요한 생활에서 인식했던 것과는 다르다. 결국 합리적 경제관이 정립되어 간다.

"가련쿠나, 우민들아, 음흉 컴컴 양반놈들 겉차림에 겉속아서 땡전 없고, 땡똘 없는 놈들이 돈 알기를 문둥이 발싸개 같이 보며, 궁색 살림 뉘 탓인 듯하고 푼수 없는 관혼상제 패가망신 마다 않는구느"26)

절약과 간소화, 즉 분수에 맞는 생활을 하는 것이 옳은 경제 행위임을 잘 말해 주고 있다. 그래서 그는 십대 조상 제사를 지내는 것이 눈에 거슬려 그 집에 가서 개를 잡고, 몸보신을 한다. 십대 조상에게 제사를 지내는 것보다는 자신의 몸보신이 더욱 합리적인 것임을 말하고 있

---

25) *Ibid.*, p.132~133.

26) *Ibid.*, p.133.

다. 바로 이런 면은 산업사회에 살고 있는 한 시민으로서 현대인의 경
제관을 잘 보여주고 있는 것이라고 볼 수 있다. 그러나 놀부 B의 이런
면은 놀부 A와는 다르다. 놀부 A는 놀부 B처럼 돈타령은 안했지만, 그
도 財物 이상으로 가치 있는 것이 이 세상에는 없는 것으로 여겼다.

> "듈기듈기 솟치 픠여 박 십여 통이 열여스니, 놀부놈이 ᄒ는 말
> 이 흥부는 셰통을 가지고 부지 되여스니, 나는 장지되리로다. 셕슝
> 을 힝낭의 넛고 예황데를 불워홀 개야들 업다"[27]

흥부가 세 통으로 부자가 되었으니, 열 통인 자신은 장자(長者)가
되겠다고 했다. 장자(長者)가 되면, 이 세상에서 가장 높은 신분으로
온갖 권세와 평화를 누릴 수 있는 옛날의 황제도 부러워하지 않겠다
는 것이다. 결국 놀부 A는 무한한 이익 추구열로 자폭하나, 놀부 B는
철저한 경영으로 얻어진 재물을 동생으로 말미암아 잃게 된다. 여기
서 우리는 물질만능주의의 심화된 한 단면을 볼 수 있다.

(3) 인간성의 타락(墮落) – 비인간화

인류의 문화가 지속적으로 발달함에 따라 인간은 자유와 행복을 더
욱 추구하게 된다. 그로 인해 궁극에 가서는 인간이 인간답게 되는
것을 포기하고 사고(思考)도 감정도 갖지 않은 하나의 기계로 변하고
만다. 이런 비인간화는 생산과 소비의 무제한 증대로서 더욱 심각해
진다. 인간은 기계에 대한 예속과 자기 자신의 증대하는 탐욕으로 약
화되어 가고 있다.[28] 결국 인간이 인간답게 잘 살 수 없도록 되어 버

---

27) 「흥부젼」, 13장(張) 뒤
28) 에리히 프롬(Erich Frommm), *The Revolution of Hope*, 韓東世(한동

린다. 사람과 사람 사이에서는 서로의 이익을 추구하기 위한 인간관계가 성립되고, 호모 사피엔스(Homo Sapience)로서의 인간의 존엄성은 상실하게 된다. 이에 대한 해명은 여러 각도에서 설명될 수 있다.[29] 그중 꼽을 수 있는 것은 자연과학의 발달에 따라서 보급된 물질주의적 세계관이다. 이 물질주의적 세계관은 물질 또는 금전의 가치를 강조하고 관능의 쾌락을 추구하도록 조장했다고 볼 수 있다. 그다음 상품화 현상을 들 수 있다. 모든 사물을 상품처럼 생각하고, 그 사물을 상품 가치에 따라 평가 한다. 이런 경향은 인간까지도 상품처럼 평가하는 풍조를 가져오게까지 했다. 금전의 가치가 강조되고 모든 것을 상품가치로 환산하고 이를 획득하려는 무한한 욕망이 비윤리적이고 음성적인 방법을 조장시킨다. 이것은 나 외에 다른 사람이야 어찌 되든지 개의치 않으며, 자기만의 목표를 달성하는 것이 전부라는 것이다. 놀부 B에게서 이러한 모습을 볼 수 있다.

  "세상이치 통달하여 약한 놈 때려잡고, 강한 놈 구슬러서 호의호
  식 거드름에 멋있게도 사는고야. 닮지 못하겠거든 혀나 빼물 노릇
  이지 훼방이 웬 객담인ㄱ"[30]

수단과 방법을 가리지 않고, 부귀와 영화를 누리며 사는 것을 사갈시(蛇蝎視)할 것이 아니라, 누구든지 할 수 있거든 어떻게든 해서 행복(?)하게 살라는 식이다. 그렇게 할 수 없을 바에야 간섭하지 말라는 지극히 이기주의적인 사고방식이다.

세) 역, 『우리는 지금 어디에 있는가』, 삼성문화문고102, 서울, 삼성문
   재단, 1977. 12. 25 p.50.
29) 김태길, op. cit., p.264.
30) Ibid., p.134.

"세상에 양반 흉보는 놈들 우슙구ᄂ 양반이 저희 전세에 할애비
마냥 요순임금 닮으라니 그 아니 딱할손ᄀ"[31]

여기서 양반은 재물을 많이 축적한 사람으로, 가지지 못한 사람들의
질시의 대상이 된다. 따라서 놀부 B 자신은 양반의 부류로 치부하고,
반발하는 가지지 못한 사람의 행위가 못마땅하게 여겨지는 것이다.

따라서 놀부 B의 행위와 관점에서는 인(仁)이나 의(義)에 의한 인
간관계가 아니라 서로가 서로를 이용하여 그 자신의 이익을 추구하기
위한 방편으로서 인간관계만이 존재할 뿐이다.

(4) 비리(非理)의 팽배(澎湃)

사회의 변동에 따라 가치관이 변하고 윤리관이 그 기준을 달리한다.
급격한 사회의 변동이나 변화의 도가 높을 때 기강이 문란해지는 것
이 상례다. 특히 우리나라는 해방 후 30년간 초현대적인 급속한 사회
의 변동을 가져왔다.[32]

윤리관이 변하면 사회질서가 파괴된다. 더욱이 비윤리적인 능률지
상주의가 생산을 위해 불가피하게 여겨지면서 편법주의(便法主義)가
횡행하게 된다. 이것이 경직화되고, 이로 인해 생긴 가치척도가 경쟁
의식을 자극하고 이로 인해 비리가 가속화된다. 안정된 사회에서의
근면·성실·정직이 삶의 한 방법으로서 상실되면서 비리에 대한 의
식이 싹튼다. 따라서 어떻게 잘 사느냐가 문제일 뿐, 어떻게 옳은 삶
을 사느냐 하는 것은 문제가 되지 않는다.

---

31) *Ibid.*, p.134.
32) 한완상, op cit., p.145.

"우리도 마음만 먹고 옳게 먹고 부지런만 하면 좋은 시절 만날
지 어찌 알랴 하다가는 여보 부질없이 청렴한 척 마오."[33]

마음을 옳게 먹고 부지런만 하면 좋은 시절을 만날 수 있다는 가능
성이 있는 사회는 안정된 사회다. 그러나 놀부 B는 마음만 옳게 먹고
부지런만 하면 잘 살 수 있는 사회가 아님을 간파하여 부질없이 청렴
해서는 안 된다고 강조하고 있다. 근면과 정직과 성실이 부질없는 행
위로 인식될 때, 그 사회는 정상적인 궤도를 잃게 된다. 따라서 불신
풍조가 싹트게 된다.

"눈을 뜨고 제 발 밑 보지 않고 염불 듣는 아낙네요, 굿거리 보
는 머슴처럼 뜬소리 헛춤질에 저도 속고 남도 속인다."[34]

이는 가치의 기준을 잃어버린 상태다. 문제의 해결을 위해서는 자
신과 자신을 둘러싸고 있는 주변을 살펴야 한다. 냉철한 자기 성찰과
반성이 있어야 함에도 염불이나 굿거리에서 행동의 지표(指標)를 찾
는 것이 놀부 B가 인식한 사회였다. 뿐만 아니라 사회적인 부조리가
만연되고 있음을 보여주고 있다.

"호방의 호방되고, 이방의 이방이 되어 있는 재물 속이고, 세납
금 줄여 잡고, 하나 주고 열 얻자니, 소매 밑 뇌물이요"[35]

이것은 기업과 권력이 밀착된 상태에서 일어난 부조리에 의해 부가
축적되었음을 보여준다. 이로 말미암아 관(官)에 대한 불신이 나타난

---

33) *Ibid.*, p.133.

34) *loc. cit.*

35) *loc. cit.*

다. 놀부 B가 흥부와 같이 전주감영에 붙잡혀 가서 심문을 당하고 옥
중에서 옥리에 의해 수탈되는 것을 통해 보면 잘 알 수 있다.

> "동헌마루에 앉은 도둑이 빼앗으면 밤에는 밤대로 옥방벼슬아치
> 가 빈대처럼 뜯어 먹으며"[36]
> "날에 날마다 돈 울거내는 매질을 가하니 무쇠 아닌 몸이 어찌
> 견디며 바닥 있는 재물이 어찌 다 하지 않으리오."[37]

결국 힘없는 백성이 관에 눌리어 원한을 품고 죽어간다. 놀부 B는
이런 현실에 쉽게 적응하지 못하고 패배하고 만다.

'남 죽이고 제 살자는' 것을 하나의 생활태도로, 실속을 차려야 된
다고 악착같이 재물을 축적했던 그도 결국 탐관오리에 의해 수탈되었
다. 官의 절대적인 권력이 놀부 B를 파멸로 이끈 것이다. 권력 앞에
무력한 관존민비사상(官尊民卑思想)이 아직 잠재하고 있는 것이다.

5. 결 론 - 놀부를 통해서 본 작가의 의식

'오늘날에 있어서 문학인이 할 일이 무엇인가?'라는 질문에 알렌 테
이트(Allen Tate)는 그 시대의 인간상을 재창조하여 독자들이 그 인
간상을 통하여 기준을 가지고 진실로부터 허위를 구별할 수 있게 한
다.'고 말한 바 있다.[38] 이 말에 의해 최인훈은 「놀부뎐」에서 현실에
맞는 새로운 인간상으로 재창조하여 독자가 진실로부터 허위를 구별

---

36) *Ibid.*, p.138.

37) *loc. cit.*

38) 신동욱, *op. cit.*, p.56.

할 수 있는 기준을 제시하고 있는가? 조국 근대화를 외치는 목소리가 높아 가면서 고도로 경제가 성장되어 국민소득이 높아지고, 수출이 증대되고 기계산업이 발달되어 물질적으로 급성장되어 풍요로운 삶을 누리는 만큼 정신적으로도 근대화를 가져왔는가?

여기서 현대 시민의 한 원형으로 제시된 놀부는 어떤 인물인가를 작가의 의식을 통해 해답을 찾고자 한다.

급속한 사회 변동으로 인한 가치관이 변화되어 가는 과정을 볼 수 있다. 이것은 산업 사회로 이행(移行)되는 과정에서 겪어야 하는 진통일 것이다. 이런 변화에 대해 이해찬은 「사회변동과 사회의식」이란 글에서 다음과 같이 쓰고 있다.39)

> "이렇게 구조화되어 가고 있는 한국사회의 가치·규범 또한 크게 변하고 있다. 농촌 중심의 공동체적 규범이 약화되는 반면 도시 중심의 개인주의적 규범이 강화되고 서구지향적 가치기준이 뿌리를 내려가고 있다. 그리하여 모든 경제지표를 달러로 환산하는가 하면 서구의 유행이 직수입되고 외래 상품에 대한 기호가 강해지며, 서구의 이론이 맹목적으로 받아들여지고 있다. 특히 중·상층의 이러한 경향은 그 극단을 치닫고 있다."

서구지향적 가치기준은 조선조 말기의 무질서와 일본의 침략, 해방, 6·25동란, 이승만 정권, 4·19혁명 등 한국근대사에 큰 굴곡을 이루는 일련의 국내적인 사건과 외래문화의 유입으로 조선조의 윤리관을 더욱 무력하게 만들었다. 특히 일제 36년간의 식민지화는 조선사회를 엄격하게 지탱했던 반상(班常)의 제도가 급격하게 붕괴됨으로써 현저한 신분변동이 이루어졌고 여기에 산업사회로의 변모하면서 사농공상

---

39) 이해찬, 「사회변동과 사회의식」, 『창작과 비평』 1979 여름 통권52호, 서울, 창작과비평사, 1979. 6. 5, pp.233~234.

(土農工商)의 계층적 구조에서 하위에 놓였던 공과 상이 상승되어 경제행위에서 기존가치체계를 붕괴시키고 우위를 점하면서, 농촌 경제에서 도시 경제로 바뀌어 이농현상(離農現象)을 빚고 도시화를 가져왔다. 뿐만 아니라 도시화되면서 대가족 제도가 핵가족 제도로 변해버렸다. 이런 일련의 변화는 우리 사회를 전통적 가치관이 해체되면서 불투명한 새로운 가치관 속에서 미아처럼 방황하게 했다. 사실 도덕적 가치관이 무너진 뒤에 윤리, 도덕적 방황은 가치관의 심한 변동을 겪어, 방향감각이 상실되어 뚜렷하고 올바른 가치관이 정립되지 않았다. 이런 때에 미래란 불투명하다. 놀부 또한 미래가 없고, 단지 가난에서 해방되어 재물의 축적을 궁극의 목표로 삼고 있음을 볼 수 있다. 그에게 있어서 재물은 인생의 전부였다. 그가 올바른 방법으로 재물을 축적했든 그렇지 못한 방법으로 취했든 그것이 문제가 될 게 아니고, 축적 그 자체가 중요했던 것이다. 그래서 그는 '포악선습 인색오악을 익히는 길'만이 삶을 유익하게 하는 방법으로 터득했다. 결국 놀부에게는 인간의 삶의 수단인 재물이 삶의 목표가 되어버렸고, 참다운 인생의 목표를 인식하지 못한 것이다.

또 공업화와 도시화는 시민의 성공욕구를 자극시킨다. 성공의 욕구는 과열된 경쟁을 유발시키고, 과열된 경쟁은 윤리적으로 부당할지라도 효과적이고 능률적이면 된다는 편법주의를 낳게 된다. 이로 인해서 사회의 질서가 파괴되고 여러 가지 부조리가 생겨난다. 또 과열된 경쟁에서 승리자가 되기 위해 이기는 방법을 생각하게 되고 결국 윤리관이 타락하고 만다.

또 심한 이기주의로 인해 소외된 인간의 모습을 볼 수 있다. 삶의 기준이 애매할 때는 단기적이고 찰나적인 향락에 심취할 가능성이 커진다. 재물과 향락을 추구하면서 남의 이익을 돌보지 않는 현상이 생긴다. 모든 것을 재물로써 해결하려고 하고 그래서 물질만능주의가 심화되며 비리가 팽배(澎湃)하게 된다. 따라서 '나' 하나만이 존재할 뿐이고 타인은 안중(眼中)에도 없다. 놀부가 '돈타령'을 하는 것은 좋은 보기이다. 또 그는 재물이 축날까 봐 신관사또의 청연에도 발뺌했다. 뿐만 아니라 그에게는 친구도 없다. 결국 고립된 상태에서 소외되어 버렸다.[40] 즉 소외의 원천인 개인의 고립에서 외적인 불만·불신·적대 등의 과정을 거치면서 놀부는 소외된 것이다. 그는 재물을 축적하는 데서 타인의 힘이나 도움을 전혀 받지 않는다. 따라서 그는 어느 누구에게서도 경제적인 도움을 받지 않은 것처럼 남에게도 베풀지 않는다. 이것은 외부와의 관계가 단절되었던 소외의 원천과 개인 사이에 재물이라는 매체의 작용이 심화되었기 때문이다.

이상에서 살핀 바와 같이 작가 최인훈은 놀부를 현대인의 한 원형(原型)으로 보고 있다. 따라서 그의 시각은 사회에 대한 비판으로 날카로움을 드러냈는데, 그 하나가 「놀부뎐」인 것이다. 그는 현 사회를 '말세난세(末世亂世)'·'포악선습 인색오악을 익혀야 하는 시대'·'약한 놈 때려잡고 강한 놈 구슬러야 호의호식으로 인한 거드름에 멋있게 살 수 있는 사회'로 진단하고 있다. 이것은 근대화되어 가는 과정에서 나타나는 것으로 그 이유를 김경동(金景東) 교수는,

　　"인간주의적인 에토스가 낳은 과학의 발달, 기술공학의 개발, 공업화를 주축으로 한 경제성장, 이에 따른 자본주의 체제의 제국주의적 팽창, 자연환경의 오염과 훼손, 사회구조의 왜곡(歪曲)된 변동, 정치적 선택의 문제, 人間精神의 퇴폐, 文化의 저속화 등이라 하겠다."[41]

---

40) 정문길(鄭文吉), 「疎外論(소외론)의 社會的 意味」, 『文學과 知性』 1978 봄 통권31호, 서울, 文學과知性社, 1978. 2. 20, pp.143~180.

41) 김경동(金璟東), 「近代化와 發展에 對한 誤解와 理解」, 『世界의文學』 1979 여름 4권2호, 서울, 民音社, 1979. 6. 1.

라고 밝혔다. 바로 여기에 최인훈이 놀부를 택한 한 이유가 있다. 또 부정적이었던 놀부가 긍정될 수 있는 것은 부정적이었던 전대의 가치관이 긍정적으로 바뀐 데도 있다. 결국 놀부는 오늘날 가장 전형적인 인물인 것이다.

[국어국문학 제82호, 국어국문학회, 1980. 4. pp.199~220.
인권환교수 편저, 『흥부전 연구』(集文堂, 1991.)에 재수록.]

『월남망국ᄉ』 연구
: 개화기 역사·전기 문학연구(3)

1. 서 론

개화기의 역사·전기문학 중에서 국가의 흥망사를 기록한 것으로는 『월남망국ᄉ(越南亡國史)』가 있다. 이 『월남망국ᄉ(越南亡國史)』는 꽤 많이 팔려[1] 많은 독자를 확보했던 것으로 양계초(梁啓超)의 동명(同名)의 책을 번역한 책이다. 이 책은 황성신문에 내용의 일부가 소개된 뒤에, 개화기 최대의 번역가이며 애국계몽 운동가로 알려진 현채(玄采 1856~1925)가 거의 축자역(逐字譯)을 한 국한문 혼용체로 1906년에 처음 번역하였다.[2] 그 뒤에 주시경(周時經 1876~1914)과 이상익(李

---

1) 동아일보사간, 『日政下의 禁書 33卷』, 1977년 1월 『新東亞』부록, p.24 에 의하면 1910년에 8백 32부가 발행된 것으로 되어 있다. 이 책 외에 도 『幼年必讀(유년필독)』이 2,154부 발행되었다고 한다.

2) 『월남망국사』는 수차에 걸쳐 발행되었는데 그 중 몇몇을 보이면 다음 과 같다. ①「越南亡國史(월남망국사)」, 越南亡命客(월남망명객) 巢南 子述.(소남자 술) 支那(지나) 梁啓超纂(양계초 찬), 韓國 玄采譯(현채 역), 1906년(光武 10年) 11월 初版, 1907년(光武 11年) 5월 27日 再版, 普成社刊, 菊版, p.97. 이것 외에도 ②「월남망국ᄉ」, 월남 망명긱 소남

相益 1881~?)에 의해 한글로 번역되어졌다. 특이한 것은 주시경역본
이 띄어쓰기가 되어 있고, 이상익의 번역본은 띄어읽기점을 찍었다는
것이다. 『越南亡國史(월남망국사)』는 1905년 양계초(梁啓超)가 상해
(上海) 광기서국(廣記書局)에서 발행한 것으로 우리나라에서는 그 이
듬해 처음 번역된 것이다. 이 책이 왜 번역되었는가는 역자들의 서문
과 내용 중 소제목에서 볼 수 있듯이, 월남망국의 역사를 타산지석(他
山之石)으로 받아들이고자 하는 것이었다. 또 이런 이유는 이 번역된
책들이 1905년 치안상의 이유로 금서처분(禁書處分)되었다는 사실과
독서계의 주목을 받았다는 데서 읽을 수 있다. 그렇다면 이런 『월남망
국스』를 국문학사에서 어떻게 정리 수용할 것인가? 예술적인 면이, 미
학적인 측면이 배제되었다고 해서, 또 예술적 감동이 없다고 해서 문
학사에서 제외해도 좋을 것인가? 이런 문제는 이 시대에 쓰인 수 많
은 책들의 문자행위에 상당 부분 해당되어 주목된다.

　본고는 특이한 구성 형식과, 주로 계몽적인 내용을 담고 있는 이
작품 내용을 구체적으로 살펴보는 데 노력할 것이다. 필자는 그동안
이 시대의 역사·전기 문학을 연구하는 과정에서 이와 같은 작품을
하나의 장르로 설정하려고 시도하면서 그 공통적으로 추출될 수 있는
가능성을 추적하고 있다. 따라서 이 작품의 연구도 그런 차원에서 이
루어질 것이다. 본 연구의 텍스트로는 한글로 쓰였고, 판수가 많은 주
시경 역본을 택했다. 그 이유는 현채(玄采) 번역본이 먼저 출판되기
는 하였으나, 국한문혼용체여서 독자가 한문을 읽을 수 있는 사람들
로 제한되어 있는 데 비해, 주시경 번역본은 노익형(盧益亨)3)의 서문

　⒉슡, 지나(청국) 량계초 찬, 한국(죠션) 쥬시경 번역흠, 1907年(융희
원년) 11月 初版, 1908年(융희 2年) 3月, 再版, 1908年 6月 三版, 발힝
쇼 로익형칰스, 국판. p.89. ③ 「월남망국스」, 리샹익역술, 현공렴교,
1907年(융희원년 12月 22日) 국판 p.71.

에서 밝힌 바와 같이 한글로 번역되어 있어서 한문을 잘 모르는 독자
들까지도 읽을 수 있게 하였다. 서문이외에도 실제 그 증거로 발행한
판수(版數)가 주시경 번역본이 현채(玄采) 번역본보다 더 많아 비록
뒤에 나왔고 더러 빠진 부분도 있지만 많은 독자층을 가졌으리라고
예상되어 택했다. 다만 내용이 모호하여 대조를 필요로 한 부분은 현
채(玄采) 역본을 참고했다.

2. 예비적 고찰

(1) 사실(史實)과 사실(寫實)

이 작품의 현채 번역본에는 안종화(安鐘和 1860-1924)[4]의 서문이
있으나, 주시경 번역본에는 노익형(盧益亨)의 서문이 3쪽에 걸쳐 게
재되어 있다. 그 뒤를 이어『월남망국ᄉ』의 찬술자로 월남망명객 소
남ᄌ와 량계초, 번역인 쥬시경임을 제목 아래 부분에 밝히는 것으로

---

3) 노익형(盧益亨)은 1907년에 박문서관(博文書館)을 설립하여 1920년대까
　지는〈짠발짠〉〈하므레트〉〈카르멘〉〈무쇠탈〉등을 번역·번안물을 출판하다
　가, 1920년대 이후에는 염상섭의〈견우화〉, 현진건의〈지새는 안개〉,이광
　수의〈마의태자〉등을 출판했으며, 1940년대에는 양주동의『고가연구』춘
　원의『춘원시가론』등과 모두 18권의 박문문고를 발행하기도 했다.

4) 안종화(安鐘和 1860-1924)는 조선 후기의 학자로, 자 사응(士應). 호 함
　재(涵齋). 1894년(고종 31) 문과에 급제하여 궁내부낭관(宮內部郞官)·
　법부참서(法部參書)·시강원시독(侍講院侍讀)·중추원의관(中樞院議官)
　등을 지냈다. 1905년 을사조약이 체결되자 민영환(閔泳煥) 등과 함께 조
　약의 폐기를 상소하여 궐문 밖에서 주야로 호소하다가 쫓겨나 홍양(洪
　陽)으로 낙향하였다. 일찍이 경사(經史)를 연구하여 역사에 밝았으며, 주
　요저서에『동사절요(東史節要)』『국조인물지(國朝人物志)』등이 있다.

시작하고 있다. 전체의 내용은 모두 5부분으로 나누어져 있는데. 그
목차만 보이면 다음과 같다.5)

서두6)
첫재는 월남이 망흔 근본과 실상[越南亡國原因及事實]
둘재는 나라 망흘 째 분흐여 의쓰던 사람들의 수적[亡國時志士
小傳]
셋재는 법국 사람이 월남 사람을 곤흐고 약흐게 흐며 무식흐고
어리석게 흐는 정샹[法人이 越南人을 困弱愚瞽흐는 情狀]
넷재는 월남의 장리[越南의 將來]
부록
1. 월남과 법국이 교섭흔 일[越法兩國交涉]
2. 나라를 멸흐는 새법[滅國新法論]
3. 일본의 죠선[日本의 朝鮮]

이와 같이 『월남망국수』에서는 월남이 망한 과정을 중심으로 한,
국가의 흥망과 존립의 문제를 다루고 있다. 이 같은 내용의 전개는
양계초(梁啓超)와 소남자(巢南子)의 문답으로 이루어져 있다. 따라서
구성 형식이 이 시대에 있었던 일군(一群)의 토론체(討論體) 소설과
는 좀 다르지만 일단 그 부류로 보아야 할 것이다.7) 이를테면 「향긱
담화」·「쇼경과 안즘방이 문답」·「車夫誤解(거부오해)」 등과 서두는
비슷하지만 끝마무리가 다른 것을 볼 수 있다. 등장인물의 만남으로
시작하는 처음과 토론으로 충당된 중간까지는 같으나, 토론이 끝난

---

5) 주시경 역본을 보인 것임. [   ] 안의 것은 국한문 혼용체인 현채(玄
采) 역본의 것으로 참고를 위해 필자가 덧붙였음.
6) 어느 역본이고 '서두'라는 항목은 없으나 거기서 해당되는 부분으로
보아 인용자가 넣은 것임.
7) 김중하(金重河), 「開化期 討論體小說研究」, 『관악어문학』 제3집, p.175.

뒤에 헤어지는 것으로 서사구조(敍事構造)를 마무리 짓는 것이 분명
치 않다. 또한 인물의 성격이 구체적으로 설정되어 있지 않고 그 인
물이 갖는 사건이나 행동도 없이 작가의 감정개입이 간간히 이루어지
는 가운데 토론으로 일관되어 있다. 따라서 일반적인 토론체 소설 작
가가 서사구조에 대한 자각이 있었음에 비해, 이 작품의 작가에게서
는 이런 면을 볼 수 없다. 마치 이해조(李海朝)의 「自由鍾(자유종)」
처럼 인물 설정과 약간의 장면 설정 외에는 소설적인 요소를 찾아보
기 어렵다. 본 항에서는 주변적인 사항과 장르문제를 살펴보기로 한다.
　그러면 양계초와 문답을 한 월남인 소남자(巢南子)는 과연 누구인
가? 소설론에서 이런 질문을 할 필요가 없지만 불분명한 사실(史實)
을 보기 위해 살펴보자.

　　"하로는 음빙실 쥬인 량계초가 한 방에 혼자 안자셔 일본 사람
　　유하쟝웅(有賀長雄)씨의 만쥬통치론[滿州委任統治論]을 보더니 홀
　　연히 한 사람이 들어와 칙 한 권을 내게 주니8)

　일본에 망명한 양계초를 찾아 온 이는 누구인가? 이에 대한 최원식
(崔元植) 교수의 논거를 요약하면 다음과 같다.9)
　소남자(巢南子)는 월남의 대표적인 독립 운동가로 민족운동의 아버
지라 불리우는 판보이차우(潘佩珠 1867~1940)이다. 그가 양계초를
만난 것은 다음과 같다. 1904년 음력 4월 상순 광남성(廣南省) 안의

---

8) 주시경 역본, p.2(以下 인용은 주시경 역본임) [ ] 안의 漢字는 玄采
　　본을 참고로 넣은 것임.
9) 최원식(崔元植), 「아시아의 連帶 ―越南亡國史小考―」, 백낙청 편, 『한
　　국문학의 현단계Ⅱ』, 서울, 창작과비평사, 1983. 3, pp.263~282. 이 글에
　　서는 주로 양계초가 이 작품을 쓸 때와 당시의 주변 정세를 작품을 통
　　해 살폈다.

구엔 함(阮誠)의 집에 동지들과 모여 항불(抗佛) 독립운동을 위한 비밀 결사 단체인 '維新會(유신회)'를 결성하여 기외후(畿外候)를 회주(會主)로 뽑고 회의 방침의 하나인 '出洋求援(출양구원)'을 결정하였다. 그 결정에 따라 판보이차우는 1905년 음력 1월 20일 동지 당투킹(鄧子敬)과 탕바토호(曾拔虎) 등과 하이퐁에서 기선(汽船)을 타고 일본 망명길에 올랐다. 그는 일본 입국 후 곧 요꼬하마에서 망명생활을 보내고 있는 양계초를 찾았던 것이다.

판보이차우에 대한 기록은 위의 최원식 교수에 소론에 간략히 조사되어 있으므로 생략한다. 다만 그가 양계초를 만나 얼마나 많이 교유했고 견해를 토론했는가는 알 수 없을지라도, 월남이 프랑스로부터 독립을 하기 위해서는 인재 양성을 비롯한 민중계몽이 선결문제라는 결론을 얻게 되었다. 이런 측면에서 보면 바로 『월남망국ᄉ』는 월남의 독립에 대한 양계초의 견해라고 볼 수 있다. 특히 양계초와 소남자의 대화가 이루어진 때는 제국주의의 모순이 격화되고 있을 때[10]이었다. 양계초가 소남자를 만나 대화를 나누고, 월남의 독립의 대안을 토론했던 것은 월남만을 위한 것이 아니라 중국의 현실을 되살피는 일이기도 했다. 그리고 주시경이나 현채, 이상익이 이것을 번역한 의도도 또한 같은 것이라고 볼 수 있다. 양계초가 소남자로 하여금 이 망국사를 기록하게 한 이유도 여기에 있었다. 이런 의도는 서두에 그대로 나타나 있다. 현채(玄采)의 것을 보이면 다음과 같다.

"世界의 公理가 何有ᄒ리오 오직 强權(강권)ᄯᆞᆫ이라. 歷史上에 國名이 千으로 數ᄒᆞ든 者ㅣ 今에서 所餘가 數十이오. 此 數十中에도 危亡(위망)에 濱ᄒᆞᆫ 者ㅣ 十에 七八이오, 또 危亡에 濱(빈)ᄒᆞᆫ 者ㅣ 我와 隔遠(격원)ᄒᆞᆫ 國이 아이라 곳 鷄犬(계견)이 相聞(상문)ᄒᆞᄂᆞ

---

10) *Ibid.*, p.270.

隣國(인국)이러니 今에 此 數國이 또 安在ᄒ뇨 不過 數十年來로 其社ᄂ 屋이 되고, 宮은 瀦(저)를 成ᄒ야 麥穗(맥수)ᄒ기 漸漸ᄒ고 禾黍(화서)가 油油ᄒ도다. 近日에 越南 亡命客 巢南子가 我의게 來ᄒ야 其國 事狀을 言ᄒ민 我로 ᄒ야금 涕泗가 縱橫(종횡)홈을 不覺(불각)ᄒ곗도다. 然이나 我가 自哀치 아니ᄒ고 他人을 哀ᄒᄂ지 他人이 將且 我를 哀홀지라 惟願(유원) 我國人은 此編(차편)을 讀ᄒ고 自哀心을 變ᄒ야 自懼心(자구심)을 生ᄒ면 國家가 其或 庶幾(서기)홀진져"11)

이와 같이 이 글은 실제의 문제를 기술하여 어려운 국면을 서로 논의하며 해결의 방향을 모색하고 세인(世人)에 대한 경계를 꾀했던 것으로 볼 수 있다.12)

(2) 장르상의 문제

그러면 국문학사에서 이런 『월남망국ᄉ』와 같은 역사전기류(類)의 글을 어떻게 다루어야 할 것인가? 반복되는 질문이지만 이들의 문자 행위를 어떻게 볼 것인가? 이에 대해서 논의를 하기 전에 이미 제시

---

11) 현채역본, p.1.
12) 본문 16p에 보면, "참혹이 힝ᄒ는 일을 왼 셰샹에서 아는 이가 업스니 그ᄃᆡ가 나를 위ᄒ여 말을 다 홀지어다. 내가 그ᄃᆡ를 위ᄒ여 힘겻 그 말을 전파ᄒ면 셰계에 공론을 만분에 일분이라도 일으키리라……월남 졍샹을 은휘ᄒ지 말고 다 말홀지어다. 이졔 우리 쳥국 사람은 불을 안고 나무 가리 우에셔 자는 것과 갓흔ᄃᆡ 왼 나라 사람이 게을러서 편히 놀기만 취ᄒ여……그대가 월남의 지낸 일을 말ᄒ면 우리 쳥국에 여러 사람이 이 일을 듯고 씌ᄃᆞ러 후회ᄒ는 이들이 싱겨셔 ᄎᆞᄎ 분발홀 날이 잇슬지니 이러ᄒ면 이 일이 엇지 우리 나라에만 유익ᄒ리오 귀국에도 쟝ᄅᆡ에 긔회가 잇스리라 ᄒᄃᆡ 소남ᄌᆞ가 이 말을 감동ᄒ여 눈물을 씻고 이 칙을 지으니……"라고 되어 있다.

된 몇 가지의 견해를 살펴보기로 한다.

 이재선(李在銑) 교수는 이 문제에 대하여, 개화기 특유의 소설관 내지는 소설의 이론이랄 것이 확실하게 확립되어 있었다고 보기는 어렵다고 하면서,

   "그러나 그런대로 소설의 性格으로 대치(代置)할 수 있는 見解라 할까 또는 소설의 가치론으로서 肯定的 效用論이라고 할 견해 정도는 형성되고 있었음이 틀림없는 것 같다. 요컨대 그것이 소설 자체의 獨自的 가치(價値)의 인정이란 관점(觀點)이 아니고, 개화기 특유의 啓蒙的 手段에 符合하는 거점(據點)으로 소설에다 한 가치를 부여하는 程度이긴 하지만 권선징악(勸善懲惡)의 倫理的 가치기준(價値基準)에 주로 입각해 왔던 이전에 소설관에 비한다면 교화(敎化)의 代用 통로(通路)로 求한 功利的 小說觀이란 취향(趣向)은 공통적이지만 하나의 교화(敎化) 內容의 전이(轉移)나 변모(變貌)는 있다고 하겠다."13)

라고 하여 작가 의식이 문학의 효용론적 기능에 입각해 있음을 지적했다. 이런 견해에 근거가 될 만한 것은, 「經國美談(경국미담)」 서문이라든가, 「瑞士建國誌(서사건국지)」, 「乙支文德(을지문덕)」 서문에서 볼 수 있다. 그러나 소설적 구성이라든가 인물의 설정이 없이 감동전이(感動轉移)가 과연 이루어질 수 있을까? 이에 대하여 이재선 교수는,

   "비록 번역된 것이라 할지라도 그 序文이나 末尾의 論端的(논단적) 論評에서 그러한 역술이나 저작의 意圖를 具體的으로 露出(노출)하고 있다. 新小說과 같은 文明開化에의 敎訓的 충동과는 달리 즉 抵抗(저항)과 愛國心을 喚起(환기)하려는 충동이 그것이다"14)

---

13) 이재선(李在銑), 『韓國 開化期 小說 硏究』, 서울, 一潮閣, 1972. p.153.

14) 이재선, 「開化期 叙事文學의 두 類型」, 『國語國文學』 제68·69호, 1975.

라고 하였다. 한편, 홍일식(洪一植) 교수도 이것에 대해 긍정적인 태도를 보이고 있다. 그는 이러한 역사 전기류가 나타난 것은 한국에서의 구국적인 양상을 띤 계몽운동 때문이라고 보았다. 특히 이러한 역사 전기류의 한국적 양상은 구국(救國) 자강(自强)이라는 시대정신의 소산으로서 교화(敎化)와 감계(鑑戒)의 의도가 성실하게 내포되어 있는 것이 특징이라고 했다.[15] 오히려 그는 이런 역사전기류의 소설을 신소설보다 높이 평가하면서 그 이유를 다음과 같이 쓰고 있다.

> "이들 歷史・傳記類 小說들이 스스로 그 文學的 限界로 인하여 많은 취약점이 있음에도 불구하고, 構造(구조), 敍述上(서술상)에 근대적 진전을 보이고 있는 같은 시기의 신소설보다 긍정적으로 이해되고 있는 것도 이러한 文學史的 시대정신이 감안되었기 때문이다."[16]

그러면 이 『월남망국ᄉ』도 개화기 역사 전기 문학으로 설정해도 좋을 것인가? 적어도 '역사・전기문학'이란 테두리 안에는 넣을 수 있으리라고 본다. 구성에 있어서도 토론체 소설에 접근해 있음을 이미 앞에서 언급했다. 즉 '하로는 음빙실 쥬인 량계초가……'로 시작된 처음과 묻고 대답하는 중간을 갖추고 있다.

이미 짜여진 틀 속에 넣고 규격화하는 것이 장르가 아니라면, 이 『월남망국ᄉ』도 개화기에 있었던 하나의 서사장르로 볼 수 있다. 다시 바꾸어 말하면 고정된 것이 아니고 새로운 작품이 첨가되어 감에 따라 그 범주가 이동하는 것이 장르라는 웰렉(R.. Wellek)의 말을 빌리지

---

p.309.

15) 홍일식(洪一植), 『韓國開化期의 文學思想 研究』, 서울, 열화당, 1980. 7. p.146.

16) loc. cit.

않더라도 충분히 이해되리라 믿는다.

이미 안자산(安自山)은 그의 「朝鮮文學史(조선문학사)」에서 이 『월남망국〈』에 관한 논의를 구체적인 분석 자료를 제시하지 않고 역사소설의 한 부류로 간주해 버렸다.

"小說도 亦 漢譯과 日本文學의 擬作(의작)의 二方面으로 出하다. 歷史小說의 法蘭西新史(법란서신사), 普法戰記(보법전기), 瑞西建國誌(서사건국지), 越南亡國史(월남망국사) 等은 一時 大歡迎(대환영)을 受한 者라. 그 小說의 材料는 西洋 偉人의 事蹟(사적) 政治의 歷史 等에서 採한 것이니 此等書의 歡迎(환영)은 從來小說(종래소설)의 勸懲主義(권징주의)에 慣한 眼目의 取하기 易한 바다. 고로 其 文體도 漢籍(한적)의 舊套(구투)를 脫치 못하고 客觀上 事實을 配列(배열)함에 不過하니 이로써 보면 當時까지도 文學의 面目은 變치 안코 오직 政治的 思想이 沸騰(비등)하야 國家的 觀念(관념)을 大前提에 置(치)하던 것이니라"[17)

그러나 안자산(安自山)의 이러한 분류가 구체적인 확증에 의해 된 것이 아닌 이상, 좀더 자세한 논증을 필요로 한다. 따라서 장르로서의 해명을 위한 구체적 탐색을 작품에서 분석함으로써 보다 확연히 살펴보고자 한다. 어떤 측면에서 애국계몽을 위주로 한 역사소설의 범주에 넣었는지를 탐색하여 개화기 역사전기문학의 장르적 특징을 찾아낼 수 있으리라고 본다.

---

17) 안자산(安自山), 『朝鮮文學史』, 경성, 韓一書店, 1922. p.124.

3. 망국의 교훈 – 망국의 과정과 결과

이 작품이 번역된 의도는 망국에 대한 교훈을 일깨워 주는 데 있었다. 실제 이런 면은 양계초 자신이 작품 속에서 밝히고 있기 때문에, 이 같은 성급한 결론은 어렵지 않게 추출해 낼 수 있다.

"그듸가 월남 전정에 뜻이 업스면 고만이어니와 뜻잇거든 월남 정샹을 은휘ᄒ지 말고 다 말ᄒᆯ지어다. 이제 우리 쳥국 사람은 불을 안고 나무가리 우에서 자는 것과 갓ᄒᆫ듸 왼나라 사람이 계을러셔 편히 놀기만 취ᄒ여 셰월을 헛되히 보내며 나라일이 위틱ᄒᆷ이 미구에 망ᄒᆯ 디경에 일을 일로 말ᄒ면 들은체 만체 ᄒ니 그듸가 월남의 지낸 일을 말ᄒ면 우리 쳥국에 여러 사람이 이 일을 듯고 씌듸러 후회ᄒ는 이들이 싱겨셔 ᄎᆞᄎᆞ 분발ᄒᆯ 날이잇슬지니 이러ᄒ면 이 일을 엇지 우리나라에만 유익ᄒ리오"[18]

청나라 사람에게 교훈이 되고 월남인에게는 세계의 공론(公論)을 일으킬 기회를 갖게 하기 위하여 쓰인 것이다. 바로 이 점이 현채(玄采)나 주시경(周時經)이나 이상익(李相益)이 번역하게 된 이유였다. 현채 역본에 쓴 안종화(安鍾和)의 서문이나 주시경 역본에 나타난 노익형(盧益亨)의 서문을 보면 다음과 같다.

"世界日闢 人文日進 砲烟丸雨 弱肉强食之報 日聞於四方則迨, 比之時有國者 豈不爲之兢懼 圖所以自存哉. 越南亡國史 出於近日 孤臣逋客之手 而海內幷世之 有志諸君子 未嘗 不開卷歔欷……"[安鍾和 序]

월남이 망ᄒᆫ 스긔는 우리의게 극히 경계될 만ᄒᆫ 일이라 그러나 이제 우리나라 사람들이 무론 귀쳔 남녀 로쇼ᄒ고 다 이런 일을

18) 「월남망국사」, p.16.

알아야 크게 경계되며 시셰의 크고 깁흔 亽실을 씨어드라 우리가
다 엇더케 ㅎ여야 이 환란 속에서 싱명을 보전홀지 싱각이 나리라
이럼으로 한문을 모르는 이들도 이 일을 다 보게 ㅎ랴고 우리 셔
관에서 이 ᄀ치 슌국문으로 번역ㅎ여 젼파ㅎ노라"[경성 상동 박
문셔관 쥬인 로익형 서문]

월남 사람에게나 청나라 사람에게만 교훈으로 필요했던 것이 아니라,
우리나라 사람들에게도 타산지석이 될 것으로 판단했다. 1905년 을사
늑약과 1907년의 정미7조약 등으로 망국의 수렁으로 치닫던 위기의
상황에서 번역된 이『월남망국亽』는 수많은 독자들을 사로잡았을 것이
다. 1909년 새롭게 제정된 출판법에 의해, '사회의 안녕질서와 풍속을
저해(沮害)한다'는 이유로 '금서(禁書)'가 될 때까지 이『월남망국亽』가
폭넓게 일반 독자층을 확보하고 있었을 뿐 아니라, 사립학교의 교과서
로 채택되기도 했다는 점을 고려한다면, 당시 많은 민중들에게 많은
영향을 주었을 것으로 보인다. 이제 월남 소남자와의 대화를 통해 양
계초는 국가의 흥망의 문제를 어떻게 적절히 선택, 기술했는가를 구체
적으로 살펴보기로 한다.

(1) 자기 반성 – 망국의 원인

먼저 소남자는 월남이 망한 이유를 어떻게 파악 분석했는지 살펴보
기로 한다. 월남이 망한 이유를 분석, 파악하는 것은 후회나 좌절의
의미보다는 반성을 위한 것으로 양계초가 관심을 둔 부분 중에 하나
이다. 낱낱으로 살피기 전에 우선 개괄적인 것을 보면,

"만일 이 째에 군정을 크게 닥고 민권을 일으켜 군신상하가 모도

정신을 차리고 잘 다스리기를 도모ᄒ여 서양의 새학문을 깁히 연구
ᄒ고 썩은 구습을 씨셔 버렷드면 나라 일이 잘 되엇겟거ᄂᆯ 월남은
그러치 아니ᄒ여 님군의 당만 놉피고 민권일을 억제ᄒ며 헛된 것만
슝상ᄒ고 쟝졸을 쳔되ᄒ여 도뎍은 뜰에서 엿보ᄂᆫ되 쥬인은 방에셔
잠만 자면서 각금 긔지기만 틀ᄲᆫ이니 슬프다 위틔흠이 급ᄒ도다."[19]

위의 글에서 두 가지 측면을 고려해 볼 수 있다. 하나는 지향해야
할 이상적인 국가의 경영이고, 하나는 망국의 국내적 문제점의 지적
이다. 다시 구체적으로 설명하면, 양계초가 국가를 굳게 지키는 방법
으로 인식한 것은 첫째 군대와 정치를 크게 바로 잡고 국민의 권리를
진작시키고, 둘째 임금과 신하가 나라를 잘 다스린 후, 셋째 서양의
새로운 학문을 깊이 연구하고, 넷째 쌓인 구습을 닦아내는 것 등이라
고 했다. 이러한 이상적인 정치를 파악하고 난 뒤의 현실은, 첫째 임
금이 당(黨)만 높게 여기고 백성의 권리를 누르며, 둘째 헛된 글만
숭상하고 무신(武臣)을 천시하며, 셋째 도적 떼가 엿보는데 잠만 자
고 있다는 것이라고 보았다.

이와 같은 장치의 실패와 민권의 박탈이 국가의 존립에 큰 영향을
미쳤다는 견해는 여러 곳에서 발견된다. 하나 더 보이면,

"법국이 빅년 젼에 텬쥬교ᄉ를 셔공 하션 등 쳐에 보내여 젼도ᄒ
기를 쳥ᄒ니 이ᄯᅢ에 법국 사람이 월남을 엿볼 ᄯᅳᆺ이 잇스나 월남에
흔단이 업고 허실을 아지 못ᄒ여 감히 동ᄒ지 못ᄒ다가 ᄉ덕황뎨
초년에 일으러 월남의 졍ᄉ가 더욱 잘못ᄒ고 빅셩의 권리가 날마다
더 ᄲᅡ겨 공론이 서지 못ᄒ매 이에 월남을 ᄲᅢ앗슬 만흔 ᄯᅢ가 된 줄
알고 법국이 텬쥬ᄒᄂᆫ 무리를 더 보내여 통샹ᄒ기를 익걸ᄒ고"[20]

---

19) *Ibid.*, p.19.
20) *Ibid.*, p.18.

위의 인용문은 국가의 정사(政事)가 잘못되고, 국민의 권리가 제한된 가운데 공론(公論)이 서지 못하므로 침략자가 엿보게 된 것이라고 본 것이다. 법국이 백 년 전부터 천주교를 이용하여 침략의 기회를 엿보고 있었음도 아울러 밝혔다.

그 다음 위의 내적 요인 외에 법국이 월남을 식민지화 하게 된 이유를,

> "과연 ᄉ덕 십오년에 니르러 법국 사람이 대병을 셔공에 모아들이고 약죠ᄒ기를 쳥ᄒ거늘 월남님군이 대신을 보내니 법국 사람이 병명으로 위협ᄒ며 약됴ᄒ여 ᄀᆯ아디 월남의 님군과 신하는 진졍으로 대법국의 보호를 밧고 여섯셩으로 법국의 보호를 ᄌ원ᄒ엿스니 다시는 다른 나라와 교섭지 못ᄒ리라 ᄒ니 이것은 법국 사람이 월남을 취ᄒ는 둘재일이라."[21]

라고 하여 월남을 병탄(倂呑)하기 위해 법국이 군사를 동원하여 임금과 신하를 협박하고 강제로 조약을 맺게 함으로써 나라의 주권을 상실하게 된 것임을 천명(闡明)하였다. 그러나 이것보다 좀더 구체적인 망국의 근인(近因)은,

> "우리 나라가 망ᄒ기 젼에 챵귀(倀鬼) 된 쟈가 ᄉᄉ리익을 위ᄒ여 법국사람을 인도ᄒ니 첫재는 텬쥬교ᄒ는 사람들이요 둘재는 아첨ᄒ여 부동ᄒ는 무리라. 이 무리들이 님군이 사로잡히고 나라가 망홀 줄을 엇지 미리 알며 법국이 월남을 다 차지ᄒᆫ 후에는 져희 무리들도 필경 법국의게 해바들 줄을 엇지 미리 알앗으리오."[22]

이라고 하여 나라를 망하게 한 자들을 '텬쥬교인'과 '아첨하여 부동ᄒ

---

21) *Ibid.*, p.19.
22) *Ibid.*, p.6.

는 무리'로 보았다. 이들은 앞날을 볼 수 있는 안목(眼目)이 없는 무리들로 개인의 이익만을 추구하는 '倀鬼(창귀)'라고 했다. 역사의식이 없이 구복(口腹)만을 채우는 무리들이 나라를 팔아먹고 자신들도 피해를 입게 되었다는 것이다.

이런 내용으로 인해 우리나라 천주교 쪽에서는 이에 대해 『월남망국수』가 금서(禁書)로 되기 직전부터 천주교 기관지였던 경향신문을 통해 〈근래에 나오는 책들을 평론〉하는 서평으로 『월남망국수』가 거짓으로 가득 찬 소설이라고 17회에 걸쳐 보도했다. 발행인 겸 주필이 프랑스인 신부 안세화(安世華 Florian Demange)였는데, 월남을 속국화하는데 창귀와 같은 앞잡이로 천주교를 매도(罵倒)하는 것에 대한 반론을 제기하기도 했다. 이를 보면 『월남망국수』의 영향력이 얼마나 컸었는가를 알 수 있다.

이러한 천주교의 신자들이 나라를 팔아먹는 위인들이라는 견해는 양계초의 국가관에서 비롯된 것이다. 그의 국가관은 민족주의가 세상에서 가장 거대하고 合平(합평)스러운 주의라고 했다.[23] 이 민족주의는 다른 민족의 자유를 침범하지 않고 또 남에게서 자유를 침범당하지 아니하려는 주의이다. 즉 자기 나라에서는 사람의 독립이며, 세계에 있어서는 국가의 독립이라는 것이다. 그리고 민족주의에서는 국가가 국민에 의해서 조직된다고 주장하면서 국가는 국민을 위해 무엇이나 희생해야 한다고 했다. 그래서 민족주의가 극도로 발달하였을 때 국민은 행복해질 수 있으며 국가가 강해질수록 이 민족주의를 유지한다고 했다. 그리고 인간이 자유권을 구하기 위해 자강(自强)을 구하는 것과 같이 국가도 자강을 구해야 독립과 자유를 누릴 수 있다고 했다. 이런 국가관이 『월남망국수』에 그대로 나타난 것이다.

---

23) 엽건곤(葉乾坤), 『梁啓超와 舊韓末 文學』, 서울, 法典出版社, 1980. 3, p.77.

결국 망국의 원인을 분석한 자기반성은 국내적으로 정치의 실패와 국민 여론을 무시한 정치집단의 횡포, 문(文)의 숭상과 무(武)의 경시, 이로 말미암아 국권이 약화된 때에 국가의 안위(安危)와 관계없이 사리사욕에 어둡고 역사의식이 없었던 사람들의 몰지각한 행위와 종교를 앞세우고 법국인에게 관대했던 천주교도들의 행위와 국외적으로는 천주교를 앞세우고 강제로 조약을 체결케 한 법국(法國)의 무역에 굴복한 것 등의 망국을 초래케 한 원인이라고 분석한 선에서 그쳤다.

(2) 법국(法國)의 횡포

法國(법국·프랑스)이 행한 월남에 대한 횡포는 '첫ᄌᆡ는 월남이 망ᄒᆞᆯ 근본과 실상'과 '셋재는 법국사람이 월남 사람을 곤ᄒᆞ고 약ᄒᆞ게 ᄒᆞ며 무식ᄒᆞ고 어리석게 ᄒᆞ는 정상'의 두 장에서 주로 나타나 있다.

법국이 행한 포악한 행위 중에서 가장 많은 분량이 할애(割愛)된 것은 세금이었다. 착취를 통하여 월남의 경제력을 약화시키고 도탄(塗炭)에 빠지게 하기 위한 것이다. 길지만 대강을 인용해 보기로 한다.

> ᄯᅩ 월남인민들아 법국 사람이 월남 ᄇᆡᆨ셩을 엇더케 쳐치ᄒᆞ는지 ᄯᅩ ᄌᆞ셰히 들여다 볼지어다. 월남 ᄇᆡᆨ셩이 나라가 망ᄒᆞ기 젼에는 셰 내는 거시 몸셰와 쌍셰ᄲᅮᆫ이오 다시는 잡셰가 업스니……이졔 법국 사람이 나라를 차지ᄒᆞᆫ 후에 월남국을 열어 줄 ᄉᆡᆼ각은 고샤ᄒᆞ고 모든 권리를 모도 붓들고 실ᄉᆞᆺ만치도 남아지가 업셔 ᄇᆡᆨ셩의 기름과 피를 만단으로 토ᄉᆡᆨᄒᆞ는 고로 월남 사람은 아ᄎᆞᆷ을 져녁에야 먹으니 이ᄀᆞᆺ치 지내면 몇 해가 못되여 월남사람은 의복과 음식이 업셔 줄여 죽을지라 이에 긔록ᄒᆞ여 우리 동포에게 듯게 ᄒᆞ노라.
> 첫재는 면토셰니 처음에 법국 사람이 월남 ᄇᆡᆨ셩의 면토를 다 관면으로 ᄆᆞᆯ돌어 노코 속이는 쟈를 고발ᄒᆞ면……둘재는 인구셰니 매

년에 흔 사람의 셰가 일환 이십 젼이요. ……셋재는 집셰니 방의
간 수대로 셰를 뎡ㅎ여 샹등방에는 구십환이요……넷재는 나루셰
니 강과 내와 두어자 넓억지 되는 물신지 건느는 곳마다 셰를 밧
는딕……다섯재는 싱손셰니 남녀간에 희산ㅎ면 법국 사람이 셰를
밧고……여섯재는 문 권셰니 가옥과 뎐답의 매믹ㅎ는 문서와 송ㅅ
ㅎ는딕 쓰는 조희에……닐곱재는 인ㅅ 잡셰란 것이니……여듧재는
비셰니 비 흔 쳑 셰가 이빅환……아홉재는 상고셰니 그 즁에 뎨일
즁흔 거슨 돈니며 쟝ㅅㅎ는 셰니……열재는 시뎐셰니……나무 한
단이나 나물 흔 복움이라도 져자에 팔러오면 다 셰를 밧고……열
한재는 소금과 술셰니 소금 밧을 뎐토와 ㄱ치 셰를……열둘재는
졀과 사당과 위ㅎ는 집들의 셰니……열셋재는 공쟝셰니……열넷재
는 쌍에 싱기는 물건셰니……열다섯재는 담빅밧셰니……"[24]

경제적 착취는 국가가 망함으로 인해 당하는 가장 큰 피해 중에 하
나임을 강조한 위의 인용문은 읽는 독자로 하여금 가장 큰 두려움을
피부로 느끼게 하는 대목이다. 침략자로부터 당하는 괴로움이 어떤
것인지를 국민이 현실로 느낄 수 없는 부분을 통해 설명해 봐야 공감
이 가지 않을 것이다. 국민들이 쉽게 실감하는 것을 제시하는 것이
보다 효과적이다. 따라서 국민 하나하나가 직접 겪게 되는 착취를 제
시함으로써 법국의 횡포를 구체적으로 보여주었다. 생업에 직결되는
것인 세금에 대한 설명이 거의 10여 페이지에 이른 것도 이 까닭이다.
월남이 망하기 전에는 세금이 두 가지 종류뿐이었는데 법국이 지배한
뒤에는 15가지로 늘었음을 보여주어 국민의 생활과 직접 관련하여 생
각하게 하였다.

그 다음에서는 법국에 대한 월남 사람들의 저항 운동에 대한 법국
의 보복을 볼 수 있다.

---

24)「월남망국ㅅ」, p.36~44.

　　"대뎌 법국 사람을 거역ᄒ는 독ᄒᆫ 손으로 그 쳐亽를 가두고 그
친쳑과 동리 사람ᄭ지 련좌ᄒ고 조샹 분묘를 파내니 항복 아니 ᄒ
는 쟈를 형벌홈을 남의 나라를 쌔앗는 쟈가 혹 그리ᄒᆯ 듯ᄒ나 샹
관 없는 쟈를 죽임은 무슨 일이며 ᄯᅩ 산 사람을 죽임은 고샤ᄒ고
죽은 사람의 ᄒᆡ골을 부시어 셩문에 매달며 물에도 뎐지고 불에도
태우니 이것이 엇지 텬리에 합당타ᄒ리오."25)

　그 보복은 당사자에 국한 된 것이 아니고 그 가족, 그 가족의 친지,
죽은 이의 가족, 같은 고을 사람에게까지 가해졌다. 저항 운동을 했던
사람만이 처형된 것이 아니고 항복한 사람까지 죽였음을 기록했다.
그래서 법국사람이 항복하라고 권할지라도 '월남 사람들아, 두 눈을
ᄯᅳ고 亽셰히 보라. 법국 사람을 밋을 만ᄒ다고 말ᄒ지 말지어다'라고
설득했다.
　그 다음에는 외국과의 왕래를 엄격히 금했다. 이는 '법국 사람이 ᄯᅩ
'보호'라 ᄒ는 두 글亽로 써서 오대쥬 각국의 눈을 속이며 ᄯᅩ 법국 사
람이 각금 악ᄒᆫ 일을 힝ᄒ는 것을 타국이 알면 칙망ᄒᆯ가 념려ᄒ여'
금했던 것이다. 그래서

　　"법국 졍부가 외국으로 왕리ᄒ는 것을 엄히 직혀 亽亽로 월경ᄒ
는 쟈는 亽형에 쳐ᄒ며 죄를 감ᄒ여도 바다로 귀양보ᄂᆡ여 외로운
셤속에 가두는ᄃᆡ……"26)
　　"월남 왕죡을 단쇽ᄒ되 돌돌이 두세번식 왕의 죡보에 잇는 일홈
대로 亽실ᄒ여 가다가 일홈은 잇는ᄃᆡ 어ᄃᆡ로 간지 아지 못ᄒ는 쟈
가 잇스면 반ᄃᆡ시 亽면으로 극력 탐지ᄒ여 잡으면 엄ᄒᆫ 형벌노 다
亽리니 이는 비밀ᄒᆫ 일을 루셜ᄒᆯ가 두려워 홈이라"27)

25) *Ibid.*, p.34.

26) *Ibid.*, p.2.

27) *Ibid.*, p.33.

평민은 말할 것도 없고 왕족까지도 해외여행을 금할 뿐 아니라 거역하면 즉시 소재를 파악하여 외국과의 관계가 있었는가를 확인하였다. 이것은 외교권까지 빼앗긴 월남인에게 외국의 힘을 빌려 독립을 할 수 없도록, 기사회생(起死回生)이 불가능하도록 한 조치일 뿐 아니라, 세계여론이 불리하게 돌아갈 것을 염려했기 때문이었다. '혹 한두 사람이 위험을 무릅쓰고 근신히 구멍을 뚫고 나가면 그 부모를 죽이고 분묘를 파셔 빅골을 헤쳐 뷔리니' 감히 누가 나가려 하겠는가. 이외에 월남인에 대한 법국의 횡포를 대강 보이면 다음과 같다.

  ㉠ "이런 어린 아히를 (왕으로 - 인용자) 세우고 일년에 륙천환식 주어 쓰게 홀 뿐이며 벼슬과 형벌을 다 법국 사람에게 품ᄒ니 우리 황뎨는 곳 그 사이에 군더덕으로 붓흔 사마귀라 무슨 권셰가 잇스리오"[28]
  ㉡ "법국 사람이 싱각ᄒ되 월남 사람이 교육에 발달되면 ᄆᆞᆷ대로 놀려 부리기 어렵게 될 거시요. 쏘 남의 노례 노릇슬 오래ᄒ지 아니 ᄒ리라ᄒ고 월남 사람을 다 어리석게 ᄆᆞᆮ는 슈단으로 이리 저리 춤취고 이리 저리 놀려서 극력으로 정신을 차리지 못ᄒ게 홀 식……"[29]
  ㉢ "쏘 법국 사람이 각 도 각 군에 기ᄉᆡᆼ집을 만히 셜시ᄒ고 월남사람의 녀ᄌᆞ를 쎅아셔 기ᄉᆡᆼ에 들이고 셰금을 밧ᄂᆞᆫ딕 ᄒᆡ마다 ᄆᆡ명에 상등은 삼십환이요 즁등과 하등은 이보다 ᄎᆞᄎᆞ 젹게 밧고 누른 조희표지에 법국사람 도쟝을 쳐셔 주고 밤마다 슌포를 보내여 누른 표지 업는 녀ᄌᆞ가 오입ᄒ면 법소로 잡아다가……"[30]

 위의 예 ㉠은 월남의 왕을 명목상의 임금으로 만들고 실제의 모든 권한은 법국 사람이 다 행하고 있는 것을 보여줌으로써 왕권이 상실

---

28) *Ibid.*, p.4.
29) *Ibid.*, p.46.
30) *Ibid.*, p.45.

되었음을 쓴 것이고, ㉡은 '월남 사람이 총명ᄒ고 교육ᄒ기' 쉬워 글을 배우려 하나, 글을 배우면 노예 노릇을 하지 않으려고 할 것이며, 끝내는 저항하여 자주 독립을 꾀할까 두려워 법국 사람이 월남사람들에게 교육을 시키지 않는 것을 쓴 것이다. 특히 '허문을 숭샹ᄒ기 됴하홈으로', '총명혼 쇼년들을 이 일에 세월을 허도ᄒ'도록 했다는 것이다. ㉢은 월남의 여자들을 기생으로 만들고 재물을 착취하기 위한 방편으로 세금을 징수하여 허가제로 한 것을 쓴 것이다.

이상에서 대강 법국이 월남인에게 행한 횡포(橫暴)를 제3장을 중심으로 살펴봤다. 이것은 어느 식민지에서나 볼 수 있는 참상(慘狀)을 적은 것으로, 이렇게 고발문학적인 기술(記述) 태도를 견지한 것은 여론의 환기(喚起)와 교훈적 측면을 강조하기 위한 것으로 풀이할 수 있다.

(3) 애국지사의 활동

나라가 망할 때 愛國(애국)·憂國志士(우국지사)의 활동은 '둘재 나라가 망ᄒᆯ 째 분ᄒ여 익쓰던 사람들의 ᄉ젹'에 나타나 있다. '小傳(소전)' 형식을 취했는데 이것을 대강 분류 정리하면 다음과 같다.

첫째 황실의 조서를 받고 국권을 회복하려다가 죽은 사람들로 완벽(阮碧)·무유리(武有利)·명문질(丁文質) 등이 있다. 완벽은 순무(巡撫)가 되어 잃은 영토를 찾으려다 성이 몰락되어 산협으로 도망갔다가 의병을 일으켰다. 법국 군사와 여러 번 싸울 때 황실에서 자신들을 구하라는 조서가 내려가서 싸우다가 죽었다. 무유리는 벼슬을 버리고 고향으로 돌아가서 회복의 때를 엿보다가 조서를 받고 군사를 일으켰으나 친구의 배반으로 잡혀 효수(梟首)당했다.

둘째 의병을 일으켰다가 죽은 완효(阮效)와 반빅션(潘伯扇)·완수(阮仕)·고승(高勝)과 완등(阮橙) 등이 있다. 이들은 나라가 망하자 분연히 의병을 일으켰다가 죽은 사람들이다. 완호와 반빅션은 같이 의병을 일으킨 사람의 배반으로 잡히게 되자, 반빅션은 자살하고 완효는 끝까지 혼자의 일임을 주장하다 죽임을 당하고 말았다. 완수는 본래 도적이었다가 의병에 참여하여 싸우다 죽었다. 고승은 서양 대포를 만들어 싸웠고, 완등은 뛰어난 지략으로 적을 쳐부수는 등 큰 적공(積功)을 올리고 죽었다.

셋째 상소를 올렸다가 나라를 구하라는 조서를 받고 의병을 거느리고 저항한 반정봉(潘廷逢)이 있다. 이는 조정의 어사관(御仕官)으로, 법국 군사가 무력으로 월남의 황제를 강제로 폐위시키려 할 때 상소를 올리고 각 성의 의병을 거느리고 싸웠다. 이때 적에게 항복한 동향 사람의 회유를 뿌리치고, 친척을 가두고 선묘를 파헤칠지라도 굴하지 않고 싸우다 병들어 죽었다. 그의 죽음으로 의병의 군대가 무너지고 나라가 법국 군사에게 다 넘어갔다.

넷째 기회를 엿보아 군사를 일으키려 했던 완돈절(阮敦節)의 경우다. 그는 글을 잘 아는 사람으로, 의병을 일으키다가 누설되어 잡혀 죽은 사람을 보고 두려운 마음으로 때를 기다리며 있다가 잡혀 강제 노역을 하였다. 그러나 언젠가 한 번은 지하에서 반가운 웃음, 노래가 들릴 것임을 기다리고 있었던 경우다.

다섯째 나라가 망하자 자결한 황요(黃耀)와 같은 경우다. 동경(東京) 하내성(河內城)의 충신이었던 그는 성이 적에게 넘어가자 혈서를 쓰고 목매어 자살했다. 또 완고(阮高)는 의병 천여 명을 모아 동경을 회복하려다가 잡히자 할복했으나 실패하여 스스로 혀를 끊고 죽었다.

이렇게 나라가 망할 때 의연히 목숨을 초개(草芥)같이 버리고 일어난 사람들의 사적을 구체적으로 적은 이유는 지사(志士)와 같은 행동을 요구하는 알레고리의 수법을 쓴 것이라고 볼 수 있다. 양계초는 '정부는 무한한 권력이 있어야 경쟁에서 승리를 거둘 수 있으며, 생존할 수 있으며 그래서 국민은 이를 복종하지 않을 수 없는 의무가 있다.'[31]고 했는데 바로 이런 견해가 작품에서 간접적으로 제시되어 있다. 즉 나라가 위기에 처했을 때 개인의 욕심을 버리고 봉기하도록 설득하고 있다.

(4) 구국(救國)의 가능성

이 작품에서 가장 핵을 이루는 부분은 바로 여기일 것이다. 모진 고난과 역경 속에서 자신을 희생하며 저항하는 가장 근본이 되는 목적은 그들의 장래가 희망적이라는 데 있다. 넷째 항에 있는 '월남의 장래'는 단순히 망한 월남의 참담해질 장래를 기술하기 위한 것이 아니다. 나라가 망했을지라도 회복을 위한 모든 국민의 마음 자세에 대한 것을 언급한 것이다.

우선 월남이 '불 속의 개미가 되어'야 할 것인가에 대한 그의 답변에서, 망하고 망하지 않고의 문제는 '형상이 없는 정신'이라고 한 것에서 정신적인 각성(覺醒)을 촉구(促求)한 일단(一端)을 볼 수 있다. 기본 원칙으로 제시된 월남의 장래를 해결하기 위한 방법을 보이면 다음과 같다.

> "작뎡코 정신과 몸을 단련ᄒ고 단련ᄒ면 처음에는 이긔지 못ᄒ
> 나 필경에는 반다시 월남 사람이 죽기를 불고ᄒ고 나라를 사랑하

---

31) 엽건곤(葉乾坤), *op. cit.*, p.79.

는 무움으로 원수를 쳔번이라도 되뎍ᄒ고 만번이라도 되뎍ᄒ며 졍
셩을 다ᄒ여 잠시 동안이라도 게으른 무움이 업스면 졍신이 졈졈
강ᄒ여 지혜가 크게 열리고 몸이 졈졈 단단ᄒ여 긔운이 극히 밍렬
ᄒ여 긔여코 셜분코자 ᄒ면 법국을 물리치고 나라를 회복ᄒ기를
가히 긔약ᄒ리라"[32]

다시 바꾸어 말하면 민족정신을 회복하고 체력을 단련시켜야 국권
회복이 가능함을 천명한 것이다. 나라를 잃은 상태에서라면, 이러한
내용은 어느 시대 어느 국가나 국권 회복을 위한 기본 원칙일 것이다.
소남자나 양계초의 지사적인 면이 이런 데서 드러난다. 국민 개개인
의 정신 무장을 촉구하는 이러한 견해에 이어 좀 더 구체적인 것을
언급하였는데 그 하나하나를 보기로 한다.

첫째는 동포애를 발휘하고 민족의 동질성을 회복하자는 것이다.

"무릎을 꿀어 원수를 셤기는 것보다 동심합력ᄒ여 우리 동죵을 보
젼케 홈이 엇더ᄒ뇨 죽은 후에 텬당은 쟝리 일이요, 싱젼에 견딜 수
업는 디옥이 가련ᄒ니 이런 도탄을 엇지 참아 눈으로 보리오."[33]

멸망한 국가에서 분열된 민족의 동질성을 회복하자는 것이다. 눈앞에
놓인 이익을 위해 무릎을 꿇고 원수를 섬기는 것보다 합심해서 민족을
보존 하는 일은 내세에 어떤 보상을 받는 것보다 중요함을 역설했다.

둘째로 천주교인에 대해 민족의식을 갖도록 촉구했다.

"우리 텬쥬교인도 월남 사람이니 반다시 월남을 보젼홀 것이오,
월남을 히롭게 ᄒ지 말지어다. 이러케 ᄒ여야 비로소 하늘을 밧드

---

32) 「월남망국사」, pp.49~50.
33) *Ibid.*, p.52.

는 텬쥬교인이오 이러케 ᄒ여야 비로소 셰샹을 구원ᄒ는 텬쥬교인
이오 이러케 ᄒ여야 비로소 월남국의 동포라. 만일 법국 사람을 멸
치 아니ᄒ고 법국 사람을 위ᄒ야 월남 사람을 히롭게 ᄒ면 텬쥬교
에도 이런 도리가 업스니 이는 텬쥬교인도 아니요 월남동포로 이
런 악 영향을 흘리도 없스니 이는 월남인죵도 아니다."34)

민족을 초월한 종교를 믿는 천주교인들에 대해, 종교를 빙자(憑藉)
하여 월남인을 해롭게 하지 말도록 요구한 이 글에서 망국 당시 천주
교인에게 가해졌던 원망스런 마음이 그대로 남아 있음을 볼 수 있다.
대부분의 종교의 경우 자생적(自生的)인 종교가 아닐 때 그 종교에
대한 신앙심은 민족의식을 초월하게 되는데 이런 면이 민족주의적인
지사들에게는 거부반응을 일으켰으리라는 것을 쉽게 간파(看破)할 수
있다.

그 다음은 현재 법국인 밑에 관리로 있는 사람들에 대한 이해였다.
이것은 지배자가 민족을 이간(離間)시키기 위해 식민지의 국민을 관
리로 등용시키는 방법이었다. 이에 민족을 분열시키기 위한 획책(劃
策)에 말려들지 말고, 관리로 있는 사람도 국권회복을 위해 기회를
기다려야함을 역설하고 있는 것을 볼 수 있다.

"이 두 사람[완신(阮紳)과 황고계(黃高啓) - 인용자]이 츄악ᄒ
놈의 계집이 되기를 됴화ᄒ이 아니오, 밥을 빌어먹고자 ᄒ이라. 완
신은 월남국에 ᄃᆡᄃᆡ로 벼슬ᄒ던 일홈난 집안 ᄌ손으로 원ᄅᆡ 글을
읽고 시셰를 알며, 황고계는 쇼년 공명으로 이졔 법국사람의 신하
노릇을 ᄒ니 이는 다시 셰에 몰리고 권력에 핍박된 이라 혹 긔회
를 기ᄃᆞ려 일을 뒤즙고자 ᄒ는지도 알 수 업고……"35)

---

34) *Ibid.*, pp.52~53.
35) *Ibid.*, pp.54~55.

설득력이 약하고, 분명히 자신 있게 이야기할 수 있는 것이 아님에
도 이해하려 한 것이다. 이 글 앞에 놓인 비유적인 예화를 보면 옛날
에 한 여자가 혼인하려고 하는데 동쪽 집과 서쪽 집 중에서 혼처를
골라야 했다. 그런데 서쪽 집 신랑은 아름다우나 가세가 빈한(貧寒)
하고, 동쪽 집 신랑은 추악하지만 가세가 부유(富裕)했다. 그 여자에
게 어느 집으로 시집을 가겠느냐고 묻자 그 여자는 동쪽 집에 가서
밥을 빌어먹고 서쪽 집에 가서 자겠노라고 했다. 그러나 이 여자의
태도가 옳은지 그른지를 점검하거나 따져보지는 않았다. 다만 어쩔
수 없는 상황에서 이러지도 저러지도 못하는 딱한 형편을 넓게 이해
하려 했던 것뿐이었다. 위의 두 사람이 이러한 형편에 놓여 있다고
했다.

넷째는 월남인으로 법국의 군사가 된 사람들에 관한 것이다.

> "그러나 져 병뎡들이 법국 군긔를 가지고 법국 사람의 지휘를
> 밧으니 외면으로 보면 법국의 충신이라 홀 듯 ᄒ되 져 병뎡의 부
> 모와 쳐ᄌ들을 다 법국 사람이 핍박ᄒ고 친쳑 향당을 다 법국 사
> 람이 굶어 죽게 ᄒ는 고로 져 병뎡들이 다 울고 호소ᄒ며……"36)

이러한 상황에 놓인 군사들이 법국의 군사가 될 수 없음은 물론이
며, 더욱이 군사들이 쉽게 봉기할 만한 이유는 그들의 월급이 자꾸
줄어드는 것에 따라 불만이 커지고 있다는 것이다. 따라서 월남 사람
으로 법국의 군인이 된 사람들은 날마다 법국 사람을 다 죽이자는 말
로 노래를 하고 있다는 것이다. 이런 면은 실제의 구체적인 자료에
의한 것이라고 하기보다는 설득하기 위한 방편으로 쓴 것이라고 보아
야겠다.

---

36) *Ibid.*, p.55.

결국 월남의 장래는 위에서 본 바대로 몇 가지의 조건이 충족되고, 시기를 잘 고르면 곧 국권을 회복할 수 있다고 했다. 다만 몇 가지 조건 - 민족의 동질성을 빨리 회복하고, 정신과 육체가 단련이 되고, 천주교인들의 태도가 변화되는 등 - 이 쉽게 해결될 수 있는 것인지에 대한 검토는 언급된 것이 없다. 그 이유는 이 작품이 독자를 유도하여 독립심을 갖도록 하는 데 목적을 두었기 때문이고, 구체적인, 현실적인 행동을 촉구한 것은 아니기 때문이다.

4. 예언(豫言)과 지평(地平)의 제시

(1) 한국에 대한 예언

월남이 망국한 역사를 소개한 것으로는 소기의 목적을 이룰 수 없다고 판단하여 부록에서 직접 한국의 현실을 제시하고 있다. 한국과 대만을 예로 들어 청국의 운명을 걱정하는 이 부분은 한국인에게는 직접 전달되는 내용이다. 한국에 대한 예언은 이 책이 본질적으로 가지고 있는 교훈성에서 비롯된 예언과 직접 언급된 것으로 나누어 볼 수 있는데, 여기서는 후자만 검토하기로 한다.

한국에 대한 우려는 『월남망국사』 본문 속에 언급된 것과 부록 세 번째인 '일본(日本)의 조선'에 나타나 있다.

본문에서는 '이것이 조선이 멸한 스긔(朝鮮滅之史)'라고 하여, 1910년 이전이었음에도 불구하고, 한국이 이미 망한 것으로 언급되었다. 일본이 대만을 통치했던 방법과 조선을 통치했던 방법의 차이를 설명하는 과정에서 조선에 관한 기록이 나타난다. 이 글에서 조선이 어떻게 망했는지를 간략히 기술했다.

첫째 망국의 과정이 나타나 있다. 망국의 과정을 주변 국가들의 정서를 토대로 하여 제시하고, 국제정세에 의해 독립이 상실되었음을 언급했다.

> "첫재 일은 텬진됴약으로 죠션을 청국에서 쩨어 노혼 것이니 이는 청국과 일본이 싸혼 결과요, 둘재 일은 일본이 죠션을 앗고자 흘새 결과가 일본이 영국과 동밍홈을 인ᄒ여 일본이 아라사와 싸홈ᄒ는 딕 잇는지라. 이후로 일본이 죠션을 삼키고자 흠이 만쥬를 삼키고자 ᄒ는 것보다 더 심흔지라 죠션에 잇는 일본 공ᄉ 림권죠가 죠션 외부와 의뎡셔를 세우니 이제브터……소위 독립이라는 것은 말쑨이오"37)

청일전쟁(淸日戰爭)(1894)과 노일전쟁(露日戰爭)(1904)에서 승리한 일본이 한국을 간섭하기 시작하여 드디어는 의정서(議定書)를 교환하기(1904)까지 이른 것을 쓴 것이다. 한국이 배제된 채, 일본과 중국, 일본과 러시아 사이에서 교환된 이 의정서로 국권이 상실된 것으로 간주(看做)했다

둘째는 한국인의 저항운동을 썼다. 한일늑약이 체결되지는 않았지만 1905년 을사년에 일본과의 의정서로 한국의 외교권을 잃은 것으로 보고, 국권 회복에 나섰음을 말하고 있다.

> "쟝삼이라 ᄒ는 사람을 식혀 ᄉᄉ 사람 모양으로 죠션국의 황무디를 차지하고자 ᄒ는지라 이에 죠션 샹하 인민이 크게 격동ᄒ여 ᄉ방에 글을 견ᄒ며 일본을 물리치는 운동이 크게 일어나서 종로 큰 길거리에서 날마다 모히고 쳐쳐에서 연셜ᄒᄉ 이를 갈고 눈을

---

37) *Ibid.,* pp.13~14.

부릅쓰고 쌈을 흘리면서……전국의 보부상은 평안도와 함경도에
출몰ᄒ여 뎐보 쥴을 ᄭᆞᆫ코 텰로를 파ᄒ며……"38)

일본인 대자본가들이 토지에 대한 투자를 적극적으로 하면서부터
토지의 약탈을 촉진했는데, 그때 일본인들이 황무지 개척이라는 구실
로 토지의 약탈을 강행하려 했다.(1904. 6). 이에 이도재(李道宰) 등
의 민간투자가와 조신(朝臣) 중에 유력자들을 중심으로 한 농광회사
(農鑛會社)가 황무지를 우리가 개척할 것을 주장했다. 또 의병 활동
이 을미사변(乙未事變 1895) 이후부터 전개되던 것이 해산된 군대와
합류되면서부터 조직적인 군사적 행동으로 광범위 하게 나타났다.39)
이런 역사적 내용을 간추려서 내용의 일부로 첨부한 것이다.
셋째는 조선인의 저항에 대한 일본인의 보복을 썼다.

"이의 일본 사람의 젼졔ᄒ는 졍칙이 날로 심ᄒ여 그 군ᄃᆡ로 민
회 두령 원셰셩을 잡고 인민이 임의로 회ᄒ지 못ᄒ게 ᄒ며 임의로
글을 박여 전파치 못ᄒ게 ᄒ며 황셩신문과 뎨국신문을 일본 경찰
관이 미리 살펴보고 한귀졀이라도……또 일본 졍부가 죠션ᄂᆡ졍을
곳친다ᄒ고 ᄌᆡ졍권과 군졍권과 외교권을 다 ᄲᅢ앗스니 이 세 가지
가 업스면 망ᄒ 나라와 무엇이 다르리오."40)

민회두령이란 대중적인 계몽운동을 전개했던 보안회(保安會)(1904)
의 원세성(元世性)으로 일본이 황무지 개척권을 요구하며 토지를 강탈
하려 했을 때 송수만(宋秀萬)과 함께 보안회를 통해 그를 저지하는 데

---

38) *Ibid.*, p.14.
39) 이상에서의 대강의 기록은 이기백(李基白), 『韓國史新論』 서울, 一潮
    閣, 1977, pp.362~390ff.
40) *Ibid.*, pp.14~15.

성공했다. 그리고 황성신문과 데국신문에 대한 검열강화, 집회금지, 저항에 대한 보복으로 재정권·군정권·외교권을 빼앗았음을 기록했다.

이와 같은 내용을 본문에 삽입한 이유는 대만과 조선을 비유로 하여 청국의 앞날을 걱정하였기 때문이다.

이외에 조선에 관한 것은 '일본의 조선'이 있다. 이 글은 양계초가 1904년 「新民叢報(신민총보)」에 게재한 것으로 서두에 '내가 죠션이 망ᄒ 스긔를 지으니 이는 그 나라를 이통이 녁이는 거시다'라고 쓴 것을 보아 '을사보호조약' 체결로 완전히 국권을 상실할 것을 미리 예측했던 것으로 보인다. 다만 이 글에서 중점적으로 언급된 것은 '경찰권'을 일본이 빼앗아 조선 사람을 탄압한 부분이다.

그리고 부록에 있는 '월남과 법국이 교섭ᄒ 일'[上海 新民叢報社 社員編]에는 월남이 법국에 침략당한 것을 연대별로 간략히 기술하고 몇 개의 중요한 조약 중 일부분을 제시했다. 그리고 '나라를 멸ᄒ는 새법'[滅國新法論(멸국법론)]이 있는데 이는 양계초가 1901년 「請議報(청의보)」에 게재했던 것인데 국내에서 1906년 10월 26일부터 「朝陽報(조양보)」에 번역 연재되었다. 이것을 『월남망국사』세 번역본에서 모두 부록으로 붙였다. 이것은 현채역본에 실렸던 것을 그대로 답습한 데서 기인한 것이라고 볼 수 있다.

(2) 새로운 지평의 제시

양계초가 『월남망국사』와 그 부록에 조선에 관한 것을 기록한 것은 조선이 망했다는 과거의 사실보다 망한 뒤에 겪어야 될 고난의 역경을 강조하기 위한 것으로 보인다. 그 이유는 『월남망국사』속의 조선에 관한 언급 끝에 다음과 같은 논평을 달았기 때문이다.

"대뎌 사람의 익통되는 것은 나라가 업서진 것보다 더 익통되는
것이 업고 쏘 익통되는 것은 나라 업서진 사람이 나라일을 의론ᄒ
는 것보다 더 익용되는 것이 업는지라. 내가 이 글을 기록코자 ᄒ
매 눈물이 다 ᄒ고 피가 말라 거의 ᄒᆞᆫ 자도 쓸 수가 업스니 슬프
고 슬프도다"41)

따라서 이 글은 월남이 망해서 겪은 일을 구체적으로 기록함으로써
조선이 앞으로 겪어야 될 일을 보여주었고, 이것은 또 한편 청국에
대해서는 경고였다고 볼 수 있다. 번역자들이 이 『월남망국수』출판한
이유가 바로 여기에 있었다고 보여진다.

양계초가 조선에 대하여 어떤 태도를 보였는지는 자세히 알 수 없
지만 조선에 관해 여러 편 쓴 것42)으로 보아 매우 염려하고 세계적
으로 여론화하려고 애썼던 것으로 보인다. 어쨌든 양계초의 글이 국
내에도 많은 영향을 끼쳤던 것은 사실이다. 이 까닭을 안자산(安自山)
은 이렇게 쓰고 있다.

"이와 가티 政治的 變動이 岌岌(급급)한 時를 當하야 純文學을
翫味(완미)할 餘暇(여가)가 업는 것은 自然의 勢라. 此際(차제)에
有志人士는 政治運動에 對하야 多大한 失敗를 見하매 外的 抵抗이
不能함을 料量(요량)하고 內的으로 反求하야 文化敎育에 對한 觀
念이 起하도다"43)

---

41) *Ibid.*, p.15.
42) 葉乾坤의 앞의 책 p.102~116에 의하면 다음과 같은 것들이 있다.
'論支那獨立之定力與日本東方政策(논지나독립지절정력여일본동방정책
1889)'·'朝鮮亡國史略(조선망국사략)'(1904)·'朝鮮滅亡之原因(조선멸
망지원인)'(1910)·'日本倂呑朝鮮記(일본병탄조선기)'(1910)·'朝鮮對
於我國關係之變遷(조선대어아국관계지변천)'日本合倂朝鮮記附'(일본합
병조선기부)'(1911) 등이 있다.
43) 안자산, *op. cit.*, p.122.

외적 저항이 불가능한 상태에서 국권을 회복할 수 있는 길인 계몽
운동을 통한 정신 무장이 시급했고, 그 대안으로 '문화교육'이 필요했
던 것이다. 그러나 문제의 핵심을 가려낼 안목과 실천방안은 쉽게 마
련할 수 없었던 것으로 보인다.

> "此 諸種(제종) 雜誌(잡지)는 各異한 學術의 主張이 안이오 其
> 會報에 不過하야 內容이 同軌(동궤)으로 轉(전)하매 其後 朝陽報
> (조양보)·夜雷報(야뢰보) 等이 出하다. 此等 雜誌의 文體는 飮氷
> 室文集을 譯出(역출)하고 其思想도 亦同文集의 詩想(시상)을 化出
> 하니 이는 中國의 事情과 朝鮮의 時勢가 同一한 形便에 對한 까닭
> 이오 兼하야 當時 文士가 漢學家에서 多起함으로 歐米及日本文學
> (구미급일본문학)을 卽接(즉접)으로 輸入(수입))치 못하고 中國의
> 手를 間介하야 輸入한 모양이다. 實相 飮氷室文集을 當時의 大有助
> 한 先生이더라"44)

잡지에 게재된 짤막한 내용조차 번역된 글이고 그것으로 민중 계몽
이 이루어질 수 없다. 그때 대부분이 양계초의 『飮氷室文集(음빙실문
집)』을 통해 모자라는 부분을 채웠다.

『월남망국ᄉ』를 번역했던 것은 이 시대의 작가들이 주로 당대를
위기로 파악했다는 데서 공통점을 가지고 있다. 침략적인 외세에 저
항하는 저항문학의 형태로 외세에 대한 항쟁적이고 자보적(自保的)인
역사상의 권위상(權威像)의 전기(傳記)를 선택했던 것45)처럼 번역했
던 사람들은 권위상 대신 역사적 교훈이 될 만한 국가와 그의 운명을
찾아 번역하여 민중을 계몽하려 했던 것이다.46)

---

44) *Ibid.*, pp.123~124.
45) 이재선, 개화기의 서사문학의 두 유형, pp.308~309.
46) 주시경 역본 서문에는 다음과 같이 쓰고 있다.
　"우리나라에셔는 샹하가 다 이러홈을 ᄭᆡ닷지 못ᄒ고 서로 권리나 닷

『월남망국사』가 갖는 의미는 바로 여기에 있다. 애국계몽 운동과 구국정신을 고취하고 새로운 지평을 제시하기 위해 이 작품은 쓰였고 번역되었던 것이다.

5. 결 론

이상에서 『월남망국ᄉ』를 중심으로 이 작품이 갖는 문학사적 의미를 찾기 위해 노력했다. 도저히 예술적 감흥을 찾아볼 수 없는 이 작품은 당대의 시대적 여건을 통해서 이와 같이 나타날 수밖에 없음을 이해할 수 있다. 차라리 감동보다는 충동을 느끼도록 되어 있는 이 작품은 다분히 작가의 의도가 직선적으로 나타나 있다.

자보(自保)와 자강(自强)을 최대의 지상목표로 삼았던 민족주의자이며 역사학자였던 신채호(申采浩)나 박은식(朴殷植)과는 달리 애국계몽 운동을 주로 했던 역자들의 시대적 안목도 또한 그들과 같았음을 볼 수 있다.

월남이 망하게 된 원인, 망한 뒤의 고난 그리고 독립을 위한 방안. 대충 이런 내용으로 전개된 이 작품은 자성(自省)을 위한 강도 높은 목소리였고, 자주 독립을 갈구했던 사람들에게 희망을 가져다주며 용기를 북돋아 주는 것이 그 목적이었다.

필자는 문학사에서 어떻게 수렴할 것인가를 논의하기 위한 자료 제

토고 각식 협잡이나 힘쓰며 무복이나 슝샹ᄒ여 악ᄒ고 어리셕은 일만 힝ᄒ면셔 몃몃 뜻잇는 사람의 권고홈이 적지 아니ᄒ엿건만 새로온 일을 ᄒ여보고자 홈은 샹하인민이 다 일호만치도 싱각지 아니ᄒ다가 오날 이 디경에 일으럿스나 도모지 회기홀 싱각도 업고 새일을 힘써 볼 싱각도 업는지라."

시와 이로 말미암은 개화기문학의 확대를 위해 장르설정의 문제·내용분석 그것이 갖는 의미망 등 이런 것을 구체적으로 살폈다.

양계초(梁啓超)의 문학 전반(全般)을 원용(援用)하면서 이 작품을 폭넓게 살피지 못한 아쉬움이 있다. 이것은 비교문학적 고찰이 있어야 되리라고 본다.

[명지어문학 제17·8호, 1986, pp.125~151.]

제 3부

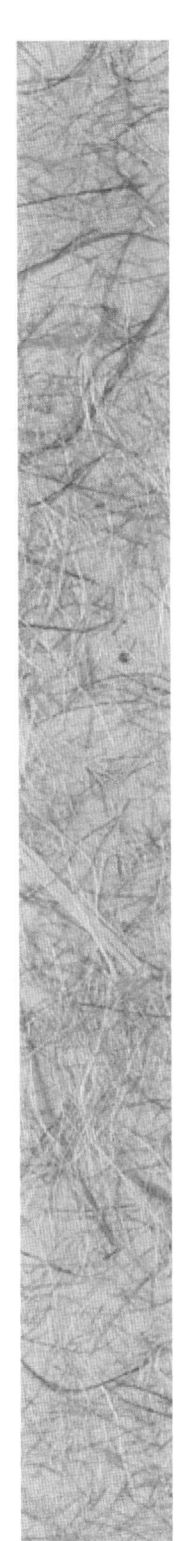

최명익(崔明翊), 그 우울(憂鬱)의 미학

1. 서 론

납·월북 작가들의 작품이 해금이 된 후, 1930년대의 문학이 폭넓고 활발하게 연구되고 있는 것은 한국현대문학사의 확충을 위해서 고무적인 일이다. 현대문학사에서 제외된 수 많은 작가들에 대한 업적이 새롭게 조명됨으로써 우리 문학사를 더욱 풍부하게 할 것이기 때문이다. 대부분의 납·월북 작가들의 작품이나 활동이 잘 알려져 있지 않듯이 최명익(崔明翊 1904~?)도 비교적 그의 작품이나 행적이 묻혀 있는 작가로 보인다. 그 이유는 그가 많은 작품을 남기지 않았을 뿐더러 그에 대한 연구도 많지 않았고 또 다른 이유는 연구가 제한되어 있었던 데 있는 것 같다.

먼저 그에 대한 연보를 간략히 정리하면 다음과 같다.

그는 1904년 7월 14일 평양 북촌 청운산하에서 태어났으며 평양고보를 4년 수업했고, 1926년 문예지『백치(白雉)』를 간행한 것으로 알려져 있다.[1] 그리고 1937년경 평양 중심의 소설 동인지『단층(斷層)』

파에 심리주의 경향을 대표하는 작가로 설명되는 정도이다.[2] 주로 단편집 『장삼이사(張三李四)』에 수록된 6편[3]과 「폐어인(肺魚人)」(조선일보 1939. 2. 5~2. 25), 「기계(機械)」(문학예술 1948. 4) 등이 알려진 대부분의 것이다.

대체로 그의 작품에 대한 평가는 '자의식 과잉의 인간과 병리적 인간의 닫힌 상황으로서의 답답한 시대의 징후를 그렸다.'[4]든가, '지식인의 절망과 불안과 무기력'[5]을 피력한 작가로, 또는 '전후 사건이 또렷하지도 않은 복합적인 상황에서 벗어난 의식이 서로 얽히는 양상을 그리는데 주력했다'[6]고 평가하기도 하며, '안으로 응축된 인간 심리의 내면을 구심적 지향으로 파고들면서 전개된 것'[7]으로 평가하기도 한다. 그런가 하면 '모더니즘의 일층 심화된 형식'의 문학으로 '모더니즘적 리얼리즘의 기질을 가진 작가'[8]로 보기도 한다.

본고에서는 광복 이전까지 그의 대부분의 작품에서 보이는 지식인의 무기력한 삶의 모습을 추적하고, 그것이 갖는 의미와 그 이야기들이 펼치는 이야기틀이 어떻게 형성되었는지를 살펴보고자 한다.

---

1) 조선일보 편, 『현대 조선문학 전집』 하, 서울, 1938. 8., p.29

2) 김윤식, 『한국 현대 문학의 이해』, 서울, 일지사, 1973, p.304.

3) 『장삼이사(張三李四)』에 수록된 작품은 다음과 같다.
   「비오는 길」,(『조광』, 1936. 5), 「무성격자」,(『조광』, 1937. 9), 「역설(逆說)」,(『여성』, 1938. 2), 「봄과 신작로」,(『조광』, 1939. 1), 「심문(心紋)」,(『문장』, 1939. 6), 「장삼이사」,(『문장』, 1941. 4)

4) 이재선, 『한국현대소설사』, 서울, 형성사, 1979, p.485.

5) 조연현, 『문학과 사상』, 서울, p.46.

6) 조동일, 『한국문학통사』 제5권, 서울, 지식산업사, 1988, p.448.

7) 이강언, 「성찰의 미학」, 『수우제 최정석박사 회갑 논총』, 1984, p.467.

8) 김윤식, 「최명익론－평양중심화 사상과 모더니즘」, 『작가세계』, 1990. 5, p.174.

2. 닫힌 세계에서의 무기력한 삶

최명익(崔明翊)의 소설에서 공통적으로 보이는 특징은 무기력한 지식인이 겪는 정신적 방황을 그린 소극적인 삶의 형상화이다. 무기력한 지식인의 소극적인 삶은 폐쇄된 공간이나 상황에서 반복적으로 이루어지고 있다. 「비오는 길」에서 주인공 병일(丙一)의 삶은 성 밖 한 끝의 집과 맞은편 성 밖의 한 끝을 잇는 골목길에서 변화가 없는 일상적인 삶이 마치 시계의 추처럼 반복된다. 이 같은 반복된 삶 속에서 '각혈하는 도스토예프스키에 대한 꿈'과 '성난 소와 같이 거닐고 있는 니히체가 잇기 돋힌 바위를 붓안고 이마를 부드치는' 것을 상상하는 병일은 현실과 밀착된 '살아가는' 이야기를 들려준 사진관 주인 칠성이를 '청개구리 뱃가죽 같은 놈'이라고 경멸하지만, 지루하게 계속되는 장마처럼 무기력하고 답답한, 그러면서도 어떤 대안도 없는 삶을 살아갈 뿐이다. 이러한 무기력한 삶은 '지금은 고학도 할 수 없이 된 병약한 몸과 이 년 내로 주인에게 모욕을 받고 있는' 답답한 공간에서 이루어지고 있다.

닫힌 세계에서 답답하고 우울한 삶은 「폐어인(肺魚人)」에서 현일(玄一)의 경우도 마찬가지이다. 그가 처한 현실은, 건조기(乾燥期)에 흙 속으로 파고 들어가 작은 구멍으로 숨을 쉬며 휴면상태에 있다가 우기가 되면 나오는 폐어가 현재 두 기능을 상실한 상황보다 더욱 처절한 삶의 공간에 직면해 있다.

> "그러나 지금 내게는 무엇이 남았으랴. 절망인들 남았으랴. 죽어가는 폐어(肺魚)들에게 물도 공기도 무슨 소용이랴. 지금 폐어는 반신 물에 잠기고 반신 바람에 불리면서도 두 가지 호흡의 기능을 다 잃고 죽어가는 것이라고 현일은 꿈 속 같이 생각하며 죽은 듯이 엎데 있었다."9)

두 가지 호흡기관을 가지고 여유 있게 호흡할 수 있는 폐어(肺魚)이지만, 두 가지 호흡기능을 다 잃고 죽어가는 것이다. 현일은, 두 가지 기능 중 어느 한 쪽만으로도 살아갈 수 있으면서도 절망에 빠지고만 폐어와 같은 운명에 처해 있는 것이다. 절망과 패기, 비관과 낙관, 두 가지 생각을 가지고 살아 온 현일(玄一)은 패기와 낙관이 뼈를 깎는 절망의 반작용으로 일시적으로 나타난 것에 불과한 것임을 말하고 있다. 학교가 폐교가 되어 실업자가 된 현일은 폐병을 앓고 있으며, 취직은 불투명한 채 아내의 바느질로 그의 삶을 유지하고 있다. 절망적 상황에서 무기력하고 소극적인 자세로 좌절하며 살아가는 지식인의 정신적 방황이 형상화되어 있는 것이다.

「역설(逆說)」에서는 이러한 무기력한 지식인으로서의 주인공인 문일(文一)의 삶이 한층 더 심화되어 나타난 것을 볼 수 있다. 특히 이런 현상은 일제 말기라는 특수한 시대적 환경과 관련이 있는 것이 아닐까 추측하게 해 준다. 그는 이 글에서 상황의 제시를 통해 시대적 분위기를 상징적으로 표현했던 것으로 보인다. 즉 일제 말기의 상황을 겨울로 인식했는데, 이것은 투철한 역사의식 소유자가 아니더라도 당연한 설정으로 보인다. 다만, 겨울을 모든 것이 통제된 사회로만 파악하고 있는 것이 아니고 '축적한 생활 경험의 재음미'로도 파악하고 있다.

　　"옴둑거비는 지금 무덤 속에 들어간 채 오랜 동안의 동면을 시작할 작정인 지도 모를 것이다. 동면이란 꿈을 먹고 사는 것이 아닐까? 동면 기간의 양식이 되는 꿈은 그의 생활기인 봄, 여름, 가을 동안에 축적한 생활 경험의 재음미일 것이다. 그러한 재음미로서 낡은 껍질을 벗고 새로운 봄으로 새 봄을 맞으려는 꿈은 아닐 것이라고 문일은 생각하였다."[10]

---

9) 「페어인」, 『조선일보』 1939. 2. 24.

생활의 경험을 재음미하며 살 기회가 겨울의 동면을 통해 이루어진 다는 것이다. 이 말에서 생활의 경험을 역사로 바꾸어 놓으면 동면 (冬眠)의 상징적 의미가 해명되리라고 본다. 일제의 탄압이 극에 달한 그 시기를 오히려 역사를 재음미할 수 있는 기회로 본 것이다. 그리고 이러한 작가의 역사의식은 당시의 현실을 소나무:뽀뿌라, 오리 나무:아까시아 같은 재래종의 나무와 외래의 나무를 대비시킨 것에서 찾아볼 수 있다. 특히 그는 나무와의 비교를 통해 민족의식이 통제되어 있음을 나타내려고 했던 것으로 볼 수 있다.

> "이 땅의 옛 주인격인 꼬부장한 소나무 몇 그루, 손님격이면서도
> 개화의 발자취를 차지하는 뽀뿌라, 아카시아 이 땅의 백성 같이 성
> 명 없이 났어 꺾이우고 싸그라지는 꽃나무, 오리나무 같은 잡목과
> 흔히 무덤가 노란 꽃이 피는 사철화가 몇 떨기 난 그대로 목책 안
> 에 갇혀 있을 뿐이다."11)

일제하에서 현실 참여가 불가능할 때 동면을 할 수밖에 없고, 그러나 그 동면은 새 봄을 맞이하기 위한 준비이듯이 언젠가는 조국의 광복이 이루어질 것임을 비유적으로 암시하였으며, 우리의 현실을 외세에 의해 목책 안에 갇힌 몇 떨기 꽃처럼 되어 민족의 자존이 뿌리 뽑힌 상황이라고 인식했다. 이런 상황에서의 삶을 4년 동안 계속 시계추 같이 몸을 흔들고 있는 상동병자(常動病者)의 삶으로 파악하고 있다.

그의 작품에서 보이는 또 하나의 특징은 어둡고 무겁고 답답한 분위기에서 엮어지는 우울하고 가슴 아픈 이야기가 대부분이라는 것이다. 그들은 삶에 대한 투철한 인식이 결여되어 있을 뿐 아니라 현실

---

10) 「역설」, 『여성』 1938. 2. p.321.
11) *Ibid.*, p.307.

과 타협하거나 좌절된 삶이지만, 그것을 유지하려는 의지도 없다. 다만 자그마한 자존심을 견지하면서 소극적이고 좌절된 삶의 태도를 보여주고 있다. 이러한 삶의 태도는 사회적 분위기나 여건이 근원적으로 충족되어질 수 없는 데서 유발된 것으로 보인다. 특히 1930년대 말 일제의 극심한 전쟁 발화에 따라 병참기지화한 한반도에 준동하는 세력을 억제하기 위한 포악한 정치적 현실이 그 직접적 원인처럼 보인다. 이러한 사회적 여건을 정면으로 돌파할 수 없는 인물의 성격 또한 이와 같은 삶을 유지하도록 만들었다고도 볼 수 있다.

「무성격자(無性格者)」의 정일(丁一)은 '무성격자'라기보다는 세상에서 삶의 모든 일에 거의 '무감각한' 인물이다. 그는 장자(長子)로서의 역할과 지식인으로서의 책임도, 그리고 남편으로서의 지위도 포기하고 방황하고 있다. 그는 나이 30세에 아버지에게서 큰소리를 들어가며, 어머니가 아버지에게서 타다 주는 돈을 받아쓰는 퇴폐적 생활에 빠져 있는 교원이다. 그는 아내가 있으면서도 폐병 환자인 문주(紋珠)에게, 아편중독자가 아편굴을 찾아가듯 끌린다. 그 스스로 자신의 생활에 눈살을 찌푸리면서도 퇴폐적인 도취가 그리워 문주를 찾는 것이다. 아버지의 임종에서마저도 문주의 죽음과 아버지의 죽음에서 감정의 혼란을 빚기도 한 그는 스스로 자신의 마음이 두들겨도 소리 나지 않는 벙어리 질그릇 같은 것이라고 인식하게 된다. 이러한 자책은 지식인으로서 자신이 속해 있는 사회의 규범과 무기력한 자신의 방황이 도저히 대립될 수 없는 것임을 인식한 것에서 이루어진 것이 아니다. 다만 이것은 자아와 세계와의 대립을 또 다른 자아로서 인식했을 때 나타난 자탄이 무기력하게 노출된 것으로 보인다.

「폐어인」의 현일(玄一)이 건강하지 못하고 경험이나 자본이 없어 절망하고 좌절하는, 즉 현실적인 삶의 질곡을 극복하지 못하는 무기력한 인물이라면, 정일은 나태와 권태로움과 퇴폐적 생활에 깊이 빠져 있어 스스로 심한 자책감을 느끼면서도 빠져나오지 못하는 아주 무기력한 인물이다. 사고(思考) 자체를 피폐하고 침체한 뇌의 노폐물이 발호하는 것으로 인식한 정일이 퇴폐적인 향락과 자포자기의 상태에서 우울하고 무겁고 답답한 삶을 영위하고 있음을 작가는 보여주고 있다.

무기력하고 비정상적이며 파행적(跛行的)인 삶과, 좌절과 절망적인 삶이 파탄에 이르는 것을 「심문(心紋)」에서도 볼 수 있다. 중학교 도화교사였던 화가 김명일(金明一)은 한때 좌익이론의 헤게모니를 잡았던 유명한 현혁(玄赫)의 절망과 파멸을 통해 일제하의 지식인이 겪었던 신병·빈곤·고독·절망·자포자기를 목격하게 된다. 일상적 삶이 무질서화 되고 분별이 없을 뿐만 아니라 결단력 또한 없는 명일은 죽은 아내의 모습을 닮은 여옥(如玉)을 만나 소극적인 사랑을 하다 헤어진다. 지식인으로서 목적의식과 미래에 대한 포부가 없이 표류하는 생활을 하는 그는 무궤도(無軌道)한 삶의 세계를 벗어나지 못한 상태에서 파행적인 삶을 살고 있다. 아내의 죽음과 방황, 아내를 닮은 여옥과의 사랑과 이별·재회 그리고 현혁과의 만남, 여옥에 대한 소극적인 자세와 여옥의 죽음, 이러한 일련의 사건들은 시대적인 상황과 관련이 없는 듯하나, 식민지 지식인-한때는 사상운동가였으며 식민지 지식인이었던 현혁, 비록 지금은 여옥을 괴롭히는 아편장이이지만-그 자신이 겪는 사랑과 죽음은 식민지하에서 지식인들이 겪는 좌절과 절망과 밀접히 관련되고 있음을 짐작할 수 있다. 새로운 삶을 위해 노력하던 여옥의 죽음에서 그는 죽은 아내의 인당(印堂)을 닮은 여옥의 모습을 발견하며, 또한 여옥의 죽음은 그다운 운명이라고 생각했다. 식민지 지식인으로서 현실에 대한 인식이 이와 같이 소극적이고 체념적임을 찾아볼 수 있다.

민족의 주체성이 상실되고, 지식인으로서 확고한 신념에 값할 수 있는 행동을 할 수 없을 때, 그 일상적인 삶은 무기력한 행동 양식과 소극적이거나 방관자적인 태도로 나타나고, 그로 말미암아 좌절하고 자학하며 살아가게 된다. 따라서 최명익의 작품에서 보이는 주인공들의 삶은 우울하고, 이 우울은 당시의 시대적인 상황에서 귀결된 것으로 보인다.

3. 끝없는 좌절과 욕망의 틀

이야기 문학은 그 이야기의 미적 구조를 이루기 위해 일정한 틀을 가지게 된다. 그 틀은 독자에게 기쁨과 즐거움과 재미를 주면서 정서적인 환기가 이루어질 수 있도록 잘 짜여져야 한다. 따라서 작품의 틀은 작자가 작품의 주제를 형상화하는 데 있어서 기본적인 요건이라고 할 수 있다.

최명익은 그의 소설을 짜는 데 있어서 몇 가지 공통된 특징을 가지고 있음을 발견할 수 있다. 먼저 인물 설정이 독특함을 찾아낼 수 있다. 그는 무기력한 지식인을 교원이라는 신분을 통해서 드러내고 있는데, 「폐어인」의 현일(玄一)은 학교가 폐교가 되어 실직한 상태에서, 그 폐교된 학교에 다시 다른 학교가 개교되어 다시 교원으로 취직하려는 인물이며, 「역설」의 문일(文一)은 10여 년간 봉직한 학교에 공석이 된 교장의 후임자로 후보에 올라 있으며, 「심문」의 명일(明一)도 전직 도화교사로 새로운 삶의 세계를 위해 끝없는 방황을 하며, 「무성격자」의 정일(丁一) 역시 퇴폐적인 생활을 하고 있는 현직 교원이

다. 그가 주인공을 교원으로 설정한 것은 교원을 무기력한 지식인의
한 전형으로 인식했던 것으로 보인다.

또 우울하고 무기력하며 소극적인 삶을 살아가는 주인공의 이름은
병일(丙一)(「비오는 길」), 정일(「무성격자」), 문일(「역설」), 명일(「심
문」), 현일(「폐어인」) 등으로 되어 있어 마치 비슷한 환경과 생활을
한 한 가족처럼 명명되었다. 'ㅇ일'로 명명(命名)된 인물들은 유사한
패턴을 가지고 살아가고 있다. 그러나 이것이 어떤 미적 효과를 가져
다주는 것은 아니다. 다만 「장삼이사」의 경우에는 등장인물들의 이름
이 전혀 보이지 않는다. 특정의 이름이 제시 되지 않은 그렇고 그런
인물들의 이야기를 소설화했다.[12] 이것은 일상적 삶에서 부딪치게 되
는 삶의 과정에서 순간적으로 포착되는 심리를 꿰뚫어보는 큰 구실을
하고 있다.

그 다음, 작중인물 중에는 병인(病人)이 많이 등장한다. 주인공 자
신이 환자인 경우를 먼저 열거하면, 병일은 고학도 할 수 없는 병약
한 인물이고, 현일은 폐병으로 시달리고 있는 처지였다. 보조적 인물
(minor character)이 환자인 경우로, 「무성격자」의 문주는 폐병으로
고생하다 입원하여 끝내 죽었고, 「심문」의 여옥은 현혁과 함께 마약
중독자이다. 이렇게 인물을 병자로 설정한 것은 일제하의 닫힌 세계
에서 지식인의 무기력과 부적응을 '그럴 듯하게 하기(verisimilitude)'
위한 하나의 논리적인 장치라고 할 수 있다. 이로 말미암아 작품은
어둡고 우울하며 무거운 분위기를 조성하여 독자로 하여금 답답하고
침통하게 느끼게 한다.

최명익의 작품에서 보게 되는 또 하나의 특이한 틀은 죽음의 설정

---

12) 이 내용과 관련해서는, 본고 4.장 '일상적 삶의 탁월한 통찰력'과, 이
    책 제3부 「최명익(崔明翊)의 「장삼이사」 고(攷)」에 있는 제3장 2절
    '일상적 삶의 갈등과 화해'를 참조할 것.

이다. 최명익이 죽음을 다룬 것은 『한국현대소설사』에서 이재선 교수
가 지적한 것처럼 죽음의 현상 자체에 대한 특별한 통찰을 하려고 했
던 것이 아니고, 죽음에 대한 인식을 통하여 시대적인 삶의 황폐한
의미를 반영하려고 했다.13) 「무성격자」에서는 치유가 불가능한 병으
로 말미암아 죽게 되는 두 인물-정일의 아버지와 문주-의 죽음이
대조적으로 나타나 있어 죽음에 대한 절망적이고 좌절적인 모습이 극
명하게 나타나 있다.

　　"그때 심한 구토를 한 후부터 한 방울 물도 먹지 못하고 혓바닥
을 추기는 것만으로도 심한 구역을 하게 된 만수 노인은 물을 보
기라도 하겠다고 하였다. ……(중략)……그의 아버지는 여전히 그
러한 눈으로 드리우는 물을 바라보며 마른 혀로 입술을 핥고 입맛
을 다시다가-죽다니……나 좀더 살겠다. -이렇게 부르짖고는 이
를 갈았다."14)

　　"나날이 쇠약하여간다는 문주는 자기의 죽음이 정일의 인생의
길을 티여주는 보람이 되기를 바란다고. ……문주 너 때문에 내 일
생을 그릇칠 정일인 줄 알았느냐고 자기의 말을 비웃고 문주 너와
의 관계는 한때 침체한 내 생활의 희연(戲戀)이었을 뿐이라고 웃
을 수 있는 뱃심이 정일에게 생기기를 바란다고. ……문주는 자기
의 죽음이 정일의 길을 티이는 보람이 되기를 바라는 바에야 정일
이가 오기 전에 죽기를 바라고, 그렇게 죽더라고 정일이가 자기의
시체를 찾아 오지 않도록 부탁한다고 하였다."15)

　　한편 정일의 아버지 만수 노인의 죽음에서는 삶에 대한 강한 집념
을 볼 수 있으며, 문주의 죽음에서는 문주 자신의 죽음을 통해 정일

13) 이재선, Ibid., p.487.
14) 「무성격자」, 『조광』 1937. 9. pp.280~281.
15) Ibid., pp.279~292.

의 새로운 삶의 길을 열어 주기 위한 희생적인 면을 볼 수 있다. 이는 일제시대라는 혹독하고 어두운 시대에서 그 시대적 상황에서의 삶에 대한 투철한 인식이 드러난 것으로 보인다. 개인의 삶에 대해 지나친 집착을 보이는 소아적(小兒的) 삶의 자세를 지닌 이기주의자들에 대한 부정적 비판과, 타인의 삶의 길을 열어주기 위해 스스로가 죽음을 맞는 희생적이고 긍정적인 자세를 작가는 보여주고 있다. 이러한 면은 마지막 문장에서 더욱 강조되어 있다.

> "문주가 죽었다는 운학의 전보를 받은 날 저녁에 만수 노인도 죽었다. 죽은 사람은 죽은 사람으로 하여금 장사케하라는 말대로 하자면 자기는 문주를 장사하러 가는 것이 당연하리라고 생각하면서도 정일이는 아버지의 관을 맞귀었다."16)

문주와 함께 죽음을 생각했던 정일은 아버지의 죽음에서 혈육의 정으로 말미암은 애통함이라든가 안타까움을 전혀 느끼지 못한다. 오히려 아버지의 삶에 대해 비판적인 시각을 가지고 있는 정일이는 도덕적 윤리관 때문에 아버지의 장례에 참석했음을 밝히고 있다.

어떤 시대적인 조류로 말미암아 그 시류에 따른 삶을 살지라도 그것은 표면적일 뿐이고 저항적이거나 비판적인 삶의 태도는 내재되어 있음을 보여주고 있다. 일제하에서 소극적인 저항의식이 이렇게 표현된 것이다.

「심문」에서 여옥의 죽음은 절망적인 상황에서 택한 것이다. 마약 중독자가 된 옛 애인을 찾아 만주로 가서 같은 마약 중독자가 된 여옥은 명일의 불분명한 태도에서 완치의 무의미함을 깨닫고 스스로 죽음을 택한 것이다.

---

16) *Ibid.*, p.281.

"지금 제가 다시 현을 따라 간대도, 이미 저를 사랑하기를 잊은 현은 기회만 있으면 누구에게나 '열쇠'를 팔 것이외다. 그렇다고 저의 지금 병(중독)을 곳친대짜 다시 맑아진 새 정신으로 보게 될 세상은 생소하고 광막하기만하여 저는 더욱 외로울 것만 같습니다. ……저는 선생님의 심정을 완전이 붓잡을 수 없음을 슬퍼하면서도 선생님을 잊으려고 노력할 밖에 없었습니다."[17]

여옥의 유언의 일부인 위 글에서, 닫힌 세계에서의 절망은 대안 없는 삶으로 말미암은 것으로 끝내 좌절하고 만 것이다. 이러한 여옥의 죽음이 자신으로 인함을 안 명일은, 여옥의 심정을 받아드릴 수 없었던 우유부단한 성격과 무기력한 삶의 자세를 선택한다. 선택의 여지가 없는 상황에서 여옥의 죽음은 절망과 좌절이 극복될 수 없는 닫힌 세계에서의 도피처였으며, 더불어 극복할 수 있는 입지를 여옥에게 마련해 줄 수 없었던 명일은 무기력한 지식인의 표상으로 드러나고 말았다.

「비오는 길」에서 이칠성(李七星)의 죽음은, 신문사 지국 지정 사진관이란 간판을 걸게 해 달라던 부탁을 들어주지 못하고 귀찮게만 여기던 병일(丙一)에게 문어 흡반 같은 삶도 무기력할 수밖에 없음을 말해 주고 있다.

「봄과 신작로」에서 금녀의 죽음은 앞서의 작품들과 다르다. 금녀는 외지에서 온 짐자동차의 운전수의 농락으로 병이 들어 죽은 것이다. 남편이 두 살이나 아래인 금녀는 운전수가 평양 구경을 시켜준다는 유혹과 사내에 대한 그리움으로 운전수에게 농락당하고 죽었다. 외지에서 온 사람으로 말미암아 죽은 것이다. 금녀가 죽은 날 시집의 송아지도 죽었다. 송아지가 죽은 이유는 아카시아 껍질을 먹었기 때문

---

17) 「심문」, 『문장』 1939. 6. p.49.

이라고 신문에 났다며 작가는 외래적인 것에 대한 경계를 다음과 같이 상징적으로 표현하였다.

> "온 동리 사람들은 심으지도 않고 접하지도 않았지만 산에나 들에나 마당귀에나 심지어 부엌 담안에까지 뻐더 드러온 아까시아 나무를 새삼스럽게 흘터보며 소와 도아지를 경계하였다. 아까시아는 본시 아메리카의 소산이라는 신문 기사를 드른 그들은,
> ─거 흉한 놈의 나무같은이라구. 아메리카라니 양코대 사는 미국 말이지? 어떤 놈이 갖다 심었는지 미국에서 예까지 와서 우리 동네 소를 죽여! 어굴하지."[18]

> "─이전에 없든 병두 다 서양서 건너 왔다거든. 아까 꽃같은 아가씨는 왜 죽었을까 하든 사람이 몬지에 마켰든 말문을 열었다. ─그 놈의 병두 자동차 타구 왔다든가? 이렇게 춘삼이가 한마디 툭했다."

외래적인 것의 침투로 말미암아 금녀와 소가 죽었던 것으로 인식한 것은, 무의식적으로 유입되어 횡행했던 외래에 대한 비판적 태도를 보인 것으로 볼 수 있다.

죽음에 대한 최명익의 이러한 태도는 황폐한 삶의 의미를 우의적으로 표현한 것으로 보인다.

4. 일상적 삶의 탁월한 통찰력

최명익의 작품 중에서 또 다른 일면을 보여주는 것으로 「장삼이사(張三李四)」가 있다.

───────────

18) 「봄과 신작로」, 『조광』 1939. 1. pp.291~292.

이 작품의 인물들은 이름이 없다. 이름이란 특정인으로 지칭되어질 때 필요한 것이며, 이름을 가지고 있는 인물은 작품에서 특별한 의미를 가지게 된다. 그럼에도 이름이 언급되지 않았다는 것은 마치 일상적인 삶의 기록이 의미가 없는 것과 마찬가지일 것이다. 일상적인 인물들의 삶을 그린 「장삼이사」에는 구체적 인물들의 이름이 등장하지 않는다. 이 작품에는 관찰자인 '나'가 있을 뿐, 특정의 주인공이라고 불릴 수 있는 인물 대신에 다수의 인물이 등장한다. 그 다수의 인물들은 마치 장씨의 셋째나 이씨의 넷째가 별로 특기할 것이 없는 것처럼 그렇고 그런 평범한 인물들이 등장하고 있다. 따라서 기차 안에서 어쩌다 벌어진 대수롭지 않은 일에 관련된 인물들의 이름을 독자는 알아야 할 까닭도 알 필요도 없다. 그저 중년신사, 편물 목테를 두른 농촌 젊은이, 당꼬바지, 곰방대 노인, 가죽재킷, 여인 등으로 지칭된 그들은 그저 그렇고 그런 평범한 인물들이다.

이 작품은 이러한 인물들에 대해 어떤 특별한 이야기의 짜임도 없이 마치 기차가 가듯 흐르는 시간에 따라 전개되고 있을 뿐이다. 평범하게 살아가는 일상적인 인물들의 이야기가 미묘한 심적 상태와 그 반응을 보이고 있다. 그 반응은 기차 안에 있는 주변적 인물과 그 주변적 인물에 의해 주목이 되는 인물 간에 나타난다.

이 일상적 인물들의 평범한 이야기는 정지된 듯한 분위기 속에서 대수롭지 않은 사건이 주변 사람들의 이목을 집중시키는 데서 비롯된다. 아주 미미한 사건에 대한 지나친 반응이 주변 사람들의 눈길을 끌게 된다. 이 지나친 반응을 보인 좀 유별난 행동을 한 것은 중년신사였다. 신사복을 입고 있다는 것 자체도 주변 사람들에게 이목을 끌게 할 뿐만 아니라, 계층적인 열등의식을 가지게 했고 본인도 과시적인 태도를 보이고 있었다. 거기다 이 지나친 반응을 보이게 한 것은 중년신사에게서 나온 도에 넘치는 행위 때문이었다. 물론 계층적인 열등의식이 내재된 상태에서 중년신사의 지나친 행동을 주변 인물들이 봄으로써 그들의 반응이 더 강하게 드러났다고 볼 수 있다.

이 대수롭지 않은 사건의 내용이란 이렇다. 많은 사람들이 좌석권이 없는 기차에 앉기 위해 한바탕 소란을 펴며 기차에 오른 뒤, 긴장된 분위기에서 기차가 움직이기 시작하였다. 어느 정도 평정을 되찾은 승객들이 조금씩 무료해질 무렵, 통로에 서 있던 편물 목테를 한 젊은이가 무심코 가래침을 뱉은 것이 중년신사의 구두코에 떨어진 것이다. 순간 '여러 사람의 눈이 둥그레서 보게' 된 것은 가래침이 떨어진 그 자체가 아니고, 구두의 발작적 행동이었다. 가래침을 떼어버리기 위해 통로 바닥을 꽝꽝 짓밟기도 하고, 허공을 걷어차기도 하여 주위 사람들이 물러섰다. 이것은 평범한 사람의 행동에서는 볼 수 없는 것이었다. 그러는 동안 편물 목테를 한 젊은이의 동행인 듯한 노인이 보퉁이에서 낡은 신문지를 꺼내 주었다. 신문지를 받아 든 젊은이가 조심스럽게 구두를 닦으려 하자 중년 사내의 구두발이 오히려 그 손을 피하듯이 움츠려 들었다. 그 다음 순간 중년신사는 주머니에서 희고 부드러운 종이를 꺼내 구두를 닦기 시작하였다. 모두가 아까운 듯이 쳐다보고 있는 동안에도 계속 닦아 종이가 수북하게 쌓였다. '꺼림칙한 것'을 더욱 깨끗이 닦으려는 것보다는 젊은이가 더욱 미안해하라고 일부러 그러는 것처럼 보였다. '일삼아 보고 있던 사람들이 모두 입을 비죽이고 외면'을 하였고, 특히 가래침을 뱉은 젊은이는 얼굴이 빨개져서 천정만 쳐다보았으며 옆에 앉은 당꼬바지는 의분을 느꼈음인지 코를 벌름거리며 흰자 많은 눈으로 연방 그 신사를 곁눈질하였다. 이러한 반응에 대해 중년신사는 '좀 불안스럽도록 눈을 되룩거'렸다. 곰방대 영감은 '긴장된 분위기에서 감정을 다독거리기 위해'

담뱃불을 붙이며 곁눈질하다 들키자 댕기기도 전에 성냥불을 불어 끄리만치 낭패해했다. 중년신사의 유난스러운 행동이 긴장된 분위기를 만들었고, 중년신사에 대해 주변 인물들은 그에 대해 적대감을 갖게되었다. 주변 인물들이 중년신사에 대해 반감을 샀던 것은 그에 대한 열등의식에서 비롯된 것이다. 주변 인물 중에서 가장 두드러진 존재로 보였던 그가 지나친 결벽성을 드러냄으로써 시선을 끌었고 반감을 갖게 한 것이다.

이러한 주변 인물들의 시선에 전혀 관심을 보이지 않은 중년신사는 몇 번의 하품 뒤에 술을 꺼내 마시고 졸게 된다. 얼마쯤 뒤, 그가 화장실을 감으로써 주변의 시선은 중년신사 옆에 앉아 있던 여인에게로 옮겨간다. 그 여인이 주변 인물들에게 더욱 큰 관심을 받게 된 것은 여객 전무가 기차표를 검사하는 데서 비롯된다. 그 여인의 기차표는 화장실로 간 중년신사가 가지고 있었기 때문에, 여객 전무는 그 여인을 이상하다는 듯이 쳐다보았고 핀잔까지 주었다. 그로 말미암아 그 여인의 행색은 더욱 주변 인물로부터 주의를 받게 된다. 한순간, 주변 인물들은 여인에 대한 짐작을 화제로 삼아 빈정거렸다. 그러나 중년신사 다시 돌아옴으로써 주변의 시선은 다시 그에게로 집중되었다. 더구나 여인과의 관련이 기차표로 말미암아 구체적으로 드러나게 되어 더욱 강한 의혹을 주변 인물들은 갖게 된 것이다. 그러나 중년신사는 '후둥쫑'이라는 자신의 치부를 드러내 보임으로써 '신사'로 위장되었던 자신의 본래 모습을 드러낸다. 여객 전무에게 보인 비굴한 웃음과 간청하는 듯한 태도는 주변 인물들에게 새로운 반응으로 나타나게 했다. 자신의 모습을 스스로 드러내 놓음으로써 주변 인물들과의 적대관계가 해소되고, 오히려 '동정과 우의'로 중년신사와 주변 인물들과의 관계는 화합으로 나타난다. 또 중년신사가 자신의 내력담과 사업 이야기를 털어 놓는 과정에서 그 옆에 앉아 있는 여인의 신분이 드러나게 된다. 그 여인은 주변 인물과 아무런 적대관계나 긴장된 관계를 가지고 있지 않은 상태인 데도 관심의 대상이 된 것은 중년신사와 정반대였기 때문이다. 옷차림이 유별났고 계속 줄담배를 피워대는 그녀는 평범한 여인이 아니었다. 그러자 이번에는 주변 인물들이 자신들보다 열등한 위치에 놓인 화류계 여인이라는 데서 그녀를 희롱하게 된 것이다.

이러한 주변 인물들과 주목받는 인물 사이에서 나타나는 반응은 무료한 가운데 발생한 것으로, 개인의 이해와 직접 관련되는 것이 아니고 객관적 입장에서 두루 형성된 것이다. 그리고 주변 인물들 자체는 구심점을 가진 집합체가 아니고 단순한 호기심에서 무언가 흥미 있는 일이 일어나기를 바라는 방관자들이다. 이러한 호기심에서 유발된 행동이 그들의 기대치인 상식의 수준에서 어긋날 때, 모멸감이나 열등감에서 연유된 질시와 분노로 긴장하고 경계하는 것으로 나타난다.

중년신사가 신문지가 아닌 휴지를 지나치게 많이 썼을 때, 주변 인물들은 중년신사가 지나치게 자기를 과시하는 것으로 인식하여, 신사에 대한 반감이 상승됨을 알 수 있다. 이런 중년신사에 대한 반감은 그들의 관계가 긴장된 상태를 유지하도록 한다. 이러한 긴장된 관계는 질시의 대상이었던 중년신사가 그들의 '급장'의 위치에 서있는 두드러진 존재가 아님을 스스로 나타냈을 때 해소되었다.

반면에 주변 인물이 관심을 보인 빈정거림의 대상이 된 인물은 주변 인물과 다른 비범한 인물이 아니었다. 그런데도 그들이 빈정거렸던 것은 주변 인물들의 관심의 대상이 된 인물이 정도에 지나친 행동을 할 때 반감을 가지고 야유했고, 평범한 아낙네가 아니었을 때 놀림의 대상으로 삼았다. 그러나 주변 인물들에 의해 주목된 인물들과 주변 인물들과의 관계는 지나치게 왜곡되기보다는 잠시 동안 적대감으로 단절되었다가 동질성을 회복했을 때는 일체감을 갖고 화해한다. 동질성의 회복은 중년신사가 신사로서의 체면을 유지하기 위해 위선과 가면을 쓰지 않고 평범한 인물로 드러내 보임으로써 이루어졌다. 이러한 경계-긴장-화해는 공동 관심사로 묶여졌던 인물들이 하나, 둘 역에서 내림으로써 이야기의 틀이 깨졌다. 결국 이 작품은 앞서의 언급대로 줄거리가 어떤 주제를 형상화하기 위해 짜여진 것이 아니고, 기차 안에서 일어날 수 있는 '무료-무관심-흥밋거리의 물색-경계-긴장-화해-해소'라는 일정한 틀의 평범한 이야기일 것이다. 관심을 보였던 여인의 행위가 '나'의 '기대'에 어긋나면서 그 여인도 평범한 사람으로-비록 신분으로 말미암아 질시의 대상이 되었지만 더 이상의 관심의 대상이 될 수 없었다.

주변 인물과 중년신사와의 사이에서 일어났던 것과 같은 반응은 우리 주변에서 흔히 볼 수 있는 현상이다. 이 반응이 광범위하게 확대되면 큰 힘으로 작용할 수도 있고, 또 계층 간의 적대감정으로 확산되면, 이를테면 귀족이라든가 엘리트라든가 자본가라든가 하는 민중들과 유리된 특수층으로서의 상위 계급에 대한 본질적인 적대감이 광범위하게 확산되면 하나의 계층 간의 갈등으로 형상화될 수 있음을 이 작품은 보여준다.

5. 결 론

이상에서 광복 이전에 발표된 최명익의 작품을 살펴보았다.

닫힌 세계에서 겪는 우울한 삶은 암담한 시대적 환경에서 이루어진 것으로 무기력하고 소극적일 뿐 아니라, 경우에 따라서는 방관자적 삶이 비정상적이고 파행적으로 나타난다. 이것은 민족의 주체성이 상실되고, 지식인으로서 확고한 신념에 값할 수 있는 행동을 할 수 없을 때, 그 일상적인 삶은 무기력한 행동 양식과 소극적이거나 방관자적 태도로 나타나고, 그로 말미암아 좌절하고 자학하며 살아가게 된다. 따라서 그의 작품에서 보이는 주인공들의 삶은 우울하고, 이 우울은 시대적인 상황에서 귀결된 것으로 보인다.

그는 폐쇄된 공간에서 지식인의 무기력과 부적응을 그럴듯하게 하기 위해 인물들을 신체적으로 불완전한 병자로 제시했고, 시대적인 삶의 황폐한 의미를 반영하기 위해 죽음을 설정했다.

특히 그의 작품 중 「장삼이사」는 일상적인 삶을 그의 독특한 안목으로 구현해냈다. 구체적인 실제의 이름을 부여하지 않은 채 익명의 인물을 등장시켜, 소설이 개별적이고 특이한 이야깃거리를 체계화하여 미적 감각을 드러내도록 한 것이라는 상식에서 벗어나, 인간들 사이에서 빚어지는 삶의 관계를 날카롭게 지적해 냈다. 사실주의 문학이 묘사성에만 주안점을 두었던 당대의 현실을 감안한다면 그의 작품은 높이 사야 할 것이다.

최명익의 작품을 앞으로 심리주의와 모더니즘의 측면에서 고찰한다면 현대소설사가 조금은 더 윤택해질 것으로 보인다. 그런 면에서 특히 「심문」은 주목해야 작품이다.

[명지어문학 제21호, 1994, pp.87~102.]

최명익(崔明翊)의 「張三李四(장삼이사)」 고(攷)

1. 서 론

이 작품은『문장』폐간호(1941년 4월 3권 4호)에 수록된 최명익(崔明翊)의 대표적인 작품이다.[1] 광복 이전의 작품으로 과작(寡作)인 그의 작품 중 마지막에 해당된다. 이 작품은 그 이전 발표된 작품과는 그 구조나 인물이나 내용, 시점 등이 판이하게 다르다.

최명익에 대한 연구는 그의 작품 수만큼 많지 않다.[2] 그러나 우리

---

1) 단행본 「張三李四(장삼이사)」(서울, 乙西文化社, 1947. 11)에는 표제의 작품 외에 5편이 실려 있다.

2) 최명익의 연구는 다음과 같다.
  · 조연현(趙演鉉), 「자의식의 비극 – 崔明翊論」(白民 17호, 1949. 1).
  · 백철(白鐵), 「心理 · 身邊소설의 경향」, 『朝鮮新文學思潮史』, (白楊堂, 1949).
  · 김윤식(金允植), 「崔明翊의 心紋(심문)」(『韓國近代文學의 理解』, 일지사, 1973).
  · 김교선(金教善), 「자의식의 과잉의 표현」(『소설의 이해와 평가』, 형설출판사, 1975).
  · 이재선(李在銑), 「의식과잉자의 세계」, (『韓國現代小說史』, 홍성사, 1979).

가 주목해야 할 이유는 그의 작품이 당대의 문학을 이해하는 데 있어서 큰 도움을 줄 것이라는 데 있다. 특히 요즈음 사실주의 문학에 대한 논의가 주로 사회주의적 사실주의에 경도되는 경향이 강한 이런 관점에서 벗어나, 당대의 논의와 함께 작품을 폭 넓게 살핀다면 사실주의에 대한 연구는 광범위하게 이루어질 수 있을 것이다. 이러한 이유로 「張三李四」가 주목될 수 있을 것으로 보인다.

최명익은 1904년 7월 14일 平壤 北村 靑雲山下에서 태어난 것으로 되어 있다. 平壤高普를 4년 修業했으며, 1926년에 문예지 「白雉」를 간행했던 것으로 알려져 있다.3)

본고에서는 그의 문학적 특성을 검토해 보기 위해, 「張三李四」를 중점적으로 살펴볼 것이며, 이것은 최명익의 작품론으로 연장될 것이다.

2. 일상적 삶의 갈등과 화해

「張三李四」에서는 인물들의 구체적인 본래의 이름이 제시되지 않았다. 이름이란 특정인으로서 지칭되어질 때 필요한 것이며, 이름을 가지고 있는 인물은 작품에서는 특별한 삶의 의미를 가지게 된다. 그러나 이름이 없는 인물들의 삶이나 운명은 특별한 의미를 갖지 않는다. 그것은 마치 일상적인 삶이 기록의 의미가 없는 것과 마찬가지일 것이다. 일상적인 인물들의 삶을 그린 「張三李四」에는 인물들의 구체적인 이름이 등장하지 않는다. 이 작품에는 관찰자인 '나'가 있을 뿐, 특

· 천이두(千二斗), 「상황과 에고」, (『韓國現代小說論』(개정판), 1983).
· 이강언(李康彦), 「성찰(省察)의 美學」, (『수우재최정석 박사 회갑 논총』, 1984).
3) 조선일보편, 『現代朝鮮文學全集』 下, 1938. 8. p.29.

정의 주인공이라고 불릴 수 있는 인물도 없고 다만 다수의 인물이 등장한다. 그 다수의 인물들은 마치 張氏의 셋째나 李氏의 넷째가 별로 특기할 것이 없는 것처럼 등장하고 있다. 따라서 기차 안에서 벌어진 일에 관련된 인물들의 이름을 독자는 알 까닭도 알 필요도 없다. 그저 중년신사, 편물 목테를 두른 농촌 젊은이, 당꼬바지, 곰방대 노인, 가죽재킷, 여인 등으로 지칭된 그들은 그저 그렇고 그런 평범한 인물들이다.

이 작품은 이러한 인물들에 대한 어떤 특별한 이야기의 짜임이 없이 기차가 가듯이 흐르는 시간에 따라 전개되고 있을 뿐이다. 평범하게 살아가는 일상적인 인물들의 이야기를 통해 미묘한 심적 상태와 인물들 간의 반응을 보이고 있다. 그 반응은 기차 안에 있는 주변적 인물과 그 주변적 인물에 의해 주목이 되는 인물 간에 나타난다.

이 일상적 인물들의 평범한 이야기는 정지된 듯한 분위기에서 대수롭지 않은 사건으로 주변 사람들의 이목을 집중시키는 데서 비롯된다. 아주 미미한 사건에 대한 지나친 반응이 주변 사람들의 눈길을 끌게 된다. 이처럼 지나친 반응을 보이며 좀 유별난 행동을 한 사람은 중년신사였다. 신사복을 입고 있다는 것이 주변 사람들에게 계층적인 열등의식을 가지게 했다. 그러나 이 지나친 반응은 이 중년신사에게서 상대적으로 느끼는 계층관념에서 비롯되었다기보다는 그의 지나친 결벽성에서 나온 도에 넘치는 행위 때문이었다. 물론 계층적인 열등의식이 내재된 상태에서 중년신사의 지나친 행동을 주변 인물들이 봄으로써 그들의 반응이 더 강하게 드러났다고도 볼 수 있다. 긴장된 분위기에서 평정을 되찾은 편물 목테를 한 젊은이가 무심코 가래침을 뱉은 것이 중년신사의 구두코에 떨어진 것이다. '여러 사람의 눈이 둥구레서 보게' 된 것은 가래침이 떨어진 그 자체가 아니고 구두의 발

작적 행동이었다. 평범한 사람의 행동에서는 볼 수 없는 것이다. 가래
침을 떼어버리기 위해 통로바닥을 꽝꽝 짓밟기도 하고, 허공을 걷어
차기도 하여 주위 사람들이 물러섰다. 그러는 동안 편물 목테를 한
젊은이의 동행인 듯한 노인이 보통이에서 낡은 신문지를 꺼내 주었다.
신사는 신문지를 받아 든 젊은이가 조심스럽게 구두를 닦으려 하자
오히려 그 손을 피하듯이 움츠려 들었다. 그 순간 그는 주머니에서
희고 부드러운 종이를 꺼내 구두를 닦기 시작하였다. 모두가 아까운
듯이 쳐다보고 있는 동안에도 계속 닦아 종이가 수복하게 쌓였다. '꺼
림칙한 것'을 더욱 깨끗이 닦으려는 것보다는 젊은이가 더욱 미안해
하라고 일부러 그러는 것처럼 보였다. 일삼아 보고 있던 사람들이 모
두 입을 삐죽이고 외면을 하고 말았다.

이러한 주변 인물들의 시선에 무관심한 중년신사는 몇 번의 하품
뒤에 술을 꺼내 마시고 졸게 된다. 얼마쯤 뒤, 그가 화장실을 감으로
써 주변의 시선은 중년신사 옆에 앉아 있던 여인에게로 옮아간다. 그
로부터 주변 인물들은 여인을 관심 있게 살펴보게 된다. 그 여인이
주변 인물에게 더욱 큰 관심의 대상이 된 것은 여객 전무가 기차표를
검사하는 데서 비롯된다. 그 여인의 기차표는 화장실로 간 중년신사
가 가지고 있었기 때문에, 여객 전무는 그 여인을 이상하다는 듯이
쳐다보았고 핀잔까지 주었다. 그로 말미암아 '그 여인의 행색은 더욱'
주변 인물들로부터 주의를 받게 된다. 한순간 주변 인물들은 여인에
대한 짐작을 화제로 삼아 빈정거렸다. 그러나 중년신사가 다시 돌아
옴으로써 주변의 시선은 다시 그에게로 집중되었다. 더구나 여인과의
관계가 기차표로 말미암아 구체적으로 드러남으로써 더욱 주변 인물
들의 강한 의혹을 갖게 된 것이다. 그러나 중년신사는 '후둥쫑(後重
症)'이라는 자신의 치부를 드러내 보임으로 '신사'로 위장된 자신의

모습을 걷어낸다.

　　"지금껏 이 편을 유의했든 모양인 차장이 달려와 차료를 검사하
며 아까한 말을 되풀이하고 「고마리마쓰네」로 나무랬다.
　　당황한 신사는,
　　「헤헤 스미마생. 도−모 스미마생」을 노이고 또 노이며 뻘개진
낯으로 계면적다기보다 비굴한 웃음을 지어 보이는 것이었다. 그러
고 나서 차표를 다시 속주머니에다 집어넣으며 그는 누가 들으라
는 말인지. 그렇다기보다도 여러 사람이 다 들어달라고 간청이나
하는 듯한 제법 눈웃음을 지어 보이며,
　　「제길 후둥쯩(後重症)이 나서 ×× × ×××하기만 하디 원제 시원
이 날오야디요.」
하고는 헤헤 웃는 것이었다. 〈중략·인용자〉 확실이 부드러운 말씨
였다. 그리고 사교적인 웃음이었다."[4]

　여객 전무에게 보인 비굴한 웃음과 주변 사람들에게 간청이나 하는
듯한 눈웃음과 함께 혼잣소리로 한 이 말은 주변 인물들의 새로운 반
응을 불러일으킨다. 자신의 모습을 스스로 드러내 놓게 됨으로써 주
변 인물들과의 적대관계가 해소되고, 오히려 중년신사와 주변 인물들
과의 관계는 '동정과 우의'에서 비롯한 화합으로 나타난다. 더구나 술
이라는 매체를 통해 동화된다. 중년신사가 자신의 내력담과 사업 이
야기를 털어 놓는 과정에서 그 옆에 앉아 있는 여인의 신분이 드러나
게 된다. 그 여인은 주변 인물과 아무런 적대관계나 긴장된 관계를
가지고 있지 않은 상태인데도 관심의 대상이 된 것은 중년신사와 정
반대이기 때문이다. 옷차림이 유별났고 계속 줄담배를 피워대는 그녀
가 평범한 여인이 아니었기 때문이었다. 주변 인물들은 자신들보다
열등한 위치에 놓인 화류계 여인이라는 이유로 희롱하게 된 것이다.

---

4)　최명익(崔明翊), 「張三李四(장삼이사)」, 『문장』 1941년 4월호, pp.42~43.

이러한 주변 인물들과 주목을 받는 인물 사이에서 나타나는 반응은 무료한 가운데서 발생한 것으로 개인의 이해와 직접 관련되는 것이 아니고 객관적 입장에서 두루 형성된 것이다. 그리고 주변 인물들 자체는 구심점을 가진 집합체가 아니고 단순한 호기심에서 무언가 흥미 있는 일이 일어나기를 바라는 방관자들이다. 이러한 호기심에서 유발된 행동이 그들의 기대치인 상식의 수준에서 어긋날 때 모멸감이나 열등감에서 연유된 질시와 분노로 긴장하고 경계하는 것으로 나타난다.

> "물론 그의 지나친 결벽성(?)이 우리의 주의를 끌었을 뿐 아니라 반감을 샀든 것도 사실이지만, 그렇지 않더라도 본시가 그는 우리들 중에서는 가장 두드러진 존재였든 것이다.
> 마치 소학생들이 저의 반 애들을 그린 그림에 제일 크게 그려 놓은 급장 모양으로 우리네 중에서는-우리라야 서로 바라볼 수 있는 통로좌우의 앞뒤, 네 자리에 吳越同舟격으로 모여 앉은 사람들이지만-가장 큰 몸 덩어리에다 가장 잘 채렸을 뿐 아니라 가장 뚱뚱한 배를 흐물거리는 숨소리도 가장 높았던 까닭이었다."[5]

중년신사가 신문지가 아닌 휴지를 지나치게 많이 썼을 때, 주변 인물들은 중년신사가 지나치게 자기를 과시하는 것으로 인식하여, 선입관으로 가지고 있던 신사에 대한 반감이 상승됨을 알 수 있다. 중년신사에 대한 반감은 그들의 긴장된 관계를 유지하도록 한다. 이러한 긴장 관계는 질시의 대상이었던 중년신사가 그들의 '급장'의 위치에 있는 두드러진 존재가 아님을 스스로 나타냈을 때 해소된다.

주변 인물과 중년신사와의 사이에서 나타나는 반응은 아주 작은 사건에서 비롯되는 우리 주변의 이야기에서 볼 수 있는 것이다. 이 반응이 광범위하게 확대되면 큰 힘으로 작용할 수도 있고, 또 계층 간

---

5) *Ibid.,* p.39.

의 적대감정으로 확산되면, 이를테면 귀족이라든가 엘리트라든가 자본가라든가 하는 민중들과 유리된 특수층으로서의 상위계급에 대한 본질적인 적대감이 광범위하게 확산되면 하나의 계층 간의 갈등으로 형상화될 수 있음을 이 작품은 보여주기도 한다.

3. 익명(匿名)의 인물들

헨리 제임스(Henry James)는 작중인물은 실감이 나고 실제 생활에서 만날 수 있는 그러한 인물이어야 한다고 했다.[6]

이 작품의 주인공들은 실감이 나고 실제 생활에서 만날 수 있는 인물이다. 이러한 인물들은 앞서 언급한 대로 구체적이고 실제적인 이름을 가지고 있지 않다. 이 익명의 인물들을 살펴보기로 한다.

작품의 주인공들은 앞서 언급한 대로 구체적이고 실제적인 이름을 가지고 있지 않으면서도, 현실감이 있고 독자가 실제 생활에서 만날 수 있는 인물들이다. 이러한 익명의 인물들을 살펴보기로 한다.

이 작품에서 중심인물은 중년신사다. 그의 행동은 주변 인물들의 관심의 대상이 되고 그와의 관련을 통해서 작품은 내용은 전개된다.

중년신사는 겉모습이 주변 인물 중에서 가장 두드러진 존재로 주목의 대상이었다. 그러나 그는 양복을 입은 신사로서 주목의 대상에 값할 수 있는 위인이 못 되는 한낱 '장삼이사'임을 보여주고 있다.

> "그 신사의 눈은 보기에 좀 불안스럽도록 되룩거리는 눈방울이었다. 일부러 점잖을 빼노라 혹은 노상 호령끼를 뽐내노라 그런지,

---

6) Henry James, *The Art of fiction*, 윤기한(尹基漢) 역, 『小說藝術論(소설예술론)』, 서울, 학문사, 1981, p.16.

그렇지 않으면 혹시 약간 피해망상광의 증상이 있어 저도 어쩔 수 없이 되룩거리게 되는 눈인지도 모를 것이었다."7)

또 두꺼비 같은 인상을 주는 그가 술을 한잔 마시고 난 뒤에는, 가래침이 자신의 구두에 떨어졌을 때 희고 부드러운 종이로 야단스럽게 씻던 것과는 전혀 다른 모습으로 나타나 있다.

"지금껏 누구를 노리듯이 구울리는 눈망울이 금시에 머루려해지고 건침이 흐를듯이 입가장자리가 축 처지며 그는 한번 껀득 조으는 것이었다."8)

주목의 대상이었던 그도 두드러진 존재인 '급장'과 같은 인물이 아니고 평범한 사람이라는 것이 천천히 드러나고 있다. 특히 여객 전무에게 얼굴이 빨개져 비굴하게 웃으며 '헤헤 스미마셍, 도모 스미마셍'을 뇌고 되뇌던 인물임을 보여주고 있다. 그러나 이러한 모습으로 드러남으로써 그는 주변 인물과 화합된다. 따라서 그에 대한 주변사람들의 인식은 바뀌고, 경계심으로 긴장되었던 분위기도 달라진다.

"「건 뭐 병이 아니라 술탈이니낀, 메칠만 안 자시문 멜하리요」
또 이런 급성적 우정으로 충고한 것은 캡 쓴 젊은이었다.
「그럴래니, 데런 낭반이야 차자오는 손님으루 관팅 교제루 어디 뭐 술을 안 자실래 안 자실 수가 있을라구」
곰방대 노인이 이렇게 경의를 표하는 말에
「아마 그럴 걸이요.」
하고 가죽 쟈켙 입은 젊은이가 동의하였다."9)

---

7) 「장삼이사」, p.38.
8) *Ibid.*, p.39.
9) *Ibid.*, p.43.

'가장 큰 몸덩어리에다 가장 잘 양복을 차렸을 뿐 아니라 그 가장
뚱뚱한 배'를 가진 중년신사, 그는 주변 인물들보다 훨씬 우월한 겉모
습을 지녔지만, 그의 행동은 주변 인물들과 다름이 없는 '장삼이사'인
것이다.

중년신사에 대해 관심을 보인 주변적 인물로 농촌 젊은이·가죽재
킷 입은 젊은이·곰방대 노인 등이 있다. 그들은 그야말로 장삼이사
로 중년신사에 대해 경계심을 품고 있던 인물들이다. 이들은 작품에
서 주변적 인물일 뿐만 아니라, 주변에서 흔히 볼 수 있는 평범한 사
람들이다. 쉽게 잘못을 저지르는 젊은이로서 '편물 목테를 머리에 감
은 농촌 젊은이', 그는 조심성이라는 주의력으로 다져진, 그리고 예의
나 질서·법도 혹은 교양에 얽매인 인물이 아니다. 가래침을 뱉은 것
도 열차 안이 어느 정도 진정되고, 열차 안의 사람들이 각각 제 본색
으로 돌아갔을 때 무의식적으로 한 행동의 일부분일 뿐이었다. 그는
중년신사가 구두를 닦은 종이를 수북하게 통로에 쌓아 놓았을 때, '미
안 이상의 모욕감으로 얼굴이 빨개져서 천장만을 쳐다보며 이따금 한
숨'만 지을 뿐이었다. 잘못을 저지르고 어떤 대안이나 해결책을 가지
고 있지 않은 힘없는 자의 전형적인 모습이었다. 그는 지나치게 자기
를 과시하거나 변명하거나, 악을 쓰고 대들거나, 잘못을 호도하기 위
해 협박하거나 위협할 능력이 없고, 오히려 열등의식이나 피해의식에
사로잡혀 있는 듯한 인물이다. 주변 사람들 모두가 중년신사가 데리
고 가는 여인에 대해 빈정거릴 때도 그는 자신보다 훨씬 나은 사람임
을 말하고, 실수를 저질렀을 때보다 더 얼굴이 빨개져서 천장만을 쳐
다볼 뿐이었다.

이 농촌 젊은이보다 좀 적극적이고 저항적 기질을 가지고 있는 인
물이 당꼬바지와 캡 쓴 젊은이, 가죽재킷을 입은 젊은이들이다. '중년

신사와 통로를 나란히 하여 앉은 당꼬바지는 다소의 의분을 느꼈음인지 그 우뚝한 코를 벌름거리며 흰자 많은 눈으로 연방 그 신사를 곁눈질하고 신사와 눈이 마주치면 소극적인 반발로 '슬쩍 시선을 걷우고 뎅뎅한 코를 천정으로 치키'는 것이다. 이러한 행동을 보인 그는 그 나름대로의 기준을 가지고 있는 듯했다.

"(농촌 젊은이에게) 「아까 미섭습데까?」
실컷 웃고난 캡이 이렇게 묻자 또들 웃었다. 그 말을 받아 당꼬바지가 빈정거리는 투로 이런 말을 하였다.
「월루 미섭긴 정말 졈단은 사람이 미섭다우. 이리캐(역시 턱으로 빈자리를 가르키며) 졈단은 톄하는 사람이야 뭐 미서울 거 있오. 이제 두구보소. 아까 보듸 아났오. 고샐 못 참 참구서 백알을 먹드니 피꺽피꺽 피께질을 하는 걸 보디. 그런 잔 보긴 지똥미루워두 사궤만 노믄 사람 썩 도쉐다」"[10]

중년신사의 행동에 아니꼬웠어도 신사의 행동이 신사답지 못함을 간파했고, 신사의 허위성을 인식한 뒤 그 이면의 인간성까지 이해하려 했던 것으로 볼 수 있다. 당꼬바지가 처음 신사에 대해 시큰둥하고 아니꼬운 표정을 지은 것에 비해서 캡 쓴 젊은이와 가죽재킷을 입은 젊은이는 신사에게 빈정거리기까지 한다.

"그때 당꼬바지 옆에 앉은 가죽자퀠 입은 젊은이가 맞은편에 캡 쓴 젊은이에게 - 자네 지리가미 가겟나 - 하여, -응. 있어 -하고, 일부러 꺼내까지 주는 것을 - 이 사람 지리가민 나두 있네 - 하고 한 뭉치 꺼내 보이며 코를 풀기 시작하였다. 그래서 캡 쓴 젊은이는 킬킬 웃으면서 맞은 코를 풀어서는 그런 종이가 수북한 통로바닥으로 던졌다."[11]

---

10) *Ibid.*, p.42.

중년신사가 자신을 과시하기 위해 마구 썼던 '희고 부드러운 종이'를 캡 쓴 젊은이는 자신도 가지고 있음을 드러내 보임으로써 중년신사가 과시했던 것이 대단치 않은 것임을 간접적으로 주변에 알리고 폄훼(貶毁)하려는 것을 볼 수 있다. 또 가죽재킷 입은 젊은이와 캡 쓴 젊은이는 선동적이고 비방적인 말을 서슴지 않고 하는데 이것은, 중년신사에게 잡혀 가는 여인에 대하여 모욕적인 말을 주고받는 데서도 볼 수 있다.

이 세 사람들은 현실의 삶을 긍정적으로 바라보는 데서 그 반응이 나타난다. 긍정적 시각은 건강한 삶의 자세에서 연유한 것으로, 지나치거나 상식에 어긋났을 때 반발하며 의분이 구체적인 행동으로 나타나기보다는 빈정거림과 야유로 나타난다. 이것은 주변 사건의 크기와 사건 당사자와의 거리와 자신과의 이해관계에서 연유된 것이지만, 그것에 대한 판단의 기준은 상식적이고, 평범한 데 두고 있으면서, 방관자적 자세로 머물러 있는 것이 아니고 소극적인 반발로 그 반응을 보인 것이다.

주변 인물로 곰방대 노인이 있다. 그는 현실적인 삶에 대한 감각이 둔하기는 하지만 오랜 삶을 통해 다른 사람의 어려움을 이해하고 동정할 줄도 안다. 그러나 소극적이고 의지가 없는 인물이다. 농촌 젊은이가 가래침을 중년신사의 구두에 뱉고 어쩔 줄 몰라 할 때 '보꾸럼이'에서 신문지를 한 줌 찢어 주었고, 중년신사가 희고 부드러운 휴지로 한없이 구두를 닦자 낭패한 심사를 달래기 위해 '담배에 불을 붙이며 도적질해 보는' 것이 고작이었다. 또 '곁눈질로 도적질해 보다들키자 채 불이 댕기기도 전에 성냥을 불어 끌' 정도로 소심한 사람이다.

---

11) *Ibid.*, p.38.

그 다음 인물로 여인을 들 수 있다. 여인은 도망치다 잡혀서 '색씨' 장사하는 중년신사에 의해 끌려가고 있는 중이다. 그녀는 주변 사람들과는 단절된 채, 주변에서 당꼬바지와 가죽재킷과 캡 쓴 젊은이가 '갈보타령'을 하며 빈정거려도 무관심한 채 담배만을 피우고 창밖만 내다보고 있다.

> "회색 외투를 좀 퇴폐적으로 어깨에만 걸치고 그 여인은 지금 제가 여러 사람의 시선 앞에 놓여 있는 것을 아는지 모르는지 그 저 제 버릇인 양 이편 손으로 파-마넨트를 쓸어 올려 연방 귀박 휘에 걸치며 여전이 창 밖만을 내다보고 있었다."12)

차표도 중년신사가 가진 채 그저 호송되어 가는 처지인 그 여인은, 중년신사가 내린 뒤, 호송을 받은 젊은이에게서 뺨을 세 번이나 얻어맞아도 눈물만 흘릴 뿐 참고 견디는 모진 삶을 살아온 인물이다.

그 외에 방관자이며 관찰자인 '나'가 있다. 무료한 기차 안에서 무언가 사건을 기다리는 듯한 '나'는 찻간 한 끝 바로 출입구 안쪽에 자리 잡고 있었다. 1인칭 관찰자 시점이기 때문에 이 작품의 사건의 흐름과 주변 분위기 등은 모두 '나'를 통해 전달된다. '나'는 돌아온 술잔도 사양하고 방관자적 위치에서 침묵만을 지키면서 기껏해야 중년신사의 용모파기가 고작이었다. 이러한 나는 지극히 소심하고, 과대망상적인 상상력을 가지고 있기도 하다. 이것은 마지막 부분에 여인이 젊은이에게 얼굴을 얻어맞고 변소로 간 뒤에 극대화되어 나타났다. 눈물을 흘리고 간 그 여인이 '변기 속에 머리를 쳐박고 입에서 선지피를 철철 흘리는' 것만 같은 환상에 사로잡힌다. 그러면서도 한편으로는 '잔인한 호기심'을 즐기며 초조해 한다. 주위에 모든 사람들이

---

12) *Ibid.*, p.40.

웃고 있을 때에 혼자 '싸늘하게 굳어진 여인의 시체가 흔들리는 마루 바닥에서 무슨 짐짝이나 같이 퉁기고 뒹굴리는' 모습을 상상하는 것이다. 그러나 그는 조금 뒤 여인이 태연히 돌아와 젊은이와 농담을 하고 아무 일도 없었던 것같이 행동하자 껄껄 웃어보고 싶은 충동을 느낀다. 여인에 대한 지나친 망상이 자의식 과잉의 상태로 나타난 것이다.

이 작품에서 인물은 현대소설에서 흔히 볼 수 있는 영웅적 인물이 아니다. 이 작품이 영웅적 인물을 통해 사회세력의 총제적인 파악을 시도하는 그런 소설은 아닌 것이다. 작가는 인간과 인간 사이에서의 아주 작은 감정에 의해 형성되는 반응과 그것에 의해 나타나는 '인간 관계'를 이 작품을 통해서 보여주고 있다.

4. 뛰어난 삶에 대한 통찰력(洞察力)

이 작품은 객관적인 위치에서 이야기가 전개된다. 1930년대 최재서 식으로 말한다면 객관적 태도에서 리얼리티를 구현하는[13] 태도가 잘 드러난 작품이다. 최재서에 의하면, 소설가는 카메라인 동시에 이 카메라를 조종하는 감독자인데, 소설가는 카메라적 활동에 있어서는 개인적 편차를 초월할 수 있지만, 감독자적 활동에 있어서는 주관의 습관성을 떠날 수 없다는 것이다. 카메라를 '어떤 곳을 향하여 돌리며, 어떤 질서를 가지고 이동하느냐' 하는 것은 결국 감독자의 개성에 의해 결정되며, 그 결정이 개성에 의해 이루어졌다는 데에 예술의 존엄

---

13) 최재서(崔載瑞), 「리아리즘의 확대와 심화 - 「川邊風景(천변풍경)」과 「날개」에 關하여」, 『조선일보』, 1936. 10. 31~11. 7).

성이 있다는 것이다.14)

작품에서 리얼리티는 결국 작가의 탁월한 능력에 의해 구현된다는 것이다. 그러나 이러한 견해는 리얼리즘이 객관성 이외에도 전형의 창조라든가, 삶에 대한 총체적 인식과 그 형상화라든가 또는 역사의 흐름을 객관적으로 파악한다든가, 혹은 역동적 사회발전의 형상화 등을 통해 이루어진다는 것을 몰각했던 것으로 단정지을 수는 없지만 기법에 역점을 두었던 것만은 분명하다. 특히 이로 말미암아 당시에 리얼리즘 논쟁이 유발되기도 했지만15) 어쨌든 당시의 논의의 한계는 기법상의 문제를 크게 뛰어넘지는 못한 듯하다.

이 작품에서는 고정된 카메라를 통해 주변 인물들의 모습이 드러난다. 그것은 어떤 계획이나 법칙·논리에 의한 것이 아니고 돌발적으로 일어난 사건으로 말미암아 나타나는 주변의 반응을 포착하고 있다. 이 과정에서 사실적 묘사의 탁월성이 드러난다.

회색 외투를 좀 퇴폐적으로 어깨에만 걸친 그 여인은 지금 제가 여러 사람의 시선 앞에 놓여 있는 것을 아는지 모르는지 그저 제 버릇인 양 이편 손으로 파-마넨트를 쓸어 올려 연방 귀박휘에 걸치며 여전이 창 밖만을 내다보고 있었다. 내다본다지만 창밖은 벌써 이두어 닫힌 겹유리창에는 궐녀의 진한 자주빛 저고리 그림자가 이중으로 비치워, 해글러 놓은 화로불 같이 도리어 이편을 반사하는 것이다. 이런 형용은 좀 사치한 것 같지만, 그런 화로불 우에 올려 놓은 무슨 白磁 그릇같이 비치운 궐녀의 얼굴 그림자 속에 빨갛게 켜지는 담뱃불을 불어 끄려는 듯이 그 여인은 동그랗게 모은 입술로 연기를 뿜고 있었다."16)

---

14) *loc. cit.*

15) 홍문표(洪文杓), 『韓國 現代文學 論爭의 批評史的 硏究』, 서울, 陽文閣, 1980, p.142~147.

16) 「장삼이사」, p.40.

특히 상황에 대한 묘사는 뛰어나서, 일상적인 인물들 간에 대응관계를 통해 삶의 모습을 형상화하고 있다. 그것은 가진 자의 과시에 대한 반응과 정도를 벗어난 삶에 대한 반응에서 나타난다. 주변적 인물들과 주변적 인물에 의해 주목되는 인물 간에 나타난 이 반응의 동기 유발은 중년신사에 의해 이루어진다. 중년신사가 구두에 붙은 가래침을 닦을 때 자신의 신분을 과시라도 하는 듯이 희고 부드러운 종이를 수북하게 쌓아 놓았고, 그에 대한 반응이 평범한 삶을 살고 있는 주변 사람들에 의해 나타난 것이다. '일삼아 보고 있던 사람들이 모두 입을 비죽이고 외면'을 하였고, 특히 가래침을 뱉은 젊은이는 얼굴이 빨개져서 천정만 쳐다보았고 당꼬바지는 의분을 느꼈음인지 코를 벌름거리며 흰자 많은 눈으로 연방 그 신사를 곁눈질하였다. 이러한 반응에 대한 중년신사는 좀 불안스럽도록, 안쓰럽도록 눈을 디룩거렸다. 곰방대 영감은 긴장된 분위기에서 감정을 다독거리기 위해 '담뱃불을 붙이며 곁눈질하다 들키자 댕기기도 전에 성냥불을 불어 끄리만치' 낭패했다. 중년신사의 유난스러운 행동이 긴장된 분위기를 만들었고, 중년신사에 대해 주변 인물들은 적대감을 갖게 되었다. 주변 인물들이 중년신사에 대해 반감을 갖는 것은 그에 대한 열등의식에서 비롯된 것이다. 주변 인물들 중에서 가장 두드러진 존재로 보였던 그가 지나친 결벽성을 드러냄으로써 시선을 끌었고 이에 반감을 갖게 된 것이다. 또 하나 주목의 대상이었던 여인에게 대한 반응의 묘사도 탁월함을 드러내고 있다. 물론 이러한 일상성의 묘사가 그대로 삶의 전체를 그려야 한다는 것에 부합된 것은 아니다. 그러나 문학의 관심이 삶의 보다 구체적이고 직접적인 진실과 거기로부터 출발한 자연스러운 변화의 과정에 있는 것[17]이라고 한다면, 사회적 변화

---

17) 김우창(金禹昌), 『궁핍한 시대의 詩人』, 서울, 민음사, 1977, p.83.

나 역사적 변화라는 거시적인 측면이 아닌 일상적이고 구체적인 삶을 그려낸 이 작품은 그 탁월성이 보인다.

주변 인물들이 관심을 보인 빈정거림의 대상이 된 인물은 주변 인물과 다른 비범한 인물이 아니었다. 그런데도 그들은 주변 인물들의 관심의 대상이 된 인물이 정도에 지나친 행동이 나타났을 때 반감을 가지고 야유했고, 평범한 아낙네가 아니었을 때 놀림의 대상으로 삼았다. 그러나 주변 인물들에 의해 주목된 인물들과 주변 인물들의 관계는 지나치게 왜곡되기보다는 잠시 동안 적대감으로 단절되었다가 동질성을 회복했을 때는 일체감을 갖고 화해한다. 동질성의 회복은 중년신사가 신사로서의 체면을 유지하기 위해 위선과 가면을 쓰지 않고 평범한 인물임을 드러내 보임으로써 이루어진다. 이러한 경계-긴장-화해로 연계되어, 공동 관심사로 묶여졌던 인물들이 하나 둘 역에서 내림으로써 이야기의 틀이 깨졌다. 결국 이 작품은 앞서의 언급대로 줄거리가 어떤 주제를 형상화하기 위해 짜여진 것이 아니고, 기차 안에서 일어날 수 있는 '무료-무관심-흥밋거리의 물색-경계-긴장-화해-해소'라는 일정한 틀의 평범한 이야기다. 관심을 보였던 여인의 행위가 '나'의 '기대'에서 어긋나면서 그 여인도 평범한 사람으로-비록 여인의 신분이 질시의 대상이 되었지만-더 이상 관심의 대상이 될 수는 없었다.

리얼리즘은 현상적인 현실의 사실들을 독특하게 예술적으로 선택하고 배열함으로써 이루어지며 또 작품 안에서 인식론적으로 불필요한 사실을 반복하지 않는다. 따라서 외부 현실의 사실과 사물을 자유롭게 다루는 한, 리얼리즘 예술은 세계에 질서를 부여하고 해석을 제공할 수 있는 것[18]이라고 할 수 있다. 작가는 이를 위해 인물들과 사건

---

18) Stephan Kohl, *Realism*, 여균동역, 「리얼리즘의 역사와 이론」, 서울, 한밭출판사, 1982, p.193.

들을 설명할 수 있는 특징들을 취사선택하여 가능한 한 삶에 접근하게 된다. 「張三李四」는 이런 측면에서 잘 이루어진 것은 아니지만 당시의 사정을 감안한다면 상당한 수준에 이른 것으로 평가할 수 있다.

5. 결 론

최명익은 일상적인 삶을 독특한 안목을 가지고 「張三李四」에서 구현해 냈다. 특히 구체적인 실제의 이름을 부여하지 않은 채 익명의 인물을 등장시켜 소설이 개별적이고 특이한 이야깃거리를 체계화하여 미적 감각을 드러내도록 하는 것이라는 상식에서 벗어나, 인간들 사이에서 빚어지는 삶의 관계를 날카롭게 지적해 냈다. 사실주의 문학이 묘사성에만 주안점을 두었던 당대의 현실을 감안한다면 그의 작품을 높이 사야 할 것이다. 따라서 앞으로 논의되는 1930년 리얼리즘 문학에서 최명익은 관심 있게 다루어져야 할 것이다.

[南松具本燀敎授停年退任紀念論叢, 1990, pp.195~206.]

박태원의 『洪吉童傳(홍길동전)』 연구

1. 서 론

　『洪吉童傳(홍길동전)』은 대표적인 우리의 고전문학이다. 따라서 소설 연구자들은 누구나 깊은 관심을 갖는 작품이다. 이 작품은 최초의 한글로 된 소설이라든가, 영웅의 일생을 다룬 최초의 서사문학이라든가 혹은 사회제도의 불합리성을 문제화한 사회소설이라는 관점에서 논의되기도 한다. 이러한 연구뿐만 아니라 『홍길동전』은 우리 사회에서 '홍길동'이라는 전형적 인물을 형성하였고, 이는 일상화된 인물로 통용되어 쓰이기도 한다. 한술 더 떠 사회 심리학적 측면에서 보면 오늘을 살고 있는 현대인의 대리만족의 대상으로서의 홍길동이 운위(云爲)되기도 한다. 이와 같이 홍길동의 변용 양태는 우리 시대에서 하나의 전범(典範)을 이루는 인물이 되어 여러 계층에서 다양한 장르로 확산되어 있다. 즉 영화, 어린이용 소설이나 동화, 만화 영화, 그리고 현대소설 등 다양하게 그 변용의 모습을 보이고 있다.[1] 이런 『홍

---

　1) 이에 대한 연구에는, 김대권(金大權)의 「『홍길동전』의 특성과 개작의

길동전』의 변용은 개작된 시대의 사회적 또는 정치적 상황에 따라 달라지고, 그에 따른 의미의 폭도 달라질 수 있다.

이에 본고에서는 현대소설로 개작된 구보(仇甫) 박태원(朴泰遠 1909-1986)의 『洪吉童傳(홍길동전)』을 살펴보고자 한다. 따라서 이 『홍길동전』 연구는 『홍길동전』의 여러 異本(이본) 연구에 목적이 있는 것이 아니고, 고쳐 쓴 『홍길동전』의 여러 양상 중에서 박태원이 1947년에 쓴 『홍길동전』을 살펴보는 것에 목적을 두었다. 해방 공간에서 더구나 《조선금융조합연합회(朝鮮金融組合聯合會)》에서 연속 출간했던 몇몇 작품 가운데 이 작품이 끼이게 된 까닭과, 구보가 이 일을 맡게 된 일과, 하필 이 금융조합에서 이 일을 하게 된 특별한 이유는 없었는지, 이유가 있다면 그것이 작품과 관련은 없는지, 등등의 의문이 이 글을 쓰게 된 직접적인 동기가 된다. 따라서 이 글은 기존의 이본 연구와는 달리 작품전체를 원본과 대조하는 작업은 피하게 된다.

17세기에 창작된 『홍길동전』이 현대에 와서 명망 있는 작가에 의해 새로 쓰여진 데에는 단순한 호사가(好事家)의 여기(餘技)를 뛰어 넘는 어떤 의미가 담겨져 있으리라고 보는 것이 필자의 기대의 지평이다. 문학 작품이 시대의 거울이란 말을 굳이 빌리지 않더라도, 재창작하는 의도가 그 시대를 고뇌하며 살아가는 작가의 내면에 숨겨진 것이라고 한다면, 이 작품의 이면에 담겨진 그 의미는 제법 심상한 일이 아닐 것이다. 더욱이 이 작품이 쓰여진 시기가 우리 현대사에서 미묘한 시기였음을 감안한다면 그 의미는 더 변용되어 증폭되었을 것이라고 예상할 수 있다.

양상」(연세대학교 석사학위 논문, 1988)이 있다. 이 글에서 필자는 박태원의 소설, 이정선의 시나리오, 신동헌의 만화 영화, 고우영의 만화, 조대현의 청소년문고 등을 보이고 있다.

2. 구보(仇甫)의 『洪吉童傳(홍길동전)』의 성격

구보(仇甫) 박태원(朴泰遠)의 『洪吉童傳(홍길동전)』은 〈조선금융협동조합연합회〉에서 〈협동문고〉라는 이름으로 1947년 11월 15일 초판을 내고 2년 뒤인 1949년 2월 15일 재판을 발행한 단행본이다. 「조선금융협동조합연합회」에서는 이 작품 이외에도, 채만식(蔡萬植)의 『許生傳(허생전)』, 김영석(金永錫)의 『李春風傳(이춘풍전)』, 이명선(李明善)의 『洪景來傳(홍경래전)』 등이 발행되었다.

허균의 『洪吉童傳(홍길동전)』을 변용(變用)한 것으로 보이는 이 작품에서, 구보는 작품의 배경을 세종대왕 당시로 되었던 원작과는 달리 연산군 때로 바꾸어 작품의 배경의 논리성을 확보하려고 시도하였다. 구보의 작품이나 허균의 작품이 둘 다 역사적 실제 인물인 홍길동(洪吉同)[2]이 살았던 당시가 아니고 세종과 연산군 당시로 작품의 배경을 바꾸어 역사소설보다는 차경소설적(借景小說的) 경향을 보이고 있다. 그런데 이러한 언급은 구보가 실제 인물로서의 홍길동이 연산군 때 있었다는 사실을 모르고 썼다는 것을 가정한 경우에 가능한 것인데, 실제로 그는 홍길동의 생존 사실을 모른 채, 작품의 역사적 배경을 그럴 듯하게 하기 위해 배경을 바꾼 것으로 보인다.[3]

이러한 변화로 인해 역사소설로서의 어떤 문제점이 제기될 수도 있다. 왜냐하면 이 작품은 사실(史實)과 허구의 결합이 아닌, 역사를 배경으로 한 허구로서의 역사소설의 모습만 남게 될 우려도 있기 때문이다. 따라서 인물이 자신이 살았던 當代가 아닌 다른 시대에서 허구

---

2) 「연산군일기」나 「중종실록」에 의하면, 실제 인물은 '洪吉童'이 아니라 '洪吉同'으로 되어 있다.

3) 실제 인물 홍길동과 소설 속의 길동이와의 관련은 장덕순의 『韓國文學史』 서울, 동화문화사, 1982. pp.208~209를 참고할 것.

적 삶을 살게 됨으로써 역사적 사실성보다는 어느 시대건 한 시대를 살았던 어떤 인물의 삶에서 드러나는 리얼리티를 보게 될 뿐이다. 결국 독자는 구체적 역사 속에서 살아 고뇌하는 인물보다 선택된 어느 시대에서 진실되게 살아 숨쉬는 가상의 인물을 만나게 되는 것이다. 물론 이런 논의는 홍길동이 실제 인물이라는 그간의 학계의 보고서를 전제로 한 것이다. 위의 지적은 역사소설의 소재가 역사상 중요하고도 현재적 의미를 지니는 과거사가 선택되어야 할 뿐 아니라, 그것이 역사적으로 진실하면서도 구체적인 묘사가 되어야만 현재에 대한 올바른 인식에 기여할 수 있게 되기 때문이다.[4]

역사소설이 갖는 미덕은 현재에 대한 우의성(寓意性)과 기능으로서의 예언성을 들 수 있을 것이다. 이 예언성은 거대한 역사의 흐름 속에 놓여 있는 당대의 현실이 앞 시대와 그 다음 시대와의 관련에서 어떤 의미를 갖는가 하는 것이다. 그러므로 작품 속에서 역사는 단편적인 지식 전달이나, 작품의 구색을 맞추기 위한 배경의 차원이 아닌 세계사적 시각에서 다루어져야 한다. 이런 관점에서, 배경으로서 역사를 차용하는 것 또한 역사소설이 바라는 것이 아니라고 할 수 있다. 그것은 구체적 역사 속에서 살아 움직이는 실제의 인물이 가공의 역사에서 구체적으로 제시된 경우보다 더 리얼리티를 획득할 수 있기 때문이다.

세종 때 살았던 허균의 홍길동과 연산군 때 살았던 구보의 홍길동, 그리고 연산군 때부터 선조 연간의 기록에서 보이는 홍길동. 이 셋 중 세종 당시에 살았던 홍길동은 별로 의미가 없다. 이것은 이미 구보가 '책끝에'에서,

---

4) 강영주, 「장길산」과 역사적 진실성의 추구」, 『창작과비평』 70호, 서울, 창작과비평사, 1990, p.91.

이미 읽으셨으면 다 아시려니와, 나의 홍길동전은 이와는 이야기가 매우 다르다. 나는 우선 시대(時代)부터 고쳐 잡았다.

홍길동과 그의 활빈당(活貧黨)이 눈부신 활약을 하고, 그들의 활약이 충분히 뜻있는 것이기 위하여는 아무래도 어두운 시절, 어지러운 세상이어야만 하겠다. 이조(李朝)에 있어, 드물게 보는 영명(英明)한 군주(君主)로, 〈해동요순(海東堯舜)〉의 일커름까지 받는 세종대왕(世宗大王) 재위 년간에 이러한 일이 있었다 하여서는, 모처럼의 홍길동이도 한갖 요망스러운 작란꾼에 지나지 않을 것이다.

이리하여 나는 역사 위에 있어 가장 어둡고 어지러웁고 또 추악하던 인군 연산(燕山)의 시절을 빌기로 하였다.

연산은 내 자신이 실로 사갈(蛇蝎)처럼, 구수(仇讎)처럼 미워하는 인물이다. 그의 가지가지의 학정(虐政)과 추행(醜行)을 이 작품 속에서 들추어 내며, 나는 심히 흥분하고 또 분개하였던 것이다.[5]

라고 밝혔듯이 태평성대로 일컬어지던 세종 당시가 도적이 난무하는 난세(亂世)로 설정되어서는 안 될 것이기 때문이다. 따라서 구보는 홍길동이 이미 독자에게 알려진 역할을 할 수 있는 무대의 공간을 선택하는데 가장 그럴듯한 시대가 연산 당시라고 인식한 것이다.

그러나 실제로 '역사상 중요하고도 현재적 의미를 지니는 과거사'는 연산군 때부터 선조 연간에 나타나는 그 어느 때일 것이다. 역사적 사건의 필연성이 작가의 예리한 필치에 의해 해석될 수 있기 때문이다. 그러나 연산군 때를 작품의 배경으로 삼았을 경우 작가의 역사 해석이 조작될 수밖에 없다. 만일 김동욱(金東旭), 장덕순(張德順), 김기동(金起東) 교수 등의 연구대로 실제 인물인 줄로 알고 썼다면 달라질 수도 있다.

일반적으로 역사소설에서 요구되는 역사적 진실성은 작품에서 다루

---

5) 박태원(朴泰遠), 『洪吉童傳(홍길동전)』, 서울, 朝鮮金融組合聯合會, 1947, p.175.

고자 하는 사회의 격변이 역사적 필연성을 바탕으로 하여 그 시대의
민중의 전체적인 삶을 통해 형상화될 때 비로소 성취된다고 할 수 있
다. 이렇게 볼 때, 이 작품에서 역사를 차용했다는 것이 민중성을 구
현하는 데에 큰 장애요소가 되는 것은 아니다. 물론 이런 진술은 민
중성의 구현여부가 리얼리즘의 원리와 함께 역사소설에 대한 가치평
가의 중요한 준거가 된다는 루카치의 말을 전제로 했을 때 한한다.
이 때도 역시 구보의 『홍길동전』에서 이 민중성 구현이 얼마나 이루
어졌는가 하는 것은 별개로 남는 문제임은 말할 것도 없다.

이 소설을 역사소설로 보았을 때 이와 같은 문제점 이외에도 몇 가
지 이의를 제기할 수 있다. 첫째, 현재의 전시대(前時代)로서의 역사
의 의미가 희박하다는 것이다. 둘째로 역사성의 확보가 문제로 제기
될 수 있다. 역사상 구체적 인물이 작품에 등장함으로써 단순한 역사
의 복원이 아니라 살아 숨쉬며 생동하는 역사의 재구성이 이루어질
수 있으리라고 본다. 그러나 구보의 『홍길동전』의 경우 생동하는 역
사의 재구성은 길동이 부차적 인물이 아닌 한은 거의 불가능하다. 반
면에 길동을 주도적인 인물로 설정했을 경우도 상정(想定)할 수 있다.
물론 이 때도 어려움은 돌출된다. 지나치게 평가되어 있다든가, 또는
새로운 해석이 불가능할 정도로 도식화되어 있어 새로운 관점이 오히
려 궁색해질 우려성이 짙은 경우, 작가는 운신의 폭이 좁아질 수밖에
없다. 이 경우 역사적인 인물을 주인공으로 삼지 않고 보조적 인물로
만들고 무명의 주인공을 제시함으로써 해결할 수 있는 방법이 있다.
또 지배계층의 역사가 아닌 민중의 역사를 제시하기 위해 중도적 인
물을 등장시켜 민중의 삶과 의지, 행위와 정서를 통해 그들의 집단적
인 삶을 구체적으로 재현해 낼 수 있으며, 이로써 지배자 중심의 권
력을 쟁취하기 위한 권모와 술수, 그에 뒤따르는 사랑의 이야기나 궁

중 비사를 덧보태 쓰는 이야기에서 벗어 날 수 있을 것이다. 셋째, 작가의 당대에 대한 역사의 인식이 불투명하다는 점을 들 수 있다. 이 작품에서 확인할 수 있는 것은 당대가 난세(亂世)라는 것뿐이다. 이렇게 된 까닭은 작품의 배경 설정을 위해 그 시대 역사를 차용했기 때문이다. 즉 역사가 작품에서 상황 설정을 위한 도구일 뿐이어서, 상황만 제시할 수 있다면 어느 시대이어도 무방한 것이다. 이렇게 된다면 역사성의 확보는 전혀 이뤄질 수 없다. 그러나 전혀 도외시할 수 없는 요소도 있다. 이를테면, 현재의 복잡다단하고 절실한 문제들을 제쳐 두고 구태여 과거로 눈길을 돌려 현재를 더 깊이 이해하기 위한 어떤 목적이나 이유를 가지고 역사소설을 쓴다든가, 그래서 역사적 고찰을 배제하고는 어떠한 방법으로도 손쉽게 해석할 수 없는 현재의 문제들의 연원을 밝힘으로써 그러한 문제들의 본질을 한층 명백하게 드러내겠다든가 단절된 전통적 생활 감정이나 미의식의 줄기를 캐내겠다[6]는 의지가 있다면 또 다른 관점에서 이해할 수도 있다.

그렇다면 '막연한 혁명적인 민중의식을 반영하고 있는'[7] 이 작품의 성격을 어떻게 규정할 것인가? 이광수의 『일설 춘향전』이나 『허생전』과는 달리 번안적 성격을 극복한 이 작품이 민족주의와 진보적인 민중 의식이 심화되어 있는 것[8]이라면 전기나 역사소설로 가려내기보

6) 황광수, 「과거의 재생과 현재적 삶의 완성」, 『삶과 역사적 진실』, 서울, 창작과비평사, 1995, pp.12~13.

7) 정현숙, 『박태원 문학 연구』, 서울, 국학자료원, 1993, p.257. 한편 이 글에서 정현숙은, 구보의 『홍길동전』을 본격 역사소설로 볼 수 있느냐 하는 데에는 재고의 여지가 있지만 역사소설의 범주에 넣고 있음을 밝히고 있다(p.261). 이 같이 역사상 인물을 소개한 작품이어서 김기동 교수도 『홍길동전』을 역사 소설로 분류하고 있다(김기동, 『韓國古典小說硏究』, 서울, 교학연구사, 1983, p.240).

8) 정현숙, Ibid., p.257.

다 '임진란 후의 사회제도의 결함과 부패한 정치를 개혁하려는' 사회
소설로 보는 것이 더 낫지 않을까? 더욱이 『春甫(춘보)』보다 좀 더
봉건주의에 대한 저항의식과 민중의식이 구체화된 것이라면, 더구나
구체적 역사의 맥락 속에서 쓰여진 것도 아니고 차경(借景)인 처지에
서라면 역사소설보다는 사회소설로 보는 것이 더 나을 것이다. 그러
나 이 때도 문제는 여전히 남는다. 우선 사회소설이라는 용어가 분류
항으로 적합하지 않을 뿐더러 개념도 또한 명확하게 정리되어 있지
않기 때문이다.9) 그럼에도 불구하고 이 작품은, 역사적 사건을 중심
으로 인물이나 사건에 대한 새로운 해석을 바탕으로 한 것이라기보다
는, 역사를 모호하지만 어쨌든 배경으로 삼아 사회 제도의 결함이나
부패하고 타락한 정치를 개혁하려는 주인공의 의지를 드러낸 소설로
보인다. 따라서 궁색하나마 그래도 사회소설로 가름하는 것이 작품의
성격을 구명하는 데 더 큰 도움이 될 것이다.

3. 변용(變容)의 양상(樣相)

구보(仇甫) 박태원(朴泰遠)의 『홍길동전』은 허균의 『홍길동전』을
현대소설로 패로디(parody)화 한 것이 아니고, 원작을 다시 고쳐 쓴
것에 불과하다. 다만 고쳐 쓰는 과정에서 고전소설에서 볼 수 있는

---

9) 정주동 교수는 이 용어에 대하여 그의 『고대소설론』, 서울, 형설출판
   사, 1981, p.324에서 "사회소설이란 매우 막연한 말이다."라고 전제하
   고, "그러나 여기서 사회소설이라고 하는 것은 작자가 당시의 사회를
   直視하고, 사회 안의 여러 모순된 점을 지적 비판하여 이의 시정을 위
   하여 주인공으로 하여금 능동적인 활동을 하게 하는 소설이다."라고
   하면서, 『홍길동전』, 『전우치전』, 『諸馬武傳(제마무전)』등을 꼽았다.

'호풍환우(呼風換雨)'의 요소를 제거하고, 현실적이며 사실적으로 그럴듯하게 보이도록 개작을 했다. 이 개작의 과정을 살펴 변용의 양상을 정리해 보도록 하겠다. 이 과정에서 이 작품이 역사소설에서 일반적으로 기대되는 역사의 우의성을 검토해 보기로 한다. 이제 변용의 구체적 모습을 확인하고 그 이유를 살펴보기로 한다.

(1) 구 성

구성은 작품의 골격을 형성하는 중요한 요소로, 작품의 변용은 이를 통해서 이루어질 수 있다. 그러나 구성의 단계를 바꾸어 변화를 시도한다면 작품은 그 변화에 따라 파장이 나타난다. 전체의 구성을 바꿈으로 내용의 일부가 바뀌고, 또 인물이 새로 등장하고, 새로운 사건이 개재됨으로써 내용이 변화될 수밖에 없는 것이다.

구보의『홍길동전』을 원전과 비교했을 때 내용상 차이가 나는 것을 셋으로 나누면 내용 자체가 달라진 부분, 빠진 부분, 덧보태진 부분 등이다. 이 중에서 먼저 내용이 달라진 부분을 보면 길동이의 가출 동기, 화적(火賊)이 되는 과정, 토포사 우포장 이흡(李洽)이 길동의 소굴에 가서 본 광경 등이 원전과 판이하게 달라졌음을 알 수 있다.

우선 길동의 가출 동기를 살펴보면 원작과의 현격한 차이가 발견된다. 원작에서는 이미 잘 알려진 대로, 당시의 사회제도의 극복이 불가능한 상태에서 고민하고 좌절하는 주인공이 아버지인 홍판서의 총첩(寵妾)인 초란(楚蘭)이 꾸민 흉계로 죽을 처지에서 망명도생(亡命圖生)하기 위한 타개책으로 가출한 것이다. 즉 개인과 세계와의 대립 갈등에서 패배한 주인공이 새로운 세계를 향해 떠나는 것이다. 그러나 개작에서는 유자광(柳子光)의 아들이 길동이의 활솜씨를 보고, "고작해야 오품(五品)을 못 넘을 테니, 재주가 아깝구나!"라고 빈정거리는 데서 "길동이의 얼굴이 왈깍! 붉"어졌으며, 저절로 "두 주먹이 불끈! 쥐어졌"고, "그 날부터 길동이는 풀이 죽었"으며, "그의 마음은 한껏 어둡고 또 무거워"진다. 그 후 그는 서자(庶子)가 천대를 받아야 되는 이러한 사회제도로 말미암아 갈등을 겪게 되고, 더구나 "전고에 없는 황음무도(荒淫無道)한 지금 인군이 위에 오른 뒤로, 어진 신하는 혹은 내침을 받고, 혹은 죄로 몰려 죽고, 유자광, 임사홍을 비롯한 간신의 무리만 조정에 가득 찼"을 뿐만 아니라, 자신의 아버지인 홍판서도 또한 같은 부류의 인물이기에 더욱 견딜 수 없게 된다. 이러한 그의 총체적 고민은 다음과 같이 드러나고 드디어 그는 가출하게 된다.

> "(나는, 웨, 하필 골르듸 골라서, 이러한 시절에, 이러한 집안에, 이러한 신세로 태어났단 말인가?……)
> 몇번을 생각하여도, 살아서 아무 보람이 없는 저의 몸이었다. 도무지가 살 재미라고는 없는 이 세상이었다.
> 힘 없이 감고 누은 길동이의 두눈에, 맺혔던 눈물이, 마침내, 소리 없이, 그의 뺨을 흘러나렸을 때, 그는, 문득, 무엇을 생각하였는지, 벌떡! 그 자리에가 일어나 앉았다.
> 그리고 그는 마치 넋을 잃은 사람처럼, 한동안 머언 하늘만 우러러 보았다.
> 어제도 오늘도 한결 같이 높푸른 하늘.
> 무심한 저 구름……
> 이윽히 우러러 보고 있는 중에, 문득, 그의 두눈은 빛났다.
> (행운류수! 가는 구름, 흐르는 물……. 광활한 이 천지에, 설마하니, 내 한몸 부칠 곳이 없으랴? 그렇다! 나는 집을 나가자!……)"[10]

결국 학정(虐政)과 황음(荒淫)을 일삼는 연산군(燕山君)과 같은 못

---

10) 박태원, 『홍길동전』, pp.18~19.

된 통치권자가 정사(政事)를 맡고 있는 난세와 전형적인 부정부패의 부류인 아버지 홍판서, 그리고 신분적 제약을 도저히 벗어버릴 수 없는 서출(庶出) 등과 같은 요인들이 직접 원인이 되어 길동이 집을 나가게 된 것이다. 그런데 이 대목에서 놓칠 수 없는 것은 고전 소설에서는 볼 수 없는 인물의 고뇌하는 모습이 사실적으로 표현되었다는 점이다. 마치 셰익스피어의 비극 속 주인공 햄릿의 심리적 갈등 일부를 보는 것 같은 착각이 드는 것이다.

또 길동이 집을 나간 뒤, 도적의 굴혈로 들어가는 것과 괴수가 되는 과정이 구보의 작품에서는 원작과 다르게 구성되어 있다. 먼저 바뀐 내용을 살펴보면 다음과 같다.

집을 나간 길동은 유모가 살고 있는 선산(善山)으로 간다. '산 좋고 물 맑아 문학을 숭상하고 민풍(民風)이 순박(淳朴)한' 선산에서 부사(府使)의 횡포를 보며 머물다가 조생원이라는 사람을 만나게 되고 그와 의기투합하게 된다. 그리고 여기서 음전(音全)이라는 여자를 보게 된다. 음전이는 전라도 녹도(鹿島)에서 와서 이모집에 기거하고 있는 고아이다. 그러던 어느 날 연산의 음학(淫虐)의 한 단면인 채홍준사(採紅駿使)와 채청사(採靑使)가 선산에 오게 되는데, 음전이가 이들에게 잡혀가는 중도에 자살하고 만다. 동병상련(同病相憐)이기도 했지만 은근히 음전이를 마음속에 두고 있던 길동이는 그녀의 죽음을 알고 즉시 보복하려 하나 조생원의 만류로 더 큰 일을 위해 참는다. 그리고 그 날로 산으로 들어간다.

이와 같이 홍길동이 화적이 된 이유는 현실의 부패한 정치와 권력의 횡포에 대한 구체적인 행위로 제시되어 있다. 그러나 이는 화적이 된 원인을 제시해 준 것일 뿐, 화적이 되는 과정은 구체적으로 언급되지 않은 채 후일담으로 다음과 같이 기록되고 있다.

"토끼벼루 패가, 한번, 합천 해인사(陜川 海印寺)를 들이치기에
미쳐, 이 적당은, 과연, 천하에 드믄 장사를 괴수로 바뜰고 있다는
것이 판명 되었다.

그리고, 그 천하에 드믄 장사는 뜻밖에도, 아직 이십이 채 못된
소년이라는 것이다.

이 소문이 한번 전하여지자, 선산 사람들은, 짐작 가는 것이 있
었다.

(천하에 드믄 소년장사라⋯ 이는, 혹시, 그간 우리 고을에 한 일
년이나 와서 머무르던 홍도령 홍길동이나 아닐까?⋯)"[11]

구보의 『홍길동전』과 원작과의 가장 큰 차이를 보여 주는 곳은 대
단원 부분이다. 원작에서는 길동이 병조판서가 된 후, 율도국(硉島國)
으로 가 새로운 나라를 건설하는 것으로 되어 있다. 이것은 교산(狡
山)이 당시의 사회제도를 뛰어넘을 수 없는 한계로 인식한 데서 연유
한 것으로 보인다. 이와 같은 한계성을 인식한 구보는 당시의 조선
사회에서 고착화된 사회 제도의 개혁은 불가능했지만 반정을 통해 사
회의 변화를 시도하는 일은 가능했었다는 점에 주목하게 된다. 하여
소설은 다음과 같이 전개된다.

조생원과 함께 활빈당을 일으킨 지 일 년 쯤 지났을 때, 길동은
"그 동안에 자기들은 가엾은 동포들을 위하여, 대체, 얼마만한 일을
하였단 말이냐? 주야로 노심초사하고, 동분서주하여 이룬 일이, 대체,
무엇이란 말이냐?"고 자문자답한다. "탐관오리를 징계하고, 그들이 가
진 부정한 재물을 적지 않게 빼앗아" 나누어 주었다. 그러나 이러한
행위가 '언발에 오줌누기'임을 인식하게 된 것이다. "대체 어데에 잘
못이 있었나" 심각한 고민 끝에 근본 문제를 해결하지 않고는 자신이
원하는 일을 이룰 수 없음을 깨닫게 된다.

---

11) 박태원, *Ibid.*, p.79.

"(뿌리를 뽑자! 그렇다, 인군을 갈자! 그를 그대로 두어 두고는, 모든 일이 다 헛된 수고다!…)

「무도한 인군을 죽이는 도리는, 자고로, 그 예가 있는 것이니, 모든 백성은 우리 의병을 따르거라.」

길동이 머리에, 전날 종루 기둥에 붙었던 방문이 불현듯이 떠 올랐다.

그가, 그것과 똑 같은 내용의 방을 자기 이름으로 또 내어다 붙이게 하기는, 무슨 참말로 그럴 뜻이 있어서가 아니다.

그러나, 이제 이르러 보니, 그것이 곧, 앞으로 자기의 취할 길이었다.

(인군을 갈자! 자기 한몸을 위하여 만백성이 있기를 요구하는 지금 인군은, 이를 몰아내치고, 실로 만백성을 위하여 제 한몸이 있어 줄 인군을 바뜰어 모시자. 진정 나라를 사랑할 줄 아는 인군, 진정 백성을 긍휼히 여길 줄 아는 인군--, 이러한 인군이 나와야만 한다….)

대체, 그러한 인군 아래, 탐관오리가 있을 수 있을까? 있을 수 없었다.

밝고 착한 정사 아래, 백성들은 무엇을 즐겨 굶주려야 하느냐? 우리는 결코 불행하지 않아도 좋을 것이다.

(이제야 나는 길을 찾았다. 나라를 위하여 동포를 위하여, 나는 이 일을 하자!…)

그러나 생각하여 보면, 그것은 단지 자기 한사람만이 원하는 바가 아닐 것 같았다.

밝고 어즌 인군이 나와서, 하루 바삐, 나라를 바루잡아 주었으면 --하는 것은, 어쩌면, 모든 백성들이 한결 같이 원하고 있는 바인지도 모르겠다."[12]

그러나 이 부분이 역사소설로서 이 작품의 문제점으로 지적될 수 있다. 민중성의 구현이 과연 가능할 것인가 하는 의구심을 갖게 되는

---

12) 박태원, *Ibid.*, pp.159~160.

것이다. 길동의 개인적 고민이 사회성을 얻기 위해서는 길동이 민중의 공감을 얻어 함께 행동할 수 있어야 한다. 그러나 이 대단원에서 길동은 무대의 전면에서 사라져 버리고 만다. 구체적 역사인 중종반정에서 길동이란 인물은 보이지 않는 것이다. 구보의 고민이 여기에 있었을 것이다. 중종 반정에 홍길동을 어떻게 끼워 넣을 수 있을 것인가? 홍길동과 중종반정의 구체적 역사의 인물들이 동일 공간에 설수 없다고 본 것이 역사를 왜곡하지 않는 범위 안에서의 역사소설이라고 구보가 인식한 결과이다. 『홍길동전』의 역사적 배경이 세종일수 없다는 그의 논리에 의하면 중종반정에서 길동이 주도적 인물이라고 조작하는 역사의 왜곡이란 있을 수 없기 때문이다. 따라서 반정이모의되는 과정에서부터 길동은 그 모습을 감추고 만다. 길동이 다시나타난 것은 반정이 끝난 뒤이다.

> "광화문 앞, 넓으나 넓은 거리--. 양옆에 길이 미어지게 늘어 선군중들 틈에 가 젊은 농군이 하나 끼어 서서, 마악, 자기 앞을 지나는 새 인군의 행렬을 가장 감개무량하게 우러러 보며 이렇게 입안 말로 중얼거리고 있었다.
> 맨상투 바람의 젊은 농군--. 복색은 다르나 얼굴이 눈에 익다 하여 자세히 보니 그는 곧 다른 사람이 아니라 활빈당 행수 홍길동이가 틀리지 않았다….
> 그 뒤로 길동이의 소식을 아는 사람이 없다.
> 활빈당도 다시 두번 세상을 소란하게는 안하였다."[13]

결국 구보의 소설에서 길동이 민중적 힘을 바탕으로 정치를 개혁하려는 것은 일단 실패하고 만 것이다. 역사소설에서 볼 수 있는 역사에의 참여가 민중과 함께 이뤄질 수 있는 계기를 포착해 내지 못한

---

13) 박태원, *Ibid.*, pp.172~173.

것이다. 뿐만 아니라 이 작품은 내용이 달라짐으로 해서 작품의 마무리가 제대로 이루어지지 못한 상태로 종결되었다. 여기에서 작가의 역사소설에 대한 인식의 일단(一端)이 드러난다. 교산은 길동이 율도국의 왕이 되어 다만 악정(惡政)을 선정으로 바꾸는 것을 제시함으로써 당시 사회의 개혁은 이룰 수 없음을, 즉 당시 현실의 제도적 한계성은 뛰어 넘을 수 없는 것임을 보여 주고 있다. 반면에 구보는 역사의 진실성과 사실성 확보에 주력하여 현실성을 드러내는 데에는 기여했으나, 결말에서 보이듯 완결미를 이룩하는 데에는 결함을 보였음을 지적할 수 있다.

두 번째로 원전에서 빠진 부분을 살펴보면 다음과 같다. 원전 발단 부분에는 길동의 아버지 홍판서의 태몽이 수록되어 있으나, 구보의 작품에서는 제거되었다. 대개 고전 소설에서 주인공은 용꿈이거나 그와 관련된 꿈을 꾸고 잉태되는 것으로 되어 있다. 구보는 이를 빼버린 대신 서두에 서정적인 봄날의 경치를 펼쳐 놓았다.

> "봄!
> 봄!
> 봄이다.
> 산과 들에 개나리 진달래가 한창 제철을 자랑하고--. 만호장안 성안 성밖에, 지금, 봄은 짙었다.
> 장안 사람들이 별명 지어 『화개동대궐(花開洞大闕)』이라고 부르는, 당대의 세도 홍판서(勢道 洪判書)댁 넓으나 넓은 앞뒤 뜰에도, 버들은 늘어져 실실이 푸르고 복사꽃 살구꽃은 피어 만발하며, 나비는 춤 추고 새는 노래 하여, 봄은 정녕 이 집안에도 무르녹을 대로 무르녹았건만--
> 유독, 그 후원에 외따로 떨어져 있는 초당 안에, 길동(吉童)이는 홀로 그 마음이 어둡고 무거웠다……."14)

첫 장면을 이와 같이 사실적(寫實的)으로 제시함으로써 구보는『홍길동전』을 완벽하게 현대소설로 탈바꿈시켰다. 이 봄 장면에 뒤 이어 봄날의 아름다운 정경과 대조적인 길동의 심사를 엮어 나감으로써 고전소설적인 속성들을 배제하여 작품의 현실성과 사실성을 높이려고 시도한 것으로 보인다. 이러한 그의 시도는 곳곳에서 언급된 작가의 개입에서도 볼 수 있다.

길동이가 집을 나가게 되는 직접적인 동기가 원전에는 초란(楚蘭)이가 상녀(相女)와 짜고 길동을 없애기 위해 홍판서를 부추겨 자객을 불러 길동이를 죽이려 한 데서 비롯된다. 이 후 가출 과정에서의 상위점은 앞서 언급했으므로 줄인다. 이 외에 구보는 원전에서 길동이를 살해하기 위한 초란이와 상녀의 모의와, 특재가 길동이를 죽이려고 하는 부분들도 없애 버렸다. 이는 관상녀의 관상이 잘못된 것이어서 뺀 것이라기 보다는 고전 소설에서 흔히 볼 수 있는 주인공이 초년에 고난을 겪는 소설적 구성이 구보의 맘에 들지 않았기 때문인 것으로 보인다.

그 다음에 원전에서 빠진 것은 경상부사가 된 형 인형(仁衡)에게 잡혀 서울로 압송되는 대목이다. 그에 대해 구보는 이렇게 쓰고 있다.

> "이 날(홍길동이란 이름으로 서울 한복판 鐘樓 기둥에 한장의 방문이 붙었고, 그에 대한 논의가 어전에서 있던 날.), 이들 군신간에는 대체, 어떠한 의론이 있었던가?---
> 이 대문은, 『고본 홍길동전』에도, 사실을, 비교적 충실하게 기술하여 놓았기로, 그것을 그대로 옮겨 보겠다.
>
> ………
> 상이 크게 근심하사, 좌우를 돌아 보시며 물어 가로사대,
> 「이 놈이 아마도 사람은 아니오, 귀신의 작란이니, 조신 중, 누가

---

14) 박태원, *Ibid.,* p.1.

그 근본을 짐작하리오?」

한 사람이 나와, 아뢰여 가로되,

「홍길동은 전 이조판서 홍모의 서자요, 병조좌랑 홍인형의 서제오니, 이제, 그 부자를 부르사 친문 하옵시면, 자연 아르실가 하나이다.」(중략)

감사, 이 방을 각 읍에 붙이고 공사를 진폐하여 길동이 자현하기만 기두르드니 일일은 한 소년이 나귀를 타고, 하인 수십명을 거느리고 원문 밖에 와 뵈옴을 청한대, 감사 들어 오라 하니, 그 소년이 당상에 올라 절하여 보이거늘, 감사 눈을 들어 자세히 보니, 때로 기다리던 길동이라. 대경대희하여 좌우를 물리치고, 그 손을 잡고, 목이 메여 눈물을 흘려 가로되…

새로 도임한 경상감사가, 길동이를 달래는 방을 써 붙인 것은 좋으나, 그것을 보고, 길동이가 감영으로 찾아 왔다 함은, 사실과 어긋나는 수작이다.

길동이는 종시 감영에는 나타나지 않았다. 또 나타날 까닭도 없는 일이었다."15)

구보는 위 인용문에서 보이는 것과 같이 길동이 압송되는 과정에서 병조판서 제수까지가 비현실적 요소임을 인식하고 이 부분을 자신의 작품에서 삭제했으며, 그 대안을 앞서 바뀐 부분에 대한 대단원의 언급에서 밝힌 바처럼 기술한 것이다.

마지막으로 구보가 덧보탠 부분은 다음과 같다. 앞서 인용한 바 있는, 길동이 봄날에 겪게 되는 심리적 갈등을 촉발한 공조판서 임사홍(任士洪)의 아들 임숭재(任崇載)와 유자광(柳子光)의 아들의 거들먹거림과 길동이에 대한 조롱 등은 원문에서는 볼 수 없는 부분들이다. 또, 간헐적으로 언급되는 연산군의 학정(虐政)과 음행(淫行) 등은 작가가 의도적으로 강조하기 위해 제시한 장치로 볼 수 있다. 이외에도

---

15) 박태원, *Ibid.*, pp.152~156.

토포사(討捕使) 우포장(右捕長) 이흡(李洽)이 용문산패 괴수가 되는
이야기는 원전에 없는 것으로, 길동이의 사람됨과 행위에 공감한 결
과로 독자에게 인식되도록 만든 것이라고 볼 수 있다. 그러나 이 작
품 대단원에서 나타나는 중종반정에서 길동의 역할이 없듯이 이흡의
역할 또한 제외되어 버린다. 그것은 역사에 대한 확실한 근거를 가지
고 작품을 쓴다는 강박 관념을 가지고 있던 구보의 입장에서 중종반
정에서 보이지 않는 이흡에게 어떤 역할을 하도록 할 수는 없었기 때
문인 것으로 보인다.

(2) 인 물

이 작품이 원작과 달라지게 된 것은 원작에 없는 인물이 덧보태졌
기 때문이다. 더구나 마이너 캐릭터(minor character)로 조생원을 등
장시킴으로써 변화된 길동과 함께 작품을 그럴듯하게 만들어 주고 있
다. 또 음전(音全)이라는 여자를 같은 공간에 등장시킴으로써 길동에
게 활빈도에 가담하도록 하는 결정적인 동기를 부여하고 있다. 다음
에서 좀 더 자세하게 인물들을 살펴보도록 한다.

㉠ 길 동

길동이에 대한 것은 원작과 비슷하게 제시되어 있다. "본래 타고나
기를 기골이 장대하고 여력이 과인하여, 여간 장정들은 십여 명쯤 능
준히 거느리는 길동이었으나, 나이는 이제 열일곱이"[16]며, "무예에
통달하였"고, 또 "칼 쓰기나 창 쓰기나 어느 것이든 모다 능하되 활

---

16) 박태원, *Ibid.*, p.3.

재주에 이르러서는 당대에 짝이 없는" 인물로 서술되어 있는 것이다. 이것은 원작에서 "길동이 본딕 재기과인ᄒᆞ고 도량이 활달ᄒᆞ지라"나, "길동이 졈졈ᄌᆞ라 팔셰되믹 춍명이 과인ᄒᆞ여 ᄒᆞ나흘 드르면 빅을 통ᄒᆞ니"라 한 것과 별 차이 없다. 다만 그의 고민이 원작에서는 "대장 뷔 셰샹의 나믜 공밍(孔孟)을 본밧지 못ᄒᆞ면 찰아리 병법(兵法)을 외와 대쟝인(大將印)을 요하(腰下)의 빗기 ᄎᆞ고 동졍(東征) 셔벌(西伐)ᄒᆞ여 국가의 딕공(大功)을 셰우고 일홈을 만딕(萬代)의 빗닉미 장부의 쾌ᄉᆞ(快事)이라 나ᄂᆞᆫ 엇지ᄒᆞ여 일신(一身)이 젹막(寂寞)ᄒᆞ고 부형이 이시되 호부(呼父) 호형(呼兄)을 못ᄒᆞ니 심쟝(心腸)이 터질지라 엇지 통한치 아니리오"[17]라고 하여 당시의 제도적인 한계를 극복할 수 없는 한 개인의 불만에서 비롯된 것으로 되어 있는 반면, 구보의 작품에서는 당대의 권신인 임사홍(任士洪)의 자제인 임숭재(任崇載)의 거만함과 무령군(武靈君) 유자광(柳子光)의 아들이 "고작해야 오품(五品)을 못넘을 테니 재주가 아깝구나"라는 비아냥거렸던 것에서 비롯된다는 점이 다르다 하겠다. 이들로 말미암아 분노하고, 또는 '天生我材必有用(천생아재필유용)'이라고 스스로 위로해 보지만 '천첩의 소생이 재주가 있으면 뭣하겠는가?' 하는 자조에 머물 수밖에 없었다.

한편 원작과 달리, 집을 떠난 뒤 길동은 선산(善山)에 머물면서 조생원을 만나 왕의 학정을 비판하고, 시국을 토론하기도 한다.

　"「정말 도둑놈들은 조정에 그득하다네! 팔도 삼백육십주에 그득하다네!..... 알지?『사모(紗帽)』쓴 도둑놈들…정작 그 놈들을 말끔 목을 베야만 하느니. 그 놈들만 깡그리 없애버리면야, 멀쩡한 양민(良民)들이, 웨, 환장을 했던가? 도둑놈으로 나서게… 」
　「그야, 지금 나라 정사가 한껏 문란해서, 그래, 탐관오리(貪官汚

---

17) 장지영(張志暎) 주석, 『洪吉童傳・沈淸傳』, 서울, 正音社, 1964, p.9.

吏)들의 침학(侵虐)이 너무야 심한 까닭도 있기는 있겠지!」[18]

"「하여튼, 전고에 다시 없는 인물이야! 원 제 아무리 일국(一國)
의 제왕(帝王)이라 하여, 절대한 권력을 한 손에 쥐고 있다 하기로,
그렇듯 포학(暴虐)하고, 음탕(淫蕩)하고, 또 언어도단(言語道斷)일
수가 있단 말인가? 자고로 어두운 인군이라 하면, 언필칭 걸(桀)이
니 주(紂)니 하지만, 아마 그들도 이에서 더하지는 않을 껄?」
「이제, 그만 알겠네! 자-- 우리 술이나 들세!」
「술이야 들지만--」
하고, 길동이는 술잔을 받아 들며,
「자네, 참 『거사』라는 게 뭔지 알겠나?」
생각 난듯이 한마디 물었다.
「『거사』라니?」
「들거(擧)짜, 집사(舍)짜--」[19]

이와 같이 연산의 학정(虐政)과 권력 계층의 부패를 제시한 것은
'거사'를 일으킬 수밖에 없는 당위성을 부여하기 위한 것이라고 볼 수
있다. 즉 작가는 길동이 조생원, 이학봉과 월파루(月波樓)에서 토론을
하면서 길동이 거사를 일으켜야 됨을 조생원을 통해 말하게 함으로써,
길동이 거사를 일으키는 것은 정권에 대한 야욕에 의한 것이 아님을
드러내고, 거사의 필연성을 피력한 것이라고 볼 수 있다. 그러나 거사
의 방법으로 화적패가 되는 것이 유일한 대안은 아닐 것이다. 이렇게
본다면 의적소설이 안고 있는 본질적인 문제인, 끝없이 지속되어야
하는 구제와 '부패와의 전쟁'의 해결이 불가능한 것을 알고 있으면서,
그 대안으로 제시한 거사의 문제가 해결의 방법이 아님을 구보는 몰
랐을까. 아니면 시대적 배경으로 세종조가 부당함을 인식하고 연산조

---

18) 박태원, *Ibid.*, p.47.
19) 박태원, *Ibid.*, p.48.

로 바꾸고 보니 그렇게 되어 끝을 우물쭈물 끝내고 만 것일까? 아닐 것이다. 비록 중종반정에서 길동이 주도적 역할을 하지 못하고, 그 거사에서의 모의 과정이나 참여자가 길동의 의사와 전혀 다를지라도, 거사라는 것 자체가 길동의 의사와 부합하는 것으로서 사회나 제도의 개혁이 이뤄져야 하는 당위성을 제시한 것이라고 볼 수 있다. 이 사회의 개혁은 구보가 이 작품을 썼던 당시에 시대적 명제라고 인식한 결과는 아닐까? 아니면 그 역할을 위임 받고 작품을 쓴 것일까? 이 문제는 작가를 중심으로 세밀하게 살펴야 할 대목이다.

작가는 왜 길동이를 변용시켰을까? 이와 같이 변용시킨 속뜻은 무엇일까? 길동이의 가출은 가족간의 갈등이나, 사회 제도에 대한 개인의 감정이 동기가 된 것이 아니고, 당시의 제도에 대한 개인의 한계를 인식했을 때, 그 탈출구로 택한 것이라고 볼 수 있다. 그 후, 선산에서 임금을 비롯한 집권층과 지방 관리들의 학정에 대한 분노에서 정권 전복을 꿈꾸었던 것이다. 민중을 바탕으로 한 사회의 개혁보다 학정을 벗어나기 위한 하나의 방법이 거사인 것이다. 여기에서 원전이 새로운 세계를 향해 떠나는 영웅의 모습을 보인 것이라면, 개작은 현실에 고민하고 좌절하는 아주 나약한 한 시민으로서의 보통 사람보다 조금 뛰어난 무술과 힘(여기서 '조금 뛰어난'이란 출중하다는 개념으로 어느 누구도 지닐 수 없는 초인간적인 것을 의미하는 것이 아니고 단지 그 어떤 개인보다 탁월함을 의미한다.)을 가지고 좀 더 나은 세상을 이룩하려는 의지를 가진 인물로 길동을 보이고 있음을 알 수 있다.

그러나 이런 의문은 계속 남는다. 즉 음전이가 권력의 횡포로 파멸되는 것을 보고, 사랑이라는 구체화된 감정은 아니지만, 마음씨 착하고 불쌍한 여인이 잡혀간다는, 그래서 도저히 참을 수 없다는 개인적 감정의 차원에서 화적이 되었다고도 볼 수 있지는 않은가 하는 것이

다. 그러나 개인적 감정의 차원 때문에 화적이 되었다고 하는 것은
명분상으로 빈약하지 않을까? 차라리 음전이가 잡혀가거나 죽었을 때,
끓어오르는 분노를 참지 못하고 관아나 행차를 습격하게 하는 것이
더 개연성이 있는 것이 아닐지. 비록 주변에 있는 인물들이 보복을
당하게 되더라도 (대부분의 소설은 이것을 곧잘 선택해 쓴다.), 음전
이가 죽은 후엔 비록 조생원이 말리기는 했지만 그냥 주저앉았다가
산으로 들어가 화적이 되는 것보다는, 이러한 행위가 좀 더 사실적일
것이다. 그리고 그 이후에 화적이 되었다 해도 화적이 되는 명분이
약화되어 버리지 않을 것이다.

그렇다면 어떤 다른 이유가 있었을까? 작품 전체의 흐름으로 보았
을 때, 영웅의 이야기가 탁월한 한 개인의 이야기로 바뀌어진 것을
확인할 수 있다. 그래서 화적의 떼는 만들 수 있었으나, 민중을 규합
시킬 수는 없었던 것으로 보인다. 따라서 뛰어난 지모와 무술 능력을
가진 길동이, 선산으로 와서 만난 조생원과 이학봉과의 대화를 통해
연산의 폭정과 권신들의 횡포에 대한 분함과 한탄 그리고 거사를 논
의하지만 실현할 수 없었던 것이다. 활빈당이 절대 권력층에 대한 저
항감을 가지고 세력을 어느 정도 규합할 수는 있었지만 그 반작용을
새로운 질서로 수렴하는 데는 실패한 것[20]이다.

ⓒ 음전(音全)

음전이는 원작에는 없는 인물이나 작품 전체에 큰 영향을 미친 인
물로, 길동이 화적이 되는 과정에 직접적인 동기를 제공해 준다. 길동

---

20) 임무출(林茂出), 「朴泰遠의 홍길동전 연구」, 대구, 『영남어문학』 제 1
집, 1990, p.105.

이 선산에 머무르면서 별로 할 일이 없어 시국담으로 소일하고 있을 때, 음전이가 채홍사에 끌려가다 죽어 버렸다. 이에 격분한 길동이 채홍사를 들이쳐 복수하려 했으나, 조생원이 말려 그만두고 만다. 그 뒤 잠적한 길동은 화적이 된 것이다. 본래 음전이는 전라도 녹도(鹿島)가 고향이었으나, 정사년 이월에 왜군의 침입으로 삼대째 수군 군관을 지낸 아버지와 오빠가 함께 죽었고, 개가한 어머니마저 죽고난 뒤 이모가 있는 선산으로 온 것이다. 이 권력에 의해 유린된 음전이로 말미암아 길동이의 사회의식은 예리해진다. 물론 길동이의 사회의식을 길러주는 역할을 하는 인물로 조생원이 있긴 하지만, 길동이의 동정심을 자극하여 직접적인 동기를 유발시킨 것은 음전이인 것이다.

원작에서 길동이 집을 떠난 즉시 화적의 두목이 되어 활빈을 한다. 그러나 사회적인 제도에 불만을 품은 길동으로서는 활빈에서 큰 활동을 하는 것보다는 사회의 개혁을 도모해야 마땅하다. 이런 관점에서 본다면 음전이의 개입으로 인해 권력에 의해 억울함을 당한 자와 재물을 빼앗긴 양민을 위해 활빈을 하는 것으로 작품을 변용시킨 것은 도술소설에서 현대소설로 바뀌는 과정에서 당연한 논리일 것이다. 따라서 간헐적으로 언급되는 권력 계층의 착취와 횡포는 '불쌍한 음전'이와 함께 활빈당의 역할을 극대화하는 상식논리의 하나라고 볼 수 있다.

한편, 김대권은 현대판『홍길동전』들이 한결같이 음전이 같은 인물을 개입시키고 있음을 다음과 같이 지적한 바 있다.

> "대부분의 改作(개작)에서 洪吉童의 곁에는 권력에 의하여 짓밟히고 부모마저 잃어 하루 아침에 고아가 된 소녀, 성장하여 또 다시 왕이나 勢道家 자제에 의하여 괴로움을 당하는 여인이 등장한다. 신동헌의 작품에는 '곱단이' 이정선의 시나리오에는 '얌전이',

고우영의 만화에는 ‘분이’ 조대현의 청소년 문고에는 ‘복실이’ 등
고전 〈洪吉童傳〉에 없는 여인(소녀)들이 등장하는 것이 특색이다.
이들은 吉童이의 사회의식을 강하게 심어주는 역할을 하며 그의
곁에서 보살피고 도와 주는 원조자의 구실도 하고 있다."21)

　그러나 실상 이 보조적 인물들은 원조자의 역할을 넘어 사건이 전
개되는 과정에서 길동이 행동을 선택의 계기를 만들어 주고 있다. 구
보의 이 『홍길동전』의 음전이의 경우도 마찬가지이다. 길동이 ‘거사’
나 ‘활빈’을 염두에 두고 있었을지라도 그것을 행동으로 옮기는 구체
적 동기를 부여한 것은 음전이의 죽음이었음을 앞에서 보았다. 음전
이가 길동이와 어떤 개인적인 특별한 친분 관계에 있지 않고, 다만
당사자들의 흠모나 의사와 관계없이 막연하게 소문에 의해 친분여부
가 나타나 있을 뿐이다. 그럼에도 불구하고 음전이의 죽음이 길동이
의 활빈에 직접 동기가 된 것은, 길동의 활빈 행위가 사사로운 개인
적인 감정의 소산이 아니라, 오로지 정의와 가난하고 힘 없는 백성을
돕기 위한 하나의 구체적 행위에서 비롯된 것임을 밝혀 주는 것이다.
특히 일반적인 소설에서 ‘사랑하는 이’를 위해 불의와 싸우는 것이 기
본 양식임을 상기한다면, 어떤 이데올로기도 작용하지 않고 사랑하는
이를 위한 투쟁도 아닌, 이러한 유형의 동기는 모호하지만 의(義)로
운 행위를 위한 사회적인 의미를 지닌 것일 뿐, 여기에는 그 어떤 목
적도 개재되어 있지 않다. 이것은 길동의 거사가 다분히 대의명분을
바탕으로 이루어졌음을 의미하며, 연산의 학정을 아주 자주 언급한
것과 맥락을 같이 한다.

---

21) 김대권, *Ibid.*, pp.62~63.

ⓒ 조생원(趙生員)

음전이와 유사한 역할을 하는 인물로 조생원을 들 수 있다. 그는 이런 시골 구석에서 훈장으로 늙기에는 아까우리 만치 학식이 유여하여 "이 고을에서 첫째 가는 학자님"이다. 길동이나 음전이와 마찬가지로 조생원도 이 선산 고을 사람이 아니다. 본래는 서울 양반이었으나, 아버지가 평안 감사를 지내면서 부유한 집안이 되어 남들이 부러워하는 집안 형편을 이루었다. 그러나 조생원은, 남들이 그렇듯, "무능하다, 변변치 못하다" 하고 비웃는 자기 조부의 사람됨을 속으로 은근히 흠모하였다. 그리고, '남달리 영통한' 자기 아버지의 수단이라는 것을, 마음에 심히 부끄러웁게 생각하는 "실로 통쾌한 인물"이며, "기절한 남아"였다. 그는 아버지의 강권으로 소과는 치렀으나, 그 뒤 "벼슬하면 사람 버린다"고 과거는 응하지 않아 생원 칭호만 얻은 인물로, 그의 부친이 남겨 준 재산을 단 삼 년 만에 탕진하여 조부가 남겨 준 것 만큼을 처자에게 주고 명산대천(明山大川)을 두루 구경하다가 이 선산에 머무르며, 김승지 댁 사랑방에서 글방 선생을 하게 된 것이다. 이 곳에서 길동이와 만난 조생원은 때를 기다리며 대사를 도모할 기회를 엿보고 있다.

> 「「대사를 도모하다니, 그게 무슨 말씀이오?」
> 「도적질을 한번 크게 해 볼까 하는 말일세. 하, 하, 하」
> 「원, 참…그래, 도적질 하는게 대사란 말씀이오?」
> 「그럼, 그게, 조음 큰일인가? 도적질도 잘만 하면, 곧, 천하를 바로잡느니…」
> 「원, 참, 도적질을 잘 해서 나라를 바로잡다니……」
> 「내, 말하는 도적질이란, 곧, 역적질일세.」
> 「아무리 취중이라도 그런 말씀은 아예 마십쇼.」

「아닐세. 내. 결코. 술이 취해서 하는 말이 아닐세.」(中略)

「그럼 자넨 어떻게 해야 옳을상싶은가?……. 인군은 저렇듯 황음무도 하여--. 탐관오리는 국내에 충만하여--. 우리 백성된 자는 도탄에 빠져서 허더기어--. 그래, 이 지경에 이르러서도, 우리는 그저 시절 잘못 만난 탓이나 하고, 멀거니 누어 있어야 옳단말인가?」

「그러나 그렇다고 하여, 그걸--」

젊은이는, 또 무슨 의견이 있는 모양이었으나. 조생원은.

「이 때야 말로, 나는, 녹림(綠林)에 호걸(豪傑)들이 모여서 체천행도(替天行道)--하늘을 대신하여 도를 행할 시기라 생각하네.」

한마디로 무질러뜨리고, 길동이를 돌아보며,

「홍도령! 자네, 대장으로 한번 나서 보겠나? 자네가 나선다면, 일등 모사는 내 되지!」"[22]

결국 길동이 활빈에 길로 들어 선 것은 원전과 다르게 조생원의 권유에 의한 것이라고 볼 수 있다. 조생원은 길동이의 일급 모사(謀士)로서 활약하게 된다. 즉 원전에서 길동이 혼자 초인적인 능력인 도술을 통해 모든 것을 해결하던 것과는 다르게, 원조자에 의해 문제를 해결하는 모양을 갖추고 있는 것이다. 그는 음전이 채홍사에게 잡혀 갔을 때 길동이 흥분하여 관아를 치려 하는 것을 막았을 뿐 아니라, 음전이 자살해 죽었을 때에도 남아 있는 가족 등의 문제를 조리 있게 제기해 길동이의 비이성적(非理性的), 충동적인 행위에 제동을 걸기도 한다. 이렇듯 조생원은 흥분을 자제할 줄 알고 냉철한 이성으로 사태를 논리적으로 해결할 줄 아는 인물이다. 따라서 조생원은 "길동의 동지요, 충동자요, 그의 지략으로 길동을 도운 원조자요, 길동의 방향을 제시한 안내자로, 어쩌면 허균(許筠)의 스승 이달(李達)을 연상계하게도 한"다고 보기도 한다.[23]

---

22) 박태원, *Ibid.*, pp.57~58.

23) 김대권, *Ibid.*, p.64.

334 한국 서사문학 산고 - 제3부

이와 같은 인물의 변용으로 인해 원작에서 보이는 도술적 요소가
제거됨과 동시에 사실성도 확보되었다. 특히 음전이의 등장은 권력에
의해 억눌리고 짓밟힌 민중들의 삶을 구체적으로 보여 주었다. 이러
한 요소들은 활빈당의 출현을 정당화시켜 줌과 동시에 길동이의 행동
의 폭을 확대시키기에 좋은 여건이 된다고 볼 수 있다. 권력의 횡포
가 극심함으로 인해 민중들의 삶이 극도의 궁핍한 상태에 이르렀을
때에는 활빈당의 출현이 다분히 필연적 의미를 갖게 된다. 그러나 이
활빈당을 민중적 저항이라고까지 확대 해석할 필요는 없다.[24] 다만
비적(匪賊)의 활동이 빈궁화가 심화되고, 경제적 위기가 닥쳐오는 시
기에 만연하고 있[25]음을 볼 때, 활빈당은 권력에 진저리를 치는 민중
들에게는 구세주 그 자체인 것이다. 만일 활빈당이 등장하지 않은 상
태가 지속된다면, 비적들에 의해 민중들의 삶은 더욱 피폐해 질 수
밖에 없어지고 그로 말미암아 민란이 발생하게 된다. 따라서 음전이
의 등장은 이러한 현실의 상황을 설정하는 과정에서 필연적인 요소이
다. 그리고 조생원의 경우도 마찬가지이다. 앞서의 지적대로 원전에서
는 길동이 혼자의 초월적인 재능으로 모든 일이 이루어지지만 구보의
작품에서는 조생원을 등장시킴으로써 그의 뛰어난 지략과 길동이의
탁월한 무술 능력이 어우러져 부패한 고을 수령들을 징치(懲治)한다.
이러한 것은 작품 구조상으로 볼 때, 길동이 역할을 약화시키는 면도
있지만 고전 소설이 갖고 있는 사실성의 결함을 어느 정도 보완하는
것이라고 볼 수 있다. '호풍환우'하는 길동이의 행위에서 많은 독자들
의 심리적인 보상이 이루어지긴 하지만, 작품을 '그럴듯하게' 만드는
데는 실패하게 된다. 작품의 내적 구조상으로 볼 때 음전이와 조생원

---

24) 임무출, 앞의 글, pp.94~95.
25) E. J. 홉스보움, 황의방 역, 『義賊의 社會史』, 서울, 한길사, 1978, p.16.

이 등장함으로써 인물과 인물들의 관련성이 드러나 비논리적인 면이 어느 정도 해소된 것이다. 다만 이렇게 했을 때 작가 개인적인 이상 (理想)이 부과되어 역사를 왜곡하게 되고 이는 역사상의 진실성을 왜곡시킬 수도 있으므로 경계해야 할 대목이다.

(3) 주 제

구보는 왜 이 소설을 고쳐 썼을까? 그리고 많은 고전 중에서 하필 이 작품을 택한 이유는 무엇일까? 이런 질문은 이 작품의 존재의미와 존재방식을 함께 묻는 것으로 이 작품의 본질을 해명하는 핵심이 되는 것이다. 이 작품의 연구는 사실 여기에서 그 의미를 찾을 수 있다. 우선 해명을 위한 방법으로 이 작품의 주제를 파악해 보도록 한다.

『홍길동전』의 주제는 다양하게 파악되었다. 그것은 독자가 어떤 관점에서 작품을 이해하였는가에 따라 달라질 수밖에 없기 때문이다. 이와 같은 이유로 김기동 교수는 그의 『한국고전소설연구』에서 원전 『홍길동전』의 주제를 소상하게 살피고 있다.[26] 그에 의하면, 조윤제 박사는, "矛盾(모순)된 사회 현실을 打破(타파)하려는 사회소설이요, 또 革命小說(혁명소설)이다." 라고 하였고, 천태산인(天台山人)은 ① 계급 타파 특히 庶嫡(서적) 差別(차별)의 廢止(폐지)를 고조(高調)한 것, ② 향토거벌(鄉土巨閥)과 토호(土豪)와 귀족을 疾視(질시)하며 지방 수령의 불의지재(不義之財)를 몰수(沒收)하여 빈민을 구제한 것, ③ 중국 율도국에 들어가서 왕이 된 것 등을 들었다. 또 이명선 교수는 "『홍길동전』을 혁명소설이니, 사회소설이니 하여 무슨 계급투쟁이라도 煽動(선동)하는 소설인 것처럼 생각하는 사람도 적지 않으나,

---

26) 김기동(金起東), 『韓國古典小說硏究』, 서울, 교학연구사, 1983. pp.238~240.

반드시 그런 것도 아니다. 물론 그 속에는 후대의 다른 소설들이 따를 수 없을 庶流(서류) 차별이라는 생신(生新)한 사회문제를 테에마로 하고, 지방의 탐관오리(貪官汚吏)들의 불의(不義)의 재물을 奪取(탈취)하여 빈민에게 분급(分給)함으로써 소위 활빈당(活貧黨)의 명성(名聲)을 천하에 떨치도록 꾸며져 있어, 양반(兩班) 관료(官僚)를 중심으로 한 봉건 제도 그 자체에 대해서는 조금도 반대하지 않은 것이다. 결국 근본적으로는 나라에 반대하는 것이 아니고, 그저 서류(庶流) 차별만 철폐(撤廢)하고 탐관오리만 肅淸(숙청)하는 것이다. 그러므로, 홍길동의 혁명 사상이란 계급 혁명을 지향(指向)하는 것이 아니고, 불우(不遇)한 정객이 일시 인기를 올리기 위해 혁명을 가장(假裝)하고 이용하려 한 것이라고 단정할 수 있을 것이며."라고 하여 『홍길동전』의 주제를 과소평가했다고 지적하였다.

그는 이와 같이 살피고 난 뒤 『홍길동전』의 주제를 다음과 같이 정리 피력했다. 먼저 『홍길동전』의 주제는 사회제도의 개혁(改革), 곧 적서(嫡庶) 차별(差別)의 철폐(撤廢)와 정치적인 부패의 규탄(糾彈)이라 하겠으나, 이는 극히 '인상적(印象的)'으로 표현되었음을 지적했다. 또 이 작품에서는 혁명적인 표현은 찾아 볼 수 없기 때문에 근본적으로 계급제도(階級制度)를 혁명에 의해 타파하려는 의지도 없고, 조선 왕국을 전복(顚覆)하려한 대목도 없음을 지적했다. 또 적서 차별의 철폐에 대해서도 마찬가지이다. 길동이 적서 차별로 말미암아 분심을 품고 집을 나갔을 뿐이지, 그가 직접 나서서 적서차별 철폐 운동을 벌이지는 않았음을 적시했다. 후반부에서 적서차별에 대해 불평을 토로하고, 왕에게 병조판서에 제수해 달라고 요구는 했어도, 적서차별의 철폐를 요구하지 않았다. 더구나 병조판서가 된 후 곧 사퇴하면서, "천은(天恩)을 입사와 평생 한을 풀고 돌아가오며 영결(永訣)

천하(天下)하오니, 복망(伏望) 성상(聖上)은 만수무강(萬壽無疆)하옵
소서"라고 하여 평생의 한이 적서 차별의 사회제도를 철폐하는 데 있
었던 것이 아님을 이 인용문을 미루어 보아 알 수 있다. 이에 대해
앞의 김 교수는 '적서 차별이 폐지되어 서류(庶流)인 길동이 병판(兵
判)이 되었다는 것이 아니고, 자기 개인으로서 할 수 없었던 벼슬을
해 보았다는 만족에 불과하며 적서 차별이 폐지되고 자기가 벼슬하게
되었다는 만족은 아닌 것'이라고 지적하였다. 길동이의 이와 같은 행
위는 서류들의 벼슬길이 열리지 못한 데서도 그 한계성을 입증할 수
있다.

그 다음으로 주제와 관련해서 논의할 수 있는 것으로 탐관오리(貪
官汚吏)의 규탄과 빈민의 구제를 들었다. 길동이 활빈당을 조직하여
지방수령들의 재물을 탈취하고, 지방 부호들의 횡재를 탈취하여 빈민
을 구제하고, 관물(官物)이나 백성의 재물은 추호(秋毫)도 건드리지
않았음을 들어 이 소설이 사회성을 띄고 있다고 단정했다.

또한 이상국가 건설에 대한 것도 주제와 관련해 논의할 수 있다.
이에 대해 그는 "길동이 율도국(硉島國)에 가서 이상적인 왕국을 건
설하였던 것은, 길동이 국내에서는 자기의 이상을 펴 볼 수 없기 때
문에 해외로 가서 율도국을 발견한 것이니, 이것은 작자가 현실적으
로 봐서는 도저히 이상적인 국가를 건설할 수 없었던 관계로 해서 방
편적으로 율도국을 택하게 되었던 것이 아닌가 한다."고 하였다. 이는
현실적 대안으로서 율도국을 제시한 것이라고 볼 수 있다. 그러나 율
도국이 과연 이상국가인가 하는 것은 별개의 문제로 남는다. 율도국
이 이상국가라면 조선의 국가 형태와 달라야 함에도 불구하고 율도국
은 길동이 왕인 국가의 형태를 그대로 지니고 있다. 따라서 이상국가
의 건설이 아니고 善政을 베푼 왕의 국가를 제시해 준 셈이다. 이렇

게 본다면 조선의 해외 진출을 慫慂(종용)했다는 논의는 이상국가의 건설이라는 것과는 별도의 관점에서 다뤄야 할 것이다. 김 교수는 이에 결론을 혁명소설이나 사회소설이 아니고 역사소설로 처리한다고 하였다. 그러나 이 문제는 더 논의해야 할 것이다. 단지 여기서는 주제와 관련해서 살펴보고자 한다.

그렇다면 원전 『홍길동전』의 주제를 어떻게 보아야 할까? 대부분의 고전소설 연구자들은 『홍길동전』의 주제를 사회의 모순을 개혁하고 부정을 바로 잡고자 함에 있다고 하였다.[27] 그렇다면 구보(仇甫)의 『홍길동전』의 주제는 과연 무엇일까? 구보의 작품에서 길동이는 통치권자를 바꾸는 체제의 전복을 시도하고 있을 뿐만 아니라, 빈민 구제와 탐관오리에 대한 징치(懲治)도 겸행하고 있다. 특히 연산의 학정(虐政)에 대한 다양한 제시를 통해 포악한 인군으로서의 모습을 끊임없이 제시함으로써 반정(反正)의 필요성을 간접적으로 역설했다고 볼 수 있다. 뿐만 아니라 자신의 아버지를 포함한 권력 계층의 비리를 폭로함으로써 집권층에 대한 불신과 그들이 제거해야 마땅한 존재임을 천명하고 있다. 이는 원전에서 보여지는 영웅적인 면모보다 부패한 정치권을 전복해야 한다는 혁명적 논리를 전개하기 위한 구성상의 배려라고 볼 수 있을 것이다. 율도국으로 가서 새로운 국가를 건설하는 것으로 끝이 나는 원전보다는 현대적인 역사소설을 지양(止揚)함으로써, 구보는 민중적 삶의 총체성과 민중의 결집된 힘의 필연적 승리를 구현시키려 한 것이다. 무명의 소녀 음전이와 조생원은 이런 주

---

27) 이와 같은 견해는, 정주동의 『古代小說論』, 서울, 형설출판사, 1981, pp.326~328, 장덕순의 『韓國文學史』, 서울, 동화문화사, 1982, p.205, 김동욱의 『국문학사』, 서울, 일신사, 1976, p.175, 정병욱의 「홍길동전의 재평가」, 『한국 고전의 재인식』, 서울, 홍성사, 1984, pp.212~213 등에 나타나 있다.

제를 확보하는 인물들이다. 다만 제 16, 17장에서 중종반정에서 길동이의 행위가 약화되고 그로 말미암아 인물적 특성이 후퇴하게 되었다는 문제점은 있다. 이로 인해 투쟁적인 인물 성격의 일관성뿐만 아니라 혁명적 투쟁이라는 주제의 긴밀성도 파괴되어 버린 것이다. 결국 혁명적 세력인 반정의 중심인물인 성희안(成希顔), 박원종(朴元宗), 유순정(柳順汀) 등과 길동이와의 구체적인 연계가 이루어지지 못함으로써 역사적 상황 속에서 사회적인 여러 세력 간의 갈등과 저항을 구체적으로도, 포괄적으로도 제시하지 못했다. 이것은 작가 스스로 고백했듯이 아주 불만스러운 부분으로 남게 된 원인이 되었다.[28] 구보가 이와 같이 주제를 제시한 것은 이 작품을 다시 씀으로 해서 당시의 사정의 일면이 반영된 것이 아닐까 하는 의구심을 갖게 한다. 이에 대해서는 다음 항에서 재론하겠다.

4. 변용(變容)의 원인

구보가 이 작품을 고쳐 쓴 이유는 무엇일까? 이런 질문을 구명하기에 앞서 출판사는 왜 이런 '協同文庫(협동문고)'라는 출판물을 기획했을까? 출판사측은 이에 대해 「協同文庫(협동문고) 간행(刊行)의 사(辭)」를 맨 뒤에 덧붙여 다음과 같이 밝혔다.

"우리들은 우리나라를 오랜 문화를 가진 나라라고 자랑하고 있습니다. 그런데 現實에 있어서는 우리나라는 文盲이 많기로 有名한

---

28) 구보는 '책끝에'에서, "더구나 결말에 이르러서는 작자 자신 크게 불만이다. 모처럼 홍길동이란 인물을 살려 보자고 붓은 들었던 노릇이, 결말에 이르러 아주 죽이고 말았다."라고 불만을 토로했다.

文化後進國입니다. 一部 文化人의 對話를 옆에 앉은 無識한 大衆은 外國말처럼 못아러 듣는 딱한 現狀에 있습니다.

百姓을 蒙昧(몽매)한 채로 내버려둔 것은 封建的인 王朝專制政治로 始終한 朝鮮에 있어서 特權階級者(특권계급자)만이 自己네가 享有(향유)하고 있는 그 特權을 오래 持續獨占(지속독점)하려는 心思에서 나온 惡辣(악랄)한 政策으로서 이러한 因襲에 젖은 無智한 大衆은 여기 對해 不幸을 느끼면서도, 오히려 當然한 것으로 생각할만치 줄곧 그늘속에 사라왔으니 反旗를 드러볼 念도 못내는데 이 不合理한 惡弊(악폐)가 곳처질 理가 있었습니까.

世界의 新思潮가 우리의 鐵壁(철벽)같은 깊은 꿈을 깨트리고 겨우 新文化運動이 擡頭(대두)되려 할 무렵, 우리들은 악착한 日帝의 奴隸(노예) 生活로 드러가 朝鮮文化自體가 뿌리 채 뽑혀지는 危急(위급)한 地境에 허매였으니 朝鮮的인 新文化運動이란 싹도 터보지 못하고 다시 封建的인 暗黑時代로 드러가 大衆의 愚昧(우매)를 열기는 커녕 文盲의 病身만 그대로 느러갔습니다.

그러나 世上은 바꿔여, 萬人의 知慧(지혜)와 力量을 가치기우려 政治도 의론하고 産業이며 經濟도 建設하야 民主主義 새 朝鮮을 이룩해야 할 때가 된 것입니다. 無智한 文盲이 모히어 튼튼한 새 나라를 세우려는 것은 砂上에 樓閣(누각)을 세우려는 게나 다름없이 虛妄한 노릇이요, 무엇보다 앞서 우리의 文化水準을 높이자는 까닭이 여기 있는 것입니다. 特權者는 그들의 獨占物이든 書冊(서책)을 大衆 앞에 開放(개방)해야 되고 大衆은 特權者에게서 解放된 書冊을 通하야 文化民族으로서의 資格을 가추기에 힘써야 합니다.

그런데 아모리 書肆(서사)에, 書庫에, 充積(충적)된 좋은 書冊일지라도 그대로 開放만 해준다고 그것이 知識水準이 얕은 大衆을 즐겁게 해 주지 못하고 그들 大衆에게 곧 糧食이 되고 피와 살이 될 수는 없읍니다. 學問과 藝術의 普遍化를 꾀하는 데는 먼저 書冊의 大衆化를 前提로 해야 합니다.

農民의 啓蒙을 그 事業의 하나로 하고 있는 朝鮮金融組合聯合會가, 정말 農民의 손에서 떠나지 않을 册, 農民에게 꼭 주고 싶은 册을 골라내여 萬人의 手中에 드러가게 할 수 잇도록 犧牲的(희생적)인 價格으로 刊行頒布(간행반포)하야 將來할 朝鮮文化를 爲하

야 이 文庫를 世上에 내여 놓게 된 것은 애오라지 書庫나 書肆店
窓(서사점창)에 新刊書의 種目이나 느려보자는데 있지 않은 것을
料解(요해)해 주실 줄 믿는 同時에 永遠性 있는 이 事業에 대하야
知識을 求하고 藝術을 사랑하는 讀書大衆의 公正 叱正(질정)과 不
斷의 聲援(성원)을 비러 마지않는 바입니다."[29]

위의 글이 다소 길지만 '辭'의 속뜻을 알기 위해서 불가피하게 전문
을 다 인용했다. 위의 내용을 검토해 보면, 변화된 세상에서 새 조선
을 이룩하기 이런 서책을 통해 무지한 문맹인 대중의 문화 수준을 높
이고, 문화 민족으로서의 자격을 갖추게 하고자 이 책을 낸다고 밝히
고 있다. 즉 권력층의 독점물인 서책(書冊)을 대중에게 보급하는 것,
다시 바꾸어 말하면 '서책(書冊)의 대중화(大衆化)'를 시도하기 위한
것이 이 책의 발간 목적이라는 것이다. 여기서 '서책의 대중화'에 대
하여 좀 살펴보아야 되겠다.

이 '서책의 대중화'는 곧 '문화의 대중화'를 위한 것으로, 1946년 7
월을 전후하여 문학가동맹이 조직적 차원에서 본격적으로 전개하였던
대중화 문제와 연계하여 볼 수 있을 것이다. 이런 추론은 구보와 같
이 이 금융조합연합회에서 『李春豊傳(이춘풍전)』을 낸 김영석(金永
錫)이 당대 문학의 본질적 성격인 인민의 문학이 현실과 실제로 얼마
만큼 괴리되었는가를 지적한 다음과 같은 글에서 확인할 수 있다.

"서울서도 의식 수준이 높은 모 공장의 한글을 읽을 수 있는 남
녀 직공은 2백명 가까운 속에서 고리끼를 아는 사람이 하나도 없
었고 이기영을 아는 사람이 12인 밖에 없었다는 사실은 문학대중
화를 위한 사회적 조건이 얼마난 가혹했던가 하는 것일 게다. 2백
만 가까운 조직 노동자와 4백만이 넘는 조직 농민을 앞에 둔 오늘

---

29) 박태원, *Ibid.*, pp.177~178.

날의 조선문학이 과연 얼마만한 독자를 가지고 있는지는 의문이
아닐 수 없다."30)

이런 논의가 발생한 이유를 자세히 논할 필요는 없지만 그 발단이
된 것은, 1946년 들어 이승만(李承晩)을 중심으로 한 한민당이 일제
잔존 세력과 봉건지주들과 결탁하여 미군정의 비호(庇護)를 받아 민
주주의 민족전선에 대한 노골적인 반대투쟁을 전개하기 시작하는 것
으로 당시 사회 상황이 급변한 데서 비롯된 것이다. 이어 모스코바
삼상회의 직후 찬탁(贊託)과 반탁(反託)으로 나뉘어진 뒤, 미군정청
이 정판사(整版社) 위조사건 등을 통한 각종 언론 탄압과 국대안(國
大案) 제정 등 파쑈진영의 이익을 대변하면서 좌익에 대한 탄압을 본
격화하였다. 이에 대해 조선공산당은 미군정청에 대한 소극적 태도를
반성하고 역공세를 결의하고 선전술을 펼친다. 이 선전술은 무력투쟁
을 의미하는 것이 아니고 합법적인 테두리 안에서 반미 반군정에 대
한 대중 투쟁을 조직화하는 것이었다. 이러한 합법적 투쟁은 예술, 문
학계에도 영향을 미쳐, 1946년 7월 문학가동맹에서도 예술의 대중화
문제를 조직적으로 전개했다. 이 때 가장 구체적인 활동의 하나가 문
학의 대중화 문제였다. 이 대중화 문제의 중심축은 창작 실천의 부진,
보급과 관련된 대중에 대한 구체적 영향력 문제, 작가의 의식 개조
문제 등이었다.31) 결국 이 '문화의 대중화'를 이룩하기 위한 하나의
방편이 '서책의 대중화'였고 그에 대한 구체적 실천이 '협동문고'의 발
행이라는 것은 쉽게 짐작할 수 있을 것이다.

---

30) 김영석, 「문화의 대중화 문제 기타」,『신세대』제3호, 1946.7. (임규찬, 8・
15 직후 미군정기 문학운동에서의 대중화 문제, 이우용편저,『해방 공
간의 문학 연구』, 서울, 태학사, 1990. pp.156~157.에서 재인용)

31) 임규찬, op.cit..

따라서 농민의 계몽을 그 사업의 하나로 하고 있는 〈朝鮮金融組合聯合會(조선금융조합연합회)〉가 정말 농민의 손에서 떠나지 않을 책, 농민에게 꼭 주고 싶은 책 중의 하나로 이 『홍길동전』을 선택한 것은 당연한 논리의 귀결인 셈이다. 위에서 김영석(金永錫)이 제기한 것은, 올바른 문맹 퇴치 운동이라든가, 대중문학 혹은 계몽문학에 대한 논의가 아니라, 인민의 문학이 실제로 대중과 밀접한 관계를 이루지 못했음을 통박하고 근로 대중층의 욕망이 어디에 있는가에 초점을 맞추었다. 따라서 올바른 문학과 근로 대중과의 접근 가능한 문학이란 과연 어떤 것일까 하는 것이 문제가 된다. 바로 이 점이〈조선금융조합연합회〉가 이 책을 발행하게 된 이유가 무엇인가에 대한 답이 될 것이다.

그렇다면, 문화 수준이 얕은 농민 대중을 즐겁게 하면서도 그들의 문화 수준을 높이는데 이 『홍길동전』이 과연 적합한 것일까? 이런 논의는 근로 대중층의 욕망이 어디에 있었는가에 대한 그들의 답변인 셈이다. 이 점은 협동문고가 모두 4부로 나뉘어졌는데, 제 1부는 학술이고, 제 2부는 농민계몽, 제 3부가 고전, 제 4부는 민중예술에 관련된 것으로 분류한 것에서도 볼 수 있다. 이 중 제 4부 민중 예술편에 채만식(蔡萬植)의 『許生傳(허생전)』, 김영석의 『李春豊傳(이춘풍전)』, 이명선(李明善)의 『洪景來傳(홍경래전)』등이 들어가 있고, 분류번호 4-4(4부 4책)로 이 『洪吉童傳』을 출판했다. 그런데 이 『홍길동전』은 농민 계몽으로 분류되거나 그것이 어렵다면 고전으로 분류돼야 마땅할 터이다. 그럼에도 불구하고 민중예술로 가름한 까닭은 당시의 문학 작품 수준에 대한 인식의 차이에서 비롯된 것으로 보인다.

金南天은 『문학』 창간호(1946.7.)에서 당시 일 년 간의 창작계를 정리하면서, 한마디로 '작품의 경지가 한없이 저급하다'[32] 고 비난하면서,

테마설정의 비속성(卑俗性)과 안이성(安易性), 통속적인 착상 등이 소시민성에 사로잡혀 있다는 것을 그 이유로 들었다. 그러면서 그는 작가의 질적 향상을 위한 노력이 인민 대중의 감정을 알고 습속을 연구하고 언어를 배우고 투쟁과 고락을 함께 하는 행동과 어우러질 때, 작품의 질적 향상과 보급화가 이루어질 수 있을 것이라고 했다. 이런 논의는 더욱 광범하게 진전되어, 역사 발전의 원동력이 민중의 역사적 투쟁 가운데 있다는 확고한 계급투쟁의 시각을 바로 현실에서 취해야 함을 역설하고, 이러한 현실적 여건이 문학자 자신의 낙후성을 반성하는 계기가 됨을 대중이 가르쳐 주었다는 것이다.[33]

이런 논의의 결과로 시도된 것이 협동문고의 발행과 관련이 있을 것으로 보여진다. 그 이유는 무엇일까? 이런 의문에 답을 밝히기 위해서는 이〈조선금융조합연합회〉의 성격을 구명하는 것이 해명의 지름길일 것이다. 그러나 굳이 발행단체의 성격을 규명할 것도 없이 위의 인용문을 통해 해명의 단서를 확보할 수 있을 것으로 보인다.

우선 위의 인용문 세 번째와 네 번째 단락을 통해 이 발간사의 문맥적 의미를 다음과 같이 요약할 수 있다. 1)일제로부터 벗어나 조선 사적인 신문화의 건설, 2)봉건제도의 청산을 통한 문맹의 탈피, 3)민주주의 건설 등이다. 이런 견해는 1945년 12월 13일 남로당 지령에 따라 〈조선문학건설본부〉와 〈조선프로예맹〉이 합쳐진 〈조선문학동맹〉이 제시한 강령과 비슷한 면을 보인다.

이 〈조선문학동맹〉이 1946년 1월 20일 대회를 소집했는데, 이 대회에서 드러난 이 단체의 지향점은 다음과 같았다. 첫째, 문학의 목표를

---

32) 김남천, 「창조적 사업의 전진을 위하여」, 『문학』 창간호, 1946.7.(이우용, *Ibid.*, p.158에서 재인용)

33) 김남천, 「대중투쟁과 창조적 실천의 문제」, 『문학』 제3호, 1947. 4.(*Ibid.*, p.158.)

일제 잔재의 소탕, 봉건적 잔재 청산, 국수주의 배격, 진보적 민족 문학 건설, 구제문학과의 제휴 등으로 설정한다. 둘째, 〈조선문학가동맹〉이라는 명칭을 사용하고, 집행위원을 확정한다. 그리고 이 대회에서 내세운 것은 민족 문학이었는데 이는 그들이 내세운 큰 목표가 진보적 민주주의의 건설이었기 때문이다.34) 여기서 봉건제도의 청산과 일제잔재의 청산, 민주주의 건설 등에서 위의 인용문과 유사한 부분을 발견할 수 있다. 반면에 〈조선문학가동맹〉에 맞선 우익진영의 단체인 〈전조선문필가협회〉의 1946년 3월 13일의 대회는 이승만이 축사를 하는 등 정치적 성격을 띤 채 하루 만에 토론도 없이 끝나 버려 어떤 강령도 제시되지 않았다.35)

이로 미루어 보아 〈조선금융조합연합회〉에서 출간한 책들이 좌익 이데올로기를 전달하기 위한 선전 도구는 아니었는지도 모를 일이다. 앞서 김윤식 교수의 지적대로 '금방 현실주의자로 변모할 수 없는' 상태에서 개작한 형태가 바로 구보의 『홍길동전』이 아닐까? 그럼 작품을 선정한 것은 누구일까? 만일 구보가 이 작품을 선택했다면 그 선택의 이유는 무엇일까? 혹은 구보가 이 작품을 선택한 것이 아니고 연합회에서 선정한 것이라면, 연합회에서는 왜 이 작품을 선정했고, 그리고 이 작품을 왜 구보에게 맡겼을까? 그냥 우연의 일치일까? 혹시 아무 의미 없이 편집진에 있었을지도 모르는 친구의 부탁이었을까? 이런 의문들이 부질없는 것들일까? 구보가 이 작품을 선택한 것이라면 그의 작품 활동과 관련이 있는 것일까? 이 점은 김윤식 교수

---

34) 김윤식, 『해방공간의 문학사론』, 서울, 서울대학교 출판부, 1989, pp.10~11.
35) 우익 문학 쪽에서 이론적인 수립에 나선 단체은 1946년 4월 4일 만들어진 〈조선청년문학가협회〉로, 이들이 내세운 강령은, 1)자주독립촉성에 문화적 헌신을 기함 2)민족문학의 세계사적 사명의 완수를 기함 3)일체의 공식적 예속적 경향을 배격하고 진정한 문학 정신을 옹호함 등이다.(김윤식, Ibid., p.17.)

의 구보의 글쓰기에 대한 글에서 어떤 연관성을 찾을 수 있을 것으로
보인다.

김 교수는 구보의 작품 활동을 글쓰기와 소설쓰기로 나누어 해명하
였다.[36] 그 중 글쓰기는 1939년 10월부터 『신세기』에 지나소설(支那
小說)이란 이름으로 된 『역수한(逆水漢)』을 발표하면서 시작되었다.
그 후 그는 1930년대 말 전면적으로 중국 고전 번역에 매달렸는데,
김 교수에 의하면 이는 그의 글쓰기가 나아갈 수 있는 최선의 방법이
었다는 것이다. 이것이 일제 말기 탄압이 극심해진 상황에서 살아남
을 수 있는 방법이었음은 말할 것도 없다. 일제 말기에 살아남은 유
일한 작가로서 박태원을 꼽으면서, 김 교수는 그 이유가 중국 고전
소설 번역에 있었음을 밝혔다. 그러면서 그는, '유일하게 살아남을 수
있었다'는 것에 두 가지 의미가 포함되어 있다고 하면서, 그 하나는
친일 문학에 나아가지 않아도 되었다는 점이고, 또 하나는 창작활동
을 한 것이 아니고 다만 글쓰기(번역)에 몰두함으로써 '글쓰는 자'의
임무에 충실했음을 의미한다고 했다.[37] 일제 치하에서 친일도 아니고,
붓을 꺾지도 않고, 아니면 일본어로 쓰되 신체제와 관계없는 글을 쓰
지도 않는 또 하나의 방법을 택한 것이다.

일제 치하에서 이러했던 구보가 해방 후에 이와 같은 소설을 쓰게
된 것은 무슨 까닭이 있어서일까? 김 교수에 의하면, "해방 공간에서
'소설쓰기'란 엄격히 말해 어느 시각에서 편드는 행위의 일종인 만큼
누구도 현실주의자(이데올로기 선택)가 아닐 수 없는데, 그 점을 전
면적으로 포기한 박태원으로서는 해방 공간이 닥쳐왔다고 해서 금방
현실주의자로 변모할 수 없었다."[38] 따라서 『임진왜란』(서울신문, 1949.

---

36) 김윤식, 「박태원론」, 『한국 현대 현실주의 소설 연구』, 서울, 문학과지성
　　사, 1990, pp.141~172.
37) 김윤식, *Ibid.*, p.144.

1~1949. 12.)을 발표하기 전까지 그는 당분간 무방향성에 놓인 영점 (零點) 지대로서의 '글쓰기'에 머물러 있을 수밖에 없었다. 이런 상황에서 쓴 것이 이 『홍길동전』이라는 가설이 있을 수 있다.

위의 질문에 대한 또 하나의 해명은 해방 직후 문단 상황과 관련해서 살펴보는 경우에 나올 수 있다. 해방직후 문단이 〈조선문학가동맹〉을 중심으로 한 좌익 작가들에 의해 주도되고 있을 때, 구보를 포함하여 김기림, 정지용, 이태준 등 九人會 회원이자 1930년대 모더니즘 문학 전개에 주도적인 역할을 담당했던 순수 문학 계열의 작가들도 모두 〈조선문학가동맹〉에 참여하였다. 뿐만 아니라 그는 〈조선문학가동맹〉의 집행위원으로 선정되어[39], 새로운 민족 문학 건설이라는 사명을 가지고 문학의 사회적 실천을 강조하는 쪽으로 선회하였다.[40] 새로운 시대에 맞는 민족문학 건설의 확립이 그의 문학적 과제였고, 그 결과물이 일련의 역사소설임이 이미 보고 된 바 있다.[41] 비록 『홍길동전』을 역사소설로 보기엔 다소 무리가 있을지라도, 봉건주의에 대한 저항의식이나 민중의식이 『春甫』등 보다 오히려 더 구체화되어 있다는 점에서 해방 직후 그의 행적과 맞물려 있는 것이 아닌가 하는 추측을 하게 된다.

이제 위에서 살펴 본 견해에 의하면, 구보 개인에 있어서 이 작품을 쓰게 된 이유는 해방 직후 〈조선문학가동맹〉에 관여했던 그가 작품 활동을 통해 현실에 깊게 관여하려 했으나, 『천변풍경』과 같은 작품을 썼던 그가 쉽게 현실주의자로 변할 수는 없었고, 따라서 민족문학 건설에 참여의 한 방법으로 이를 택한 것으로 볼 수 있다. 아니면

---

38) 김윤식, *Ibid.*, p.149.
39) 김윤식, 『해방 공간의 문학사론』, p.22.
40) 정현숙, *Ibid.*, pp.250~252.
41) 정현숙, *Ibid.*, p.252.

〈조선금융조합연합회〉에서 기획 출간한 협동문고의 필자로 지목되었
는지도 모를 일이다. 그리고 이미 그는 역사소설류에 해당하는 작품
들을 쓴 전력이 있지 않았던가? 그러나 다 쓰고 난 뒤 못 마땅해 한
것은 자신의 처지로 봐서나, 문학성으로 봐서나 기대치가 개인에게도
집단에게도 못 이른 데서 기인한 것이라고 볼 수 있다. 다만 이 작품
에서 문학가동맹의 이데올로기가 생경하게 드러나지 않은 것은, 구보
가 집행위원이기는 했으나 이에 적극적으로 가담하지 않았기 때문인
것으로 풀이할 수 있을 것이다. 이런 추론이 가능하다면 이 작품을
쓴 것도 의도적이기보다는 그 누구의 강권에 거절할 수 없는 어쩔 수
없는 상황 때문에 썼는지도 모를 일이다. 마치 그가 문학가동맹에 그
의 의사와 관계없이 집행위원으로 선출될 것을 예상하고 일부러 술에
만취하여 집으로 가는 도중에 다리에서 떨어져 타박상을 입고 참석하
지 않은 사실[42]과 관련해서 본다면 이런 추측은 가능하리라고 본다.

5. 변용의 의미 – 연산조(燕山朝)에서 길동의 한계

구보는 이 작품, 『홍길동전』의 개작의 의미를 어디에 두었을까? 우
선 왕을 비롯한 권력층의 부정부패를 폭로하고, 그의 시정이 정권 교
체의 차원에서 이루어져야 함을 역설했다. 이 과정에서 백성은 도탄
(塗炭)에 빠져 있고, 길동의 아버지를 포함한 권신들과 지방 관리들
은 온갖 횡포를 부리며 잘 살고 있음이 대조적으로 드러나고 있다.
특히 연산의 황음(荒淫)과 폭정(暴政)이 작가의 직접적인 설명이나,
조생원과의 대화를 통해 간헐적으로 언급되어 있어 작가가 의도적으

---

42) 강진호 외 공저, 『박태원 소설 연구』, 서울, 깊은샘, 1995, pp.427~428.

로 강조하고 있음을 알 수 있다. 작품의 시대적 배경을 세종에서 연산으로 바꾼 것도 이 연산의 폭정을 배경으로 삼기 위한 배려일 것이다. 그러나 庶出이라는 신분과 관련된 것은 사회 문제화 되는 대신 개인의 사회화에서 장애적 요소로만 제시되었다. 이것은 이 작품에서 구보가 그리려 했던 것이 중종반정에 의한 혁명적 정권 교체의 시도로서, 당시 사회제도의 개혁이라고 하는 본질적 문제를 비껴간 데서 확인 할 수 있다. 이것은 현대 사회에서 신분 문제가 사회의 심각한 갈등을 유발시킬 수 있는 소지(素地)가 없기 때문이라고 보여진다.

그리고 작품을 변용시킴으로써 전형적인 고전소설의 모습에서 탈피했다. 현대소설로 개작하는 과정에서 사실성을 확보하고자 고전소설에서 보여지는 비논리적이고 불합리한 요소들을 제거해 버린 것이다. 서두를 "봄! 봄! 봄이다."의 3행으로 시작함으로 해서, 원작의 "화설 됴션국 세종됴 시절의 흔 재상이 이시니" 와는 전혀 다른 현대소설적 느낌을 갖게 한다. 또한 원작에서 보여지는 도술소설적 요소가 제거된 것을 지적할 수 있다. 호풍환우하는 초인적 능력을 가지고 있는 길동이 힘과 활쏘기를 비롯한 약간의 무술에 탁월함을 가지고 있을 뿐 고민하고 좌절하는 인물로 바뀌어진 것도 같은 맥락에서 이해할 수 있다. 길동이 팔도에서 출현한다든가, 경상감영에서 잡혀 갔다가 탈출하는 대목도 원작이 비논리적임을 들어 리얼리티의 확보를 위해 고쳐야 됨을 지적하고 이를 고쳐 버렸다. 다음 예문에서 확인해 보기로 한다.

"고본 『홍길동전』은, 단순히 소설로 볼 때에는 흥미가 아주 없지 않으나, 문헌(文獻)으로서의 가치는 별로히 없는 저술이다.
『얘기책』---, 고대소설이라는 것이 흔히 그렇듯, 이『홍길동전』도 사실에 없는 허황맹랑한 수작이 너무 많다.

길동이가 둔갑법(遁甲法)을 쓰고, 축지법(縮地法)을 쓰고 구름을 타고서 하늘을 달리고, 초인(草人)으로 저와 똑같은 길동이 여덟을 만들어 팔도에 배치하고..... 나중에 율도국으로 가서 왕이 되는 것은 그만 두고라도, 애초에 집을 나가는 동기부터 사실과는 모두 틀리는 수작이다.

그러한 중에, 이 '해인사 사건' 하나만은 대체로 사실과 부합한다. 대개, 이대로 믿어도 좋다."[43]

이와 같이 구보는 작가 자신이 작품에 개입하여 사실성 확보에 주력하고 있다. 그러나 이를 통해 도술소설로서의 모습은 면했으나, 이것이 작품의 이해를 돕는데 얼마나 큰 구실을 하며, 독자가 감동하는 데 얼마나 많은 도움을 주었는가 하는 점은 별개의 문제로 남는다.

또 하나, 변용 과정에서 드러난 한계로 지적될 수 있는 것은 역사적 우의성(寓意性)이 얼마나 잘 나타났느냐 하는 문제다. 만일 역사소설이라고 한다면 이는 반드시 검토해야 할 부분이다. 해방 직후인 당시의 시대적 상황이 역사라는 비유를 통해 얼마나 잘 드러났는가? 당시의 여건으로 보아 '민중의 총체적 삶이 객관화된 시각에서 표현됐는가'라는 질문은 구보의 신분으로 보아 좀 어려운 요구가 아니겠는가 하는 생각이 든다. 실제로 위에서 살펴보았듯이 이 작품의 갈등구조는 왕-권세가를 축으로 한 하나의 집단과, 길동-조생원-음전을 또 하나의 축으로 한 집단의 갈등으로 요약될 수 있다. 이와 같은 대립구조는 민중의 총체적 삶을 구현하는 데는 역부족이다. 가해자와 피해자의 대립의 논리는 갈등이 증폭된 민중의 삶이 억압 받는 현실을 바탕으로 하는 것일 뿐, 총체성을 구현하는 데에는 적합하지 못한 것이다. 당시의 사회적 환경으로 꼽을 수 있는 것이 좌우익의 대립일 텐데 이를 그대로 부르주아와 프롤레타리아의 대립이라든가, 지배 계

---

43) 박태원, *Ibid.*, p.83.

층과 피지배 계층의 대립구조로 이해할 수는 없다. 즉 구보가 창작하던 시기인 해방 직후의 혼란스러웠던 상황을 작품 속의 시대인 연산당시의 부패한 시대적 배경에 대입시킬 수는 없는 것이다. 다만 사회주의적 성향이 전제된 가운데 사회 전체에서 풍겨지는 민주주의나 자본주의 사회가 표방하는 것에 대한 비판적 시각이 작품에서 이와 같이 드러났을지도 모른다는 의문은 제기할 수 있으리라. 그러나 이것이 가진 자와 못 가진 자의 대립이 가진 자는 모두 惡이고 못 가진 자는 모두 善인 상태로 연장되어 해석되어서는 안 될 것이다. 그리고 이 작품이 구보의 글쓰기 행위에서 벗어났다고 속단할 수 있을 만큼 기대할 수 있는가는 더 검토해야 할 과제로 남는다.

6. 결 론

이상에서 구보의 『홍길동전』의 변개된 내용을 살펴서 변용의 의미를 찾아보았다. 특히 변개된 부분을 자세히 고찰하여 원전과의 비교를 통해 그 의미를 파악하려고 했다.

구보는 이 작품을 좀 더 현대소설다운 작품으로 만들기 위해 음전이와 조생원이라는 인물을 덧보탰을 뿐만 아니라, 사건을 바꾸고, 원작이 안고 있는 문제점을 지적하여 타당성을 입증하려는 시도까지 하였다. 그러나 이 보다도 더 큰 변모는 대단원의 변개일 것이다. 그는 대단원을 중종반정이라는 역사적 사건에 접목시켜 사회적 개혁을 시도하는 것으로 작품을 마무리 지으려 했으나, 역사 자체를 고칠 수 없다는 한계성 때문에 주인공이 뒷전으로 물러난 채 끝내야 하는 어려운 입장에 처해야 했다. 그리고 시대적 배경을 세종대왕 때에서 연

산군 시대로 바꿈으로써 시대적 배경이 어느 정도 합리성을 갖도록
노력했으며, 이것은 또한 시대적 상황을 드러내는데 크게 작용할 수
있다고 본 듯하다. 그러나 연산의 학정을 지나치리 만큼 강조하여 활
빈당의 출현을 당연한 일로 여기도록 조작한 느낌을 강하게 주었다.
그로 말미암아 가진 자 곧 권력 계층은 모두 부패한 무리로 그려져,
권력과 재물을 가진 자와 가지지 못한 백성의 대립 구조의 양상마저
보이고 있다. 이러한 시각은 자칫 사회주의 이데올로기의 표현이라는
오해를 불러일으킬 수도 있다.

한편 모더니즘 작가로서 명망을 떨친 그의 이름에 걸맞은 현대소설
다운 서정적 묘사와, 길동을 초월적 능력을 가지고 있는 영웅이 아니
라 보통 사람보다 조금 우수한 인물로 설정하여 어려운 현실에서 고
민하고 좌절하는 인물로 보여줌으로써, 원전보다 뛰어난 사실성을 확
보하였다. 그러나 이 작품은 역사적 우의성을 뚜렷하게 확보하지 못
해서 역사소설로서의 문제점을 드러냈고, 오히려 사회소설로 가름하
는 것이 나을 수 있을 것이라는 문제를 제기할 여지를 남겼다. 이것
은 해방 직후의 사회적 정치적 상황을 적절한 이데올로기로써 대처하
지 못한 구보로서는 어떻게 보면 당연한 귀결일 수 있다.

이 작품은 구보의 문학을 이해하는데 있어 큰 족적(足跡)이 되지
못할 것이다. 그리고 그의 작품 전체를 이해하는데 큰 도움이 되지
못할지도 모른다. 그러나 그의 '글쓰기' 행위에서 '소설쓰기'로의 변신
이 과연 이뤄졌는지 아니면 아직도 진행 중인지는 작가론을 통해 더
검토해야 할 몫이다. 또한 이 작품이 해방 공간 속의 구보 자신의 작
품 활동 과정에 있어서 어떤 의미를 가지는가도 더 살펴보아야 할 것
이다.

[語文學論叢(淸凡陳泰夏敎授華甲紀念論叢), 1997. pp.1477~1512.]

제 4부

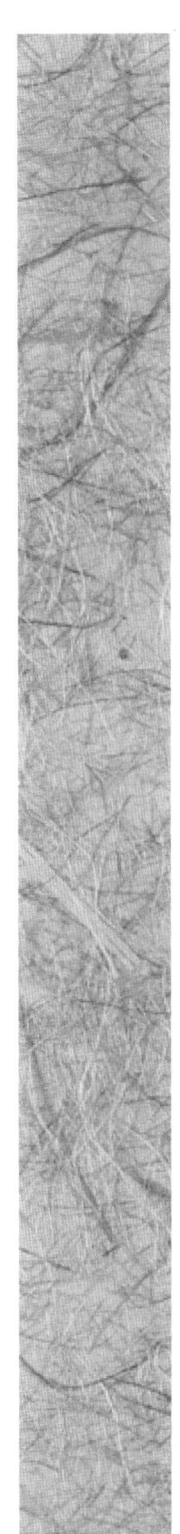

견고한 도덕률에 갇힌 따뜻한 사랑의 이야기
: 이순원의 「은비령」을 중심으로

1. 들어가는 말

　요즈음의 우리 소설계는 30대의 젊은 여성 작가들이 그 주류를 형성하고 있는 듯하다. 『외딴방』의 신경숙, 「곰 이야기」의 양귀자, 『인간에 대한 예의』의 공지영, 『피어라 수선화』의 공선옥, 『세월』의 김형경, 「제부도」의 서하진 등이 그들이다. 그들은 하나같이 왕성한 작품 활동을 하고 있으며, 또한 좋은 작품을 내 놓고 있다. 반면에 남자들은 어디서 무엇을 하고 있는지, 겨우 「천지간」의 윤대녕, 「깡통따개가 없는 마을」의 구효서, 『수색, 그 물빛 무늬』의 이순원 등에 의해 그 명맥이 유지되는 듯하다. 젊은 여성 작가들이 왕성하게 발표한 것이 비록 사소설류의 작품이라고 하지만 그렇다고 해서 불만스럽다는 것이 아니고, 남성 작가들의 활동이 그들에 비해 상대적으로 적은 것에 대해 불만이라는 것이다. 이러한 상태에서 이순원의 「은비령」은 긴 가뭄 뒤의 소나기 같이 갈증을 풀어 준 작품이 아닐까 한다.
　이순원의 「은비령(隱秘嶺)」은 『세계문학』통권 제82호인 1996년 겨울호에 발표된 중편소설이다. 이 작품은 그 해에 발표된 작품들 중 우수작에 주는 현대문학상을 수상한 작품이기도 하다. 심사위원들의 만장일치에 의해 선정된 이 작품이 과연 상값을 하는 작품인지가 관심의 대상이 된다. 이런 관심은 비단 이 작품에 한정되는 것은 아니고, 대개 상(賞)을 받았다고 표제가 붙은 경우에는 대부분 이런 의문을 가지고 작품을 보게 되는 것이 일반적인 독자의 성향이라고 볼 수 있다. '상을 받은 작품이 한 해에도 수없이 쏟아지는데 왜 하필이면 이 작품인가'라는 질문에는 '어쩌다 이 작품을 만났다는 것 외에는 별다른 이유가 없다'는 궁색한 답변밖에 할 말이 없다.

이 작품을 처음 보는 순간, "은비령(隱秘嶺)이란 어떤 곳일까?" 하는 공간개념에 대한 의문을 갖게 된다. 이런 의문을 가지고 이 작품의 처음 장을 펼치면, 그 공간에 대한 의문을 증폭시키는 글을 만나게 되고, 그것은 이 공간이 커다란 의문 덩어리가 아닐까 하는 의혹을 갖게 한다. 이 의혹은 작품의 제목이 내용과 불가분의 관련이 있지 않을까 하는 궁금증을 갖게 하는 데서 비롯되는 것이다. 즉 '은비령'이라는 제목의 함축적 의미가 작품의 의미구조를 이해하는 데 열쇠 구실을 할 것이라는 추측을 가능케 하는 것이다.

공간 개념이 문학에서 다양하게 변용되는 것은 아주 흔한 예이기도 하지만, 또한 이러한 의문은 독자로 하여금 근자에 우리 소설계의 주류적 현상의 하나로 나타난 여로문학(旅路文學 road roman)의 또 다른 전형을 만나게 하는 것이 아닐까 하는 선입견을 가지게 한다. 따라서 '은비령'의 내재적 의미를 바탕으로 이 소설을 살펴보는 것이 이 작품 전체의 의미를 규명하는 일의 첩경이 될 것이고, 이러한 일은 궁극적으로 이순원 문학의 특성을 이해하는 데 한 단서가 될 수 있으리라고 본다.

2. 길 떠남과 회억(回憶)의 형식

대개의 소설에서 길 떠남의 구조는 주인공이 자신의 과거의 삶의 의미를 반성하기 위한 하나의 계기로 제시되거나, 뒤틀리고 꼬인 삶의 문제를 해결하기 위한 돌파구로 제시된다. 특이하게 고전 소설의 경우에는 이 길떠남이 통과의례(通過儀禮 initiation)로써, 주인공이 성숙한 인물이 되기 위해 거쳐야 하는 하나의 과정으로 나타나기도 한다. 이 경우는 고전 영웅소설에서 흔히 볼 수 있는데 영웅의 일대기를 소설화하는 과정에서 나타난다. 즉, 주인공의 삶은 '고귀한 혈통 - 비정상적인 출생 - 비범한 능력 - 기아(棄兒)와 시련 - 고난의 극복 - 성공'의 일정한 패턴으로 형성되는데, 이 중 '기아와 시련'이 바로 성숙한 혹은 비범한 인물로 성공하기 위해 본인의 의사와 관계없이 거의 운명적으로 길을 떠나게 되는 것으로 전형화 되어 있다.

그러나 현대 소설의 경우는 일상적인 삶의 의미를 반성·반추하기 위한 계기로 길 떠남이 이루어지는데, 대개 이런 경우에는 길 떠남이 시작되고 끝나는 곳에서 삶의 본질이 드러난다. 이 때는, 일반적으로 두세 사람이 함께 떠나면서 그들의 상이한 인식이 대화를 통한 타협에 의해 조정되기도 하며, 또는 노정에서 동질감을 확인하기도 된다. 그리고 길 떠남의 문학에서는 문제의 해결이 여로 중에 뜻하지 않은 사람을 만나 정말로 우연찮게 이루어지는 것으로 나타나기도 한다. 이럴 경우 대개 그 과정에서의 '엿보기'를 통해 독자에게 작중 인물들에 관한 정보가 모두 제공된다. 또 길 떠남의 작품 구조는 여로(旅路)의 전개에 따라 현실의 다양한 측면을 효과적으로 포착하여 드러낸다는 장점이 있다. 이를테면 염상섭의 『만세전』의 경우, 여로의 진행에 따라 당시 식민지였던 조선의 다양한 현실의 참담한 모습을 보여주고 있다.

그러나 이 작품은 이러한 일반적인 길 떠남의 문학과는 다르다. 이 것은 이미 첫머리에 다음과 같이 요약된 글에서 일반적인 길 떠남의 소설과 다른 것으로서의 작품의 전모가 드러나는 부분에서도 암시된 다(대부분의 독자가 처음 이 글을 읽을 때는 무슨 영문인지 모르고 읽게 되지만).

"바다로 가는 길을 눈을 보러 가는 길로 바꾸고, 눈을 보러 가선 또 별을 가슴에 담고 돌아온 그 여행길을 어떻게 설명할 수 있을 까. 별처럼 여자는 2천 5백만 년 후 다시 내게로 오겠다고 했다. 나도 같은 약속을 여자에게 했다. 벗어나면 아득해도 은비령에서 그것은 긴 시간이 아니었다. 어쩌면 그 때 은비령 너머의 세상은 깜깜하게 멈추어 서고 나는 2천 5백만 년 보다 더 긴 시간을 그곳 에 있었던 것인지 모른다. 아니 그보다 이제 겨우 다섯달이 지난 2 천 5백만 년 후 우리는 그 약속을 지킬 수 있을까."1)

이 소설이 다른 길떠남의 작품과 다른 것은 위의 인용문을 하나하 나 이해하는 과정에서 내용의 전체를 파악하게 되고, 그 서술이 암시 하는 바가 드러나게 된다는 점이다. '바다로 가는 길'이 '눈을 보러 가 는 길'로 바뀐 것은 행선지가 '격포'에서 '은비령'으로 바뀌었음을 의 미하는 것이며, '눈을 보러 가선 또 별을 가슴에 달고 돌아온 그 여행 길'은 '선혜와의 헤어짐 뒤에 영원한 사랑을 위한 만남의 약속을 하게 된 것'을 의미한다. 작품의 겉 이야기는 이것이 전부이다.

길 떠남은 짜여진 틀에서 일탈(逸脫)됨을 의미한다. 일탈은 낯섦을 동반하게 되어 여행은 낯섦을 대면하는 해방의 꿈꾸기이다.2) 그러나

---

1) 이순원, 「은비령」, 『세계문학』제82호 1996년 여름호, 서울, 세계문학사, 1996. 11. 20, pp.77~159. 본문 인용은 『'97 현대문학상 수상소설집』, 서울, 현대문학사, 1997. 2. p.25. 「은비령」으로 줄여 쓴다.
2) 채호석, 「역사와 개인이 만나는 자리--이균영의 〈떠도는 것들의 영원〉

이 작품은 일반적인 길 떠남 소설처럼 여행 중에서 일탈이 드러나는 것이 아니고, 이미 일탈되어 있는 생활의 일부를 해결하기 위해 길을 떠나는 것으로 되어 있다.

이 작품의 겉 이야기는 서울에서 은비령까지의 여정이 전부이며, 이 과정에서 나와 선혜와의 모든 정보가 독자에게 전달된다. 그러나 속 이야기로 그 내면에 침잠된 사연은 시공의 초월을 꿈꾸는 사랑의 이야기이다. 대개 우리가 만나는 길떠남의 소설과 이 소설이 다른 면은 여기에 있다. 즉 삶에 대한 반추가 아니라 먼 미래의 사랑을 위한 이별의 여행이 되어 버린 길 떠남인 것이다. 따라서 그의 여행은 '그 어딘 가로의 끝없는 여행이 아니라 그 어딘가를 찾아 끝없는 여행을 하고 있는 듯한 느낌'을 갖게 하고, 그 의미가 무엇인지에 대해서는 그 스스로가 독자에게 말하고 있다.

그러니까 그것은 '그 여자도 나도 저마다 살아온 날들에 대한 어떤 기억의 무엇으로부터 자유로울 수 있는 곳, 보다 정확하게 말하자면 내겐 죽은 친구이고, 그녀에겐 죽은 남편인 한 사내의 영혼이 우리에게 쳐 놓은 모든 기억과 의식의 그물로부터 벗어날 수 있는 곳'으로의 길떠남, 그래서 '우리가 서로 사랑하여도 우리의 마음 안에 그의 영혼에 대해 더 이상 소금짐도 느끼지 않을 수 있는 곳'을 갈망하고 찾아 나선 길 떠남이다. 즉 여기에서 길 떠남은 일탈되어 있는 생활에서 형성된 '소금짐', 그것을 해결하기 위해 선택된 하나의 방편인 것이다.

서술자이며 주인공인 '나'가 길을 떠남으로써 해결하고자 했던 그 '소금짐'은 죽은 친구의 아내인 선혜라는 한 여자를 사랑하는 데서 비

에 대하여」, 『문학사상』1996. 8 통권 286호, 서울, 문학사상사. 1996. 8. 1. p.303.

롯된 것으로, 그녀와 이별을 하지 않는 한 계속 짊어져야 하는 것이
다. 그러던 그가 길 떠남을 시도한 것은 어느 날 우연히 급작스럽게
떠오른 어떤 기억이 계기가 된다.

죽은 친구의 아내인 선혜를 사랑한 '나'가 여러 날 전부터 기다려온
그녀와의 토요일 만남은 '마음 속에 가벼운 흥분 같은 것도 있게 했
었'고, '그리고 그 흥분 뒷편으로 어쩔 수 없는 무게로 더해질 수밖에
없는 마음의 소금짐'을 느끼게 한다. 만남의 기대에서 오는 가벼운 흥
분과 떨쳐버릴 수 없는 소금짐을 진 '나'가, 약속된 토요일 아침, 그날
오후 그녀와 만난 후에 입을 맞추게 되는 일을 상상하는 순간, '입을
무는 그 순간 그런' 그들 '사이를 갈라 갈라놓기라도 하듯 그의 얼굴
이 떠올랐던 것'이었다. '그럼 또 봐…' 하고, 8, 9년 만에 친구를 운전
면허 시험장에서 우연히 다시 만났고, 거기서 그의 아내인 선혜를 처
음 보았으며, 행복해 보이는 그들 부부가 부럽기까지 했다. 그리고 선
채로 커피 한 잔을 마시고 헤어질 때 그가 한 말이 바로 문제의 '그
럼 또 봐'이다. 이 일로 '나'는 목엣 가시처럼 마음의 소금짐을 짊어지
게 되었고, 토요일 그녀를 만나기 전에 먼저 소금짐부터 벗어야 한다
고 생각한 것이다. 그래서 그녀를 만날 것을 포기하고 친구가 사고로
죽은 채석강(격포나 채석강은 서로 다른 지명이지만 이 작품에서는
같은 지명으로 통한다.)으로 길을 떠난다. 결국 '나'의 길 떠남은 한
여자와의 만남에 대한 기대와 두려움의 산물인 셈이다.

격포로의 길 떠남이 은비령으로 바뀌게 되는 것은 눈(雪) 때문이다.
격포로 가기 위해 강변도로로 가다가 꽉 막힌 길에서 교통 방송을 들
었고, 거기서 대관령에 눈이 온다는 이야기를 듣고 갑자기 핸들을 그
리로 돌려 버리고 만 것이다.

"눈이 내린다면 정반대 방향으로 은비령으로 가는 길도 격포로 가는 길과 별로 다르지 않을 것 같은 생각이 들었다. 대관령의 눈 이야기를 듣자 이상하게 내 마음이 그랬다. 눈 이야기를 듣지 않았다면 억지로 방향을 틀지도 않았을 것이고, 억지로 방향을 틀었다 해도 격포로 가는 길과 은비령으로 가는 길은 서울에서 남쪽으로 가는 길과 동북쪽으로 가는 길의 방향만큼이나, 또 격포는 그가 마지막으로 자신의 모습을 감추었던 곳이고 은비령은 내가 처음 그를 만났던 곳이라는 우리가 만나고 헤어짐의 의미만큼이나 다르게 느껴졌을 것이다. 그런데 대관령에 눈이 내린다는 얘기를 듣자 당연히 격포가 아닌 우리가 처음 만난 그 곳으로 가야 할 길을 잘못 잡은 듯한 생각까지 들었던 것이었다. 그리고 그곳으로 가면 왠지 그와의 대화도 우리 기억의 억지스러운 정리가 아니라 새로운 형식의 화해가 이루어 질 것 같은 생각이 들었다."[3]

'기억에 대한 억지스러운 대화가 아니라 새로운 형식의 화해'란 무엇을 의미하는가? 죽은 친구의 아내를 사랑하는 것에 대한 짐스러움을 벗는 것이 화해의 내용을 이룰 것이며, '새로운 화해의 형식'은 그 친구와의 추억이 서린 곳을 찾아가서, 넋을 기리고 사죄하는 혹은 양해를 바라는 정도의 행위일 뿐 그 이상은 아닐 것이다. 그리고 그것이 '우리 기억의 억지스러운 정리가 아니'라 함은 자신 마음의 소금짐을 아주 자연스럽게 털어놓게 됨을 의미하는 것일 것이다.

그렇다면 그는 친구와 인연이 있었던 곳으로 찾아가는 행위가 '우리 기억의 억지스런 정리가 아닌' 것으로, 거기를 찾아 감으로써 그 자신의 마음이 편해질 것으로 믿었던 것일까? 그렇지는 않다. 토요일 오후 선혜를 만나기로 한 그는 그 날 오전에, 친구가 마지막으로 헤어질 때 '다음에 또 봐'라는 말이 그 자신을 옥죄오자 그렇게(격포를 다녀오는 것) 하는 것이 마음이 편할 것 같은 생각이 들었던 것이다.

---

3) 이순원, 「은비령」, p.53.

아니, 그래야 할 것 같은 의무감이 들었던 것이다. 따라서 격포나 은비령은 별다른 의미가 있는 곳이 아니고 소금짐을 벗기 위해 선택된 장소에 불과한 것이다.

그렇다면 왜 대관령의 눈이 그의 행선지를 그렇게 바꾸어 버렸을까? 화해의 장소로 '격포가 아니라 은비령'이어야 한다는 생각을 한 것은 무슨 까닭이었을까? 그에 대한 대답은 명확하지 않다. 다만 그는 '이상하게'도 은비령의 눈을 새로운 화해의 형식의 한 방법이 될 수 있는 것으로 인식했던 것이다. 모든 것을 깨끗하게 흰색으로 덮어 버리는 눈. 그 눈처럼 '나'도 깨끗해지기를 바랐던 것일 수도 있고, 아니면 눈이 그들 사랑의 순수함을 웅변해 주리라 기대했던 것일 수도 있다.

그러나 그가 소금짐을 덜 수 있으리라 기대했던 새로운 화해의 형식은 아무런 의미도 갖지 못하는 것이었다. 격포로 가는 것만으로도 '왠지 그곳 바다로 가면, 아니 바다를 향해 떠나는 것만으로도 내 마음의 소금짐이 반은 그곳에서 녹아버릴 것 같았'던 기대가 무너져 버린 것이다. 이는 다음의 인용문이 잘 보여주고 있다.

"앞도 잘 보이지 않는 눈길을 헤치고 은비령까지 와 깨달은 것이 있다면, 그가 죽은 다음에도 떠나지 못해 머물러 있는 곳은 격포나 은비령이 아니라 바로 여자와 내마음 한가운데라는 것이었다. 그렇다면 처음 격포로 떠날 생각을 했던 것이나 중간에서 은비령으로 길을 바꾼 것도 그가 있는 곳으로 그를 찾아 나섰던 것이 아니라 애초에 형식이야 그랬지만 어쩌면 내 마음 속에서 이루어질 그와의 충돌을 피하고 싶어서였던 것인지도 모른다. 처음엔 아니라고 했지만 결과적으로는 그렇게 되고 만셈이었다. 자고 일어났을 때 그에 대한 생각이 무뎌지고 덤덤해진 것이 아니라 그녀를 만나지 않고 이 곳으로 왔다는 것만으로도 어제 아침에 느꼈던 그에 대한 부담을 덜 느끼고 있는 것인지 몰랐다."4)

바로 그 마음의 소금집은 어떤 공간을 찾아감으로써 덜어질 수 있
는 것이 아니라, 자신의 마음 속에 잠재되어 있던 것이었다. 따라서
애초 가려던 곳인 격포에서 행선지를 은비령으로 바꾸었다고 해서 소
금집이 없어지는 것은 아니다. 격포로 갔어도 결과는 마찬가지였을
것이다. 결국 그곳에 다녀오기 전에는 여자를 '만나도 그에 대한 부담
으로 아무 것도 할 수가 없을 것 같았'기 때문에 떠났던 길 떠남이
소금집을 풀어버리는 데에는 아무런 도움이 되지 못했으며, 소금집을
벗고 나서 여자와의 유동적인 관계를 확정적이고 구체적인 상태로 만
들려던 시도는 좌절되고 만 것이다.

대개의 소설에서 길 떠남은 자신의 삶을 뒤돌아 봤을 때 현실적으
로 엉키었거나 옹이진 어려움을 풀고 여는 형식이다. 그런데 이 소설
에서의 길 떠남은 사람들과의 새로운 관계를 맺기 위한 방편이었다.
그러나 결국은 기대했던 대로 마음 속에 엉켜있는 소금집을 풀지도
못했고, 그녀와의 새로운 관계 형성도 이뤄내지 못했다.

길 떠남의 형식 외에 또 하나 지적될 수 있는 것은 이 이야기가 회
억 형식(回憶 形式 Erinnerung)으로 되어 있다는 점이다. 처음 인용문
의 끝 부분인 '아니 그보다 이제 겨우 다섯 달이 지난⋯⋯'에서 보이
듯이 이 이야기는 다섯달 전의 이야기를 회고하는 틀로 짜여져 있다.

소설의 회억 형식은 현재 기억 그 자체와 같은 발생 시점에서 잠시
그 모습을 보여줌과 동시에 서서히 미래로 흘러가는 것5)으로 그 결
과 문체가 자연스럽게 흐르는 듯한 인상을 준다. 이 작품의 문체가

---

4) *Ibid.*, p.84~85.

5) 김윤식, 「시간에 대한 네 가지 인식으로서의 소설」, 『소설과 현장 비평』,
   서울, 새미, 1994, p.103.

막힘 없이 자연스럽게 흐르는 듯한 느낌을 주는 것도 바로 이 점에서 기인하는 것이다. 현대문학상 심사위원 중 한 사람이었던 김윤식교수가 심사평에서 이 작품이 정겹다고 하면서 그 이유를 바로 이 회상형식에서 찾은 것도 이 때문이다.

그런데 회억 형식의 소설이 갖는 보다 중요한 의미는 그것이 선험적 고향 상실의 문학이라는 소설 고유의 형식에 접근한 것이라는 점에 있다. 쉽게 말하면 회억의 형식을 빌려 상실한 고향을 탐구하게 된다는 것이다. 선험적 고향 상실에 대한 탐구는, 그것에 대한 인식 없이도 소설 쓰기가 가능한가 하는 질문이 가능할 정도로 소설에서 매우 중요한 요소가 된다.

회억의 형식이 갖는 이러한 의미를 고려할 때, 이 작품에서 '나'가 찾아 가고자 했던 곳이 격포에서 은비령으로 바뀐 것은 단순한 행선지의 변화만을 의미하는 것이 아니다. 즉 '나'가 눈이 내린다는 방송을 듣고 격포로 가던 길을 바꿔 은비령으로 찾아가는 것은 단순한 공간적 의미가 바뀐 것만을 의미하지 않는다. 여기에서 우리는 은비령이 이 작품의 공간적 배경이자 내면적 고향의 또 다른 이름임을 알 수 있다. 자연과 인간의 조화, 인간과 인간의 일치가 고향의 주된 속성이라고 할 때, 미래에 대한 꿈을 키우며 사철이 변화하는 산자락 밑에 '은비칠경(隱秘七景)'이란 이름을 붙이고 친구와 더불어 살던 은비령이야말로 정신적·시원적(始原的) 의미의 고향과 별로 다른 것이 아님을 알 수 있다.

은비령을 찾아가는 것이 소금짐을 덜기 위한 행위였지만, 선혜와 헤어지기 전까지는 소금짐의 근원인 도덕률(道德律)로부터 자유로울 수 없음을 모르는 바 아니다. 결국 죽은 친구의 아내를 사랑한다는 도덕적 죄책감에 시달리던 '나'가 정결과 정화의 상징인 눈을 맞으며 은비령으로 달려 가는 것은, 눈처럼 깨끗하게, 혹은 눈이 온누리를 희게 덮어 버리듯 가장 순수하고 정결한 그리고 가장 적나라하고 정직한 상태에서 친구와 조우하여 도덕적 갈등을 벗어 던지고 싶었던 무의식적 욕구의 발로라 하겠다.

3. 사랑의 싹틈과 운명적 뒤틀림

이 작품의 주된 사건은 '나'가 죽은 친구의 아내인 선혜를 사랑한다는 것이다. 이 사랑은 '바람꽃'이라는 꽃을 매개로 하여 그 의미가 심화된다. 그리고 '바람꽃'의 상징적 의미의 심화 확대 과정은 선혜의 의미망을 심화 확대시키는 과정이기도 하다.

'나'와 친구는 '나'가 군에서 제대한 후 고시 공부를 위해 집에서 가까운 한계령 근처에 머무르고 있을 때 만났다. 약 9 개월 동안 숙식을 같이 하면서 힘든 공부를 서로 격려하며 생활하다가, '나'가 먼저 산을 내려오는 바람에 헤어지게 되었다. 그리고 8, 9년이 지난 후 운전 면허 시험장에서 우연히 그 친구를 다시 만난 것이다. 그리고 거기서 그의 아내도 처음 보았다. 그런데 그의 아내는 '나'가 군대에서 만났던 어떤 여자와 너무도 흡사해 착각을 할 정도였다.

10여 년 전 마지막 군 생활을 무료하게 보내고 있을 때, 들꽃 이름을 가르쳐 주던 일병에게서 바람꽃을 알게 되었다. 그런데 그 일병에게는 한 달에 한 번씩 면회를 오던 나이 어린 여자가 있었다. '나'는 위병소 근무를 하다 일병을 찾아온 그 여자를 만났고, 그 여자가 돌아설 때 '핸드백을 고쳐 메며 휙 하고 머리를 뒤로 젖혔'던 모습을 인상깊게 간직하게 된다. 일병을 면회 오던 그 여자는 그 후 몇 번 더

보고난 뒤 더 볼 수가 없게 되었다. 일병이 사계 청소를 나갔다가 미확인 지뢰를 밟고 바람처럼 흩어졌던 것이다. 그런데 친구의 아내인 선혜에게서 '나'는 바람꽃을 알게 해 준 일병의 여자와 닮은 모습을 보고, '어떤 깊은 인상으로 뇌리를 스치는 생각' 때문에 혹시 그 여자가 아닌가 하고 나이를 물어 확인까지 한다. 바람꽃의 이미지는 이렇게 형성되기 시작한다. 군에 간 남자를 한 달에 한 번씩 면회 가던 여자에게 찾아온 남자의 죽음, 그리고 그 여자로 착각될 만큼 그녀와 닮은 모습이었던 선혜, 나의 친구이자 선혜의 남편인 그의 죽음. '같은 얼굴에 같은 운명으로 다가온 두 번째의 바람꽃'인 선혜.

바람꽃은 '아직 다 녹지 않은 눈 얼음 사이를 뚫고 올라와 핀 이름 모를 들꽃'으로 '가늘고 연약한 꽃대'를 가졌지만 '어떻게 얼음을 뚫고 올라왔을까 싶을 만큼' 강한 생명력을 가진 꽃이다. 뿐만 아니라 '고사리 순처럼 얄상하고 여리여리하'여 '보기엔 연약하고 이뻐보여도 사실은 뿌리와 줄기에 강한 독성'을 가지고 있는 꽃이다. '나'가 일병을 찾아왔던 여자와 선혜에게서 본 이미지는 '한 손으로 핸드백을 고쳐 매며 휙 머리를 뒤로 젖히는 행동'에서 이 얄상하고 여리여리하여 연약하면서도 이뻐 보이는 모습, 그것이었다. 그러나 이러한 이미지의 여자와 '나'와의 이야기가 어떤 운명적인 관련성으로 전개될 것인지는 아직은 전혀 예측할 수 없는 형편이었다.

"노을을 등 뒤로 하고 달리는데도 한 없이 노을 속으로 빨려 들어가 끝내는 어둠 속에 묻혀 들어가는 기분이었다. 그러나 그때는 우선 내가 외로웠고, 바람처럼 휙, 하고 머리를 뒤로 젖혀 넘기던 두 여자의 첫 모습과 뒤에 알게 된 아픈 상처만 생각했지 어쩌면 자신의 운명 안으로 독처럼 그런 상처를 불러들였을지 모를 바람꽃의 줄기와 뿌리에 대해서는 생각하지 않았다."[6]

그는 연약하고 이뻐 보였던 두 여자의 첫 모습과 그들의 남자가 죽는 처절한 운명을 객관적 위치에서 아픈 상처로만 생각했지, '바람꽃의 줄기와 뿌리'가 '나'의 운명 안으로 스며들어 나에게 상처를 입힐 줄은 몰랐다는 것이다. 이렇듯 바람꽃의 의미 확대는 일차적으로 선혜가 객관적인 입장에서 대할 수 있었던 친구의 아내에서 사랑하는 사람으로 변화하는 것에서 나타난다.

다음에 그 바람꽃이 '독고사리'로 명칭이 변화하는 과정에서 '바람꽃'의 의미가 심화된다. 그 꽃은 연약한 것에서 느껴지는 이쁨만을 간직한 것이 아니라 독성을 지니고 있는 꽃인 것이다. 은비령에서 하루밤을 지내고 난 다음 날, 선혜와 함께 은자당으로 돌아왔을 때, 노인이 신문지에 싼 바람꽃을 내놓으며 "이게 보기에 여리여리해두 여간 독초인 게 아니야. 신문지에 싸 놓은 것두 귀해서 싸놓은 게 아니라 그래서 싸놓은 게구. 그런 걸 어떻게 색시같다고 하누." 라고 한다. 이 때 비로소 바람꽃의 내면화된 의미가 분명해지는 것이다. 이 때 선혜는 예언처럼 말한다. "그럼 선생님이 바로 보신 거네요. 그때 이미 그렇게 보신 거면……" 자기 자신도 모를 자기 운명의 어떤 저주스러운 독성을 남편의 죽음과 관련해서 생각하는 것이다.

친구의 아내이고 남편의 친구이기에 소금짐을 짊어질 수밖에 없는 이들 사랑의 또 다른 비극성은, '바람꽃'의 독성이 상징하는 바와 같이 바로 한 여인의 저주스런 운명이 한 남자로써 마무리 될 수 없음에 있게 됨을 암시하고 있다. '바람꽃'이 독고사리로 변화하면서 선혜는 '나'를 받아들일 수 없는 또 다른 이유를 갖게 된 것이다. 족쇄처럼 꽉 잠긴 도덕률로 인해 죽은 남편의 친구를 사랑하는 것조차 머뭇거려지는데, 잎은 시들어도 독만은 간직한 '독고사리'가 되어, 그 독이

---

6) 「은비령」, p.84~85.

또 다른 곳으로 파급되지 않도록 자신의 운명을 단속해야 하는 처지. 그럼에도 여자는 자신의 운명에 어떤 앙탈을 부리기는 커녕 주어진 그대로 후회하지 않는 삶을 살겠다고 한다. "그런다 해도 그 생애에도 저는 바람꽃으로 태어날 거예요. 다 시들어도 그건 시들지 않을 테니까?" 소설은 이렇듯 비극적인 사랑의 해법을 광대무변한 우주에서 찾는다. 이 소설이 통속적인 연애소설로 끝나지 않고 깔끔하면서도 품격 높은 향기를 내포하게 된 것은 바로 이 점에서 연유한다 할 것이다.

4. 닫힘에서 열림을 위한 에피소드

대체로 이런 작품은 두 남녀가 줄행랑을 쳐 독자의 흥미를 충족시키거나, 비극적 결말로 끝나 눈물샘을 자극하는 것으로 마무리를 짓는다. 그러나 이 소설의 경우 작중 화자의 소금짐을 벗어버리기 위한 길 떠남은 죽은 친구와의 새로운 형식의 화해가 이루어지는 통속적인 차원으로 마무리되지 않는다. 소설의 배경이 닫혀 있는 공간에서 열린 공간으로 옮겨감으로써 '억지스런 정리'를 면하게 되고, '나'와 선혜의 사랑도 새로운 의미로 풀리게 되는 것이다.

'나'의 소금짐은 아주 견고(堅固)한 우리 사회의 도덕률(道德律)과 그것을 파기(破棄)할 수 없는 주인공의 갈등에서 비롯된 것이다. 이러한 '나'의 갈등은 격포에서 은비령으로 행선지가 바뀜으로써 결국 그 해법을 마련할 수 있었다. 은비령(隱秘嶺)은 글자 그대로 '숨겨진 골짜기'이다. 숨겨진 땅, 외부 세계와 단절된 그곳에는 '나'를 옥죄는 그 어떤 것도 존재하지 않는다. 반면에 은비령 바깥 세계는 비록 그가 아내와 별거 중이긴 해도 그를 도덕률에 가둘 수밖에 없는 곳이다.

작가는 이 작품에서 풀림과 열림을 위한 서사적 장치로 시간과 별을 이야기하고 있다. 열림을 위한 열쇠는 은비령 자체가 아니고 별을 이야기하는 과정에서 얻어진다. 소설의 뒷부분에 가면 별에 대한 장황한 이야기가 전개되는데, 그것은 '현재 여기'의 문제를 해결하기 위해 '먼 훗날의 저쪽'을 선택하기 위한 복선이다. 또한 이 별은 별 자체의 상징적 의미 뿐만 아니라, 그와 연관된 시간의 문제에서도 주목의 대상이 된다. 즉 별은 '여기'에 대응하는 '저곳'으로서의 은비령을 제시하기 위해 사용된 장치(裝置 device)이고, 시간은 '현재'에 대응되는 의미의 축으로 '2천 5백만 년 후'를 상정하기 위한 방편으로 쓰인 것이다.

먼저 시간의 문제와 관련된 별의 에피소드를 보기로 한다.

> "전에 어떤 책 서문에서 읽은 건데, 우리가 사는 세상 저 북쪽 끝에 스비스조드라는 땅에 거대한 바위 하나가 있답니다. 높이와 너비가 각각 1백 마일에 이를 만큼 엄청나게 큰 바위인데, 이 바위에 인간의 시간으로 천 년에 한 번씩 작은 새 한 마리가 날아와 부리를 다듬고 간답니다. 그리고, 그렇게 해서 이 바위가 닳아 없어질 때 영원의 하루가 지나간답니다."
>
> "그런 걸 생각하면 우리가 숨쉬고 사는게 참 보잘 것 없다는 생각이 들어요. 작은 새 한 마리가 날아 오는 10분의 1 시간도 안되는."
>
> "작군요. 우리는 너무."
>
> "그래서 별을 보면 욕심이 없어진다고 말하는 건지도 몰라요. 그건 영원을 보는 거니까. 예전에 사랑하던 여자가 있었어요. 여자가 떠난 다음 어느 선배가 그러더군요. 별을 보라고. 나는 모르지만 어느 별엔가 여자가 가 있을 거라고 말이죠."[7]

---

7) 「은비령」, p.105.

시간이란 인간이 세월의 흐름을 측정하는 하나의 마디이다. 그것을 어떻게 쪼개서 쓰는가는 전적으로 정한 사람의 의도에 따라 달라진다. 우주에서의 시간의 흐름과 인간의 시간의 단위는 마치 마이크로 코스모스의 세계와 인간의 세계가 비교될 수 없는 것과 같다. 코스모스에서 인간은 참으로 작은 존재이다. 인간의 삶을 우주공간에 비교해 볼 때 우리 인간이란 얼마나 보잘 것 없고 왜소한 존재인가. 마찬가지로 영원이란 관점에서 볼 때 인간의 시간 역시 참으로 짧고 보잘 것 없은 것이다. 따라서 한발짝 뒤로 물러서서 우주 공간이라는 비교 대상을 놓고 인간의 삶을 볼 때, 현실에 대한 집착의 괴로움에서 자유로울 수 있는 것은 시간을 뛰어 넘는 곳에서야 비로소 가능함을 알 수 있다. 높이와 너비가 1마일이 넘는 큰 바위를 인간의 시간으로 천년에 한 번씩 작은 새 한 마리가 와 부리를 다듬고 가서 이 바위가 다 닳아 없어질 때, 영원의 하루가 지나간다면 인간의 한평생이란 얼마나 하찮은 것인가?

또 하나의 시간의 문제는 '나'가 현재 머물러 있는 은비령이 외부와 단절된 공간임을 밝혀주는 단서가 된다는 것이다. '나'는 은비령에 와서 또 다른 시간이 흐르고 있음을 알게 된다. 현실적 삶의 공간에서의 시간이 '숨겨진 골짜기'에서의 시간과 다른 것은, 은비령 골짜기로 들어설 때마다 잘 가던 자동차의 시계가 0:00으로 깜빡이다가 꺼지는 것에서 알 수 있다. 눈이 내리는 어둠을 뚫고 '은비령 꼭대기에 올라서서 이제 내리막길로 접어들려고 할 때 자동차의 별다른 충격도 없이 핸들 바로 오른쪽에 붙어 있는 디지틀 시계의 초록색 불빛이 한 순간에 꺼지더니 이내 0:00으로 나타나며 깜빡이는 것이었고,' '내가 주의깊게 본 마지막 숫자는 한계령에서 은비령으로 길을 바꾸기 전에 본 8시 53분이었'던 시간이 정지된 것이었다. 이런 현상은 양양에서

차를 고치고 은비령으로 돌아올 때 역시 똑같이 나타난다. 이렇듯 은비령 초입에 들어설 때마다 현실적 시간이 멈추어버리고 0이 되고 마는 것은, 은비령에 외부세계와 다른 시간이 존재하고 있음을 암시하는 것이다.

김윤식은 문학성을 탐구하는 한 방편으로 '시간 속에 본질을 재음미하기'를 들며, 존재란 무시간적인 것이며 시류 속에서도 변하지 않는 영원한 것이라 했다.[8) 우리가 경험할 수 없지만 너무나 확실한 실체로 군림하는 거점이 있지 않다면 존재도 시간도 헛것이며, 더구나 그 통일성이란 엄두도 낼 수 없었던 것인데, 하이데거가 찾아낸 거점이 다름 아닌 죽음이었으며, 그것은 또 고대 인도인들이 찾아 낸 수학에서의 제로 개념에 준하는 것이었다.

결국 제로는 현상 속에 혹은 그 배후에 있는 존재의 본질, 항시적인 그 어떤 것을 의미하며, 존재의 근원이라는 점에서 모태 곧 자궁의 의미를 갖는다. 출생과 더불어 우리는 현상학적, 생물학적으로 1, 2, 3, 4…의 나이를 먹는다. 그렇다면 우리가 태어나기 전에 존재했던 곳, 우리 존재의 근원인 어머니의 자궁은 0으로 형상화될 수 있을 것이며, 바로 이 점에서 0은 정신적, 시원적(始源的) 의미의 고향으로도 환치(換置)될 수 있는 것이다.

공간에 따라 달라지는 시간은 존재하지 않는다. 그러나 현실에서 벗어난 곳인 은비령에서는 또 다른 시간이 존재하고 있었다. 그것은 도시적 삶의 시간과는 다른 의미구조를 갖는다. 현실의 시간과 단절된 또 다른 시간, 그것은 은비령이 그가 그 동안 살았던 삶을 되짚어볼 수 있는 시간의 세계이면서, 새로운 인식의 세계의 눈뜸이 이루어지는 계기가 되는 곳임을 보여 주고 있다.

---

8) 김윤식, *Ibid.*, p.99.

'나'가 별을 보기 위해 밖으로 나가자 은자당 노인은 '그거야 뭐 늘 보는 거 뭐 따로 볼 게 있다구' 하고 대수롭지 않게 여긴다. 어쩌다 자연을 찾아와서 별을 관측하는 사람들의 눈에는 신기한 대상인 별이, 일상적으로 늘 그 자리에서 살아가는 은자당 노인에게는 대수롭지 않은 평범한 대상일 뿐이다. 이렇듯 은비령에 와서 비로소 '나'는 자연의 일부처럼 살아가는 은자당 노인들의 너그러운 일상에서 도시적 삶의 각박함과 조급함을 되돌아 볼 수 있게 된다. 결국 은비령은 현실과는 별도로 존재하는 공간으로 자신을 객관화할 수 있는 시간을 제공해 주며, 그 은비령의 별은 '나'에게 여유와 너그러움으로 세상과, 그리고 선혜와 자신의 관계를 다시 볼 수 있게 해 준 것이다.

> "대부분 행성이 자기가 지나간 자리를 다시 돌아오는 공전주기를 가지고 있듯 우리가 사는 세상일도 그런 질서와 정해진 주기를 가지고 있습니다. 이 세상의 일이란 일은 모두 2천 5백만 년을 한 주기로 되풀이해서 일어나게 되어 있습니다. 다시 말해서 2천 5백만 년이 될 때마다 다시 원상의 주기로 되돌아가는 것입니다. 그래서 지금부터 2천 5백만년이 지나면 그때 우리는 윤회의 윤회를 거듭하다 다시 지금과 똑같이 이렇게 여기에 모여 우리 곁으로 온 별을 쳐다 보며 또 이런 이야기를 하게 될 겁니다. 이제까지 살아온 길에서 우리가 만났던 사람들을 다 다시 만나게 되고, 앞으로 겪어야 할 일들을 다시 겪게 되는 거죠."9)

현실과 밀착되어 살고 있는 세속의 인간에게 별이란 하나의 이상이요, 동경이다. 인간은 별을 바라봄으로써 너그러움과 여유있는 태도로 삶을 되돌아 볼 수 있게 되기도 한다. 또한 별은 현실에서 이룰 수 없는 희망의 상징이 됨으로써 절망을 극복할 힘이 되기도 한다. 그런

---

9) 「은비령」, p.107.

데 보다 중요한 것은 이 별이 '공전주기'를 가지고 있다는 것이다. '공전주기'는 일정 기간이 지나면 처음 그 자리로 되돌아옴을 의미한다. 일정 기간이 되면 되돌아 오는 공전주기, '우리가 사는 세상 일도 그런 질서와 정해진 주기를 가지고 있다'는 것은 무엇을 의미함일까?

윤회를 통한 재회, 그들은 2천 5백만 년 후의 만남을 이야기한다. "우리는 2천 5백만 년 후에도 이곳에 와서 그런 생각을 할까요?" "정말 언젠가 이 다음 생애를 다시 시작한다면 그것 한 가지만은 꼭 바꾸고 싶습니다." 그들은 새로운 세계에서 다시 만날 것을 이야기 하는데 이것은 현실적으로 그들의 사랑이 불가능함을 전제로 한 것이다. 그래서 그들은 현재 이 곳에서는 막힌 사랑을 먼 미래, 다음 세상에서의 만남으로 풀어내고 있는 것이다. 그것도 밤에. 그들은 어둠 속에서 시간을 말하고 있고, 별을 이야기하고 있다. 어둠 속에서는 시간의 흐름을 감지할 수 없다. 이 때의 시간은 일각(一刻)이 여삼추(如三秋)일 수도 있고, 삼추도 일각일 수 있다. 또 흐름을 알 수 없는 공간에서 2천 5백만 년은 일각일 수도, 삼추일 수도 있어, 그 엄청난 시간이 일순간처럼 이야기 될 수도 있는 것이다. 그리고 이 모든 것은 외부와 단절된 은비령에서 이루어지고 있다.

　　"아까 낮에도 그랬습니다. 여기 고개를 넘어서 부턴 0시 00에서 다 시간이 갔어요."
　　"그럼 선생님한테만 시간이 멈추는 모양이네요. 여기 은비령이. 저한테는 가고요."
　　"그럴 리가 있겠습니까?"
　　"왜요? 시간이 멈추면 좋죠. 그러면 그 시간 만큼 다른 세계에 있는 거니까요. 선생님한텐 여기 은비령이 그런 덴가 봐요."[10]

---

10) *Ibid.*, p.97.

그들은 시간의 흐름을 알 수 없는 어둠 속에서, 현실과 단절된 공간속에서 시공(時空)을 초월하여 별을 이야기하며 2천 5백만 년을 이야기하고 있는 셈이다. 시간이 멈추어진 곳에서의 삶을 바라는 것은 아무 간섭도 없는 곳에서 사랑과 자유를 만끽할 수 있게 되기를 간절히 원하는 심사가 드러난 것이라고 볼 수 있다. 여기에서 이 작품의 의미의 연결 고리는 다음과 같이 정리될 수 있다.

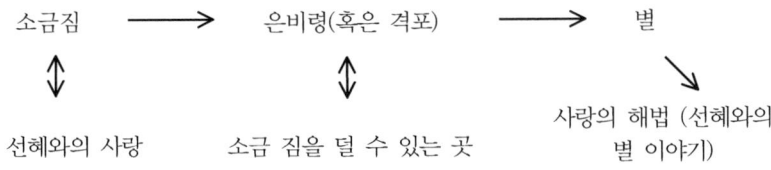

결국 그들은 어둠 속에서 별을 이야기함으로써, 은비령이라는 시공을 초월한 곳에서 현실적 도덕률로는 해결하기 힘든 소금짐의 매듭을 풀고, 그들의 닫힌 사랑을 열게 된 것이다. 그래서 '그날밤, 은비령엔 아직 녹다 남은 눈이 날리고 나는 2천 5백만 년 후 전의 생애에도 그랬고 이 생애에도 다시 비껴 지나가는 별을 가슴에 묻게 되었고,' '서로의 가슴에 별이 되어 묻고 묻히는 동안 은비령의 칼바람처럼 거친 숨결 속에서도 우리는 이 생애가 길지 않게 느껴지듯이 '앞으로 기다려야 할 다음 생애까지의 시간도 길지 않을 것이라고 생각'할 수 있었다. 그래서 '그때 은비령 너머의 세상은 깜깜하게 멈추어 서고 나는 2천 5백만 년보다 긴 시간을 그곳에 있었는지 모른다'고 생각했던 것이다.

5. 글 읽기의 즐거움

같은 이야기를 해도 말하는 사람에 따라 재미가 있고 없으며, 재미도 그 정도가 다르다. 그것은 이야기를 어떻게 하느냐에 따라 달라지기 때문이다. 작가의 역량이라든가, 재주라든가 하는 것에 따라 같은 이야기가 천박해질 수도 아름다워질 수도 있다. 이순원의 이 소설을 읽으면서, 이야기꾼의 말 솜씨에 따라 듣는 이를 기쁘게 하는 마력이 하나 같지 않음을 새삼 느끼게 된다. 그만큼 이 소설은 아주 흔한 이야기거리를 누가 '어떻게' '어떤 목소리'로 이야기하느냐에 따라 그 재미와 감동 정도가 사뭇 달라질 수 있음을 실증적으로 보여준 작품이다. 게다가 작가의 구성력과 문채(文彩) 또한 매우 뛰어나다.

이순원의 작품은 사건의 결과를 먼저 제시하고 그것을 풀이하는 형식으로 된 것이 제법 눈에 띈다. 이 작품도 마찬가지이다. 길떠남에서 돌아와서 다섯 달이 지난 다음 회고의 형식을 통해 이 글을 쓰고 있다. 그래서 그의 소설의 서두는 의문형으로 제시되어 있는 것이 많다.

> "왜 하필이면 길을 바꾸어 떠난 곳이 지도에도 나오지 않은 은비령이었을까."[11]
> "그는 왜 하필이면 그곳에 가 죽었을까."[12]
> "무엇이 그 이야기를 하게 했던 것일까."[13]
> "왜 이렇게 마음이 불편한 것일까."[14]

---

11) *Ibid.*, p.25.

12) 이순원, 「영혼은 호수로 가 잠든다」, *Ibid.*, p.119.

13) 이순원, 「수색, 그곳에 가지 않아도 보이는 무늬」, 『수색, 그 물빛 무늬』, 서울, 민음사, 1996. 2. p.77.

14) 이순원, 「수색, 불러도 대답 없는……」, 『수색, 그 물빛 무늬』, p.211.

처음 문장은 의문문이면서 과거형으로 되어 있다. 대개 이런 유(類)의 글은 탐정 소설의 경우에 적합한 문장으로 독자의 호기심을 많이 유발시킬 수 있는 장점을 가지고 있다. 그러면서 그는 그렇게 된 사정을 자세히 언급함으로써 독자로 하여금 이야기 속으로 빨려들게 하고 있다. 그래서 그의 소설은 '서사적 진술이 아니라, 문체와 구성의 미학으로 삶의 본질을 보여주는' 작품이어서 '재미있는 이야기 중심의 장편이 아니라 꽉짜인 구성과 문체의 문예물로서의 본격 소설미학을 감상할 수 있게 하'는 작품이라는 평가를 받는다.[15)

다음으로는 그의 작품에서 그렇고 그런 일상적인 이야기들을 엮는 솜씨가 돋보이는 부분이다. 여기서도 우연한 기회에 옛날의 친구를 만나고 그 자리에서 그 친구의 아내를 처음 보았고, 얼마 후 친구는 죽었고 그의 아내를 우연한 곳에서 만나 위로하고, 그리고 자주 만나고 하다 정(?)이 들고…… 그렇고 그런 있을 수 있는 아주 흔한 이야깃거리를 아름다운 이야기로 엮어낸 작가의 솜씨가 독자로 하여금 소설읽기의 기쁨을 누리게 한다.

이 작품은 앞서의 지적대로 회상의 내용이 길 떠남에서 시작하여 여행지에서 끝나는 것으로 되어 있다. 일반적으로 길 떠남의 소설이 돌아오는 것으로 끝나는 것과는 좀 다르다. 일반적으로 길 떠남의 소설은 일상성에서 벗어나 여로에서 겪게 된 예기치 못한 일을 작품화하는 것이 보통이다. 따라서 길 떠남은 애초부터 일탈을 전제로 한다. 그러나 이 작품에서는 일탈(逸脫)된 생활을 가지고 길 떠남이 시작된다. 아내가 아이를 데리고 친정으로 간 사이에 벌어진 문제를 해결하기 위해 길을 떠난 것이다. 즉 길 떠남을 일탈된 생활의 걸림돌을 제거하기 위한 방편으로 삼은 것이다. 그 화소(話素)를 시간 순서대로

---

15) 「꽉짜인 구성… 삶의 본질 예시」, 『중앙일보』, 1997. 10. 28(화).

정리하면 다음과 같다.

'소금짐으로 인해 선뜻 내키지 않는 선혜와의 만남을 회피하기 위한 길떠남 → 행선지를 격포에서 은비령으로 바꾸고 전화 메시지에 입력 → 한계령(눈내림) → 눈 내리는 은비령을 찾아감 → 은자당 도착 → 옛 주인을 만나 하루밤 묵음 → 다음날 차 수리를 위해 양양으로 나섬 → 은비령 고갯길에서 선혜를 만나 함께 차 수리를 위해 떠남 → 차수리를 맡김 → 바닷가 산책 → 은자당으로 돌아옴 → 은자당 노인에게서 바람꽃 이야기를 들음 → 별보기와 별 이야기를 함 → 방으로 들어 감.' 그리고 선혜는 그 다음날 먼저 가 버린 것으로 작품은 끝이 났다.

이런 이야기 틀에 내재된 형상의 상징적 의미는 과연 무엇일까? '어긋난 사랑'의 이야기보다는 '소금짐'이 형상의 상징성의 핵이 될 것이다. 누구나 저마다 지고 있을 현실의 소금짐. 그것을 벗기 위한 시도가 우리 인간의 삶을 형성하고 있을 것이다. 그리고 그 소금짐을 벗기 위한 해법을 찾는 것이 각자 살아가는 방법일 것이다. 이를테면 이순원의 경우 그의 자전적 연작 소설인 『수색, 그 물빛 무늬』에서 '나'의 소금짐으로 '수호 엄마'를 제시하였다. 이는 끊임없이 그의 자의식 속에서 꿈틀대고 있으며, 쉽게 지울 수 없는 내면 세계를 형성하고 있다. '나'는 '수호 엄마'가 있을 것 같은 수색에서 물빛을 보려 하지만 그것은 이미 내면화되어 소금짐으로 존재하고 있는 것이었고, 그 소금짐을 풀 해법을 찾는 것이 작품에서 일상적 삶을 형성하고 있음을 보게 된다.

김현은 소설에는 세 개의 욕망이 들끓고 있다고 하면서 그 욕망의 실체를 소설가의 욕망, 소설 속의 주인공의 욕망, 독자의 욕망으로 구분하여 설명하였다. 이 중 책을 읽으면서 시달리는 독자의 욕망을 다음과 같이 피력하고 있다.

"소설을 읽으면서 독자들은, 소설 속의 인물들은 무슨 욕망에 시달리고 있는가를 무의식적으로 느끼고, 나아가 소설가의 욕망까지를 느낀다. 독자의 무의식적인 욕망은 그 욕망들과 부딪쳐, 때로 소설 속의 인물들을 부인하기도 하고, 나아가 소설까지를 부인하기도 하고, 때로 소설 속의 인물들에 빠져 그들을 모방하려 하기도 하고, 나아가 소설까지를 모방하려 한다. 그 과정에서 읽는 사람의 무의식 속에 숨어 있던 욕망은 그 모습을 서서히 드러내, 자기가 세계를 어떻게 변형시키려 하는가를 깨닫게 한다. 소설 속의 인물들은 무엇 때문에 괴로워하는가. 그 괴로움은 나도 느낄 수 있는 것인가, 아니면 소설 속의 인물들은 왜 즐거워하는가, 그 즐거움에 나도 참여할 수 있는가. 그것들을 따지는 것이 독자가 자기의 욕망을 드러내는 양식이다. 그 질문은 이 세계는 살 만한 세계인가, 이 세계의 현실 원칙은 쾌락 원칙을 어떻게 억누르고 있는가 라는 질문과도 같다. 그 질문을 통해 여기 내 욕망이 만든 세계가 있다는 소설가의 존재론(存在論)이 이 세계는 살만한 세계인가라는 읽는 사람의 윤리학과 겹쳐진다. 소설은 소설가의 욕망의 존재론이 읽는 사람의 욕망의 윤리학과 만나는 자리이다. 모든 예술 중에서, 소설은 가장 재미있게 내가 사는 세계는 살 만한 세계인가, 아닌가를 반성케 한다. 일상성 속에 매몰된 의식에 그 반성은 채찍과도 같은 역할을 맡아 한다. 이 세계는 과연 살 만한 세계인가. 우리는 그런 질문을 던지기 위해 소설을 읽는다."[16]

소설가의 욕망의 존재론이 읽는 사람의 욕망의 윤리학과 만나는 자리인 소설에서, 과연 이 세계는 살 만한 세계인가 하는 질문에 답해야 하는 것이 작가의 몫이라기보다는 그것을 찾아내야 하는 것이 독자의 몫이라는 설명으로 이 글을 해석해야 할 것이다. 독자가 자기

---

16) 김 현, 「소설을 왜 읽는가」, 『분석과 해석/ 보이는 심연과 안 보이는 역사 전망』, 서울, 문학과지성사, 1997. p.221.

욕망을 드러내는 형식으로 작가의 욕망이나 소설 속의 주인공들의 욕망에 간섭하는 것도 독자가 누리는 기쁨 중의 하나이다.

이 작품의 경우, 여행지에서 작품이 끝남으로써 그 뒤의 나머지 이야기는 전적으로 독자의 몫이 되었다. 따라서 독자는 '이 세계는 살만한 세계인가, 이 세계의 현실 원칙은 쾌락 원칙을 어떻게 억누르고 있는가?'라는 질문을 스스로 해명해야 한다. 그러나 스토리의 전개상 별 이야기가 작품의 말미에 동화의 세계처럼 놓여 있어 독자가 쉽게 현실로 돌아오는 길을 차단시켜 버렸다. 그렇게 함으로써 독자가 기대할 수 있는 속물적 욕망의 기대를 여지없이 무너뜨리고 마는 것이다.

김현의 이 대목을 장황하게 인용을 한 것은, 이 작품이 인간은 끊임없이 동화의 세계를 갈망하고 있는 것이 아닌가 하는 의문을 상기시키면서 또한 소설 읽기의 즐거움을 곰삭이게 한 까닭이다. 더 이상 작품의 뒷 이야기가 필요하지 않은 것도 또한 이와 관련이 있지 않을까. 무수한 삶의 연속 가운데서 일회성으로 끝나는 것이 아니라, 영원히 존재하게 될 사랑의 이야기는, 가슴 뭉클하게 만들었던 동화처럼 오랜 동안 짙은 여운으로 우리의 마음에 자리하게 될 것이다. 따라서 맨 앞에서 인용한 글 중 마지막 문장인, '아니 그보다 이제 겨우 다섯 달이 지난 2천 5백만 년 후 우리는 그 약속을 지킬 수 있을까' 라는 말에서 '그 약속'은 실제로 그 때까지 사랑을 기다리며 살아야 한다는 직설적 화법이 아니라, 꿈이나 혹은 무지개 같은 것으로 제시된 극복해야 할 기대의 지평선일 것이다.

6. 마무리

소설을 읽는 것은 즐거운 일이다. 거기다 훌륭한 작품을 읽는 것은 기쁨이고 행복이다. 그러나 '훌륭한' 작품이 어떤 것이라고 말하기도 어려운 것만큼 그러나 만나기도 쉽지 않다. 어렸을 적에는 동화의 세계에서 행복한 글 읽기를 했고, 커서는 우리 시대에 더불어 사는 사람들의 값진 삶을 비롯하여 올곧은 삶을 형상화한 '재미있는' 글을 읽었다. 그러나 요즈음에 와서 갑자기 소설 읽기의 재미가 예전같지 않음은 나 개인의 탓인지, 아니면 소설 탓인지 알 수가 없다. 특히 요설체(饒舌體)에다가 지나친 신변잡기의 글이 마치 소설의 정석이고 표본인 것 같은 착각이 들도록 되어버린 근자의 상황은 더욱 소설 읽기를 힘들게 한다.

이야기 중에서 가장 재미있는 것은 사랑의 이야기라고 말한 이는 『소설의 양상(*Aspects of Novel*)』의 저자인 포스터(E. M. Forster)이다. 수많은 사랑의 이야기 중에서 더욱 재미있는 것은 정상적인 남녀의 사랑보다는 남녀의 만남이 비정상적인 것이라고 한다. 이를테면 남자 하인과 공주와 같이 지체가 높은 귀족의 딸과의 사랑의 이야기 같은 것 말이다. 조금 더 흥미를 불러 일으키는 것은 둘이 그들의 울타리를 박차고 줄행랑을 놓았을 때이다. 이런 재미가 소설의 전부도 아니고 소설의 본령도 아님은 틀림 없는 사실이지만, 서사문학이 이야기에서 출발한 것이라고 보면 또한 치지도외(置之度外)되어서도 안 될 것이다.

이렇게 전제하고 이 소설을 논하면 마치 이 작품이 재미있는 이야기만을 추구한 듯한 오해를 불러 일으킬 수 있을 것 같다 그러나 사실 그런 것만은 아니다. 다만 그간에 읽었던 어떤 소설들과 비교했을 때 느낌이 남달라 그 차별성만은 짚고 넘어가야 될 것 같아서 부연하는 것이다. 이순원의 「은비령」은 그냥 재미있는 소설이 아니고, 황순원의 『움직이는 성(城)』이나 『신(神)들의 주사위』처럼 가슴을 아리게 하는 것도 아닌, 해와 별이 된 오누이의 이야기처럼 아름다운 이야기로 동화나 한폭의 담채화(淡彩畵) 같은 소설이다. 이와 같이 된 것은 이 소설이 이야기 중심 소설이라는 점에서 기인한 것은 아니고, 은비령이라는 배경이 애초부터 이런 분위기를 가지고 있었으며, 구성이 잘 짜여져 있고 그것을 풀어내는 말솜씨가 탁월하다는 점에서 비롯된 것이다. 또한 이것은 우리 시대의 천부적인 이야기꾼인 김주영이나, 이문구와는 또 다른 모습을 보여준다. 이 작품이 소시민들의 사소한 삶에서 좌절과 우울이 아닌 삶에 대한 긍정적 자세를 끄집어 내고, 밝고 고운 삶을 허황되게 어거지로 만들어 낸 것이 아니라는 데에서 그의 장기가 돋보인다. 특히 자칫하면 불륜의 통속으로 흐를 수 있는 사랑을 까탈스러움에서 벗어나 재미있고도 흐뭇하게 전개시켰으며, 또한 기교를 부리지 않으면서도 이야기를 재치있게 전개해 나간 작가의 말솜씨도 돋보이는 작품이라고 할 수 있다.

어느 작가나 다 나름대로의 인생과 문학에 대한 안목과 열정을 가지고 있다. 작가의 역량은 꾸준하고 줄기차게 발표되는 작품에서 필수적으로 드러나게 되지만, 지속적으로 작품을 발표한다고 해서 그것이 모두 좋은 작품이 될 수 있는 것은 아니고, 좋은 작품을 쓰기 위해 참고 기다리기만 해서도 좋은 작품이 창작되는 것은 아니다. 그런가 하면 뜻하지 아니하게 좋은 작품이 써지기도 하며, 또한 훌륭한 작가라고 쓰는 대로 모두 좋은 작품이 되는 것도 아니다. 어쨌든 작가나 작품에 대한 평가는 문학사를 통해 이루어지고, 그것은 후세의 문학사가(文學史家)에 의해 정리된다. 단지 이를 위해 작품을 쓰는 소설가는 한 사람도 없겠지만, 자신의 작품이 후세의 문학사가의 좋은 평가를 받는 것은 모든 작가의 바람일 것이다. 많은 독자들의 기대는 이를 위한 반증일 것이며, 따라서 좋은 작품을 읽고자 하는 독자의 기대는 계속될 것이다. 이 기대로 인하여 경우에 따라서는 작가가 주눅이 들지도 모르나, 더 좋은 작품을 쓰기 위해 노력하게 될 것이다. 역량있는 한 작가로서 이순원에게 계속 기대를 걸어본다.

[이 글은 「일상의 시간과 공간의 일탈」이란 제목으로 『창조문학』 겨울 1997, pp. 316~341.게재됨]

일탈된 삶에서 일상성으로의 회귀
: 이순원의 「수색, 어머니 가슴속으로 흐르는 무늬」에 대하여

1. 첫머리

이 작품은 장편소설 『수색, 그 물빛 무늬』의 여섯 편 중 다섯번째 이야기이다. 표제에 장편소설이라고 했지만 실상은 내용이 일관된 것이면서도 독립된 이야기들을 모아 놓은 연작소설에 가깝다.[1] 따라서

---

[1] 이것은 앞의 작품의 내용을 뒤에서 다시 요약 언급한 것으로 알 수 있다. 이를테면 "그간 사정이야 어떻든 먼저 별거를 시작해 집을 나온 건 나였다. 월계동에서 사무실이 있는 마포 부근 신수동에 하숙을 정해 나온 것인데, 그때 나는 어느 계간 문예지로부터 반년도 전에 청탁 받은 전작 전재 장편소설을 마감이 석 달 안으로 다가오도록 아직 한 줄도 시작 못하고 있었다. 나는 당장에 필요한 몇 박스의 책과 내 방에 걸려 있던 몇 가지의 옷, 오래 전부터 쓰던 워드프로세서만 자동차에 싣고 집을 나왔다."(『수색, 그 물빛 무늬』, 서울, 민음사, 1996, p.44. 〈이후 본문 인용은 이와 같음〉) 이 글은 「수색, 그 물빛 무늬를 찾아서」에 있는 내용을 그 다음에 있는 「수색,그 곳에 가도 보이지 않는 무늬」에서 요약한 것이다. 이와 같이 작가는 작품을 달리 하면서 앞 작품의 내용을 뒷 작품에서 요약 제시함으로써 의도적으로 작품간의 연계성을 보이고 있다. 따라서 이 글을 읽는 독자는 같은 이야기가

이 소설은 연작소설적 구성을 가지고 있는 장편소설이라고 해도 좋을 것이다. 일반적으로 연작소설은 같은 주제의 다양한 소재의 이야기라든가, 같은 소재의 다양한 주제를 작품화한 병렬적 구성으로 짜여진 것이 보통이지만 이 작품은 전체의 구성상 한 편의 장편소설로서 비교적 완성된 모습을 가지고 있다.

이 「수색, 어머니 가슴속으로 흐르는 무늬」는 『현대문학』(1995년 8월호)에 발표한 것2)이다. 연작 소설 중 전반부 세 편의 작품이 '수호 어머니'를 화제(話題)로 삼고 있고, 네 번째 작품 「수색, 내 마음속으로 흐르는 무늬」가 자신의 과거에 나이가 많으면서 예뻤던 어느 여인에 대한 이야기인 것과는 달리, 이 작품은 자신의 친 어머니에 대한 이야기이다. 친어머니이면서도 그 어머니에 대해 '서자의식(庶子意識)'을 가지고 있던 작중 화자가 새롭게 열린 모자관계를 통해 어머니의 운명적 삶을 조명함으로써, 그 동안 자신과 어머니 사이에 있었던 '어떤 골'같은 것3) — 그것은 어머니도 마찬가지였음 — 을 해소하고 어머니가 걸어온 '가시밭이 어머니의 삶의 무늬'였음을 그려낸 작품이다.

2. 화투 찾기와 어머니의 입원

이순원의 소설 특징 중의 하나는 글이 매끄럽게 전개되고 있다는 것이다. 마치 물 흐르듯이 전개되는 글이 뛰어난 문장 구성력을 갖추

요약된 것을 뒤의 작품에서 새삼 다시 읽게 된다.

2) 이 작품으로 작가는 그 다음해인 1996년에 제 27회 동인 문학상을 수상했다.

3) 이러한 반감을 갖게 된 원인은 앞의 작품 「수색, 그곳에 가도 보이지 않는 무늬」에서 서술되어 있고, 여기서는 주변적인 내용만 언급되고 있다.

고 있고, 길지 않은 문장이 읽는이의 호흡과 일치하게 되는 탁월함을
보여주고 있다.

이 작품의 겉 이야기 구조는 12일간의 이야기로 되어 있다. 오늘을
기준으로 닷새 전과 엿새 뒤의 시간 속에 들어 있는 이야기가 이 작
품의 겉구조를 이루고 있다. 이것을 시간 순서에 따라 재구성하면 다
음과 같다.

① 닷새 전. 전업작가 선언을 하고 직장을 그만 두고 집에 있다가 아
  이의 취학통지서를 받게 되자, 아이의 학교 일정에 얽매이기 전
  에 부랴부랴 몇 가지 짐만 싸들고 전 가족이 본가인 강릉으로 내
  려감.
② 그저께 아내가 어머니의 몸에 이상이 있음을 알아차림.
③ 아내와 함께 어머니가 진찰을 받으러 감. 어머니의 근종을 병원
  에서 확인함.
④ 나흘 후 어머니 입원.
⑤ 그 다음 이틀 후 어머니의 수술

이와 같은 시간 구조에서 사건과 관련된 매개체를 통해 인물에 관
련된 정보가 독자에게 전달되는 방식으로 사건이 계기적(繼起的)으로
전개되고 있다. 이를테면, 없어진 화투 한 장을 찾기 위해 '나'가 안방
을 뒤진다. 즉 '안방구석에 놓인 물건들을 하나하나 정리해 나가며 없
어진 화투를 찾'는 것처럼 이 소설은 이야기의 꼬투리를 찾아 전개되
고 있다. 마치 어머니와 관련이 있던 물건을 하나하나 찾으면서 과거
를 회상하듯, 어머니에 대한 이야기를 뒤지고 있는 것이다. 어머니의
진통제, 마흔 여섯 해 전 어머니가 시집올 때에 들여 놓은 이래로 방
구들을 고칠 때 외에는 방 밖으로 내보낸 적이 없는 장롱, 농 밑에서

나온 김진달 노인의 부고, 그리고 부고와 관련되어 효자로 소문 난 '강에 일효자' 김진달 노인의 한 많은 삶과 변해 버린 세태 등이 사건과 관련되어 언급되고 있다. 사실 이러한 이야기의 전개방식은 『수색, 그 물빛 무늬』 전체에서 볼 수 있다.

이야기의 골격은 이 화투 찾기의 연장선에 놓인 어머니의 수술에 의해 전개되고 있다. 즉 소설의 주요 모티프가 어머니의 병에서 비롯되는 것이다.

닷새 전에 아내와 함께 본가로 내려왔다. 10년쯤 다니던 회사를 그만두고도 차일피일 미루고만 있다가 갑자기 시골로 내려온 것은 동사무소에서 아이의 취학 통지서를 받았기 때문이다. 아이가 취학하면 온 가족이 움직이는 일이 쉽지 않으리라고 여겨 그날로 부랴부랴 몇 가지 짐만 싸들고 내려온 것이다. 내려온 다음 다음 날, 아내가 어머니 몸에 이상 징후가 있음을 알아냈고, 아내 또한 임신인 듯해 둘이 함께 병원을 찾게 된 것이다.

이야기는 현재의 시점에서 아버지가 없어진 화투의 흑싸리 껍질 한 장을 찾으려고 애쓰는 것에서 시작한다. 이것은 독자의 호기심을 유발시키기에 충분하다. 어머니와 아내가 병원으로 진찰을 받으러 간 뒤에 아버지는 〈뭘 좀 알아보려고〉 화투를 꺼낸다. 단순히 무료함을 달래기 위해 화투 놀이를 하는 것이 아니라, 병원으로 간 일이 궁금해서 화투를 꺼내 재수점을 보기 위한 것이었다.

이 작품에서 없어진 화투를 찾는 행위는 작품 전개 과정에서 중요한 의미를 갖는다. 작품의 시작이 화투 찾기에서 비롯되고 있을 뿐만 아니라, 화투를 통해 자신의 과거도 회상, 서술되고 있고, 서술자인 '나' 자신과 어머니와의 특별했던 관계도 이 화투를 매개로 드러나고 있다. 즉 화투가 어머니의 삶을 드러내는 동시에 화자 자신의 굴곡진 삶을 엿보게 해 주는 매개체로 쓰이고 있는 것이다.

한편 화투 찾기와 관련된 '나'의 회상이 대개 어머니와 관련된 것이라면, 장롱 밑에서 발견된 부고는 또 다른 측면에서 이해된다. 그것은 서술자의 내면 풍경의 하나일 수도 있다. 화자는 지금은 부고를 돌리지도 않지만, 그 옛날 집에 들어온 부고를 처리하시던 할아버지의 엄정한 태도를 회상하고, 장롱 밑에서 발견된 부고의 내용을 통해 이제는 희미하게 사라져 가는 현대인의 효의식 문제를 제기하고 있다. '계강면(界江面)'에서 제일 가는 효자인 김진달 노인. 그는 나이 '쉰에도 요강을 부시고, 갈잎에 고기 싸들고 다니던 양반'이었다. 그러던 그가 자식들의 불효로 농약을 먹고 자살해 버린 것이다. '그 때 그 말을 들으며 나는 아버지에게 죄송스러'움을 느낀 것이다. 그는 직장에 매여 있기도 했고, 이 곳 저 곳에 보낼 원고가 있다는 핑계를 대고 어느 일요일 하루라도 편하게 시간을 내서 부모님을 찾아뵈러 내려오지 못했던 것이다.

작품의 또 다른 주요 이야기는 어머니의 입원과 수술을 통해 전개된다. 다시 말하자면, 화투 찾기를 통해 어머니의 살아온 삶이 언급되었다면, 그런 삶의 현재적 모습이 입원과 수술과정에서 나타나고 있는 것이다.

수술을 받지 않으시겠다는 어머니를 설득하는 과정에서 '나'는 자신과 어머니 사이에 앙금처럼 남아 있던 심리적 간극(間隙)을 해소하게 된다. '어릴 때 난 어머니가 날 낳으신 게 아닌 줄 알았어요. 날 낳은 어머니가 따로 있는 줄 알았어요. 내 어머니가 따로요.' 라고 털어 놓음으로써 그 때까지 한번도 자신의 입으로 먼저 발설해 본 일이 없는 서자의식(庶子意識)의 일단을 내보이고, '이 다음 저 세상에 가서도 어머니가 저를 낳아달라구요. 다른 어머니 아들 하게 하지 말라' 함으로써 모자간의 심리적 유대를 다시 획득하게 되는 것이다.

본가에 갔다가 어머니의 병으로 인해 지난 날의 어머니의 삶을 되
짚어 보는, 전부 5장의 역순행적 구성으로 되어 있는 이 소설은 단편
소설로서는 꽉찬 듯한 모습을 보이고 있다.4) 짧은 이야기 속에서 인
간성을 탐구하고 새로운 인간형을 발견 및 창조하며, 압축된 인생의
축도를 보여주는 데 그 역점을 두는 것이 현대소설이고 단편 소설이
라면, 이 소설은 단편소설의 한 전형이다. 다시 말해서 잘 알려진 에
드가 알렌 포우의 이야기대로 장편의 일부가 아닌, 더 이상 확대될
수도 없는 그 자체로 완결된 것이다.

---

4) 이 글의 내용을 정리하면 다음과 같다.
　　§1. 아버지, 잃어버린 화투장을 찾으려 애씀(어머니와 아내가 병원
으로 진찰 받으러 감)---재수점을 떼어보기 위한 것---흑싸리 껍질
한 장을 찾아나섬. 못찾음---'어머니가 병원에 갔는데..... 그리고 아내
도 함께 병원에 갔는데.....'
　　§2. 닷새 전 아내와 함께 아이를 데리고 시골로 내려 옴. ---〈우리
시대 최고의 눈〉--- 회사 그만 둠---아이의 취학 통지서----[시골
로 내려 온 동기]
　　§3. 잃어 버린 화투를 찾기 시작함. 안방 구석에 놓인 물건을 하나
하나 정리해 나가기 시작함----- 진통제 몇 갑, 토정비결, 장롱, 가마,
장롱 밑---부고 ― 강에 일효자 김진달노인의 삶과 죽음---- '아내를
따라 간 것인지....' ――― 어머니의 병과 아내의 임신
　　§4. 어머니의 입원 ---남자용 내복을 입는 어머니의 사연---의사의
이야기 --- 병원으로 떠남---집에 남아 형님과의 대화, 눈 이야기, 형
님의 고충, 〈수호 엄마〉 이야기, 재수점을 떼어보기 위해 화투를 집고,
화투 이야기―― 어머니에 대한 회억.
　　§5. 어머니의 수술 --- 수술의 거부, 어머니를 설득 ― 새할머니와
편지 ――― 병실, 아내와의 이야기, 화투 이야기

3. 없어진 흑싸리 한 장

우리 민족의 신앙의 대상은 다신적인 면모를 보이고 있다. 일찍이 최남선은 국토에 대한 예찬을 통해 애니미즘적 속성을 그의 기행 수필집 『심춘순례(尋春巡禮)』에서 보인 바 있다. 중동지역은 종교 분쟁으로 인한 전쟁을 치르느라 세계의 화약고가 되어 있지만, 우리나라에는 여러 종교가 화합을 이루는 종교협의회가 있는 실정이고 보면 우리는 신앙의 대상이 무엇이든 간에 개의치 않고 신앙 그 자체에 의미를 두고 있는 것이 분명하다. 그뿐 아니라 금기(禁忌)로 여기는 것도 많고, 그것을 막고 피하는 길을 여러 가지 방법을 통해 찾으려 한다. 그 다양한 방법 중의 하나가 화투이다. 화투를 통해 재수를 맞추어 보기도 하며 운수를 확인하려고도 한다. 또 앞으로의 일을 알아보기 위해서도 화투를 이용한다.

이 작품의 첫머리는 바로 단순히 재미로 재수점을 떼보기 위한 것이 아니라, '뭘 좀 알아보려고' 화투를 찾는 것에서 시작한다. 어머니가 아내와 함께 병원으로 진찰을 받으러 가고 난 뒤에, 아버지는 그 귀추가 궁금해서 화투를 찾았으나, 없어진 화투 한 장은 쉽게 찾아지지 않는다. 쉽게 찾아지지 않는다는 그 자체도 불길하지만, 하필 없어진 것이 흑싸리 한 장이었다. 흔히 화투에서 흑싸리는 '가시밭 길'로 별로 좋은 의미가 아니다. 상표가 찍힌 여분의 것을 대신 넣고 쳐도 되지만 '〈뭘 좀 알아보려는 것〉은 제대로 짝이 맞는, 그러니까 〈옳게 된 것〉으로 떼어 봐야 한'단다. 이것은 화투가 다분히 주술적(呪術的) 의미를 가진 것으로 여겨지고 있음을 알려주는 것이다. 당연히 흑싸리 한 장의 분실은 그로 말미암아 불길함을 예견하게 해주는 장치로 쓰인다.

"「그 망할 게 느 에미를 따라간 게 아닌지 모르겠다.」
「뭐가요?」
「화투 말이다. 없어진 게.」
「어머니가 그걸 왜 들고 나가시겠어요? 또 어머니가 나가시고
나서도 있었다면서요.」
「그러니 뒤에 따라갔을지도 모른다는 거지. 흑싸리는 가시밭길이
라는데 병원에서 뭐 안 좋은 얘기를 들으려고 그러나……」
아버지는 담요를 한 번 더 접어 구석으로 밀치며 말했다."5)

없어진 화투 한 장이 마치 병원으로 간 사람이 좋지 않은 병에 걸
렸음을 예언하기라도 하는 양 그것에 큰 의미가 부여된다. 이와 같은
것은 나흘 후 어머니가 입원하던 날에 '나'가 재수점을 떼어 보는 것
에서도 보인다. 아버지와 형수와 아내가 어머니를 모시고 병원으로
간 뒤, '그런 저런 생각을 하며 형님이 누운 옆에서 '나'는 스페어로
짝을 맞춘 화투로 재수점을 떼어 보았'고, 그 결과 '중간에 흑싸리가
짝을 맞춰 떨어지곤 이내 아무것도 떨어지지 않았다.' 그 때 '나'는
"참 이상하다. 며칠 전에도 그러더니. 그건 가시밭길이라는데……'6) 라
고 되뇐다. 분실된 흑싸리 한 장의 화투와 내가 맞춘 재수점에서
떨어진 흑싸리가 불안감을 증폭시키고 있는 것이다.

본래 예조(豫兆)나 점복(占卜)은 미래를 사전에 예지(叡智)하는 지
식과 기술이라고 한다. 아버지가 화투를 가지고 〈뭘 좀 알아보려는
것〉이나 '나'가 재수점을 떼어본 것은 모두 같은 맥락에서 이해될 수
있다. 그래서 〈옳게 된 것〉이 필요했던 것이다. 화투에 의존해서 무언
가를 알아보는 것은 재미 이상의 의미를 지닌다. 미래에 대한 뚜렷한
확신과 믿음이 있다면 화투를 통한 미래의 예측은 불필요할 것이다.

---

5) 『수색, 그 물빛 무늬』, 서울, 민음사, 1996, p.145
6) *Ibid.*, p.195.

이렇듯 어떤 매개물에 금기나 주술적 의미를 부여해 심리적 불안감
을 해소하고 위안을 얻으려는 현상은 어머니에게서도 보인다. 병원에
입원하러 가던 날 어머니는 굳이 아들들이 젊었을 때 입었던 낡은 내
복을 입고 간다. 두 며느리가 만류하지만 막무가내였다.

> "그런데 어머니는 왜 굳이 그것을 입으셨을까. 이제 병원에 입원
> 까지 해야 한다니까 갑자기 어떤 의지처럼 그것을 입고 싶은 마음
> 이 들었던 것이 아닐까."[7)]
> "어머니는 내복만 그렇게 자식들의 것을 입는 것이 아니라 양말
> 도 어느 자식인가 시골집에 왔다가 벗어놓고 간 것을 빨아 보관하
> 고 있던 걸 두 개 껴신었다. 이번엔 형수와 아내도 아무 말을 못하
> 고 그런 어머니를 옆에서 내려다 보았다.
> 「누가 뭐라든 나는 이렇게 입고 나서는 게 편하다.」
> 「그럼요. 어머니 편하신 대로 하셔야죠.」"[8)]

어머니에게 있어서 아들들은 심리적인 안정이고, 경우에 따라서는
막연한 삶을 떠바쳐 주는 지주(支柱)의 구실을 해주는 존재이다. 그
아들들이 입었던 내복이나 양말을 몸에 지닐 때 그 물건들은 자식의
상징이 되고, 그러함으로써 어머니는 마음의 안정을 찾을 수가 있는
것이다. 신앙의 대상이 뚜렷하지 못했을 때, 그에 상응하는 대체물(代
替物)을 찾아 그 역할을 부여하는 것이다.

본질적으로 볼 때, 화투를 통해 미래를 점쳐보려는 것이나 내복이
나 양말을 몸에 지님으로써 심리적 안정을 추구하려는 것은 동일한
것으로 보인다. 단지 차이가 있다면, 화투는 미래의 일을 사전에 좀
알아보려는 것이고 내복은 주술(呪術) 같은 것, 즉 예측할 수 없는

---

7) *Ibid.*, p.179.
8) *Ibid.*, p.183.

결과를 예방하기 위한 하나의 방편이라는 것이다.

이러한 주술적 의미를 갖는 또 다른 것으로 금기를 들 수 있다. 어머니에게 금기로 여겨지는 것들은 대개 샤머니즘적 속성을 지니고 있다. 작품에서는 장롱 옮기는 것이 하나의 금기로 나온다.

> "「장롱 그렇게 함부로 바꾸는 것이 아니다. 오래돼 그렇지 베니어판에 겉만 번지르하게 칠한 물건들에 댈 것도 아니고.」
> 그 한 마디면 그만이었다. 몇 년에 한 번씩 붉은 옻칠을 하거나 니스칠을 다시 하는 게 고작이었다. 보다 못한 큰 형수가 어른들과 상의 없이 새 장롱을 들여다 놓아주었을 때 어머니는 왜 시키지도 않은 일을 하느냐며 새 장롱을 중간 방에 놓으셨다. 장롱에 대한 어머니의 고집은 유독 그 장롱 하나에만 그랬던 것은 아니었다. 언젠가는 둘째형수가 중고물 시장에 나가 반닫이 장 두 벌을 들여놓은 것을 뒤늦게 가 보고는 당장 그 물건들을 치우지 못하겠느냐고 야단을 친 적이 있었다. 예전 어느 여자가 어떤 한을 가지고 쓰던 물건인지도 모르고 그런 걸 함부로 집안에 들여놓느냐는 것이었다."[9]

장롱의 품질이 유달리 좋다든가, 그 소유 내력에서 버릴 수 없는 어떤 특별한 의미를 갖게 되어서 장롱을 바꿀 수 없다는 것이 아니다. 게다가 중고 가구의 경우에는 그것을 소유했던 사람의 운명적 상황이 그 다음에 소유하는 사람에게도 이어지므로 함부로 가까이 해서는 안 된다는 것이다. 장롱 하나에도 운명을 지배하는 힘이 들어 있다고 보는 애니미즘적 성향을 읽어 낼 수 있다.

이와 같이 아들들이 입었던 내복은 액막이를 해주는 주술이며, 장롱은 금기의 대상이다. 화투 또한 운명을 점쳐 볼 수 있는 주술적 도구로 인식된다. 또 나중에 다시 언급하겠지만, 자식들을 뱃속에서 키

---

9) *Ibid.*, p.164~165.

워 낳은 어머니의 자궁[10]은 어머니 신앙의 신전이다. 이러한 모든 것
에서 독자는 한국인의 무의식 세계를 지배하는 삶의 한 원형질을 만
나게 된다.

4. 어머니의 무늬 – 그 원형질(原形質)의 삶

흑싸리를 가시밭이라는 의미로 볼 때 없어진 화투 흑싸리 한 장은
어머니의 운명적 삶을 상징하는 것일 수도 있다. 다시 말하면, 없어진
화투가 흑싸리 한 장이라는 것이나, '나'가 재수점을 떼서 떨어진 것
이 흑싸리라는 것은 병원으로 간 어머니의 병이 아주 좋지 않은 것일
지도 모른다는 예조나 점복의 의미 외에도, 어머니의 삶이 가시밭이
었음을 암시하고 있는 것이다. 어머니의 병원행이 불길한 것이라는
의미만 가지고 있는 것은 아니다.

> "어쩌면 그 가시밭이 어머니의 삶의 무늬였는지 모른다. 밤이 깊
> 었는데도 병실 창밖엔 아직 눈이 아닌 진눈깨비가 내리고 있었다.
> 나는 어머니가 아직 깨어 돌아올 새벽엔 눈이 내렸으면 좋겠다고
> 생각을 했다. 이제 또 다른 삶의 무늬처럼 하얗게 모든 것을 덮
> 고....."[11]

어머니의 삶이 특별히 입지전적(立志傳的)인 것은 아니었다. 김정
한(金廷漢)의 『수라도』의 가야부인처럼 격동기라는 독특한 시대에서
격랑을 헤치고 사는 사람을 옆에서 지켜보며 돌보아야 하는 힘들고

---

10) *Ibid.*, p.197.
11) *Ibid.*, p.210.

고단한 삶을 살아온 것도 아니고, 박재삼(朴在森)의 시 『추억에서』의 어머니처럼 한국 전쟁 후 물질적 궁핍함으로 말미암은 가난한 생활 가운데서 어려운 살림을 지탱해 가며 가족을 부양하기 위해 간난(艱難)과 시련을 겪은 것도 아니다. 근대화 무렵에서부터 산업사회로 진행되는 사이 우리 어머니들의 평범한 삶에 가까운 모습을 보이고 있는 것이다.

이 글에서 어머니의 삶의 궤적(軌跡)은 가족간의 상호 관계에서 비롯된 것이 전부일 뿐, 사회 현상에 대해 직접적으로 대응하는 유형의 것은 보이지 않는다. 사회의 변동에 직접적으로 영향을 받는 것, 이를테면, 일제의 압제나 전쟁으로 말미암아 가족이 풍비박산이 된다든가 하는 것은 없다. 그러나 인간의 삶이란 상대적인 것이어서 환경과 조건의 평이함에 따라 심적 고통이 크거나 작다고 획일적으로 언급할 수 있는 것은 아니다.

이 작품에서는 가족 간에 형성된 묘한 갈등이 어머니의 삶의 무늬를 이루고 있다. 아버지와 어머니, 할머니와 어머니, '나'와 어머니 등이 그 가족에 해당할 것이나, 그 중에서도 어머니와 '나' 사이에서 가라앉아 있던 앙금이 마음의 빚의 주축을 이루고 있다.

어머니의 삶은 강한 의지(意志)와 오기(傲氣)로 이루어진 것이다. 이것은 대갓집 참판댁(參判宅)의 며느리로 응당 의젓함이 요구되었기 때문에 말미암은 것이기도 하지만, 크고 작은 모든 일을 거두고 마음 속으로 가라앉히고 삭히면서 살다보니 자연스레 형성된 것이기도 하다. 이러한 의지와 오기에 절제된 자긍심(自矜心)과 서두르지 않고 일을 처리하는 슬기로움이 곁들여져 있다.

어머니의 자긍심은 참판댁이라는 틀에 맞는 대우(待遇)와 그것의 누림에서 이루어졌다. '나'의 외증조할아버지께서 맏손주딸 시집보내는 거라고 일부러 짜 보내신 게 마흔 여섯해 전 시집올 때 가지고 온 오동나무 장롱이다. 지금도 자랑으로 여기는 그것은 '방 구들을 뜯을 때 말고는 한 번도 이 방을 나가 본 적이 없'는 것이다. 따라서 아무리 낡았어도 몇 년에 한 번씩 붉은 옷칠을 하거나 니스칠을 다시 하는 게 고작일 뿐, 장롱을 바꾼다는 것은 가당치도 않는 것이다. 이 장롱만큼이나 어머니가 자랑스럽게 여기는 것이 가마였다.

> "내가 시집올 때 어떤 가마를 타고 온지 아느냐? 느 할아버님께서 이 사람 저 사람 타던 가마에 새 며느리를 태워 올 수 없다고 동네에 있던 가마를 두고 일부러 짜서 보낸 거였단다."
> 어머니는 그 이야기를 요즘 최고급 승용차와 비교하여 말했다. 그때는 어느 친정 마을에서든 누가 시집을 가는데 시가에서 가마를 새로 짜서 보냈다면 그것만으로도 저쪽의 가세가 어느 정도인지 짐작했다는 것이었다. 〈중략〉
> 그러니까 어머니는 이쪽에서 짜 보낸 새 가마를 타고, 그 뒤에 외가에서 짜보낸 오동나무 장롱을 네 자씩 두 짐꾼에게 나누어지게 해서 시집을 온 셈이었다."12)

오동나무 장롱과 새로 짠 가마. 이것은 참판 댁 며느리라는 역할에 맞는 자긍심의 표지(標識)였다. 명분에 맞는 누림이다. 이것이 그의 삶을 지탱시켜 준 표면상의 지주였던 셈이다.

이런 어머니에게 삶의 무늬가 드리워졌던 것은 할아버지와 아버지에게 각 다른 할머니와 어머니가 계셨기 때문이다. 어머니는 시애를 이태 거느렸고, 시어머니 돌아가신 뒤 새 시모를 모시게 된다. 그런데 문제는 어머니와 그 할머니 사이에서 생긴 것이 아니라 나와 그 할머니 사이에서 생긴 것이다. 바로 서자 의식에 사로잡혀 있던 '나'가 껄

---

12) *Ibid.*, p.165.

끄러운 모자 관계를 만회하고 어머니에 대한 어떤 선명한 마음을 보여줄 수 있는 대상으로 그 할머니를 지목이라도 한 양 맹목적으로 그 할머니를 싫어했던 것이다. 이것은 어머니의 대한 마음의 빚을 덜기 위해 그랬던 것으로 보인다.

'나'의 눈에 비친 어머니의 무늬는 '나'와 어머니와의 특별한 관계에 의해 생겨난 것으로, 이것은 아버지로 말미암은 것이었다. 아버지가 '시애'를 본 뒤에 생긴 어머니와의 문제다. '시애'가 우리 집으로 들어온 뒤에, 그녀는 '나'의 어머니가 되었다.

> "아직 어릴 때 일이어서 그 엄마가 어떻게 들어왔는지 기억 나지 않지만 집안 식구들이 모두 엄마를 수호엄마('나'의 이름이 수호임---인용자 주)라고 불렀다. 할아버지 할머니도 그렇게 부르고, 어머니도 그렇게 불러 나도 당연히 그 엄마가 내 엄마인 줄 알았다. 〈중략〉 이태 반쯤 살았을까, 어느 날 학교에 갔다 오니 엄마가 없어졌다. 그래서 버릇처럼 우리 엄마 어디 갔어요, 하고 묻자 어머니가 어둡고도 무거운 얼굴로 느 엄마 서울에 니 옷 사러갔다고 해 비로 소 그 엄마가 날 두고 떠났다는 걸 알았다. 그냥 그것만 안 게 아니라 그 말을 듣는 순간 오래도록 잊고 있었던 무엇을 깨닫듯 직감적으로 그 엄마가 내 엄마가 아니라 어머니가 내 엄마라는 걸 알았고, 그러면서도 눈물을 쏙 빼놓을 만큼 한꺼번에 여러 마음으로 밀려오는 그 빈자리의 허전함 속에 어린 마음에도 나는 그 동안 그 엄마 아들 노릇을 해온 것에 대해 진짜 내 엄마인 어머니 앞에 얼굴을 들지 못할 부끄러움과도 같은 죄의식을 느꼈다. 그것이 어린시절 가장 큰 마음에 상처였는지도 모른다."[13]

어머니가 당신이 낳은 한 자식의 이름을 붙여 '그 엄마'를 수호 엄마로 만든 건 그 자식을 친 자식으로 생각하고 아이를 낳지 말라고

---

13) *Ibid.*, p.224.

한 뜻이었음을 나중에서야 알게 된 '나'는, 떠난 어머니에 대한 허전함과 함께 어린 마음에도 그 동안 '그 엄마' 아들 노릇을 해온 것에 대해 어머니 앞에서 얼굴을 들지 못할 부끄러움과도 같은 죄스러움을 느끼는 것이다. 그 엄마가 떠나자 이 모든 것을 한꺼번에 저절로 알게 된 것이다. '나'는 혼자 마음 속으로는 그 엄마를 기다릴지언정, 아버지한테까지도 언제 엄마가 돌아오느냐고 묻지 않았다. 누구에게도 그 엄마 얘길 입 밖으로 꺼내선 안 된다는 걸 어린 가슴이나마 알고 있는 것이었다. 그리고 그 이후에 어머니 앞에선 늘 어떤 의무감과도 같은 죄스러움을 느끼곤 했는데, 그것이 내 마음 속 깊은 곳에 평생을 두고도 갚지 못할 마음 속의 빚처럼 남게 된다. 어머니에 대해서 서자의식(庶子意識)을 갖게 된 것이다.

자신의 어머니를 두고도 다른 사람을 자신의 어머니인 줄로 알고 지냈던 것에 대해 어머니께 죄송스런 마음, 그 어머니가 떠나간 뒤에 새할머니에 대해 고의적으로 적대감을 노출시켜 어머니를 괴롭힌 것들, 이런 것들이 '나'와 어머니 사이에 보이지 않는 장벽을 만들었던 것이었다. 이로 말미암아 '나'와 어머니는 서로에 대해 마음의 빚을 지고 있는 셈이다. 이 마음의 장벽은 어머니의 수술을 설득하는 과정에서 허물어진다.

어머니가 수술을 완강히 거절할 때, 나의 이 잠재된 마음의 끝이 어머니와의 대화를 통해서 나타난다. 수술을 완강하게 거절하는 어머니를 설득하면서 '나'는 그간에 가라앉았던 마음의 빚을 이야기하는 것이다. 친어머니이면서도 그것을 느끼지 못했던 마음의 빚을 씻고 혈육간에 존재하는 '벽'을 비로소 무너뜨린다.

> "「그래요. 어머니가 저를 낳으셨죠? 다른 사람이 아닌 어머니가요.」
> 「니두 낳구 형들두 낳구 동생들도 낳았다. 내가」

「어릴 때 난 어머니가 날 낳으신 게 아닌 줄 알았어요. 날 낳은
어머니가 따로 있는 줄 알았어요. 내 어머니가 따로요.」
　일부러는 아니었지만 내 목소리는 스스로 느끼기에도 비감스러
운 데가 있었다. 그러자 어머니도 적이 놀라는 얼굴을 했다. 설마
여기서 그 얘기를 꺼내랴 싶었는지도 모른다. 이제까지 한번도 내
입으로 먼저 해 보지 않은 이야기였다.
　「안다. 내가 그랬구……」〈중략〉
　「이 다음 저 세상에 가서도 어머니가 저를 낳아달라구요. 다른
어머니 아들 하게 하지 말구……"14)

　이것이 '나'로 말미암아 가지게 된 어머니의 무늬인 것이다. 아들과
어머니 사이에서 생긴 간극이 어머니의 삶에 흑싸리 같은 무늬를 형
성했던 것이다.
　어머니의 삶에 아롱진 이 무늬가 어머니로 하여금 수술을 거부하게
끔 한다. 어머니의 병은 자궁에 근종이 생긴 것이었다. 어머니는, 수
술을 하여 자궁을 들어내는 것은 '자식 다섯 낳은 뱃속을 들어내'는
것과 같아서 그 이후에는 자식들과 영영 연이 끊기게 될지도 모른다
는 생각을 하고 있었다. 이승에서 다섯 자식을 길러내고 또 저 세상
에 가서도 그 다섯 자식을 온전히 품에 거두겠다는 생각을 하고 계신
것이었다.

　"여성에게 자궁은 자신의 육체에 대한 자의식이 형성되는 현장
이자 세상을 받는 그릇에 해당한다. 그런데 본래는 풍요로움과 생
명력의 상징이어야 할 자궁이 현실적인 경제원리나 가부장적 이데
올로기에 의해 궁핍함과 비생명력의 상징으로 변하고 있다. 〈중략〉
자궁의 이중성을 생산 및 사산의 이미지를 통해 구체적으로 형상
화 하면서 생명이 움트는 곳도 자궁이고 온갖 상처들이 자리하는

---

14) *Ibid.*, p.198~199.

곳도 자궁임을 출산 모티브를 통해 제시한 것이다."15)

어머니에게 있어서 자궁은 다섯 자식을 나름대로 올곧게 길러낸 자부심의 터전이다. 그래서 '다섯 자식은 어머니의 신앙과 같은 것이고, 그런 다섯 자식을 낳은 자궁 역시 어머니에겐 그 신앙의 신전과 같은 것'이었기 때문에 그것을 제거하는 수술은 할 수 없는 일이었다.

급격한 사회 변동이나 외부적 충격에 의해 가족이 붕괴되는 경우가 허다했던 우리의 경험에 비추어 볼 때, 어머니의 삶은 아주 평범한 것이었다고 할 수 있다. 그래서 어머니의 무늬도 현란하지 않고, 아름다움을 뽐낼 것도 없는 평범함 그 자체일지도 모른다. 어머니의 삶의 무늬는 가족간의 관계에서 말미암은 것이었고, 어찌 보면 한 유복한 주부가 가족들간의 갈등을 지혜롭게 해결해 가는 과정에서 그 무늬도 고요히 쌓이는 흰눈처럼 정화되어 갈 뿐이라고 볼 수 있는 것이다. 독자는 단지 '나'의 가족사를 통해 한 시대의 기품있는 여성상을 만날 뿐이다.

5. 일탈된 삶에서 일상성으로의 회귀

우리 사회가 근대화 혹은 산업화 이후 겪은 큰 변동 중의 하나가 소득의 증대와 핵가족화이다. 사회의 변동으로 말미암은 경제적 풍요로움은 가족제도의 변화와 동반된 것이다. 사람들은 굶주림에서 벗어나기 위해 도시로 몰려 들었고, 이 현상으로 농촌은 이농화 현상이 심각하게 되었다. 1965년경 농촌인구가 75%이던 것이 1990년대에 이

---

15) 김미현, 『한국여성 소설과 페미니즘』, 서울, 신구문화사, 1996, p.87~88.

르러 45%로 낮아져 버렸고, 농촌은 급격한 고령화 현상을 겪고 있다. 이농화 현상이 심화됨으로 인해 전형적인 가족 제도인 대가족제도가 무너지고, 전통적 가치관이 붕괴되어 버렸다.

궁핍으로부터의 해방이 삶에 물질적 윤택함을 가져다 주었을지언정 정신적 풍요로움까지는 보장해주지 못했다. 빠른 경제 성장은 삶의 질을 돌이켜 보게 하는 시간적 여유도 허락하지 않았던 것이다. 물질적 풍요는 철학의 빈곤을 낳았고, 가정이라는 특수 공간을 통해 가치관이 재생산되는 유일한 대안이었던 대가족제도가 붕괴됨으로써 이것은 가속화될 수밖에 없었다. 이와 같이 물질적 풍요와 대가족제도의 붕괴는 기존의 가치관의 변화와 서로 맞물려 있다.

근대화라고 하는 것이 애초부터 '인위적 불확실성(manufactured uncertainty)'를 낳는 자기 모순적인 체계[16]라고 한다. 이것은 우리 역사에서 하나의 전환기로 작용해 이 과정을 거치면서 우리 사회는 농업사회에서 공업사회로 바뀌고 가시적인 고도 성장을 이룩했다. 그러나 이러한 단기적인 성장은 장기적으로 볼 때 다수의 인간적 삶을 훼손시키는[17] 결과를 낳았다. 우리 사회는 경제 원리가 인간의 삶을 지배하는 사회로 변화된 것이다. 그것은 당연한 논리의 귀결이다.

근대화의 양면적 모습인 경제적 풍요로움과 인간성의 상실은 우리 사회에 여러 가지 부작용을 낳는다. 더구나 우리의 산업화의 과정은 일찍이 그 유래를 찾아볼 수 없을 만큼 빠른 것이었다. 신생국 중에

---

16) 근대성을 자연과 사회적 삶에 개입하여 물질문명을 성취하는 동시에 그러한 개입이 경제적 양극화, 생태적 위기, 민주적 권리의 부정, 전쟁의 위협등과 같은 '인위적 불확실성'을 낳는 자기모순적인 체계로 이해하기도 한다.(A. Giddens, *Beyond Left and Right*: Polity Press, 1994. 김현욱 옮김, 『좌파와 우파를 넘어서』, 한울, 1997, p.16.)

17) 김호기, 「박정희 시대와 근대성의 명암」, 『창작과비평』제99호 1998년 봄, 서울, 창작과비평사, 1998, p.111.

서도 계획적 사회 변화에 필요한 인적 자원이 어느 나라보다도 풍부하고 문화의식이 높은 우리의 사회 변화는 탈 산업사회에서의 변화보다 훨씬 빠르고 또한 그 성격이 불규칙했던[18] 것이다.

이와 같은 급격하고 불규칙한 사회의 변화 외에도 전통문화와 외래문화와의 충돌과 갈등 또한 심각한 문제를 야기시키고 있다. 전통 문화와 외래문화의 상충정도가 심하면 상황적 무질서와 개개인의 정체의식 위기(正體意識危機 identity crisis)가 닥치게 된다.[19] 반면에 이와 같은 변화가 한 사회 내에서 지속될 때, 사회는 그 변동 과정에서 적응능력을 신장시켜(enhancement of adaptive capacity)[20] 새로운 패러다임을 가지고 새로운 사회 구조를 창출하게도 된다.

우리의 현대 사회는 새로운 패러다임을 필요로 한다. 경제 제일주의가 빚은 물질만능주의가 우리 사회에 팽배해지면서 모든 가치가 물질을 우위에 두고 있다. 이러한 황금만능주의는 도덕적 타락을 가져온다. 한편 풍요로운 삶의 추구는 생산과 소비의 무제한적 증대를 가져왔고, 이는 인간을 기계에 예속시키는 비인간화를 촉진하게 된다.[21] 그리고 사람과 사람 사이에서는 서로의 이익을 추구하기 위한 인간관계가 성립될 뿐, 호모 사피엔스로서의 인간의 존엄성은 상실하게 된다.[22]

이제 우리는 경제 제일주의가 빚어낸 오류나 과오를 서서히 인식하

---

18) 한완상, 「근대화가 낳은 사회적 제문제」, 『光復 30年』, 서울, 서울대출판부, 1977, p.146.

19) 한완상, Ibid., p.149.

20) Talcott Parsons, *Societies, Evolutionary and Comparative Perspective*, 이종수 역, 『사회의 유형』, 서울, 홍성사, 1978, p.40.

21) Erich Fromm, *The Revolution of Hope*, 한동세 역, 『우리는 지금 어디에 있는가』, 서울 삼성문화재단, 1977, p.50.

22) 김태길, 『인간 회복의 서장(序章)』, 서울, 삼성문화재단, 1973, p.264.

기에 이르렀고, 새로운 가치관 확립의 필요성을 절감하고 있다. 굶주림에서 벗어나기 위해 무서우리 만큼 돈에 탐닉하던 사람들이 도덕성, 혹은 인간성의 회복을 외치기 시작한 것이다. 여기서 우리는 새로운 가치의 기준을 어디서 찾을 것인가 하는 심각한 문제에 봉착하고 있는데, 그에 따라 과거의 우리의 전통적 세계관으로 눈을 돌리고 있는 것이다.

이순원은 따뜻한 가정의 모성에서 이를 찾으려 했던 것으로 보인다. 본래 가정이란 가족 구성원 사이에서 처음으로 경쟁이 시작되는 공간이면서도 그들로 하여금 인간적인 유대관계를 체험하게 하는 곳이다. 작가 이순원이 초기 소설에서 '풍속사에 주목하고 있다'[23]는 사실은 이와 무관하지 않을 것이다. 특히 그의 글을 보면 그의 집안이 우리의 전통적 가족 관계가 해체되기 이전의 모습을 유지하고 있어 전통적인 가치관이 그대로 전수될 수 있었음을 단편적으로나마 알 수가 있다.

이 작품에서 안방에 대한 기억은 잊혀진 것들을 환기시켜 주는 역할을 하고 있다. 그러나 여기에서 잊혀진 것을 되뇌이는 것은 단순히 과거를 퇴영적으로 회고하는 것이 아니고, 기존의 삶을 반성하고 새로운 삶을 시도하기 위한 '기억의 되살림'이다.

안방의 주인은 당연히 어머니이다. 어머니는 세상의 모든 것이 변해도 마지막까지 변하지 않을 절대적 존재이다. 더 나은 삶을 찾아 모두가 도시로 떠나가도, 고향을 지키며 옛모습을 간직한 채 원형질의 삶을 살아가는 존재인 것이다. 생명의 근원이면서, 삶의 본질로써의 어머니인 것이다. 흔히 어머니는 이성을 초월한 지혜나 남을 돕고자 하는 본능, 자비로움과 풍성함이 깃든 존재로 이해된다.[24] 또한

---

23) 서영채, 단편소설과 상품 미학, 『소설의 운명』, 서울, 문학동네, 1995, p.244.

24) 김미현, *Ibid.*, p.291.

현실 원리에 지배받지 않는 원초적 사랑을 가지고 있는 사람으로 이
야기되기도 한다. 따라서 어머니는 진보적이거나 도전적이기보다는
보수적인 면이 강하다. 모두가 현실의 삶을 찾아 떠날 때 마음의 안
식처로 마지막까지 남는 존재가 어머니이다.

> "「만약 그래야 한다면 자식 다섯이나 낳은 뱃속을 어떻게 들어
> 내냐면서 아프면 아픈 대로 견디고 말지 수술은 안 받으시겠대요.
> 설사 죽을 병이라 해도 살 만큼 사셨다면서 얼마를 더 살기 위해
> 당신들 낳은 뱃속까지 들어내고 싶지 않으시다고……,"[25]

어머니에게 있어서 '우리 다섯 자식은 어머니의 신앙과 같은 것이
고, 그런 자식들을 뱃속에서 키워 낳은 자궁 역시 어머니에겐 그 신
앙의 신전과 같은 것'이었다. 동시에 가족의 구성원, 그 이상의 의미
를 가지고 있는 어머니는 '나'의 가족을 지탱하고 있는 정신적 지주였
던 셈이다.

이 글에서 어머니와 동의어로 쓰이는 것으로 고향이 있다. 그런데
이 작품에서 고향의 속성을 지니고 있는 것들은 모두 잊혀진 지난날
들을 현재에 복원시켜주는 것일 뿐만 아니라 이 시대에 우리가 간직
해야 할 또 다른 것, 이를테면 인간 본성으로의 복귀를 의미한다. 우
리 시대의 최고의 눈, 집 앞까지 마을 사람들이 와서 쓸던 눈, 참으로
오랜만에 형님을 만나 지난 일을 회고하는 것, 강상의 일 효자 이야
기, 이런 것들 모두가 잊혀져서는 안 될 소중한 삶의 한 자락으로 내
비쳐지고 있다. 그리고 이 모든 것이 어머니의 무늬와 융화되어 있는
것이다. 지나간 과거에 대한 애틋하고도 아쉬운 그리움 그 자체를 이
야기하는 것이 아니라, 인간의 삶의 본질을 잊고 지낸 우리 자신들의

---

25) *Ibid.*, p.182~183.

삶을 어머니의 무늬를 통해 되돌아보게 하는 것이다. 모든 것이 변하고, 모든 가치관이 상실되고, 그 상실된 것도 모르고 사는 것은 어머니를 잊고 지내는 것과 같은 것임을 깨닫게 하는 것이다.

이 작품에서 어머니는 과거에 고단한 삶을 살아 이제 그 때를 돌아보는 자식들의 눈물샘을 자극시키는 존재가 아니고, 단순한 향수를 불러일으키는 자극제도 아니다. 고향을 지키며 평범한 삶을 살고 있는 어머니는 시대의 변화에도 흔들리지 않는 절대적 가치를 지니고 있는 지표(指標)였던 것이다. 잊혀져 가는 모든 것들에 대한 따뜻한 그리움이 바로 온고(溫故)의 의미가 아닐까? 작가가 어머니에서 찾으려고 했던 것이 바로 이것이었을 것이다. 물질 문명화된 현대에서 붕괴된 전통적 가치관을 회복시키고자 고향의 어머니를 찾고 그와 화해했던 것이다. 바로 모성의 회복, 모성의 되찾음이 잃어버린 우리의 일상적 삶의 회복을 의미하는 것이며 이것이 우리 시대의 도덕성 혹은 인간성의 회복을 의미한다는 것이다. 그래서 작가는 어머니의 이런 삶이 어머니로 끝나는 것이 아니고 핏줄을 통해 계승되어야 할 것이라고 아내의 임신을 통해 이야기하고 있는 것이다.

또 하나, '서자의식'에서 벗어남은 이질화된 현대 문명에서 벗어나 새로운 관점에서 '어머니 보기'로 이해할 수 있을 것이다. 즉 '수호 엄마'가 진짜 자신의 어머니인 줄 알았던 '나'가 그 어머니가 떠나간 뒤에야 비로소 자신의 어머니가 누구인 줄 새삼스럽게 인식하듯이 새롭게 다가섰던 것들이 물러난 변화된 시점에서 올곧은 삶을 바라볼 수 있는, 즉 이 땅에 있어야 하고, 지니고 있어야 할 것을 잊고 있던 일탈된 삶에서 본래적인 삶인 일상성으로 회귀해야 하는 안목을 터득한 것이라고 볼 수 있다.

6. 마무리

작가가 창작을 한다는 것은 뭔가를 처음으로 생성시키는 일[創], 원래는 없었던 뭔가를 지어내는 일[作]이다. 그리고 그것의 궁극의 목표는 어떤 새로운, 혹은 창시적인 가공의 물체를 만들어 내는 것이다. 그 새로운 가공의 물체를 만들어내려는 욕망은 당연히 현실의 불완전·불충분·불만족에 대한 직관과 표리관계에 있다. 창작이 표현하는 것은 현실이 지금의 현실과는 달라지기를 바라는 욕망, 현실에 수정을 가하려는 욕망이다.26) 이것이 작가의 욕망이라면, 독자의 욕망은 작가의 욕망이 얼마만큼 진실된 것이며, 어느 정도 개연성이 확보될 수 있는 것인지를 찾아보는 것에 놓이게 된다.

이순원은 이 작품에서 따뜻하고 아름다운 가족의 이야기만을 쓰려고 했던 것은 아니다. 그는 문명화된 사회가 결코 진정한 의미의 참다운 삶을 보장해주는 것은 아니라고 보고, 우리가 진정으로 찾아야 할 아름다운 삶을 그리 멀지 않은 과거에서 그려낸 것이다. 조금만 뒤로 물러서서 보면 우리의 현재적 삶은 숨막히고, 오금이 저릴 듯한 공간에서 이루어지고 있음을 볼 수 있다. 이러한 현실에서 참다운 삶을 살아가는 하나의 대안으로 제시한 것이 바로 이 작품이다. 그는 이 「수색, 어머니 가슴속으로 흐르는 무늬」에서 변함없는 어머니를 매개로 하여 우리 사회에서 변하지 않는 절대적 가치를 제시하고 있는 것이다.

핏줄로 이어진 엄연한 모자 사이에 '서자 의식'이 존재하는 건 결코 정상적인 것이라고 볼 수 없다. 화자는 이러한 일탈 상태에서 어머니

---

26) 황종연, 문제적 개인의 행방, 『창작과비평』101호 1998년 가을호, 서울, 창작과비평사, 1998, p.305.

와의 관계를 회복함으로써 일상으로 복귀한다. 이 때 어머니와의 감
정의 골을 정리하는 과정에서 흰눈이 내려 쌓이는데, 이것은 다분히
상징적이다. 눈은 갈등의 해소와 정화를 의미하는 것이기 때문이다.
또한 아들과의 관계 회복은 어머니로 하여금 육체적 자궁을 상실하는
대신 시공간을 초월하는 영원한 생명으로서의 자궁, 현세에 자식 다
섯을 낳아 길렀고, 내세에서도 그들을 거두어 품을 신앙의 신전으로
서의 자궁을 확인하게끔 한다. 결국 작가는 우리가 고향으로 돌아가
되찾는 것은 단순한 핏줄의 확인에 그치는 것이 아니고, 생명의 근원
으로서 우리 인간의 삶의 원형(原形)을 회복하는 것이라고 말하고 있
는 것이다.

　이 소설 앞에서 우리는, 이 시대에서 '서자의식'을 가지지 않은 사
람이 몇이나 될까? 우리는 과연 '수호 엄마'가 아닌 진짜 엄마를 이
시대에서 찾을 수 있을 것인가? 진정으로 우리 인간의 삶을 가치 있
게 하는 것이 질적이고 뭔가 새로운 것에서 찾아지는 경우도 있겠지
만, 그 근본은 본래적인 것에서야 비로소 올곧게 찾아지는 것이 아닐
까? 하는 등등의 질문을 품게 됨으로써 작가의 욕망에 화답하게 된다.
작중 화자가 현실의 불완전함을 모자 관계 사이에 존재하는 감정의
골로 암유하고, 내세에서도 끊어지지 않을 핏줄의 견고함으로 그 불
완전함을 치유하는 일에 개연성과 진실성을 승인해 주는 것이다. 그
러나 그렇다고 모든 문제가 다 해결되는 것은 아니다.

　소설이 어떤 자리 매김을 위해 존재하는 것은 아니지만, 적어도 그
의 존재 의미를 확보하는 것은 그 본질을 이해하는데 있어서 무엇보
다 중요한 일이다. 물론 소설의 존재의미가 무엇인가 하는 질문에는
이론이 많아, 어떤 이유를 대서라도 나름대로의 존재 가치를 설명할
수 있다. 그러나 적어도 소설쓰기가 주변의 사소한 일을 재미있게 혹

은 그럴 듯하게 꾸미는 일에 불과하게 되는 것, 단지 심심풀이를 위한 여기(餘技)로 남게 되도록 소설을 방치해 둘 수 는 없는 일이다. 이것은 문학을 사랑하는 모든 이가 경계하고 우려해야 할 것이라고 믿는다.

이런 경향으로 쏠리는 것을 타박하기 위해서 이 작품을 문제 삼아 보았다. 이 작품을 택한 이유는 이순원의 경우 이러한 경향을 잘 극복하였다는 생각이 들었고, 그의 작품 중에서 특히 『수색, 그 물빛 무늬』가 자신의 주변 일상사를 작품화한 대표적인 것이면서도 삶의 본질적인 문제를 제시하고 있기 때문이었다.

작가가 작품을 쓰는 과정에서 작가 자신의 경험이 크든 작든 반영되는 것은 어쩔 수 없는 일이라 해도, 작품이 그 경험의 울타리를 벗어나지 못할 때 결국 그것은 신변잡기가 되어버릴 위험이 크다. 이런 의미에서 이 작품에서 보이는 인물과 인물 사이의 갈등, 그 갈등의 해소가 개인의 문제를 떠나 우리 시대의 새로운 삶의 모럴을 묵시적으로 제시하고 있다. 어머니 삶의 그 깊이와 넓이, 그 삶의 과정에서 무늬로 아로새겨진 자식과의 매듭 그리고 그 매듭의 풀림, 이러한 것들이 공감대를 불러 일으키면서 고전적 가족 개념이 향수 이상으로 우리 사회의 새로운 삶의 모럴을 제시하였다. 다만 이 작품에서 공감대가 정서적 차원 이상의 인간 존재와 소설의 본질적인 면까지 성찰하게끔 하는 울림을 준다면 더욱 빛날 것으로 보인다. 예술가의 상상력이 현실의 표면에 멈추어 있지 않고 표면을 뚫고 들어가 현실의 깊이를 드러낸다는 점이야말로 예술작품이 인간성의 풍부화와 삶의 진보에 기여하는 가능성을 보장해 주는 것이며, 훌륭한 작가는 당대 사회의 역사가일 뿐만 아니라 앞으로 전개될 사회의 예언적 창조자여야 한다[27]는 염무웅의 지적을 상기시키며, 개인의 문제에 녹아 있는 우

리의 역사적·시대적 현실을 포착하면서도 그것을 초월하는 보편성을
담아내는 작품에도 작가가 좀 더 관심을 기울이기를 바란다.

[창조문학 1998. 겨울. pp. 83~107.]

---

27) 염무웅, 「리얼리즘론」, 백낙청편, 『문학과 행동』, 서울, 태극출판사, 1978,
    p.374.

이은성의 소설 『동의보감』 연구
: 대중성을 중심으로

1. 서 론

소설이 많이 읽혀진다고 하는 것은 좋은 현상일 수 있다. 더욱이
수 백만 부씩 팔린다는 것은 우리의 출판 사정으로나 독서 시장을 놓
고 보았을 때 경이로운 일에 가까운 것임에 틀림없다. 많이 읽힌다는
것은 대개 독자의 어느 계층에서 작품에 대한 흥미적 요소가 발견되
었거나 출판사 쪽에서의 과대한 광고의 효과이거나 둘 중에 하나일
게다. 다시 바꾸어 말하면 소설이 많이 읽힌다는 것은 그 요인이 독
자에게 있는 경우와 작가나 출판업자가 독자의 호기심을 자극해서 유
인하는 경우가 있을 수 있겠다. 그러나 출판업자에 의한 광고의 효과
는 일시적으로 독자를 유인할 수 있을지는 몰라도 그리 크게 기대할
수 있는 것으로 보지 않는 것이 일반적인 현상이다.[1] 그렇지만 독자

---

1) 이 『동의보감』의 경우도 광고의 최대 효과를 불러 일으킬 수 있는 이
  문열의 독후감이 나간 뒤로 많이 팔렸다. 이 독후감은 『조선일보』
  (1990. 5.16)에 다음과 같은 편집자 주와 함께 게재되었다.
   "『동의보감』(전3권)이 화제다. 천출의 한을 인간애로 승화시킨 조선의

의 흥미에 의한 양적 확대는 가능하리라 생각한다. 문제는 바로 이렇게 해서 이루어진 양적 확대를 어떻게 해석해야 할까 하는 것이다. 소설의 독자를 확대시켰다는 측면에서 일단 긍정적일 수 있다. 더구나 많은 독자들이 흥미를 갖고 재미있게 읽었다고 해서 예술성이 없는 것도 아니고, 예술성이 강하다고 재미가 없어야 되는 것도 아니다. 흥미적 요소와 예술성이 조화를 이룬다면 이상적이라고 하는 데에 이의를 달 사람은 아무도 없을 것이다.

이 글은 이 작품의 예술성에 대한 탐색보다, 이 작품을 읽은 대부분의 독자들의 독서 동기가 예술성의 추구보다 흥미적 요소가 강한 데서 유발되었다고 보고, 전무후무한 판매를 기록한 이유를 일단 이 작품의 흥미적 요소가 강한 것이 주된 이유라면 흥미적 요소의 요인이 무엇인지 그것을 탐색해 보고자 한다.

문학 작품은 예술성을 추구하는 정신적 작업을 지향하는 것에서 그 의미를 찾을 수 있고, 그것이 참된 문학의 가치를 높이고, 정신세계를 고양시키는 것임에는 틀림없지만, 고급 독자를 제외한 나머지 독자들이 있다는 사실을 도외시할 수 없는 것도 하나의 현상으로 지적될 수 있는 것이 현실이다. 훌륭한 문학 작품이 문학의 역사를 구성하여 지적 궤적을 형성할 수도 있지만, 폭발적인 독자의 확대 현상 또한 문학사에서 외면되어서도 안 될 것이라는 생각에서 이 글을 썼다.

보도 자료에 따르면 "이 작품은 1976년 MBC 일일 연속극으로 방영된 〈집념〉을 소설화한 것으로 1984년 11월 11일부터 1988년 2월 14

醫聖 허준의 일대기를 탁월한 솜씨로 그려낸 이 소설은 재미 이외에 우리에게도 위대한 인물이 수두룩했다는 새삼스러운 자각까지 더해 준다. 李文烈씨가 앉은 자리에서 3권을 독파했다는 미완성의 소설 『동의보감』. 소설가의 독후감을 싣는다."

이외에도 각 신문사마다 신간안내의 차원 이상으로 지면을 할애하여 보도하였다.

일까지 『일요건강』(연재 중 『주간부산』으로 제호가 변경되었음.)에 연재되었다. 1988년 작가가 고혈압으로 작고할 당시에도 이 작품을 집필 중이었다. 따라서 이 작품은 작가의 '미완성의 유작(遺作)'이다. 애초에 春·夏·秋·冬의 4권으로 구상된 것인데 마지막 한권 분량을 채 마치지 못한 채 작가가 작고하였다. 그러나 제 3권 에서, "허준이 저술하고자 하는 『동의보감』의 체재와 내용, 저술에 임하는 그의 문제의식이 충분히 서술되었기 때문에 하나의 작품으로서의 완결성은 어느 정도 갖춰져 있다."라고 되어 있다. 그러나 이 글은 출판사의 변명과 함께 독자로 하여금 호기심을 유발시킬 수 있는 다분히 의도적인 발언으로 간주될 수 있으므로 이것 또한 검토의 여지가 없지 않다.

2. 대중성에 대하여

먼저 이 소설을 검토하기 전에 이 소설을 많은 독자들이 읽었으므로 성격상 대중소설로 분류해도 좋을 것인가를 살펴보고자 한다.[2] 그럼 과연 대중예술이란 무엇일까. A. 카플란(Abraham Kaplan)은 대중 예술과 대중 예술이 아닌 것을 다음과 같은 관점에서 구별해 내고 있다.

"대중 예술을 〈고상한 지식인의 취미(highbrow tastes)〉나 〈교양 없고 저속한 사람들의 취미(lowbrow tastes)〉에 호소하는 예술과는

---

2) 통속소설이란 용어를 피하고 대중소설이란 용어를 쓴 것은 의도적이다. 말할 것도 없이 이 둘은 엄연히 다른 것이기 때문이다. 그러나 간혹 번역서에서 같은 글이라도 번역한 사람이 다를 경우 이를 혼동한 것을 종종 발견하게 된다.

대조(對照)되는 〈중간급 되는 사람들의 예술(midbrow art)〉이라는 것으로 파악하고자 한다.…〈中略〉… 대중 예술은 대중(mass) 감상자들에게 아주 잘 먹혀 들어가지만, 그것 이외의 많은 종류의 대중 집단적 예술(mass art)과는 구별되는 특징을 지니고 있으며, 독특한 맥락과 형태로 나타난다."[3]

구분의 기준이 좀 모호하긴 하지만, 대중 예술은 '중간계층(midbrow)'의 사람들이 향유하는 문화라는 개념으로 파악될 수 있다는 것이다. 다만 중간계층이라는 계층개념의 폭이 어느 정도인지 가늠하기 또한 쉽지 않은 것만은 사실이다. 단지 '중간급 사람들의 예술로 정확하게 말한다면 중산층 예술(middle class art)'[4]이라고 한 것으로 보아 카플란에게 있어 중간계층은 중산층을 의미하는 것이라 할 수 있다.

하우저(A. Hauser)는 대중 예술의 개념을 평준화와 상업화로 설명한다. 그는 오늘날의 대중 예술은 이중적인 의미에서 '다수의 예술(Massen Kunst)'이라고 했다. 앞의 카플란이 대중 예술을 계층개념으로 파악한 것에 대해 하우저는 향유의 폭으로 이해한 것이다. 따라서 현대 사회의 독자는 확대된 향유자들인 셈이다. 이에 따라 현대 사회의 예술가들은 거대한 대중에게 복제된 똑 같은 예술적 오락을 제공하며, 규격화된 거대한 규모의 상품을 생산해 낸다. 그는 이 거대한 대중이 민주화의 선물이며 대량 생산은 기술적 진보가 이룩한 제조 기술이 새로이 기계화된 결과라고 했다.[5] 그런 의미에서 300여 만부를 판매한 『동의보감』은 거대한 대중에게 복제된 똑같은 예술적 오락

3) A. Kaplan, *The Aesthetics of the Popular*, 최민(崔旻)역, 『大衆 藝術의 美學』, 김윤수(金潤洙) 편, 『藝術의 創造』, 서울, 태극출판사, 1974, p.481.

4) A. Kaplan, Ibid. p.482.

5) A. Hauser, *Philosophy of Art-History*, 황지우역, 『藝術史의 철학』, 서울, 돌베개, 1983, p.337.

을 많은 독자가 즐기도록 한 대중 예술의 한 전형이라고 할 수 있다.

한편, 확대된 향유자들을 전제로 제시된 하우저나 카플란의 이론은 복제된 예술을 기저로 한 것이다. 이 때 대량의 생산과, 그 대량 생산을 가능케 하는 제작의 도식성이 문제로 지적될 수 있다. 이에 대해 하우저는,

> 모든 예술은 본질적으로 주체와 객체, 내면적 체험과 형식, 독창적 전망과 작품을 만들어 나가는 것들 사이의 긴장이다. 이런 긴장은 예술가가 자기의 전망을 구현시키는 창조 과정에서, 그리고 작품의 객관적 의의와 관객의 개인적 세계관 사이의 내적 격투라는 수용 과정의 양 측면에서 일어난다. 예술가의 단순히 사적인 전망이 구현되지 않는 채 있는 것이나, 관객이 이리저리 맞춰 놓은 애매한 상상물들은 이런 생동력 있는 긴장이 없는 것이며 예술과는 무관한 것이다.[6]

라고 하며 제작의 도식성이 갖는 위험을 경고한 바 있다.

카플란(A. Kaplan)도 대중 소설의 규격화를 지적하면서, 이것은 형식들의 양식화(樣式化 stylized)를 말함이 아니고, 상투화(常套化 stereotyped)를 통한 도식화(圖式化 schematization)를 의미한다고 했다.[7] 그에 의하면 대중 예술은 권태에 대한 일종의 특효약이며, 우리들에게 여가를 주는 것인 동시에, 우리들의 여가를 의미있게 만들 수 있는 것으로부터 우리들을 소외시키고 있는 산업 문명의 필연적인 부수물(附隋物)이라는 것이다.

사회의 성장으로 광범위한 계층의 사람들이 훨씬 좋아진 생활 여건과 그에 상응하는 고차원적인 정신적인 만족에 관계하게 됨으로써,

---

6) A. Hauser, 『藝術史의 哲學』, p.363.

7) A. Kaplan, *Ibid.*, p.483.

각 지방적 결합은 문화의 민주화, 가치의 평준화 그리고 문화생활 속에서 평범한 사람들이 문화의 패턴을 결정하는 역할을 담당하기에 이르렀다.[8] 이러한 대중예술, 대중이라는 용어는 예술과 문학에서 감상자의 양적 팽창을 통해 비롯되었는데, 이것은 특정 계층이나 작품의 질적 수준, 혹은 규모 등에 근거를 둔 어떤 특성을 내포하고 있는 학술적 용어라기보다는 일반적인 용어로 볼 수 있다. 따라서 특정의 계층이 형성되는 것도 아닌 그래서 모호하기까지 한 중산층의 예술이란 용어로 설명되곤 하는 것이다.

그러나, 우리 사회의 현실로 미루어 볼 때 대중 예술의 구분은 쉬운 일이 아니다. 우리나라의 경우 스스로 중산층이라고 자처하는 사람이 80%가 넘는다고 하는데 과연 그들이 대중 예술의 감상층인가 하는 데에는 문제가 많은 것이다. 설령 이들 모두가 감상층이라고 하더라도, 감상층이 방대해질수록 그들은 예술적인 혹은 예술과 흡사한 자극에 그만큼 더 수동적이고 무선택적, 무비판적으로 행동하게 되며, 표준화된 혹은 도식화된 생산품과 보다 쉽게 타협하게 된다는 문제점이 여전히 남는다.

더구나 수용자의 수가 많다는 사실은 처음부터 선택적이고 판단력이 있는 감상층을 예술적으로 무관심한 감상층으로 변모시키는 역할을 하는 셈이 되는 것이다.[9] 인간의 삶과 관련된 깊이 있는 사고보다는 단순 구성에 의한 재미와 자극을 수반한 흥미적 요소에다, 간단히 쉽게 읽는 쪽으로 취향이 형성되는 현실을 보면, 제작의 도식성과 맞물려 있는 인내심이 없고, 참으려 하지 않는 독자층의 증가는 심각한 반성을 촉구하는 문제가 될 수밖에 없는 것이다.

---

8) A.Hauser, *Soziologie der Kunst*, 최성만(崔成萬)·이병진(李丙珍)역, 『藝術의 社會學』, 서울, 한길사, 1983, p.265.

9) *Ibid.*, pp.264~265.

3. 대중성 획득의 필연적 요인

이 작품이 폭넓은 계층의 많은 독자를 가지게 된 이유는 어디에 있을까? 다시 말하면 이 작품의 대중성 획득의 원리는 과연 무엇인가? 베스트셀러가 된 까닭은 어디에서 비롯된 것일까?

대개 독자가 재미를 느끼는 것은 박진감이 넘치는 탐정 소설류이든가 아니면, 사랑의 이야기이다. 포스터(E.M. Forster)의 말을 굳이 빌리지 않더라도 많은 소설이 사랑의 이야기를 하고 있고 - 그것은 소설을 망가뜨리고 있다고 할 정도로 많이 쓰이고 있고 - 많이 읽히고 있다. 그러나 이 작품의 주인공은 사랑에 빠져 번민하는 일이 없다. 혹 미완의 부분에서 어떻게 될는지 모를 일이지만.

그렇다고 이 작품은 김진명의 『무궁화 꽃이 피었습니다』와 같은 경우도 아니다. 서영채에 의하면 김진명의 이 소설에 대한 관심도가 높아진 것은, 세계정세의 변화로부터 90년대의 대중 소설이 '국제간의 이해관계가 얽혀 있는 비밀과 음모'라는 새로운 흥미의 원천을 얻게 된 것에 기인한다고 한다.[10] 말하자면 국가 사회주의는 악(惡)이고 자본주의 사회는 선(善)이라는 이분법적 사고를 가능케 했던 세계사적인 냉전 체제가 종식된 마당에서, 일본의 극우파나 미국의 중앙정보부 같은 것은 자국의 이익만을 추구한다는 점에서 새로운 악의 화신으로 인식되기가 쉬웠고, 이에 따라 우리도 우리의 이익을 지켜야 한다는 애국심의 논리로 김진명의 『무궁화 꽃이 피었습니다』가 우리 대중의 정서에 파고들 수 있었다는 것이다.

실제로 90년대 초반 PKO 법안의 통과로 해외 파병의 길을 연 일본은, 사회 전반의 보수화와 함께 신군국주의 사조를 공공연하게 지

---

10) 서영채, 『소설의 운명』, 문학동네, 1996, p.261

향하고 있는 가운데 일본 자위대의 파병 예상 지역으로 미얀마, 카슈미르와 더불어 한반도를 지목하기도 했다. 이는 곧 경제력을 토대로 정치 군사 대국을 지향하고 있는 일본이 한반도의 남북 긴장을 계속 획책하고, 그를 핑계로 남북에 각기 개입하여 전체 한반도를 분할 통제하고자 하는 것[11]이 아니냐는 의구심을 불러 일으키기에 부족함이 없는 것이기도 했다. 이러한 시대적 분위기를 타고, 남북이 하나가 되어 핵무기를 개발하고 그것으로 한반도에 침략의 마수를 뻗친 일본을 응징한다는 가상의 시나리오를 제시한 김진명의 소설은 대중적 호소력을 얻기가 비교적 쉬웠던 것이다.

사랑이나 국제 정세의 변화와 같은 요인들을 그 근거로 하지 않고도 『동의보감』이 대중성을 확보한 이유는 무엇일까? 자리 매김을 위해 먼저 그 요인을 내적 요인으로서 작품의 내재적 관점에서 극적 구성과 인물, 그리고 주제와의 관련성을 파악하고, 외적 요인으로 독서계층을 중심으로 한 사회적 분위기를 나누어 살펴보고자 한다.

(1) 극적 구성과 주제의식

① 극적 구성의 묘미

구성은 작품의 논리적 체계를 이루는 것으로, 일정한 단계를 가지며, 여러 가지 방법으로 짜여질 수 있다. 잘 알려진 대로 이 작품은 미완성으로 끝났기 때문에 전체적인 짜임에 대하여는 구체적으로 언급하는 일이 어렵다. 그러나 전체 예정된 4권[12] 중에서 발간된 3권까

---

11) 강정구, 「세계사적 전환과 통일 운동의 접합」, 『창작과비평』, 1992년 가을호, p.15.

지만이라도 그 구성을 살펴보고자 한다.

이 작품은 모두 16장으로 이루어졌다. 이를 바탕으로 전체를 재구성한다면, 이미 완성된 작품 중 1장과 2장에서 유의태를 만나기까지가 발단, 3장 유의태 문하에서 하권 끝인 16장까지가 전개 부분이 될 것으로 보인다. 그리고 미완(未完)의 내용인 제4권에서 어의(御醫)가 되고, 정 1품 숭록대부가 되기까지가 전개, 작록(爵祿)을 박탈당하고 귀양길에 오르는 것이 위기, 「東醫寶鑑(동의보감)」 완결과 복권(復權)이 절정, 조정의 부름을 거절하고 조선 팔도를 헤매면서 백성을 구완하다 최후를 맞는 것이 대단원이 될 것으로 보인다. 따라서 3권으로 간행된 이 작품의 전체적인 구성은 발단과 전개만으로 되어졌음을 알수 있다.13)

연대기적 구성을 가지고 있는 이 작품의 내용은 허준의 70평생(명종 1년 1546~광해군 7년 1615) 중 임진왜란 발발 해인 1591년까지로 되어 있어, 45세 이후 삶의 원숙기에서 보여지는 시기의 이야기가 빠진 꼴이다. 사실 개인의 70 생애의 일대기를 놓고 보았을 때 삶의 절정은 그 이후의 삶이 될 것이다. 특히 1610년(65才)에 「東醫寶鑑(동의보감)」이 이루어지는 절정기를 볼 수 없는데, 이것은 이 작품의 제목이 『동의보감』이라고 되어 있는 것을 생각할 때 특히 아쉬움이 크다. 앞서 언급한 출판사의 견해로 제시된, '저술에 임하는 그의 문제의식이 충분히 서술되었기 때문에 하나의 작품으로서의 완결성은 일정한 정도 갖춰져 있다.'는 말은 양해해야 될 사항일 뿐이지 그것으로 완성

---

12) 하권 뒷부분의 필자 미상의 「뒷이야기」에 의하면 춘·하·추·동의 4권으로 구상했었음을 밝히고 있다.

13) 다만 3권만을 놓고 보면 15장 '7년 전쟁 속에서'와 16장 '美史'가 군더더기가 되고 만다. 왜냐하면, 이미 그 앞에서 면천되고, 어의의 명성을 뛰어넘는 의술을 보였기 때문이다. 그러나, 醫書『동의보감』이 이루어지는 대목이 없는 현재로서 구성 전체를 언급하는 것은 추측일 뿐이다.

도가 이뤄진 것이 아님을 볼 때, 여전히 아쉬움은 남는다.

그러나 여기까지만이라도 재미를 느낄 수 있고 '주인공의 생존이 참된 흐름'14)으로 여겨질 수 있도록 전기(傳記)가 구성된 것은 작가의 뛰어난 창작능력에 의한 것이라고 볼 수 있다. 더구나 이 작품의 경우 극적 요소가 가능한 작가의 뛰어난 구성력에도 있겠지만 그 못지않은 것은 허준에 관한 자료가 많지 않은데도 기인한다. 많은 자료와 그를 구성하는 정확성은 작품의 내적 질서의 일부인 진실성을 이룩하는데 오히려 장애적 요소가 될 수도 있기 때문이다. 작가가 고증이라는 틀에 매여 있게 되면 상상력과 극적 구성력은 제한을 받게 된다.

미완성임에도 불구하고 이 작품에서 몇몇 사건이 갖는 구성력에서의 긴장감은 독자로 하여금 손에서 책을 놓기가 어렵게 하고 있다. 그 중 몇 장면을 보면, 우선 유의태(柳義泰)와 양예수(楊禮壽)의 구침지희(九鍼之戱)를 들 수 있다.

내의원 취재(取才)에서 낙방을 한 유의태는 자신의 낙방이 시관(試官)의 실수나 혹은 고의가 아닌가 하여 사실 확인을 하다가 어의이며 시관이었던 양예수를 만났다. 그는 당대 침술의 대가였던 양예수에게 구침지희를 제의하여 각각 닭 한 마리씩 가지고 9개의 크고 작은 침을 닭의 몸통에 꽂는다. 구침지희는 "살아 있는 닭의 몸 안에 아홉 개의 각종 침을 침머리가 보이지 않도록 찔러 넣어 닭이 아파하거나 죽어서는 안 되는 고도의 침술 경지"15)로, 후한(後漢) 시대의 화타(華陀)가 제자들에게 시범했다는 고도(高度)의 침술이었다. 유의태와

---

14) A. Shelston, *Biography*, 이경식(李京植)역. 『전기문학』, 서울대학교 출판부, 1979, p.87.

15) 이은성, 『소설 동의보감』 상권, 서울, 창작과비평사, 1990, p.259.(이후부터 원전의 인용은 '上·中·下'권과 쪽수만을 밝히도록 한다.)

양예수가 남산골 어느 기방(妓房)에서 벌인 이 구침지희는 9쪽에 걸쳐 전개되는 동안에 서로의 자존심과 오기로 가득찬 대화가 갱(gang) 영화의 맞수들의 대결보다 더 큰 긴박감을 불러일으키고 있다. 제법 길지만 마지막 9번째 침을 꽂는 부분을 인용해 본다.

어디서 소문이 퍼졌는지 문간의 기생들 뒤로 집안에 술상 심부름하는 중노미놈하며 부엌데기들과 이웃간에서도 몰려온 여러 얼굴들이 방문 밖에 가득히 웅성거리며 살기 어린 방안의 광경을 들여다 보고 있었다.

"차례를 바꾸올지?"

양예수의 이마의 진땀을 건너보며 유의태의 입가에 잔인한 미소가 어렸다.

"호침까지의 경지의 의원이라면 나으리의 말대로 조선팔도 안에 삼태기로 건질 만큼 많을 거외다. 하나 나라 안 첫째 솜씨라면 마저 둘을 찔러야겠지요. 찔러도 닭이 아파하지 않는 곳. 이걸 몸안에 찔린 채로 닭이 멀쩡히 돌아다닐 수 있는 곳은 어디서 어디로 찔러야 하오리까?"

양예수의 핏기가 가셨던 얼굴이 벌겋게 달아오르고 있었다.

"모르시오? 바로 여기외다."

유의태의 장침이 닭의 꼬리 쪽에서 깊숙이 몸통 속으로 박혀갔다.

순간 양예수가 "건방진!" 하며 신음 같은 원한을 뱉더니 자기의 남은 장침과 대침을 닭의 몸통에 꽂았다.

그 양예수의 닭이 퍼덕거릴 뿐 방안은 숨소리도 나지 않았다.

유의태가 마지막 아홉번째 자기의 대침을 집어 닭의 날개 밑으로 밀어 넣었다. 그 유의태의 닭도 마구 화닥닥거렸다.

이어 유의태가 양예수의 얼굴을 향한 채 기생에게 소리쳤다.

"비키거라. 모두!"

마루와 마당에서 얼굴과 고개를 들이밀고 숨을 삼키고 있던 구경꾼들이 화닥닥 비켜나고 물러났다.

그 허리와 다리 사이로 마당에는 눈발이 날리고 있었다.[16]

물론 여기서 독자는 침술의 경지를 저당한 자존심 대결에서 마치 러시안 룰렛에서 보이는 짜릿한 긴장감과 스릴을 맛보고 흥미를 느끼게 된다. 그러나 여기에서 더 큰 재미를 유발시킨 것은 기득권층이며 권세가인 양예수의 승리가 아니라, 젊은 혈기와 뛰어난 침술을 가지고 있을 뿐, 힘없는 민초인 유의태의 승리라는 점이며, 바로 이 점에서 독자들은 더 강한 카타르시스를 맛보게 되는 것이다.

이 외에 불치의 병을 치료하는 과정에서 보여지는 치열성(熾烈性)이 또한 긴박감을 유발하도록 해 준다. 그 일례로, 허준이 내의원 취재에 수석으로 등방(燈榜)한 뒤 혜민서(惠民署)에 근무하던 중, 선조의 후궁으로 임해군(臨海君)과 광해군(光海君)의 생모인 공빈 김씨(恭嬪 金氏)의 남동생 김병조(金丙祖)의 구안와사(口眼喎斜)와 반위(反胃)를 치료하는 과정을 들 수 있다. 하권 절반쯤에 해당하는 분량으로, 혜민서에서 농부의 구완와사를 치료한 허준과 공빈의 치료를 위임받은 어의 양예수와의 정면 대결이 이루어져 호기심을 자극하고 있다.

출세욕과 권세욕에 불타는 수의(首醫) 양예수와, 지나치게 우직하고 고집 센 허준의 대결. 그리고 자기 신념과 스승에 대한 경외감으로 가득 찬 허준이 완치를 약속하고, 그 약속으로 손목이 잘릴 위기에 처한 긴장된 순간, 뒤이어 전달된 완치의 낭보(朗報), 완치의 기쁨과 감동. 작가는 주인공을 극도의 곤경에 처하도록 하여 독자의 동정심과 긴장감을 유발토록 하고, 그 곤경에서 빠져나옴으로써 독자의 환호를 받게 하는, 아리스토텔레스 이후 고전적인 감동의 수법을 유감없이 보여주고 있다. 물론 이와 같은 기법상의 문제는 이 작품을 사변적(思辨的)이거나 심리적인 소설이라기보다는 사건 중심의 소설

---

16) 上卷, pp.264~265.

로 팽팽한 긴장감 속에서 읽히게 한다.

작가는 또 장면 전환에 탁월한 재능을 가지고 있다.

"무엇이 어쨌어? 이실직고하라거늘 어찌 이 놈이 턱만 덜덜거리
고 있느냐."

벌떡 일어선 채 다시 앉지도 못한 유의태가 소리쳤다.

"도지 불러 오너라."

"서방님은 아까 감축하러 온 현감 이하 이속들과 술이 과음하여
안채에 누워 있사옵고"

"오라 하라…!"17)

바로 그 날 밤이었다.

평소와 같지 않은 유의태의 참담한 병증을 발견한 것은….

이 날 새벽부터 뒤밀리는 병자들을 맞아 솜처럼 피곤해진 몸으
로 그 날의 처방전을 모아 들고 허준이 유의태가 있는 큰 사랑으
로 찾아 들었을 때, 언제 찾아 왔는지 그 방안에는 안점산의 안광
익이 나타나 있었고 그 김민세와 안광익 앞에 웃옷을 벗은 유의태
가 누워 있었다.18)

처음 인용문은 유의태의 아들 도지가 내의원 취재에 합격하여 내의
원 관복을 입고 첩지를 왕지(王旨)처럼 앞세우고 오자 유의태는 감격
하나, "허준의 노모 손씨는 울고 있었다."라는 인용문 뒤에 이어진 내
용이다. 허준이 내의원 취재를 위해 한양으로 가던 중 진천에서 상민
들을 진료하다가 취재에 응시도 못하였다는 것을 듣고, 유의태는 "마
치 만인 환시 중에 벌거숭이가 되어 서 있는 그 참담함"을 느낀다.
결국 아들 도지는 아버지와 의절하고 한양으로 간다.

---

17) 中卷, pp.149~150.

18) 中卷, pp.225~226.

다음 인용문은 허준이 진천 버드내에서 치료한 만석의 노모가 눈이 멀게 된 것을 고치고 난 뒤 온 주민이 환호하였고, 허준이 유의태의 뜨거운 정을 흠뻑 느끼고 새로운 각오를 다지고 난 뒤에의 일이다. 유의태가 반위(反胃)에 걸린 것이다. 결국 유의태는 이 반위로 죽었다. 작가는 독자가 예측할 수 없는 상황으로 극적 전환을 꾀함으로써 독자로 하여금 탐정 소설에서나 맛볼 수 있는 재미를 느끼게 하는 것이다.

또한 장면의 전환이 드라마처럼 되어 있다. 한 사건이 지속적으로 이어지는 것이 아니고 사이사이에 관련이 있는 다른 시각의 다른 공간의 이야기를 삽입해 넣었다.

대개 이야기 중심의 소설은 독자들에게 '사실 아무 일도 일어나지 않는 삶 속에서 뭔가 기막힌 일이 일어나 주었으면' 하고 기대하는 독자의 욕구를 충족 시켜 줄 수 있다. 이에 대해 김화영 교수는 다음과 같이 해명하고 있다.

> 따분한 일상생활 대신에 모험, 사랑, 사치가 지배하는 어떤 또 다른 세계가 나타났으면 싶어진다. 어떤 정신 분석학자들은 연령과 관계 없이 모든 인간의 마음 속에 깃들여 있는, 저 이야기를 읽고 싶어하는 욕구에 대하여 상당히 분명한 (그러나 아마도 지나치게 단순화 시킨) 해석을 내리기도 한다. 그래서 사람들이 소설 책을 읽는 것은 경험 속의 어떤 구멍난 곳들에 대한 보상을 얻기 위해서라고 말한다.[19]

이 작품이 이런 정도의 것은 아니지만, 독자의 기대심리가 여기에서부터 시작 되는 것으로 보아 크게 어긋난 것은 아닐 것이다. 속도감 있는 사건의 진행에다가, 장면 전환을 드라마처럼 신속하게 혹은

---

19) 김화영 편역, 『소설이란 무엇인가?』 서울, 문학사상사, 1986, p.27.

느리게 진행시켜 독자의 심리를 긴장과 이완으로 조정하는 작가의 탁월한 수법은, 독자에게 상당한 재미와 욕구를 충족시켜 주었으리라고 본다.

마지막으로 들 수 있는 이 작품의 구성상의 특이성은 해설 부분이 많다는 점이다. 주로 한의와 관련된 것이지만, 그 외에 당시의 사회 제도와 관련된 것도 상당 부분이 있다. 이 해설은 지문을 통해서 기술되는 경우도 있지만 의술과 관련된 것은 대개 유의태의 진술로 간접 제시된다. 대강 그 내용을 살펴보면, 호패(號牌)의 실시 시기·목표·규격·위법자 처리·물의 종류·중국식 약 이름·의원의 8가지 종류·우주와 인체를 비교한 신형장부론(身形臟腑論)과 의료 행위의 시원(始原)·중국의 한의서·내의원 제도·침의 종류와 용도·의원의 취재 분야·침의 명수·궁중 용어 등을 볼 수 있다. 그리고 작가는 가끔 이름 없는 사람들의 이구동성으로 떠드는 풍문을 이용해 분위기를 상승시키기도 했다.

② 강렬한 개성의 소유자 - 허준과 유의태

장편 소설에서 주인공은 오랜 시간의 경과를 통해서 자기 삶에 투철한 인간으로 변모해 간다. 이 작품에서도 독자는 주인공 허준이 18세인 선조 원년(1568)부터 천출(賤出) 소생으로서 여러 가지 수모와 좌절을 겪고, 그 극복을 위해 처절히 투쟁하는 것을 보게 된다. 또한 허준에게 강렬한 삶의 의미와 방법을 가르쳐 준 유의태는 부차적 인물(minor character)로서 때로는 허준과 갈등을 빚기도 하고 존경의 대상이 되기도 한다. 그러면 이 작품에서 인물들이 어떻게 살아 움직이고 있으며, 그것은 흥미를 불러일으키는 데 어떤 요인으로 작용하게 되는가를 살펴보기로 한다.

이 작품은 한(恨)이 맺힌 천출임을 숨기지 않는 솔직성을 지닌 허준이 천출로서 깊은 좌절을 맛보는 것에서부터 시작된다. 과거도 볼 수 없는 신분, 자신의 포부를 이룰 수 없는 신분적 한계, 기댈 수 없는 외지 산음에서 겪는 시련, 유의원에게 내쫓김, 방황, 취재의 실패, 집념과 고집으로 인한 갈등. 이런 요소들이 그의 인물됨을 구성하고 있다.

프리드먼(Norman Friedman)은 「플롯의 제 형식(Forms of the plot)」[20]에서 플롯의 형식을 14개의 형식으로 나누었다. 그 중 '시련의 플롯(The Testing Plot)'에서 드러나는 인물의 특성을 이렇게 기술하고 있다.

공감적이고 힘이 있고 과단성이 있는 주인공은 어떤 형식으로든 주변에서 자신의 높은 목적과 수단을 양보하고 포기하도록 압력을 받는다는 점이 특성이다. 그는 의지를 꺾고 타협을 하든가, 그렇지 않으면 신념을 가지고 그 결과를 감수해야 한다. 여기에서 독자가 느끼는 감정은 미묘하게 뒤얽힌다. 왜냐하면, 그가 그의 신념대로 행동을 하면 그는 불운에 빠질 위험에 처하게 되고, 온갖 유혹과 회유에 의해 의지를 꺾고 현실과 타협하면 물질적 보상으로 평범한 삶을 살 것이다. 그러나 독자는 그가 역경을 돌파하여야 한다고 생각하기 때문에, 주인공이 현실과 타협했을 때 독자들에게서 받고 있는 존경심을 비롯한 모든 기대를 잃게 된다. 주인공이 단 하나의 정당한 선택을 할 때 독자들은 신임하고 만족감을 느끼게 된다.

허준은 바로 이 '시련의 플롯'의 주인공이다. 이 작품이, 허준이 과

---

20) Norman Friedman, *Forms of the Plot, in Forms and Meanings in Fiction*, The University of Georgia Press, 1975, pp.79~101.

거를 보러 떠나는 친구들을 나루터에서 분노에 가득 찬 눈으로 바라보는 데서 시작하는 것은 바로 그가 '시련의 플롯'의 주인공임을 암시하는 것이다. 그는 천첩(賤妾)의 소생이라는 신분상 굴레를 갖고 있다. 천출 신분에서 해방되어 확고한 지위를 획득하는 것은 그의 삶의 최대의 목표이다. 이것은 그의 목표이기만 한 것이 아니라, 신분 상승의 욕구를 가지고 있는 많은 독자들의 삶의 최고의 목표이기도 하다.

신분을 극복하기 위한 것이 용천(龍川)을 등진 이유이고, 신분의 상승을 가능케 하는 것이 바로 의원이 되는 길이다. 물론 허준이 처음부터 천출의 굴레를 벗기 위해 의원이 된 것은 아니다. 현실의 상황에서 최선의 삶의 길을 찾은 것이 유의태의 문하가 되는 것이고, 그 문하에서도 성실하고, 정당하며 진지한 삶의 태도가 그로 하여금 뛰어난 의원이 되게 한 것이다. 만일 그가 시련을 극복하기에 보다 쉬운 삶을 선택했다면 결과는 달라졌을 것이다. 독자는 그가 겪는 시련을 통해 자신이 이루지 못한 삶을 대리 체험하게 되며, 그 과정에서 책에 몰두하게 되리라고 본다.

그러나 그의 목표가 이루어지기에는 너무나 많은 난관이 놓여 있었다. 독자는 쉽게 현실과 타협하며 살아가면서도 그것을 자랑스럽지 못한 것으로 인식하고, 신념을 가지고 시련을 극복해 가는 것이 이상적인 삶이라고 생각할 수 있다. 주인공은 이러한 난관을 극복하는 데 있어서 정면돌파를 해야 하고, 그 방법은 정당해야 하는 부담을 늘 안고 있다. 그런데 허준은 술수를 쓴다든가 우회적인 방법으로 어려움을 이겨 나가는 것이 아니고, 정면에서 승부를 걸고 그것을 타개해 나간다. 이 과정에서 작가는 주인공을 영웅시되거나 초능력을 가진 인물이 아니라 오히려 그 시대의 일반적인 민중-평민보다 못한 인물로 그려 놓고 있다. 다만 진실하고 참된 것을 추구하며 어렵게 살아

가지만, 그것이 삶의 푯대가 될 수 있는 주인공의 삶을 그리고 있는
것이다. 주인공이 갖는 매력은 여기에 있으리라고 본다. 작가는 주인
공의 지속적인 시련만을 나열한 것이 아니라 그것의 극복을 통한 작
은 기쁨도 준비해 두었다. 그래서 그의 시련은 나선형(螺旋形)[21]이며,
상황에 따라 시련의 구체적 내용이 다르고, 그에 따른 극복 양상도
조금씩 변모하고 있음을 볼 수 있다.[22]

 상권에서 대강 추려 본 것이지만, 이러한 인물의 설정이외에도 주인
공의 행적을 통해 극도의 이기적인 생활을 하는 현대인에게 휴머니티
(humanity)를 보여 줌으로써 훈훈한 인간애를 느끼게 해 준다. 인정
미담(人情 美談)과 같은 부류의 이야기가 짙은 감동을 불러 일으키는
것과 같은 효과인 것이다. 이를테면 취재에 응시하러 가다가 불우한
사람들을 치료해 주느라고 시험 날에 들어가지도 못한 것이라든가,
모두 싫어하는 혜민서 근무를 즐거운 마음으로 임할 뿐만 아니라 집
으로 찾아오는 이들까지 무료로 진료해 주는 것 등에서 짙은 휴머니
티(humanity)를 느낄 수 있다.

 또한 우리 사회의 도덕적 타락현상에 비추어 허준을 비롯한 주변
인물에서 볼 수 있는 도덕적 진실성은 많은 공감을 불러 일으킬 수
있는 요인이 될 것이다. 볼튼(M. Boulton)은 이에 대해 다음과 같이

---

21) 원에 의해 단순 반복되는 것이 아니다. 이것은 소원이 출발점에서 끝나
    면 아무것도 성취한 것이 없는 것이 아니라 다음의 과정이 예비되어 있
    다. 단순원형의 반복은 소원이 출발점에서 끝나면, 진행은 정지적이고,
    아무 흥미도 없게 된다.

22) 허준이 겪게 되는 시련을 상권에서 추려 보면 다음과 같다.
    과거를 볼 수 없는 천출의 신분으로 말미암은 분노 → 다희와의 만남
    용천을 떠나면서 겪는 시련 → 구일서와의 만남 → 유의태의 문도로
    부터 폭행, 질시 → 약재 창고 관리 → 수련 과정에서의 고통 → 성대
    감의 치료 → 유의태 문하에서 쫓겨 남

진술하고 있다.

> 하지만 가장 위대한 소설들의 가장 위대한 박진성은 인간의 마
> 음, 즉 사회와 그 요구, 가족과 친구와 다른 사람들과의 관계 속에
> 서의 인간, 개체의 궁극적인 고독이라는 면에서 본 인간에 대한 통
> 찰이다. 우리 모두 모든 도덕성의 문제에 -- 특히 특정한 상황에서
> -- 의견이 일치하지는 않지만, 거기에는 법률과 원칙이 우리의 삶
> 에 적용된다는 의미에서 도덕적 진실이 있다. 우리가 항상 옳은 것
> 을 아무런 어려움이 없을 것이고 노력만 있으면 될 것이다. 위대한
> 문학에서 우리는 흔히 많은 근원적 진실이 아니라, 어떤 기본적인
> 도덕적 개연성을 인식한다.[23]

한편, 신분 계층이 엄연했던 시대에 기득권층인 양반 사회에 대한
의식화된 천민의 대응이란 결코 쉬운 일이 아니다. 그런 점에서 이 소
설은, 시대에 순응하지 않고 저항하며 도전하여 그 신분의 벽을 뛰어
넘고자 하는 주인공의 신분 상승의 의지가 초월적인 어떤 힘에 의해
이루어진 것이 아니라, 개인의 피나는 집념과 의지에 의해 이루어 졌
다는 데서 리얼리티를 얻을 수 있었다. 결국 허준의 이러한 삶의 역정
(歷程)은 이 시대가 바라는 하나의 사표로서 제시되었다고 볼 수 있다.

다음으로 이 작품에서 중요한 인물로 유의태를 꼽을 수 있다. 작가
는 '허준의 생애의 스승으로 마주친 커다란 인물' 유의태를 도도함,
교만에 가까운 오연함, 그리고 서릿발처럼 차가운 눈빛 속에 번뜩이
던 자신감을 가진 인물로 그리고 있다. 그는 허준의 생애에서 처음으
로 본 하나의 완성된 인간이자, 보조적 인물이면서도 주인공 못지 않

---

23) M. Boulton, *The Anatomy of the Novel*, 김영민역, 『소설의 분석』,
　　 서울, 東泉社, pp.35~36.

게 감동을 주는 인물이다. 그는 한 자연인으로서 뿐만 아니라 의원으로서도 허준의 본보기였다. 그는 탁월한 침술인이었다. 당대의 최고 어의였던 양예수와 구침지희(九鍼之戱)를 겨루었던 뛰어난 재능을 가진 인물이다.

의원으로서 그의 투철한 신념은 의원취재(醫員取才)에 응시하고자 하는 아들 도지를 가르치는 대목에서 잘 드러난다. 첫째 의학은 실제의 학문으로 다른 학문처럼 귀로 들어서만 아는 것이 아니요, 제 눈으로 보고 제 손으로 익혀서만 쓸 수 있는 증험(證驗)의 학문이고, 둘째 의원의 소임은 생명을 다루는 것이어서 그 어느 생업보다 고귀한 직업이지만 스스로 생명의 막중함을 아는 겸손한 인격을 지녀야 하며, 셋째, 병들어 앓는 사람을 불쌍히 여기고 동정하는 사랑의 마음을 가져야 한다는 것이다.[24] 뿐만 아니라 의원의 길이 하나의 업(業)으로 출세나 치부의 욕망이 되어서는 안되는 무심지의(無心之醫)에 바탕을 두어야 한다고 했다. 그래서 '영달의 길이 아닌 의(醫), 치부의 길이 아닌 의, 병들어 아파하고 앓는 이들의 땀 젖은 돈으로 제 일신의 편안함을 구하지 않는 의'를 가르치고, 아들이 그것을 실현시켜 주기를 기대한 것이다.[25]

의술에 대한 신념이 이러한 것은 '비인부전(非人不傳)'이란 함축된 말 속에서도 드러난다. 이 말은 중국의 서성(書聖) 왕희지(王羲之)가 제자들에게 했던 말로써, 스승의 안목으로 사정하여 딱 합당한 인물이 아니면 함부로 예(藝)나 도(道)를 전해 줄 수 없다는 사제간의 냉엄한 도리를 일컫는 경구이다. '그릇이 아니면 물려 주지 않는다'는 입장에서, 그 바라는 그릇이 아니라 하여 아들과도 의를 끊는 냉혹한 인간

---

24) 上卷, pp.140~142.
25) 中卷, p.175.

유의태. 그러나 그가 허준의 의료 행위에 대하여 신임하기 시작했을 때 허준에 대한 배려는 눈물겨울 정도였다. 그 한 예로, 진천 버드네에서 허준의 처방으로 눈이 먼 만석 모친의 눈을 다 치료하고 마지막을 거짓 일러줌으로써 허준의 진료 행위로 이루어졌음을 모든 이들이 알도록 한 것을 들 수 있다. 이 부분, 김민세와의 대화를 인용한다.

"그 정도 침이면 뜸 뜰 자리 침으로도 풀 수 있지. 어느 쪽을 선택하건 저에게 맡긴 것뿐."
"······!"
"큰 의문 갖지 마시게. 이젠 난 명예가 필요없는 사람. 하나 저 아이는 제가 저지른 일 제 손으로 그 오명을 씻어야 않겠는가."
"고마운 말이로세. 정말 고마운 말이고 말고."
"당황하지 않을 게야. 곧 방법을 찾아 내겠지. 유의태란 존재에 얽매이지 않는 방법으로."[26]

결국 허준의 치료에 의해 만석 모가 눈을 떴고, 그에 따른 소란이 일어났다. 김민세가 나가 보길 권하자 유의태는,

"나갈 거 없겠지. 구경꾼들이 제법 몰려 와 있는 모양인데. 저 공일랑 저 아이가 지녀야겠지. 새삼 병자 더 낫은 공을 내 이름 밑에 달고 싶지 않으이."
"세상 사람들은 그대와 허준이와의 대결에서 누군가 한 사람 세상 입초 시에 난도질 나길 바랐을 터이지만 그대는 이길 수 있는 싸움을 저 아이에게 양보를 했어."[27]

결국 그는 자신의 몸을 허준에게 해부하도록 하여 인체를 알아보게

---

26) 中卷, p.210.
27) 中卷, p.223.

하고 자신의 병을 확인케 하여 그 증험으로 다른 이의 병을 다스리도
록 한다.

의술에 대한 신념과 제자에 대한 사랑이 이렇듯 남달랐던 그는, 의
술을 가르침에 있어서 자상하고 치밀하게 가르쳐 주는 것이 아니라
스스로 터득하도록 하는 방법을 택했다.

> "자제할 음식 중에 한 가지 더 있느니라. 아느냐?"
> "…모르옵니다."
> "기름진 음식을 삼가는 외 방초(芳草)와 석약(石藥)은 먹지 못
> 한다."
> "석약이라 하오면 광물질로 된 약을 말씀하시옵니까?"
> "그러니라."
> 처음으로 유의태의 표정이 부드러웠다.
> "하오면 방초라 함은 어떤 약을 이르옵니까?"
> "모른다 하여 어찌 다 물어 보려 하노…. 알고자 하거든 스스로
> 애써 찾을 일이어늘!"[28]

허준이 유의태 문하에서 6년쯤 지난 뒤 그의 집으로 찾아오는 환자
를 치료한 것이 탄로나 유의태 부인에게 추궁 당하던 중, 유의태가
허준이 쓴 처방지를 보고 묻는 말의 한 대목이다. 스스로 찾아 터득
하도록 하게 하는 그의 말은 주로 간결체의 생략법을 쓰고 있어 그의
냉정한 일면을 보여 주고 있다. 그의 이런 냉정한 인물됨은 아들인
도지(道知)에 대하여도 그대로 나타나 끝내 아들과 의절하고 외로운
삶을 겪게 된다.

모든 일에 엄격했고 정성을 다하도록 가르친 유의태의 이러한 몸가
짐은 무너져 가는 가치관에 강한 향수를 느끼는 현대인에게 삶의 좌

---

28) 上卷, pp.219~220.

표를 제시해 주는 것으로 비친다.

그 외에 강렬한 개성을 가진 여러 인물들이 독자의 마음을 사로잡기에 충분하다고 볼 수 있다. 유의태와 함께 기인(奇人)처럼 보이는 김민세(金民世)는 문둥이와 함께 기거하며 치료법을 찾고 있으며, 안광익(安光翼)은 해부학 연구를 위해 남의 묘를 파헤쳤다. 그뿐 아니라 유의태는 아부하지 않고 진짜가 아니면 상대하지 않는 오만함을 가진 자의, 그 오만함을 사랑했다. 김민세는 의술에 해박한 지식을 가지고 있고 특히 양생(養生)과 조제에 천하제일의 재목이었으며, 안광익은 역적의 지탄을 감수하면서도 왕자의 몸에 칼을 대어 왕실이 포기한 생명을 구해 낸 부술(剖術)의 천하제일이었다. 이들은 내의원에서 있다가, 김민세는 삼적(三寂)이란 법명을 가진 중이 되어 문둥이들을 보살피고 있고, 안광익은 궁내에서 자신으로 말미암아 죽게 된 궁녀를 데리고 삼적과 함께 머물고 있다. 이들은 모두 허준에게 직·간접으로 영향을 미치는 인물들로, 우리 시대에서는 쉽게 찾아 볼 수 없는 개성이 강한 기인들이다.

그 다음 주요 인물로 이 작품에 허준의 연인처럼 등장하는 미사(美史)를 들 수 있다. 중권 끝 부분에서 내의원이 되어 혜민서에서 근무하게 된 허준을 만난 미사의 사랑 이야기는 하권 끝 부분에서 본격화되다가 작품이 미완성으로 끝나는 바람에 더 진전될 수 없었다. 허준이 내의원이 된 뒤 14~15년 일편단심 불태워 온 사랑, 임진왜란 중 허준을 따르는 결단을 내리게끔 했던 사랑이 미사에 대한 허준의 갈등으로 나타나자 중도에 끝나 버린 것이다. 그러나 하권 틈틈이 보여지는 허준에 대한 미사의 은근한 사랑은 흥미를 불러일으킬 수 있는 여지가 많이 있다.

③ 참다운 삶에 대한 희구

이 작품이 독자의 관심을 끌 수 있었던 요인을 이 작품의 주제와 관련해서 생각해 볼 수 있다.

이 글의 주제를 형성하는 두 가지 축 중 하나는 유의태와 허준의 행동과 사람됨, 혹은 삶의 태도이다. 독자는 유의태란 인물에서 의료인으로서의 투철한 신념에 의한 의료 행위에서 보여지는 사명감과, '비인부전(非人不傳)'과 같은 스승으로서 혹독한 가르침에서 오는 엄격성을 인식하게 된다. 독자는 또 허준을 통해서, 천출에서 벗어나고 싶은 세속적 욕망도 갖고 있고, 지나치리 만큼 혹독한 스승 유의태로부터 쫓겨나고 뒤도 돌아보지 않는 평범한 인간의 앙칼진 심성도 지녔지만, 그러면서도 자신의 의지와 의료 행위를 통하여 자신의 꿈을 이루려는 집념이 강하고, 내의원 취재라는 자신의 욕망보다도 남의 고통을 이해하며 선(善)을 베풀 줄도 아는 의(義)로운 인물을 보게 되는 것이다.

다른 하나는 인체를 해부해 보이기 위해 자진한 유의태의 의로운 가르침이다. 이는 '非人不傳'이라 하여 가르침을 받을 만한 사람이 아니면 가르침을 전하지 않겠다고 하던 유의태가 허준을 위해 반위의 말기적 증상인 자신의 몸을 해부하도록 유언하고, 그 유언에 따른 해부 장면에서 잘 드러난다. 지나치리 만큼 차가운 유의태가 자기 제자로 하여금 의원이면 반드시 지녀야 할 부술(剖術)과 '장차에 대비한 흔치 않은 경험'을 쌓도록 하기 위해 자진한 것이다. 한 장(章)--밀양 천황산-- 25쪽 분량에서 의로운 가르침을 전하는 스승과 그에 대한 감격으로 가득 차 의원으로서의 의(醫)와 함께 의(義)도 쌓아가리라 다짐하는 허준을 통해 독자는 진한 감동을 맛볼 수 있는 것이다.

"순간 허준이 유의태의 관 앞에 꿇어앉으며 하늘을 우러렀다.

"천지신명과 스승님은 제 맹세를 들어주소서. 만일 이 허준이 베풀어 주신 스승님의 은혜를 잠시라도 배반하거든 저를 벌하소서."

"……"

"……"

"또 이 허준이 의원이 되는 길을 괴로워하거나 병든 이를 구하는데 게을리 하거나 약과 침을 빙자하여 돈이나 명예를 탐하거든 저…를 벌…하소…서. 이 고마…움…맹세…코…영원히 잊지 않으…오리…다."

말을 마친 허준이 이제야 유의태의 관을 잡고 몸부림쳐 통곡했다."29)

사흘째 되는 황혼녘 허준은 유의태의 시신을 수습한 다음 자기 옷을 벗어 유의태의 시신을 덮고 난 뒤, 유의태의 '몸을 통하여 이 세상 모든 이의 몸속을 들여다본다고 여기던' 데서 벗어나 비로소 통곡하며 맹세한다. 우리들 시대에서도 흔히 보기 어려운, 참다운 의원이 되기 위한 '사람됨'을 쌓아가는 장면을 연출함으로써 독자의 손에 땀을 쥐게 하는 것이다.

이러한 유의태를 통하여 독자는 오늘날과 같은 스승 부재의 시대에 옛 사도(師道)에 대한, 혹은 무너져가는 가치관에 대한 강한 향수를 느낄 수 있다. 따라서 우리는 이 작품의 주제를 '위대하고 엄격한 스승에 의해 이루어진 뛰어난 인간 승리, 혹은 위대한 스승에 의해 이루어진 인류애의 표상' 등으로 파악할 수 있겠다. 특히 주제를 드러내는 데 있어서 허준이 가지지 못한 자들에게 펼치는 의료 행위나, 권력의 암투에 휘말려 실족(失足)의 위기에 처해서도 투철한 의료인으로서의 사명감에 입각한 진료 행위에 의해 드러나는 휴머니티는 누선

---

29) 中卷, p.251.

(淚腺)을 자극하는 촉진제였다. 특히 현대인의 이기적인 삶에 비추어 볼 때, 자신의 이익이나 권세를 돌보지 않고 오히려 불이익을 감수하는 허준의 희생정신은 주제를 형성하는 한 요소로서 독자로 하여금 충분한 관심을 끌 수 있을 만한 것이었다. 이것은 사회가 갈수록 타락하고 인간성은 더욱 황폐화하였으며, 모든 가치관은 물질만능의 시대가 되어 버린 오늘날 가치관의 회복과 참다운 인간관계의 형성을 위한 간절한 희망이 잠재적으로 드러난 것이라고 볼 수 있다.

어느 시대를 막론하고 거센 파도와 같이 일어나는 개인적인 출세 지향적인 의지, 혹은 권력지향주의는 지탄의 대상이면서도 누구나 끊임없이 추구하려는 욕망의 표상이 된다. 이런 점에 비추어 볼 때, 그 어느 누구 못지않게 강한 신분 상승 욕구를 갖고 있었음에도, 그것을 초극하고 많은 사람들에게 의로운 일을 베푸는 '성서(聖書)의 실천적(實踐的) 인물'로 그려져 있는 허준의 삶의 과정은 우리 시대에 하나의 귀감으로 남을 수 있으리라. 따라서 이 소설은 "타락한 시대에 '정당한 방법'으로 정당한 가치를 추구하는 일에 성공한 한 개인의 감동적인 이야기를 담고 있다"[30]는 평을 받기에 충분하다.

(2) 대중문화의 변모된 독자의 취향

작품 외적 요인은 작품 자체가 가지고 있는 본질적인 요인이 아닌, 책이 출판된 당시의 사회적인 분위기나 조건, 책을 읽는 독자의 취향 등과 관련된 것을 말한다. 여기서는 이러한 요인이 많은 판매를 기록하게 된 원인이 될 수 있는 가능성을 살펴보기로 한다.

---

30) 한만수,「위인전과 위인전(爲人傳)」,『창작과비평』78호, 서울, 창작과비평 사, 1972, p.236.

① 경직된 사회의 열림 - 시대적 분위기

90년대 초반의 새로운 문학적 현상으로 대중 문학의 상업적 성공을 들지 않을 수 없다. 「배꼽」류의 명상소설, 「소설 동의보감」의 선풍 이후 우후죽순처럼 서점가에 등장한 「소설 토정비결」, 「소설 목민심서」, 「매월당 김시습」 등과 같은 야담성이 짙은 역사전기소설에, 핵무기를 소재로 역사적인 우리의 반일 감정을 민족주의와 교묘하게 결합시킨 김진명의 「무궁화 꽃이 피었습니다」에 이르기까지 실로 다양한 부류의 소설들이 국내 독서계를 강타하고 있다. 이런 현상을 어떻게 해명하고 이해해야 할 것인가?

혹자는 이런 현상에 대해 '현실 사회주의권의 몰락이나 국내 정치 파행성이 몰고 온 정치적 허무주의나 세기말적 현상의 탓[31]'이라는 해석을 내리고 있기도 하지만, 또한 리얼리즘 문학을 내세우는 민족 문학 운동이 약화된 상태에서 탈(脫)이데올로기 문학으로 등장한 소설들이 시대적 분위기를 타고 상업적 성공을 거둔 것으로도 보인다. 이슈(issue)가 약화된 틈에 참여 문학이나 순수 문학을 고집했던 독자까지 대중적인 문학에 흡수된 결과로 볼 수 있는 것이다.

사회가 경직되면 될수록 대부분의 사람들은 그것의 돌파구를 감정을 발산할 수 있는 것에서 찾으려 노력하게 되는데, 대개의 경우 오락이나 스포츠 등이 그 대상이 된다. 한편 이러한 상황에서 문학도 나름대로의 대응 논리를 찾게 되어, 체제 순응의 연장선에서는 순수 문학을 옹호하는 입장에 서게 되고, 체제에 저항하는 경우에는 문학의 현실 참여를 부르짖게 된다. 대개의 경우 '의식화'된 독자는 후자

---

31) 설준규, 「잘 팔리는 번역소설의 상업성과 '문학성'」, 『창작과비평』 제 77호, 1992년 가을, 서울, 창작과비평사, 1992, p.260.

를 선택하게 된다.

그러나, 시대의 분위기가 해빙(解氷)되었을 때에도 의식화된 독자는 그대로 존재하는데, 이 때에 그의 선택이 앞선 시대의 것과 동일하지는 않으리라 생각된다. 경직됐던 사회적 분위기가 해방됨과 동시에 이데올로기는 시들해져 버리고, 독자들은 그 부산물인 작품에 대해서 염증을 느끼게 될 것이다. 이것은 이념적인 면이 강했던 쪽에서나 덜 했던 쪽에서나 마찬가지로 나타날 것이며, 그와 동시에 많은 독자들은 새로운 읽을거리를 찾게 될 것이다. 물론 이러한 주장은 단지 추론에 불과한 가설이지만,『동의보감』의 경우를 역추적하면, 우연의 일치라고 볼 수만은 없는 설득력을 갖게 된다.

1985년 소련의 고르바초프에 의해 본격화된 글라스노스트와 페레스트로이카, 곧 국가 사회주의의 개방과 개혁은 1989년 소련과 동유럽 사회주의 체제의 급속한 붕괴, 1990년 동독의 붕괴와 독일의 통일로 이어져, 결과적으로 볼 때 사회주의 체제의 와해와 그로 인한 탈냉전이라는 세계사적 변환을 불러 일으켰다.

이에 따라 우리나라에서도 민족민주운동을 주도해 오던 변혁적인 이념들이 현실적인 힘을 잃어 한순간에 이념의 공동화(空洞化) 현상을 맞게 되었다. 이런 현상은 80년대와 90년대의 문화 사회적 차이를 설명하는 다음과 같은 글에서 분명하게 확인될 수 있다.

"80년대가 이념이 지배하는 시대였다면 90년대는 욕망이 지배하는 시기이며, 또한 80년대가 이성이 강조되는 시기였다면 90년대는 감성이 자유롭게 파동치는 시기이고, 80년대가 사회과학을 중심으로 하여 과학적인 합리성이 중시되는 시대였다면 90년대는 상대적으로 예술을 중심으로 한 상상력이 중시되는 시대. 그리고 80년대가 인과론적 질서라든가 환원론이 강조되는 시대였다면 90년대는 우연이라든가 운명, 복잡성, 혹은 신 과학의 용어를 빌리자면 '혼돈

이론'에 대한 담론들이 범람하는 시기인것 같습니다."[32]

이와 같이 90년대가 80년대와 여러 면에서 차이를 보이게 된 원인들 중 하나는, 소련(蘇聯)과 동구권에서의 사회주의 이데올로기의 급격한 붕괴 그리고 독일의 통일이 몰고 온 파장이라고 볼 수 있다. 이데올로기의 해체로 말미암아 경직된 사회가 활짝 열리게 되고, 그런 상태가 빚어낸 결과가 사회주의 관련서적의 퇴조와 전문 출판사의 전향이라는 형태로 나타난 것이다.

② 대중 문화와 소비 사회

사회가 산업화되면서 일어난 변화 가운데 한 가지 중요한 것은 대중이 소비자가 되었다는 사실이다.[33]

역사적으로 볼 때 귀족 사회가 붕괴된 후 사회가 민주화되는 과정에서 모든 대중들은 평등권의 획득에 주력하였다. 그런데 이들이 획득한 평등권에는 당연히 문화와 예술 향유의 평등권이 포함되어 있었다. 한편 사회의 산업화는 물품 구입과 같은 경제적 측면의 평등을 강조하는 방향으로 나아갔다. 곧 경제력을 갖춘 사람이면 누구나 신분에 관계없이 상품의 구매자가 될 수 있었던 것이다. 게다가 산업이 급속히 기계화됨에 따라 여가를 가진 대중들의 숫자가 폭발적으로 증가했다. 여가를 누릴 수 있는 대중들은 자신들에게 주어진 여가를 보내기 위하여 시간과 돈을 소비하려고 했고, 이에 따라 자본가들은 당

---

32) 「좌담 : 90년대 소설의 흐름과 리얼리즘」, 『창작과비평』 제 80호, 1993년 여름, 서울, 창작과비평사, 1993, p.31(위의 대담 중 권성우의 발언임).

33) 임성래, 「대중 문학을 어떻게 이해할 것인가」, 대중문학연구회편, 『대중 문학이란 무엇인가』, 서울, 평민사, 1995, p.21.

연히 여가를 상품화하는 새로운 산업을 개발하고 이를 발전시켜 나갔다. 예를 들어 스포츠와 같은 오락의 상업화가 그것이다. 이러한 과정에서 문학도 여가 산업의 일부로서 상품화의 길을 걷는다.

상품으로서의 문학이 서적 시장을 형성했다는 사실은 문학이 소비재의 성격을 띠게 되었음을 의미한다. 따라서 이제는 문학 작품도 당대 소비자인 독자의 관심사와 취향을 효과적으로 작품 창작에 반영하느냐 못하느냐에 따라 상업적 성패가 결정되기에 이른다. 이에 따라 일부 소설가들은 작품성이나 예술성보다는, 처음부터 아예 잘 팔리라고 예상되는 내용과 형식의 기획소설을 쓰기에 이른다.[34]

한만수는, 도대체 한 역사적 인물을 소설화하려는 욕구라는 것이 유행에 맞춰 한 두 해 사이에 생겨나고 또 써낼 수 있는 노릇인가를 묻는다. 역사적 인물에 대한 이해나 그의 전기적 생애에 대한 고증 작업조차 제대로 가질 시간적 여유 없이 '소설 자(字)' 돌림의 작품들이 양산되는 현상은 이미 작가들이 출판 자본의 한낱 하청업자, 주문 생산자로 전락해 가고 있음을 웅변해 주는 일이라는 것이다.[35]

여기에 더욱 문제를 가중시키는 것은 출판사의 상업주의적 태도이다. 애초에 이들에게 충분한 역사적 근거와 검증을 거친 인물의 재평가와, 그러한 재조명의 시대적 요청과 상식적 타당성 따위는 중요한 문제가 아닐 수 있다. 그들이 정신을 쏟는 것은 어떻게 하면 유행에 뒤지지 않는 작품을 생산해 내고, 그것을 그럴듯한 상품으로 포장하여 서점에 내어 놓는가 하는 일이다.

이러한 과정에서 광고는 중요한 역할을 한다. 반복되는 대형 광고는 대부분 성공한다고 알려져 있다. 때로는 광고비의 일부나 전부를

---

34) 김성곤, 「대중문화, 중류소설, 소비사회」, 『뉴미디어 시대의 문학』, 서울, 민음사, p 121.
35) 한만수, 『삶속의 문학, 독자 속의 비평』, 서울, 나남출판, 1995, p.118

저자가 스스로 포기한 인세로 충당하는 경우도 있다고 한다. 한마디로 저자의 모든 지적 권리가 상품화되는 것이다.

그러면 이와 같은 문학의 상품화 현상을 어떻게 극복할 것인가? 설준규는 어떤 책이 상업적 성공을 거두었을 때, 그러한 현상의 사회적 조건들을 따지는 것도 중요하지만 본질적인 조건, 즉 한편의 소설로서 그것의 됨됨이와 잘잘못과 뒤틀림을 들추어내고, 그것과 '잘 팔린다'는 사실과의 관계를 짚어 내는 일도 중요함을 지적한다.[36]

그는 문학 작품이 상품화되는 과정은 문학의 특수성이 문학상품의 특수성으로 환원되는 과정이라고 했다. 이 과정에서 '보편적인 가치'의 추구나 인간적 이상의 형상화, 삶의 '핵심적 진실'에 대한 박진감 있는 총체적인 묘사, '인간 본성'에 대한 깊이 있는 천착 등, 전통적으로 문학적 가치라고 간주되어온 측면들이 상품의 가치를 높이는 계기로써 적극적으로 부각되기도 하는 것이다. 문학 작품의 '문학성'도 이윤 증식에 도움이 되는 한 적극적으로 개발되는 셈인데, 이때의 '문학성'은 궁극적으로 이윤극대화라는 동기에 종속된 것이기에 왜곡될 위험에 늘 놓여 있다. 마찬가지로, 작품이 지니는 사회적 효과라는 핵심적인 문제도 오로지 이윤의 극대화라는 궁극목표에 비추어서만, 다시 말해 그 효과가 특정 문학 상품의 판매에 미치는 영향과의 연관에서만 의미를 지니게 됨은 물론이다. 이 같은 소비성 문학이 독서 대중의 절대 다수를 이미 장악하고 있는 현실을 정확하게 인정하고 적절한 경로를 통해 그 현실에 총체적·비판적으로 개입하는 것이 절실하다는 것이다.

---

36) 설준규, Ibid., p.260.

③ 독자의 취향

㉠ 한의학(韓醫學)에 대한 관심

경제의 수준이 높아지면서 개인의 건강에 대한 관심도가 높아지고 있다. 노동의 행위나 조건에 관계없이 많은 임금만을 요구하던 90년대 이전과는 달리, 적당한 취미 생활과 함께 자기 시간을 가질 수 있는 직장을 선택하는 것이 요즈음 세태이다. 이러한 경제관에 대한 변모와 함께 삶의 질에 대한 관심도 증대되었다. 그것은 또한 건강식품이 불티나게 잘 팔리고 있는 사실로 입증된다.

이러한 시대적 분위기와 더불어, 서양 의학에 대한 지나친 신뢰 일변도에서 벗어나 우리의 의학에 대한 인식의 확대가 이루어지고 있는 가운데, 이 책은 의학 분야의 전문 서적도 아니면서 독자에게 한의학에 대한 작은 호기심을 불러일으키는 데 일조를 했다. 즉 서양 것 혹은 서양적인 것에 지나치게 의존해 있던 많은 사람들의 우리의 것에 대한 인식의 변화가, 한방에 대한 치밀한 치료술과 진료법이 언급된 이 작품에 대한 관심이라는 한 현상으로 나타난 것이다. 더구나 한의학의 전문용어가 어렵고 지루하게 기술되지 않고 이야기 속에 녹아 있는 상태이기 때문에 읽기도 쉬워, 대중의 관심을 더 잘 이끌어 올 수 있었다.

이 작품에 담겨져 있는 한의학에 대한 해박한 지식들은 결코 허황되게 꾸며진 것이 아니다. 이에 대해서는 이미 경희대 부속 한방 병원장 김병운(金秉雲) 교수가 '책에 서술된 한방 지식이 사료에 바탕을 둔 상당한 수준'이라고 밝힌 바 있다.[37] 예를 들면 액기(液氣)라

---

37) 「1년 넘는 독자 선풍」, 『동아일보』, 1990년 5월 7일.

는 병을 치료하는 방법으로 단계심법(丹溪心法)과 만병회춘(萬病回
春)이라는 두 처방이 있다고 다음과 같이 기술했다.

> "새벽 오경에 돼지 고기를 겨드랑이 털을 덮을 만큼 썰어 겨드
> 랑이 밑에 쥐고 있다가 날이 새면 감초를 한 냥쯤을 끓여 마시기
> 를 반복하는 일과 또 한 방법으로는 논고둥(大田螺)을 잡아다가
> 살아 있는 채로 깨끗한 그릇에 서너 마리씩 기르면서 그 물속에
> 파두(巴豆 : 버들 옷과에 딸린 상록 관목) 한 틀을 넣어 여름철에
> 는 하룻밤을 재우고 겨울에는 대엿새 밤을 재우면 전체가 물로 변
> 하는데 그 물을 겨드랑이에 바르면 능히 근절되리라."38)

이외에도 당뇨병, 치질, 반위(위암) 등의 치료 방법이 언급되어 있
는데, 이러한 질병들은 현대인에게도 난치병으로 여겨지는 것이어서
당연히 호기심의 차원을 넘는 관심을 불러 일으킨 것이다.
한편 이 작품에 33가지나 되는 물의 종류가 언급되고 있는 것도 눈
길을 끈다.

> "물의 첫째는 정화수(井華水)를 친다. 그건 성(性)이 평(平)하고
> 맛이 달며 독(毒)이 없기 때문이며 하루의 새벽을 여는 천일진정
> (天一眞精)이 이슬이 되어 수면에 맺혔기 때문이다. 하여 병자의
> 음(陰)을 보하는 약을 달일 때는 정(精)한 의원은 굳이 이 물을
> 쓴다. 둘째가 한천수(寒天水)로 여름에 차고 겨울에 온(溫)한 물이
> 이것으로 그러나 그 진짜는 닭 울음소리가 들리기 전의 것이어야
> 한다. 너희가 왕산에서 떠오는 물이 이것이다. 감히 이 물을 장복
> 하면 반위(反胃 : 胃癌)를 다스린다.
> 셋째가 국화수(菊花水), 일명 국영수(菊英水)로 불리는 이 물은
> 풍비(風痺)를 다스리며 넷째가 엽설수(獵雪水), 간이 병들어도 이
> 물이면 낫는다. 다음이 춘우수(春雨水) 즉 정월(正月)의 빗물이니

---

38) 上卷, p.209.

양기(陽氣)가 쇠한 것을 북돋게 하나 청명(淸明) 무렵과 곡우(穀雨) 때는 물맛이 변하니 이를 가려 써야 하며, 다음 추로수(秋露水)는 해돋기 전의 것이어야 하되 뱃속의 균을 없애는 약을 짓고자 할 땐 오로지 이 물뿐이며, 다음 창독(瘡毒)을 씻는 데는 매우수(梅雨水), 허로(虛勞)를 낫게 하는 데는 감란수(甘爛水), 가려움증을 고치는 데는 벽해수(碧海水)로 벽해수란 곧 바닷물로서 이 바닷물을 끓여서 몸을 씻는다. 뼈마디와 근육이 쑤시는 데는 온천수(溫泉水)이되 유황내음이 나는 물을 쓰며, 편두통을 다스리는 데는 냉천수(冷川水)를 사용하나, 그 냉천의 바닥에는 반드시 백반이 있으니 목욕하는 철은 해가 져도 아직 땅기운이 더운 유월과 칠월에 한 하고 그러나 밤에 목욕하면 편두통은 고치되 실어증을 얻거나 목숨을 잃는다."[39]

현재 우리들은 산업화의 과정에서 땅을 무차별적으로 개발한 결과 물 한 컵조차도 가려 먹어야 할 상황에 처해 있다. 이렇듯 생활 주변에서 흔히 겪게 되는 심각한 물문제가 그대로 반영되어, 물과 관련된 서술이 이토록 장황해진 것으로 보인다.

그 밖에도 중국식 약이름이라든가, 의원을 8종류로 분류한 8의원론, 우주와 인체를 비교한 신형장부론(身形臟腑論), 침의 종류와 용도, 중국의 의서 등등이 구체적으로 언급되고 있는데, 이는 호기심을 유발시킬 수 있는 좋은 재료가 된다. 더욱이 생활의 여건이 좋아진 후에 나타나기 마련인 건강과 장수 열풍이, 따분하기 그지없는 이 부분들도 독자의 관심을 끌 수 있게끔 한 것이다.

---

39) 上卷, pp.133~134.

㉡ 사표(師表)로서의 두 인물의 전기(傳記)

이『동의보감』은 역사 소설보다는 전기 소설로 보는 편이 옳으리라고 본다. 왜냐하면 역사 소설이 되기 위해서는 작가의 역사를 보는 눈이 드러나야 하는데 비해, 이 소설에서는 역사가 차경적(借景的) 역할에서 벗어나지 못하기 때문이다. 적어도 역사 소설이라고 한다면 이 작품의 시대적 배경인 선조 원년(1568)에서 임진년까지의 역사에 대한 해석이 사관을 바탕으로 해서 뚜렷해야 한다. 약 20~30년에 걸친 역사가 그 전후사와 관련해서, 그 시기의 독특한 흐름을 인물과 사건과 함께 해석됨으로써 당시 민중들의 삶이 총체적으로 구명(究明)돼야 하는 것이다.[40)]

대개의 경우 전기 문학의 창작 동기는 추념(追念)과 귀감(龜鑑)에 있다. 따라서 그 등장인물들이 본래와 다르게 지나치게 미화되거나 과장되어 있으면 공감을 불러 일으키기 어려운 면이 없지 않다. 그러나『동의보감』을 비롯한 근자의 역사·전기 소설의 경우는 단순한 추념이나 귀감보다는 소설만이 가능한 論理性과 寫實性을 근거로 짙은 감동을 불러일으킨 것으로 보인다.

그런데『동의보감』이 발행된 뒤, 유사한 전기 소설이 줄을 잇고 있다. 왜 하필이면 역사·전기 문학일까? 이 같은 전기 소설에 독자의 관심이 증대된 까닭은 무엇일까? 루카치는 이에 대해 이렇게 쓰고 있다.

소설의 외적 형식은 본질적으로 전기적(傳記的) 형식이다. 삶이 빠져나가 버리는 개념체계와 내재적이고 유토피아적인 완성의 안정에 결코 도달할 수 없는 삶의 복합체 사이를 왔다 갔다하는 소

---

40) 김치홍(金治弘),『韓國 近代 歷史小說의 史的 研究』, 明知大學院 博士學位論文, 1986, p.93.

설의 부동적 성격은 전기가 지향하는 유기적 성격 속에서만 객관
화 될 수 있다.[41]

정호웅은 90년대 초반 역사 전기 소설의 범람을 국제 정세의 변화
가 야기시킨 이념성 약화, 그리고 그에 따른 총체성에 대한 희구의
약화에 의한 것으로 설명한다.[42]

정·야사에 기록되어 또는 전설과 설화의 구비적 복류 속에 실려
전하는 허준, 이지함, 정약용 등과 같은 인물들의 뛰어난 또는 남다른
삶은 그 자체로 흥미롭고 강렬한 것이어서 흥미성의 허방으로 끌고
갈 수 있는 흡인력을 크게 지니고 있다. 그러나 이 강렬한 성격이 그
들이 살았던 시대의 복잡다기한 그물망 속에서 파악되지 못할 때, 제
도, 관습, 도덕, 분위기 등 한 시대를 구성하는 실체들은 뒷전으로 물
러나고, 한 뛰어난 인물이 자신의 천재성과 야망을 실현하는 과정만
이 의미있는 것으로 부각될 것이다. 이러할 때 그들이 살았던 과거는
실재했던 역사적 실체가 아니라 〈옛날 옛적〉, 곧 전설적 과거이다.

전설적 과거에서는 사실의 확인과 그 관계 양상에 대한 탐구라는
작가의 책무는 면책되고, 무한대에 따라서 허황한 상상력이 보장된다.
전설적 과거를 사는 뛰어난 인물은 언제나 세계보다 우위에 선다. 설
사 패배하더라도 그것은 그들의 나아감을, 굽히지 않는 성격의 강렬
함을 대비적으로 부각시키기 위한 의도적 설정일 뿐이다. 이들 소설
은 이러한 인물들의 남다르고 강렬한 성격이 온갖 장애를 뚫고 나아
가는 열정적인 삶, 곧 영웅적인 삶을 그림으로써 이념성이 약화된 시

---

41) G. Lukács, *Die Theorie des Romans*, 潘星完譯, 『소설의 이론』, 서울,
    심설당, 1985, p.98.
42) 정호웅, 「90년대 소설에 대한 반성적 진단」, 『반영과 지향』, 서울, 세
    계사, 1995, p.18.

대의 빈자리를 대신 메운다.

자아와 세계가 조화롭게 대응하는 현실에 대한 희구는 자아와 세계와의 관련 양상을, 그 조화와 불화의 양상을 전체성의 맥락에서 탐구하고 이해하려 하는 지향을 낳는다. 상황에 대한 전체적인 파악만이 문제의 핵심을 바로 짚게 하고 해결의 방향을 올바로 제시해 줄 수 있기 때문이다.43) 그러나, 당대 현실의 구체적 전체성을 문제 삼지 않는 이들 소설은 그런 점에서 무협지와 동질적이다. 독자들은 세계의 규정성으로부터 자유로웠던 영웅들의 삶을 통해 찌들고 피폐한 자신들의 삶을 환각 속에서나마 잊고 실현할 수 없었던 욕망을 주인공들의 눈부신 삶을 통해 환각 속에서나마 실현한다. 욕망의 대리 실현 대리 보상인 것이다.

전기 소설은 개인의 일대기를 큰 축으로 하여 그것에 여러 사건을 개입시켜 전개된다. 특히 이 소설은 오늘날과 같은 스승 부재의 시대에 유의태와 같은 위대한 스승은 현대에서 가장 소망스러운 존재이며, 신분의 벽을 뛰어 넘는 허준의 치열한 삶은 모두가 쉽고 편안한 삶을 누리려는 오늘날의 세태가 지향해야 할 교훈임을 박진감 넘치는 이야기 속에서 전개해 보였다.

특히 이 소설의 감동적 요소는 신분상승과 관계없는 인간애일 것이다. 이에 대해 이문열은 다음과 같이 적고 있다.

> 사랑이나 전쟁이야기 못지 않게 우리의 흥미를 끄는 것 중의 하나가 출세담이고, 허준이 한칸한칸 신분의 계단을 오르는 과정은 틀림없이 그러한 출세담의 한 전형이다. 그러나 읽고 난 뒤의 묵직한 감동은 그런 표피적인 재미와는 거의 무관하다. 거기에는 우리를 압도하는 그 무엇이 있다.

---

43) 정호웅, Ibid. p.15.

讀法에 따라 달라지겠지만, '그 무엇'의 가장 중요한 요소는 허준의 깊이를 모를 인간애일 것이다. 그는 신분의 사슬에 얽매인 엘리트가 흔히 품기 쉬운 어두운 열정을 증오와 복수감으로 바꿔 스스로를 황폐하게 하는 대신 사랑으로 승화시켰다.

출세나 영달을 개인의 누림을 위한 도구로만 이해하는 범인들에게는 신분의 상승이 이루어질수록 넓고 깊어지는 그의 불행한 이웃에 대한 사랑이 충격일 것이다.[44]

버림받다시피한 민초들에 대한 깊은 사랑이 허준 뿐만 아니라 김민세, 유의태 등에 의해 이루어지고 있다. 이들은 모두 삶의 목표를 권력 지향 혹은 출세에 둔 것이 아니라, 인간에 대한 뜨거운 사랑에 두고 있다. 이들은, 루카치식으로 말하면, '문제적 개인'이다.

전기적 형식에서, 직접적인 삶의 통일과 모든 것을 완결 짓는 체계의 건축적 구조를 향한 도달할 수 없는 감상적인 노력은 균형과 안정을 얻게 됨으로써 존재로 변하게 된다. 왜냐하면 전기의 중심인물은 자기를 넘어서는 이상의 세계와 관련을 맺을 때만 의의가 있으며, 또 이러한 체험을 통해서만 이 자신을 실현시킬 수 있기 때문이다. 이렇게 해서 전기적 형식에서는, 실현되지 않고 또 유리된 상태 속에서 실현시킬 능력이 없는 삶의 두 영역의 균형으로부터 하나의 새롭고, 독자적이며, 역설적으로 들릴지는 모르겠지만 그 자체로서 완성되고 내재적 의미로 가득찬 삶이 생겨나게 된다. 다시 말해 문제적 개인(problamatic individual)의 삶이 생겨나게 된다.[45]

이 '문제적 개인의 삶'은, 이 작품을 읽어가는 과정에서 긴장감 속에서 이 작품의 의미를 음미하게끔 한다. 특히 '이상의 세계와 관련을

---

44) 「허준의 깊은 人間愛와 집념에 감동」, 『조선일보』, 1990년 5월 16일.
45) G. Lukács, *Ibid.*, pp.99~100.

맺는' 이러한 이야기의 전개가 전기 소설의 양상을 띤 이 작품에서 볼 수 있는 특징적 요소다.

4. 작품의 한계성

문학 작품은 문자 언어를 통한 예술성의 구현을 그 궁극의 목표로 한다. 이 예술성의 구현은 여러 가지 意匠에 의해 형성되는데, 그 형성 과정이 예술성을 구현하는 사람에 따라 달라져 그 성패가 나타나고, 그로 인해 감동의 차원도 달라지게 된다.

위에서 필자는 『동의보감』이 광범위한 독자층을 형성할 수 있었던 이유를 살펴 보았다. 예술 작품이 미적 차원에서 정의되고 미적 가치에 의해서 평가되어야 한다는 것은 당연한 이치이다. 그런데 예술성의 구현이란 측면에서 본다면 독자가 많았다고 하는 것이 꼭 예술성이 뛰어나다는 말과 동의어가 아님은 주지의 사실이다. 따라서 그에 대한 검토는 또 다른 몫으로 남는다.

그렇다면 진정한 예술이란 무엇인가? 이는 베스트셀러와는 별개의 문제임은 말할 것도 없다. 여기서 이를 논할 게재가 아니어서 자세한 검토는 줄이고 다만 베스트셀러가 안고 있는 문제점만 지적해 둔다.

하우저는 베스트셀러를 '진부함', '안락함', '독자층의 감소', '위협받는 안정성'으로 나누어 언급한 글에서, "진정한 예술은 긴장할 수 있는 용기를 불어넣어 주고, 종종 혼란을 야기시키는 현실을 밝혀내며, 또 그러한 현실에 내포되어 있는 은밀한 위험과의 투쟁을 감수할 수 있도록 격려해 준다"는 데 그 의미가 있다고 했다.[46] 여기서 예술성

---

46) A. Hauser, 『藝術의 社會學』, p.286

의 문제와 관련해서 베스트셀러의 문제점을 살펴보기 위해 그 폐해를
지적한 하우저의 글을 좀 더 인용해 본다.

　　베스트셀러는 사람들의 욕구와 소망 및 희망을 실현시켜 주며,
삶의 어떤 곳에서도 충족되지 않은 이상적인 요구들을 실현시켜
주고 있다. 베스트셀러는 현실적인 난관을 회피함으로써 본래적인
과제의 해결을 대신하는 하나의 대용품 구실을 하게 된다. 대중매
체가 추구하는 목표는 대중 매체를 받아들이는 사람들의 안정을
방해할 수 있는 모든 것을 멀리하거나 억제하는 데에 있다. 사람들
이 전혀 알고 싶어하지 않는 무의식 세계에서 비롯된 충동은 바로
그것이 억압당하고 있기 때문에 당사자들의 정신적인 평화를 위협
하게 되며, 또한 그러한 충동이 폭로되어 의식화되고 사실 그대로
인식되지 않는 한에 있어서는 당사자들에게 있어서 하나의 위험을
뜻하게 될 뿐이다.[47]

　그렇다면 이 작품은 위의 하우저의 이론을 따를 때 어느 위치에 놓
일까? 이 문제를 해명하기 전에 먼저 작품에서 독자들을 그처럼 폭발
적으로 감동케 한 그 이면에 문제점은 없는지 살펴보자.
　우선 의심이 가져지지 않는 것은 많은 독자들이 열광했던 것이 작
품 자체에서 오는 어떤 감동적 요소에서 비롯된 것인지 아니면 시기
적으로 딱 맞는 어떤 계기적 요소 때문인지가 불분명하다는 것이다.
　우선 위의 인용문을 토대로 했을 때, 긍정적 측면이 있음을 부정할
것은 없다. 그러나 먼저 의구심을 갖게 하는 것이, '이상적 욕구의 충
족'과 '대용품 구실'이라는 부분이다. 그러나 이것은 작품 외적인 것으
로 작품 자체가 안고 있는 문제점과는 별개의 것이다. 다만 '진정한
예술은 긴장할 수 있는 용기를 불어 넣어 주고', 또 혼란을 야기시킬

---

47) *Ibid.*, p.285

수 있는 '현실을 밝혀내며', 뿐만 아니라 '현실에 내포되어 있는 은밀한 위험과의 투쟁을 감수할 수 있도록 고무시켜 주는 것'이라고 한 것은 음미해 볼 만하다. 이 작품에서도 이와 같은 기대는 가능한 것인지? 따라서 위의 하우저의 지적은 이 부분을 제외하면 독자의 측면에서 고려해야 할 몫이라고 볼 수 있겠다.

이 작품에서 먼저 그 흠을 찾자면 애초부터 가지고 있는 미완결성을 들 수 있겠지만 이것은 이미 전제한 것으로 탓할 형편이 아니다. 여기서는 다만 작품의 내적 질서를 검토하여 소설 미학의 한계성을 살펴보기로 한다.

먼저 허준의 인물됨을 제시하는 과정이 좀 지나쳐 보인다. 이를테면 내의원 취재를 위해 한양을 가는 도중 버드네에서 치료로 인해 시험도 못 보게 될 정도로 이름 없는 백성을 위해 희생 봉사하는 대목은 감동적이지만 어딘지 작위적이라는 느낌을 지울 수 없다. 또 유의태를 비롯한 인물들의 개성 있는 행위들은 독자의 관심을 돋구기에는 충분했지만, 서사문학으로서의 문제점을 남겨 놓았다. 즉 이 소설에서 만나는 인물들이 평범한 일상의 인물이 아닌 신화의 시대의 영웅으로 분장된 것이 아닌가 하는 의구심을 갖게 해 주는 것이다.

물론 작가가 개연성 있는 인물을 창조하려고 노력한 흔적을 읽을 수 있지만, 드라마 「집념」에서 보여준 허준에 대한 집념이 지나쳐 어의(御醫)가 된 후로는 그 이전에 보였던 주인공과 세계와의 치열한 대립이 약화되고 만다. 따라서 허준은 신화의 세계에 머물러 있는 존재가 되어 버리고 말았다. 이로써 욕망을 대리 충족 시켜 주는 '초능력적 인물(super man)'로 변해 버리고 말아 생동감을 반감시키고 만다. 물론 그는 주변환경적 요인들과 부대끼며 살지만 승리는 항상 그의 것이라는 데 문제가 있다. 따라서 그가 역사 속에 살아 움직이는

'역사적 인물'인지는 그가 존재했던 전시대(前時代)와 그 이후에서 어떤 역사적 맥락이 형성되었는가를 따져 보아 그 의미를 살펴야 할 것이다.

이러한 문제점은 이 작품이 역사소설이라기보다는 전기문학에 가까운 것이기 때문에 빚어진 결과이다. 따라서 주인공 허준과 유의태에 지나치게 의존해 있다는 지적과 함께 "광대, 장사꾼, 창기, 노비, 광부들의 삶과 좌절, 정서와 비원을 폭넓고 생생하게 드러낸 『장길산』에 견주어 볼 때, 이 소설은 총체적으로 그려내는 힘이 미약할 수밖에 없"[48]다는 지적은 설득력을 갖는다.

5. 결 론

한 때 놀랄 만큼 선풍을 일으켰던 이 작품에 대한 여러 가지 의문들이 쉽게 가셔지지 않아서 시작한 이 일이 결코 쉽지 않은 작업임을 깨달았다. 물론 처음부터 간단하게 생각했다거나, 잘 해결할 수 있으리라고 생각했던 것은 아니다. 그럼에도 불구하고 미련이 남는 것은 미진했다고 여겨지는 부분이 여전히 남아 있어서 마무리 짓는 처지에서 산뜻한 기분을 주지 못하고 있다는 것이 솔직한 심정이다.

무엇보다도 관심의 대상이 되었던 '미완의 소설이면서 폭넓은 독자층을 가지게 된 직접적 원인은 어디에 있었던 것일까' 하는 의문은, 유동적인 시대 상황에 따른 독자층의 선호도와 관심도의 차이를 어떻게 극명하면서도 적확하게 해명할 것인가라는 문제와 결부되어 여전히 쉽게 해결될 성질의 것이 아니다.

---

48) 한만수, *Ibid.*, p.118.

다만 물질문명의 팽배로 도덕적 정신적인 타락이 만연해 있음을 인식한 많은 독서 대중이, 이 타락한 시대에서 올바르고 어질게 살아가는 주인공이 자신이 추구한 진정한 가치를 성취해 가는 감동적인 이야기와 이를 박진감 있게 전달하고 있는 작가의 뛰어난 구성과 문장력에 갈채를 보내고 정신을 빼앗겼던 것이 아닐까 하는 의문점은 어느 정도 해소된 것 같다.

그러나 아직도 문제점으로 남는 것은 다음과 같은 볼톤(M. Boulton)의 평범한 글귀 한 구절이다.

> 가벼운 읽을거리와 위대한 문학 사이의 주요한 차이점 가운데 하나는 위대한 문학이 구체적이고 실제적인 것을 넘어서서, 인생의 다른 차원의 진실에 도달해 있다는 점이다. 위대한 문학은, 심리와 도덕의 영역에서, 진실을 추구한다. 심리적 동기, 감정의 복합, 도덕적 계발, 성격과 감정의 상호 작용, 우리의 자기 기만(欺瞞)과 자아와 타자의 인식을 향한 우리의 완만한 발전, 목적과 원리, 선악의 갈등의 심층적 성취의 문제, 우리의 감정, 도덕, 사회적·정신적 존재와 그 존재가 타자와 맺는 관계의 얽히지 않고 무진장하게 복합적인 사물들을 묘사하는데 있어서의 진실이 추구된다.[49]

이 작품이 많은 독자를 가졌던 것은 위인(偉人)이 필요한 시대였기 때문이었을까. 의인(義人)이 필요한 시대였기 때문일까? 속단하기 어렵지만 집념의 의인이 독자 자신 거울에 비친 바라는 바의 실상이 아니었을까. 어쨌든 독자의 갈증을 해소해 준 것만은 사실이다. 이런 측면에서 보면, 베스트셀러와 위대한 문학의 거리를 두지 않을 수 있으면 좋을 것이지만, 그렇지 못했을 때의 차별화는 결코 쉽지 않은 일이다. 그리고 단칼에 갈라놓을 수 있는 형편이 안 되었을 때는 그런

---

49) M. Boulton, *Ibid.*, pp.33~34.

행위의 의미마저 불명료해진다. 그러나 위대한 문학의 출현을 위해
이런 행위는 끊임없이 필요할 것이다. 적어도 이러한 작품을 통해서
오늘을 살고 있는 민중들에게 삶의 진실을, 혹은 삶의 의미를 되새김
질 할 수 있는 계기가 된다면 그래서 단순한 복고취향을 경계할 수
있게 된다면 현재적 의미를 취득할 수 있을 것이다.

[『오늘의 한국문학 연구(동천 홍문표박사화갑기념논총)』, 1999, pp.476~511.]

변용된 신화의 디아스포라
: 화해와 공존, 그리고 미래에 대한 희망-황석영의 『바리데기』

1. 서 론

황석영의 소설 『바리데기』[1]는 서사무가(敍事巫歌)인 「바리공주」[2]에서 생명수를 얻으러 떠나는 '바리데기' 이야기의 구조를 차용하여 현대적인 시각으로 소설화한 작품이다. 대개 원전이나, 원작을 차용하여 소설화할 경우 대부분은 또 하나의 이본(異本)과 같은 것으로 개작하기가 일쑤이다. 예를 들면, 판소리를 개작한 이해조의 『옥중화』, 『연의 각』, 『강상련』, 『토의 간』등이라든가, 이광수의 『허생전』은 연암 박지원의 「허생전」을, 박태원의 『홍길동전』은 허균의 『홍길동전』을 저본(底本)으로 하여 또 하나의 이본소설을 창작한 것이다. 그러나 소설 『바리데기』는 바리공주 이야기가 작품 속에 들어 있으면서 전개과정과도 연관성을 가지고 있어 이야기가 병렬되기도 하고, 혹은

---

1) 황석영, 『바리데기』, 서울, 창작과비평사, 2007.(작품인용은 이 책을 근거로 함)
2) 서대석, 『한국의 신화』, 서울, 집문당, 1997, pp.221~268.

전개될 내용이 예시되기도 하며, 경우에 따라서는 인용된 바리공주의 이야기를 '바리'의 이야기로 대체 반복하기도 한다.

이 작품은 북한을 탈출한 14세 소녀 '바리'의 파란만장한 삶을, 「바리공주」의 신화적 의미를 통해 오늘날의 세계사적 현실에 접목시켰다. 「바리공주」의 신화적 의미는 바리공주가 약수인 생명수를 구하러 가는 과정과 생명수의 상징성에서 찾아 볼 수 있다. 그렇다면, 생명수를 얻으러 떠난 바리공주의 화신인 소설 『바리데기』의 바리가 우리 시대에서 찾으려는 생명수는 과연 무엇일까?

바리는 베를린 장벽의 붕괴(1989)와 독일의 통일(1990), 구소련의 해체(1993), 김일성 주석의 사망(1994), 등 체제의 변동으로 인한 거대한 역사의 격랑과, 북한의 대홍수와 기근 등 개인적 생존의 문제에 직면했을 때, 굶주림을 면하기 위해 떠돌기 시작한 무명의 어린 소녀이다. 더구나 바리는 2001년 9월 11일 온 지구를 경악케 한 9·11 테러와 그에 대한 보복으로 미국과 영국의 아프가니스탄과 이라크 침공으로 인한 전쟁의 소용돌이에 자신의 뜻과는 전혀 관계없이 휘말려들게 되었다. 이러한 일련의 과정으로 바리의 개인적인 삶이 세계사적인 사건에 직·간접적으로 영향을 받게 되고, 이를 통해 작가는 이 시대에 진정한 삶의 가치는 무엇인가를 해명하고자 했음을 알 수 있다.

작가는 바리의 떠돌이 생활을 통해 한 개인의 고달픈 삶의 역정만을 보여주려고 한 것이 아니고, 개인의 사회화를 뛰어넘어 세계화 내지는 세계사적 문제를 제기하는 데 초점을 맞추고 있는 듯하다. 따라서 작가는 한반도의 북녘 땅에서 빚어진 개인적인 삶의 도피를 위한 떠돌이의 이야기가 전 세계사적 맥락을 지닐 수 있도록 했다. 바리는 살길을 찾아 끊임없이 이동하여 제3세계에서 제1세계인 거대한 자본주의의 '제국'의 안으로 들어가게 된다. 그리고 제1세계에서 일어나는 인류사적 모순을 절감하며 새로운 세계의 미래를 제시하게 된다.

「바리데기」 혹은, 「바리공주」 신화는 사람이 죽은 뒤 49일 만에 지내는 '지노귀굿(오구굿)'에서 가창되는 것으로, 죽은 자의 넋을 위로하기 위한 무가(巫歌)이다.3) 청진에서 태어나 옌지(延吉)와 다롄(大連)을 거쳐 밀항선을 타고 런던에 도착하기까지의 이야기에서 신화는 변용, 반복되어 나타난다. 이 과정에서 무가적 성격을 지니고 있는 이 작품이 시사하는 바가 무엇인가를 해명함으로써 이 작품이 지닌 의미를 확인할 수 있다. 따라서 이 글에서는 변용과 반복되는 양상을 살펴보고, 그것이 의미하는 바가 무엇인지를 검토하고자 한다.

2. 바리공주 신화와 소설 『바리데기』

「바리공주」에서 불라국의 오귀대왕은 7공주를 본다는 해에 왕비를 맞아들인 이후 길대부인은 딸만 여섯을 낳았다. 그러던 차에 신령님께 온갖 치성(致誠)을 다 드리지만 낳고 보니 또 딸이었다. 이에 대왕은 실망하여 아이를 내다 버리라고 명한다. 길대부인이 그 이름을 '바리데기'라고 짓고 옥함에 담아 용늪에 갖다 버렸다. 그러나 바리공주는 버려진 뒤, 석가세존의 명령으로 바리공덕할아비와 할미가 구해준다. 소설 『바리데기』의 바리는 불라국의 대왕마마는 아니지만, 1980

---

3) 「바리데기」(경상도)무가는 「오구풀이」(전라도), 「바리공주」(서울), 「칠공주」(함경도) 등으로 불리기도 한다. 제주도에서는 전승되지 않는다. 오구굿에서 영송되는 서사 무가의 일종으로서 그 명칭은 '바리', '버리다'라는 동사에서 온 것으로 '버려진 아이'라는 뜻이다. 이 무가는 일명 무조(巫祖)신화라고 하는데, 이것은 무의 기능 중의 하나인 치병을 바리공주가 시작했다는 데서 비롯한다.

년 북한 청진에서 유복한 집안의 일곱째 딸로 태어난다. 그러나 유교적 잔재가 뿌리 깊은 북한의 지방 관리인 아버지의 남아선호 사상 때문에 엄마에 의해 숲 속에 버려졌다. 그러자 풍산개인 '흰둥이'가 물어와 목숨을 건지고, 이름이 버려진 아이, '바리'로 명명된다. 바리는 어느 날 집으로 찾아온 여자아이와 눈을 마주친 뒤에 신열을 앓았고 그 이후 영매(靈媒) 능력을 가지게 되어, 흰둥이나 벙어리 언니와의 의사소통이 이루어지기도 하고, 어떤 사람 앞에서 눈을 감으면 그 사람이 걸어온 삶의 길을 보기도 한다. 바리공주와 다른 면이다

바리는 아버지가 무산시 부위원장이 되어서 무산으로 이사한다. 초기에는 평화롭게 살았으나, 그것이 절정의 행복한 삶이었으며, 그 이후 가족이산으로 말미암은 시련이 시작 되었다. 중국과 무역업을 하던 외삼촌이 남선으로 탈출했다는 소문과 함께 아버지가 소환되고, 집안이 이산(離散)의 풍비박산을 겪는다. 모든 가족이 다 흩어진 뒤, 아버지의 지인인 조선족 '소룡 아저씨'의 도움으로, 다 끌려가고 남은 할머니, '현이' 언니, '칠성이'(흰둥이의 새끼)와 함께 바리는 두만강을 건너 그 근방 어느 중국인 교포의 과수원에 있는 움집에서 은거하다가 아버지와 다시 만난다. 그러나 모진 추위와 굶주림으로 현이 언니는 얼어 죽고, 아버지마저 북한으로 가족을 찾으러 떠난 뒤, 할머니와 함께 만년버섯을 캐러 산에 갔다가 할머니마저 죽었다. 외톨이가 된 바리는 흩어진 가족을 찾기 위해 다시 무산으로 들어갔다가 엄청나게 큰 산불을 만나 죽을 고생을 하였고, 칠성이까지 죽고 만다.

기근이 시작되는 북한 땅에서 더 이상 헤어진 가족을 찾을 수 없다고 포기한 바리는 중국 옌지(延吉)의 '낙원 안마방'에서 '샹'의 남편 '쩌우'에게서 발 마사지를 배운다. 바리가 이 옌지에서 두 해를 보내면서 배운 지압을 이용한 마사지 기술은, 평생 살아가는 동안 그녀의

삶을 이어주는 생명줄이 된다. 마사지와 지압을 배운 바리는 발만 보
아도 그 사람의 삶의 역정과 질병을 감지해 내는 능력을 갖게 된다.
버려진 바리공주는 바리공덕 할아버지의 도움으로 살아가지만, 바리
는 영매로서의 능력까지 이용해 훌륭한 마사지사가 된다. 할머니와
칠성이는 죽어서 바리와 현실적 의사소통이 이루어 질 수 없게 되자,
영매(靈媒)를 통한 의사소통으로 바리가 예시적 기능을 하기도 하면
서, 바리는 서천으로 인도하는 일종의 인도자 역할도 한다.

15살 되는 해에 바리는 '샹' 부부가 중국 다롄(大連)에 안마업소를
개업해 동행한다. 침구사 자격증을 딴 샹의 남편인 쩌우가 친구와 마
싸지 업소를 동업하여 성황을 이룬다. 그러나 그것도 잠시 '쩌우'의
빚 때문에 바리는 '샹'과 함께 뱀단에 팔려 런던으로 가는 밀항선을
타게 된다. 밀항선에서 엄청난 시련을 겪고 런던에 도착한다. 「바리공
주」에서도 바리공주가 15살 때 왕이 병이 난다. 왕의 병은 바리공주
를 버린 업보로 인한 것으로, 바리공주를 찾아서 그를 길러준 무장신
선의 불사약을 가져다 먹어야 산다고 청의동자가 가르쳐 준다. 모든
공주들이 생명수를 찾으러 가기를 거절했을 때, 바리공주가 자청해서
서천으로 생명수를 찾으러 떠난다. 바리공주가 서천으로 가면서 이승
과 저승을 넘나들며 영약을 구하기 위해 시련과 고통을 겪는다. 바리
도 중국을 떠나 런던으로 가는 밀항선을 타고 가면서 컨테이너 안에
서 바리공주처럼 시련을 겪는다. 고통은 생명수를 찾기 위한 새로운
단계를 향한 시련이다. 작가는 밀항선에서의 고통을, 바리공주 이야기
를 인용하여 바리가 주인공이 되어 서천으로 가는 고통스러운 현실로
병치시키어, 바리공주가 신화에서 겪은 고통으로 상징화하였고, 거기
다가 할머니와 칠성이의 환영(幻影)까지 뒤섞어 환상적으로 그렸다.[4]

---

4) 『바리데기』, pp.129~143.

16살이 되었을 때 런던에 도착한 뒤에 바리가 정착하며 겪는 일도 바리공주가 서천에서 겪는 것의 변용으로 나타난다. 서천에서 바리공주의 고행은 약을 지키고 있는 장승과 내기시행에서 진 뒤에 나무 삼 년 해 주고, 불 삼 년 때어 주고, 물 삼 년 길어 주고, 더욱이 장승과 결혼까지 하여 아들 일곱을 낳아 주는 것이다. 바리는 런던에서 차이나타운으로 팔려가 식당일을 한다. 주방장인 '루'아저씨의 주선으로 베트남 사람이 운영하는 발마사지 업소인 '통킹 네일 살롱'에 취직하여, 램버스의 빈민가 연립주택에서 살게 된다. 그곳에는 나이지리아, 중국, 필리핀, 스리랑카, 폴란드, 태국 등 제3세계에서 온 사람들이 살고 있었다. 그곳에서 바리는 건물 관리인인 파키스탄 출신의 '압둘' 할아버지와 그의 손자 '알리'를 만나 친근한 사이가 되어, 파키스탄의 독립과 고국을 떠나오기까지의 이야기를 듣게 된다. 또 마사지 단골 고객인 '에밀리'와의 영적 교신으로 남아프리카공화국의 역사와 흑인들의 과거사를 알게 되어, 거기서 제3세계의 소수민족에 대한 이해의 폭을 넓게 된다.

불법체류자 단속이 심해져, 압둘 할아버지의 도움으로 숨어 지내는 동안 바리를 데리고 다닌 알리와 가까워지고 마침내 결혼를 한다. 알리와 결혼한 뒤, 어느 정도 안정된 생활을 할 무렵, 9 · 11테러가 일어나고, 미국과 영국의 아프가니스탄 침공이 시작된다. 무슬림에 대한 보복행위가 자행되면서 입지가 약화되는 상황에서 알리의 동생 '우스만'은 가족 몰래 아프간 전쟁에 참여하기 위해 영국을 떠났고, 동생을 데려오기 위해 알리 역시 아프가니스탄 접경지역으로 가려고 파키스탄으로 떠나게 된다. 이 사이 바리는 딸 홀리야순이를 낳지만, 그에게 도움을 청하러 온 샹 언니가, 바리가 세탁소에 간 동안 애를 봐주기로 해놓고 돈을 훔쳐 달아나버려, 혼자 남은 아이는 죽고 만다. 딸의 죽음에 절망한 바리는 환영을 통해 바리공주의 생명수를 찾는 고통과 시련의 과정을 자신이 겪었고[5] 또 한편으로는 할머니와 칠성이와 함께 영적인 교류를 통해서 15일 만에 다시 힘을 찾는다. 한편, 그동안 소식을 알 수 없던 알리가 쿠바의 관타나모 수용소에 갇혀 있다가 돌아와 둘째 아이를 다시 갖게 되어 평온을 되찾는다. 그러나 다시 런던 테러가 일어난다. 작가는 여기서 더 쓰지 않았다. 또다시 무슬림인 남편을 비롯한 그 가족들에게 무슨 일이 일어났는지 그 어떤 이야기도 없다. 작품은 맨 마지막 바리가 이 런던테러사건을 목도하면서, "아가야, 미안하다." 고 중얼거리는 것으로 대단원의 막을 내린다.

3. 변용된 신화의 서사구조

서사무가인 「바리공주」의 내용이 소설 『바리데기』에서 변용, 반복되어 나타난다. 바리공주 이야기를 차용하여 또다른 이본 「바리공주」를 만든 것이 아니고, 일부 또는 전체 내용을 작품 속에 용해 시켰다. 따라서 바리의 행동에 앞서 예시적 기능으로 바리공주의 이야기가 선행되어 나타기도 하며, 죽은 할머니나 칠성이와 함께 나타나기도 한다. 또한 신화 「바리공주」에서 바리데기의 시련의 역정(歷程)이 『바리데기』의 서사구조의 기본 골격을 형성하고 있다. 즉, 청진에서부터 런던에 이르는 바리의 삶의 역정은 바리공주가 약수를 얻으러 가는 과정과 같다. 구조적인 면에서 서사무가인 「바리공주」 는 이승의 버림 → 바리공덕 할아버지에 의해 구조 → 이승과 저승 사이의 세계인 영계(靈界)에서 시련 → 이승으로 귀환하여 왕과 왕비를 살림 → 죽

---

5) Ibid., pp.264~285.

은 영혼을 천도하는 별이나 무당이 되는 것으로 짜여져 있다. 소설 『바리데기』에서는 바리가 청진―무산―옌지(延吉)―다롄(大連)―밀항 선―런던으로 공간을 이동하면서 생명수를 구하러 가는 것으로 전개 된다. 작가는 공간이동에 따른 작품 전개과정에서 바리의 개인적인 삶에 사회·역사적 의미를 부여하고 최근세사 속에서 파편화된 바리의 삶을 통해, 세계사적 위기에 봉착한 인류를 구원할 생명수를 찾게 한다.

작품은 1992년 바리가 12살 때 가족과 헤어졌다는 이야기부터 시작 한다. 이렇게 시작한 이유는 할머니가 증조할머니에게서 들었다는 「바리공주」 이야기를 해준 때가 그 때였고, 모든 가족과 헤어진 곳이 두만강 건너편 과수원 움집이었기 때문이다. 바리공주 이야기와의 관 련성을 이렇게 넌지시 제시한 것이다.

바리가 청진에서 7번째 딸로 태어난 것은 1980년이다. 시간적 배경 이 대한민국은 박정희 대통령이 죽고, 군부에 의해 통치가 시작될 무 렵이며, 청진은 무산으로 이동하기 위해 준비된 공간이다. 7번째 딸이 란 대목은 서사무가인 「바리공주」의 내용이 소설 『바리데기』와 깊은 관련성이 있음을 암시하기 위한 장치이며, '바리데기'가 '버린 아이' 란 의미를 내포하게 된다. 바리공주나 바리나 남아선호사상이 강했던 사회적 제도의 희생자라는 측면에서 두 작품은 동질성을 갖는다. 공 주를 살린 것이 까막까치이고, 바리는 풍산개인 흰둥이다.

작가가 작품에서 처음으로 바리공주의 이야기를 제시한 것은, 무산 에서 가족이 흩어진 뒤, 두만강을 건너 어느 과수원 움집에 머물 때 할머니가 바리공주 이야기를 바리에게 들려준 것으로, 전체 내용을 요약했다. 요약된 내용은 작품의 전체 내용의 전개 방향을 암시해 준 것으로 볼 수 있다

인용된 바리공주의 이야기는 소설 『바리데기』에서 바리의 행동에

선행되어 나타나기도 하고, 또는 바리의 이야기와 병행될 뿐만 아니라, 바리공주 이야기에 바리가 직접 등장하기도 한다. 옌지(延吉)에서 런던으로 가는 밀항선에서의 경우는, 바리가 바리공주 대신 인용된 「바리공주」의 이야기에 직접 개입되어, 죽은 할머니와 칠성이가 함께 나타나서 바리의 길을 인도한다. 바리공주가 생명수를 찾으러 가는 것이 아니라, 바리가 간다. 인용된 「바리공주」의 이야기의 틀 속에 바리공주 대신 바리가 끼어든 것이다. 밀항선의 현실과 바리공주의 여정이 복합적으로 나타나면서 바리는 할머니 혼령이 준 낙화 세송이를 받아들고 까막까치를 따라 '수천수만리 바다 건너 하늘 건너 악마구리와 악령사령이 날뛰는 지옥길'을 '만신바리'가 되기 위해 간다. 이 밀항선에서 고통 그것은 저승 자체였다. 바리가 고통으로 죽었다가 할머니의 도움과 노래로 다시 살아나는 과정은 환상적인 묘사로 제시되기도 했다.

바리가 런던에 정착하며 겪는 일은 바리공주가 서천에서 겪는 일의 변용으로 나타난다. 서천에서 바리공주의 고행은 약수를 지키는 장승과 내기시행에서 진 뒤에 석삼년동안 나무하고, 불 때고, 물 긷고, 더욱이 장승과 결혼까지 하여 아들 일곱을 낳아 주는 것이다. 바리의 결혼에 앞서, 바리공주가 장승과 결혼하는 이야기를 제시하여, 바리가 장승같이 키가 큰 알리와 결혼을 하는 것이 하늘의 뜻임과 그 결혼이 순탄치 않을 것임을 암시하고 있다. 바리공주가 등장하여 암시적으로 제시한 것이다.

인용된 바리공주의 이야기에 할머니와 칠성이까지 개입된 변용의 확대는 마지막 바리가 아주 참담한 처지에 이르렀을 때도 나타난다. 알리의 동생 우스만을 찾으러 파키스탄으로 간 남편으로부터는 아무런 소식이 없을 때, 바리의 딸 홀리아순이가 죽는다. 무슬림인 남편을

빼앗기고 딸도 잃어 보름 가까이 식음을 전폐하다시피 한다. 이 부분
에서는 그 동안 바리가 바리공주의 변용으로 나타나던 것이, 바리공
주가 아닌 바리가 직접 인용된 신화 속으로 들어가 생명수를 찾아가
는 환영 속에서 원혼들과 인간들의 온갖 고통을 겪는 과정을 보면서,
바리는 분노와 증오, 죽음의 의미, 전쟁과 테러 등을 살피고 원혼의
넋을 달래는 노래를 하기도 한다. 작가는 이런 부분들을 상징성이 강
한 어휘와 간결한 문장과 리드미컬한 문체로 제시하여 시적(詩的) 분
위기[6]를 통한 여운마저 짙게 남기기도 했다.

　이상에서 본 것처럼 작품에서 바리공주의 이야기는 다양한 모습을
제시하면서 환상적이거나, 시적(詩的)으로 변용되어 중첩 제시된다.
바리공주의 이야기는 작품의 전개를 암시하기도 하고, 죽은 할머니나
칠성이와 함께 내용을 예시해주기도 하며, 문제를 해결해야 할 방법
을 제시해 주는 역할을 한다. 뿐만 아니라 바리공주의 역할을 바리가
대신하기도 한다.

　다만 소설은 바리공주의 이야기의 전개 과정은 같으나, 결말 구조
가 다르다. 「바리공주」에서 바리공주는 약을 구해 죽은 아버지를 살
리기 위하여 돌아와야 하지만, 바리는 청진으로 돌아오지 않는다. 런
던에서 바리의 생활은 디아스포라(diaspora)를 위한 과정으로 정착에
의미를 둔 것이라면, 바리공주는 아버지를 살려내기 위해 반드시 약
을 얻어야 하는 한 과정이기 때문이다. 「바리공주」는 부모에 대한 효
성이나 죽은 사람을 살리고자 하는 인간의 소망과 바리공주의 고난을
주제로 볼 수 있지만, 소설 『바리데기』는 용서와 화해와 공존, 그리고
미래에 대한 희망을 주제로 삼고 있다. 그러나 대단원에서 죽은 자의

---

6) 작가는 '시적 서사'라는 말로 표현했다. (심진경, 도전인터뷰-「한국문
　학은 살아 있다」-황석영과의 대화, 『창작과비평』137호(2007년 가을호),
　서울, 창작과비평사, 2007. pp.248~252)

넋을 위로한 노래를 부르는 것은 같다. 따라서 인류 또는 인간의 미래에 소망이란 측면에서는 동질성을 가졌다고 볼 수도 있다.

바리공주의 고초는 죽은 부모를 살리게 되는 고난의 과정이면서, 바리공주의 공덕으로 죽은 사람을 저승으로 인도하는 위대한 결과를 낳게 된다. 특히 개인적인 차원에서 효녀이기도 한 바리공주가, 왕을 살린 국가의 공신으로서 집단적 추앙의 대상을 받는 영웅의 면모를 보이고 있어 영웅소설다운 면이 나타나 있고, 저승에서 돌아와 제 일을 다한 바리공주는 나라의 절반을 주겠다는 아버지의 뜻과 재물도 마다하고 무조신이 되기를 자청하여 무속적인 측면이 강조되기도 한다.

4. 용서와 화해와 공존의 디아스포라

바리신화를 변용한 소설 『바리데기』가 갖는 의미란 무엇일까? 생명수를 찾기 위한 역경의 과정과 바리공주가 찾으려 한 생명수가 바리에게는 무엇일까? 더욱이 질 수밖에 없는 내기시행(試行)임에도 불구하고 결행을 하고, 진 뒤에는 엄청난 시련과 고초를 겪으면서 바리가 얻으려고 했던 생명수란 과연 무엇을 의미하는 것일까?

결국 런던으로 가는 밀항선에서의 고행은 생명수를 찾아가기 위한 시련이었던 것이다. 그러나 도착지인 런던 그 자체는 바리가 처음부터 목적했던 곳은 아니다. 목적지는 처음부터 정해져 있었던 것이 아니다. 뱀단에게 팔려갔을 뿐이지, 바리는 그 자신이 어디로 가는지조차도 몰랐다.

자의에 의해 선택하지 않고 팔려간 곳. 런던. 런던은 신자유주의 세계의 한복판이다. 바리는 이 런던의 램버스구역의 연립주택 반지하층에 머물렀다. 바리가 살고 있는 램버스구역 연립주택 지역이나 가까운 엘리펀트 엔 캐슬지역은 제3세계인들의 근거지였다. 나이지리아에서 온 흑인부부, 중국인 요리사와 필리핀 청소부, 인도인의 식당에서 일하는 스리랑카인 가족, 폴란드인 가족, 타일랜드에서 온 학생부부, 파키스탄인 등 마이너리티(minority)의 다양하고 다층적인 부류의 다국적인들의 삶의 공간이었다. 선진 경제대국에서 살아가는 마이너리티로서의 제3세계인들, 그들은 디아스포라였다. 새로운 땅 런던은 제3세계에서 온 사람들의 세상이었다. 그러나 그곳은 체류비자와 노동허가증이 없으면 추방되는 불법 체류자들의 생활의 은거지이기도 하다. 그래서 검색을 나오면 숨어있거나 잠적해야 한다. 바리의 처지도 이들과 같았다. 따라서 그들은 바리공주가 겪었던 고통을 감내하며 살아야 했다. 만일 검색에 걸리면 추방당해야하는 것이다. 세계 도처에서 이곳을 찾아온 사람들은 목숨을 건 내기시행을 한 것이었으나 그 대가는 처절하게 남는 것이다. 작가는 이 처절함을 압둘의 말을 빌어, "그래 무엇이 온 세상을 가르고 찢어 놓았는지 앞으로 천천히 살펴보자구나."[7]라고 하면서, 압둘할아버지도 바리와 똑같은 사정으로 여기까지 온 이야기며, 북부 아프리카에서 영국으로 온 나이지리아 부부의 이야기를 비롯하여, 아시아 동유럽 러시아에서 흘러들어온 여자들의 이야기를 보여주고 있다. 그리고 이같은 일들은 런던에서만 벌어지고 있는 것이 아니라, 자본주의의 거대한 국가의 어느 도시에나 벌어지는 일들임을 말하고 있다. 결국 바리만이 아니고 제3세계인의 모든 디아스포라가 겪는 일인 것이다.

그러나 그들이 찾으려 한 생명수는 거기 런던에 없었다. "생명수 약수를 달랬더니, 그놈에 장승이가 말하는기라. 우리 늘 밥해 먹구 빨

---

7) 『바리데기』, p.196.

래허구 하던 그 물이 약수다. 기럼 공주님은 헛고생한 거라? 바리야,
기건 아니란다. 생명수를 알아보는 마음을 얻었지비. 거 무슨 말이
웨?"8) 결국 찾으러 간 생명수는 특별한 것으로 존재하지 않는 것으
로, 생명수는 우리가 살고 있는 현실에서 찾아야 하는 것임을 암시하
고 있다. 평범 속에 들어 있는 진리를 말한 것이다. 오늘날 폭탄테러
와 전쟁에서 우리 인류가 찾아야 할 생명수는 깊숙이 감추어진 특별
한 것이 아니라 아주 평범한 데서 찾아야 할 것임을 말하고 있다.

그러면 그들이 찾으려 한 생명수는 무엇인가? 이것의 대답을 작가
는 은밀하게 숨겨 두었다. 먼저 에밀리 부인과 샹언니를 통해서 인간
의 내면에 분노와 증오를 용서하고 화해해야 함을 제시했다. 바리는
일주일에 두 번씩 안마를 해 주는 에밀리부인이 남편을 죽인 타일랜
드 여자에 대한 분노와 증오심으로 가득 차 있을 때, 바리는 "자아
이제 그 끔찍한 사건은 잊어요. 괜찮아요. 살다보면 다 잊게 돼요. 미
워하지 말아요."9)라고 위로의 말을 한다. 그리고 그 뒤 아프가니스탄
전쟁으로 무슬림인 남편을 빼앗기고 딸도 잃은 바리가 증오와 분노로
보름 가까이 식음을 전폐하다시피 하고 있을 때, 그는 환영(幻影) 속
에서 다양하고 수많은 원혼들을 만나고, 인간의 욕망과 죽음, 고통 받
는 무수한 넋들이 빛이 되어 하늘로 올라가는 것을 보고 난 뒤, 마음
이 너그러워지고, 안정을 되찾는다. 이때 압둘 할아버지는, "희망을
버리면 살아 있어도 죽은 거나 다름없지. 네가 바라는 생명수가 어떤
것인지 모르겠다만, 사람은 스스로를 구원하기 위해서도 남을 위해
눈물을 흘려야 한다. 어떤 지독한 일을 겪을지라도 타인과 세상에 대
한 희망을 버려서는 안 된다."10)라고 말한다. 용서를 말하고 있는 것

---

8) Ibid., p.81.

9) Ibid., p.237.

10) Ibid., p.286.

이다. 분노와 증오를 관용으로 용서해야 희망의 미래를 볼 수 있는
것이다. 작가는 제12장에서 바리의 환영을 통해 미움이 용서와 화해
로 변하고, 편견과 차별이 이해와 평등으로 변화되고, 이기적이고 독
선적인 우월감이 공존으로 바꾸어진 삶의 세계, 이것이 인류의 미래
의 희망인 '생명수'임을 말하고 있다. 따라서 작가가 말하는 생명수는
서사무가에서 바리공주가 찾는 기적의 약수가 아니라, 아주 평범한
생활 가운데 있는 용서와 화해와 공존, 그리고 미래에 대한 희망인
것이다. 저승에서 돌아온 바리공주는 나라의 절반을 주겠다는 오귀대
왕의 제의를 거절하고 무조신(巫祖神)이 되기를 자청하여 만신 바리
가 된 것이다. 만신바리가 되어 고통받는 사람들에게 평화를 가져다
주는 것이 바리의 고행의 의미인 것이다. 그러나 또다시 런던에 폭탄
테러가 터지자 바리는 평범한 진리가 지켜질 수 없는 안타까움에서
터져 나온 소리로 "아가야, 미안하다"라고 외친다. 아직도 분노하고
증오해야 할 것들이 남아 있어, 용서와 화해가 어려워진다면 인류의
미래는 어디서 찾을 것인가? 작가는 더 이상 쓰지 않았다.

5. 결 론 - 고난의 치유자로서의 바리

새뮤얼 헌팅턴(Samuel P. Huntington)은 어떤 문명에서 살고 있든
간에 인간은 다른 문명에서 살아가는 사람들과 공유하는 가치관, 제
도, 관행을 확대하는 방법을 꾸준히 모색하고 그 방안을 실천에 옮겨
야 한다.[11) 고 했다. 서로의 다름을 이해하고 존중함으로써 공존의

---

11) Samuel P. Huntington, *The Clash of Civilizations*, 이희재 옮김, 『문명
　　의 충돌』, 서울, 김영사, 2006, p.440.

삶이 가능한 것이다. 신자유주의 경제가, 지나친 민족주의가 우열의 차별을 가속화 하고 국가 간의 분쟁을 초래한다면 인류의 미래는 어디서 찾아야 할 것인가? 작가는 바리의 고통스러운 마음을 치유하는 것은 분노와 증오에 대한 용서와 화해임을 말하고 있다. 작가는 용서와 화해를 통해 인류의 희망을 찾아야 할 것임을 말하고 있다. 그러나 이것은 쉽게 이루어질 수 없는 이상임을 "아가야, 미안하다" 라고 말하고 있다.

작가는 독특한 구성을 전개했다. 작품에서 인용된 바리공주 이야기를 바리의 행동에 선행하거나, 둘이 병행하기도 하며, 바리공주 대신 바리가 신화 속으로 들어가기도 하고, 혹은 신화 속으로 들어가 죽은 할머니와 칠성이를 개입시켜 신화를 확대하기도 하였다. 이 과정에서 바리의 고행은 환영으로 나타나 죽은 이들의 영혼을 위로하는 무조신(巫祖神)이 되어 세상의 고통을 해원(解冤)하게 되는 것이다.[12] 새로운 세계체제에 적응하지 못한 제3세계의 국가들은 국제적인 양극화 속에서 새로운 분쟁과 굶주림에 빠져들었고, 신자유주의 세계화란 말 속에 감추어진 국가간에 빈부격차, 강대국 자본 집중화로 말미암아 예속화(隸屬化) 혹은 종속화로 고통받게 되었다. 이러한 제3세계의 사람들의 한을 풀고 용서와 화해를 통한 삶을 이루려는 것이 '가장 고난 받는 자'와 '가장 고난 받는 자의 치유자'[13]로서 바리가 서천에서 돌아와 만신이 된 까닭이다.

1998년 출옥 이후 『오래된 정원』·『손님』·『심청, 연꽃의 길』·『바리데기』는 현실적 내용을 우리 형식에 담아 풀어낸 것[14]이라고 작가

---

12) 노만수, 「바리데기는 '문명 간 대화' 채널의 상징」, 『주간동아』600호(2007.8.28), 서울, 동아일보사, pp.121~123.

13) 심진경, Ibid., p.251.

14) 최재봉, 「위기라뇨? 되레 지금이 한국소설 중흥기」, 한겨레 2007. 9. 4.

는 여러 신문인터뷰에서 밝혔다. 작가는 세계가 변화고 재편성되는 때에 연이어 작품을 발표하여 한국문학의 새로운 지평을 열어 세계화를 시도하고 있다. 이들 작품을 한데 묶어 살핌으로써 작가가 인식한 세계사의 흐름의 맥락을 살필 수 있을 것이라고 본다.

[『문학도시』73호 (2007.11 · 12)]

· 저자 ·

김치홍　·약 력·
(金治弘)
　　　　서울 출생
　　　　명지대학교 대학원 국어국문학과 문학박사
　　　　문학평론가
　　　　명지대학교, 명지대 사회교육대학원, 관동대, 성결대 강사 역임
　　　　한국국어교육학회 이사
　　　　한국문인협회회원

　　　　·주요논저·
　　　　「金東仁의『大首陽』研究」
　　　　「春園의『端宗哀史』研究」
　　　　「『瑞士建國誌』研究」
　　　　「春園의『嘉實』研究」
　　　　「한국 근대 역사 소설의 재인식」
　　　　『한국 근대 역사소설의 사적(史的) 연구』
　　　　『김동인 평론전집』
　　　　『한국 단편소설의 감상과 해설 』
　　　　외 다수

한국 서사문학 산고
韓國 敍事文學 散考

· 초판 인쇄　2008년 1월 20일
· 초판 발행　2008년 1월 20일

· 지 은 이　김치홍
· 펴 낸 이　채종준
· 펴 낸 곳　한국학술정보㈜
　　　　　　경기도 파주시 교하읍 문발리 513-5
　　　　　　파주출판문화정보산업단지
　　　　　　전화　031) 908-3181(대표) · 팩스　031) 908-3189
　　　　　　홈페이지　http://www.kstudy.com
　　　　　　e-mail(출판사업부)　publish@kstudy.com
· 등 　 록　제일산-115호(2000. 6. 19)
· 가 　 격　40,000원

ISBN　978-89-534-7721-6 93810 (Paper Book)
　　　　978-89-534-7722-3 98810 (e-Book)